Schon seit frühester Kindheit war die österreichisch-amerikanische Autorin begeistert von romantischen Liebesgeschichten, die Tiefgang bewiesen. Stundenlang erträumte sie sich selbst unterschiedlichste Geschichten und schrieb diese immer wieder gerne auf.
Mit zwölf Jahren wusste Jessica, sie würde eines Tages selbst
Bücher schreiben und diesen Traum vergaß sie auch über die Höhen und Tiefen der Jahre nicht.
Heute lebt Jessica mit ihrem Mann im Großraum Linz, liebt nach wie vor ihren Beruf als Sonderpädagogin und genießt es abends und nachts, ihre endlosen Ideen auf Papier zu bringen und ihren Figuren mit unterschiedlichsten Hintergründen und Lebensumständen Stimmen zu verleihen.
Mit ihrer Dilogie „Bis du wieder atmen kannst“ und „Solange du bleibst“ landete die Debütautorin einen großen Erfolg.

Mehr zur Autorin: *www.jessica-winter.com*
www.facebook.com/AutorinJessicaWinter

Jessica Winter

Wenn du mich sehen könntest

Liebesroman

1. Auflage, Mai 2016

Lektorat: Sonja Fiedler-Tresp
Korrektorat: Manfred Spöcklberger
Umschlaggestaltung: Alexa Zwölfer, Schmetterlingsfabrik
Unter Verwendung von: © aleshin, © MonoLiza

Jessica Winter
c/o AutorenServices.de
König-Konrad-Str. 22
36039 Fulda

Taschenbuch ISBN: 978-1533571137

www.jessica-winter.com

Für Marco, der nach Hause gegangen ist.
Und für Kathi – die stärkste Frau, die ich kenne.

1

Nate

Ich habe keine Angst vor dem Tod. Hatte ich nie. Auch nicht – oder vor allem nicht –, weil er ständig an meine Tür klopfte. Ich habe ihm schon mehrmals ins Auge gesehen und ihn in allen Formen und Schattierungen erlebt. Er begegnete mir durch fallende Objekte, schwere Stürze, Ersticken, Rauchgasvergiftung und Explosionen. In neunzig Prozent der Fälle wurde der Tod durch Feuer verursacht.

Feuer, welches sich verheerend durch Dächer und Gebäude fraß, um sie wie Kartenhäuser einstürzen zu lassen.

Flammen, die sich wie rotorangefarbene Türme vor mir aufbauten, als würden sie mich herausfordern, näher zu kommen.

Brände, welche mich einkesselten, mir die Luft zum Atmen raubten und mir einen langsamen, schmerzhaften Tod androhten.

Und trotzdem kämpfe ich um Längen lieber mit Feuer als mit Wasser, selbst wenn nur wenige diese Meinung teilen. Feuer ist berechenbar. Es lässt sich kontrollieren, eingrenzen, bändigen im besten Fall.

Wasser dagegen ist eine Gewalt, die unaufhaltsam ist und zerstörerische Kraft hat und seine Opfer noch weniger bereitwillig aus ihren Fängen freigibt als Feuer.

Was ich am Tod jedoch so hasse, ist, dass er mich selbst jetzt, wo ich aufgehört habe, gegen ihn zu kämpfen, nicht loslässt. Dabei sehe ich ihn nicht als Gestalt, etwa als Sensenmann oder als Fährmann. Es ist eher die subtile Erinnerung an mein Versagen durch ein einzelnes Gesicht, manchmal sogar an Orte oder Situationen, in denen ich zu spät kam, mit der er mich an sich bindet und mich Stück für Stück verrückt macht.

Den Lärm des neuen Klingeltons, der mir in den Ohren dröhnt, willkommen heißend, erlange ich aus meinem unruhigen Halbschlaf langsam volles Bewusstsein und lasse meine Lider aufflattern. Es kostet mich wie immer ein paar Sekunden zu realisieren, wo ich bin und dass ich alleine bin, bevor ich die krampfende Umklammerung, mit der ich mich an meiner Decke festgekrallt habe, löse. Den Stoff, der meinen vor Anspannung zitternden Körper ohnehin kaum mehr bedeckt, stoße ich von mir. Die tätowierte Sieben auf meinem Bizeps brennt wie jeden Morgen, als wäre das Tattoo frisch gestochen. In Wirklichkeit habe ich es mir nur wenige Tage nach meinem letzten Einsatz stechen lassen. Benommen werfe ich einen Arm über mein Gesicht und taste mit der anderen Hand nach meinem Handy.

Ich muss nicht aufs Display sehen, um sicher zu sein, dass es mein bester Freund und Mitbewohner Toby ist, der mich anruft, denn er weiß, wie wenig ich das Aufstehen leiden kann. Ständig sucht er neue Wege, mich zu motivieren, aus dem Bett zu kriechen. Derzeit klaut er beinahe jeden Tag mein Handy, verändert den Klingelton und ruft mich pünktlich um kurz vor halb sieben Uhr an, noch bevor mein eigentlicher Wecker läutet.

Ich höre kurz auf den Text des neuen Liedes, in dem es um einen großen Hintern geht und um die Drohung, sich auf jemand anderen draufzusetzen, wenn derjenige nicht vorsichtig ist. „Was zur Hölle …?“, stöhne ich bei dieser lächerlichen Abwandlung von „Bad“ von Michael Jackson auf. Erstaunt – einerseits über die Dummheit des Textes, andererseits über

Tobys Unermüdlichkeit, jeden Tag noch bescheuertere Lieder zu finden – hebe ich ab.

„Ernsthaft, wie kommst du ständig zu diesen Liedern?"

Tobys Gelächter höre ich nicht nur durchs Telefon, sondern ebenso durch die Wand. „Gefällt's dir? *Weird Al Yankovic*. Hab's gestern aus meinem alten iPod gegraben. Ist der Hammer, oder?", grunzt er aus dem Bad. „Jetzt steh auf, Dornröschen, und zieh dir was an! Jenna kommt zum Frühstück vorbei, und ich will nicht, dass sie deinen *Thor*-Körper ständig auf einem Silbertablett präsentiert bekommt, wenn sie nur *Loki* haben kann."

Ich pruste los, fasse mir aber unwillkürlich an meine Seite, wo die unebene Partie meiner verbrannten Haut die offensichtlichste Narbe meiner Feuerwehrzeit markiert. Sofort bleibt mir das Lachen im Hals stecken. „Alter, du laberst so viel Scheiße, wenn der Tag lang ist."

„Gut, dass er gerade erst begonnen hat. Und vergiss all die *Liebe*, die du in diesem Moment für mich empfindest, nicht, okay? Du musst etwas für mich tun, was dich einen Sprung über deinen viel zu langen Schatten kosten wird. Da werden wir sie brauchen."

Ich kneife die Augen zusammen. „Wovon redest du?"

„Ich muss los. Bis gleich", kappt er im Singsang die Verbindung und lässt mich mit offenem Mund aufs Handy starren, bevor ich es beiseite werfe und die Sekunden zähle, bis der Duschhahn aufgedreht wird. In Wahrheit könnte ich mir den zusätzlichen Wecker sparen, denn nach Toby kann man die Uhr stellen. Trotzdem ertönt im nächsten Moment das unangenehme Piepsen, das sich in meinen Ohren anhört wie Rasierklingen und mich letztlich dazu bewegt, die Hand zu heben und es abzuschalten. Gähnend greife ich nach der Zigarettenpackung und rolle mich aus dem Bett.

Eigentlich geht es mir tierisch auf den Geist, dass ich das Rauchen nicht aufgeben kann, obwohl ich schon genug Dreck für den Rest meines Lebens eingeatmet habe. Andererseits hat ein einziger Einsatz, in dem ich meine Atemschutzmaske absetzen musste, für weit giftigere Luft in den Lungen gesorgt, als eine Zigarette pro Tag es könnte. Also, was soll's.

Mit der Kippe im Mund hole ich ein neues T-Shirt aus dem Schrank und ziehe es mir über, bevor ich das Fenster öffne und mich aufs Fensterbrett setze. Mit geschlossenen Augen lasse ich mich vom Nikotin runterholen, erlaube ihm, mir das Gefühl scheinbarer Kontrolle zurückzugeben, schiebe mit jedem Ausatmen die Gedanken an letzte Nacht weiter von mir weg. Das trübe Wetter passt zu meiner Stimmung und motiviert mich nicht unbedingt, mein Zimmer zu verlassen. Aber ich bin zu jung für ein Burn-out, zu stolz, mir schon wieder Hilfe zu holen, und zu stur, um aufzugeben. Deshalb beiße ich mich durch den Alltag und hoffe, dass mein Leben irgendwann wieder Farbe bekommt.

„Romeo!“, ruft eine freundliche Stimme unter meinem Fenster. Ich lehne mich weiter hinaus und sehe Jenna mit zwei Papiertüten unterm Arm vor unserer Haustür stehen. Sie pustet sich eine rote Strähne aus dem Gesicht. „Gewährt Ihr mir Einlass?“

Ich grinse und dämpfe die halbe Zigarette im Aschenbecher aus. „Die Frau weiß, wie man das Herz eines Mannes erweicht.“

Sie lacht. „Mit süßen Worten?“

„Mit Essen“, antworte ich zwinkernd und schließe das Fenster.

Aus Respekt Jen gegenüber, die sehr wenig vom Rauchen hält, seit sie auf der Krebsstation arbeitet, stecke ich mir meine Zahnbürste (die ich extra nicht im Bad aufbewahre, weil es zu dieser Zeit immer von Toby besetzt ist) in den Mund. Ich verlasse das Zimmer und mache Jen auf.

„Hey!", nuschle ich mit der Bürste zwischen meinen Zähnen und nehme ihr die schwerere Tüte vom Arm. In der Küche setze ich sie ab und spüle meinen Mund im Waschbecken aus. Jenna studiert mich mit einem schiefen Grinsen auf den Lippen.

„Guten Morgen, mein Hübscher. War es mal wieder eine lange Nacht?" Sie überbrückt die Distanz zwischen uns und umarmt mich kurz, ehe sie meine Haare noch wilder durcheinanderbringt, als sie wahrscheinlich schon jetzt sind.

„Könnte man so sagen, ja." Nur nicht so, wie du vielleicht denkst ...

Wie erwartet wird sie hellhörig, während sie beginnt, den Einkauf in den Kühlschrank und in unsere Vorratsboxen zu räumen. „Arbeit, oder …?", fragt sie unschuldig, unfähig, ihre leicht missbilligende Tonlage zu verstecken. Amüsiert über ihre gespielte Beiläufigkeit, verschränke ich wartend die Arme vor der Brust, bis sie mich ungeduldig anschielt.

„Ja, Jen. Arbeit. Momentan haben meine schlaflosen Nächte keinen spannenderen Hintergrund. Keine Sorge." Für den zynischen Ton in meiner Stimme zeigt sie mir die Zunge.

„Gott!", schreit sie im nächsten Moment angeekelt auf und lässt eine Packung verschimmelter Blaubeer-Muffins aus dem Vorratsschrank auf den Boden fallen.

„Hey! Du hast Muffins gefunden!" Beim Anblick der grünweißen Flecken auf meiner Leibspeise, von der ich nicht einmal wusste, dass sie im Haus war, vergeht mir schnell die Freude. Ich hebe die verpackten Muffins auf und ärgere mich, dass ich sie nicht früher entdeckt habe. Jen kichert über meinen erbärmlichen Gesichtsausdruck.

„Die kann man wahrscheinlich nicht mehr essen, oder?"

Jetzt wirft Jenna lachend den Kopf in den Nacken. „Ach Quatsch, nachdem sie doch bloß vor …" Sie nimmt mir die unförmigen Teile mit Pinzettengriff aus der Hand und dreht sie, um das Verfallsdatum zu suchen. Missbilligend hält sie es mir dann unter die Nase. „… acht Monaten abgelaufen sind!?"

„Sieh mich nicht so an! Die, die ich letztens gegessen habe, waren noch gut."

Jenna schnalzt mit der Zunge. „Du meinst, auf ihnen wuchsen noch keine Haare?" Angewidert wirft sie die Muffins hochkant in den Müll und präsentiert mir den Vorrat an neuen, die sie aus ihrer Einkaufstüte zaubert.

„Du bist ein Engel." Im Vorbeigehen küsse ich sie flüchtig auf die Wange und setze mit einem Muffin in der Hand meinen Weg zum Kühlschrank fort. Gierig reiße ich die Packung auf und beiße genüsslich hinein. Niemals werde ich von diesem Zeug genug bekommen.

„Ehrlich, wie habt ihr beide vor mir überlebt?"

„Ich habe keinen Schimmer", antworte ich wahrheitsgemäß mit vollem Mund und gieße mir ein Glas Orangensaft ein.

„Bleibst du denn nicht zum Frühstück?"

Ich schüttle den Kopf. „Ein paar Aktenberge warten auf mich. Ich fahre Sonntagmorgen zu meinem Dad, deswegen sollte ich alles heute noch erledigen." Obwohl ich tausendmal lieber arbeiten würde, als nach Aurora zu fahren. „Coffee to go lässt grüßen."

Jenna stemmt unglücklich die Hände in die Hüften. „Nate. Die Ringe unter deinen Augen werden immer dunkler. Du solltest deinem Körper echt mehr Ruhe gönnen." Als Krankenschwester sind Nachtdienste für Jenna kein Fremdwort. Wenn jemand versteht, was es bedeutet, müde zu sein, dann sie. Was sie aber nicht verstehen würde, ist, dass Ruhe das Letzte ist, was ich brauchen kann.

„Danke fürs Kümmern, Jen. Toby ist ein Glückpilz."

„Apropos. Ich habe die perfekte Frau für dich gefunden", grinst Jenna schelmisch und steckt mich mit dem aufgeregten Glänzen in ihren Augen an.

„Noch eine? Wow! Ist mein Harem denn immer noch nicht groß genug?", scherze ich.

Sie kneift die Augen zusammen und schickt mir einen ihrer Todesblicke, den ich mit einem frechen Zwinkern quittiere. „Ich weiß, ich habe das schon oft gesagt, aber diese wird dich umhauen."

„Ach ja?" Ich weite belustigt die Augen, bemühe mich, ihr die Euphorie nicht zu verderben.

„Ja. Sie ist im September aus Tennessee hergezogen, studiert Medizin und macht seit letzter Woche bei mir auf der Station Praktikum. Im Vergleich zu den anderen Möchtegernärzten in spe ist sie total freundlich, überhaupt nicht abgehoben und noch dazu extrem schön. Ihr würdet total gut zusammenpassen."

Nickend brumme ich. Sekunden verstreichen, in denen sie mich anstarrt und auf eine Reaktion von mir wartet. Dies ist ihr fünfter Versuch binnen weniger Monate, mich zu verkuppeln. Alle sind gescheitert, was tatsächlich immer an mir lag, weil ich gerade überhaupt keine Beziehung will – haben kann. Trotzdem gibt sie nicht auf.

„Möchtest du denn gar nicht wissen, wie sie heißt?" Enttäuschung über mein Desinteresse liegt in ihrer Stimme. Ich weiß, sie meint es gut mit mir und wünscht mir etwas Ernstes.

Sie hat mitbekommen, wie mit dem einen oder anderen Mädel hier und da etwas lief. Hat aber nicht lange gedauert, bis sie verstanden hat, dass es dabei lediglich um ein kurzzeitiges Fliehen aus meinem Kopfkino ging, wenn die Tage und Nächte besonders heftig waren. Mehr ist schon seit einiger Zeit nicht drin. Nicht mit all der Scheiße, die ich versuche, hinter mir zu lassen. Verdammt, ich schaffe es ja nicht einmal, bei einer von ihnen zu übernachten. Ich hab keinen Bock, zu erklären, warum ich ständig hochschrecke, als hätte ich gerade meinen eigenen Horrorfilm gedreht. Deswegen halte ich alles so einfach wie möglich und lasse es erst gar nicht persönlich werden. Das Problem ist nur, dass ich mich mit jedem Mal leerer und unfähiger fühle, mit mir selbst klarzukommen. Manchmal habe ich diesen bedeutungslosen Kram richtig satt. Aber ich bin so beschäftigt damit, vor meiner Vergangenheit wegzulaufen, dass ich keine Zeit habe, für jemand anderen stehen zu bleiben. Es ist schwer genug, mit mir selbst klarzukommen, ich würde es niemals schaffen, den Erwartungen und Ansprüchen einer weiteren Person gerecht zu werden.

„Doch, entschuldige. Wie heißt sie, Jenna?"

„Chiara. Sie ist Italienerin." Siegessicher wackelt sie mit den Brauen, und ich lache kopfschüttelnd, weil ich keine Ahnung habe, was das bedeuten soll.

„Egal. Jedenfalls hat sie mich und ein paar andere Kolleginnen gestern Abend gleich zum Essen eingeladen, was ich echt großzügig und nett fand. Und so habe ich auf subtile Art und Weise erfahren, dass sie auf der Suche nach einem Mann ist."

Ich hebe skeptisch eine Augenbraue. „Subtil? Wie hast du das denn gemacht?"

Unschuldig zieht sie eine Schulter hoch. „Ich habe sie gefragt, ob sie auf der Suche ist."

Der Bissen des Muffins bleibt mir im Hals stecken. „Wow. Ja, das *ist* subtil."

„Also? Willst du sie treffen?" Hoffnungsvoll beißt sie sich auf die Lippe.

„Mal sehen."

„Gut, denn ich habe sie zu meinem Geburtstag eingeladen", erklärt sie freudig klatschend, ernüchtert jedoch gleich von selbst. „Oh Gott! Ich klang gerade wie eine Dreijährige, nicht wahr?"

Ich streiche ihr kurz übers Haar.

„Ich frage mich, wer von uns beiden ist der hoffnungslosere Fall? Du oder ich?"

„Definitiv du, mein Freund", antwortet Toby statt Jen heiter und kommt in die Küche. „Guten Morgen, meine Prinzessin!"

„Hey!" Aus ihrem Grinsen wird ein Strahlen. Irritiert bemerke ich, dass er sich das Handgelenk hält, und schaue ihn fragend an. Er sieht etwas neben der Spur aus, bedeutet mir aber mit einem schwachen Nicken, dass er in Ordnung ist, bevor er Jenna an sich zieht und zuerst ihren Mund, dann ihre Nase und ihre Stirn mit Küssen bedeckt.

Ich blinzle mehrmals über dieses kitschige Bild und gebe Würgegeräusche von mir. „Jen, ich revidiere meine Antwort. *Das* ist der Grund, warum ich nicht zum Frühstück bleibe", necke ich sie und wende mich zum Gehen ab. Lachend drückt Jen ihre Hand auf Tobys Lippen, um ihn daran zu hindern, sie weiter abzuknutschen.

„Warte mal, Nate! Ich wollte dir noch sagen, dass ich mich wirklich freue …"

Toby verzieht das Gesicht und entfernt hektisch Jens Hand von seinem Mund. „… dass du jetzt gehst", beendet er ihren Satz und grinst wie ein Idiot. Ich kneife die Augen zusammen und zeige ihm den Mittelfinger, jetzt schon neugierig darauf, worum es bei dieser Aktion gerade wirklich ging.

2

Nate

„Guten Morgen!“, grüßt der Security-Mann im Eingangsbereich der Kanzlei, für die ich arbeite.

„Hey Pete!“

„Haben Sie das Spiel der Warriors gestern gesehen?“ Er nimmt mir meine Tasche ab, um sie durch die Sicherheitskontrolle zu schieben.

„Verdammt, ich wusste, da war noch was. Ich sollte endlich mal dafür plädieren, dass wir uns oben einen Fernseher zulegen“, sage ich zwinkernd.

Großväterlich schüttelt er den Kopf. „Sie arbeiten zu viel, Junge. Dorethy hat die schönsten zwei Crossovers der Saison und einen Wurf aus fünfundsiebzig Fuß Entfernung gemacht, so etwas erlebt ein Spieler nur einmal in seiner Karriere.“ Nachdem seine Frau vor wenigen Monaten verstorben ist, hat seine Begeisterung für Basketball einen neuen Höhepunkt erreicht. Trotzdem erscheint er mir in letzter Zeit immer bedrückter, zerbrechlicher. Er tut mir leid. Erinnert mich manchmal zu sehr an meinen Dad.

„Da habe ich wohl was verpasst. Vielleicht tue ich heute einfach so, als würde ich arbeiten, und sehe es mir am Handy an. Wenn ich erwischt werde, sage ich, Sie seien schuld.“

Er klopft mir lachend auf den Rücken und überreicht mir dann meine durchleuchtete Tasche. „Ich wünsche Ihnen einen schönen Tag, Nathan.“

Ich salutiere ihm und schiebe meine Aktentasche in den Lift, um die Türen am Schließen zu hindern. Meine Kollegin

Elli tritt einen Schritt zurück, als sie mich sieht, um mir Platz zu machen, und kämmt sich das Haar hinters Ohr.

„Kein Problem“, zwinkert sie, verschränkt die Arme unter ihrer Brust, um ihren tiefen Ausschnitt besser zu präsentieren. Damit zieht Elli nicht nur meinen Blick auf sich.

Lächelnd bedanke ich mich, lehne mich gegen die Stahlwand und sehe demonstrativ auf die Uhr. Noch bevor ich in der Kanzlei zu arbeiten begonnen hatte, sind wir ein paarmal ausgegangen. Es war nichts Ernstes, das wussten wir beide. Als ich den Job bekam, beschlossen wir, was auch immer zwischen uns war, abzubrechen, um Stress am Arbeitsplatz zu vermeiden. Und Mädchen wie sie bedeuten für mich Stress.

In meinem Stockwerk wimmelt es schon vor Leuten, sodass man das Gefühl kriegen könnte, die meisten wären gestern gar nicht nach Hause gegangen, sondern immer noch hier. Wie ein ungeschriebenes Gesetz scheint jeder seine Normalgeschwindigkeit zu verdoppeln, sobald er die Kanzlei betritt. Man kann den Stress in der Luft förmlich schmecken.

„Morgen, Sophie!“ Ich lehne mich über den Tisch unserer Sekretärin und lasse mir von ihr meine Post in die Hand drücken.

„Nate. Du siehst scheiße aus.“

Ihre Direktheit bringt mich zum Lachen. Sophie ist eine der wenigen in diesem Laden, die ich mittlerweile als gute Freundin bezeichnen würde. Wir schenken einander nichts, teilen aber den gleichen Humor, und sie unterstützt mich, wo sie kann.

„Danke, du bist wie immer bezaubernd.“ Ich beuge mich tiefer zu ihr vor und setze mein unwiderstehlichstes Lächeln auf, das sie mit kalter Herzlosigkeit beantwortet. Das ist ein kranker Mechanismus bei mir. Sobald ich weiß, dass eine Frau vergeben und daher nicht interessiert an mir ist, laufen die Konversationen gleich entspannter und spaßiger ab, als wenn ich denke, jemandem etwas beweisen zu müssen. „Zum Glück sehen das manch andere Damen hier aber anders als du.“

Sie schiebt ihre Brille höher auf die Nase und grinst frech. „Das ist der Dreitagebart. Du trägst ihn ganz gut. Dasselbe könnte ich natürlich auch über mich sagen, seit Lainey offenbar wenig Wert darauf legt, dass ihre Mommy mal zur Hygiene und Körperpflege kommt.“

Lautlos lachend ziehe ich die Nase auf einer Seite hoch. „Siehst du, und ich dachte mir schon, dass es hier heute komisch riecht.“

„Touché. So und jetzt mach, dass du ins Büro kommst. Dein Liebling wartet schon auf dich.“

Lustlos klopfe ich einmal auf ihren Schreibtisch, bevor ich mein Abteil erreiche, an dem ein ungebetener Gast an meinem Schreibtisch lehnt. Warren Hastings ist ein Anwalt dieser Kanzlei, für den ich als studentischer Hilfssklave arbeiten muss. Er genießt es sehr, seine Position der vermeintlichen Überlegenheit auszukosten, und gibt sich alle Mühe, jedem hier zu zeigen, dass er in der Hackordnung über uns steht. Weil es mir aber völlig gleich ist, was er von mir hält, nehme ich mir kein Blatt vor den Mund.

„Ich finde es ja echt süß, dass Sie jeden Morgen hier auf mich warten, Warren, aber langsam beginnen die Leute über uns zu reden, und Beziehungen werden innerhalb der Kanzlei ja nicht gerne gesehen“, erkläre ich sarkastisch, den letzten Teil flüsternd.

„Ich muss doch sichergehen, dass du den Weg in die Kanzlei gefunden hast, Foster. Du scheinst dich ja immer irgendwie zu verlaufen. Obwohl ich ein wenig enttäuscht bin, weil es ja schon beinahe Zeit für den dritten Kaffee wäre und du trotzdem mit leeren Händen aufkreuzt." Nach einem langen Blick auf seine Uhr schüttelt er bewusst übertrieben den Kopf. Wie lange er wohl immer hier hockt, um der Erste zu sein, der mich im Büro abfängt?

„Keine Angst, jetzt bin ich ja da, Warren. Sonst noch etwas?"

„Pünktlichkeit würde ich vor allem schätzen, und dann besagten Kaffee, von dem ich eben sprach."

Vernichtend fixiere ich ihn, während ich meine Tasche absichtlich laut auf den Schreibtisch knalle. Ein seitliches Grinsen versteckt sich unter seinem Schnurrbart.

„Wie … Keinen sarkastischen Kommentar mehr parat, den du mir um die Ohren hauen kannst?"

„Ich habe nur gerade angestrengt Pro und Kontra abgewogen, wenn ich Sie jetzt aus meinem Büro trete", erkläre ich und lächle ihn provokant an. Ohne ein weiteres Wort streife ich meine Anzugjacke ab und hänge sie über die Sessellehne.

Mit feindlich sondiertem Blick mustert er meine Bewegungen, ehe er die Akte, die er in der Hand hält, auf meinen Tisch fallen lässt. „Du musst dir diesen Fall für mich ansehen. Wir laufen von einer Sackgasse in die nächste, und meinem Mandanten Silver drohen zehn Jahre Gefängnis, wenn wir keinen Weg finden, ihn zu entlasten."

Ich schiebe die Akte mit zwei Fingern zur Seite und deute auf meinen eigenen Stapel. „Danke, aber ich habe selbst genug zu tun. Dieses ‚Wir' wird mich demnach nicht einschließen. Fragen Sie doch einen Ihrer eigenen Minions, ob sie Ihre Arbeit erledigen. Ich arbeite für Hannah."

„Und Silver erwirtschaftet mit seiner Firma mehrere Millionen im Jahr für uns. Somit arbeitest du auch für ihn und wirst damit ebenfalls zu *meinem* Minion." Schweigend mahle ich mit den Zähnen. „Und ich frage *dich*, weil ich jemanden brauche, der die Sache aus einem neuen Blickwinkel betrachtet." Er geht um meinen Tisch herum, reibt mir die Akte wieder unter die Nase und klappt sie auf.

„Die Kurzfassung ist: Silver wird beschuldigt, fünfundachtzig Millionen Dollar seiner eigenen Firma Williams Enterprises unterschlagen zu haben. Wir sind davon überzeugt, dass Silvers CEO Steve Gordon der Drahtzieher ist. Auf einem Off-Shore-Konto haben wir eine Einzahlung von zehn Millionen Dollar von ihm gefunden und glauben, dass er noch mehr solcher Konten hat, zu denen wir keinen Zugang bekommen." Er blättert weiter.

„Jack Hunter, der Finanzbeauftragte, hat außerdem eine innerbetriebliche Untersuchung durchgeführt, die ebenfalls auf Gordon zeigt. Das ist momentan unser einziger Anhaltspunkt, der vor Gericht jedoch nicht standhalten wird, weil wir das Geld nicht finden können. Dafür gibt es einige Beweise gegen unseren Mandanten, die vor einer Jury weit mehr Aussagekraft haben werden als die Untersuchung. Jedenfalls ist das nächste Meeting am Mittwoch. Das heißt, ich brauche am Montag eine Lösung. Alles, was du sonst noch wissen musst, steht hier." Gemeinsam mit seiner Rede schließt er die Akte und lehnt sich an meinen Schreibtisch.

Nervlich strapaziert fahre ich mir über das Gesicht und stütze die Ellbogen dann am Tisch ab. „Sie sind nicht der Einzige, der mir Akten auf den Tisch schmeißt, okay? Ich habe vier andere Fälle, die genauso dringend zu erledigen sind. In fünf Stunden muss ich zur Uni."

„Dann würde ich vorschlagen, du hörst auf zu heulen und fängst an."

Streitlustig lege ich den Kopf schief. „Wissen Sie, wenn Sie etwas weniger Zeit damit verbringen würden, sich Aufzeichnungen über mein Kommen und Gehen zu machen, hätten Sie mehr Zeit, sich Ihren Fällen zu widmen, damit nicht ich Ihnen ständig den Arsch retten muss."

Mit Genugtuung sehe ich zu, wie das dämliche Grinsen in seinem Gesicht bröckelt und er die Augen zusammenkneift.

„Toll, dass ich euch gleich beide hier antreffe. Ich wollte ohnehin mit euch reden", meldet sich unsere Chefin Hannah zu Wort. Ich habe sie nicht im Türrahmen stehen sehen, da Warren mir die Sicht blockiert. Nun stellt sie sich jedoch neben ihn, nickt mir zur Begrüßung zu und sieht dann lächelnd zu Warren, der offensichtlich mit den Worten ringt.

„Findest du es in Ordnung, dass er so mit mir spricht?"

Hannah spitzt die Lippen und stemmt die Hände in die Hüften. Entspannt lehne ich mich in meinen Stuhl zurück und hebe meine verschränkten Hände hinter den Kopf.

„Ich bin weder euer Pfadfindergruppenleiter, noch sind wir im Kindergarten. Ihr seid erwachsene Männer, soweit ich das beurteilen kann. Was immer also dieser Zwang zwischen euch zu sein scheint, euch gegenseitig ständig etwas beweisen zu wollen …" Kopfschüttelnd zeigt sie mit dem Finger auf uns. „… klärt es unter euch. Wenn ich mich ständig um zankende Kinder kümmern wollte, hätte ich welche in die Welt gesetzt."

Frustriert, dass Hannah mich nicht zurechtweist, sondern die Sache genauso ins Lächerliche zieht, wie es die Situation erfordert, dreht sich Warren zum Fenster.

„Trotzdem hoffe ich für euch beide, dass ihr das Kriegsbeil für die Einstellungsgespräche soweit begraben könnt, dass ihr die Firma nicht mit eurem Geplänkel blamiert."

Hannah fixiert mich eindringlich, während ich einige Male heftig blinzle, bis sich das Gesagte setzen kann. Warren sieht aus, als hätte er einen Käfer verschluckt. Der Anblick gefällt mir zwar, trotzdem stößt mir Hannahs Satz gehörig auf.

„Entschuldige. Wie war das?“

Sie lächelt mich zufrieden über meine Sprachlosigkeit an und stöckelt dann, ohne mir eine Antwort zu geben, aus dem Büro. Mit einem Satz bin ich vom Stuhl aufgesprungen.

„Woah! Hannah, warte mal! Was sollte das eben heißen? Denn momentan hoffe ich noch, dass ich irgendetwas missverstanden habe.“ Wir erreichen ihr Büro, welches etwa zehnmal so groß ist wie meines und fünfmal so groß wie die Büros der restlichen Anwälte hier. Aber es ist ja auch ihr Name, der über dem Eingang der Kanzlei hängt: Moore, Baker & Hill ist eine der Top-25-Anwaltskanzleien in North Carolina, und Hannah ist mit ihren dreiundvierzig Jahren die jüngste und erfolgreichste Seniorpartnerin in diesem Geschäft. Außerdem bin ich mit ihrem Bruder befreundet, den ich von der Feuerwehr in Aurora kenne. Die wenigsten hier wissen von der Verbindung zwischen uns, und das soll auch so bleiben. Sie möchte nicht unterstellt bekommen, mich aus Sympathie eingestellt zu haben, und ich will niemandem in den Hintern treten müssen, sollte er diese Behauptung aufstellen. Denn ich bin nicht hier, weil Hannah Mitleid mit mir hatte oder mir einen Gefallen tun wollte, sondern weil ich verdammt hart dafür gearbeitet habe, gut zu sein, und dementsprechende Empfehlungsschreiben meiner Professoren vorweisen konnte. Das weiß Hannah. Das weiß jeder, der hier arbeitet, selbst Warren. Aus diesem Grund werde ich respektiert und geschätzt, selbst wenn ich bis zu meinem Abschluss noch kein vollwertiger Anwalt bin.

„Wir stellen mit Beginn des nächsten Monats drei neue Mitarbeiter ein, zwei davon Rechtanwaltsgehilfen. Du wirst nächste Woche die Einstellungsgespräche mit Warren führen."

Sie verarscht mich. Hoffe ich. „Nein, Hannah, das funktioniert nicht. Warren und ich arbeiten nicht gut zusammen."

Hannah wirft mir einen Blick zu, der mir sagt, dass alles Diskutieren der Welt nichts nützen wird, und setzt sich auf die Tischkante ihres Schreibtisches. Keiner von uns verliert freiwillig, aber sie sitzt nun mal auf dem längeren Ast.

„Das interessiert mich nicht. Er ist für das Personal verantwortlich, und du sollst ihn unterstützen."

„*Wieso?*", frage ich nach einer kurzen Pause in einem Ton, als hätte sie den Verstand verloren.

„Weil ich deiner Menschenkenntnis mehr vertraue als seiner. Erwähnst du das jedoch jemals vor ihm, werde ich alles abstreiten. Hast du verstanden?"

Ich verdrehe die Augen. „Weshalb können wir nicht einfach wieder diesen eigenartigen Kerl vom letzten Sommer einstellen, der ständig Anwaltswitze probiert hat?"

Hannahs Augenbraue formt sich zu einem perfekten Bogen. „Wenn du dir die Fragestellung noch einmal durch den Kopf gehen lässt, dann wird dir auch die Antwort darauf einfallen. Also, wenn du jemanden kennst, der in Frage kommt, darfst du ihn gerne zum Vorstellungsgespräch einladen. Er muss auch nicht Jura studieren, es kann auch ein anderes passendes Studium sein. Die Aufgaben sind vielfältig. Aber Student muss er sein, das ist zwingend."

„Weil wir billige Arbeitskräfte sind?", stelle ich trocken in den Raum.

„Nein. Weil ihr hochmotiviert seid und euch wahrscheinlich mehr reinhängt als einige meiner Vollzeitanwälte. Du weißt ja, was diese Kanzlei sucht."

Na klar – Leute mit exzellenten Noten, erstklassiger Rhetorik, sozialer Kompetenz, aber ohne Privatleben. Dann ist man hier bestens aufgehoben. Nur zeichnet sich eben schnell ab, wem es gelingt, dieses Leben auf Dauer zu führen, und wer den Kampf aufgibt, bevor er ausbrennt. Im Moment sind die Achtzig-Stunden-Wochen genau das, was ich brauche, deswegen habe ich grundsätzlich kein Problem damit. Außer, ich muss Warrens Drecksarbeit erledigen.

„Wieso haben wir eigentlich nicht genügend Bewerber?"

„Weil Teresa vergessen hat, ihren Job zu machen, weshalb sie nun gefeuert ist und wir zwei neue Rechtanwaltsgehilfen brauchen." Mit offenem Mund sehe ich sie an. Diese Frau ist eiskalt, wenn es um ihre Kanzlei geht. Weil ich immer noch vor ihr stehe, lächelt sie mir zu. „Ich bin beeindruckt von deiner Arbeitsweise, das weißt du, Nathan. Ich wünsche mir, dass du an Warrens Fall dranbleibst. Benutz deinen Grips und deine Menschenkenntnis, um zu gewinnen, damit ich dich auch weiterhin bezahlen kann."

Stunden später hänge ich immer noch, oder besser gesagt schon wieder, über der Akte, lese jedes einzelne Wort noch einmal, weil ich irgendetwas übersehen haben muss. Ich habe den ganzen Tag mit Lesen, Grübeln, Telefonieren, Recherchieren und einem Kurzausflug zu Williams Enterprises verbracht.

„Hey Frank? Hier spricht Nathan Foster. Tut mir leid, dass ich mich jetzt noch melde, aber ich brauche dringend deine Hilfe. Und wenn ich sage dringend, dann meine ich DEFCON-1-dringend." Ich reibe mir die Augen. „Ruf bitte zurück, wenn du das hörst, okay? Egal, wie spät es ist.“ Unzufrieden lege ich auf. Unser Wirtschaftsprüfer ist schon lange nach Hause gegangen, und wenn es so läuft, wie der Rest meines bisherigen Tages, ruft er wahrscheinlich erst morgen zurück.

„Trink das!“, befiehlt Sophie und stellt einen Becher Kaffee und ein Glas Wasser neben meine unruhig auf den Schreibtisch klopfende Hand.

„Irgendwas stinkt hier“, murmle ich mehr zu mir selbst.

„Ja, das hatten wir doch schon geklärt. Beim zweiten Mal ist es nicht mehr lustig, sondern nur noch verletzend, Junge.“ Verwirrt sehe ich zu ihr auf und versuche, blinzelnd meine Augen mit Flüssigkeit zu benetzen, die durch das stundenlange Aufs-Papier-Starren brennen. Sophie fährt sich mit Daumen und Zeigefinger über ihren imaginären Damenbart, um mich an unser Gespräch von heute Früh zu erinnern. Ich lache über ihre Geste und lehne mich zurück, dankbar über die Ablenkung.

„Ich meinte den Fall. Irgendwas passt nicht zusammen, und ich komme einfach nicht drauf, was es ist.“ Und es sind so viele Komponenten, die hier zusammenspielen und kein großes Ganzes ergeben. Kaum hat man einen Anhaltspunkt gefunden, entstehen etliche neue Fragen. Genau das ist mein schizophrenes Problem: Ich stehe auf Herausforderungen, Fälle, die extrem schwer zu lösen scheinen. Das ist wie meine persönliche Droge, das, was mich ausmacht. Deshalb tue ich generell alles, was in meiner Macht steht, um irgendein Schlupfloch zu finden und dorthin zu gelangen, wo ich hinwill. Folglich brauche ich in diesem Fall Frank, der mit Zahlen weit besser umgehen kann als ich.

„Ehrlich gesagt fände ich es bedenklich, wenn es dich bloß ein paar Stunden kosten würde, einen Fall zu lösen, an dem die Anwälte seit Wochen kauen. Das wäre nicht gut für dein Ego."

„Ganz im Gegenteil. Mein Ego könnte mal wieder einen Boost gebrauchen."

Sie schnaubt verächtlich. „Oh, Buuuhu! Dann schau einfach mal in den Spiegel, das sollte für die nächsten Tage reichen." Sie schnalzt mit der Zunge. „Ehrlich. Das ist wie damals in der Schule, wenn die Streber rumheulten, weil sie dachten, sie hätten eine schlechte Schularbeit abgeliefert. Und? Was haben sie bekommen?"

Genussvoll nehme ich einen Schluck Kaffee, während ich ihre wilden Gesten über den Becherrand beobachte. „Eine Eins?", biete ich an.

„Richtig. Was sonst?!"

Ich grinse. „Warst du denn nicht eines dieser Kinder?"

Sophie stemmt die Hände in die Hüfte und setzt ein verruchtes Lächeln auf. „Süßer. Ich hatte während meiner Schulzeit keine Zeit zum Lernen."

„Ach ja?" Vielleicht nimmt dieses Gespräch ja noch eine interessante Wendung. Aber Sophie sieht auf die Uhr und wechselt das Thema. „Wie langweilig war die Vorlesung heute?"

Genervt lasse ich den Kopf auf den Schreibtisch fallen.

„Ich war nicht da. Sondern bei Silver. Hab mir seine Version noch mal angehört. Aussageprotokolle dokumentieren zwar viel, Körpersprache und Mimik sind aber nur live interessant. Und ich wollte erst mal für mich selbst sichergehen, dass er nicht schuldig ist, bevor ich mich hier umsonst quäle."

„Und? Ist er schuldig?"

Ich blase einen Haufen Luft aus. „Keine Ahnung. Ich kann Menschen zwar ganz gut lesen, bin aber nicht der ‚Mentalist'.

Kann mir aber nicht vorstellen, dass er das Geld unterschlagen hat. Dafür war er zu sauer und zu redefreudig.“ Ansonsten konnte ich dort drinnen praktisch schon den Steppenläufer im Wüstenwind vorbeiwehen sehen. Dass Gordon nicht ohne seinen Anwalt mit mir reden wollte, war einleuchtend. Der Finanzmensch Hunter, ebenso wie praktisch alle Mitarbeiter dort, war aber auch nicht sonderlich gesprächsbereit. Jeder fürchtet um seinen Job und um sein eigenes Wohl. Alles, was ich bekommen habe, war der USB-Stick, der nun in meinem Laufwerk steckt, weil Silver mir die innerbetriebliche Untersuchung elektronisch überlassen hat. Damit bin ich flexibler und muss Frank nicht bitten, extra in die Kanzlei zu kommen, wenn er zurückruft.

„Was die Vorlesung angeht, werde ich mir irgendwo Mitschriften besorgen. Außerdem ging es um die wissenschaftliche Arbeit, die wir schreiben müssen, und für die habe ich mir gerade schon zwei Stunden meiner Zeit gegönnt, weil ich hier nicht weiterkomme.“ Wegwerfend deute ich auf die Akte.

„Mach dich nicht verrückt, Nathan! Du bist klug. Du kommst schon noch drauf, wo der Hund begraben liegt. Vielleicht solltest du mal eine Pause machen. Ich bin jetzt jedenfalls weg. Lainey ist heute bei ihrer Großmutter, und einen freien Freitagabend mit Drake zuhause gebe ich für nichts und niemanden her.“ Sie wirft ihr Haar zurück und zwinkert zufrieden. „Und dir schalte ich jetzt das Radio ein, damit du nicht vergisst, wie wenige Stunden uns von Samstag trennen.“

Es dauert nicht lange, bis ich wirklich der letzte Idiot bin, der im Büro noch rumhängt. Wäre allerdings nicht das erste Mal, dass ich hier eine Nacht durchmache. Ich entferne Krawatte und Hemd und versuche, meinen Kopf an der Klimmzugstange, die ich im Büro montiert habe, freizukriegen. Wenn Gordon tatsächlich der Drahtzieher war, warum würde er dann Geld auf ein Off-Shore-Konto buchen, von dem er weiß, dass wir es finden würden? Es gibt genügend Banken, die nicht verpflichtet sind, Informationen auszuliefern. Und wo sind die restlichen fünfundachtzig Millionen?

Gerade als ich mich zurück an den Schreibtisch setze, um mir noch einmal die Datei der Buchhaltung von Williams Enterprises anzusehen, vibriert mein Handy.

Hulk: *Jen will wissen, ob wir mit dem Essen noch auf dich warten sollen.*

Hulk?! Oh Mann!

Ich: *Nein, sitze an einem Fall. Bestelle mir ne Pizza oder so.*

Ich: *Dir ist doch hoffentlich klar, dass ich diesen Namen unter keinen Umständen so lassen werde?!*

Hulk: *LOL. Mir egal. Nächstes Mal, wenn ich an deinem Klingelton bastle, lasse ich mir einen noch besseren einfallen.*

Lachend lege ich das Handy mit dem Display nach unten auf den Tisch und öffne am PC eine neue Seite im Webbrowser. Doch bevor ich die Tochter- und Vorratsgesellschaften unter die Lupe nehmen kann, tauchen Dutzende Pop-ups aus dem Nichts auf meinem Bildschirm auf und leiten mich unwillentlich zu anderen Seiten weiter.

„Woah!“ Entsetzt ziehe ich die Hände zurück und blicke fassungslos auf den PC, der scheinbar ein Eigenleben entwickelt hat. „Was zur Hölle ist jetzt los?“

Nichts geht mehr. Weder kann ich den Webbrowser schließen noch einen neuen öffnen, und als ich auf das offene Word-Dokument klicken will, in dem ich für die Uni geschrieben habe, wird es blass und meldet einen Fehler.

Nein, nein, nein ... Nicht beenden!!! Keine Ahnung, wann ich das letzte Mal auf Speichern gedrückt habe. Mit dem Taskmanager schließe ich den Webbrowser, in der Hoffnung, dass mir nur diese eine Seite Probleme macht. Kaum mache ich aber eine neue Seite auf, passiert dasselbe wieder. Auch die Excel-Datei reagiert auf keinen Befehl mehr. Innerlich fluchend greife ich zu meinem Handy und rufe Toby an. Das hat mir gerade noch gefehlt.

„*Hulk smash you*!“, meldet er sich mit passender Tonlage.

„Ich brauche jemanden, der sich wirklich gut mit Computern auskennt. Meiner sieht aus, als wäre er gleich Schrott.“

„Scheiße! Na, ich bin's sicher nicht. Habt ihr nicht einen hauseigenen IT-Typen?“

„Schau mal auf die Uhr, Mann! Am Freitag um halb zehn ist der schon über alle Berge, und es muss schnell gehen.“

Er flucht und fragt Jen, die im Hintergrund mit Geschirr klappert, ob sie jemanden kennt. Er hält zwar, wie ich ihn kenne, den Hörer zu, trotzdem verstehe ich jedes Wort, das sie hin und her schreien. Ehrlich, die zwei sind wie meine Großeltern früher.

„Ich soll dich fragen, ob du dich noch an diese Morgan erinnern kannst, mit der Jen dich verkuppeln wollte. Aber wahrscheinlich nicht, weil es schon an Wahnsinn grenzt, wie erfolgreich du all die Weiber in den Wind schießt. Ich meine, ja du bist wirklich *verdammt* scharf und so, aber …“ Über seinen belustigten Ton verdrehe ich die Augen. Verarschen kann er jemand anderen. Und vor allem nicht jetzt, ich hab echt keinen Nerv jetzt. Ich höre Jen im Hintergrund meckern und Toby grunzend „Au!“ rufen. Ich hoffe, es war etwas Hartes. „Entschuldige … Frauen“, verbessert er sich.

„Der Punkt …?“

„Die jobbt anscheinend nebenher bei so einer Computer-Helpline von der Uni.“

Morgan ist in Ordnung. Wir haben uns gut verstanden, mehr kam aber von beiden Seiten nicht. Wäre zwar komisch, sie jetzt nach einem halben Jahr anzurufen, aber ich muss jede Hilfe annehmen, die ich kriegen kann.

„Die Nummer?“

„Bringt dir nichts. Sie hat Nachtschicht im Krankenhaus“, sagt er lachend. Ist nichts Neues, dass er es genießt, mir auf die Nerven zu gehen.

„Toby …“, warne ich.

„Okay, okay. Mann! Ihr versteht echt beide keinen Spaß! Ruf einfach bei der Hotline an, da gibt‘s offenbar mehrere, die sich mit der Fernwartung abwechseln. Die Nummer müsste auf der Homepage stehen.“

Ich bedanke mich flüchtig und lege auf, damit ich über das Handy die Seite der Uni aufsuchen kann. Zum Glück dauert es nicht lange, bis ich die entsprechende Verknüpfung zum TechSupport gefunden habe. Das Bild eines Kerls namens Jordan taucht auf meinem Display auf, dazu die Nummer und ein grünes Häkchen für seine Erreichbarkeit. Ich tippe auf die Nummer und höre mir an, wie eine aufgenommene Männerstimme mir ein paar Sekunden lang erklärt, dass die erste halbe Stunde zwanzig Dollar kostet und ich gleich zu meinem Experten weitergeleitet werde. Ich hoffe mal, dass das Warten nicht schon zur halben Stunde gehört, denn es fühlt sich an wie eine Ewigkeit.

„UNC TechSupport, hier spricht Lexi. Wie kann ich helfen?“, tönt endlich eine angenehm ruhige Stimme aus dem Telefon. Der weiche, leicht rauchige Klang hört sich intelligent und, ja, ziemlich sexy an.

Konsterniert denke ich an das Gesicht von Jordan, mit dem ich doch eigentlich hätte verbunden werden sollen. „Du klingst … irgendwie anders als der Kerl, den ich auf eurer Website gesehen habe.“

Das klare Lachen, das über ihre Lippen kommt, ist – egal wie lahm das jetzt klingen mag – das wahrscheinlich Schönste, was ich seit Langem gehört habe. Es wirkt nicht aufgesetzt, sondern ehrlich und warm. Aber deswegen habe ich nicht angerufen …

„*O*kay, ich muss zugeben, so wurde ich noch nie begrüßt. Aber wenn er aussah wie ein Mann, dann bin ich es, denke ich, tatsächlich nicht. Mein Kollege hat sich wohl noch nicht ausgeloggt. Ist es für dich in Ordnung, wenn *ich* mit dir rede?“

Mit der *Stimme könntest du mir aus einem Kochbuch vorlesen, und ich würde dir aufmerksam zuhören.* Ich räuspere mich. „Ich wollte damit deine Kompetenz nicht infrage stellen Lexi, in meinem Kopf formt sich bloß gerade ein interessantes Zusammenspiel von Amy aus ‚The big bang theory‘ und Abby aus ‚NCIS‘.“

Da ist es wieder. Dieses Lachen, das bewirkt, dass es mir relativ egal ist, ob mein üblicher Bullshit-Modus Pause macht und ich stattdessen wie ein Vollhonk rüberkomme.

„Wow! Keine drei Minuten am Telefon, und schon häufen sich die Klischees.“

„Tut mir leid. Aber du musst Geduld mit mir haben, denn hier ist noch eines: Ich bin blond.“ *Was?* forme ich mit den Lippen über meinen eigenen Spruch. Was ist los mit mir?

Ihr tiefes Kichern hört sich an wie das eines Bösewichts aus einem James-Bond-Film. „Oh. Schwerer Fehler, mir diese kostbare Information zu geben. Aber keine Sorge, ich habe schon Schlimmeres als deinen Vergleich eben gehört.“

Kann ich mir vorstellen bei einem Mädchen, das mit solch einer Stimme bei einer Hotline arbeitet.

„Nun. Zu deinem PC. Hast du schon versucht, ihn einmal ab- und wieder einzuschalten?"

Ich weiß, dass sie mich verarscht, weil ich bisher nur Schrott gelabert habe. Warum lächle ich dann schon wieder wie ein Idiot? Das ist nicht witzig.

Na gut, ein bisschen vielleicht. „Ehrlich, Lexi? Bitte sag mir, dass du dir dein Computerwissen nicht in der Serie ‚The IT Crowd' angeeignet hast."

Sie stößt einen Freudenschrei aus. „Oh mein Gott! Du bist der Erste, der diese Anspielung kennt. Dich mag ich. Und nein, das sage ich nicht zu jedem."

Jetzt bin ich es, der auflacht. „Danke. Es freut mich, dass du dich in meinem Leid wälzt."

„Also gut. Seriös, wie ich bin, frage ich noch einmal: Möchtest du mir das Problem schildern?"

Ernüchtert sehe ich zurück auf meinen PC. „Es tauchen am laufenden Band neue Pop-ups auf meinem Bildschirm auf, Word reagiert nicht mehr, und ich schmeiße gerade meine Nerven weg, weil er unter keinen Umständen abkratzen darf. Okay? Sollte sich das Dokument jetzt schließen, sind meine Daten verloren, und ich bin geliefert. Eine extrem mühsame Arbeit, die ich gerade für die Uni schreibe, ist nicht abgespeichert."

„Oje. Hört sich an, als bräuchtest du mehr Hilfe als nur die Wiederbelebung deines PCs."

In einer Mischung aus Anspannung über die Lage und aus Begeisterung über ihre Schlagfertigkeit beiße ich mir auf die Zähne und schließe die Augen. „Fünfzehn Seiten. Weißt du, wie lange ich für fünfzehn Seiten gebraucht habe?"

„Wenn du so schnell tippst, wie du redest, dann nicht besonders lange“, gibt sie zurück, und ich glaube fast vor mir zu sehen, wie ihre Augen blitzen.

„Kann ich vielleicht noch mal mit der seriösen Lexi sprechen?“, frage ich gespielt genervt.

„Okay, okay, sorry.“ Sie hüstelt. „Welches Betriebssystem hast du?“

„Windows 10. Ich habe vor kurzem das Upgrade gemacht.“

„Alles klar, da hätten wir schon mal den ersten Fehler.“

Ich runzle die Stirn. „Bitte? Was hast du denn? Apple?“

„So meinte ich das nicht. Windows 10 birgt viel mehr Systemfehler als die Vorgängerversion. Wenn du vor weniger als dreißig Tagen umgestellt hast, würde ich dir raten, wieder umzusteigen und zu warten, bis die Fehler behoben sind.“

Ich seufze. „Lexi, im Moment habe ich genug damit zu tun, nicht aus dem Fenster zu springen, weil meine ganze Arbeit futsch ist.“

Sie pfeift durch die Zähne. „Was studierst du noch gleich? Schauspielerei? Für Dramatik hast du nämlich ein Händchen.“ Absichtlich laut tippe ich mit den Fingern auf meinen Schreibtisch.

„Hey Fremder! Nicht sauer sein! Ich sag der aufsässigen Lexi, sie soll mal in die Ecke gehen.“ Das Bild gefällt mir, und ich schmunzle. „Also für mich hört es sich an, als hättest du dir einen Virus eingefangen. Der schaltet deinen Antivirenschutz aus und lädt jetzt anscheinend immer wieder neue Viren herunter. Daher die ganzen Pop-ups. Ich kann ihn per Fernwartung für dich beseitigen, wenn du willst, und deine Dateien im schlimmsten Fall zumindest soweit wiederherstellen, wie sie von AutoSave zum letzten Mal gespeichert wurden. Sofern du dieses Feature nicht umgestellt hast, passiert das in der Regel alle zehn Minuten."

Sie erklärt mir, dass ich für die Fernwartung meine Daten auf der Homepage der Helpline eingeben müsse. Dann bekäme ich einen Code, mit dem ich mir ein Tool herunterladen und installieren müsse. So könne sie auf meinen Computer zugreifen. Nach dem dritten Absturz des Browsers, durch den Lexi mich führt, funktioniert es auch.

„Ich lade dir jetzt ein Suchprogramm herunter, das deinen Computer nach Malware absucht und diese beseitigt. Gleichzeitig werde ich noch manuell über deine Programme und Daten gehen, um sicherzugehen, dass nichts übrig bleibt, okay? Das wird etwa eine Stunde dauern."

Ziemlich befremdlich, dabei zuzusehen, wie jemand an meinem PC arbeitet und meine Daten öffnet, während ich nur tatenlos zusehen kann. Dabei bewegt sie nicht einmal meine Maus. „Du hast wirklich eine reizende Art, mir zu erklären, dass du dich gerade in meinen PC hineinhackst."

„Ich kann dich beruhigen. Echtes Hacking wäre es erst, wenn ich es ohne deine Erlaubnis täte."

Ich lache nüchtern auf. „Ja, du hast recht. Das hört sich gleich viel besser an."

„Vertrau mir, Nathan! Ich werde nichts tun, was dir schaden könnte." Das Neckische aus ihrem Ton ist verschwunden, übrig sind voller Ernst und Verlässlichkeit. Die Art, wie sie meinen Namen sagt, bewegt irgendwas in mir. Was auch immer es ist, verwerfe ich so schnell, wie es gekommen ist. Es ist nur ein Telefonat, erinnere ich mich selbst. Ich sehe und höre dieses Mädchen danach nie wieder. Und das ist auch gut so.

„Und jetzt, seriöse Lexi? Was tun wir, während wir warten?"

„Du könntest mir zum Beispiel erzählen, was du wirklich studierst, aber ich muss dich warnen: Ich höre dir bloß mit einem Ohr zu, mit dem zweiten bin ich woanders. Keine Angst, ich bin multitaskingfähig."

„Das meinen Frauen immer."

Sie schnarcht laut ins Telefon und räuspert sich dann. „Oh. Verzeihung, worüber sprachen wir gerade?"

Obwohl sie es nicht sehen kann, verdrehe ich scherzhaft die Augen. „Ich studiere Jura, arbeite aber nebenbei in einer Kanzlei."

„Wow. Du musst ziemlich schlau sein, wenn du neben dem Jura-Studium arbeiten kannst."

Ich zucke mit den Schultern. „Tust du doch auch, nehme ich an."

„Ja, aber ich bin nicht sicher, ob man unsere Situation miteinander vergleichen kann. Ich studiere IT, bin aber auch mit dem Computer aufgewachsen. Benutze und interessiere mich für ihn seit ich acht bin. Das ist sozusagen mein Element. Deswegen ist der Job einfach eine angenehme Möglichkeit, Geld zu verdienen", erklärt sie, ihr Ton etwas ruhiger und bedächtiger als vorher.

„Hey, aufsässige Lexi? Kann es sein, dass du wirklich ein Nerd bist?"

Sie kichert. „Entscheide dich lieber mal, mit welcher von uns du eigentlich reden willst. Aber ja, ich denke, man könnte mich als Nerd bezeichnen."

„Siehst du auch aus wie einer?"

„Einer? Konnte ich dich denn immer noch nicht überzeugen, dass ich kein Kerl bin?" *Oh doch …*

„Wird ‚Nerd' denn gegendert?", weiche ich aus. „Und ich glaube generell Dinge erst dann, wenn ich Beweise dafür sehe. Berufskrankheit. Meine Frage hast du aber nicht beantwortet."

Sie lacht trocken. „Ist schwer für mich zu beurteilen." Warum klingt sie plötzlich so unsicher? „Aber wer weiß, wenn du Glück hast, lasse ich es dich vielleicht irgendwann einmal selbst herausfinden." Den Gedanken, das Gesicht zu dieser Stimme zu sehen, finde ich verlockend. Ich nehme das Handy von meinem Ohr und suche auf der Helpline-Homepage nach Bildern der anderen Mitarbeiter.

„Bist du noch da?"

„Wieso finde ich von dir kein Foto auf eurer Seite?", überlege ich laut.

„Hey! Stalkst du mich, während wir reden?"

Ich mache einen zischenden Laut. „Fragt die, die sich gerade Zugang zu meinen peinlichsten Fotos verschaffen könnte, ohne dass ich je davon wüsste."

„Nathan, auf diesem PC sind keine Fotos. Ich fände es auch bedenklich, wenn du am Firmencomputer Nacktfotos oder so von dir abspeichern würdest", meint sie und schnalzt mit der Zunge.

„Nur *das* fändest du bedenklich? Auch mit dem Rest des Satzes stimmt einiges nicht."

„Wenn du es ehrlich wissen willst … Dass es kein Foto von meiner Kollegin Morgan und mir gibt, ist vorrangig zu unserem Schutz." Ich frage mich, wie viel Kontakt sie zu dieser Morgan hat und wie ein Gespräch der beiden über mich verlaufen würde.

„Woah! Ähm, Nathan?", unterbricht sie plötzlich meine Gedanken. „Zieh den USB-Stick raus! Der ist laut meinem Scanner geradezu Disneyland für all die Viren auf deinem PC." Ich lasse mich nicht zweimal bitten und reiße das Ding aus dem Computer. Fassungslos sehe ich auf den Malwarescanner, der eine Virenmeldung nach der nächsten ausspuckt.

„Verdammtes Arschloch!“, donnere ich wütend und schlage mit der Faust auf den Schreibtisch. Der verseuchte Stick stammt von Williams Enterprises. Das kann kein Zufall sein. Die Frage ist nur, wer so dämlich ist, durch diese Aktion mit dem Finger auf sich zu zeigen. Hält er mich für so bescheuert, zu glauben, der Stick und damit die Malware kämen wirklich von Silver persönlich? Natürlich könnte ich Silver jetzt anrufen und fragen, wer die Daten auf den Stick gespielt hat, aber ich will niemanden nervös machen. Der Kerl ist schlau, hat sich bisher schön aus der Affäre gezogen und wartet jetzt geduldig im Hintergrund, bis entweder Gordon oder Silver verurteilt werden.

„Ja … Nathan? Ich glaube, der Stick kann dich nicht hören.“

„Ich meinte auch nicht den Stick, sondern denjenigen, der ihn mir gegeben hat. Eigentlich sollte ich ihm ja dankbar sein, weil er mich gerade mit einem roten Pfeil zu sich führt.“

Ich höre, wie sich Lexi am anderen Ende die Hände reibt. „Ui, die ganze Sache wird immer aufregender.“ Leider kann ich ihre Euphorie bei dieser Sache nicht teilen. Ich klemme das Handy zwischen Schulter und Ohr, stürze mich wieder auf die Akte und beginne mir eine Liste derer zu erstellen, die bei Williams Enterprises im IT- und im Finanzbereich arbeiten. Mit besonderem Augenmerk auf jenen, die an der innerbetrieblichen Untersuchung beteiligt waren.

„Und wer war es? Der Gärtner? Der Butler?“, fragt Lexi neugierig. „Das ist *so* cool. Ich fühle mich wie die Komplizin von ‚Arrow‘. Wie heißt sie noch gleich?“ Ich höre, wie sie ein paarmal mit dem Finger schnippt. „Felicity“, ergänzt sie selbstzufrieden.

Ich schüttle amüsiert den Kopf. Wie schafft sie das nur, trotz meiner Situation, an der eigentlich gar nichts lustig ist? „Langsam kann mein Hirn die Vorstellung von dir nicht mehr verarbeiten.“ Felicity ist ziemlich heiß, genauso wie Lexi in meinem Kopf.

Sie ignoriert meine Bemerkung. „Und das hier ist keine Folge von *Mord ist ihr Hobby*. Niemand hat irgendwen getötet, also keine Panik.“

Angespannt überlege ich. „Kannst du feststellen, ob das Malware ist, die Daten angreift, klaut oder mich bloß ärgern soll?“

Sie brummt nachdenklich. „Also momentan finde ich nur technische Kompromittierung von Daten. Nichts, was sich nicht reparieren lassen würde. Aber es ist gut, dass du gleich angerufen hast. Viele solcher Schadprogramme enthalten nämlich so genannte ‚Backdoors‘, also Hintertüren, die Unbefugten Zugang zum Computer gewähren können.“ Das hätte mir gerade noch gefehlt. „Mach dir keine Sorgen! Soweit wird es nicht mehr kommen. Jetzt, wo der Hauptträger entfernt wurde, kann mein Programm ungehindert seine Aufgabe erfüllen.“

Momentan mache ich mir eher Sorgen, dass ich mir eine Einstweilige Verfügung einhandle, weil ich dem Typen in die Fresse hauen will.

„Okay. Lexi? Glaubst du mir, wenn ich dir sage, dass ich echt gerne weiter mit dir reden würde? Ich muss aber leider wieder arbeiten.“

„Kein Problem. Mach nur und schnapp den Bösen! Das Suchprogramm läuft noch ein paar Minuten. In der Zwischenzeit mache ich deinen PC ein bisschen schneller, wenn das für dich in Ordnung ist?“

Während ich ihr über die Lautsprecherfunktion beim wilden Tippen und leisen Summen zuhöre, sehe ich mir die Finanzauflistung zum gefühlt hundertsten Mal an. Irgendetwas übersehe ich die ganze Zeit. Aufgefallen ist, dass Geld fehlt, weil bei einer Jahresüberprüfung vermehrte Abbuchungen bemerkt wurden. Auf dem Papier steht jedoch nirgendwo, wer die Buchhaltung ursprünglich durchgeführt hat, nur dass Hunter diesen Job übernommen hat, weil ein Unbeteiligter angefragt wurde. Wenn ich also herausfinde …

„Hey na na na na na naaa, so fire away", singt Lexi mich plötzlich aus meinem gedanklichen Wahnsinn. Nicht laut und manchmal ziemlich schief, aber es reicht, um mich kurz aus der Reserve zu locken.

„Lexi, ist dir langweilig?"

„Wie kommst du darauf?", fragt sie verwirrt.

„Weil du Rea Garvey singst."

„Ich mag dieses Lied." Sie sagt es, als wäre lautes Singen am Telefon vor einem Fremden das Natürlichste auf der Welt. Es gefällt mir, dass sie sich deswegen nicht entschuldigt. Das würden die meisten Leute machen. „Außerdem bist du derjenige, der während der Arbeit Radio hört."

Die Stirn furchend, hebe ich den Kopf und achte zum ersten Mal, seit Sophie gegangen ist, aktiv auf den extrem leise eingestellten Radiosender, aus dem tatsächlich „Armour" tönt. Paranoid schiele ich zur Webcam, die ich eigentlich extra deaktiviert hatte. Selbst wenn sie an wäre, würde das nicht erklären, wieso sie das Lied hören kann. „Edward?", frage ich und spiele auf den Vampir mit den übernatürlichen Sinnen und der Fähigkeit zum Gedankenlesen an.

Sie versteht und prustet los, braucht ein paar Sekunden, bis sie sich beruhigt hat. „Nein, Nathan. Ich kann dich weder sehen, deine Gedanken lesen, noch habe ich mich in dein Radio gehackt. Ich habe einfach Ohren und bin nicht so abgelenkt wie du. Also weißt du? Wenn das nicht gerade so lustig gewesen wäre, wäre ich wirklich beleidigt. Was muss ich tun, damit du mir glaubst …“ Das schellende Firmentelefon beendet ihren Satz frühzeitig und lenkt meine Aufmerksamkeit von ihr weg. Ohne Umschweife hebe ich ab.

„Frank?“

„Nathan. Ich hoffe, mein Anruf kommt nicht zu spät?“

„Auf keinen Fall. Kann nur sein, dass du es gleich bereuen wirst, zurückgerufen zu haben. Warte bitte einen Moment!“, sage ich und halte das Mikro an meine Brust, bevor ich mein Handy noch einmal zur Hand nehme.

„Lexi? Ich muss leider auflegen. Brauchst du noch etwas von mir?“

„Verstehe. Nein, alles gut. Das Programm läuft noch zwei Minuten, dann logge ich mich aus. Zehn Sekunden später wirst du auf deinem Bildschirm erkennen können, dass die Verbindung beendet wurde. Mein Akku ist sowieso bald leer. Bei uns ist Stromausfall.“

„Gut, dass du mir das erst jetzt sagst. Vorhin hätte mich das unter Umständen beunruhigen können“, grinse ich, was sie mit glucksendem Kichern beantwortet.

„Hat mich sehr gefreut, dein Sidekick sein zu dürfen. War mal etwas anderes.“

Ich lache. „Danke für deine Unterstützung, Felicity. Sollte ich mal wieder bei einem Fall nicht weiterkommen, weiß ich ja, an wen ich mich wenden muss.“

„Alles klar, Nathan. Man *hört* sich sowieso immer zweimal im Leben.“

Und plötzlich erwische ich mich dabei, wie ich hoffe, dass sie recht hat.

3

Lexi

Morgan rüttelt wie verrückt an unserer Eingangstür, bis es ihr endlich gelingt, den richtigen Winkel zu finden, um den Schlüssel drehen und aufzusperren zu können. So bruchbudig die Wohnungen in diesem Komplex auch sein mögen, unsere erscheint mir relativ einbruchssicher, denn alleine die Tür aufzukriegen dauert so lange, dass der Dieb eher einschlafen würde, als bis zum Ende durchzuhalten. Zumindest rede ich mir das ein, wenn ich alleine bin. Dass bei den Nachbarn tatsächlich schon mehrere Male die Tür aufgebrochen wurde, blende ich gekonnt aus. Dabei wäre bei unseren umliegenden Gebäuden bestimmt viel mehr zu holen. Wir leben nämlich gar nicht in so einem schlechten Viertel, aber ich schätze, es läuft nach einem umgekehrten Robin-Hood-Motto: Nimm von den Armen, damit es die Reichen behalten können.

„Guten Morgen!“, rufe ich ihr aus der Küche zu, Tee und Laptop vor mir, bevor ich mich nachher gleich auf den Weg in die Bibliothek zum Lernen mache. Ich lasse mich von Geräuschen sehr leicht ablenken, und unsere Tür ist nicht das Einzige, was in diesem Gebäude nicht zu überhören ist. Deshalb ist das hier für mich nicht gerade der ideale Ort zum Pauken. Dabei wäre mir am liebsten, ich könnte so oft wie möglich in meiner gewohnten Umgebung bleiben. Ich bin nicht depressiv oder so, ganz im Gegenteil. Ich liebe das Leben. Aber mit Veränderungen kann ich nur suboptimal umgehen. Ich weiß, dass ich einige Stärken habe. Orientierung und die Fähigkeit, mich schnell an Neues anzupassen, gehören aber nicht dazu.

„Eher gute Nacht. Ich bin so k.o.“ Morgan gähnt herzhaft. „Wenn ich jetzt umfalle, musst du mich ins Bett tragen. Vorher aber bitte noch unter die Dusche, denn niemand kann sich vorstellen, wie viele Kinder auf der Station mich in der Nacht angespuckt, angeniest, angehustet, angerotzt und …“

„Danke!“, unterbreche ich sie und bedecke mit den Fingern vorsichtshalber meine Ohrmuscheln … Dinge, die die Welt nicht wissen muss. „Ich kann es mir lebhaft vorstellen.“ Ich strecke die Hand nach ihr aus, die sie im Vorbeigehen zur Begrüßung berührt. Ich bewundere meine beste Freundin für ihre Liebe zu dieser Arbeit und zu den Patienten, für ihre Geduld und den Eifer, mit dem sie zwei Jobs gleichzeitig bewältigt, obwohl sie bis zum Sommer noch studiert. Wir haben uns im ersten Collegejahr kennengelernt und sind sofort zusammengewachsen. So sehr wir uns von der Persönlichkeit her ähneln, äußerlich könnten wir nicht gegenteiliger sein. Während sie nämlich die perfekte Größe, die perfekte Figur und das perfekt passende Gewicht für ihren Körper hat, habe ich es nie über die Einsachtundfünfzig geschafft und bin mit meinen siebenundvierzig Kilo nicht mehr als ein Strich in der Landschaft. Oft ärgert es mich, dass Leute mich wegen äußerer Faktoren nicht ernst oder für voll nehmen. Ich bin gar nicht das verletzliche, schüchterne Mäuschen, für das man mich hält. Ich habe einiges auf dem Kasten, und das will ich mir nicht nehmen lassen, auch wenn bestimmte Organe bei mir eben nicht so funktionieren mögen wie bei anderen. Als Frühchen kämpfe ich seit meinen ersten Lebenstagen mit meinen Atemwegen und manch anderen Dingen. Meine Eltern waren schon immer sehr beschützerisch und versuchten, alles Schlechte von mir abzuwehren. Vor allem Mom. Und ich weiß, sie meint es gut, trotzdem kann es sehr lähmend sein, weil sie mir nur wenig zutraut. Deshalb war es perfekt, in Morgan die Freundin zu finden, mit der ich letztlich doch endlich in eine eigene Wohnung ziehen durfte. Die bröckelnden vier Wände mögen vielleicht nicht viel sein, aber für jede von uns bedeuten sie auf eine andere Weise Freiheit. Wir finanzieren uns alles selbst, und das soll auch so bleiben. Nicht, dass Morgan eine Wahl hätte: Sie fühlt sich verantwortlich, ihrer arbeitsunfähigen Mom und ihrer kleinen Schwester monatlich Geld zu schicken. Deswegen die zwei Jobs. Meine Mutter hat hingegen schon oft Geld angeboten, damit ich in eine bessere Anlage ziehe, aber mit ihrer Hilfe sind eben auch immer Erwartungen verbunden, und die möchte ich vermeiden. Zum Glück kennt sie nur den Bruchteil der diversen Mängel, die uns hier regelmäßig herausfordern.

„Leider ist der Strom wieder einmal fast die ganze Nacht ausgefallen. Wenn du also mit warmem Wasser duschen willst, wirst du noch etwa eine halbe Stunde warten müssen."

„Oh Mann! Töte mich gleich!", seufzt sie und lässt sich neben mir auf dem Küchenstuhl nieder. Ihr Kopf fällt müde auf den Tisch. Ich streichle tröstend ihre glatten Haare. „Sieht nach Katzenwäsche für mich aus."

Ich kichere. „Ach Morgan, du weißt … in meinen Augen bist du immer schön, egal was du machst", zwinkere ich.

„Und wenn du das sagst, Süße, dann muss es ja stimmen." Ich mag die Natürlichkeit mit ihr. Keiner spielt dem anderen etwas vor, versucht Unzulänglichkeiten zu verbergen.

„Wie war dein Abend dann so?", murmelt sie halb ins Holz.

„Nicht ganz so toll, nachdem mich der Strom schon früh im Stich gelassen hat." Das sind dann die Zeiten, wenn ich erst recht nicht gerne alleine zuhause bin. Nicht weil ich mich vor absoluter Dunkelheit fürchte, sondern weil ich die Stille rund um mich nicht aushalte. „Trotzdem konnte ich vorher ein paar Klienten helfen.“ Der letzte hat meiner gezwungenermaßen frühzeitig abgebrochenen Arbeitszeit einen sehr amüsanten Abschluss beschert. Er ist es, an den ich gerade die E-Mail tippe, die unseren Standardspruch enthält, der nach einer Fernwartung automatisch versendet wird: „Ich hoffe, ich konnte dein Problem beheben. Wenn du zufrieden bist, würde ich mich über eine kurze positive Rückmeldung auf unserer Seite freuen …“ Bla, bla …

Bis zu ihm ist die Nachricht jedoch nicht durchgegangen, weil mein Notebook nur wenige Sekunden, nachdem ich aufgelegt hatte, den Geist aufgegeben hat. Immerhin musste der Akku ja schon über zwei Stunden durchhalten. Ich muss dem System aber das Okay geben, das Telefonat zu beenden, damit die Gesprächsminuten erfasst werden. Tja, das geschah erst heute Morgen – also sechshundertfünfundzwanzig Minuten später. Und die Rechnung wird vom Büro verschickt, nicht von mir persönlich. Bevor Nathan also einen Herzinfarkt bekommt, erkläre ich ihm jetzt, dass ich das wieder in Ordnung bringe und mit meinem Chef reden werde. Natürlich auch, dass es mir leidtut.

Obwohl mir die Sache eigentlich fürchterlich peinlich und unangenehm sein sollte, finde ich aber jetzt nicht nur Schlechtes daran, Nathan zu schreiben. Vielleicht, weil er auf mich nicht wie der Typ wirkte, der wegen so einer Sache die Nerven verlieren oder ungut werden würde.

„Warum grinst du so, wenn du das sagst?“, will Morgan wissen. Man hört förmlich ihr schelmisches Lächeln. Dabei war mir gar nicht bewusst, dass sie mich ansieht.

Ahnungslos schüttle ich den Kopf. „Ich bin ein glücklicher Mensch?!“, biete ich an, und sie schnaubt.

„Ja. Ich *weiß*“, betont sie, „aber ich habe so das Gefühl, dass das im Moment nicht alles ist.“ Ihr Sessel quietscht, und auf einmal hängt Morgan über mir, um zu sehen, wem ich schreibe. Chancenlos versuche ich noch, ihn zuzuklappen. „Nathan, hm?“, liest sie trotzdem zufrieden, während ich schon abwehrend den Kopf schüttle.

„Oh nein!“, mahne ich lachend bei ihrem Ton. „Kein *hm*, kein *oh*, kein Garnichts. Du weißt, ich bin momentan *wirklich* nicht an irgendetwas interessiert.“ Die Augen weitend, untermauere ich meine Aussage. „Also lass uns bitte keine große Sache daraus machen, okay? Es war einfach ein nettes Gespräch. Wir hatten Spaß beim Reden. Ende.“

Selbst wenn ich mich schon wieder mit meinem Laptop befasse, spüre ich beinahe ihr Augenrollen. „Na gut. Obwohl nichts falsch daran wäre, wenn dir dieser Nathan gefallen würde. Nicht jeder Kerl ist wie Andrew, Süße. Aber ich glaube, das habe ich schon das eine oder andere Mal erwähnt.“

Autsch. Wunder Punkt. Ich senke den Kopf. „Morgan, wenn du es so ausdrückst, hört er sich an wie ein Monster.“

„Ich weiß, ich weiß. *Du* bist ja an allem schuld.“ Der Satz trieft vor Sarkasmus. „*Er* ist ein Idiot. Und manchmal ein erbärmlicher noch dazu. Ich glaube, der Mensch *lebt* am Campus und wartet dort auf dich wie ein verlorener Welpe. Das Getue wird langsam alt.“ Unsere Trennung liegt schon ein paar Monate zurück, trotzdem gehe ich ihm immer noch, so gut es geht, aus dem Weg. Er hat Mist gebaut. Ich habe die Beziehung beendet. Das heißt nicht, dass es mir nicht wehgetan hat, meinen besten Freund zu verlieren. Wir kennen uns seit der ersten Klasse Grundschule, haben wirklich alle Höhen und Tiefen des Lebens miteinander erlebt und waren dem jeweils anderen immer eine Stütze. Die meisten unserer gemeinsamen Freunde verstehen bis heute nicht, weshalb ich eine so wertvolle Sache „leichtfertig“ aufgegeben habe. Wenn eine Beziehung jedoch nur mehr darin besteht, dem anderen zu misstrauen und ihm wehzutun, möchte ich ehrlich gesagt lieber keine haben.

„Tja, wie gut, dass ich gegen seine sämtlichen Blicke immun bin“, kontere ich mit einer lustigen Grimasse, bemühe mich weiter um einen humorvollen Ton.

„Nicht witzig … Lass dich heute Abend bloß nicht von ihm oder irgendeinem deiner komischen Freunde um den Finger wickeln, verstanden?“

Ich schnalze mit der Zunge und setze eine strenge Miene auf. „Meine Freunde sind nicht komisch, Morgan. Sie meinen es gut und kennen uns eben nur zusammen.“

„Ja, aber Zeiten und Menschen ändern sich. Sollte etwas sein, rufst du mich an, und ich schieße – wen auch immer – zum Mond, klar?“

Lachend stütze ich mich mit den Ellbogen auf dem Tisch ab. „Okay!“, verspreche ich, obwohl wir beide wissen, dass keine Neujahrsparade sie wecken könnte, wenn sie schläft.

Laut reibt sie sich über das Gesicht und stöhnt dabei genervt. „Vergiss die Katzenwäsche! Ich gehe ins Bett.“

In der Bibliothek brüte ich über meinem Laptop, mit Kopfhörern, über die ich mir aus den Skripten und Büchern vorlesen lasse, während ich mir Notizen mache. So lerne ich am leichtesten und effektivsten. Ich bin *bestimmt* kein visueller Typ.

Ein Pop-up vom Chat der Fernwartungs-Hotline erscheint mit einem dezent klickenden Geräusch auf meinem Fenster. Erst wenn ich auf Antworten gehe, sieht der Sender, dass ich online bin, was ich normalerweise beim Lernen absolut nicht bin. In diesem Fall mache ich aber eine Ausnahme.

Nathan Foster: *Sorry für die verzögerte Antwort. Meinem besten Freund musste vorher noch in den Arsch getreten werden. Keine Panik jedenfalls wegen der Rechnung, hätte sowieso die Kanzlei zahlen müssen *zwinker**

Ich: *Haha. Na wenn das so ist ... war die Summe vielleicht doch kein Fehler. Hihi*

Was hat der arme Schlucker denn verbrochen?

Nathan Foster: *Hauptsächlich, dass er mich am Samstag mitten in der Nacht (also um halb sieben!!!) geweckt hat. Noch dazu hat er eine bescheuerte Idee geboren, und ich soll ihn dabei unterstützen.*

Selbst beim Schreiben finde ich ihn lustig. Morgan würde mich bestimmt wieder ausquetschen, wäre sie jetzt hier, weil der Kerl mich so einfach zum Schmunzeln bringt.

Ich: *Wirst du es tun?*

Nathan Foster: *Na klar. Was bleibt mir anderes übrig?! Ich bin der beste Freund, den man sich wünschen kann, Lexi.*

Ich: **würg**

„Hey Alexandra!“, sagt jemand hinter meinem Rücken und tippt mich an. Meine Hand fährt zu meinem Mund, um den Schrei einzukesseln, der sich in meiner Brust gebildet hat. Mit der anderen Hand reiße ich die Kopfhörer herunter, damit ich den Anschleicher besser hören kann.

„Sorry! Ich wollte dich nicht erschrecken.“ Andrew. Wie lange steht er wohl schon hinter mir? Ein unangenehmer Schauer fährt mir über den Rücken, und meine Lider schließen sich. Früher hatte ich Schmetterlinge im Bauch, wenn ich nur an Andrews Namen dachte, seinen fruchtigen Duft vernahm. Nie hätte ich mir vorstellen können, dass mich sein Geruch einmal nicht mehr umhauen könnte; dass mich die Intensität und Monotonie seiner Stimme sogar stören würde. Früher fand ich es außerdem nicht schlimm, von ihm mit meinem vollen Namen angesprochen zu werden. Heute stellt es mir die Haare auf. Aber ich schätze, das passiert irgendwann, wenn die Gefühle weg sind.

„Hi Andrew."

„Darf ich mich zu dir setzen?", fragt er, obwohl er seine Jacke schon auf den Stuhl neben mir geworfen hat.

„Ich lerne eigentlich gerade." Zumindest habe ich es versucht. Es ist nicht meine Absicht, Andrew durch meine kühle Art zu verletzen. Leider gelingt es mir aber nicht, nicht an all die Dinge zu denken, die wir in einem schleichenden Prozess von Egoismus und Sturheit verschenkt haben. Daran hat nicht er alleine Schuld, er war lediglich der Erste, der es durch seine Handlungen geäußert hat.

„Ich wollte auch nur fragen, ob ich dich später abholen soll?"

„Nein, danke. Ich werde die U-Bahn zum *Scenery* nehmen, denke ich."

„Mein Auto ist billiger als die U-Bahn. Wahrscheinlich auch bequemer für dich. Du musst auch nicht mit mir reingehen", scherzt er mühevoll.

„Andrew. Ich komme zurecht. Wirklich!" Das fiel jetzt etwas schärfer aus als geplant, weil er mich schon wieder bemuttert.

Er seufzt enttäuscht. „Muss es jetzt immer so zwischen uns sein? Oder hörst du irgendwann auf, wütend auf mich zu sein?"

Ich hole tief Luft, innerlich etwas unglücklich, von ihm nicht ernst genommen zu werden, obwohl diese Gespräche lediglich ein Aufwärmen vergangener Diskussionen sind.

„Andrew, ich finde ehrlich keinen anderen Weg mehr, dir zu sagen, dass ich nicht wütend auf dich bin. Für mich gibt es aber keinen Weg zurück, und ich denke, es wird Zeit, dass wir das beide akzeptieren."

Ein paar Sekunden herrscht Schweigen. „Ja, würde mir wahrscheinlich auch leichter fallen, das zu sagen, wenn ich schon mit einem Anderen schreiben würde." Sein Ton ist hart, zynisch. Es verletzt mich, passt mir gleichzeitig gar nicht, weil er kein Recht hat, sauer zu sein. Ich bin kurz davor, meine Sachen zu packen und zu verschwinden, als er seine Hand auf meine legt und verzweifelt stöhnt.

„Es tut mir leid, Alexandra … Lexi. Ich wünschte wirklich, ich könnte zurücknehmen, was ich gesagt und getan habe. Wir waren perfekt zusammen."

Kopfschüttelnd schnaube ich, weil mir immer mehr bewusst wird, wie sehr wir uns mit dieser Vorstellung belogen haben. „Nein ... Waren wir nicht", antworte ich leise. „Perfekt ist keiner von uns, deswegen haben wir ja gegen Ende nur mehr gestritten und uns Sachen an den Kopf geworfen." ... *Und du hast mich bloßgestellt, beleidigt, mich an meinem Wert zweifeln lassen und in Wahrheit viel früher verlassen, als ich die Worte letztlich ausgesprochen habe.* Aber gegenseitige Vorwürfe bringen uns nichts mehr, deshalb halte ich den Mund. Er interpretiert mein Schweigen richtig.

„Tut mir leid, dass du das so siehst. Offenbar habe ich uns anders in Erinnerung." Andrew schiebt den Stuhl zurück und steht auf. „Bis später dann. Also, wenn du es verkraften kannst, mit mir im gleichen Raum zu sein."

Nicht ohne einen letzten beißenden Kommentar, nicht wahr, Andrew? Betrübt drehe ich mich in die andere Richtung, warte, bis er weg ist, und lasse dann den Kopf ermattet auf meinen Arm sinken.

4

Lexi

Ich hätte zuhause bleiben sollen. Mir die Decke über den Kopf ziehen und eingestehen, dass manche Dinge für mich nie normal möglich sein werden, so sehr ich es auch versuche.

Tief durchatmen! Es ist gleich vorbei. Gleich geht es wieder, wiederhole ich wie ein Mantra in Gedanken.

„Lexi? Alles in Ordnung da drin? Du bist auf einmal verschwunden." Meine Freundin Avery klopft laut gegen die verschlossene Klotür.

„Ja, schon gut. Es geht gleich wieder", antworte ich mit gespielter Überzeugung, froh, dass ich die Worte nicht neu erfinden musste. Auf der Suche nach meinen Schmerztabletten zittern meine Hände so stark, dass ich die Verpackung mehrmals fallen lasse, bevor ich endlich eine Pille lösen kann. Die Betablocker, die ich eigentlich nicht mehr nehmen sollte, kommen als Nächstes, denn alles ist besser als dieser schreckliche Druck.

„Bist du sicher, dass du okay bist?", fragt sie lallend. Es ist mir unangenehm, dass sie mitgekriegt habe, was los ist, vor allem weil sie eh nichts tun kann. Ich will ihr nicht den Abend verderben.

„Klar. Mach dir keine Gedanken!"

„Okay", meint sie zögerlich. „Dann gehe ich mal zurück zum Tisch. Ruf an, wenn du etwas brauchst!" Avery, Sandy und Andrew kennen mich so gut wie mein ganzes Leben. Sie wissen von meinen persönlichen Hindernissen und haben gelernt, wann es notwendig ist zu helfen und wann sie eher im Weg stehen und mir ein Gefühl von Minderwertigkeit vermitteln würden. Manche Dinge muss ich einfach alleine durchstehen, anstatt immer daran erinnert zu werden, dass ich eben nicht bin wie sie.

Ich lasse mich an der Wand des WCs auf den Boden sinken und vergrabe den Kopf zwischen den Beinen, bis der Schmerz und vor allem die Übelkeit endlich abgeklungen sind. Die Nebenwirkungen werde ich früher oder später in Kauf nehmen müssen, aber das ist okay. Bis niemand eine akzeptablere Methode gefunden hat, mir langfristig zu helfen, können meine Eltern und Ärzte sagen, was sie wollen – noch eine Operation ist keine Alternative.

Das Traurige ist, dass mir der Abend bis jetzt sehr viel Spaß gemacht hat. Viel mehr, als ich mir in Wahrheit erhofft hatte. Sandy hatte einen Tisch in einem abgetrennten Bereich einer Bar reserviert, wo man sich durch die Abgeschiedenheit von der lärmenden Musik total nett unterhalten konnte. Wir haben ein wenig gegessen, die meisten von uns ein wenig mehr getrunken, und ich fühlte mich in jeglicher Hinsicht dazugehörend. Bis auf die kalte Begrüßung bekam ich von Andrew nicht mehr viel mit, und trotz der paar Zwischenbemerkungen von Sandy, ich solle doch einfach mal mit ihm reden, weil sich bei ihm einiges geändert habe, kann ich mich nicht beschweren, dass mir mit diesem Thema sonst jemand zu sehr auf den Keks gegangen wäre.

Die Kopfschmerzen kommen seit einiger Zeit immer plötzlicher, geben mir weniger Handlungsspielraum, bevor es ganz schlimm wird. Keiner kann mir sagen, was den Druck so schnell steigen lässt. Meist merke ich erst, dass etwas faul ist, wenn das Stechen hinter den Augen auftritt. Unmittelbar danach setzt die Übelkeit ein, und dann ist es höchste Eisenbahn, den Druck zu regulieren. Tue ich es nicht sofort, könnte es sein, dass das letzte bisschen Qualität, an dem ich mich festklammere, auch noch kaputtgeht. Außerdem ist es verdammt schmerzhaft.

Müdigkeit überkommt mich. Ich bin nicht sicher, wie viele Minuten meine Augen tatsächlich geschlossen bleiben und mein Kopf sich erholt, bis ich langsam die Beine ausstrecke und den Boden nach verstreuten Artikeln aus meiner Tasche abtaste. An der Türklinke ziehe ich mich hoch und knote mir meine durcheinandergeratenen Haare hinten zusammen.

Auf schweren Beinen verlasse ich das Damen-WC und bewege mich im Schneckentempo durch die Massenansammlung des Tanzbereiches zum abgetrennten Bereich. Ich grabe mein vibrierendes Handy aus der Tasche und halte mir ein Ohr zu, um die Sprachnachricht auf WhatsApp anhören zu können, die ich anscheinend vor wenigen Sekunden von Avery erhalten habe.

Avery: *Die Reservierung is aus ... du bist nicht mehr am Klooo. Andrew is auch weg!!!! Seid ihr ...?*

Ermattet lasse ich die Schultern hängen. Ernsthaft?! Kann das Timing noch beschissener sein? Ich rufe sie an, was hier drinnen völlig sinnlos ist, aber etwas Besseres fällt mir gerade nicht ein. Natürlich hebt sie nicht ab, also drehe ich eine Runde durch die – wie sich herausstellt – gar nicht so beschauliche Bar, in der Hoffnung, irgendjemanden zu finden, den ich kenne. Der rapide blinkende Wechsel von Hell und Dunkel vor meinen Augen, der Rauch von Zigaretten und Nebelmaschinen in meiner Nase, ganz zu schweigen von dem Lärm der Musik und lachender und schreiender Leute um mich, machen die Suche nicht leichter.

Wie das letzte Omega kämpfe ich mich ein letztes Mal durch die Leute, ergattere einen Platz am Bartresen und beschließe, einfach zu warten, darauf, irgendwann gefunden zu werden.

„Ich warte an der Bar. Bitte hol mich ab!“, spreche ich über den Bass als Sprachnachricht ins Handy.

„Bist du alleine hier, Kleine?“, fragt ein Kerl, der sich neben mich schiebt, um einen Drink zu bestellen. In meinem Kopf haue ich eine ganze Palette an Antworten raus, wie sie mir gerade in den Sinn kommen: „Nein, mein Freund ist der Türsteher“, „Ich bin mit Mutti unterwegs“, oder „Tja, selbst ist der Mann“, aber dann würde ich rüberkommen wie eine Zicke, und ich bin eigentlich nicht zickig. Zumindest nicht außerhalb meines inneren Dialogs.

Also gebe ich die Antwort, die ich gewohnt bin zu geben, seit ich mich erinnern kann:

„Nein, mein Freund ist gerade am Klo. Auf ihn muss man aufpassen. Bei der letzten Schlägerei in einer Bar hat er sich die Wange böse aufgeschnitten. Neun Stiche. Wobei du erst mal den anderen Kerl sehen solltest. Pff …“, erkläre ich und verziehe vielsagend das Gesicht. Die Reaktionen auf diesen Spruch waren bisher immer gleich: Entweder verstanden die Typen den Wink und machten sich vom Acker, oder sie verwickelten mich weiter in ein Gespräch, bis Andrew tatsächlich aufgekreuzt ist – mit der versprochenen Narbe im Gesicht und der Versuchs-erst-gar-nicht-Haltung. Spätestens dann war das Thema erledigt. Natürlich kommt die Narbe nicht von einer Barschlägerei. Vielmehr erinnert sie ihn seit seinem achten Geburtstag daran, dass selbst er mich vor dem Unausweichlichen nicht beschützen konnte. Andrew wurde schwer verletzt, und ich verlor trotz seines Einsatzes etwas, was mir keiner je zurückgeben kann. Genau das ist in Situationen wie diesen mein Problem.

Das verächtliche Schnauben des Typen vor mir verunsichert mich. „Ja, den hab ich gesehen. Um den brauchst du dir aber keine Sorgen mehr zu machen. Der liegt hinüber am Klo."

Ich ziehe die Augenbrauen zusammen, frage mich, ob das ein Trick ist, meinen Schwindel aufzudecken. „Ist das dein Ernst?"

„Kurze schwarze Haare? Linke Wange? Dein Märchenprinz hat sich diesmal wohl mit dem Falschen angelegt. Der kommt heute nicht mehr." Fluchend rutsche ich vom Sessel, genervt davon, wie dieser Typ es genießt, mir das unter die Nase zu reiben. Ohne ein weiteres Wort marschiere ich los, blende den neuerlichen Schwindel aus, konzentriere mich stattdessen auf meine Erinnerung an den schnellsten Weg zum Klo und hoffe, dass ich nicht viele Leute umremple oder selbst umgestoßen werde wie eine Schachfigur. Meine Hand brennt immer noch von den Minischerben, die ich mir vorhin eingezogen habe, als ich zu schnell war und über den Stöckel eines Mädchens geflogen bin. Ich bin echt dafür, dass in Clubs in Plastikbecher und -flaschen ausgeschenkt wird, denn offenbar ist es nicht hip genug, sein leeres Glas zurückzubringen, wenn man es auch einfach fallen lassen kann.

„Hey! Warte! Wie wäre es, wenn du dich einfach mal ein bisschen mit mir amüsierst?", ruft der Typ mir nach und greift nach meinem Arm. Wut kocht in mir hoch, weil mir an Abenden und in Momenten wie diesen die Coolness und – ehrlich gesagt – der Mut fehlt, um doch einmal zickig zu sein. Wäre hier wahrscheinlich auch nicht von Vorteil, weil ich ganz klar in der schlechteren Position bin. Deshalb greife ich zu härteren Bandagen.

„Ich würde mal sagen, dazu ist es schon zu spät." Meinen Bauch strecke ich raus, soweit es geht, lege meine freie Hand darauf und streichle ihn unschuldig mit kreisenden Bewegungen. „Außer *du* willst *sein* neuer Daddy werden?", frage ich hoffnungsvoll und flattere mit den Lidern. „Vielleicht müssten wir dann nicht immer in einer Bar rumhängen."

Verstört wirft er meine Hand vielmehr von sich, anstatt sie nur loszulassen, und ich verdrehe innerlich die Augen über die Berechenbarkeit mancher Männer. Die Einladung, zu verschwinden, nehme ich jedenfalls dankbar an und hangle mich zum Eingang vor. Gott! Wie viele Kilometer habe ich hier drinnen heute wohl schon zurückgelegt?

Lautes Lachen und belustigte Pfiffe weisen mir im Eingangsbereich den Weg.

„Hoch mit dir, Junge! Für dich ist Feierabend", tönt eine tiefe, autoritäre Stimme über den Lärm hinweg. Ich dränge mich durch die Traube der sensationsgeilen Zuschauer und greife nach der Jacke des Türstehers.

„Er gehört zu mir. Ich kümmere mich um ihn. Tut mir leid, wenn er Ärger gemacht hat", versuche ich den Mann zu beschwichtigen. Eigentlich will ich mich nicht um Andrew kümmern, weil niemand ihn darum gebeten hat, sich volllaufen zu lassen. Ihn alleine gehen zu lassen, erscheint mir aber auch nicht die beste Idee zu sein. Irgendwer lacht mir von der Seite ins Ohr und äfft mich nach, ein anderer stößt unabsichtlich oder auch nicht gegen mich, sodass ich in den Türsteher hineinfalle. Langsam habe ich echt genug von diesem Abend. Verräterische Tränen der Frustration bilden sich in meinen Augen.

„Haut ab jetzt! Sonst fliegt ihr auch raus", lautet die Verwarnung des übergroßen Mannes vor mir, während er mit einer Hand mich, mit der anderen Andrew festhält. Dann beugt er sich zu mir runter. „Du hast zwei Möglichkeiten, Mädchen:

Entweder du nimmst den Kerl und verschwindest hier, oder ich schmeiß ihn raus, und du gehst wieder rein. So oder so – *er* bleibt nicht."

Ich seufze resigniert und lasse den Kopf in den Nacken fallen. „Können wir auf unsere Freunde warten? Ich kann ihn schwer selbst hier raustragen."

„Ja, draußen! Das Tragen übernehme ich für dich. Ruft euch ein Taxi und fahrt nach Hause!"

5

Nate

„Sugar …“, singt Toby zu der Musik, die er über einen Kopfhörer hört, während wir in der Schlange des Tanzclubs Purple Rail stehen und uns im Schneckentempo Richtung Eingang bewegen. Er klaut mir meine Zigarette aus dem Mund, zieht einmal und versucht vergeblich, mit dem Qualm Ringe zu formen. Toby ist normalerweise kein Raucher, aber ich schätze, er ist aufgeregt. Eigentlich habe ich immer noch keine Ahnung, welches Zeug er mir verabreicht hat, dass ich dem hier zugestimmt habe. Könnte vielleicht mit der Du-bist-mein-bester-Freund-ich-brauch-dich-Nummer zu tun haben, die er abgezogen hat. Auch wegen der tödlichen Uhrzeit – ja, der Sack hat mich heute Morgen um halb sieben geweckt, obwohl ich noch bis zwei Uhr früh in der Kanzlei saß und übers Telefon mit Frank den Fall besprochen habe – habe ich mich wohl zu dieser absolut bescheuerten Idee breitschlagen lassen. Nicht dass ich ihm nicht gesagt hätte, dass ihm ungefähr jeder Arzt auf diesem Planeten den Vogel zeigen würde, aber, wie erwartet, wusste er das schon. Mit seiner darauf folgenden Rede, er habe es satt, sich zu verstecken und mit sechsundzwanzig so viel Dreck mit sich rumschleppen zu müssen, statt einfach mal zu leben, hat er quasi den großen amerikanischen Traum beschrieben. Wäre also ohnehin sinnlos gewesen, ihm mit Vernunft zu kommen. So ist Toby, ein Bauchmensch. Das war ich nie. Er ist aber auch erwachsen und muss selbst wissen, was er tut.

Jenna und ihre Freunde sind schon im Club. Toby war zumindest schlau genug, sich selbst ein Limit von drei Stunden im flackernden Licht unter der enormen Lautstärke zu geben. Danach sind wir hier raus.

Nicht zu glauben, wie egal es ihm zu sein scheint, dass ihn alle anglotzen. Während er eine private Party mit seinen Kopfhörern feiert, ziehe ich kopfschüttelnd ein letztes Mal an meiner Zigarette. Den Stummel schnippe ich zur Seite. „Alter, wenn du so weiter machst, lassen sie uns sowieso nicht in den Club."

Toby lacht und bewegt seinen Arm wellenförmig vor meinem Gesicht. „Ich versuche mich gerade in Stimmung zu bringen, klar? Könnte dir auch nicht schaden, denn langsam versaust du mir meinen Groove." Er greift in seine Jackentasche und setzt sich in einer versucht lässigen Geste seine Sonnenbrille auf. Ich lache in mich hinein, senke den Kopf und ziehe den Kragen meiner Jacke höher.

Der Türsteher beäugt uns – vor allem Toby – kritisch, bevor er unsere Ausweise studiert und uns hineinwinkt.

„Whoa!", ruft Toby aus, weil der Boden unter uns vibriert, sobald wir über die Schwelle treten. Der Bass der unteren Etage des Purple Rail rüttelt mir den Magen durch, noch bevor sich die Tür hinter uns wieder schließt. Die Musik dröhnt mit jedem Schritt, jeder Treppe lauter in den Ohren. Keine Ahnung, wann ich das letzte Mal mit Toby unterwegs war. Hoffentlich wird es bis zum nächsten Mal noch länger dauern, denn ich bin offensichtlich angespannter als er. Immerhin bin ich es auch, der seinen Arsch hier rausschaffen muss, wenn er in der Scheiße sitzt.

„Da seid ihr ja!", ruft Jenna schrill – mit einer ihrer Freundinnen im Schlepptau – und schlingt sich an Tobys Körper.

Sieht aus, als hätte sie schon den einen oder anderen Cocktail intus.

„Hey, Baby! Du siehst wunderschön aus“, versichert ihr Toby und zieht sie näher zu sich. Sie kichert und küsst ihn, als wären sie zum ersten Mal seit Monaten wieder vereint.

„Wow! Okay, ja, ich freue mich auch, dich zu sehen“, lacht er.

Jennas Freundin wirft glucksend den Kopf zurück. „Oh Mann, ich brauche einen Drink“, verkündet sie und geht alleine zurück zu ihrem Tisch. Gute Idee! Ich habe so das Gefühl, dass ich auch ein paar davon brauchen werde.

Jenna dreht sich zu mir und fällt auch mir kurz um den Hals, bevor sie mein Shirt glattstreift und meinen Kragen richtet. „Nate! Ich hätte echt nicht gedacht, dass du heute kommst.“

Bedeutungsvoll sehe ich zu Toby. „Ja, ich auch nicht.“

Triumphierend grinst er schief. „Happy Birthday, Jen!“

„Danke. Du siehst soooo gut aus mit der Leeeederjacke und diesen Looocken … Schau! Du hast dich extra für Chiara rasiert.“ Beim Reden wandert ihre Tonlage einige Oktaven weiter hinauf, und sie zwickt mich beschwipst in die Wange. Ich unterdrücke ein Lachen und blicke hilfesuchend zu Toby, der cool an der Wand lehnt, sich buchstäblich ins Fäustchen lacht und die Show genießt.

„So hübsch“, formt er zustimmend mit den Lippen. Arsch.

Ich greife nach Jennas Händen, die mittlerweile in meinen Haaren liegen, und lege sie an ihre Seite, bevor ich mich runterbeuge, um mit ihr zu reden wie mit einem Kleinkind. „Jen? Ich mag dich wie eine Schwester, aber wenn du deine Hände nicht bei dir lässt, trete ich dir genauso in den Arsch, wie ich es bei Toby tun würde, klar?“

Sie verdreht die Augen, packt mich am Handgelenk und zerrt mich gemeinsam mit Toby zu ihrem reservierten Tisch, wo sie uns den Mädels vorstellt.

„*Das* ist Chiara.“ Übertrieben zwinkernd deutet Jen auf die am Rand sitzende Frau mit den dunklen, katzenartigen Augen. Sie sieht in einer stilvollen Weise verdammt sexy aus. Scheiße … Das wird ein langer Abend für mich, schließlich ist völlig klar, dass nichts zwischen uns laufen wird. Sie ist Jens Kollegin und Freundin. Auf keinen Fall lasse ich mich auf so was ein. Da kann man als Mann nur als Verlierer oder Arschloch aussteigen.

Jens missglückte Unauffälligkeit ist Chiara jedenfalls genauso wenig entgangen wie jedem anderen hier. Verlegen beißt sie sich auf die Lippe und streckt mir die Hand entgegen.

„Eine Lederhose und *der* Rückenausschnitt? Die ruft förmlich nach dir, also los!“, flüster-schreit mir die betrunkene Jen kichernd ins Ohr. In einer witzigen Tanzbewegung entfernt sie sich rückwärts von mir, zeigt dabei aber weiterhin mit offenem Mund auf mich. Sprachlos sehe ich zurück in die Runde, wo mittlerweile alle lachen. Die vorbeikommende Kellnerin nimmt meine Bestellung auf, dann setze ich mich neben Chiara. Aus dem Augenwinkel sieht sie zu mir hoch.

„Kommst du dir auch gerade vor wie eine Sechzehnjährige, die auf einer Party Flaschendrehen spielen und vor allen Leuten den heißen Jungen küssen soll?“

Netter Eisbrecher. Ich grinse schief. „Vielleicht nicht unbedingt wie *eine* Sechzehnjährig*e*, aber ich frage mich schon, warum Jenna mir nicht auch noch den passenden Anmachspruch mit auf den Weg gegeben hat.“ Mein Bier erreicht uns, und ich kippe einen langen, dankbaren Schluck weg.

Chiaras Augen blitzen. „Du meinst, sowas wie …“ Sie senkt die Stimme. „Hey, ist dein Name Wi-Fi? Denn ich fühle gerade eine echt gute Verbindung.“

„Richtig. Oder vielleicht: Nein, ich bin eigentlich nicht so groß, ich sitze nur auf meiner Geldbörse.“ Sie prustet los, hält sich aber sofort den Mund zu, bis das Lachen abgeklungen ist. Das irritiert mich irgendwie, obwohl ich nicht weiß, warum. Ob Lexi das auch so macht? Muss wohl irgendein Defekt durch den fehlenden Schlaf sein, dass ich heute schon wieder an sie denke.

Sofern das wegen der lauten Musik geht, unterhalten Chiara und ich uns eine Weile, während wir Toby beim Tanzen zusehen. Momentan legt er gerade Jason Derulos „Talk dirty“-Nummer hin, zieht damit etliche erstaunte Blicke und manches Pfeifkonzert auf sich. Jenna steht mit den Händen vor dem Mund neben ihm und sieht fassungslos zu. Mit großen Augen wirft sie mir einen Blick zu, der in etwa heißen könnte: Weshalb erfahre ich erst jetzt, dass mein Freund der heißeste Tänzer neben Channing Tatum ist?!

Ihn so ausgelassen zu sehen, erinnert mich an die Nächte in Aurora, bevor alles den Bach runterging. Wir waren ständig unterwegs, mit oder ohne Alkohol, wenn auch meistens mit. Für Toby scheint sich nichts geändert zu haben, trotz der Umstände, und es reizt mich, dasselbe auszuprobieren, denn drei Stunden herumzusitzen und zuzusehen ist nicht mein Ding – auch wenn die Gesellschaft noch so attraktiv ist.

Toby setzt vor Freude einen Schlag in die Luft, als der DJ die aktuelle Version von „Sugar“ auflegt, und streckt wartend die Arme seitlich von sich. Ich grinse bei dieser Aufforderung und schütte den Rest meines Biers hinunter, bevor ich mich bei Chiara entschuldige und aufstehe. Die Vernunft und die

Hintergrundsorgen können mich heute mal am Arsch lecken. Jens freudiges „Woo“ und Tobys zufriedener Faustschlag in meine Bauchmuskeln, als ich mich ihnen anschließe, animieren mich, mich zur Musik gehen zu lassen. Selbst wenn ich es nicht mal unter Folter gestehen würde, muss ich zugeben, dass es vielleicht doch nicht so verkehrt war, herzukommen.

„Warum um alles in der Welt gehen wir erst jetzt tanzen, Nate? Ihr bewegt euch unglaublich!“, schreit Jenna nach einer guten Stunde hicksend über die laute Musik hinweg. Wir stehen an der Bar und bestellen die nächste Runde. Weil ich nicht weiß, was ich darauf antworten soll, sehe ich zurück zur Tanzfläche und dann zu unserem Tisch, den ich schon lange verlassen habe. Chiara hat sich von keiner ihrer Freundinnen auf die Tanzfläche schleppen lassen.

„Chiara ist bestimmt schon Wackelpudding an deinen Füßen, sie glotzt eh nur dich die ganze Zeit an, also geh und hol sie dir endlich. Du hast sie jetzt lange genug zappeln lassen.“

Mein Grinsen über ihre lallenden Worte verblasst, als der DJ mit einem Dauerblitzlicht und dem Dröhnen einer Sirene den neuen Tag einleitet. „Happy Birthday den Geburtstagskindern Daisy und Chris. Lasst es krachen, ihr zwei!“, schreit er ins Mikro, und der Club jubelt.

„Das heißt wohl, meiner ist jetzt offiziell vorbei“, schmollt Jenna. Mein Blick aber schnellt zu Toby, der sich mit beinahe schmerzerfülltem Gesicht, die Augen zusammengepresst, die Ohren zuhält. Sofort setze ich mich in Bewegung, überlege, wie ich ihn hier am schnellsten rausbringen kann. Der selbstbewusste, unbelastete Typ von eben ist wie ausgewechselt. Er fällt ein paar Schritte zurück, weil er ständig von jemandem angerempelt wird. Dabei stößt er letztlich in eine Gruppe feiernder Kerle. Unsanft drängen sie ihn zurück, aber Toby wirkt immer noch benebelt, unfähig zu handeln. Fuck! Einer der Typen regt sich auf und versetzt Toby einen Stoß. In mir legt sich ein Schalter um, ich hangle mich die letzten Meter vor und stoße zurück, um mich dann zwischen ihn und Toby zu stellen. Er mag sich selbst gerade nicht verteidigen können. Ich ihn schon.

„Hast du ein Problem?“, will der Kerl wissen und geht einen Schritt auf mich zu, als könne er mich damit einschüchtern. Ich hänge meine Daumen in meine Jeanstaschen ein, setze mein überheblichstes Grinsen auf, um gelassen rüberzukommen. Ich muss nur den ersten Schlag abwarten, dann gilt meiner als Selbstverteidigung. Und ich hätte bestimmt kein Problem damit, endlich ein Ventil für meinen schon sehr lange innerlich aufgestauten Ärger zu finden.

„*Suchst* du eins?“, lautet meine prompte Antwort.

„Bist wohl der ganz große Macker, was?“

Jen taucht vor mir auf und schiebt mich von dem Idioten weg, der ebenfalls von einem seiner Freunde zurückgezogen wird. „Hey!“, versucht sie verärgert meine Aufmerksamkeit zu erregen. Ich wende den Blick nicht von ihm, bis er sich mit einem falschen Lachen umdreht und sich wieder um seinen eigenen Scheiß kümmert.

„Nate! Was sollte das? Was hat dir der Kerl getan?“, stellt Jen mich stirnrunzelnd zur Rede. Ich lege meine Hände unter ihre Ellbogen, um sie zu stabilisieren, weil sie nicht mehr allzu sicher stehen zu können scheint.

Erst als sich mein Puls wieder verlangsamt, antworte ich. „Gar nichts. Alles gut.“

Tobys Augen sind zumindest wieder offen, er fixiert mich ein wenig verwirrt. Unwohl kratzt er sich den Kopf, atmet ein paar Mal durch und stolpert dann zu Jenna, die eben zur Antwort ansetzen wollte. „Tut mir leid, Prinzessin. Ich muss fahren. Zu viel gesoffen“, lügt er und drückt ihr einen Kuss auf die Stirn. Missmutig studiert sie ihn, dann mich, letztlich wieder Toby, wohl wissend, dass mehr dahintersteckt, etwas, was er nicht preisgeben will. Auch wenn sie betrunken ist, ist sie nicht blöd. Trotzdem verabschiedet sie ihn, ohne viele Fragen zu stellen. Das ist die Abmachung zwischen Toby und Jen. Er wird ihr nie einen Grund geben, sich hintergangen zu fühlen, aber sie muss ihm vertrauen. Und dieses Vertrauen bewundere ich. Muss verdammt schwer sein, immer mit dem Gefühl zu leben, dass einem etwas verheimlicht wird. Er meint, es sei besser, ihr nichts von seinem Zustand zu erzählen, weil sie sich sonst ständig unnötige Sorgen machen würde. Meine Überzeugung ist, er hat einfach Angst, sie deswegen zu verlieren. Wäre nicht das erste Mal, dass er jemanden mit einem Anfall verstören und abschrecken würde. Verdammt, nicht einmal seine eigenen Eltern können damit umgehen. Ich hoffe nur, er verliert Jen nicht durch diese Geheimniskrämerei, wenn die Wahrheit doch eines Tages ans Licht kommen sollte.

„Besoffen, hm?“, frage ich mit erhobener Augenbraue, als wir endlich aus dem Club raus sind und ein Taxi zu uns rüberwinken. Meine Ohren klingeln noch von der lauten Musik.

Ein winziges Lächeln deutet sich auf seinem blassen Gesicht an. Der Schweiß auf seiner Haut stammt nicht mehr nur von der Hitze. „Sternhagelvoll.“

„Hey, Nathan?“, ruft Chiara hinter uns. Toby wirft mir einen wissenden Blick zu und klettert in den Wagen. Nachdem er die Tür zuknallt, drehe ich mich um. Chiara lächelt mich einladend an und fährt sich durch die Haare. Dicht vor mir bleibt sie stehen.

„Wir haben ja jetzt nicht allzu viel reden können. Meinst du, du kannst Toby einfach alleine in diesem Taxi nach Hause schicken, und wir gehen noch etwas trinken?“ Sie hat offenbar nichts von der Aktion eben mitbekommen. Oder sie steht auf Alpha-Szenen. Was weiß ich.

Unbehaglich reibe ich mir den Nacken und fixiere den Boden, mich innerlich bereits verfluchend für das, was ich gleich sagen werde. Hier ist der beschissene Teil von Jennas Kuppelversuchen. „Das klingt verdammt verlockend.“ Ich räuspere mich und sehe sie wieder an. „Aber ich glaube, ich habe ne Ahnung, wie dieser Abend dann enden würde … Und momentan …“ Ich schüttle den Kopf.

„Du willst nicht“, folgert sie befremdet, nickt dann aber. „Das ist okay.“

Ich schnaube trocken. „*Glaub* mir! Daran liegt es nicht! Ich meine: Komm schon …“ Ich lasse meinen Blick an ihrem Körper heruntergleiten, bis sich ihre Lippen zu einem sexy Lächeln formen. „Kann auch sein, dass ich falsch liege, aber ich glaube, du willst mehr, als ich gerade zu geben bereit bin.“ Ihre Lider zucken, bevor sie für eine Millisekunde zu Boden sieht und mir damit die Antwort gibt, die ich erwartet hatte. „Deswegen ist es, denke ich, besser, wenn ich jetzt auch in das Taxi steige und abhaue.“

Chiara studiert mich einen Moment. Zaghaft küsst sie mich letztlich zum Abschied auf die Wange und verschwindet dann aufreizend hüftwackelnd zurück in den Club. Ich verdrehe die Augen über meinen dämlichen Altruismus und schlage den Kopf gegen das Autodach. „Gott!“, murmle ich. Mein Ich von vor zwei Jahren fragt sich gerade, ob ich endgültig den Verstand verloren habe, selbst wenn es aus mehreren Gründen falsch gewesen wäre, mit ihr nach Hause zu gehen. Trotzdem bin auch ich nur ein Mann.

Ich stoße mich gewaltsamer als nötig vom Taxi weg und reiße in der Bewegung die Tür auf. Dabei remple ich ungebremst und hart mit dem Rücken gegen etwas und drehe mich gerade noch rechtzeitig, um das, was sich als *jemand* herausstellt, am Fallen zu hindern.

„Woah!", atme ich und lege die Hände stützend um ihre schmale Taille. In Panik greift auch sie japsend nach mir und erwischt meine Lederjacke, an der sie sich festkrallt.

„Alles okay! Ich hab dich", versichere ich ihr. Sie wirkt total überrascht, obwohl *ich* doch mit dem Rücken zu ihr stand. Ist sie betrunken, weil sie einfach mit vollem Karacho gegen mich rennt? Verdammt hübsch ist sie auf alle Fälle. Ihre geröteten Wangen und ihr voller, leicht schmollender Mund stechen mir sofort ins Auge.

„Tut mir leid", sagt sie angespannt, ihre Stimme klingt heiser. Wahrscheinlich vom Rauch in irgendeinem Club, so wie meine. Sie sichert ihren Stand, richtet sich auf und nimmt eilig die Hände von mir, schüttelt sie aus, bevor sie sich hektisch die aus einem lockeren Knoten gefallenen Haare aus dem Gesicht schiebt. Dann legt sie ihre kalten Finger auf meine, übt dabei leichten Druck nach unten aus und tritt zurück, sodass ich loslassen muss. Sie wirkt ziemlich neben sich. Nervös. Nicht ein einziges Mal sieht sie mir in die Augen, nur auf den Boden.

Ist ihr etwas passiert? Hat sie Angst vor jemandem?

Mein Beschützerinstinkt wird geweckt, ohne dieses Mädchen auch nur ansatzweise zu kennen. Sie macht einen unbeholfenen, schutzbedürftigen Eindruck, wie sie sich die Arme um den Körper schlingt. Vielleicht liegt es aber auch nur an ihrer

Größe. Sie geht mir kaum bis an die Schulter. „Kein Ding. Geht es dir gut?"

Ihre Stirn furcht sich leicht. Mit halboffenem Mund sieht sie endlich auf, einen rätselnden Ausdruck im Gesicht. Das intensive Hellblau ihrer Augen, umrahmt von langen Wimpern, verschlägt mir kurz die Sprache. So eine Farbe habe ich noch nie gesehen. Trotzdem treffen sich unsere Blicke nicht ganz. Macht sie das mit Absicht?

„Ja …", beginnt sie leise, schüttelt dann fast unmerklich den Kopf und dreht sich zum Club, aus dem sie wohl gerade gekommen ist. „Denkst … meinst du, du könntest mir ein Taxi herüberwinken, während ich noch jemanden hole?" Verstehe. Wahrscheinlich dachte sie, ich wäre gerade aus diesem hier gestiegen, und wollte es sich schnell reservieren. Wie sie mich dabei übersehen haben kann, ist mir bei meiner Größe trotzdem nicht klar. Mein Nicken als Antwort allein bewirkt keine Reaktion bei ihr.

Vielleicht solltest du mich doch mal ansehen, Kleine …

„Okay", ergänze ich, woraufhin sie sich bedankt und sich langsam auf unsicheren Beinen zurück zum Club bewegt. Eigenartig, beim Reden erschien sie ziemlich nüchtern.

Ich pfeife nach dem nächstgelegenen Taxi mit heruntergelassenem Fenster und bedeute mit erhobenem Zeigefinger dem Lenker zu warten. Mit den Augen scanne ich die Leute vor den Clubs ab, auf der Suche nach dem sonderbaren Mädchen, das in der Menschenmenge vor dem Scenery verschwunden ist. Ist sie mittlerweile umgekippt? Mit einem Blick auf Toby durch die Heckscheibe, der am Fenster lehnt, stöhne ich kapitulierend auf und mache mich auf die Suche nach ihr. War Party machen nicht mal sorgloser?

Nach ein paar Schritten entdecke ich ihre zerbrechliche Form unter dem Arm eines mehr oder weniger weggetretenen Typen, der sich gerade noch auf den Beinen halten kann und den Großteil seines Gewichtes auf sie stützt.

„… recht. Du *bist* ein Idiot!“, schnappe ich die letzten ihrer Wörter auf. Nicht sicher, ob sie lachen oder sauer sein will, einen Arm um seinen Rücken, den anderen an seinem Bauch, schleppt sie ihn eher schlecht als recht zu dem Taxi, in dem Toby schon sitzt. Kopfschüttelnd über ihre Orientierungslosigkeit und über den Kerl, der nur etwas kleiner ist als ich und sie beinahe mit seinem Gewicht erdrückt, jogge ich ihr entgegen und greife nach seinem anderen Arm.

„Warte! Ich nehme ihn.“ Erleichtert atmet sie nach der Anstrengung tief aus, lässt los, nur um sich anschließend an seinem Ellbogen festzuhalten.

Hat sie Angst vor *mir*? Oder denkt sie, ich will sie angraben, und markiert das Revier des Losers hier, weil er selbst nicht mehr fähig dazu ist? Nicht nötig …

„Danke. Ich habe das Gefühl, er hat heute Abend versucht, irgendwelche inneren Verletzungen zu desinfizieren.“ Der unerwartet witzige Spruch bringt mich zum Lachen.

„Ach ja? Hat dabei wohl vergessen, dass er seine Leber noch brauchen könnte.“

Sie schnauft zustimmend und hebt eine offene Hand. „Wehe, du kotzt ins Taxi! Dann rufe ich deine Mutter an“, warnt sie ihn mit zusammengekniffenen Augen, und ich schmunzle, weil der Typ jenseits von Gut und Böse, handlungsunfähig und begriffsstutzig ist. Leider hat das auch der Taxifahrer gecheckt und steigt irritiert aus dem Wagen.

„*Er* bezahlt die Reinigung, sollte etwas sein", komme ich seiner Abfuhr, die beiden mitzunehmen, zuvor, und weiß eigentlich nicht, warum ich so betone, dass er *ihr* keinen Ärger machen soll. Dabei gehören die zwei wahrscheinlich zusammen. Der Fahrer verschränkt die Arme vor der Brust und beobachtet widerwillig, wie wir den Kerl ins Auto verfrachten und hinlegen.

Plötzlich kichert das Mädchen und lässt den Kopf hängen. „Ich fühle mich wie in einer Folge von O.C. California. Nur, dass *er* Marissa ist und ich Ryan." Ihr stimmloses Lachen zu hören entkrampft meine Muskeln ein Stück und steckt mich an.

„Der Traum aller Mädels?", frage ich feixend und zeige auf ihren Körper. „Wenn du unter der Jacke sein geripptes Unterhemd trägst, ist das auch kein Wunder."

Sie schnalzt theatralisch mit der Zunge und nickt. „Es ist nicht leicht, der brütend heiße Bad Boy zu sein, kann ich dir sagen."

Ich mag die Kleine. Vorher dachte ich, sie wäre einfach durch den Wind, jetzt zeigt sie Zähne.

Beim Herauskriechen aus dem Auto richtet sie sich zu früh auf. Ihr Kopf knallt brutal gegen den Türrahmen, sodass *mein* Herz bei dem Geräusch in die Hose kippt. Ihre Hand schießt an ihre Stirn. Entweder hat sie echt zu viel von irgendwas genommen, oder sie ist einfach verdammt tollpatschig. „Au!", flüstert sie, als wäre es ihr peinlich. Nur kurz verzieht sie die Miene und setzt dann wieder den tapferen Ausdruck auf, den ich ihr nicht abkaufe. Mit den Fingern streift sie unsicher über das Schlüsselbein. In einer Instinkthandlung strecke ich automatisch eine Hand nach ihr aus, drehe ihr Kinn zu mir und streiche mit der andern die Haarsträhnen aus dem Weg, um mir den kleinen Cut am Haaransatz anzusehen. Kurz zuckt sie bei dem Kontakt zusammen und atmet scharf ein. Sieht diese Träumerin denn nichts kommen?

„Arbeitest du an einem Veilchen, um Ryan noch ähnlicher zu sehen?"

Ihre hochgezogenen Schultern lockern sich bei meinem Spruch, ihr freches Lächeln strahlt bis in ihre Augen, die meinen jetzt zum ersten Mal begegnen. Dann nickt sie entschlossen.

„Ich brauche Eis." Okay … Themenwechsel?!

„Für deine Stirn? Ist wahrscheinlich kein Fehler. Das wird eine ziemlich dicke Beule geben."

Unverständnis breitet sich auf ihrem Gesicht aus, als hätte ich russisch gesprochen. „Hä? Ach so!" Sie kichert. „Nein. Ich meinte, für meinen Bauch."

„Was?!", lache ich verwirrt. Wie fest hat sie sich den Kopf gestoßen?

„Ich esse immer Eis, wenn ich mich verletze. Auf einen Angriff muss ein Gegenangriff folgen, nicht wahr?" Amüsiert runzle ich über das winzige Mädchen vor mir die Stirn. Ist sie auf Crack?

„Gleiche Adresse?", unterbricht der missmutige Taxifahrer, die Kleine von oben bis unten musternd.

„Oh *Gott,* nein!", stellt sie ohne Pause klar und bringt mich mit der feurigen Art dahinter zum Lachen. Gehören wohl doch nicht zusammen. Der Gedanke gefällt mir bei seinem Zustand deutlich besser, auch wenn sie sich wieder aus meiner Berührung löst.

„Was ist jetzt, Junge? Fährst du mit denen oder bei uns mit? Ich kann nicht ewig warten", meldet sich der Fahrer meines Wagens ungeduldig zu Wort. Widerstrebend wende ich meinen Blick kurz von dem Mädchen, das widersprüchlicher nicht sein könnte. Auf der einen Seite schüchtern, dann wieder witzig und resolut.

„Ich komme“, antworte ich, weil ich wirklich besser gehen sollte.

„Danke für deine Hilfe, Fremder. Komm gut nach Hause!“, lächelt sie. Achtsamer als eben noch steigt sie auf der Beifahrerseite ein. Das Mädchen gibt dem Taxifahrer die Adresse durch, sieht dabei weder ihn noch mich an, sondern starrt lediglich aufs Armaturenbrett, als kontrolliere sie seine Eingabe im Navi. Verwundert über meine eigene Reaktion auf sie, kehre ich ihr endlich den Rücken zu und marschiere zu meinem eigenen Taxi.

Stöhnend setze ich mich neben Toby, der teilnahmslos aus dem Fenster sieht und sich die Handinnenfläche massiert. „Alles okay?“, frage ich, obwohl ich eigentlich weiß, dass es das nicht ist. Klar kotzt ihn der Abschluss dieser Nacht an, Jen so gut wie betrunken alleine zurückzulassen muss ihm stinken. Was ich aber vor allem meine, ist sein mentaler Zustand.

„Erinnerst du dich an unseren ersten Menschenrettungseinsatz?“, will er stattdessen wissen. Überrascht über diese Frage furche ich die Stirn. Ich erinnere mich sehr gut an jedes einzelne Detail. Darüber nachdenken will ich heute Nacht jedoch nicht. Die Gesichter kommen ohnehin früh genug zurück zu mir.

„Warum?“

Er zuckt mit den Achseln. „Von Anfang an hatte ich ein echt beschissenes Gefühl. Als du dann rausgekommen bist, kurz bevor die Decke runter kam, habe ich zum ersten Mal begriffen, dass wir nicht unbesiegbar sind. Du hast mir an dem Abend erzählt, dass du überlegst aufzuhören, weißt du noch?“

Ich senke den Blick, spüre, wie sich meine Herzfrequenz erhöht und sich meine Hände zu Fäusten ballen. Was er anspricht, war der erste tiefe Fall einer langen Serie, die mir zeigte, dass ich alles andere bin als der Held. Ich verzichte auf eine Antwort, nicht weil ich nicht reden will, sondern weil ich nicht kann.

„Ich habe dich überredet zu bleiben, obwohl ich selbst kalte Füße hatte. Aber ich wusste, wenn du gehst, würde ich es auch nicht schaffen.“ Er steckt die Hände in die Hosentaschen und schließt ermattet die Augen. „Es vergeht kein Tag, an dem ich mir dafür nicht in den Arsch treten will.“

6

Nummer 1

„Ich hab euch gesagt, dass das Feuer, das ihr in der Ausbildung gelöscht habt, nie so heiß ist wie das erste da draußen, richtig?" Marcus schlug mir gegen die Schulter, während er mit der anderen Hand nach ein paar Chipspackungen für die Wache griff.

„Pff, und wenn schon. War ein Kinderspiel", prahlte Toby und klopfte sich auf die Brust.

Vielsagend sah ich zu Marcus. „Pass auf, jetzt erklärt er dir gleich, dass er selbst so heiß ist ..."

„Machst du Witze? Du hast geheult wie ein Mädchen, als du rausgekommen bist", wandte Marcus ein.

„Das war wegen dem Rauch. Aber lacht nur, ihr Säcke! Mädels stehen auf gefühlvolle Typen." Mit einem Augenzwinkern lächelte Toby seitlich an mir vorbei. Seinem Blick folgend, entdeckte ich zwei junge Frauen, die kichernd zu uns herüber sahen.

Marcus schnaubte abfällig und stellte sich zwischen Toby und die Mädchen, um ihm die Sicht zu versperren. „Ja mein Freund, aber Frauen stehen auf Männer, keine Weicheier. Studien haben ergeben, dass Frauen zu uniformierten Männern neigen, weil sie Dominanz und Intelligenz ausstrahlen." Marcus hob arrogant den Kopf, sodass seine Nase beinahe zur Decke schaute.

Ich schnippte mit dem Finger, als hätte ich gerade eine große Erkenntnis gemacht. „Aaaah, jetzt weiß ich auch, warum ausgerechnet du Feuerwehrmann geworden bist. Ich meine, was man selbst nicht hat ..."

Toby hielt mir die Hand zu einem High five hin. Genüsslich zeigte Marcus uns den Mittelfinger. „Klappe, Blondie. Nur weil du dir selbst die Kugel zu geben versuchst, indem du ein Auge auf die kleine Hill wirfst, heißt das nicht, dass sie dich auch will."

Carls Tochter Belinda war wirklich verdammt heiß, fuhr den Rettungswagen einer anderen Feuerwehrstation. Gut, dass der Körper bei Einsätzen unter einem Haufen Kleidung versteckt wurde, sonst wäre keiner fähig, sich aufs Wesentliche zu konzentrieren. Hatte gleich einen ziemlichen Eindruck bei uns Neulingen hinterlassen, als sie ihren Dad auf der Station in ihrem engen, babyblauen Sommerkleid und mit ihren pechschwarzen Haaren besuchen wollte. Die Männer haben sich natürlich gleich das Maul über uns zerrissen, weil sie uns in weniger als einer Sekunde einen verbalen Tritt in die Eier versetzt hatte: „Lasst mich euch helfen, Frischlinge, bevor ihr euch zum Affen macht. Ich habe weder diesen Cinderella-Komplex, wo ich einen starken Helden suche, der mich aus einem brennenden Gebäude tragen kann, noch falle ich in Ohnmacht, nur weil eure Uniform euch an den Orten groß erscheinen lässt, wo ihr noch ganz klein seid. Außerdem bin ich an Männern interessiert, nicht an Jungs, die mich an meine Brüder erinnern." Spätestens bei ihrem Mundwerk hätte mir klar sein müssen, wer ihr Vater war. Dämlich, wie ich war, reizte mich die Jagd danach umso mehr. Aber die Tochter von meinem Lieutenant? So heiß konnte sie gar nicht sein, dass ich mir das antun würde. Oder doch?!

„Seht zu und lernt!" Wie ein Höhlenmensch grunzte Marcus leise, stolzierte dann siegessicher auf die Damen zu und gab irgendeinen Aufreißspruch von sich, der die Mädchen abermals zum Kichern brachte.

„Ich habe das Feuerwehrauto draußen gesehen. Sind wir in Gefahr?“, hörte ich eine der beiden fragen, und ich warf lachend den Kopf zurück, als Tobys Mund im Schock aufklappte.

„Unglaublich, dass das echt funktioniert hat.“

Es war schon interessant, wie die meisten Menschen reagierten, wenn sie erfuhren, dass man Feuerwehrmann war. War auch nicht unbedingt so, dass wir es versteckten, wenn wir in Einsatzhose und bedrucktem T-Shirt im Supermarkt herummarschierten. Wer würde das denn auch schon machen? Jeder liebt Feuerwehrmänner, vor allem die Ladys. Wenn wir etwas zu erledigen hatten, dann nur mit der ganzen Mannschaft unseres Einsatzwagens. Alleine durften wir uns in der Dienstzeit nicht verabschieden. Sollte ein Notfall gemeldet werden, mussten wir ja sofort bereit sein. Weil Toby, Marcus und ich die drei Jüngsten unseres Teams waren, war es zwangsweise unser Job, die Deckswege zu erledigen, wie eben den Einkauf für die Wache. Natürlich genoss man dabei aber die Blicke der Bewunderung und Anerkennung der weiblichen Geschöpfe, die einen teilweise mit den Augen auszogen, obwohl sie uns vielleicht ohne Uniform nie wahrnehmen würden.

Doch keiner der Bewunderer wusste, wie großartig das Gefühl war, wie süchtig es machte, helfen zu können, das Leben eines Menschen durch seinen Einsatz, sein Dasein, zu verlängern. Niemand, der nicht selbst dabei war, könnte nachempfinden, wozu der Mensch in einer Gefahrensituation fähig ist, wenn es an ihm liegt, die rechte Hand Gottes zu spielen. Zumindest kam es einem in diesen Momenten so vor. Man lief oft Gefahr, sich zu überschätzen, unbedachte Entscheidungen zu treffen, um dem Adrenalin, das durch den Körper pulsierte und einem Kraft zum Weitergehen gab, nachzugeben, selbst wenn Verstand und Selbsterhaltungstrieb brüllten, man möge sich selbst in Sicherheit bringen. Wie oft hatte man uns in der Ausbildung eingebläut, unsere Gesundheit stünde an erster Stelle. Wenn wir im Feuer abkratzten, könnten wir keinem mehr helfen. Eher brächten wir damit andere Kameraden in Gefahr.

Was die meisten Menschen außerdem nicht wussten, war, dass sich in Wahrheit nur fünf Prozent aller gemeldeten Notfälle als tatsächliche Brandeinsätze herausstellten. Den Großteil machten Rettungseinsätze technischer Natur aus, vor allem Bergungen und Sicherungsdienste. Dennoch belief sich die Zahl der Brände in unserem mittelgroßen Ort letztes Jahr auf fast vierhundert, weil Feuer eben auf Statistiken pfeift. Pro Tag war das demnach mindestens ein Einsatz dieser Art. Und egal, wie viel du dafür trainiert hast, egal, wie gut du geschult oder wie motiviert du bist – jedes Mal fühlte sich an wie das erste Mal.

„Drehleiterwagen 43. Löschfahrzeug 83. Rüstwagen 2. Rettungswagen 18. Wohnungsbrand in einem dreistöckigen Gebäude, Oakstreet 156, Ecke Falton", rauschte die Meldung aus der Zentrale durch unsere Funkgeräte. Mein Blick schnellte zu Toby, der den Einkaufswagen beiseiteschob, als unser Lieutenant Carl uns ebenfalls anfunkte.

„Bewegt euch, Jungs! Seid ihr in dreißig Sekunden noch nicht da, fahren wir ohne euch." Sichtlich genervt verabschiedete sich Marcus fluchtartig von seinen neuen Freundinnen und begleitete uns joggend zum Wagen.

Während der Fahrt sprachen wir wenig, da sich jeder mental darauf vorbereitete, was uns erwarten könnte. Ein Wohnungsbrand konnte viel bedeuten. Würden wir in der Lage sein, schnell genug zu handeln? Den Brand bekämpft haben, bevor die Bewohner alles verloren, was sie besaßen?

Oder handelte es sich nur mehr um Schadensbegrenzung? Ich war erst seit drei Monaten bei den richtigen Einsätzen dabei. Mein erstes Feuer erlebte ich in einer Papierfabrik, ein Großeinsatz. Alle Arbeiter konnten sich selbstständig aus dem Gebäude retten, bevor wir eintrafen, daher ging es lediglich um Löscharbeiten. Sobald ich das rollende Feuer unter der Decke und schließlich den Vollbrand der Maschinen sah, befand ich mich in einem Rauschzustand. Ich wusste, ich würde nicht eher aus der Fabrik gehen, bevor ich dieses Feuer besiegt hatte. Auf diesem Hoch ritt ich seitdem dahin. Mein Ego so groß, dass ich in meiner Naivität wirklich glaubte, ich könnte dieses Hoch ewig auskosten.

„Scheiiiße. Das sieht nicht gut aus", lautete Tobys fachmännische Erkenntnis, als wir in die Straße bogen und das Fahrzeug langsam zum Stillstand kam. Das Feuer hatte die Fenster in der Mitte des Hauses gesprengt, weißer und schwarzer Rauch stieg meterhoch in die Luft. Eine Frau hielt im dritten Stock ein Kind im Arm, winkte und rief uns über das offene Fenster verzweifelt zu, wir mögen sie befreien. Dutzende Menschen standen hinter der abgesperrten Zone, Familien lagen sich in den Armen. Ich sprang aus dem Wagen, setzte meinen Helm auf und steuerte mit den Jungs auf unseren Chief Burrows zu.

„Brandherd befindet sich im zweiten Stock, dehnt sich aber schon nach oben hin aus. Personenrettung steht im Vordergrund. Zugang über die Treppe zum mittleren Mieter ist nicht mehr möglich. Ihr müsst von oben reingehen. Die dreiköpfige Familie im obersten Stock wird mit der Drehleiter heruntergeholt. Ihr werdet sie auf der anderen Seite des Gebäudes positionieren müssen, Windrichtung und Rauchentwicklung verbieten den direkten Einstieg zur Familie. Los geht's, wir

haben nicht viel Zeit", schleuderte er Carl die Informationen entgegen. Dieser nickte und wandte sich an uns, um die Aufgaben zu verteilen. Mein Job war es, mit ihm über die Drehleiter ins Gebäude zu klettern und nach der Familie zu suchen.

Während die Leiter ausgefahren wurde, um uns möglichst weit weg vom Brandherd ins Gebäude zu befördern, deutete Carl mir an, mit ihm zu dem Mann zu gehen, der bereits im Rettungswagen behandelt wurde. Seine Kleidung war schwarz, seine Haut fahl vom Rauch und sein Arm verletzt.

„Wohnen Sie in dem Haus?", fragte Carl den Mann, der mit einer Sauerstoffmaske beatmet wurde.

„Unser Haus ist dort drüben. Mein Vater hat mich geweckt, als er dicke Rauchschwaden entdeckt hat. Ich bin sofort hingerannt und habe das Fenster eingeschlagen, um reinzukommen. Die Leute im Erdgeschoß konnte ich rausholen." Verzweifelt schüttelte er den Kopf. „Ich habe versucht, das Feuer mit unserem Handlöscher zu erreichen, aber die Hitze war unerträglich."

„Wie viele Personen wohnen im zweiten Stock?" Aus dem Augenwinkel kontrollierte er mich, ob ich Flammschutzhaube, Atemschutzmaske und zum Schluss wieder den Helm richtig aufsetzte, bevor ich die Pressluftflasche umschnallte.

„Ich glaube, es sind drei Familien. Eine ist schon draußen. Die Carmichaels und Mr. Reeger noch nicht. Ich weiß aber nicht, ob Reeger überhaupt zuhause ist. Sein Auto steht nicht auf dem Parkplatz."

Carl warf mir einen zweifelnden Blick zu, den ich jedoch nicht verstand. Der Leiter des Wassertrupps gab den Befehl, die Eingangstür aufzubrechen, um den Brand von unten einzudämmen. Augenblicklich wurden sie von der intensiven

Hitze und Brandentwicklung im Gebäude regelrecht zurückgeschleudert. Jeder ging automatisch in Deckung. Sogar aus einigen Metern Entfernung konnte ich Druckwelle und Hitze noch fühlen. Weitere Fenster zerbarsten, bis der Trupp sich neu positionierte und mit dem Wassermarsch begann.

„Okay! Marcus, Julian, ihr geht mit uns rauf. Ich brauche eine Abluftöffnung im Dach, sonst sehe ich keinen Weg, in den zweiten Stock zu kommen." Carl wandte sich an Toby und zeigte auf den anderen Rettungswagen, in dem das gerettete Paar saß. „Finde heraus, ob dieser Reeger im Gebäude ist! Wenn nicht, holen wir die Familie und verschwinden wieder. Dann könnt ihr mit der Löschung von der Leiter aus beginnen."

Als die Leiter an einer günstigen Stelle endlich fertig ausgefahren war, stiegen Carl und ich die Sprossen der Leiter empor und traten durch das von Marcus eingeschlagene Fenster in den Raum. „Vergiss nicht: kurze Atemzüge. Alles klar, Nate?", betonte Carl nickend, bedeutete mir damit die einzige Antwort, die er in diesem Moment hören wollte. Für alles andere wäre es auch zu spät gewesen.

„Ja!", bestätigte ich knapp.

„Wir suchen die Räume ab, die gegenüber voneinander liegen, verstanden? Damit bleiben wir in Reichweite des anderen." Mit dieser Anweisung verschwand er regelrecht im Rauch vor mir, um zum Gang zu gelangen. Geduckt drang ich tiefer in den Raum vor, hörte meine Atemzüge lauter als das Knistern des Feuers, fühlte das Blut in meinen Adern pumpen, achtete auf die kleinsten Geräusche rund um mich und auf den schwimmenden Boden unter mir. Darüber, dass er womöglich nicht mehr lange halten würde, durfte ich nicht nachdenken.

„Fire Departement. Wo sind Sie?", rief ich, musste meine Frage jedoch dreimal wiederholen, bis ich endlich eine Antwort hörte.

„Wir sind hier drüben. Mein Mann wollte im Treppenhaus nachsehen, ob wir so rauskommen. Er ist nicht zurückgekommen", kreischte die Frau, die ihre beiden weinenden Kinder an den Händen hielt. Ich schnappte mir sofort den Jüngeren der beiden und hob ihn hoch.

„Ich bringe Sie jetzt zur Drehleiter, wo Sie hinunterklettern werden. Mein Kollege ist schon unterwegs, Ihren Mann zu suchen. In Ordnung?" Panisch nickend ließ sie sich von mir zum Fenster führen, wo Landon erst die Kinder und danach die Frau entgegennahm, um sie sicher hinunterzuführen.

„Nate!", rief Carl vom Flur. Offenbar hatte er den Mann gefunden. Mit jeder meiner Bewegungen knarrte es irgendwo lauter, der Holzboden unter der Couch gab langsam nach. Die Uhr tickte. Ich griff dem bewusstlosen Mann unter die Kniekehlen und trug ihn mit Carl ebenfalls zur Leiter, wo wir ihn an Julian und Marcus übergaben, die vom Dach kamen.

„Reeger ist laut Nachbarin noch drinnen. Von außen aber kein Lebenszeichen", meldete Toby endlich per Funk, und ich hielt vor Spannung die Luft an, weil ich sah, wie Carl mit sich rang.

„Chief, wie viel Zeit haben wir?", erkundigte er sich über Funk mit einer Ruhe, die ich zwar bewunderte, nicht aber nachvollziehen konnte. Meine Coolness hatte sich verabschiedet, als ich sah, dass das Treppenhaus eingestürzt war. Von hier oben gab es keinen Weg nach unten.

„Keine! Große Stücke der Außenmauer brechen ab, das heißt, bei euch ist es eine Frage von Minuten. Macht, dass ihr

rauskommt! Wenn das Feuer gelöscht ist, schicke ich euch von unten noch mal rein."

Selbst durch die benebelte Maske erkannte ich Carls Bedauern. Dieser Gesichtsausdruck gefiel mir absolut nicht.

„Da würden wir nur noch das rausholen, was von dem Kerl übrig ist, und du weißt das. Es ist eine Etage, Carl. Das schaffen wir. Von mir aus gehe ich alleine."

Carl hielt mich vehement zurück. „Der Boden ist zu instabil. Er wird jeden Moment einbrechen. Du hast den Chief gehört. Das war ein Evakuierungsbefehl."

Bei der Vorstellung, den Mann zurückzulassen, drehte sich mir der Magen um, und zum ersten Mal in meinem Leben verstand ich, was es wirklich bedeutet, Verzweiflung zu erleben. Gezwungen zu sein, einen Menschen verbrennen zu lassen, konnte mit keinem Problem der Welt verglichen werden. „Carl, gib mir zwei Minuten!", flehte ich. Wie auf Kommando brach der Boden unter der Couch endgültig weg und ließ das ganze Ding in den unteren Stock stürzen. Carl packte mich mit beiden Händen an der Jacke und drückte mich weg vom einsturzgefährdeten Bereich.

„Wir haben keine zwei Minuten mehr, Nate. Jetzt beweg deinen Arsch zum Fenster!"

Unbeugsam fasste ich an mein Funkgerät. „Lassen Sie mich reingehen, Chief, während der Wassertrupp arbeitet! Sie könnten mir zumindest den Weg freimachen, damit ich raufkomme und ..."

Carls Gesichtsausdruck war eisig, ob ich Ärger bekam, war nicht mehr die Frage. Im Augenblick war es mir einfach scheißegal.

„Nein, Foster! Der Brand konnte gerade erst eingedämmt werden. Das Haus brennt seit über fünfzehn Minuten. Die

Treppen sind nicht begehbar, und ich lasse niemanden mehr hinein, bis das Feuer gelöscht ist."

„Chief, da ist ein Mann ..."

„Ich sagte nein! Wenn er nicht schon vorher an einer Rauchgasvergiftung erstickt ist, ist er spätestens jetzt verbrannt. Du kannst ihm nicht mehr helfen", fuhr er mit einer Endgültigkeit, die mich ihn in diesem Moment zutiefst hassen ließ, dazwischen. Fassungslos ließ ich die Arme hängen. Der Chief sprach weiter, richtete seine Worte an Carl: „Jetzt schaff ihn da raus, Carl, und erklär ihm, was ‚nein' bedeutet!"

„Wir hätten nichts für ihn tun können", verteidigte sich Carl – Stunden, nachdem wir das Gebäude verlassen hatten und zurück zur Einsatzstelle kamen. Klar war es kindisch von mir, außer dem Nötigsten keinen Ton mit ihm zu sprechen, aber der Schock und vor allem der Frust über meine erste Niederlage saßen mir viel zu tief in den Knochen. Nicht umsonst hieß es, der erste Verlust sei der härteste.

Ich stieß ein zynisches Schnauben aus. „Außer früher zu kommen und nicht den Schwanz einzuziehen, als es darum ging, ihn zu holen." Innerlich brodelte ich, mied aber seinen Blick.

„Nate!"

Ich zog mein völlig verschwitztes Shirt über den Kopf und fluchte, weil sich die Naht meines Ärmels in meiner Uhr verfing. Wahrscheinlich ruinierte ich das Shirt, als ich es losriss und zu Boden warf.

„Nathan! Sieh mich verdammt noch mal an, wenn ich mit dir rede." Wütend versetzte er mir einen Stoß, wartete, bis ich seinem Blick mit aller Sturheit begegnete. „Ich bin nicht dein

Vater, sondern dein Einsatzleiter. Du wirst mir Respekt entgegenbringen, wie alle anderen auch. Egal, ob du gerade zu Recht sauer bist oder nicht."

Die Augen zusammenkneifend, verschränkte ich die Arme vor der Brust. Mochte schon sein, dass er und der Chief richtig gehandelt hatten, wer aber hatte an die Frau, die Eltern, Kinder, Enkelkinder, keine Ahnung wen gedacht, als wir den Mann zurückließen?

„Du wusstest, dass nicht jeder Einsatz positiv enden würde, oder? Das hier ist die reale Welt, okay? Ich habe es euch hundertmal gesagt: Ihr seid nicht unbesiegbar und auch nicht unverwundbar."

„Ja, das habe ich verstanden. Aber es fällt mir gerade etwas schwer, zurück zur Tagesordnung zu gehen, nachdem ich einen bis zur Unkenntlichkeit verbrannten Körper aus einem Haus geholt habe, statt eines Mannes, der sonst nichts weiter als eine Rauchgasvergiftung gehabt haben könnte."

Er musterte mich durchdringend. „Du sollst nicht zur Tagesordnung übergehen. Es gibt Seelsorger, Supervisoren, die dir helfen können, die Sache zu verarbeiten. Dir muss aber klar sein, dass das nicht das letzte Mal sein wird, dass so etwas passiert. Wenn du nicht damit zurechtkommst, weißt du, wo die Tür ist. Ich muss mich auf dich verlassen können und darauf, dass du Anweisungen befolgst, sonst schmeiße ich dich raus. Scheiß egal, ob ich dich mag oder nicht. Hast du das verstanden?" Unnachgiebig stierte er mich an, bis ich einknickte und schluckte.

„Ja, Sir", antwortete ich sarkastisch und marschierte aus der Tür.

7

Nate

„Guten Morgen, Fettsack. Wenn ich gewusst hätte, dass du die Wohnung mitten in der Nacht verlässt, hätte ich dich vorher noch mit einem neuen Klingelton bestückt.“

Es kommt wirklich nicht oft vor, dass Toby noch schläft, wenn ich aufstehe. Aber je früher ich bei meinem Dad bin, desto eher kann ich wieder nach Hause. Deswegen habe ich mich schon um sieben Uhr in den Bus nach Aurora gesetzt. Ich war ohnehin so gut wie die ganze Nacht wach. Erstens, weil ich mir Franks Ergebnisse zur Buchhaltung angesehen habe, und zweitens, weil ich viel zu aufgekratzt war, um zu schlafen. Ständig habe ich auf jedes kleinste Geräusch reagiert, das aus Tobys Zimmerrichtung kam, unter der dauernden Erwartung, ich müsste gleich aufspringen und einen Anfall mit ihm durchstehen.

Nun lache ich ins Telefon, erleichtert, ihn so entspannt zu hören. „Nachdem du mir schon wieder nette Kosenamen gibst, gehe ich davon aus, dir geht es gut.“

„Außer, dass ich jetzt weiß, wie es ist, einen Hörsturz zu haben.“

„Das könnte auch das Alter sein, Opa. Wenn ich wieder da bin, kaufen wir dir endlich ein Hörgerät.“

„Häh? Red LAUTER!“, schreit er, sodass ich das Handy von meinem Ohr weghalten muss. Belustigt ziehe ich an meiner Zigarette. Eine Benachrichtigung auf meinem Display kündigt an, das sich etwas in der Chat-App der Helpline getan hat. Lexi ist online.

... Ja, und?!

„Jen ist übrigens sauer auf dich“, setzt Toby fort und lenkt mich damit von meinem Handy ab. „Das heißt ... Momentan hängt sie über der Kloschüssel, aber nachher wird sie sicher wieder sauer auf dich sein.“

Mmh! „Okay, danke für die Details. Was habe ich denn schon wieder falsch gemacht?“

„Du bist alleine nach Hause gegangen. Wie immer. Schäm dich!“ Gespielt missbilligend schnalzt er mit der Zunge.

„Witzig.“ Das ist das Letzte, was Jen beabsichtigt hat. So viel ist klar.

„Ach, was weiß ich. Chiara hat sich bei Jen für den Versuch bedankt, dich mit ihr zusammenzubringen, ihr aber erklärt, dass aus euch wohl nichts wird. Jen hat das eben nicht wirklich verstanden. Ihre exakten Worte waren ...“ Er räuspert sich und verstellt seine Stimme einige Oktaven höher. „Herrgott! Warum lässt er jede Einzelne abblitzen, obwohl sie ihm in neunundneunzig Prozent der Fälle zu Füßen liegen? Aber Hauptsache, ich bin der Feigling, Nate, stimmt's?“, ergänzt Toby, diesmal tatsächlich mit einem Hauch von Kritik in seinem Ton. Meine Augen schießen genervt zum Himmel, und ich lasse mir Zeit beim Ausblasen des Rauchs.

„Was willst du von mir? Mach keine große Sache draus! Es hat einfach nicht gepasst.“ Das und die Tatsache, dass ich Toby gestern sowieso nicht im Stich gelassen hätte. Das muss er aber nicht wissen. Worüber ich nämlich sicher nicht noch einmal reden werde, ist dieser beschissene Einsatz, genauso wenig darüber, dass ich von letzter Nacht auf heute wahrscheinlich höchstens eine Stunde geschlafen habe.

„Komisch. Hat sie dich deshalb noch mal oben abgefangen?“ Sein Ton ist ein offensichtlicher Fall von: Komm mir nicht mit dem Scheiß!

„Halt die Klappe!“

„Vielleicht fand Chiara dich auch einfach hässlich und wollte deine Gefühle nicht verletzen.“

Ich zucke lachend mit der Schulter. „Ja, vielleicht! Na ja, war wie immer echt toll mit dir zu plaudern, aber ich bin gleich bei meinem Dad und muss leider auflegen.“

„Verstanden. Lass dir von ihm nichts erzählen, klar? Wenn er wieder über deine Haare meckert, dann sag ihm …“ Ich kann richtig hören, wie seine Zahnräder an einer schlagfertigen Fortsetzung arbeiten. „... dass du es toll findest, was *er* mit *seinen* Haaren gemacht hat. Frag ihn, wie er es geschafft hat, sie so aus seinen *Nasenlöchern* kommen zu lassen.“

„Bis dann, Toby“, sage ich, wenig bemüht, die Irritation aus meiner Stimme zu verstecken. Toby kennt meinen Dad schon lange, weiß, welchen Effekt er auf mich hat.

„Du kannst ihm auch gerne erzählen, dass das mein Spruch ist.“ Ich lege auf und tippe auf die neue Nachricht in der App.

Lexi: *Woran erkennt man, dass eine Blondine am Computer saß? ... Am Tipp-Ex auf dem Bildschirm.*

Drei lachende Emoticons mit Tränen in den Augen runden ihre freche Nachricht ab, und ein ungewolltes Lächeln formt sich in meinem Gesicht.

Ich: *... Sorry. Falscher Empfänger ...* Totenkopfsmiley.

Lexi: *Hahahaha! *böselach* Zu früh?!*

Ich: *Wenigstens weiß ich, mit welcher deiner Persönlichkeiten ich gerade schreibe. Definitiv nicht seriöse Lexi ...* ein zwinkerndes Smiley.

Lexi: *Hast du die Welt schon retten können, Robin Hood?*

Ich: *Robin Hood??? ... Du bringst mich um, Mädchen. Und Arrow (!!!) nimmt seine geheime Identität nur in der Dunkelheit der Nacht an. Tagsüber hat er frei.*

Lexi: *Oh, alles klar! Das heißt, ich soll mir schon mal den Abend freihalten, damit ich dir wieder das Leben retten kann, wenn es drauf ankommt?*

Ein Smiley mit Sonnenbrille und eines mit heraushängender Zunge folgen ihrer Nachricht.

Ich: *Nicht mir, Lexi ... es geht um etwas Größeres als mich ... (denk dir jetzt dramatische Batman-Musik dazu, dann wirkt der Spruch cooler).*

Wieder dieses tränenlachende Emoticon und eine Hand, deren Daumen nach oben zeigt. Nur eine Zehntelsekunde später klingelt mein Handy erneut. Unterdrückte Nummer.

„Foster?"

„Oh hi!" Sie hört sich überrascht an, dabei hat sie ja angerufen. „Ich spreche mit Arrow, richtig? Oder doch Batman? Ich bin verwirrt", zieht sie mich frech auf.

„Ist alles treffend, solange du mich nicht wieder mit Robin Hood vergleichst. Konntest du es nicht mehr bis zum Abend erwarten, mit mir zu telefonieren?" *Was wird das, Nate?*

„Ehrlich gesagt … habe ich nur den falschen Button gedrückt. Antworten liegt direkt neben An*rufen*. Sorry."

„Wirklich?! Hat der Spruch eigentlich schon jemals funktioniert?", frage ich in gespieltem Missfallen, und Lexi kichert. Ich schnippe die Zigarette weg, weil ich jetzt nicht mehr fertigrauchen muss, wo Lexi am Telefon ist. Und nein, ich werde gar nicht erst darüber nachdenken, wie bedenklich es ist, dass sie diese beruhigende Wirkung auf mich hat.

„Tut mir leid, wenn ich dich gestört habe. Oder geweckt. Ich weiß ja, was die Strafe *dafür* ist", scherzt sie in Bezug auf unser letztes Schreibgespräch. „Ich hoffe, dein bester Freund hat den Tag trotz der bescheuerten Idee überlebt?!"

„Kaum", antworte ich wahrheitsgemäß, in Gedanken bei dem, was er im Taxi gesagt hat. Toby hatte mir vorher nie erzählt, dass er ebenfalls aussteigen wollte. Das war der Grund, weshalb ich wieder einmal nicht schlafen konnte. Seit gestern denke ich an kaum etwas anderes als dieses „Was wäre gewesen, wenn …", auch wenn mir klar ist, dass das nicht mehr das Geringste ändern oder retten kann, und das kotzt mich an.

„Okay, ich lass dich dann mal wieder gehen. Muss noch einiges erledigen, bevor ich zur Mästung bei der Addams Family abgeholt werde."

Aber ich will noch nicht auflegen. Jetzt, wo ich vor der Tür stehe, bin ich dankbar für die neuerliche Verzögerung, bevor ich hineingehen muss. „Ist das deine Familie, von der du so liebevoll sprichst?"

„Allerdings! Ich liebe meine verrückten Eltern und meine Horde Geschwister, aber wir sind nun mal eine Großfamilie voller Exzentriker, die alles toll findet, was bizarr oder makaber sein sollte."

„Klingt in meinen Ohren alles andere als schlecht." Eher nach einer Menge Spaß.

„Ja, behalt das im Hinterkopf, solltest du sie eines Tages persönlich treffen."

Viele Jahre hatte ich mir genau so eine Familie gewünscht. Vielleicht wäre Dad auch anders drauf, hätte er noch weitere Kinder, um die er sich kümmern wollen könnte … würde.

„Hey … alles in Ordnung?", fragt Lexi sanft, nachdem ich nicht mehr antworte.

Ich blinzle mich aus meinen Gedanken. „Ja, klar."

„Ich glaube, du lügst.“ Ertappt und irgendwie amüsiert verziehe ich das Gesicht. Nicht nur, weil sie keine Sekunde gewartet hat, um meinen Bluff aufzudecken, sondern auch, weil sie alles andere als verlegen ist, das so deutlich zu sagen, obwohl sie mich kaum kennt. Verdammt, dieses Mädchen kämpft sich bewusst oder unbewusst durch meine Schutzschichten.

„Bei dir beginne ich langsam meine genialen Anwaltsqualitäten in Frage zu stellen. Anwälte lassen sich nicht durchschauen. Wir stellen die Fragen.“

„Ist das denn etwas Negatives? Sich von jemandem sehen zu lassen?“

Ich antworte mit einem schwankenden Brummen. „Sagen wir mal ungewohnt. Unüblich.“

„Ich finde das gut. Lass es uns so beibehalten, in Ordnung? Keine Lügen. Keine Show, nur wir. So wie wir eben sind.“ Das ist eigentlich genau das Letzte, was ich sein will. Aber bei Lexi ist es viel zu leicht, das für kurze Zeit auszublenden. Vielleicht ist es also einen Versuch wert, zu sehen, ob ich überhaupt noch da bin.

„Okay, Nathan?“, beharrt sie. Ich lache leise.

„Ja, Lexi. Mann, du bist ziemlich stur, hab ich recht?“

„Ich bin mit vier Geschwistern aufgewachsen. Da lernt man, sich durchzusetzen. Und ja, ich denke, ich bin es nicht wirklich gewohnt …“

„Dass Leute nicht das tun, was du willst? Dafür gibt es eine Bezeichnung, weißt du?“

„Oh Gott …“

„Verwöhnt“, beende ich meine Erklärung. Unverfälschtes Lachen sprudelt aus ihr heraus.

„Also, das muss ich mir nicht anhören.“ Sie spielt falsche Beleidung vor. „Hören wir uns dann heute Abend wieder? Rein professionell natürlich?“

„*Natürlich* …“, bestätige ich schmunzelnd. „Bei dir darf man ja ohnehin nicht anderer Meinung sein.“

„Weißt du was, wenn ich es mir recht überlege, ruf lieber nicht an!“, sagt sie, und ich kann förmlich hören, wie sie fröhlich grinst.

„Bis später, Lexi.“ Lächelnd stecke ich mir das Handy in die hintere Hosentasche. Mit ihrer unbeschwerten Art hat sie es jetzt schon zum zweiten Mal geschafft, mich aus meiner Anspannung zu holen. Etwas leichter als sonst fallen mir die letzten Stufen zum Haus meines Vaters.

Jedes Mal, wenn ich unsere alte Veranda betrete, wundere ich mich darüber, dass es tatsächlich noch Leute gibt, die ihre Reserveschlüssel unter der Fußmatte oder im Blumentopf verstecken. Das ist praktisch wie eine Einladung für jeden Einbrecher, das Haus gemütlich auszurauben. Meinem Dad kann ich das aber so oft erklären, wie ich will. Die einzige Antwort, die ich bekomme ist: „Hier drinnen gibt es nichts, was der Kerl wollen würde. Außerdem brauche ich meinen sechsundzwanzigjährigen Sohn nicht dazu, mir zu sagen, wie das Leben läuft.“ An guten Tagen erzählt er mir außerdem, dass unser Hund Hawkeye ihn beschützen würde, was lachhaft ist, weil der Labradormischling ein Waschlappen sondergleichen ist. Er würde sich ans Bein des Einbrechers schmiegen, solange er dafür ein oder zwei Kuscheleinheiten bekommt.

Kaum drehe ich den Schlüssel im Schloss, höre ich schon die schweren Pfoten des Welpen im Körper eines Monsters auf die Tür zuschießen und ihn bemitleidenswert winseln, als warte er sehnsüchtig auf menschliche Nähe.

„Hey, Kumpel!“ Mit Mühe und Not zwänge ich mich durch die Tür. Hawkeye stellt sich auf die Hinterpfoten und knallt mich mit seinem Gewicht gegen die Tür. Komplett außer sich vor Freude schleckt er meine Hände ab und drängt seinen Kopf fester an meinen Körper, um gekrault zu werden. „Ja, ich hätte dich auch lieber bei mir.“

Hawkeye ist eigentlich *mein* Hund. Ich fand ihn damals in einer Kiste, als er kaum drei Wochen alt war, und nahm ihn mit nach Hause. Obwohl Mom und Dad sich anfangs absolut gegen einen Hund gesträubt hatten, dauerte es nicht lange, bis sich diese eigenartig-witzige Mischung zwischen Labrador, Goldendoodle – und weiß Gott, was sonst noch – in ihr Herz spielte und ich ihn behalten durfte. Als ich mich letztes Jahr dann entschied, von zu Hause wegzugehen, ließ ich Hawkeye bei Dad, weil mein Vater sonst vor Einsamkeit draufgegangen wäre. Mir macht er zwar bei jeder Gelegenheit klar, dass er mich nicht bei sich haben will, ist aber auch zu stolz, jemand anderen um Hilfe oder Gesellschaft zu bitten. Abgesehen von der Erinnerung an Mom, scheint der Hund außerdem der Einzige zu sein, der es noch schafft, Gefühle in Dad zu wecken.

„Wer ist da?“, brüllt Dad aus dem Wohnzimmer über den Fernseher, der wahrscheinlich seit Jahren nicht abgeschaltet wurde.

„Ich bin's, Dad.“ Mit Hawkeye, der sich beim Gehen ständig vor meine Füße wirft, erweist sich der Weg ins Wohnzimmer als große Herausforderung. Ich stelle meinen Rucksack und die Einkaufstasche am Esstisch ab und beuge mich runter, um ihn richtig zu streicheln. Nach einer halben Ewigkeit reißt Dad seinen Blick vom Bildschirm los und mustert mich von oben bis unten.

„Du kannst froh sein, dass Hunde sich länger an Menschen erinnern", meint er sarkastisch. „Hast wohl vergessen, dir seit deinem letzten Besuch die Haare schneiden zu lassen, was?" Für den Bruchteil einer Sekunde beiße ich belustigt die Zähne zusammen, als ich an Tobys Antwort für Dad denke. „Andererseits – was weiß ich schon, du lässt dich hier ja sowieso nie mehr blicken, geschweige denn, dass du mal anrufst."

Ich schließe die Augen und atme durch die Nase ein. Das war's mit der Belustigung. Es macht keinen Sinn, darauf einzusteigen und ihm zu erklären, dass die Leitung und der Highway in beide Richtungen funktionieren. Das habe ich schon vor einiger Zeit aufgegeben. Genauso wie das Thema mit meinen Haaren. Dad ist der Meinung, alles was länger als fünf Millimeter ist, sei unpassend und provokant. Meine Haare gehen mir über die Ohren. Katastrophe! Vor allem, weil ich ihn damit noch mehr an Mom erinnere. Ich schiele zu ihrem Portrait über dem Kamin. Auf dem Foto sind ihre Locken noch eine Spur blonder als meine, viel länger natürlich. Ihre energischen blauen Augen habe ich nicht geerbt, dafür aber ihren Mund mit dem ausgeprägten Amorbogen, wie Dad so gern sagte.

„Solltest du nicht in der Uni sein? Oder hast du wieder einmal etwas hingeschmissen?"

Ich verdrehe innerlich die Augen und setze mich auf die Esstischkante. „Es ist Sonntag, Dad. Keine Uni, keine Arbeit, alles in Ordnung. Ich habe dir Kram aus dem Supermarkt mitgebracht." Er sieht nicht gut aus. Seine Tränensäcke hängen herab wie die eines alten Mannes, obwohl er erst Mitte fünfzig ist. Nach seinem Unfall wurde er als Invalide eingestuft und kassiert nun einen winzigen Teil seiner Rente. Manchmal frage ich mich, ob es für ihn nicht besser wäre, doch noch zu arbeiten, etwas anderes zu machen, als hier herumzuhängen. Seine Gestalt ist hager, und alle Kleider schlackern an ihm. Wenn er noch mehr abnimmt, wird bald nichts mehr von ihm übrig sein. Das Problem ist, er weigert sich, eine Haushälterin in Anspruch zu nehmen, die für ihn kocht; er selbst kann sich aber gerade mal ein Sandwich machen.

„Ich habe keinen Appetit und benötige meinen sechsundzwanzigjährigen Sohn bestimmt nicht dazu, mir zu sagen, wann ich essen soll und wann nicht.“

Natürlich nicht. Mit den Zähnen mahlend warte ich auf den Rest der Abweisung.

„Du musst generell nicht herkommen, nur weil du ein schlechtes Gewissen hast. Wenn du nicht hier sein willst und nur aus Mitleid zurückkommst, kannst du gleich wieder gehen. Ich brauch dich hier sicher nicht.“

Rekord. Nicht einmal fünf Minuten im gleichen Raum, bevor er genug von mir hat. „Okay, wie du meinst. Ich stelle dir die Sachen trotzdem in die Küche. Was du damit machst, sei dann dir überlassen. Ich fahre ein bisschen raus, okay? Hawkeye nehme ich mit.“

Das war’s dann auch wieder mit unserer Konversation. So ist es nun seit mehr als eineinhalb Jahren zwischen uns, kühl und distanziert. Wenn er mich sieht, sieht er Mom und mein Versagen. Er macht kein Geheimnis daraus, dass er mir nie vergeben wird, was mit ihr passiert ist.

Jetzt reagiert Dad gar nicht mehr auf mich, stellt stattdessen die Lautstärke des Fernsehers höher und behandelt mich wie einen Geist. Ich verziehe das Gesicht und sehe zu Hawkeye, der sofort mit dem Schwanz zu wedeln beginnt. Schief grinsend über seine Euphorie, klatsche ich mir einmal an den Oberschenkel, um ihm zu bedeuten, dass er mitkommen soll. Schon galoppiert er förmlich zu mir in die Küche. Tut gut, dass sich wenigstens einer in diesem Haus über meine Anwesenheit freut.

„Wusste ich's doch, dass ich meinen Engel Gabriel hier oben finden würde", tönt eine amüsierte Stimme hinter meinem Rücken. Ich brauche mich gar nicht umzudrehen, um zu wissen, dass es mein ehemaliger Lieutenant Carl ist, der sich gerade seinen Weg aufs Dach des Zweithauses meiner Eltern bahnt. „Ann hat dich aus dem Bus steigen sehen." Den tollen Spitznamen des blondgelockten Erzengels habe ich ihm zu verdanken. Auf der Feuerwache nannten mich außerhalb der Einsätze alle so und gingen mir damit gehörig auf den Sack. Auch wenn das schon lange her ist, scheint Carl seine Idee offensichtlich immer noch zum Schießen zu finden.

„Na, alter Mann? Lassen sie dich mit *der* Kondition nichts weiter als Büroarbeit leisten?", frage ich streitlustig, als er sich schnaufend neben mir fallen lässt. Mit zusammengekniffenen Augen gibt er mir einen Klaps auf den Hinterkopf, lässt sich aber dann von meinem Lächeln anstecken und klopft mir auf den Rücken. Carl hatte schon immer eine Sonderposition in meinem Leben. Er war mein Mentor und mein Freund. Gleichzeitig ist er aber unmittelbar mit jeder einzelnen meiner schlimmsten Erinnerungen an Aurora verknüpft, sodass mir alleine das Atmen in seiner Gegenwart oft schon schwerfällt.

„Hat dein Vater dich wieder einmal vergrault?" Carl hält mir seine Zigarettenpackung entgegen. Kritisch beäuge ich ihn, weil er mich jedes Mal zur Sau gemacht hat, wenn er mich auf der Wache beim Rauchen erwischt hat, obwohl ich immer genau wusste, dass er selbst qualmt. „Sieh mich nicht so blöd an! Wenn du deine Lunge jetzt schwärzen willst, passiert das nicht mehr unter meiner Verantwortung."

Ich schnarche gelangweilt, ziehe eine Zigarette heraus und zünde auch seine für ihn an. Bevor ich antworte, nehme ich einen tiefen Zug – mit Blick auf den Fluss unter der Brücke, auf der dieses Haus steht. Hawkeye spielt unter uns mit dem dicken Knochen, den ich ihm gekauft habe, und wälzt sich in der Sonne. Meine Mom hat dieses Haus von ihren Eltern geerbt, als meine Grandma starb. Obwohl Mom und Dad große Pläne hatten, es so zu renovieren, dass man wirklich darin wohnen könnte, blieb dies immer nur ein Vorhaben. Jetzt ist es verfallen, Dad kommt nicht einmal mehr in seine Nähe. Er sagt, entweder ich kümmere mich darum, oder er verkauft es.

Als Kinder waren wir oft hier, weil es für uns Jungs ein Abenteuer war, die verkommene Hütte als Räuberhöhle oder als Festung zu sehen. Keine Ahnung, wie oft wir hier beim Spielen von der Veranda aus in den Fluss gefallen sind und uns dabei irgendetwas gebrochen haben. Als ich zwölf Jahre alt war, bekam ich zwei Wochen Hausarrest, nachdem ich trotz Verbotes durch meine Eltern kurz vor dem Hurrikan Isabel mit meinem damaligen besten Freund herkam. Wir wollten in der Schule erzählen, wie mutig wir waren, den Sturm unter der Brücke abgewartet zu haben. Der Regen fiel jedoch in solch heftigen Strömen, dass es zu einem Erdrutsch kam und wir in den inzwischen reißenden Fluss stürzten. Jason gelang es, sich an einem Baum festzuhalten, ich hätte mich bei dieser Aktion jedoch fast umgebracht, war kaum noch bei Bewusstsein, als die Feuerwehrmänner mich herauszogen. Es war das erste und einzige Mal, dass Mom mich anschrie. Der Feuerwehrmann, der mich aus dem Wasser gefischt hatte, hielt aber zu mir und beruhigte sie. Ich schätze, das war der Moment, in dem ich entschied, zur Feuerwehr zu gehen und dumme Jungs wie mich selbst zu retten.

„Ist ja nicht unbedingt so, dass wir jemals eine besonders innige Beziehung gehabt hätten. Warum sollte das also ausgerechnet jetzt anders sein?“, antworte ich endlich auf seine Frage. Dabei versuche ich, unbeeindruckt zu klingen, auch wenn meine Stimme leicht bricht.

„Nate. Weißt du noch, wie oft ich dir erklären musste, dass du den Kopf aus dem Arsch ziehen musst, wenn du mir bei schiefgelaufenen Einsätzen in deinen Wutausbrüchen Vorwürfe gemacht hast?“ Ich werfe ihm einen ungeduldigen Gesichtsausdruck zu. „Sei froh, dass du deinen Ärger und deinen Schmerz ausdrücken kannst. Dein Dad schluckt ihn und erstickt daran. Irgendwann kommen die Gefühle eben doch hoch, weil auch er nur ein Mensch ist.“

Ich lasse den Kopf hängen, sehe auf meine Füße, weil ich nicht weiß, was ich antworten soll. Sieht eher so aus, als würde ich ihm auch damit langsam ähnlicher werden.

Carl überlegt und zieht tief an seiner Zigarette. „Er geht nicht mehr oft zu ihr. Vielleicht gelingt es ihm ja langsam, damit abzuschließen.“

Mit seinen Worten versetzt er mir gleichsam einen Fausthieb in den Magen, und mein Blick fällt zu Boden. Will ich denn, dass er mit ihr abschließt?

„Nur weil er noch immer um sie trauert, heißt das aber nicht, dass sein Verhalten dir gegenüber berechtigt ist. Er weiß genau wie jeder andere hier, dass es nicht deine Schuld war.“

Das Problem ist, *ich* sehe das anders. Weil ich nicht da war, nicht stark genug, nicht schnell genug war, um sie zu retten, ist Dad jetzt alleine. Diese Schuld werde ich nie gutmachen können. Ich lehne mich zurück und starre auf den Fluss, den ich zu hassen gelernt habe. Ich fühle mich verantwortlich für dieses Haus, weil es in meinem Kopf das Einzige ist, was mich hier noch mit Mom verbindet.

Carl stößt mir den Ellbogen in die Seite, um mich aus meinen Gedanken zu holen. „Komm uns endlich mal auf der Wache besuchen. Die Jungs würden sich freuen."

Langsam nicke ich. „Ich werde diese Bruchbude endlich angehen. Nach der Sturmsaison. Wird zwar ein Haufen Arbeit, aber dann habe ich wenigstens einen Grund, mich hier öfter blicken zu lassen."

Er strahlt mich an und schlägt mir bestätigend auf den Rücken. „Du weißt, ich arbeite für Bier."

Ich spare mir die Antwort. Carl trinkt kaum, schon gar nicht Bier, aber ich weiß es zu schätzen, dass er mir seine Hilfe anbietet, um mich häufiger zu sehen.

„Wie geht es Toby?"

Ich zucke mit der Schulter. „Du weißt schon. Es ist nicht leicht. Sie stellen ihn oft um. Keines der Medikamente funktioniert so richtig. Die Nebenwirkungen sind scheiße."

„Scheiße!", wiederholt er seufzend.

„Jap." Mehr gibt es dazu wirklich nicht zu sagen. Niemand von uns kann es rückgängig machen. Ich weiß, dass Carl sich deswegen Vorwürfe macht, obwohl er wirklich nichts dafür kann. Das ist jedoch keine Last, die jemand anderer einem abnehmen kann.

Jeder von uns trägt Bilder mit sich, die sich in die Netzhaut eingebrannt haben und uns höchstwahrscheinlich niemals vollständig verlassen werden. Wir haben Hunderte Menschen gerettet. Das war ja auch unser Job. Die Zahl derer, die wir nicht retten konnten, ist es aber, die uns nachts heimsucht. Die, die uns hämisch ins Gesicht lacht, wenn wir glauben, die Tragödien endlich verarbeitet zu haben. Die, die wir als Andenken, als Mahnmal auf die Innenseite unseres linken Bizeps tätowiert haben, um jene niemals zu vergessen, die wir verloren haben.

Alle, die aufhörten, haben solch eine Zahl. Es geht dabei nicht darum, ein gemeinschaftliches Wir-Gefühl zu bewirken oder sich einfach irgendein Gruppen-Tattoo machen zu lassen. Jeder hat seine eigene Zahl, mit der er leben muss. An manchen Tagen funktioniert das besser, an anderen eben schlechter.

Carl atmet tief ein und schlägt sich auf die Oberschenkel, bevor er mit einem Stöhnen aufsteht. Als wäre ich immer noch ein Teenager, wuschelt er mir durch die Haare und klettert vom Dach. Ich folge ihm mit den Augen, als er auf der instabilen Veranda einen heruntergefallenen Ast aufhebt, ihn Hawkeye zum Schnüffeln gibt und dann weit hinaus in den Fluss wirft.

„Hey!“, rufe ich mit ausgestreckten Armen, weil mein Hund sofort in den Fluss springt und vergeblich versucht, zu dem Stock zu gelangen, der schon meterweit weggeschwemmt wurde. Der Fluss hat eine enorme Kraft, gegen die Hawkeye gerade so anschwimmen kann. „Soll ich den nassen Hund in *deinem* Auto transportieren?“

„*Du* hast nicht einmal eines, du Fuchs. Wahrscheinlich hast du auch deswegen noch immer kein Mädchen“, folgert er.

„Du kannst mich mal!“

Carl lacht, dreht sich ein letztes Mal zu Hawkeye, der die Suche aufgegeben haben dürfte und enttäuscht zurück ans Ufer schwimmt. „Der Fluss steigt. Hat beim letzten Starkregen wie immer für einige Probleme gesorgt. Wenn du das Haus noch länger haben willst, würde ich erst mal dringend mit der Sanierung der Brücke und des Grundgerüsts unter dir beginnen und ein Dach wählen, das sich von Bäumen nicht so leicht ruinieren lässt. Keine Ahnung, ob das Haus die nächste Sturmsaison überhaupt noch überlebt."

8

Lexi

Sandy: *Mein Schädel brummt ... Das ist die Strafe dafür, dass wir dich verloren haben. Hass mich bitte nicht!*

Andrew: *Danke fürs Nach-Hause-Bringen. Vielleicht kannst du mir bei Gelegenheit erzählen, warum ich Blut auf meinem Shirt hatte ... und von wem es stammt ...*

Totenkopfsmiley.

Avery: *OMG! Wir haben dich alleine gelassen. Es tut mir SO leid! Bitte ruf mich an, ob alles in Ordnung ist!*

Avery: *Oh Mann! Du bist sauer ... *heul**

Avery: *Lexi!!! Ich habe mit Andrew telefoniert. Ihr seid zusammen nach Hause gefahren???*

Avery: *BITTEEEE ruf mich an!*

„Soll ich dein Handy gleich aus dem Fenster werfen oder noch warten, ob etwas Bedeutendes kommt?“

Mit dem Rücken zur Tür lasse ich mir die fünfzehn Nachrichten auf meinem Handy vorlesen, während ich das gerade eben geführte Gespräch mit meiner Lieblingsklientin Bonny abwickle. Sie ist keine Studentin, sondern siebenundachtzig und dürfte somit theoretisch unsere Dienste nicht mehr beanspruchen. Ich telefoniere nun aber schon seit einigen Monaten wöchentlich mit ihr, und sie ist dankbar für jede Minute, die man ihr schenkt. Natürlich verlange ich schon seit geraumer Zeit nichts mehr dafür, ich weiß, sie braucht einfach jemanden zum Reden, und dreißig Minuten in der Woche darf ich an ihrem unglaublichen Leben teilhaben.

Ich stelle mir vor, wie Morgan mit verschränkten Armen am Türrahmen lehnt und die Lippen schürzt. Ich schätze, sie hat die vorgelesenen Nachrichten mitgehört. Unnötig zu erwähnen, dass sie nicht der größte Fan meiner Freunde ist. Ich persönlich finde es nicht allzu dramatisch, was gestern Nacht passiert ist. War erstens nicht das erste Mal, und zweitens war es zum Teil meine eigene Schuld, weil ich niemanden gebeten hatte, ein spezielles Auge auf mich zu werfen. Ich bin für mich selbst verantwortlich. Wenn ich Hilfe brauche, bitte ich darum. Das habe ich meinen Freunden die letzten vierzehn Jahre eingebläut, und wenn das dann mal schief geht, kann ich sie nicht dafür verantwortlich machen.

„Blut auf Andrews Shirt hast du bei deiner Erzählung aber ausgelassen. Ich hoffe, es war seines?"

Ich verdrehe die Augen, trotzdem dankbar, eine loyale Freundin wie sie zu haben. „Vielleicht kam es von meiner Hand. Kann aber nicht viel gewesen sein. Sonst wüsste ich von nichts." Verdammt schmerzhaft war es jedenfalls, als Morgan heute Vormittag die kleinen Splitter aus dem teilweise wieder verschlossenen Fleisch gezogen hat. Ausgelassen habe ich außerdem die Hilfe des Typen, der extrem gut nach Leder, Vanille und Holz roch und mir Sicherheit gab, während ich kurz vorm Ausflippen war, weil ich mich in dieser Situation so verloren fühlte. Irgendwie kam mir seine Stimme bekannt vor, zuordnen konnte ich sie aber nicht, deshalb verwarf ich den Gedanken wieder. Morgan würde wahrscheinlich eine Fahndung nach ihm rausgeben, wüsste sie von der Geschichte.

„Dein Dad ist unten. Er wartet im Auto", sagt Morgan. Nachdem meine Eltern Morgan genauso gerne mögen wie ich, ist es schon zur Tradition geworden, dass sie mich zum wöchentlichen Familienessen begleitet. Sie ist wie der Ruhepol inmitten meiner chaotischen Mischpoche und hat ein Talent dafür, den Großteil der unangenehmen Konversationen abzuwenden und von mir abzulenken. Dafür liebe ich sie umso mehr.

Ich klappe den Laptop zu und stecke mein Handy in die Hosentasche. „Dann antworte ich später auf den Nachrichtensturm." Ich hätte jetzt sowieso keine Lust.

Ich liebe Spätfrühlingstage wie diese. Sobald ich vor das Haus trete, spüre ich die Wärme der Sonnenstrahlen auf meiner Haut. In unserer Wohnung haben wir milchige Fenster, die uns nur wenig von der Sonne wahrnehmen lassen. Dabei *brauche* ich Licht. Wie immer halte ich einen Moment inne und genieße das Kribbeln, die Helligkeit, die durch meine Lider dringt und intensiver wird, je mehr ich mich zur Sonne wende. Wer mir in solchen Momenten zusieht, denkt bestimmt, ich hätte einen Knall, aber ich möchte die kleinen und großen Wunder meines Lebens wertschätzen. Man weiß nie, wie lange man sie genießen kann.

„Steigt schon ein! Ich fühle schon, wie ich hier drinnen an Altersschwäche sterbe", schreit uns mein Dad durch das heruntergelassene Autofenster zu. Morgan gluckst vor Erheiterung, nimmt mich an der Hand und geht mit mir zum Wagen.

„Hey Daddy!", nuschle ich in eine feste Umarmung meines Vaters, als ich einsteige.

„Gut siehst du aus, Engelchen."

In seinen Armen fühle ich mich immer wie ein Shrimp. Hätte er mir doch noch ein wenig von seinen Einsneunzig abgegeben. Dann müsste ich jetzt nicht immer Angst haben, dass jemand auf mich treten könnte, weil er mich nicht sieht.

„Danke Patrick. Dabei habe ich mir heute gar nicht so viel Mühe gegeben“, antwortet Morgan statt mir, lehnt sich nach vorne und gibt meinem Dad einen kleinen Kuss auf die Wange.

Er lacht. „Immer wieder gerne, Morgan. Christina hat für eine Armee gekocht. Sieht also so aus, als würden wir alle nächste Woche nichts anderes als Hackbraten essen.“

Morgan reibt am Rücksitz die Hände zusammen. „Das werden wir ja noch sehen. Ich habe einen Bärenhunger.“

Vertraute Geräusche und Gerüche dringen ins Vorzimmer, als wir durch die Tür kommen und uns die Schuhe ausziehen. Meine Brüder rennen trampelnd im Obergeschoß herum, spielen wahrscheinlich gerade Cowboy und Indianer – oder was neunjährige Zwillinge eben so spielen. Meine jüngere Schwester versucht, die beiden mit Justin Bieber zu übertönen, während Mom mit dem Besen an die Decke klopft, um ihnen zu bedeuten, sich zu Tisch zu bewegen. Natürlich hört sie keiner über den Lärm, genauso wenig wie Dad, der laut *Wir sind da* durch die Gegend wirft. Kopfschüttelnd grinse ich über den ganz normalen Wahnsinn in diesem Haus, den Morgan jedes Mal aufs Neue zum Schießen findet. Meine älteste Schwester Serena ist schon nach England geflüchtet, wo sie studiert, und sie kommt uns nur zweimal im Jahr besuchen. Sie hatte immer das Gefühl, inmitten dieser Familie eines Tages den Verstand zu verlieren. Als Älteste von fünf Kindern hatte sie es aber auch wirklich nicht leicht.

Mom ächzt aus der Küche genervt auf, weil meine Geschwister oben zu schreien beginnen, und wirft lautstark das Besteck auf die Arbeitsplatte, bevor sie uns entgegenkommt. „Na endlich, ihr beiden! Schön, dass ihr da seid.“ Nach einer flüchtigen Umarmung scheucht sie uns Richtung Esszimmer. „Bitte setzt wenigstens ihr euch schon mal zu Tisch, während ich den Kindern die Leviten lese.“ Mental zähle ich bis fünf, bis das Geschrei oben sich mit ihrem vermischt und sie den Dreien Beine macht.

„Ich liebe diese Familie“, lacht Morgan und pflanzt sich auf ihren Stuhl.

Ich verdrehe die Augen und setze mich zu ihr. „Ja, wenn man nach ein paar Stunden wieder gehen kann, ist sie ziemlich amüsant“, gebe ich zu. Mit Nate hatte ich heute schon eine ähnliche Konversation. Er klang so nachdenklich, traurig fast. Anders noch als bei unserem letzten Gespräch, wobei mir schon da aufgefallen war, dass sein schönes, aber zurückhaltendes Lachen eine Seltenheit ist und erst verdient werden muss.

Meine Brüder rennen schreiend die Treppe hinunter. Sich in diesem Haus zu behaupten, war nicht leicht. Besonders nachdem die ungeplanten Zwillinge unser Herz besetzt hatten. Andererseits gab mir das auch viele Möglichkeiten, mein eigenes Ding zu machen, ohne ständig beobachtet oder kontrolliert zu werden.

„Lexi! Ich hab den Wither in Minecraft getötet. Micah hat es noch nicht geschafft“, stürmt mir Colin atemlos entgegen.

„Hey! Gratuliere, Colin!“

„Hi Morgan“, ergänzt er schüchtern, und ich grinse, weil es so offensichtlich ist, dass er in meine beste Freundin verknallt ist.

„Hallo Großer!“

Micah pfeift komplett auf die Begrüßung und stampft wütend hinterher. „Ja, aber nur weil er sich im Internet ein Tutorial angeschaut hat, also zählt das nicht. Dafür habe ich extra für dich meine Burg mit Legosteinen nachgebaut, damit du sie dir dann ansehen kannst. Cool, oder?“

Ich nicke glücklich über die süße Geste meines Bruders, als Dad grunzend an den Tisch tritt.

„Okay, hinsetzen! Klappe halten! Das hält ja keiner aus. Wo ist eure Schwester?"

„Keine Ahnung!", rufen die beiden unisono.

„Könnt ihr vielleicht endlich mal aufhören, mich zu stressen? *Gott*!", meldet sich Dina in obligatorischer Teenager-Genervtheit zu Wort. Zu cool, um uns persönlich zu grüßen, bläst sie einen Handkuss über den Tisch und lässt sich dann widerwillig neben Dad fallen. „Was ist denn mit deinem Kopf passiert?", fragt sie, ausgerechnet als Mom mit dem Hackbraten aus der Küche kommt. Ich werfe ihr einen bösen Blick zu und forme mit den Lippen ein saures Danke, dass sie es unbedingt jetzt ansprechen muss. Ehrlich, es ist, als würde es ihr Spaß machen, mich mit Mom streiten zu sehen.

„Nichts. Habe mich an einem Auto gestoßen. Nicht dramatisch."

Aber natürlich tritt Mom sofort an meine Seite und schiebt meine Haare weg, um den Cut zu inspizieren. Dabei ist die Beule drum herum wesentlich unangenehmer als die Schnittwunde. Vor allem wenn Mom sie betatscht.

„Coooool!", mischt sich Colin ein. „Vielleicht kriegst du jetzt eine Blutvergiftung." Die Freude in seiner Stimme ist herzerwärmend.

„Vielen Dank, Colin!", sage ich trocken. „Es ist nichts, Mom. Wirklich!" Sie ignoriert meinen Versuch, ihre Finger wegzudrücken.

„Das sieht nicht aus wie nichts, Alexandra. Morgan, hast du sie desinfiziert?"

„Ja, sonst stirbst du", erklärt Micah aufgeregt. Wie Sorge klingt das nicht.

„Niemand stirbt“, schimpft Dad, und Micah stöhnt enttäuscht.

Morgan hält sich lachend die Hand vor den Mund, bis es ihr gelingt zu antworten. „Alles gut, Christina. Sieht wirklich schlimmer aus, als es ist.“

Ich schnalze mit der Zunge, als Mom meine Hand vor meinem Gesicht auffängt und auch dort die kleinen Verletzungen findet. „Herrgott, Kind! Willst du mich umbringen? Du hast schon genügend Narben auf deinem Körper, um mir mindestens zehn Jahre meines Lebens zu rauben.“

„Liebling, sei nicht so melodramatisch!“, seufzt Dad. Während meine Geschwister immer gerne Salz in die Wunde streuen, ist Dad der Einzige, der Mom zurück auf den Boden holen kann.

„Außerdem war das alles Andrews Schuld und nicht Lexis. Er war betrunken.“

Es wird kurzzeitig totenstill. Ich verdränge den Wunsch, den Kopf gegen die Tischkante zu knallen, damit ich ohnmächtig werde und erst in meinem Bett wieder aufwache. Ich glaube, ich muss nachher mal ein Wort mit meiner Freundin wechseln. „Ups!“, flüstert sie in das unbehagliche Schweigen.

„Du warst mit Andrew unterwegs?“, fragt Dad schließlich brummig.

„Ich dachte, ihr habt Schluss gemacht.“ Plötzlich klingt Dina nicht mehr so gelangweilt. Sie mochte Andrew sehr, er war praktisch wie ein Bruder für sie, so oft wie er hier herumhing. Das Verrückte ist, sie war sauer auf *mich*, als wir uns trennten.

Resigniert lasse ich den Kopf nach vorne fallen und schließe die Augen. „Haben wir auch …“

„Der Junge hat sich sehr verändert. Vielleicht sollte ich mal seine Mutter anrufen.“

Verzweifelnd reibe ich mir mit den Händen über das Gesicht. „Mom! Wir sind zweiundzwanzig. Nicht fünf, okay?! Können wir jetzt *bitte* aufhören, darüber zu sprechen?“

„Sie hat recht. Lass das Kind in Ruhe, Christina! Sie ist erwachsen.“

Ich hebe eine Augenbraue über Dads Widerspruch in diesem Satz, bin aber klug genug, den Mund zu halten.

„Ich mache mir doch bloß Sorgen um mein Baby.“ Mom nimmt mein Gesicht in beide Hände und drückt mir einen fetten Schmatzer auf die Wange. Ich unterdrücke den Drang, ihren mütterlichen Speichel von meiner Haut zu wischen. Das wäre jetzt respektlos.

„Keinen Grund dazu, Lexi meistert ihr Leben klasse. Das kann ich euch garantieren“, springt Morgan noch einmal ein. Okay, vielleicht kann ich mir das ernste Wort mit ihr doch sparen.

„Toll! Können wir jetzt vielleicht endlich essen?“, meckert Dina, und ich kann mir ein schadenfrohes Kichern nicht verkneifen. Vielleicht überlegt sie es sich nächstes Mal doppelt, bevor sie ein Fettnäpfchen für mich vorbereitet.

Nach einigen verblüffend entspannten Stunden bei meiner Familie erledige ich – zurück in meinem Zimmer – alle Antwortanrufe und Nachrichten an Sandy, Andrew und Avery, der ich zehn Minuten lang erklären musste, dass nichts zwischen Andrew und mir gelaufen ist und er sowieso praktisch im Koma lag, und widme mich dann wieder meinem Laptop. Von allen fünf Angestellten der Helpline bin ich am häufigsten eingetragen. Natürlich in erster Linie deswegen, weil mir die Arbeit einfach Spaß macht. Außerdem habe ich wahrscheinlich am meisten Zeit, weil ich praktisch keine Hobbys habe.

Gott, höre ich mich langweilig an.

Der erste Anruf lässt nicht lange auf sich warten und kostet mich eineinhalb Stunden, weil die Studentin ihren PC weitergeben will, natürlich ohne Daten. Daher lösche ich als Erstes ihre alte SSD und helfe ihr danach dabei, ihren neuen PC in Gang zu bringen.

Beim zweiten Anruf ist es schon nach zehn Uhr. Nicht unüblich, da die meisten Leute genau dann Computerprobleme haben, wenn eben sonst niemand mehr zu haben ist.

„UNC TechSupport. Lexi spricht. Wie kann ich helfen?"

„Hi noch mal, Lexi! Ich bin's, Nathan."

Selbst wenn ich wollte, könnte ich das Strahlen nicht aufhalten, das sich auf meinen Lippen ausbreitet.

„Oh! Hey, Blondie!"

Sein leises Lachen gleicht einem Schnurren, und mein dummes Herz setzt einen Schlag lang aus. Treffer! Eins zu null für Lexi. „Das wirst du nie vergessen, hm?"

Ich lehne mich in eine gemütlichere Position zurück. „Wie könnte ich?!"

„Und wie soll ich dich nennen? Abby, Felicity, Felicabbamy?"

Schallendes Gelächter dringt aus meinem Mund. „Wow. Der Letzte war echt originell. Gratuliere! Aber Lexi wäre ausreichend, denke ich. Das ist immerhin mein Name."

„Ist das dein *echter* Name? Nicht so ein Tarnname wie Candy oder Lola?"

Ich blinzle ein paarmal, bevor ich frech antworte. „Ähm, ich glaube, du könntest die falsche Hotline erwischt haben."

„Oh, der war tief, Lexi."

„*Du* hast den auf einem Silbertablett serviert. Aber ja, Lexi ist mein richtiger Name. Also eigentlich Alexandra, aber alle nennen mich Lexi. Außer meiner Mom. Sie meint, hätte sie mich Lexi nennen wollen, hätte sie mich so getauft. Außerdem sagt sie, sie müsse immer an Lex Luthor denken, wenn sie das hört." Ich verdrehe bei dem Gedanken an diese endlosen Diskussionen die Augen.

Ein schnaubendes Lachen purzelt aus ihm heraus. „Wie absurd ist der Vergleich denn? Der ist definitiv der Letzte, der mir in den Sinn kommt, wenn ich an dich denke. Aber nur so aus Interesse: Welcher Lex wärst du dann? Kevin Spacey oder Jesse Eisenberg?"

„Äh, Jesse Eisenberg, *natürlich*. Dann wäre ich dick befreundet mit Henry Cavill."

„Wärst du Kevin Spacey, wärst du *dick* mit Brad Pitt und Bill Clinton", gibt er zurück. Ich ziehe die Nase kraus.

„Ugh, nein danke zu beiden. Da bleibe ich lieber bei Henry. Der hört sich heiß an." Sofort beiße ich mir auf die Unterlippe, in der Hoffnung, dass er es einfach übergeht.

„Hört sich heiß an?" Natürlich hat er es mitbekommen. „Für die meisten Frauen wäre sein Superman-Körper wahrscheinlich interessanter." Noch bevor ich antworten kann, spricht er weiter. „Aber du hast recht. Brad hätte bei seinen fünfzehn Kindern sowieso keine Zeit für dich." Dankbar, dass ich nicht weiter darauf eingehen muss, atme ich lautlos auf.

„Was kann ich denn eigentlich für dich tun? Brauchst du wieder Hilfe bei einem Fall? Die Welt zu retten? Mit Batman-Musik?"

„Diesmal nicht, danke." Ich kann sein Schmunzeln hören. „Wobei es dich freuen wird, zu hören, dass ich mir tatsächlich ziemlich sicher bin, den Verantwortlichen gefunden zu haben. Er weiß es zwar noch nicht, aber eine ziemlich lange Haftstrafe wartet auf ihn."

„Sehr gut … also, wenn er es verdient hat. Ach ja, ich lerne gerade für den Kurs *Rechtliche und ethische Fragen zur IT,* und da habe ich gelesen, dass jeder, der fremde Daten absichtlich löscht, verändert oder unbrauchbar macht, bis zu zwei Jahre in den Knast wandern kann. An deiner Stelle würde ich aber für eine Geldstrafe plädieren."

Schon wieder dieses verführerische Lachen, mit dem er ein Kribbeln in meiner Bauchgegend auslöst. *Böse Hormone!!!* „Da hat dieser Kerl in unserem Fall aber noch größere Probleme, weil die Sabotage nicht mich, sondern die Kanzlei betroffen hat. Das sind schon fünf Jahre."

„Oh Mann, dann hoffe ich, der Kerl hat ganz viele wilde Tattoos, mit denen er seine Mithäftlinge einschüchtern kann."

„Was?!", grunzt er am anderen Ende über meinen Unsinn, und ich greife mir lächelnd an die Stirn.

„Danke, dass du extra angerufen hast, um mir das zu sagen."

„Na ja, das *und*, dass ich mir dachte, ich würde gerne auf das Angebot, Windows wieder downzugraden, zurückkommen, jetzt wo mein Gerät und ich außer Lebensgefahr sind."

„Uh, da ist wieder die Drama-Queen in dir. Aber klar, kann ich gerne für dich machen, wobei das für dich selbst auch kein Problem wäre, denke ich." Nicht, dass es mir etwas ausmacht, ihm zu helfen.

„Blond, schon vergessen?"

„Nein, Nathan. Niemals werde ich das vergessen. Ich bin schon die ganze Zeit dabei, mir neue Blondinenwitze für dich herauszusuchen, die ich dir dann mit Genugtuung vortragen werde." Ob er die versteckte Botschaft darin erkennt, dass ich nicht abgeneigt bin, weiterhin mit ihm zu reden, schreiben oder Sonstiges? „Könntest du wieder auf dieses Tool zurückgreifen, das du dir herunterladen musstest?"

„Ich muss es neu installieren. Sitze vor meinem privaten Laptop, ausnahmsweise mal nicht in der Kanzlei.“ Ist das eine Ausrede, mich bei Gelegenheit wieder anrufen zu können? „Hilfst du mir trotzdem?“, fragt er, weil ich nicht antworte. Ich überlege einen Moment.

„Hattest du zufällig schon Internetrecht, oder wie auch immer das Fach bei dir heißt?“

„Interessantes Ausweichmanöver, Lex. Aber ja, hatte ich letztes Jahr schon. Wieso?“

Theatralisch sauge ich scharf Luft ein. „Du hast mich nicht ernsthaft gerade Lex genannt, oder macht es dir Spaß, in Wunden zu stochern?“ Im Versuch zu schmollen scheitere ich kläglich, weil ich dabei kichern muss. Das hört auch Nathan.

„Vielleicht sollte lieber *ich* bei der Schauspielerei bleiben. Du scheinst das ja nicht allzu gut drauf zu haben“, sagt er lachend. „Soll ich dir beim Lernen helfen?“

„Wenn *du* den Stoff noch kannst …“, fordere ich ihn keck heraus.

„Jura-Einführungskurs: Du musst wissen, wo du nachschauen kannst.“ Ich höre Schritte am anderen Ende der Leitung und Schachteln, die geöffnet, in denen gegraben und die dann wieder geschlossen werden.

„Perfekt, dann erkläre ich dir im Gegenzug nachher, wie du deine Blondheit überwinden und das Downgrade auch ohne meine Hilfe machen kannst, okay?“ Wieso schneide ich mich denn jetzt ins eigene Fleisch? Er muss denken, ich will ihn loswerden, dabei wollte ich eigentlich das Gespräch nur verlängern, denn das Downgrade dauert nicht lange.

Meine Entscheidung stellt sich als die richtige heraus, denn erstens macht das Lernen bei seinem Humor viel mehr Spaß, und zweitens ist er echt gut im Erklären von unbegreiflichen Gesetzen und Paragraphen.

„Warum eigentlich Anwalt, Nathan? Ich stelle mir die Arbeit sehr schwierig vor“, frage ich, nachdem mein Kopf vor neuen Informationen raucht.

Nathan wirft sein Buch geräuschvoll auf den Boden und holt Luft. „Weißt du, diese Frage habe ich mir in letzter Zeit auch manchmal gestellt.“

Oh, oh. Habe ich da etwa einen Nerv getroffen? Besonders glücklich klingt er nicht. Umso weniger möchte ich das Thema jetzt aber einfach wieder fallen lassen. Meine Neugier treibt mich an, herauszufinden, wie viel er mir anvertrauen wird. „Vielleicht kannst du sie dann für mich beantworten.“

Er lässt sich mit der Antwort Zeit. „Der Job fordert mich. Körperlich, aber vor allem intellektuell. Ich mag Herausforderungen. Es gefällt mir, dass mich jeden Tag etwas Neues erwartet. Fälle, wo ich studieren, grübeln und brüten muss, um irgendein Schlupfloch, irgendeine Möglichkeit zu finden, die Sache zugunsten des Mandanten zu drehen. Man arbeitet hier ständig mit extrem schwierigen, intensiven und lebensverändernden Umständen von Personen, und das macht es nie langweilig.“

Ich klappe meinen offenen Mund zu und räuspere mich. „Woah! Nachdem ich mich durch deine eloquente Rede frage, weshalb ich Informatik so spannend finde, unterdrücke ich den Drang zu klatschen. Aber kann man diese Dinge nicht auch in anderen Berufen machen? Zum Beispiel als Polizist oder Arzt? Warum hast du dich für Jura entschieden?“ Kopfschüttelnd schlage ich mir gegen den intakten Teil meiner Stirn, weil ich ihn hier über etwas ausquetsche, über das er vielleicht gar nicht reden möchte. „Tut mir leid! Manchmal stelle ich zu viele Fragen. Du musst das nicht beantworten, wenn du nicht willst.“

Kurzzeitig befürchte ich, dass er tatsächlich nicht antworten wird. Dann aber lacht er trocken, wie über einen privaten Witz, den ich nicht verstehe, und bläst einen Haufen Luft aus. „Weil ich auf die harte Tour gelernt habe, wie es sich anfühlt, nicht jeden retten zu können. Also habe ich entschieden, die Person zu werden, die durch Wissen helfen kann, Integrität, Besitz und Zukunft von Menschen zu retten.“

Die Bedrücktheit in seinem Ton ist kaum zu überhören. „Du hast jemanden verloren?“, flüstere ich fast.

„Ich war bis vor kurzem bei der Feuerwehr. Ich habe viele verloren“, antwortet er scheinbar gleichgültig, aber es klingt wie alles andere als das. Trotzdem lasse ich das Thema fallen. Dafür, dass ich praktisch eine Fremde bin, hat er mir schon viel erzählt. Jetzt ist es Zeit, ihn aus seinen negativen Gedanken zu locken.

„Hey, Nate? Hörst du, was bei mir im Hintergrund läuft?“ Er schweigt eine Weile, scheint zu lauschen, während ich die Musik in meinen iTunes lauter schalte. Rea Garvey. Schließlich prustet er los.

„Mir war schon aufgefallen, dass du die ganze Zeit Musik laufen hattest. Dass es in einer Endlosschleife läuft, checke ich aber jetzt erst“, sagt er lachend, und ich schlucke die Spannung in meinem Hals hinunter, froh, die Stimmung wieder gehoben zu haben.

„Das mache ich immer so“, erkläre ich sachlich.

„Was für ein Zufall, dass es ausgerechnet ‚Armour‘ ist, was du letztens bei mir gehört hast.“ Ich kann mir sein schelmisches Grinsen bildlich vorstellen und mir mein eigenes nicht verkneifen.

„Puste dein Ego nicht allzu sehr auf, es könnte nämlich platzen, wenn ich dir sage, dass ich das Lied schon vor unserem Telefonat mochte. Und wenn mir ein Lied gefällt, höre ich es auf und ab, bis es mich nervt und ich mir ein neues suche."

„Wie oft hast du es denn schon gehört?"

„Seit Freitag? Keine Ahnung. Insgesamt? … Moment …" Ich suche die Zahl in der Wiedergabeliste. „Zweihundertneunzehn Mal."

Nathan pfeift amüsiert. „Wow! Du musst ja beliebt bei deinen Nachbarn sein."

„Quatsch. Ich höre zwar etwas lauter als du – immerhin weiß ich wenigstens, wenn Musik im Hintergrund läuft …" Kleiner neckischer Seitenhieb auf unser erstes Gespräch. „… aber meine Nachbarn kriegen nichts davon mit. Eher meine Mitbewohnerin." Und die ist das gewohnt …

„Welches Lied hast du bisher am häufigsten gehört?", will er wissen, aber ich brumme ablehnend.

„*Das* kann ich dir leider nicht verraten."

„Komm schon! Ich versuche auch, nicht zu lachen." Obwohl ich ihn schon jetzt lächeln höre ...

„Oh, wie beruhigend, dass du es *versuchen* willst. Von mir aus. Hier, warte …" Mit einem Klick wechsele ich das Lied und beginne unbedacht mitzusingen, womit ich wieder dieses schnurrende Lachen bei ihm hervorlocke.

„What makes you beautiful", spricht er den letzten Teil des Refrains mit, der gleichzeitig der Titel des Liedes ist. Ich quietsche laut vor Freude, und Nathan äfft mich belustigt nach.

„*Oh mein Gott!* One direction", kreischt er in verweiblichter Tonlage aus, und ich halte mir vor Lachen den Bauch.

„Spannend finde ich, dass du mich verarschst, obwohl du das Lied offenbar selbst gut genug kennst."

„Ja, aber nur weil … Weißt du was? Vergiss es, ich muss mich dafür nicht rechtfertigen, dass 1D einer meiner Top-5-Wecktöne war“, witzelt er, bis ich mich endlich wieder im Griff habe. Es macht wirklich Spaß, mit ihm herumzualbern, weil sein Selbstbewusstsein offenbar groß genug ist, sich auch selbst auf den Arm nehmen zu können. Andrew war oft gleich gekränkt, wenn jemand auf seine Kosten lachte.

Ich höre einen dumpfen Knall an seinem Ende und stelle mir vor, wie er seinen Kopf gegen die Wand fallen lässt. Unwillkürlich tue ich es ihm gleich und schließe die Augen. „Ich glaube, ich habe mit diesem Telefonat jetzt meinen ganzen Monatslohn ausgegeben.“

„Dann wirst du ausgebeutet, Nathan“, lache ich. „Keine Sorge, ich werde nichts für ein *Gespräch* mit dir verlangen. Das würde mich zu sehr an die Art von Hotline erinnern, über die wir vorhin schon gesprochen haben. Außerdem war das meiste ja eine Lernsession zu meinen Gunsten.“

„Stimmt. Eigentlich müsste ich *dir* etwas berechnen.“

„Schreib es mir an! Eventuell summiert sich da noch einiges.“ Das hoffe ich zumindest. „Trotzdem sollten wir jetzt wahrscheinlich auflegen.“

Er atmet hörbar aus. Vielleicht bilde ich es mir ja nur ein, aber das klang irgendwie enttäuscht. „Ja, wer weiß, wie viele andere Verrückte seit Stunden darauf warten, deine Stimme zu hören.“

Ich kichere. „Du bist der einzige Verrückte, dem ich das durchgehen lasse. Vielmehr muss ich jetzt aber ins Bett.“ Es ist schon halb ein Uhr morgens.

„Okay.“

Mein Grinsen wird breiter, weil ich seines heraushöre. „Okay.“

„Also dann …“ Meine Güte, leg einfach auf, Lexi!

„Bis zum nächsten Mal?“, bietet er an, und ich springe gerne auf den Zug auf.

„Na klar. Ich bin dir ja noch ein Downgrade schuldig.“

9

Nate

„Guten Morgen, Nathan!“, grüßt Sophie, noch bevor ich an ihren Schreibtisch trete. Sie blickt von ihrem Computer auf und runzelt die Stirn. „Schätzchen, ich besorge dir noch heute eine Creme gegen deine Augenringe. Das kann man ja keinem zumuten.“

Ich schnaube trocken, weil die Augenringe lediglich das Produkt eines Haufens Scheiße sind. „Schlaftabletten täten es auch. Wären sinnvoller“, antworte ich und reibe mir die Stirn. Als ich wieder zu Sophie sehe, mustert sie mich immer noch. Ich starre zurück. „Und du hast dir ausreichend Zeit genommen, deinen Bart zu rasieren? Ich hätte dich fast nicht wiedererkannt."

Sie stöhnt zufrieden. „Oh Gott! Dieses Wochenende war so entspannt. Sieh mal, ich habe mir auch die Nägel in diesem neuen Design lackiert, das ich schon seit Monaten ausprobieren wollte. Sind sie nicht schön?“

Nüchtern und gelangweilt wandert mein Blick von ihren Nägeln zu ihrem Gesicht. „Verglichen mit was?“

Ungläubig sieht sie mich an. Erst nachdem ich zwinkere, lacht sie. „Ach, vergiss es! Hannah lässt dir ausrichten, dass du sie in ihrem Büro aufsuchen sollst. Vorher unterschreibst du hier noch schnell für mich.“ Sie hält mir einen Brief an den Richter vor die Nase, in dem es um eine Anhörung geht.

„Weißt du, ob Pete heute frei hat?“ Wie jeden Montag habe ich erwartet, sein grinsendes Gesicht zu sehen, weil seine Warriors am Wochenende gewonnen haben. Zum ersten Mal, seit ich hier arbeite, stand jedoch nicht er am Eingang, sondern ein viel jüngerer Typ, der zu beschäftigt war, Videos auf seinem Handy anzusehen, anstatt seinen Job zu machen.

Den Brief mit meinen drei Kreuzen faltet Sophie bedächtig zusammen und schüttelt den Kopf. „Ich habe keinen Schimmer, aber ich rede nachher mit Jade. Die weiß doch immer alles. Ich hoffe, er ist nicht krank“, sinniert sie. Pete arbeitet seit Jahren hier, erzählt mir ständig, wie stolz er darauf ist, in seinem ganzen Leben nur zwei Tage im Krankenstand gewesen zu sein. Der Jüngste ist er aber eben auch nicht mehr.

„Lass mich’s wissen, wenn du was hörst, okay?“

„Okay, du alter Softie.“ Sophie zeigt wissend mit ihrem Daumen nach oben, verscheucht mich mit der Hand und tippt weiter an ihrem PC.

In Hannahs Büro finde ich nicht Hannah, sondern Warren, der auf ihrer Couch lümmelt. Ein Grinsen kann ich mir nicht verkneifen, weil die Sache echt langsam lächerlich wird.

„Mann, Hannah! Was auch immer du am Wochenende getrieben hast, es hat dir nicht gut getan“, verarsche ich Warren.

Er setzt ein leeres Lächeln auf. „Oh Freude. Deinen Humor hast du über die freien Tage nicht eingebüßt. Hannah musste zu einer Besprechung. Manche von uns nehmen ihren Job ernst und arbeiten.“

Es ist, als würde er mich darum bitten, ihn auf den Arm zu nehmen. „Sie ja offenbar nicht, sonst könnten Sie nicht ständig auf mich warten, um mir einen guten Morgen zu wünschen.“

„Ich *warte* immer noch auf die Akte, die du mir schuldest, und hoffe für dich, dass du mit deiner Suche nach einer Lösung erfolgreicher warst als mit deinem Zeitmanagement. Und wenn du nicht lernst, respektvoller mit mir umzugehen, dann werde ich dafür sorgen, dass dein Leben hier zur Hölle wird, scheißegal, ob du ein dicker Freund von Hannah bist oder nicht."

Arrogant studiert er mich, wartet offensichtlich darauf, dass ich auf seinen Ausbruch mit Unsicherheit oder Betroffenheit reagiere, aber diesen Triumph gönne ich ihm nicht.

„Wie man in den Wald hineinruft, Warren", antworte ich schulterzuckend. Bewusst langsam gehe ich weiter ins Büro, setze mich auf einen der Sessel gegenüber der Couch und beobachte ihn dabei, wie er unbehaglich sein Gewicht verlagert und die Arme vor der Brust verschränkt. Es ist offensichtlich, dass ich ihn verunsichere, gerade wenn ich nichts sage, aber ich habe einfach keine Lust mehr zu diskutieren. Ich suche die Akte heraus, die mir alleine gestern einen Arbeitstag von dreizehn Stunden beschert hat, und werfe sie auf den Beistelltisch.

„Die Gesellschaft, Highnet Communications, an die ein Großteil des Geldes geflossen ist, existiert gar nicht. Sie wurde mit dem Geld Ihres Mandanten gegründet, dann an seine Firma verkauft und später wieder aufgelöst."

Offensichtliche Ungläubigkeit breitet sich auf seinem Gesicht aus, während er die Akte aufschlägt und darin blättert. „Sie existiert. Alles wurde genau überprüft."

„Anscheinend ungenau, weil alle Gebühren und Rechnungen, beispielsweise für Verwaltungsdienste, die Williams Enterprises bezahlt haben, Betrug sind. Ich kenne mich mit Buchhaltung nicht so gut aus, aber selbst ich habe gemerkt, dass an den Zahlen etwas faul war. Also habe ich unseren eigenen Wirtschaftsprüfer Frank genervt, die innerbetriebliche Untersuchung, die Jack Hunter veranlasst hat, plus die Auflistung der Einnahmen und Ausgaben der vergangenen Jahre noch einmal durchzugehen. Ihm ist nicht nur sofort aufgefallen, dass einige Ausgaben keinen Sinn ergeben, er hat auch darauf hingewiesen, dass einige der Vorratsgesellschaften mit ihren sogenannten Verwaltungsdiensten hervorstechen. Also habe ich mir die genauer angesehen. Highnet Communications wurde vor vier Wochen aufgelöst. Williams bezahlt weiterhin für sie."

Misstrauisch studiert er mich. „Woher weißt du das?"

Ich zucke mit den Schulten. „Die Schwester eines Typen von der Uni arbeitet am Gericht. Vor Gericht werden wir mit der Information nichts anfangen können, daran anknüpfen sollten wir aber auf jeden Fall. Ich musste dem Typen übrigens im Gegenzug versprechen, ihn zum Bewerbungsgespräch einzuladen." Amüsiert tippe ich mir an die Stirn, als ich mich an Franks Bedingung für seine Hilfe erinnere. „Außerdem schulden Sie Frank jetzt ein teures Essen mit seiner Frau, nachdem er Freitagnacht durchgearbeitet hat, statt mit ihr auszugehen."

Warren klappt endlich den Mund zu.

„Jedenfalls hat Hunter uns verarscht. Er ist immerhin derjenige, der die Auflösung beantragt hat. Wenn er das bei Highnet gemacht und verschwiegen hat, lehne ich mich, denke ich, mit der Vermutung, es gäbe mehrere Fälle dieser Art, nicht allzu weit aus dem Fenster."

Die Furche auf Warrens Stirn vertieft sich weiter, als er mit dem Handrücken auf das Papier in seiner Hand schlägt. „Jack Hunters innerbetriebliche Ermittlung ist geprüft worden. Daran waren mehrere Personen beteiligt. Deiner Vermutung nach müssten die alle davon gewusst haben."

Kopfschüttelnd verschränke ich die Arme vor der Brust. „Nicht alle. Nur Hunter und wen auch immer er bezahlt hat, um Zahlen und Fakten zu fälschen. Wir reden von einer überschaubaren Summe an zusätzlichen Ausgaben pro Monat, aber genau das ist der Punkt, wieso die Masche so lange funktioniert hat."

„Warum ist uns das nicht schon eher aufgefallen?"

„Ich schätze, weil Sie Beweise gesucht haben, um die Sache Gordon anhängen zu können. Schließlich hat einiges darauf hingedeutet, dass er das Geld eingesteckt hat. Gordons Anwälte haben dasselbe bei Silver getan. Alles, was Sie schon ermittelt hatten, musste ich ja nicht mehr machen und konnte mich auf etwas anderes fokussieren. Jack Hunter ist noch nicht aufgeflogen, weil er nicht nur Geschäftsführer dieser drei Gesellschaften war, sondern eben auch etlicher anderer, die tatsächlich existieren. Mit der innerbetrieblichen Ermittlung, die er angeordnet hat, hat er es *aussehen* lassen, als wäre er sauber. Dann hat er Beweise gefälscht, um andeuten zu können, dass Gordon selbst betrügerische Investitionen und vorgetäuschte Verluste verübt hat. Aber ich sage Ihnen, Hunter ist Ihr Mann", schließe ich überzeugt meine Rede. Dass ich mir sicher bin, dass er auch für den virenverseuchten Stick verantwortlich ist, ignoriere ich vorerst, denn noch ist das nicht geklärt.

Mit angespanntem Kiefer klappt Warren die Akte zu und wirft sie zurück auf den Tisch. „Kannst du das beweisen? Denn letztes Mal, als ich nachgesehen habe, war Hunter aus dem Spiel, und Gordon zeigte mit dem Finger immer noch auf Silver, um seine eigene Schuld abzustreiten. Und nur weil die drei Gesellschaften telefonisch nicht erreichbar waren, haben wir noch lange nicht genug, um eine gerichtliche Anforderung der Beweise zu erzielen."

Mit zwei Fingern schiebe ich die Akte zurück in Warrens Richtung, weil ich nicht vorhabe, mich weiter damit zu befassen. „Das, lieber Warren, ist Ihr Job. Sie haben mich darum gebeten, den Fall aus einer anderen Perspektive zu betrachten. Das habe ich getan. In Ihren Händen liegt mein Ergebnis. Nehmen Sie es, oder lassen Sie es bleiben, aber momentan ist es der stichhaltigste Anhaltspunkt."

„Falsch. Das ist alles ziemlich schwammig, Foster." Warren schüttelt mit einem Blick auf die Uhr den Kopf. Ich stehe auf, bereit zu gehen.

„Ich glaube, was Sie sagen wollten, könnte *danke* gewesen sein, denn momentan ist es alles, was Sie haben."

Warren sieht an mir vorbei zur Tür, an der Hannah lehnt. Wie schafft sie das trotz dieser Absätze, sich anzuschleichen wie ein Raubtier? „Hunter hätte gewusst, dass er ins Gefängnis marschiert, wenn er auffliegt. Mit der selbst veranlassten betrieblichen Ermittlung hätte er sich doch nur ins eigene Fleisch geschnitten." Er spricht mehr mit Hannah als mit mir. Deshalb ist sie es auch, die antwortet.

„Nicht, wenn es *nicht* auffliegt. Dann wäre er klug gewesen. Wer würde jemanden verdächtigen, der bereitwillig alle Karten auf den Tisch legt?"

Offensichtlich gereizt, weil Hannah meine Funde nicht gleich verwirft, steht auch Warren auf, knöpft sein Sakko zu und schleicht zum Schreibtisch. „Gut, dann wirst du sofort damit anfangen, nach Präzedenzfällen zu suchen, die uns erlauben, die Akten für diese Vorratsgesellschaften gerichtlich anzufordern. Ach, und noch was …" Wieder dieses überhebliche Grinsen in seinem Gesicht, als er mir eine weitere Akte entgegenstreckt. Hat der Kerl eigentlich schon mal etwas von einem Pokerface gehört?

„Du musst Nachforschungen im Fall King Insurance Group gegen Salisburg anstellen. Nachdem du meinen Fall gerade komplett umgeschmissen hast, bleibt mir leider keine Zeit, dir entsprechende Informationen zu geben. Aber du bist ja ein schlauer Junge."

Die etlichen unangebrachten Meldungen in diesem Satz ignorierend, bleibe ich vor allem am Namen hängen. „Salisburg?" Ich sehe von ihm zu Hannah, die den Blick abwendet. „Wie in Pete Salisburg? Wir klagen gegen unseren Security-Mann?" Dass die Versicherungsgruppe zu unseren Klienten gehört, weiß ich. Demnach ist es bestimmt nicht Pete, den wir repräsentieren.

„Nein, wir *vertreten* seine Versicherungsgesellschaft, die seine Frau und er betrogen haben. King Insurance hat seine Polizze gekündigt, und Salisburg denkt jetzt, dass er rechtlich gegen sie vorgehen kann, nur weil er in der untersten Etage einer Kanzlei arbeitet." Das beginnende Lachen erstirbt auf seinem Gesicht, als ich ihm einen Blick zuwerfe, der sagt: Bewege einen Muskel, und ich breche dir die Nase.

„Seine Frau ist vor vier Monaten gestorben", stelle ich in den Raum, weil es mir wichtig erscheint, das hervorzuheben. Was um alles in der Welt sollte man ihm jetzt noch wegnehmen wollen?

„Eben. Genau darum geht es. Beim Abschluss der Polizze wussten sie bereits, dass Mrs. Salisburg Knochenkrebs hatte, verschwiegen es aber. Mehr brauche ich nicht zu sagen, denke ich."

„Und ihr habt den Fall angenommen?", frage ich in Hannahs Richtung, weil ich mich davon abhalten muss, eine Dummheit zu begehen.

„Natürlich. King Insurance sind unsere Kunden. Salisburg hat mich am Freitag zwar noch angefleht, ihn zu vertreten, aber selbst wenn ich wollte, ginge das in diesem Fall nicht. Er soll froh sein, dass sie ihn nicht wegen Meineids anzeigen. Stattdessen versucht er, jetzt auch noch Geld rauszuholen", antwortet trotzdem Warren. Ich kann gar nicht anders, als meinen Kiefer im Schock über seine Gleichgültigkeit leicht aufklappen zu lassen. Er schnalzt über meine Reaktion mit der Zunge. „Das ist unser Job, Foster. Wenn du Gerechtigkeit willst, geh zur Staatsanwaltschaft."

Ich schüttle den Kopf. „Der Mann arbeitet seit etwa hundert Jahren für uns. Er tut alles für diese Kanzlei."

„Hör mal! Ich bin nicht hier, weil ich Ratschläge in ethischen Fragen von dir haben will." Er hält mir in einem weiteren Versuch die Akte entgegen.

Humorlos schnaube ich und schüttle zur Untermauerung den Kopf. „Die Hand können Sie gleich wieder zurücknehmen, denn ich werde für diesen Fall keinen Finger rühren. Ich arbeite nicht gegen unsere eigenen Leute. Vor allem nicht in so einer Situation. Vergessen Sie es!"

„Unglaublich!", ruft Warren entgeistert aus und dreht sich mit offenen Armen zu Hannah. Sie mustert mich ein paar Sekunden und erkennt wohl, dass ich hier nicht zurücksteigen werde.

„Danke, das wäre dann alles, Warren."

„Was?! Hannah, er kann sich hier nicht so aufspielen und …"

Sie fixiert ihn und stemmt die Hände in die Hüften. „Ich sagte, das ist alles. Und jetzt möchte ich alleine mit Nathan sprechen."

Warren blinzelt furios und macht sich dann so schnell aus dem Staub, wie ich es noch nie bei ihm gesehen habe. Bevor Hannah etwas sagen kann, kläre ich ein letztes Mal die Fronten ab.

„Hannah. Bei allem Respekt und jeglicher Sympathie. Nichts, was du sagst, wird mich umstimmen. Wenn du musst, dann schmeiß mich raus, aber ich werde bei dieser Sache nicht auf der falschen Seite stehen."

Sie kommt auf mich zu und bleibt dicht vor mir stehen. „Ich mag deine Loyalität, Nathan. Das weißt du. Auf dich kann man sich verlassen. Du wirst aber wirklich lernen müssen, dass wir keine Wohltätigkeitsorganisation sind. Wir sind eine Kanzlei. Wir vertreten unsere Klienten, egal gegen wen. Wenn ich mir jedes Mal überlegen würde, ob mir der Fall zusagt, könnte ich bald zusperren." Ihr Ton ist so ruhig, sie vermittelt den Eindruck, sie müsse mich gerade irgendwie zähmen.

„Tu, was du für richtig hältst, aber ohne mich. Es gibt genügend Anwälte hier, denen es egal ist, gegen jemanden vor Gericht zu gehen, der nichts mehr hat. Ich mach die Drecksarbeit jedenfalls nicht." Für mich ist das Gespräch zu Ende, und ich gehe zur Tür.

„Mach diesen Fall nicht zu etwas Persönlichem!", beginnt sie streng. Wie angewurzelt bleibe ich stehen. „Pete ist nicht dein Vater, Nathan."

„Das hier …" Völlig außer mir über ihre Behauptung zeige ich auf den Gang, Richtung Warrens Büro. „… hat nichts mit meiner Familie zu tun. Wenn du denkst, ich wäre unprofessionell genug, mich davon beeinflussen zu lassen, kennst du mich schlecht. Ich arbeite bei dieser Sache nicht mit, weil sie *falsch* ist. Das war's."

Hannah fixiert mich mit frostigem Blick. „Wenn du nicht schon so viel für diese Kanzlei getan hättest, würde ich dich alleine für diesen Ton aus dem Fenster werfen. Ich habe dir gesagt, ich will, dass du an dem Silver-Fall dranbleibst, und der ist noch nicht erledigt. Warren wird sich jemand anderen für den Fall King Insurance Group suchen." Ich nicke einmal. „Aber Nathan! Noch mehr solcher Ausbrüche wie eben mit Warren, und du machst unser beider Leben äußerst ungemütlich. Also rede endlich mit Carl, einem Therapeuten oder sonst jemandem über das, was dich – offensichtlicher, als du vielleicht denkst – auffrisst, und hör auf, mir ständig Gründe zu liefern, dich feuern zu müssen."

Normalerweise würde ich nicht zweimal überlegen, ob ich nach der Uni noch mal in die Kanzlei fahre, um den Kram abzuarbeiten, der spätestens morgen wieder auf mich wartet. Nach der Geschichte in Hannahs Büro brauche ich aber dringend eine Auszeit. Ich weiß sehr wohl, dass meine Darbietung heute wieder alles andere als Oscar-reif war. Aber alles, was dieser Sack sagt und tut, stößt mir auf, und ich will nichts lieber, als ihm zeigen, was ich mit selbstverliebten Ärschen in Anzügen mache. Trotzdem ist mir klar, dass er nur ein Trigger all der anderen Scheiße ist, die in mir wütet. Ich komme mir selbst manchmal vor wie eine tickende Zeitbombe, und es kotzt mich an.

Ich muss einen Weg finden, mein Leben in den Griff zu kriegen, bevor ich draufgehe. Wäre nur schön, würde mir irgendjemand erklären, wie ich das verdammt noch mal machen soll. Reden hat bis jetzt nicht besonders viel geholfen. Mit Carl kann ich nicht reden. Konnte ich früher, jetzt nicht mehr. Und was Hannah nicht weiß, ist, dass ich den obligatorischen

Besuch beim Therapeuten schon hinter mir habe. Nach jedem Einsatz, der einen persönlich betroffen hat, müssen Feuerwehrleute verpflichtend zu mindestens einem Termin, um wieder für den Dienst freigegeben zu werden. Nachdem wir einen unserer Jungs bei einem Einsatz verloren haben und Toby schwer verletzt wurde, mussten wir alle vorsprechen. War wahrscheinlich nicht allzu schwer für den Arzt, festzustellen, dass ich mich schuldig fühlte. Er warnte mich vor posttraumatischen Belastungsstörungen – die Modeerscheinung unter den Befunden und der Sammelbegriff für jeden Scheiß, den man nicht erklären kann. Nach meinem letzten Einsatz musste ich ein weiteres Mal zu ihm. Bis dahin hatten sich die Symptome natürlich verschlechtert, und trotzdem erschien ich dort in erster Linie deswegen, weil ich dringend Schlafmittel benötigte.

Die Sache war nur, es fühlte sich absolut falsch an, mir so eine Diagnose mit vom Krieg gezeichneten Soldaten oder Vergewaltigungsopfern zu teilen und mir anzuhören, dass ich mich selbst geißele. „Sie geben sich zu Unrecht die Schuld an der misslungenen Rettungsaktion!“ Was weiß er denn schon?! In einer rosaroten Welt voller Ponys und Einhörner zu leben, statt den Tatsachen ins Auge zu sehen, hat auf Dauer auch nie geholfen. Als er mir dann Antidepressiva verabreichen wollte, um den „Heilungsprozess zu beschleunigen“, habe ich die Besuche dort beendet. Sehr häufige Nebenwirkungen wären in den ersten paar Wochen der Einnahme nämlich Schlafstörungen, Herzrasen, Angstgefühle und Unruhe gewesen. Im Endeffekt habe ich entschieden, gar nichts mehr zu nehmen, weder Schlaftabletten noch Antidepressiva, und mich stattdessen mit dem Jura-Studium und der Arbeit in der Kanzlei einzudecken. Seitdem wissen genau drei Leute, dass mit mir etwas nicht stimmt: Jenna, die verstanden hat, dass es keinen Sinn macht, mich danach zu fragen, Sophie, die die Fühler hat, das Thema erst gar nicht anzusprechen, und Hannah, die das meiste von ihrem Bruder Carl erfahren hat. Die anderen kaufen mir meine Show nur allzu gern ab. Ich hatte auch genügend Zeit und ausreichend Anlass, sie über die Jahre zu perfektionieren. Alles ist besser, als ständig das Gefühl zu haben, jeder kann sehen, dass man am letzten Zahnfleisch dahinkriecht.

Fester in die Pedale tretend, biege ich um die Kurve der noch regennassen Straße, weg von der Universität, als hinter mir Reifen quietschen. Bevor ich reagieren kann, schreit jemand auf, wird aber schnell von einem lauten Knall erstickt. „Fuck!“, fluche ich, weil mich der Heidenlärm beinahe vom Rad wirft. Abrupt bleibe ich stehen, wirble das Fahrrad herum und sehe auf ein Auto, das augenscheinlich ungebremst gegen eine Geschäftsmauer geknallt ist. Ein paar wenige Menschen blicken mit geschockten Gesichtern und Händen vor den Mündern auf den Unfallwagen, während ich mich schon in Bewegung setze.

Die Passivität vieler Zuschauer verwundert und verärgert mich nicht mehr. Ich habe sie bei Einsätzen oft miterlebt. Der Schock sitzt bei vielen zu lange, sie können nicht reagieren. Andere haben Angst, etwas falsch zu machen oder sich selbst zu verletzen. Das sind natürliche, menschliche Reaktionen. Meistens braucht es einen, der das Kommando übernimmt und die Schockstarre löst. Das bin in diesem Fall ich. Adrenalin pumpt durch meine Adern, meine persönlichen Gefühle und Gedanken blenden sich aus, und alles, woran ich denke, ist meine Rettungsausbildung. Einige Meter hinter dem Auto springe ich vom Fahrrad und laufe die verbleibende Strecke zum Totalschaden. Rauch tritt aus der demolierten Motorhaube und Flüssigkeit leckt auf die Straße. Wahrscheinlich Öl.

„Ma'am? Sind Sie verletzt?“, rufe ich ins Innere des Wagens, schon im Versuch, die klemmende Fahrertür zu öffnen. Die Frau schüttelt wie verrückt den Kopf, sieht starr geradeaus. „Ich brauche ein Brecheisen, eine Schaufel, einen Schraubenzieher. Irgendetwas“, verständige ich die Umstehenden in autoritärem Ton.

„Ich bin Feuerwehrmann. Ich hole Sie da raus, okay?“, spreche ich die Frau noch einmal an. Jetzt habe ich ihre Aufmerksamkeit. Ihr Kopf schnellt zu mir, eine zitternde Hand zeigt zur Mauer, aber ich begreife nicht, was sie mir zu sagen versucht.

Jemand packt mich an der Schulter. „Ich habe ein Montiereisen.“

„Danke …“

„Jack“, beendet der Helfer meinen Satz und drückt mir die Stange in die Hand. Mit Mühe stemme ich die Tür auf, doch die Frau schüttelt immer noch den Kopf.

„Oh Gott! Da war ein M … Mann. Ich habe einen Mann überfahren“, stammelt sie hysterisch. Ich erstarre in meiner Bewegung, weil die Sache gerade hässlicher geworden ist. Jack sieht mich verstört an, bevor er sich unter das, was von der Motorhaube übrig ist, beugt, um nachzusehen.

„Da ist niemand.“

„Sie hat aber recht. Ich stand auf der anderen Straßenseite, als sie den Mann erwischt hat“, bestätigt eine dazukommende Frau verschreckt den Wahnsinn.

„Woah!“, schreit Jack, als eine Flamme aus dem Dach der Motorhaube auf die Windschutzscheibe bleckt.

„Okay! Ich möchte, dass alle vom Auto zurücktreten, aber in Hörweite bleiben, sollte ich Sie brauchen, in Ordnung?“, ordne ich die Beistehenden an, lege mir den Arm der Verletzten um die Schulter und hebe sie vorsichtig aus dem Wrack. Ich übergebe sie an die Dame, die das andere Opfer gesehen haben will. „Bringen Sie sie in einen sicheren Abstand! Jemand soll den Notruf wählen!“ Ich deute auf Jack. „Sie brauche ich.“ Ihn miteinzubeziehen ist gefährlich, weil es nur eine Frage der Zeit ist, bis ein Funke den öligen Boden unter uns findet. Aber ich schaffe es nicht alleine. Schnell knöpfe ich mein Hemd auf und werfe es beiseite, weil es mich in meinen Bewegungen hindert, lege mich flach auf den Boden und sehe mir die Situation an. Immer auf das Schlimmste vorbereitet sein, lautete eine Lektion bei der Feuerwehr. Dann kann dich nichts mehr schockieren.

Ein Fuß des Opfers liegt direkt neben dem Hinterreifen, der Rest von ihm klemmt seitlich unter dem Fahrgestell. „Scheiße!“, haucht Jack neben mir. „Ist er tot?“ Schwer, von hier aus zu sagen … Sieht verdammt noch mal danach aus. Ich balle die Hände zu Fäusten, als sich meine Augen im Schwindel und im plötzlichen Erstickungsgefühl schließen.

Du kannst das, Nate! Der Typ braucht dich, ob lebendig oder nicht. Du holst ihn raus! „Keine Ahnung. Hier lassen wir ihn jedenfalls nicht liegen“, sage ich mehr zu mir selbst, mache mich dabei schon auf den Weg zum Kofferraum, um den Wagenheber herauszuholen, weil das gerade meine beste Idee ist. Hier sind zu wenige Leute, um das Auto schnell von ihm wegzuheben.

„Kann vielleicht mal jemand nach einem Feuerlöscher suchen?“, fragt Jack die Zuschauer beunruhigt, weil das Feuer nun auch das Untergestell erreicht hat und sich ausweitet.

Verdammter Mist! Wenn wir uns nicht beeilen, verbrennt der Typ, bevor wir ihn erreichen. Ich positioniere den Wagenheber an der vorgesehenen Stelle und wickle mir mein Shirt als Schutz um die Hand, weil Metall binnen Sekunden extrem heiß wird. Dann fange ich an zu pumpen, bis der Körper des Verletzten augenscheinlich frei auf dem Asphalt liegt.

„Okay! Können Sie ihn herausziehen? Vorsicht! Die Wirbelsäule ist eventuell verletzt." Jack lässt sich das nicht zweimal sagen, packt den Fuß des Mannes und zieht.

„Er hängt irgendwo. Es geht nicht weiter", sagt er panisch. Bilder von meinem hässlichsten Einsatz drängen sich in mein Bewusstsein. Normalerweise erlebe ich solche Situationen nur nachts. Ich kann nicht klar denken, bin beinahe abwesend, obwohl ich jedes kleinste Geräusch um mich herum wahrnehme. Die Zähne zusammenbeißend, schüttle ich vehement den Kopf.

Jetzt nicht!

Ich werde diesen Mann *nicht* verlieren!

Ohne lange nachzudenken, krieche ich selbst unter das Auto, bemüht, den Wagenheber nicht zu berühren, und finde inmitten der Hitze neben und hinter meinem Körper den Grund des Problems. Sein wahrscheinlich gebrochener Arm ist kompliziert in einer Feder der Stoßdämpfer verheddert. Ich zerre an dem demolierten Teil, verwende alle Kraft, die ich in dieser Position aufbringen kann, bis die Feder endlich nachgibt und mir mit einem stechenden Schmerz die Hand aufschneidet, als ich sie abreiße und sie zu Boden fällt.

„Jetzt!", brülle ich, warte bis Jack den Mann hervorgezogen hat und schiebe mich dann selbst weg vom Feuer. Ein Blick auf meine Hand verrät mir, dass der Schnitt verdammt tief ist, deshalb wickle ich als Interimslösung mein Shirt darum, bis der Krankenwagen auftaucht. Wird nicht lange dauern, bis es durchgeblutet ist.

Zwei Leute beugen sich über den verletzten Mann, der daliegt wie eine gewrungene Puppe, und plötzlich fühlen sich meine Beine instabil an. Erst jetzt fällt mir auf, dass eine Seite seines Gesichtes ganz offensichtlich vom Unfall und dem Feuer zerstört wurde. Das Adrenalin verschwindet mit einem Schlag aus meinem Körper. War ich schon wieder zu spät?

„Ich fühle einen schwachen Puls", meldet eine Frau aufatmend, und die Leute applaudieren erlöst. Aber ich weiß, dass das noch nichts bedeutet.

„Alles okay, Mann?" Jack klopft mir anerkennend auf die Schulter. „Oh, das sieht böse aus", kommentiert er meine eingewickelte Hand. „Vielleicht solltest du dich lieber hinsetzen."

Keine Ahnung, ob es am Blutverlust liegt oder eine Art verspätete Panikattacke ist, aber ich kann absolut nichts dagegen tun, als in meinem Kopf die Ereignisse von heute mit vergangenen verschwimmen und ich mich wieder auf dem Highway in Aurora befinde.

10

Nummer 2, Nummer 3

Als die Zentrale die Meldung eines Autounfalls auf der Autobahnausfahrt in unsere Stadt durchgab, ahnte niemand, welches Albtraumszenario dort auf uns warten würde.

Stau hatte sich bereits gebildet, doch wir benutzten die Ausfahrt einfach als Auffahrt und erreichten so relativ schnell den Unfallort.

Es brauchte erst ein paar Sekunden, um zu verarbeiten, was wir sahen, nachdem wir aus unserem Fahrzeug sprangen. Der Fahrer eines Sattelschleppers hatte wohl die Kontrolle über seinen Lkw verloren und die Brüstung der Brücke über dem zwanzig Meter hohen Abgrund auf seinem Weg völlig zerstört. Nun lag der Lkw quer über der Kluft zwischen dieser Straße und der Gegenfahrbahn auf der anderen Seite. Das Einzige, was die Zugmaschine daran hinderte abzustürzen, war die Tatsache, dass der Anhänger lang genug war, um das Ding auf wundersame Weise zwischen den beiden Seiten einzuklemmen. So hing nun das Ende des Schleppers noch auf dem Asphalt, die geplatzten Hinterreifen in den Resten der Brüstung, das andere Ende des Anhängers samt dem geknickten Führerhaus drückte sich an die Gegenfahrbahn. Diese Konstellation sah nur nicht sehr stabil aus. Vor allem hing das Führerhaus schon senkrecht über dem Abgrund. Das sollte jedoch nicht das Schlimmste sein, was uns hier begegnen würde.

Ein Augenzeuge raste auf uns zu. „Er hat ein Auto mitgeschleift. Hinter ... oder unter dem Schlepper ist eine Frau eingesperrt, und ich höre ein Kind schreien. Sie sagt, da wäre noch eines. Beide Fahrzeuge werden abstürzen."

Sofort rannte ich los, um mir ein Bild zu machen. Das Auto, von dem der Mann gesprochen hatte, nichts weiter als eine zerfetzte Masse an Metall, hing über dem Bachbett unter der Autobahn, verkeilt in den Resten der Brüstung. Es sah aus, als würde der nächste Windhauch das einstige Fahrzeug mitsamt Insassen in die Tiefe jagen.

„Wir müssen das Auto sichern, es zurückziehen, wenn möglich, und die Leute da rausholen. Und zwar schnell!", wies Carl uns sofort an, als auch der Rest meiner Kollegen die betroffene Stelle erreichte. „Seht zu, dass ihr möglichst viele Seile am Fahrzeug befestigt, aber vorsichtig! Versucht, dabei möglichst wenig zu berühren."

„Was ist mit dem Lkw-Fahrer? Lassen wir ihn einfach hängen?", fragte Andy besorgt.

„Die Zugmaschine ist zu schwer, um sie zu sichern. Ich werde weitere Fahrzeuge anfordern, die sich von der anderen Seite heranwagen sollen, aber momentan haben die hier Vorrang für mich." Er zeigt auf das Auto. „Entweder wir riskieren alle, oder wir retten die, die die größte Chance haben, lebend rauszukommen. Umso schneller müssen wir jetzt aber dafür sorgen, dass der BMW angehängt wird."

Carl deutete auf Toby und einige andere, forderte sie auf, zurück zum Feuerwehrauto zu sprinten, um Seile und Haken zu besorgen, während ich mich schon um einen Blick in den verkeilten Wagen bemühte. Die Frau konnte ich sehen, ebenso einen Kindersitz auf dem zerquetschten Rücksitz hinter der Beifahrerseite. Sollte es einen Beifahrer gegeben haben, so war jetzt nichts mehr von ihm übrig. Der Kindersitz schien intakt zu sein, das Schreien des Babys war ein willkommenes

Lebenszeichen. Von den drei Insassen war das Baby wohl am einfachsten erreichbar, selbst wenn jede Befreiung einer der Personen eine tödliche Gefahr für die anderen beiden darstellte.

„Ma'am? Können Sie mich hören?", rief unser Sanitäter Paul der Frau hinter dem Lenkrad zu. Belinda war mit ihrer Kollegin ebenfalls dicht hinter uns, bereit, uns medizinisch unter die Arme zu greifen.

Sie stöhnte schmerzerfüllt, brachte aber einen Ton heraus: „Meine Kinder! Oh mein Gott! Retten Sie meine Kinder!"

„Wir geben unser Bestes, Ma'am. Ich verspreche Ihnen, dass wir versuchen, Sie dort rauszuholen", beteuerte Carl.

Obwohl es nur ein kleines Wort in einer scheinbaren Zusicherung war, hallte das Wort „versuchen" in meinem Kopf nach. Er konnte ihr nur versprechen, es zu versuchen. Den Kampf gegen die Zeit kannten wir. Ein Kampf mit der Schwerkraft und gegen die Physik kam dieses Mal hinzu. Etliche Feuerwehrmänner erreichten uns bereits mit den Seilen, hauptsächlich Kletterseilen, Haken und den Rettungsscheren. Fieberhaft begannen wir, die Seile an der Brüstung zu unserer Rechten zu befestigen und an jeder Stelle des Autos einzuhaken, die uns stabil genug erschien, uns wenigstens etwas mehr Zeit zu verschaffen. Denn darauf kam es hier vor allem an.

„Der Schlepper drückt von unten immer noch gegen den BMW. Damit sorgt er zwar dafür, dass das Auto bleibt, wo es ist, andererseits macht uns diese Tatsache den Zugang zum Rücksitz unmöglich. Wir können nur bedingt um die Achse des Lkw herumschneiden, sonst verlieren wir den Schlepper und höchstwahrscheinlich den BMW gleich mit", schilderte Carl die prekäre Lage.

„Ich kann das Baby erreichen!“, erklärte ich und zeigte auf den Rücksitz. „Wenn wir es schaffen, die Tür und das, was von der Beifahrerseite übrig ist, wegzuschneiden, kann ich das Baby rausholen.“

Carl sah erst mich, dann den gekippten Kindersitz an.

„Ma'am, befinden sich nur Sie und Ihre beiden Kinder im Wagen?“, fragte Carl vorsichtig. Jeder konnte sehen, wie demoliert die Beifahrerseite war.

„Ja! Aber mein Sohn Tyler ... er antwortet nicht. Er ist hinter mir“, antwortete die Frau panisch. Damit gab sie uns das Okay, auf diese Seite keine Rücksicht nehmen zu müssen. Ich konnte sehen, wie sie mit einer Hand den Arm ihres Babys mit einem eisernen Griff festhielt.

„Okay, leg das Sicherheitsgeschirr an! Marcus, schneide ihm einen Weg zum Baby frei!“

Normalerweise hätten wir keine Zeit verloren, das Auto mit der Rettungsschere so auseinanderzunehmen, dass wir so schnell wie möglich die Opfer erreichen konnten, doch an dieser Situation war nichts normal. Ein Schnitt konnte jederzeit zum Todesurteil aller Insassen werden.

„Ich kann nicht einmal erkennen, wo die Opfer sich genau befinden“, äußerte sich Marcus, der heftig schwitzte. Nicht nur vor Hitze, vor allem vor Angst. Enormer Druck lastete hier auf ihm. Ein falscher, zu schneller Schnitt, und das ganze Ding würde auseinanderfallen. Gleichzeitig sahen wir hilflos dabei zu, wie das Auto und damit auch der Lkw immer wieder einige Millimeter, Zentimeter näher an den Abgrund rutschten. Toby warf mir einen sorgenverzerrten Blick zu, ehe er begann, mir dabei zu helfen, das Geschirr sicher anzulegen und zu verschließen.

Die zwanzig Minuten erschienen mir wie eine Ewigkeit, bis ich endlich die Freigabe bekam, mich dem Rücksitz und der erschreckenden Tiefe darunter nähern zu dürfen. In der Zwischenzeit hatten weitere Feuerwehrfahrzeuge die andere Seite des Unfallortes erreicht und koordinierten sich nun über Funk mit Carl, wie sie am besten weiter vorgehen sollten, da eine Sicherung des Schleppers unmöglich erschien. Während meine Kollegen mich am Seil festhielten, spannte ich meinen Körper an und streckte mich hinunter, soweit ich konnte. Aus Angst, das Auto mit einem Luftzug zu Fall zu bringen, hielt ich die Luft an. Vorsichtig griff ich ins Auto, packte mit einer Hand die pinke Jacke des Babys. Mit der anderen löste ich langsam den Sicherheitsgurt und fing das Kind auf. Die Mutter hielt den Arm ihres Babys mit zitternder Hand nach wie vor so fest, als wäre es sein Todesurteil, ihn loszulassen. Ich berührte sie leicht, signalisierte ihr, dass ich tatsächlich da war und das Baby retten würde.

„Okay, Ma'am? Ich muss Sie bitten, den Arm Ihres Babys loszulassen. Ich habe es sicher bei mir." Sie schluchzte und nickte vehement, nahm ihre Hand jedoch nicht weg.

„Gib Gas, Nate! Er rutscht", rief Marcus über mir. Ich hörte und spürte es. Das Metall des Autos knarrte, der Geruch von Diesel brannte sich penetrant in meine Nase.

„Ich kann nicht. Bitte helfen Sie mir! Sehen Sie Tyler? Ich glaube, er stirbt", weint die Dame schließlich, woraufhin ich begann, ihre Finger mit Kraft zu entfernen. Dabei redete ich ihr gut zu, im Versuch, ihr die Angst um eines ihrer Kinder zu nehmen und meine eigene zu verstecken. Denn wie sollte ich ihr sagen, dass sie wahrscheinlich recht hatte? Alles, was ich von Tyler sehen konnte, war ein Schopf blutiger Haare. „Ich habe die Kleine sicher bei mir und bringe sie jetzt hoch, in

Ordnung? Danach holen wir Sie und Tyler raus, und Sie können Ihre Tochter selbst wieder in die Arme nehmen, okay?"

„O ... okay", stotterte die Frau und ließ endlich los. Ich presste das weinende Kind an meine Brust und rief Toby und Andy zu, uns hochzuziehen. Rund um uns hörte ich Menschen applaudieren, weinen – wahrscheinlich aus Schock und vor Freude über das Überleben dieses Babys.

Dann ging alles rasend schnell. Marcus setzte die Rettungsschere an, um endlich zu der Frau und dem Jungen zu gelangen, als ein ohrenbetäubendes Kratzen und Quietschen zu vernehmen war und der Reifen der Zugmaschine, der mit dem BMW verbunden war, das Auto freigab, weil der Schlepper endgültig abrutschte. Die Feuerwehrleute auf der anderen Seite schrien uns an, deuteten uns, uns zurückzuziehen. Toby schlang seinen Arm um meinen Oberkörper und zerrte mich zurück vom Abgrund.

„Haltet die Seile!", brüllte Carl noch über den Lärm, bevor der Lkw in die Tiefe stürzte und explodierte. Eine Welle unglaublicher Hitze ließ die Luft hinter dem Auto flimmern, die Frau erstickend aufkreischen.

„Verdammte Scheiße!", donnerte einer der Jungs, andere begannen sofort das Feuer, welches den BMW erreicht hatte, zu löschen.

„Sind Sie verletzt worden, Ma'am?", fragte Paul, während Belinda mir das Baby vorsichtig aus den Armen nahm, das ich wie einen Teil von mir festhielt. Dabei nickte sie mir beschwichtigend zu. Die Antwort des Opfers hörte ich gar nicht mehr.

Ein Mann war tot, doch jetzt, wo der Pkw wirklich an nichts als unseren Seilen hing, fehlte die Zeit, darüber nachzudenken.

„Zieht den Wagen auf sicheren Boden!" Des einen Leid war in diesem Fall die Rettung zweier anderer, denn als der

Lkw das Auto nun nicht mehr einklemmte, konnten wir es endlich bewegen. Alle unsere Männer und sämtliche Augenzeugen, die nicht unter Schock standen, hängten sich an die Seile und zogen das demolierte Auto mit aller Kraft zurück auf den Asphalt. Innerlich atmeten wir auf, weil es Marcus jetzt möglich war, bei der Befreiung aggressiver vorzugehen. Carl unterstütze ihn mit der zweiten Rettungsschere. Im Eiltempo entfernten sie das, was vom Dach übrig war, und zogen die Frau aus dem Wagen, die zugleich lachte und weinte. Erst jetzt erkannte ich, wie schwer verletzt sie selbst war. Eine klaffende Wunde in ihrem Bauchraum hatte in der vergangenen Stunde für einen enormen Blutverlust gesorgt und ihre Haut aschfahl werden lassen. Sie wurde auf die Trage gehoben und zum Rettungswagen geschoben.

„Noch nicht. Bitte! Ich muss bei meinem Sohn bleiben“, flehte sie, um nicht sofort abtransportiert zu werden.

Tylers Bergung stellte sich als größere Herausforderung dar, da zuerst der Fahrersitz so behutsam wie möglich entfernt werden musste, um das Kind nicht zu verletzen. Der Zugang von allen anderen Seiten war unmöglich, der Raum, in dem Tyler sitzen sollte, voll von Glasscherben und Beton. Kein Lebenszeichen hingegen vom Jungen. Der Rettungshubschrauber setzte zur Landung an, während wir uns Zentimeter um Zentimeter zu Tyler vorarbeiteten. Ich kletterte über die Metallmasse hinein in das Innere des Wagens.

„Ich sehe ihn!“, rief Toby vom Rest des Fahrersitzes und griff nach dem Jungen. Andy und ich tasteten von beiden Seiten nach Tylers Gliedmaßen, um sicherzugehen, dass Toby freie Bahn hatte, den Jungen, der nicht älter als fünf Jahre sein konnte, vorsichtig hochzuziehen.

„Langsam!", befahl Carl. Wir wussten nicht, was alles gebrochen war. Wir konnten nur beten, dass wir gerade nicht mehr zerstörten als wir retteten.

„Wir haben ihn!" Carl und Toby legten den kleinen, zerbrochenen Körper auf die Trage, von wo aus die Sanitäter übernahmen. Erschöpft, erleichtert, voller Adrenalin und trotzdem völlig außer Atem sprang ich mit letzter Kraft aus dem Wrack und ließ mich auf den Boden fallen, um mich kurz zu erholen. Ich hörte und sah noch, wie Tylers Mutter erleichtert aufstöhnte und den Kopf auf die Liege fallen ließ, bevor die Sanitäter an ihrer Seite plötzlich fluchten und sich über sie beugten.

„Ich habe keinen Puls mehr. Herzstillstand! Wir verlieren sie!", rief Belinda und versprühte medizinische Anweisungen, bevor sie mit der Herzmassage begann.

„Nein, nein, nein!", krächzte ich, drückte mich vom Boden weg und lief zu ihr.

Der Hubschrauber hob mit dem schwerverletzten Jungen ab. Das Baby hatte aufgehört zu weinen und wurde gut versorgt, während die Mutter, die nun über eine Stunde tapfer und stark gewesen war, aufhörte zu kämpfen, jetzt, wo sie ihre Kinder in Sicherheit wusste.

„Nicht aufgeben! Nicht jetzt! Deine Kinder werden wieder gesund, und du wirst dort sein, um sie nach Hause zu holen!" Meine verzweifelten Worte erreichten sie nicht, die Herzmassage blieb zwecklos, nicht einmal der Defibrillator konnte sie wiederbeleben. Die Sanitäter entschieden, die Herzmassage während der Fahrt fortzuführen, weshalb Paul sie begleitete und die Türen des Rettungsautos von innen schloss.

Ich stolperte zurück und blickte in die zerschmetterten und bestürzten Gesichter meiner Kollegen.

Toby riss sich den Helm vom Kopf und katapultierte ihn wütend von sich.

Zwei an einem Tag.

Eine Bilanz, die keiner von uns zu ziehen geplant hatte.

11

Nate

Stunden nach dem Unfall schiebe ich mein Fahrrad nach Hause. Natürlich hätte ich auch ein Taxi vom Krankenhaus zu meiner Wohnung nehmen und morgen das Fahrrad holen können, aber ich brauche ohnehin die frische Luft. Als man sich im Krankenhaus um meine Hand kümmerte, wollten sie mir eine Sauerstoffmaske aufsetzen, weil ich da unten doch einiges an Rauchgas eingeatmet hatte. Ich musste mich sogar übergeben, was aber auch an der beschissenen Panikattacke gelegen haben könnte. Da ich aber nicht noch mehr aussehen wollte wie ein Waschlappen, habe ich abgelehnt.

Die Schmerzmittel, die mir gegeben wurden, verlieren langsam die Wirkung, und meine Hand pocht wie verrückt. Frustriert werfe ich mein Fahrrad zur Seite und setze mich ins Gras, wo ich mich gegen einen Baum lehne und mit meinem Handy spiele.

Eigenartig, wie die meisten Einsätze vor Kurzem noch Routine waren. Was selbst in den gefährlichsten und hässlichsten Situationen half, war das unausgesprochene Verständnis untereinander, das Wissen, dass es jedem Einzelnen manchmal schwer fiel, den Job zu machen. Und es war die Einheit, die wir in jeder Situation verkörperten. Man war nie alleine.

Jetzt bin ich allein. Klar könnte ich Toby anrufen, oder meinen Arsch einfach schneller nach Hause bewegen und ihm alles erzählen. Früher oder später werde ich das vielleicht auch tun. Der Punkt ist nur, ich will Toby nicht ständig wieder in meinen Teufelskreis mit hineinziehen. Schlimm genug, dass er meine

Albträume schon des Öfteren nachts miterlebt hat und meinen Arsch mehrmals aus dem Bett zerren musste, wenn mir das Aufstehen am schwersten fiel. Im Vergleich zu mir hat er es geschafft, sich damit abzufinden, dass nichts mehr so sein wird wie früher. Dabei ist er derjenige, der ewig mit diesen so offensichtlichen Auswirkungen seines ihm aufgezwungenen Abgangs leben muss. Wie auch immer, ich werde bestimmt der Letzte sein, der Toby dabei im Weg steht, nach vorne zu sehen und sein Leben halbwegs normal zu führen, indem ich ihn wieder in das Loch werfe, aus dem er sich vor fast zwei Jahren mit Mühe und Not gezogen hat.

Deshalb schlucke ich meinen Stolz hinunter und rufe die einzige andere Person an, mit der ich mir gerade zu sprechen vorstellen kann.

„UNC TechSupport. Morgan am Apparat. Wie kann ich helfen?"

Ich blinzle ein paarmal und kratze mir überfordert den Kopf. „Hallo Morgan. Hier ist Nathan. Ich dachte eigentlich, ich käme zu Lexi. Sie ist noch eingeloggt."

Morgan braucht ein paar Sekunden, bis sie antwortet. „Also du bist dieser ominöse Nathan."

Verwirrt ziehe ich die Augenbrauen zusammen. „Wie bitte?"

„Vergiss es! Lexi ist nicht mehr online. Du wirst sie unter dieser Nummer generell nicht mehr erreichen können."

Meine müden Muskeln zucken, und ich richte mich auf. „Wieso? Was ist passiert?"

„Das soll sie dir selber erzählen, wenn sie das überhaupt möchte." Was soll das wieder heißen? Vor allem in diesem feindseligen Ton. „Wie auch immer, du erreichst sie nur noch unter ihrer Privatnummer."

„Okay … Würdest du mir die geben?"

„Nö. Du könntest ein Serienkiller sein, und keiner weiß es. Oder ein Stalker, so oft, wie du Lexi in den letzten paar Tagen angerufen und ihr geschrieben hast.“

Nicht sicher, ob ich aus Verlegenheit lächeln, weil sie davon weiß, oder mich angegriffen fühlen soll, weil es wie ein Vorwurf klingt, schließe ich einfach die Augen. „Dann wäre ich ein ziemlich schlechter Stalker, wenn ich erst nach ihrer Nummer fragen müsste, findest du nicht?“

„Jetzt steht der Serienkiller immer noch im Raum.“

Gereizt fahre ich mir über das Gesicht und hole tief Luft. „Also schön … Morgan? Ich habe einen ziemlich langen Tag hinter mir, komme gerade aus dem Krankenhaus, nachdem meine Hand genäht wurde, und muss hoffen, dass der Typ, dem ich heute das Leben gerettet habe, die Nacht übersteht. Deswegen habe ich leider nicht mehr viele Ressourcen übrig, dir mein Führungszeugnis vorzulegen, aber wir kennen uns, okay? Unsere gemeinsame Freundin Jenna hat uns vor ein paar Monaten einander vorgestellt, und ich denke, damals hast du mich als vertrauenswürdig eingeschätzt. Ich wäre dir also dankbar, wenn du mir hier irgendwie entgegenkommen würdest.“

„Lexis Nathan ist der Nathan von damals?“ Ich habe zwar keine Ahnung, was sie genau damit sagen will, aber „Lexis Nathan“ hört sich in meinen Ohren gar nicht so schlecht an.

„Ist das ein Problem?“

„Das kommt ganz darauf an, was du von ihr möchtest.“

Gute Frage, auch wenn ich nicht sicher bin, weshalb ich mich vor ihr rechtfertigen müsste. Alles, was ich weiß, ist, dass Lexi eine Ausgeglichenheit und Zufriedenheit ausstrahlt, die irgendwie auf mich abfärbt. Es ist leicht, mit ihr zu reden. Dinge, die ich normalerweise nicht erzählen würde, kommen bei ihr ganz ungezwungen über die Lippen. Ich bin ehrlich mit ihr, fühle keinen Drang, in den Bullshit-Modus zu wechseln, kein Gefühl, irgendetwas verstecken zu müssen. Verdammt, ich habe ihr sogar die wahren Motive erzählt, warum ich den Zwang verspüre, Anwalt zu werden, obwohl ich oft daran zweifle, ob das wirklich das Richtige für mich ist. Die Art, wie sie auf mich eingeht, mich Dinge fragt, ohne Druck und Vorurteile, lindert die Spannung, die im Dauermodus an mir nagt. Auch wenn wir uns so gut wie gar nicht kennen, habe ich das Gefühl, dass sie meinen Schwachsinn verstehen könnte. Also atme ich die angestaute Luft in meiner Brust aus und gebe die ehrlichste Antwort, die ich zu geben bereit bin. „Im Moment … einfach ihre Stimme hören. So erbärmlich das auch klingen mag, ich brauche gerade jemanden zum Reden, und da ist mir eben Lexi als Erste in den Sinn gekommen."

Wieder lässt sie mich zappeln, aber ich bilde mir ein, ein unterdrücktes „Aww" zu hören, als hätte sie meine Erklärung eben beeindruckt.

„Okay, ich sag dir was: Ich gebe ihr deine Nummer. Dann kann sie selbst entscheiden, ob sie mit dir sprechen möchte oder nicht."

Etwas entspannter lehne ich mich wieder an den Baum. „Danke."

„Nathan? Tut mir leid, was dir da heute passiert ist", sagt sie aufrichtig.

„Danke Morgan."

Ich nehme das Handy vom Ohr und stütze mich auf meinen Beinen ab. Ich bin geschlaucht und müde. Nicht nur von dem Unfall und dem Rauschzustand, der damit verbunden war, sondern auch von der Arbeit. Von Warren, von Hannahs Vorwurf, den ich ihr nicht einmal verübeln kann, selbst wenn ich es trotzdem scheiße finde, dass sie den Fall angenommen haben und sie Pete mit meinem Dad verglichen hat. Hannah kennt meine Geschichte. Zumindest den Teil, den auch die Medien kennen, und was ihr Bruder Carl ihr vielleicht sonst noch so über mich erzählt hat. Bis jetzt hatte sie aber genügend Scharfsinn, es nicht zum Thema zu machen, vor allem nicht, es in einen Fall zu verwickeln. In meinen Augen fühlt es sich an wie ein Vertrauensbruch, dass sie dieses stille Abkommen zwischen uns gebrochen und mir mein kaputtes Verhältnis zu meinem Vater ins Gesicht geworfen hat.

Überrascht fahre ich hoch, als mich mein penetranter Klingelton nach nicht einmal zwei Minuten aus den Gedanken reißt. Morgan muss Lexi sofort Bescheid gegeben haben.

„Foster?"

„Nathan! Alles in Ordnung? Morgan sagt, du warst im Krankenhaus?" Lexi klingt aufgewühlt. Meinetwegen?

„Halb so schlimm", spiele ich die Sache gleich herunter. Ich will nicht, dass sie sich meinetwegen Sorgen macht. „Ich habe mir eine Vene ziemlich zerfetzt. Nerven wurden zum Glück aber nicht beschädigt."

„Oh mein Gott! Was ist passiert?"

Ich schildere ihr den Unfall, die Rettungsaktion, klammere dabei aber die Details aus, die sie nicht unbedingt hören muss, und erzähle von dem Wechselbad an Emotionen danach: einerseits von dem unbezahlbaren Gefühl, jemandem vielleicht das Leben gerettet zu haben, das ich verdammt noch mal vermisse, andererseits von dieser niederschmetternden Ungewissheit, nicht sicher zu sein, ob es etwas genutzt hat.

„Ich habe im Krankenhaus gewartet, während er operiert wurde. Nach ein paar Stunden haben sie mich nach Hause geschickt, da sie mir ohnehin nichts sagen dürfen." Es fühlt sich komisch an, ihr von all dem so frei erzählen zu können. Normalerweise mache ich einen Punkt daraus, alles unter Verschluss zu halten, was mich beschäftigt. Warum fällt es mir dann jetzt so leicht, mehr preiszugeben als in den letzten zwei Jahren zusammen?

„War denn keine Familie von dem Mann da?"

„Zumindest nicht, solange ich dort saß." Ich schüttle den Kopf und sehe zum Himmel. „Ein ziemlich beschissenes Gefühl, keinen Schimmer zu haben, wie es mit dem Menschen weitergeht, für den du dich verantwortlich fühlst. Nach einem Einsatz haben wir oft darauf gewartet, zu hören, dass die Person über den Berg ist, oder wir sind sie Tage danach noch einmal besuchen gegangen", erinnere ich mich. „Natürlich durften uns die Schwestern auch damals offiziell keine Auskunft geben, aber als Feuerwehrmann hat man dann doch Privilegien. Jetzt kenne ich nicht mal den Namen des Typen und kann nur hoffen, dass ich vielleicht in der Zeitung etwas über ihn lese."

„Ich bin stolz auf dich, Nathan", sagt sie nach einer Pause und überrascht mich mit ihren Worten. „Du hast dein Leben riskiert, um diesen beiden Menschen zu helfen, und wurdest dabei selbst verletzt. Du hast getan, was du konntest. Alles Weitere liegt leider nicht bei dir." Sie atmet zittrig ein und versetzt mir damit einen gefühlten Schlag in die Magengrube, weil sie sich so unglücklich anhört. „Manchmal gibt es Dinge in unserem Leben, bei denen wir nur mit gebundenen Händen dabeistehen und darauf warten können, dass sie sich irgendwie zum Besseren wenden."

Ich furche die Stirn. Klingt, als würde sie nicht nur über mich sprechen. „Was ist los bei dir, Lexi?"

Sie schluckt hörbar und schnieft. Scheiße! Weint sie etwa? „Nichts auch nur annähernd so Dramatisches wie das, was du heute erlebt hast. Es fühlt sich blöd an, darüber zu reden“, weicht sie aus. Wieder ein Schniefen. Verdammt, sie weint wirklich. Ich umklammere mein Handy fester.

„Lex!“, fordere ich sie nochmals auf, und sie stöhnt widerstrebend auf.

„Mir wurde heute gekündigt.“

Was? Welcher Idiot käme denn auf die Idee, gerade *sie* rauszuschmeißen? Sie kam mir absolut kompetent vor und überzeugt von dem, was sie macht.

Deswegen war Morgan wahrscheinlich so zickig am Telefon.

„Warum?“

„Verschiedene Gründe“, weicht sie unbehaglich aus. „Nicht wichtig. Ehrlich. Ich bin nur fertig, weil ich dringend einen Job brauche, muss mir jetzt schnell etwas Neues suchen. Aber wie heißt es so schön: aufstehen, Krone richten, weitergehen.“ Sie lacht schwach, nur kaufe ich es ihr nicht ab. So sehr mich der Grund für die Kündigung interessieren würde, lasse ich es erst mal gut sein. Jetzt gilt es, Lexi aufzubauen.

„Als wir das erste Mal telefonierten, hast du gesagt, du würdest mich vielleicht eines Tages herausfinden lassen, wie du aussiehst. Ich möchte gerne auf das Angebot zurückkommen.“

„Whoa! Wo kommt das jetzt her? Denn wenn du das nur fragst, weil du dich schlecht für mich fühlst, dann …“, droht sie, doch ich lasse sie nicht ausreden.

„Nicht *jetzt*. Ich denke schon die ganze Zeit daran.“

„Ähm. Ich weiß nicht, Nate.“ Sie klingt verunsichert. „Ich bin nicht mehr sicher, ob das eine gute Idee wäre.“

Ich lache verwirrt auf, mein Ego leicht angekratzt. „Wow. Ich muss bei den letzten Telefonaten ja einen guten Eindruck auf dich gemacht haben.“

„So meinte ich das nicht. Ich genieße die Gespräche mit dir wirklich sehr. Die Sache ist nur … keine Ahnung, in deinem Kopf bin ich eine … wie war das noch gleich? Felicabbamy?“ Ich grinse. „Die Wahrheit ist aber, ich bin kein bisschen wie die drei.“

Was meint sie, ihr Aussehen oder die Persönlichkeit? Und ist das für mich nicht schon nebensächlich?

„Außerdem komme ich gerade aus einer langjährigen Beziehung, die leider kein schönes Ende hatte. Deshalb möchte ich dem Ganzen mal für längere Zeit aus dem Weg gehen.“

„Ah, du hast Angst, dass du dich unsterblich in mich verlieben könntest“, ziehe ich sie auf.

„Genau! Das ist meine größte Sorge“, antwortet sie gelangweilt.

„Keine Angst! Das trifft sich gut, eine Beziehung ist das Letzte, was ich suche“, erkläre ich wahrheitsgemäß. „Also treffen wir uns einfach als Freunde.“ Bei meinen Worten hebe ich selbst eine Augenbraue, weil ich normalerweise mit Frauen nicht befreundet bin. Zumindest nicht in dem Sinn, wie ich es bei ihr meine. Da ist Jenna die Einzige, und die ist die Freundin meines besten Freundes, und deswegen zählt sie nicht.

„Ja, diesen Masterplan hatten vor uns schon viele“, antwortet sie sarkastisch, und ich schmunzle, weil sie das ausspricht, was ich denke.

„Ich mag dich, Lexi, okay? Du schaffst es, mich alleine mit deiner Stimme zum Lächeln zu bringen, und ich rede gerne mit dir. Du bist die erste Person seit Langem, bei der ich nicht das Gefühl habe, jemand anderer sein zu müssen, und das möchte ich nur ungerne aufgeben.“

Schweigen. „Vielleicht bin ich hässlich.“

Ein trockenes Schnauben entfährt mir. Einerseits, weil sie nicht auf meine Ehrlichkeit reagiert, und andererseits, weil ich mir das beim besten Willen nicht vorstellen kann. „Vielleicht bin *ich* hässlich."

„Ja, aber mir ist das Äußere nicht wichtig, weißt du? Außerdem hat Morgan mir schon gesagt, dass du *nicht* hässlich bist."

„Spielt das denn eine Rolle, wenn wir uns auf rein platonischer Basis treffen?", stichele ich, und sie macht ein pupsendes Geräusch ins Telefon, was mich dann doch dazu bringt, laut aufzulachen. „Lex, hast du in deiner Freundesliste noch Platz für einen weiteren Kandidaten?", versuche ich es erneut. Irgendwie fühlt sich diese Situation fremd an. Ich kann mich nicht erinnern, jemals jemanden überredet zu haben, sich mit mir anzufreunden. Hätte ich das Gefühl, dass Lexi tatsächlich absolut kein Interesse hat, hätte ich das Thema schon lange fallen lassen.

Sie schnieft ein letztes Mal, schnaubt langgezogen und kichert kurz. Ich frage mich, ob ich sonst noch jemanden kenne, der binnen zwei Sekunden drei verschiedene Emotionen haben kann. „Du sagtest doch, du wärst der beste Freund, den man sich wünschen kann, oder?" *Ja, solange du keine Erwartungen in mich setzt, die ich enttäuschen würde.* „Wäre ich nicht extrem dumm, mir diese Chance entgehen zu lassen?" Ich gebe mir ein innerliches High five.

„Dann wäre das also geklärt. Und weil ich so gut bin, kann ich dir vielleicht auch bei der Jobsuche behilflich sein. Aber darüber reden wir am besten persönlich. Ich habe morgen von zwölf bis zwei Uhr Mittagspause. Wie sieht dein Stundenplan aus?"

„Warte … *was*?“ Ihre Stimme springt ein paar Oktaven höher hinauf.

„Ich sagte, ich hätte morgen von zwölf …“, wiederhole ich neckend, bevor sie mich unterbricht.

„*Das* habe ich verstanden. Der Teil mit dem Job hängt nur gerade noch irgendwo in der Leitung fest.“

„Wir suchen neue Hilfskräfte bei uns. Meine Chefin hat mir das Okay gegeben, aus meinem oder ähnlichen Studiengängen Bewerber einzuladen.“

Sie hält kurz inne, greift sich wahrscheinlich gerade an den Kopf. „Ähnlich? Nathan, ich studiere Informatik.“

„Und was denkst du, ist unser wichtigstes Arbeitsmittel?“, frage ich. „Lex, wir brauchen dringend Leute. Bis jetzt ist es auch noch nichts weiter als ein Vorschlag. Sollte es nichts werden, war es aber zumindest einen Versuch wert.“

„Vielleicht solltest du mich wirklich erst einmal kennenlernen, bevor du mir Jobs anbietest. Wer weiß, ob du es nachher bereust“, wendet sie ein. Warum habe ich ständig das Gefühl, dass sie mich vor irgendetwas zu warnen versucht? Entweder sie hält einfach nicht viel von sich selbst, oder sie wiegt zweihundert Kilo und sieht aus wie Oliver Hardy von *Dick und Doof*.

„Komm schon, Lexi. Ich habe mitbekommen, was du draufhast. Klar musst du in den ganzen Kram eingearbeitet werden, aber der Rest wird ein Kinderspiel für dich. Und wenn es anders ist, als ich sage, kannst du mir zumindest dafür in den Arsch treten.“

„Klingt verlockend. Danke für das Angebot, Nate.“

„Für welches jetzt? Das mit dem Job oder mit dem Arschtritt?“, necke ich und bringe sie damit zum Lachen.

„Beides.“

„Also … Was hast du zu verlieren?“

Sie seufzt kapitulierend, als würde sie sich gerade die Antwort auf meine Frage verkneifen. „Ich höre um halb zwölf auf und habe erst später wieder einen Kurs.“

„Perfekt! Jetzt musst du mir nur mehr sagen, wie und wo ich dich finde.“

Dauert nicht lange, bis ich eine Antwort bekomme. „Treffen wir uns am Platz vor der Uni-Bibliothek, dort, wo die zaunartige Mauer den Park vom Campus trennt. Ich bin die mit dem gelben Pullover und den gelben *Converse*. Und *glaub* mir … früher oder später werde ich dir auffallen. Aber, Nate?“ Ich kann praktisch hören, wie sie sich den Kopf an dem zerbricht, was immer sie als Nächstes sagen will. „Vielleicht sollte ich zur Sicherheit gleich eines klarstellen. Ich bin kein Freunde-mit-Vorzügen-Mädchen, okay? Das mache ich nicht.“

Ob sie es glaubt oder nicht, das will ich auch gerade nicht sein. Trotzdem reizt es mich, sie auf den Arm zu nehmen. „Was für Vorzüge? Meinst du, ich soll dir nicht helfen bei der Jobsuche?“ Mein Ton ist so ernst, ich bin selbst stolz auf mich. Eine lange Pause folgt von ihrer Seite, und ich muss mir auf die Zunge beißen.

„Du weißt nicht …“, stottert sie, plötzlich unsicherer. „Komm schon! Du musst wissen, was das bedeutet, Nathan.“

„Vielleicht musst du mir zeigen, was du meinst?“, komme ich ihr entgegen und kann mein Grinsen nicht mehr zurückhalten. Leider hört sie es.

„Okay! Ich bringe dich um. Ehrlich!“, schimpft sie lachend.

„Das wird dann aber eine kurze Freundschaft.“

Gespielte Heulgeräusche folgen. „Ich lege jetzt auf. Bis dann!“

12

Lexi

„Und? Welche Farben hörst du? Und sag bloß nicht gelb", will Avery wissen, als wir rittlings am Springbrunnen vor der Bibliothek sitzen und mit geschlossenen Augen – mit „Honey, I'm good" in den Ohren – wippen und klatschen wie Teenager. Ich bin sicher, die Passanten halten uns für bescheuert. Avery scheint das aber nicht zu interessieren, und mir ist es erst recht egal. Ich habe schon lange aufgehört, mir in Momenten wie diesen Gedanken darüber zu machen, was andere Leute von mir denken. Stattdessen habe ich mir fest vorgenommen, mir meine gute Laune nicht mehr verderben zu lassen, weil mich jemand schief anschauen könnte. Ich meine, was soll's?! Sie tun es ja sowieso. Im besten Fall kann ich den einen oder anderen mit meiner guten Laune sogar anstecken.

Nach meinem Unfall damals in der zweiten Klasse und der langen Zeit, die ich danach gefehlt hatte, reagierten meine Schulfreunde sehr unterschiedlich auf mich. Manche waren unsicher, gingen mir aus dem Weg, wussten nicht recht mit mir umzugehen. Andere waren übermäßig hilfsbereit, nervten mich fast mit übertriebener Fürsorge. Meine Sitznachbarin Avery hingegen erwähnte mit keinem Wort, was mit mir passiert war. Das Erste, was sie zu mir sagte, war, dass sie ein neues Spiel erfunden habe und ich keine andere Wahl hätte, als es mit ihr auszuprobieren. Die Regeln waren einfach: Sie spielte mir ein x-beliebiges Lied vor, und ich sollte ihr zwei Farben nennen, die mir dabei in den Sinn kämen – natürlich mit Erklärung. Dann würde sie mir die Fingernägel in genau diesen

Farben lackieren – nur eben mit geschlossenen Augen. Keine Ahnung, ob es die Intention einer Achtjährigen war, mich von meinem Trauma abzulenken, jedenfalls gab sie mir damit an dem Tag das, was ich am meisten brauchte: Normalität und Ebenbürtigkeit.

Meine Fingerkuppen sahen danach zwar massakriert aus, ebenso wie ihre, als ich lackieren sollte, doch an diesem Spiel halten wir bis heute fest. Nun hatten wir ja auch vierzehn Jahre Zeit zu üben.

„Gelb“, antworte ich letztlich, nur weil ich weiß, dass sie das nerven wird. Ich nehme *immer* gelb. Würde außerdem zu meiner Kleidung heute passen.

Natürlich enttäuscht sie mich nicht. Mit der flachen Hand stößt sie mir gegen die Schulter. „Lexi, das ist Mogelei. Ich schmeiße den gelben Nagellack jetzt weg.“

Ich hebe die Arme und ergebe mich. „Okay, okay … Also dann blau, weil das die Farbe der Treue ist, von der er ja ständig singt, und pink für die Liiiiebe.“

„Wirklich?“, fragt sie widerstrebend nach. „Pink zu deinen gelben Sachen? Damit wirst du ihn nicht wirklich beeindrucken können.“ Ich verdrehe die Augen.

„Ich versuche ihn auch nicht zu beeindrucken, Avery. Wir treffen uns nur als Freunde.“

Ein ironisches Zischen dringt durch ihre Zähne. „Ja, genau! Aber bitte … wenn das so ist, wird es dich ja nicht stören, wenn ich nur deinen Mittelfinger pink bemale.“

Ich pruste los. „Oh Mann! Er wird glauben, ich bin Klapsmühlenmaterial.“

„Ist das denn so schlimm, wenn ihr euch doch nur als *Freunde* trefft?“ Ihre Worte triefen vor Sarkasmus, während sie meine Hand festhält und den ersten mittleren Finger lackiert.

„Wärst du gerne mit einer Verrückten befreundet?“

„Jetzt brichst du mir aber das Herz, Lexi. Ich dachte eigentlich, das wäre ich schon.“

„Blöde Kuh!“, lache ich. Am liebsten würde ich ihr jetzt den Finger zeigen, den sie gerade bemalt, aber ihre Augen sind ja geschlossen.

Ganz falsch liegt sie nicht, denn wenn ich nicht verrückt wäre, hätte ich diesem Treffen wahrscheinlich nicht so schnell zugestimmt. Vielleicht lag es aber auch einfach an meinem zerstörten Gefühlshaushalt, nachdem es erstens den halben Tag geregnet hatte – ich hasse Regen – und ich zu allem Überfluss auch noch gekündigt wurde. Für mich kam das immerhin aus heiterem Himmel. Genauso plötzlich fühlte sich Nathans Vorschlag auf ein Treffen an. Klar hatte ich es ursprünglich mal angesprochen, aber damals wäre seine mögliche Ablehnung noch leichter zu ertragen gewesen als jetzt, wo ich ihn besser kennengelernt habe. Er scheint nämlich ein echt netter Typ zu sein, vor allem wenn er es ernst meint, dass Freundschaft alleine für ihn in Ordnung ist.

Morgan war nach dem Telefonat mit Nathan sofort in mein Zimmer gestürmt. Das Erste, was sie mir erzählte, war aber nicht, dass er bei einem Unfall geholfen hatte, sondern wie süß *und* heiß Nate sei – keine Ahnung, wie man sich diese Kombination genau vorstellen soll. Das hatte sie mir schon damals geschildert, als sie ihn kennengelernt hatte. Natürlich konnte ich zu dieser Zeit genauso wenig damit anfangen wie gestern, trotzdem hat sie ihn mir bis ins Detail beschrieben: groß, Muskeln an den richtigen Stellen, zum Knutschen einladender Mund, blonde, wuschelige Haare, dichte, dunklere Augenbrauen, die seinem selbstbewussten Auftreten einen Hauch Verletzlichkeit verleihen. Dieselbe Beschreibung gibt sie aber auch für Paul Walker ab … Was weiß ich also, wie akkurat sie da ist. Trotzdem, meinte Morgan, hätte es damals einfach nicht zwischen ihnen gefunkt, auch weil er ihrer Meinung nach extrem viel Gepäck mit sich rumtragen würde, für das sie nicht bereit wäre.

Mit ihrer Begeisterung über ihn und sein Aussehen hat sie mich jedoch unwissentlich mehr unter Druck gesetzt als mit der Rede von seinem Gepäck, denn haben wir *das* nicht alle? Und nur weil wir ein Treffen verabredet haben, bedeutet das nicht, dass ich es ihm abnehmen muss. Viel größer ist meine Angst, dass *er* – gerade wenn er so *heiß* ist, wie Morgan sagt – bereuen wird, hergekommen zu sein, und einen Rückzieher macht. Nicht, weil ich schrecklich aussehe oder so. Leute versuchen mir zumindest immer wieder beizubringen, dass ich hübsch sei, aber ich selbst sehe das nicht. Und auch wenn ich keine unsichere, unterwürfige Frau bin, die glaubt, irgendein Kerl wäre zu gut für sie, wäre es trotzdem naiv und dumm, abzustreiten, dass sich meine Einschränkung auf Dauer ignorieren lasse. Das haben mich meine Eltern, Lehrer und das Leben gelehrt. Was ich aber noch weniger will als Ablehnung, ist sein *süßes* Mitleid, das Gefühl, die holde Jungfrau zu sein, die von ihm gerettet werden muss. Dieses Syndrom haben Männer, generell Menschen in meiner Nähe oft. Dabei habe ich in den meisten Fällen nie um Hilfe gebeten.

Idiotischerweise habe ich dem Jobangebot in Wahrheit gerade deshalb zugestimmt, weil Nathan noch nichts von meinem Stigma weiß. Vielleicht ist das unfair ihm gegenüber, aber ich brauche das für mich. So fühlt es sich echter an. Er hat außerdem noch immer alle Freiheiten, es zurückzunehmen.

Ich schüttle den Kopf und die Gedanken ab, konzentriere mich wieder auf Avery. „Wann genau hast du seit Samstag eigentlich den Andrew-Fanclub verlassen?", frage ich skeptisch. Vorgestern war sie doch noch ganz scharf auf die Idee, dass ich mit ihm nach Hause gefahren bin.

„Süße! Ich bin in gar keinem Fanclub. Ich will einfach, dass du glücklich bist."

… und nicht alleine sein musst, füge ich gedanklich hinzu. Das scheint bei mir nämlich die große Katastrophe zu sein. Avery war nicht mehr Single, seit sie vierzehn war. Ihr Freund Jackson ist Teil unserer Clique, hat sich aber für vier Jahre bei der Army verpflichtet und ist gerade mit den United States Forces in Südkorea stationiert. Trotz der räumlichen Trennung weiß Avery, dass sie ihre große Liebe bereits gefunden hat. Ich streite nicht ab, dass ich mir diese Gewissheit nicht auch wünschen würde. Ich dachte ja schon, Andrew wäre meine Zukunft. Wie ich Nathan aber am Telefon sagte, lässt sich eben nicht alles lenken und beeinflussen. Alles, was ich tun kann, ist zu vertrauen, dass sich eine neue Tür öffnet, wo mir eine andere vor der Nase zugeknallt wurde.

„Weiß dieser Nathan eigentlich, dass er der Grund ist, warum du gefeuert wurdest?" Avery ist schon beim vorletzten Finger.

„Er ist nicht der Grund, Avery, und nein, weiß er nicht." Und ich habe auch nicht vor, es ihm unter die Nase zu reiben, denn es ist nicht seine Schuld, sondern meine. Wie sich herausstellte, waren Einsparungen nötig. Nachdem meinem Chef aufgefallen war, dass ich *einige* Privatgespräche während meiner eingetragenen Arbeitszeit geführt hatte und mir dann auch noch ein solch „schwerer Fehler bei der Rechnungsausstellung" passiert war, hatte er keine andere Wahl, als mich gehen zu lassen. Morgan ist so sauer darüber, dass sie ebenfalls kündigen will, aber das wäre schwachsinnig. Sie braucht das Geld dringend. Ich aber auch, sonst muss ich mich doch an meine Eltern wenden, und das wäre meine persönliche Katastrophe.

„Tut mir übrigens echt leid wegen des Jobs."

Ja, mir auch. Der Computer ist die einzige Sache, bei der mich so schnell keiner schlagen kann. Meine Problemlösungsrate lag immerhin bei achtundneunzig Prozent.

„Auch wenn ich nicht unglücklich bin, dass du jetzt einen seriösen Job bekommst und die ganzen dubiosen Typen los bist, von denen du erzählt hast." Die *ganzen* dubiosen Typen? Es waren vielleicht fünf … na gut, eher mehr als das, aber ich habe mich deswegen beim Arbeiten nicht weniger gebraucht gefühlt.

„Mir ist noch kein Job sicher. Vielleicht war das nur so dahingesagt, weil ich ihm leid getan habe."

„Oder weil er dich unbedingt treffen will", ergänzt sie grinsend.

„Oder er zieht das Angebot zurück, wenn er mich trifft."

Avery spritzt mich mit Wasser aus dem Brunnen unter uns an. Heute ist es angenehm warm, deshalb haben wir die Schuhe ausgezogen und lassen einen Fuß ins kalte Wasser hängen. „Lexi, er wird dich lieben, wie jeder, der dich kennenlernt. Du bist ein Menschenmagnet, klug und witzig. Wenn er dich nicht mag, dann hasst er Bambi." Ich kichere über den Vergleich. „Also gut, Süße. Ich muss zu meinem Kurs. Wenn dieser Typ Anstand hat, verlässt er seinen ohnehin früher für dich."

Danke, jetzt bin ich nervös.

Nachdem wir uns verabschiedet haben, sagt mir meine Uhr, dass es noch immer einundzwanzig Minuten dauert, bis Nathan Schluss hat. So lange kann ich nicht bloß herumsitzen. Mit Schuhen und Pullover in der Hand marschiere ich zu dem Zaun, an dem wir uns treffen wollen, und fahre mit meinen Fingern daran entlang, bis ich an die Stelle komme, an der ich raufklettern kann. Oben ist der Zaun nämlich mit einer zwanzig Zentimeter breiten Betonmauer abgeschlossen, seit sich vor einem Jahr ein paar betrunkene Studenten beinahe daran aufgespießt hatten. Hauptsache, *sie* haben dann versucht, auf Schmerzensgeld zu klagen. Andererseits ist das nicht das Lächerlichste, was Amerika an Gerichtsverfahren gesehen hätte. Im Jahr 2007 zum Beispiel verklagte ein Mann Gott, weil er die Menschen Nebraskas und den Mann selbst bedrohen würde. Die Strafanzeige wurde abgewiesen, weil die Zustellung der Anklage aus mangelnder Kenntnis der Adresse des Beschuldigten nicht möglich war. Was soll man dazu noch sagen? Der Mann meinte zwar, er wollte mit dieser Aktion zeigen, dass in unserem Land jeder jeden wegen irgendetwas verklagen kann, aber ehrlich …

Wie auch immer. Mir soll's recht sein. Zumindest lenkt es mich vom Warten ab.

13

Nate

Eigentlich glaube ich nicht an Zufälle. Dieser hier – oder was auch immer es ist – gefällt mir jedoch besser, als mir recht ist. Lexi ist das Mädchen, das am Samstag vor dem Taxi in mich hineingerannt ist. Das wird mir in dem Moment klar, in dem sie sich oben auf der Mauer in meine Richtung dreht. Ihre extrem blauen Augen auf Halbmast, dieses angedeutete Lächeln auf den Lippen, durch das sie so ausgeglichen und unbeschwert wirkt. Ihre Umgebung scheint sie überhaupt nicht wahrzunehmen. Es ist ihr egal, dass einige Studenten sie schräg ansehen, wie sie barfuß dort oben herumbalanciert, als hätte sie keine Sorgen auf der Welt. Im Tageslicht sieht die Kleine noch atemberaubender aus als Samstagnacht, und ich frage ich mich, wovor um Himmels willen sie Angst hatte, als ich ein Treffen vorschlug. Sie sieht kein bisschen aus wie Amy, Abby oder Felicity. Aus der Ferne fallen mir vor allem zuerst ihre dunkel*blond*en Haare auf – für die ich sie so was von quälen werde –, die lang genug sind, um sanft über ihre Taille zu schwingen. Sie wippt den Kopf in einem bestimmten Beat von einer Seite auf die andere und beginnt mit den Lippen irgendeinen Text zu formen. Ihre gestreckten Zeigefinger wackeln im Taktschlag hin und her. Ich kann mir ein Lachen nicht verkneifen. Sie ist genauso unbedarft wie bei unserem allerersten Telefonat.

Dann aber fällt mein Blick auf einen gefalteten Stock mit kugeligem Plastikende, der an einer Schlaufe unter ihrem gelben Pullover hängt. Ich bleibe abrupt stehen. Mit halb offenem Mund starre ich das Mädchen an, während ich zwei und zwei zusammenzähle.

Sie ist blind?!

Ich ziehe die Brauen zusammen und reibe mir über das Gesicht. Wie konnte mir das am Samstag entgangen sein? Deshalb hat sie weder mich noch sonst etwas in ihrer unmittelbaren Nähe kommen sehen und meine Augen nie wirklich fixiert. Deshalb war sie am Telefon unsicher, mich zu treffen, und deshalb meinte sie, nicht selbst beurteilen zu können, wie sie aussieht.

Aber trotzdem, wieso habe ich es nicht gleich gemerkt? Klar, besonders aufmerksam wirkte sie vor dem Club nicht, auf andere Personen oder irgendwelche Hilfsmittel angewiesen schien sie aber auch nicht zu sein. Zumindest konnte ich an diesem Abend keinen Blindenstock sehen, und sie hat ihren Weg alleine gefunden, sogar mit diesem besoffenen Typen am Arm. Jetzt balanciert sie völlig unbeirrt auf einer schmalen Mauer, wobei nur wenige Schritte etwas zaghaft wirken. Vielleicht ist sie bloß sehbeeinträchtigt oder so. Aber sie trägt ja nicht einmal eine Brille.

Ein schrilles „Stop!“ einer jungen Frau, die auf Lexi zuläuft, unterbricht mich beim Grübeln. Lexi sieht sich nervös um, auf einmal ängstlich, vorsichtig. Die Frau erreicht sie und greift nach Lexis Bein, als würde sie sie festhalten wollen. Mein Herz setzt aus, als Lexi vor Schreck zurückgeht und ins Leere steigt.

Streck die Hände aus und dämpf den Fall, Lex, denke ich noch wie ein Idiot, weil ungebremst aus zwei Metern Höhe zu fallen verdammt wehtun wird. Lexi bleibt auf dem Boden liegen und rührt sich im ersten Moment nicht, als sich schon eine kleine Traube um sie herum bildet. Das löst mich aus der Starre, die ich normalerweise nicht von mir kenne.

Mit einem Zwischenschritt im Gitter schaffe ich es, ein Knie auf die Oberfläche der Mauer zu befördern, bevor ich mit einem Satz hinunterspringe und neben ihr lande. Ein Kerl ist schon im Begriff, ihr aufzuhelfen. „Fuck, dein Auge ist total rot. Vielleicht hast du da etwas reinbekommen. Du musst dich untersuchen lassen."

„Nein. Lass mich los!" Ihre Stimme klingt zittrig, wirkt eher verzweifelt als zickig. Trotzdem wird sie fallen gelassen, als hätte sie den Typen gerade geschlagen. Verständnislos hebt er die Hände und schielt rüber zu der Frau, die so geschrien hat. Die stößt einen entsetzten Laut aus.

„Wir wollten dir nur helfen." Ihr Ton ist beißend.

Lexi schluckt und verzieht das blasse Gesicht. Bekommt sie jetzt etwa ein schlechtes Gewissen? Das kann ja wohl nicht wahr sein.

„Vielleicht sollten wir uns anhören, was *sie* will." Alle sehen zu mir. Ich verschränke die Arme vor der Brust, als die Frau die Hände in die Hüften stemmt und mich blinzelnd fixiert.

„Entschuldige, dass wir etwas falsch gemacht haben! Aber bitte, wenn du es besser kannst, dann tob dich aus!" Ihr gehässiger Ton geht mir auf die Nerven. Es geht nicht darum, besser zu helfen. Normalerweise bin ich froh, wenn überhaupt gehandelt wird. Der Punkt ist nur, sie mag blind sein, ist deswegen aber weder bewusstlos noch unmündig. Ich ignoriere den Zynismus und hocke mich vor Lexi hin.

„Was brauchst du?" Zuschauer sind bei einem Einsatz keine Neuigkeit, aber wieso nervt es mich dann so, wie die Leute herumstehen, als würden sie darauf warten, dass Lexi keinen geraden Satz hervorbringt? Sie nimmt die Hand von ihrem Kopf, wo ich noch den Cut von Samstag sehen kann, und greift sich an den Bauch.

„Siehst du irgendwo meine Tasche?"

Jemand reicht sie mir, anstatt sie Lexi einfach selbst zu geben.

„Hier!" Ich lege sie ihr in die ausgestreckte Hand und beobachte, wie sie etwas zittrig eine Medikamentenschachtel herausnimmt, mit dem Zeigefinger über die Brailleschrift fährt und sich zwei Tabletten einwirft. Sind das Schmerztabletten?! Hat sie sich gröber verletzt? Vorsichtig lässt Lexi den Oberkörper zurück auf den Boden sinken und legt einen Arm über ihr Gesicht. Sie atmet tief durch die Nase ein und langsam wieder aus. Ich greife nach ihrem Handgelenk und ertaste den immer flacher werdenden Puls. „Hey! Nicht abhauen, okay?"

„Alles gut, danke. Gib mir nur eine Minute!", wispert sie, und ich nehme meine Hand weg, um ihr den Raum zu geben, den sie braucht. Lexi richtet sich an die Umstehenden, die nach und nach verschwinden, weil sie merken, dass nichts mehr passiert. „Tut mir leid, dass ich unhöflich war. Vielen Dank für eure Hilfe."

Der Kerl, der sie aufheben wollte, zuckt mit den Achseln, die Frau verdreht die Augen, bevor auch sie sich abwendet.

„Kann mich vielleicht noch schnell irgendjemand überfahren?", jammert Lexi vor sich hin, und ich schüttle mit unterdrücktem Lachen den Kopf.

„Du hättest dich nicht entschuldigen müssen."

Lexi schreckt kurz zusammen, als ich das Wort ergreife. Dachte sie, ich wäre auch gegangen?

„Ich war unfreundlich", erklärt sie mir dann.

„Gerechtfertigt, finde ich."

Sie lächelt schwach. „Ich bin eigentlich froh, wenn Leute helfen. Ich habe schon ganz andere Dinge erlebt."

Okay, keine Ahnung, warum ich das jetzt nicht erwartet hatte. Lexi nimmt die Hand von ihrem Gesicht und setzt sich langsam und etwas wackelig auf. Sie zeigt auf ihre Knie. „Blute ich stark, oder schaffe ich es bis zum Klo, ohne Spuren zu hinterlassen wie Hänsel und Gretel?“ Ich grinse, weil der trockene Humor, den ich inzwischen von ihr kenne, wieder da ist.

„Ich sehe mir das mal an, okay?“ Sie nickt und krempelt auf beiden Seiten ihre zerschundene Jeans hoch. Ein dummer Teil von mir wundert sich über ihre glatten Beine, dann stelle ich mir selbst die Frage, wieso blinde Menschen sich denn nicht rasieren sollten.

Mit dem Daumen streiche ich von der aufgekratzten Haut des linken Beins den Dreck weg und versuche dabei, das komische Gefühl in meinem Bauch zu ignorieren, das ihre Haut unter meinen Fingern auslöst. Das andere Knie sieht etwas mitgenommener aus, wobei es vor allem die Jeans erwischt hat. „Du wirst nicht verbluten, aber es würde nicht schaden, die Wunden zu reinigen, weil ziemlich viel Schmutz und Erde drin sind. Vor allem deinen Arm hat es ziemlich erwischt.“

„Na toll“, stöhnt sie. „*Danke! Weitere zwei Jahre, die du mir raubst*“, ergänzt sie mit verstellter Stimme.

„Was?“

„Meine Mom. Ich schließe gerade Wetten mit mir selbst ab, wie sie wieder reagieren wird. Für ihren Geschmack verletze ich mich zu oft.“

Kann ich mir vorstellen. „Auf alle Fälle ist auch das hier nichts, was Eis nicht wiedergutmachen könnte.“

Wie erhofft, sieht sie blitzartig auf, die blauen Augen beinahe direkt auf meine gerichtet, die Stirn gefurcht. „Wie bitte?“

„Auf einen Angriff muss ein Gegenangriff folgen, oder wie war das? Wenn du aufstehst, lade ich dich auf ein Eis ein."

Ihr Gesicht leuchtet richtig auf, und ein Lächeln breitet sich darauf aus. Ihre authentische Freude haut mich beinahe um. „Das warst *du*? Und du erinnerst dich so genau? Du willst wohl wirklich mit deinen Qualitäten als Freund einen bleibenden Eindruck machen. Ich meine, wenn du mir Eis kaufen willst und so …?"

„Ich sagte ja, dass ich dahingehend der Hammer bin", scherze ich, und sie lacht darauf so schön, wie ich es mir schon beim ersten Gespräch vorgestellt habe: aus ganzem Herzen, offen, strahlend.

„Also darauf wäre ich nie gekommen. Andererseits macht der Ledergeruch jetzt Sinn." Ich sehe zu meiner Lederjacke, die ich auch am Samstag getragen habe. Keine Ahnung, warum ich die bei der Hitze heute mitgeschleppt habe. Macht der Gewohnheit, schätze ich. „Dafür wusste ich aber, dass du der Telefon-Nathan bist."

„Woher?", frage ich und schmunzle über den Spitznamen.

„Erstens hebt sich deine Stimme ziemlich vom Rest ab", antwortet sie bündig, dann blinzelt sie, als hätte sie etwas Falsches gesagt. „… nicht auf negative Weise, ganz im Gegenteil. Und ich habe sie ja nun schon einige Male gehört. Zweitens trägst du einen Verband an deiner linken Hand. Das hat dich endgültig verraten."

„Alles klar, Sherlock. Du hast mich von deiner brillanten Auffassungsgabe überzeugt. Ich bin ebenfalls beeindruckt. Willst du versuchen aufzustehen, damit das Eis deine Wunden heilen kann?"

Nickend streckt sie eine Hand aus, alles andere als befangen, sich aufhelfen zu lassen. Vorsichtig ziehe ich sie hoch, stütze ihr Fliegengewicht mehr oder weniger zur Gänze und fange sie auf, als ihre Knie unter ihr wegknicken. „Woah! Schwindelattacke, sorry“, haucht sie und drückt mit verzogenem Gesicht die Stirn gegen meine Brust. „Das sind die dämlichen Tabletten.“

Würde mich sowieso interessieren, weshalb sie sofort zu denen gegriffen hat. Ich behalte die Frage aber für mich und fahre unbedacht über ihre glatten Haare.

„Könnte sein, dass ich dich jetzt vollkotze“, hängt sie an, und ich lache einmal mehr über ihre Geradlinigkeit.

„Reizend. Danke für die Vorwarnung.“

Sie kichert leise, hebt schließlich den Kopf und löst langsam den Würgegriff um meine Unterarme. Dabei fällt mein Blick auf ihre Finger. „Nettes Nageldesign hast du da. Wolltest du mir damit irgendetwas Bestimmtes sagen?“

Sie seufzt und verdreht die Augen. „Meine Freundin hat versucht, lustig zu sein.“ Auf einmal bilden sich Sorgenfalten auf ihrer Stirn. „Ich würde gerade wirklich gerne deinen Gesichtsausdruck sehen.“

„Ich lächle. Solange keine geheime Botschaft hinter deinem pinken Mittelfinger steht …“ Sie verlagert ihr Gewicht und greift sich an den Hals.

„Nein, das meinte ich nicht. Eher ob du enttäuscht bist. Also von mir. Ich hätte dich wahrscheinlich vorwarnen sollen.“ Mit dieser indirekten Frage lockt sie mich kurz aus der Reserve. Natürlich war und bin ich überrascht, vielleicht auch ein wenig unsicher, weil ich noch nie mit einer Blinden zu tun hatte. Vielleicht wäre es mir auch lieber gewesen, ich hätte vorher gewusst, dass sie blind ist. Auf der anderen Seite muss ich mich fragen, wieso? Hätte es denn etwas geändert? Wäre ich dann nicht gekommen oder hätte irgendeine Ausrede gefunden, mich aus der Sache rauszuwinden? Nein. Ich habe ihr gegenüber keinerlei Verpflichtungen, deshalb kann ich die Situation auch gelassen angehen.

„Hey!", sage ich deshalb, lege ihr die Hände auf die Schultern und beuge mich zu ihr hinunter, um ihr näher zu sein. „Du hast keine ansteckende Krankheit oder so?" Sie schüttelt verwirrt den Kopf. „Und du bist immer noch dieselbe, mit der ich am Telefon gesprochen habe?" Langsam versteht sie, worauf ich hinauswill. Ihre Mundwinkel heben sich zu einem Lächeln, und sie nickt. „Dann bin ich weder enttäuscht, noch hättest du mich vor irgendetwas warnen müssen."

„Okay. Also dann gehe ich mal aufs Klo und mache mich wieder salonfähig. Ich hoffe, die Einladung auf das Eis war kein Witz, denn über solche Dinge scherzt man nicht."

Ich schmunzle über ihren strengen Blick. „Würde mir im Traum nicht einfallen."

„Juhu. Cookies und Zitrone bitte. Mit Löffel, wenn es geht", bestellt sie wie aus der Pistole geschossen. Ich verziehe das Gesicht und stoße würgende Laute aus.

„Könnte sein, dass ich herausgefunden habe, warum dir vorhin so übel war."

„Ah, du weißt nur nicht, was gut ist. Man braucht immer eine süße und eine erfrischende Kugel, sonst wird der Zweck des Eisessens nicht erfüllt. Warum, denkst du, lieben alle *Twinni*?" Darüber muss ich lachen. Wo sie recht hat …

„Okay, bitte. Überrasch mich! Welche Sorten soll ich nehmen?"

Lexi tippt sich nachdenklich mit dem Zeigefinger auf die Lippen. „Hmm. Du bekommst Waldbeere und Vanille, würde ich sagen."

„Das ist aber nicht besonders originell."

„Ja, ich fürchte, soweit bist du noch nicht. Aber das kriegen wir schon hin." Lexi lehnt sich zu mir vor und grinst mir frech ins Gesicht. Dann klappt sie ihren Blindenstock auseinander und marschiert zur Bibliothek.

Verdammt, sie ist wirklich *blind*. Ich will kein Drama daraus machen, aber egal ist mir das nicht. Ich will auch nicht so tun, als wäre es nicht bedeutsam. Ihr fehlt einer der wichtigsten Sinne. Die Vorstellung, ohne ihn auskommen zu müssen, ist für mich unfassbar. Lexi allerdings macht den Eindruck, ihr Leben und ihren Alltag sehr gut zu meistern. Oben auf der Mauer wirkte sie total entspannt mit sich und ihrer Umgebung. Auch jetzt bewegt sie sich bis auf ein leichtes Humpeln wegen des Sturzes sehr souverän. Vielleicht macht genau das die Sache so surreal. Denkt man an Blinde, stellt man sich doch eher unbeholfene, zurückgezogene, auf Andere angewiesene Leute mit Sonnenbrille und leicht eigenartigen Angewohnheiten à la Ray Charles vor, so wie ständiges Hin- und Herwippen oder Rollen der Augen. Lexi erscheint mir hingegen sehr selbstständig, ihre Augen sehen total „normal" aus, vielmehr sogar umwerfend, und sie bewegt sich unglaublich selbstbewusst.

Ich sehe sie leicht verunsichert aus dem Gebäude zurückkommen. Ihre Stirn ist immer noch gefurcht, und sie läuft etwas langsamer als zuvor. „Lex!", rufe ich ihr zu, weil sie nicht sicher zu sein scheint, wohin ich gegangen bin. Augenblicklich breitet sich ein Lächeln auf ihrem Gesicht aus, und sie strafft die Schultern. Sie hat doch wohl nicht angenommen, dass ich mich aus dem Staub gemacht habe, während sie weg war? Hat sie solche Situationen bereits erlebt?

„Alles klar?", erkundige ich mich.

„Ja, ja. Die Bibliothekarin war nett und hat mir ein paar Pflaster geschenkt. Die eine oder andere Schramme mehr auf meinem Körper tut nichts zur Sache.“ Dankend nimmt sie ihr Eis von mir entgegen und schaufelt sich gleich einen Berg Zitroneneis auf den Löffel. Wir schlendern durch die Anlage vor dem Bibliotheksgelände. Nachdem sie ihren Blindenstock beim Eisessen nicht benutzen kann, gehen wir sehr langsam, ihre Schulter berührt die ganze Zeit meinen Arm, um auf Kurs zu bleiben. Sie könnte sich auch einfach bei mir einhaken, aber ich schätze, sie ist genauso ungerne wie ich auf andere angewiesen.

„Deine Stirn sieht aus, als wäre deine kleine Auseinandersetzung mit dem Taxi fester gewesen als erwartet. Besonders zimperlich scheinst du ja nicht zu sein“, stelle ich fest. Gleichgültig hebt sie die Schultern.

„Das wäre in meinem Fall ein Luxus, den ich mir nicht leisten kann. Das Taxi und ich sind trotzdem keine Freunde geworden“, scherzt sie.

„Apropos. Wie geht es eigentlich deinem besoffenen Freund?“ *... den ich vom ersten Moment an schon nicht leiden konnte, weil er ein Weichei ist ...*

„Na ja, ich hoffe für ihn, dass er mittlerweile schon wieder ausgenüchtert ist.“ Sie hat ihn also seither nicht mehr gesehen. Warum interessiert mich das überhaupt in dieser Form? Kann es mir nicht egal sein, was sie mit diesem Kerl macht? „Meine Haare stinken übrigens heute noch von den ekelerregenden Wunderbäumen im Auto des Taxifahrers“, erklärt sie, die Nase rümpfend. „Pina Colada. Sollte es zumindest sein. Hier, riech mal!“ Sie hält mir eine dicke Haarsträhne hin, als würden wir uns schon Ewigkeiten kennen. Ihre Natürlichkeit entwaffnet mich, und ich beuge mich tatsächlich runter, um an ihren Haaren zu schnüffeln.

„Ich rieche nichts.“ Außer irgendein ziemlich angenehmes, blumiges Shampoo. „Woher weißt du eigentlich, dass es ein Wunderbaum war? Vielleicht hat er in dem Taxi seine eigene Party gefeiert.“

Sie zieht die Nase kraus und schüttelt den Kopf. „Wie gesagt, es waren mehrere, und bei jedem Ruckeln des Autos konnte ich sie aneinanderklopfen hören.“

Amüsiert blinzle ich mehrmals. „Lexi, Wunderbäume hört man nicht.“

„Ich schon. Ich rieche und höre so gut wie alles. Zum Beispiel die beiden Mädchen dort drüben auf der Bank …“ Sie nickt in deren Richtung. „Die unterhalten sich gerade darüber, ob sich die eine trauen soll, die rote Haarfarbe auszuprobieren, die sie in dieser Zeitschrift gesehen hat.“

Ich hebe eine Augenbraue, als eine der beiden sich tatsächlich durch die Haare fährt, verstehen kann ich von dem Gespräch aber kein Wort. Sie sind zu weit weg.

„Das ist jetzt ein Scherz, oder?“

Stolz schüttelt sie den Kopf. „Die Dame, die gerade auf uns zustöckelt, ist Mrs. Mars. Sie erkenne ich an ihrem festen Gang. Die Frau hat es echt drauf, wenn es darum geht, mir irgendein Buch in Braille zu besorgen, das ich für die Uni brauche. Die Teile sind nämlich verdammt teuer“, erklärt sie leise. „Hey, Mrs. Mars!“

„Hallo Alexandra! Die Mappe mit den Diagrammen ist gestern Abend noch bei mir eingetroffen. Soll ich sie dir schnell bringen?“, bietet die Bibliothekarin an.

„Danke, Mrs. Mars. Ich komme nachher sowieso vorbei, dann nehme ich sie mit.“

Erstaunt, dass ihre Sinne tatsächlich so geschärft sind, schließe ich einen Moment selbst die Augen, um zu sehen, was ich wahrnehme. Ich höre viel, aber trotzdem nichts, weil ich mich auf nichts Bestimmtes konzentrieren kann. Vielmehr nervt mich das Durcheinander.

„Deswegen weiß ich auch, dass du rauchst, obwohl dich der Geruch wirklich nur sehr schwach umgibt, also keine Sorge."

Unbehaglich rieche ich an meiner Haut und meiner Jacke. Nicht mal meine Mom wusste, dass ich rauche.

„Wie gesagt, meine Nase ist sehr sensibel. Wenn ein Sinn nicht funktioniert, müssen die anderen sich umso mehr anstrengen", erklärt sie weiter.

„Stört es dich?"

Mit zur Seite gezogenen Mundwinkeln schüttelt sie den Kopf und sieht zu mir auf. „Es gehört zu dir. Ich werde mich daran gewöhnen." Sie zeigt über ihre Schulter. „Und der Typ hinter uns erzählt, dass es der Hammer wäre, könnte man wie im Film *wirklich* alles in 3D sehen, also auch im wahren Leben." Sie kichert und tippt sich an die Stirn.

Ich sehe hinter uns zwar eine Gruppe junger Studenten, doch die sind locker zwanzig Meter entfernt. Lachend über meine eigene Naivität, kräusle ich nickend die Lippen. „Verarsch wen anderen!"

Jetzt prustet sie richtig los, stützt sich auf ihren Oberschenkeln ab. „Aber du hast mir geglaubt, oder? Gib's zu! Zumindest für eine Sekunde." Mit ernstem Blick sieht sie wieder auf und zeigt mit dem Finger auf mich. „Du darfst nicht lügen, denn das spüre ich, und dann schaue ich dich nie wieder an." Absichtlich übertrieben zwinkert sie, um die Ironie in ihrem Satz deutlich zu machen.

„Okay, soll ich dich dann lieber mal zurück zu den netten Männern mit den weißen Jacken bringen?“, nehme ich sie hoch. Wer austeilen kann …

„Ach, bitte. Sieh mich mal an! … Ich bin harmlos.“

„Ja, das ist wie mit diesem Standardspruch in einem Horrorfilm: ‚Es ist vorbei!‘ Genau an diesem Punkt ist es nur eben *nie* vorbei.“

Lexis Hände schießen in die Höhe. „Ja, liebst du das nicht auch? Oder wenn diese eine Person ruft: ‚Hallo? Ist hier jemand?‘ Ehrlich, ich wünschte so sehr, der Bösewicht würde einmal sagen: ‚*Jaha*, ich bin in der Küche. Willst du auch ein Sandwich?‘ “, singt sie. „Oder die grandiose Idee, sich *aufzuteilen* und *nachzusehen,* anstatt zusammenzubleiben, weil die Chance doch so viel größer ist, den Mörder zu besiegen.“

„Da kennt sich jemand mit Horrorfilmen aus“, schmunzle ich, weil sie sich so hineinsteigert.

„Ich kenne mich auch mit Anwaltsserien aus. Ich wollte mich informieren, was genau ich eigentlich machen müsste, sollte dein Jobangebot nicht bloß ein Scherz gewesen sein, also habe ich mir gestern noch die komplette erste Staffel der Serie *Suits* angesehen. Und nein, ich weiß natürlich, dass ich dadurch jetzt kein Anwalt bin, so wie Leute, die prahlen: ‚Keine Sorge! Ich habe genug *Grey's Anatomy* geschaut. Ich kann das!‘ Das einzige Problem ist jetzt, dass ich unbedingt wissen muss, wie Jessica reagiert, wenn dieser verräterische Judas ihr erzählt, dass Mike kein richtiger Anwalt ist.“ Wie ertappt saugt sie Luft ein und presst die Lippen aufeinander. „Tut mir leid, hätte ich da jetzt einen Spoiler ankündigen sollen?“

Kein Wunder, dass ich am Samstag dachte, sie wäre auf Crack. Dieses winzige Energiebündel an meiner Seite scheint keinen Redefilter zu besitzen. Eben dieses ungekünstelte Auftreten macht sie mir aber auch so sympathisch.

„Lex, das weiß man ab der ersten Folge. Außerdem ist ungefähr die Hälfte von dem, was die beiden in der Serie machen, um an Informationen zu kommen, illegal. Und wie kommst du überhaupt darauf, dass das Angebot ein Scherz war?“ Beim letzten Teil des Satzes nimmt mein Ton eine ungeduldige Note an. Warum sollte ich sie verarschen?

Unschuldig zuckt sie mit einer Schulter. „Keine Ahnung. Vielleicht hast du das nur im Affekt gesagt oder so. Und hör mal, sollte das nicht mehr gelten, dann ist das in Ordnung. Ich würde es verstehen …“

„Die Bewerbungsgespräche finden morgen ab neun Uhr statt“, falle ich ihr ins Wort. „Wenn du dir vorstellen kannst, in diesem Bereich zu arbeiten, dann komm vorbei. Natürlich kann ich dir nicht versprechen, dass du genommen wirst, weil die Entscheidung nicht von mir alleine abhängt und ich objektiv bleiben muss, aber es ist eine Chance. Ich glaube, dass du dich bei uns sehr gut einbringen könntest.“

„Eher als die Sekretärin Donna oder die Anwaltsgehilfin Rachel? Oder die Putzfrau … die keinen Namen hat, weil sie in der Serie nicht gewürdigt wird? Ich muss dich nur vorwarnen: Ich kann leider nicht garantieren, dass ich den Dreck nicht übersehe.“ Okay, ihr Humor ist wirklich ziemlich schwarz, andererseits lockert es die Stimmung und jegliche anfänglichen Unsicherheiten.

„Die korrekte Bezeichnung für das, was wir suchen, lautet Rechtsassistent. Der größte Teil der Arbeit besteht aus Recherche im Internet, aus Büro- und Verwaltungsarbeiten und sonstigem Kram, den die Anwälte nicht selber machen wollen.“

„Hört sich abwechslungsreich an“, kommentiert sie.

„Langweilig wird dir mit Sicherheit nicht.“

Mit lauten Schmatzgeräuschen schlürft Lexi das letzte bisschen Eis aus ihrem Becher und gibt ein zufriedenes „Ah“ von sich.

„Sind die Schmerzen weg, oder brauchst du noch eines?“, frage ich sie, schief grinsend über ihre offensichtliche Zufriedenheit.

Sie lacht und macht schon wieder dieses Ding mit ihrem Zeigefinger, was sie auch während ihres Balanceakts getan hatte, und singt gerade laut genug, dass ich es hören kann: „Nah, nah, honey, I'm good …“ und erklärt mir durch das Lied von Andy Grammer, dass sie zwar noch eines haben könnte, es aber lieber bleiben lässt.

Ich breche in – für meine Verhältnisse – ungewöhnlich lautes Gelächter aus. „Du bist wohl das, was man als verhaltenskreativ bezeichnet.“

„Tja, was soll ich sagen. Mit mir wird es jedenfalls nie langweilig.“

14

Lexi

„Vergiss es! Ich ziehe das nie im Leben an“, erkläre ich Morgan und reiße das Shirt, das meinen imaginären Busen irgendwie trotzdem hervorquellen lässt, von mir.

„Wieso nicht?“ Morgan klatscht bockig auf ihre Oberschenkel. „Du siehst total klasse aus mit meinem Shirt. Betont alles genau an den richtigen Stellen. Du solltest nicht zu spießig wirken, wenn du dort morgen auftauchst.“

„Das ist eine seriöse Kanzlei, Morgan. Da zieht man sich spießig an.“ Ich werfe ihr das Shirt zu und warte sehnsüchtig auf einen neuen Vorschlag, mit dem ich mich nicht nackter fühle, als ich gerade bin. „Wie kann dir das denn eigentlich passen? Ich bin drei Meter kleiner als du, und mir reicht es gerade mal bis zur Hüfte.“

„Ähm … so unterhaltsam es auch ist, euch zuzuhören, glaube ich nicht, dass ich bei diesem Thema besonders hilfreich bin“, meldet sich Nathan amüsiert über den Lautsprecher. Oh Gott, ich hatte ganz vergessen, dass er noch dran ist! Morgan hatte mich genötigt, ihn anzurufen, nachdem wir schon seit einer Stunde überlegen, was für das Bewerbungsgespräch das passendste Outfit ist. Er sollte uns ein paar Anhaltspunkte geben, wie sich seine Kolleginnen kleiden. Laut Morgan wäre es nämlich ein Weltuntergang, wenn ich dort aufgetakelt erscheine, während die Angestellten vielleicht in Jeans und Shirt antanzen. Besonders viel gebracht hat uns Nathans Hilfe aber wirklich nicht. Selbst schuld, wenn man sich von einem Mann Tipps zu holen versucht.

„Doch. Du kannst meiner süßen Lexi hier erklären, dass es keine Schande ist, hervorzuheben, was man hat. So läuft die Welt nun mal."

„Ich habe aber nichts", lache ich und strecke die Arme zur Seite. „Zumindest nicht das, wovon du sprichst. Und ich will diesen Job nicht, weil ich aussehe wie Barbie, sondern weil sie meine fachlichen Qualitäten gut finden."

„Habe ich schon erwähnt, dass Warren von unseren weiblichen Kollegen den Spitznamen ‚die Abrissbirne der Herzen' bekommen hat? Ich glaube, meine Chefin hat ihn für die Vorstellungsgespräche ausgewählt, damit bei den Bewerbern eine natürliche Selektion stattfindet. Wenn du den Typen überlebt, überlebst du alles", wirft Nate ein.

Ich spüre Morgans verwirrten Blick auf mir. „Ich verstehe nicht ganz, was das jetzt mit irgendetwas zu tun hat."

„Außer, dass ich mich jetzt noch viel wohler fühle, wenn ich dort morgen aufkreuze", ergänze ich mit erhobener Braue.

„Ich bleibe nur bei der Wahrheit."

„Danke, Nathan. Du bist eine Wahnsinnsstütze."

Er lacht leise. „Warren hasst Frauen. Eigentlich hasst er jeden außer sich selbst. Er wird dich so oder so auseinandernehmen. Du solltest ihm nicht unbedingt noch einen Grund dafür liefern, indem du versuchst, mit optischen Reizen zu punkten." Er pausiert kurz. „So unnatürlich es auch klingt, wenn das aus meinem Mund kommt."

Ich werfe die Hände in die Luft. „Der Rollkragenpullover wird es."

Morgan stöhnt genervt auf. „Euch beiden ist nicht zu helfen. Mir egal, ich muss jetzt zur Nachtschicht. Es ist schon fast halb elf." Sie wirbelt durch mein Zimmer, sammelt wahrscheinlich alles ein, was wir durch die Gegend geschmissen haben.

„Lexi, vertrau mir gefälligst in dieser Sache! Ich suche schon das Richtige für dich heraus. Und Nathan …“ Oh Mann! Was kommt jetzt? „Sei so nett und lass Lexi deine genialen Anwaltsqualitäten spüren. Lüg sie von mir aus an, um sie zu ermutigen, anstatt so brutal ehrlich zu sein. Ich dachte, das könnt ihr so gut.“ Ich hoffe, sie sieht mich gerade an, denn ich versuche, lauter kleine Giftpfeile in ihre Richtung zu schießen. „Und spiel ihren Fernseher oder so! Der Strom ist mal wieder weg, und meine Maus hier kann nicht ohne Geräusche einschlafen, wenn ich nicht zuhause bin.“

„Morgan!“, zische ich und hole aus, um sie zu schlagen. Fiktive Pfeile reichen nicht mehr. Morgan kichert frech und küsst mich flüchtig auf die Stirn, bevor sie aus meinem Zimmer rennt und die Tür hinter sich schließt. Ich kann nicht glauben, dass sie ihm das erzählt hat. Das ist etwas, worüber ich nicht gerne spreche. Es erinnert mich an meine Schwächen. Kopfschüttelnd schnappe ich das Handy vom Schreibtisch und stampfe zum Bett, um mir mein Nachthemd wieder überzuziehen.

„Ist das eine Gewohnheit bei euch? Dass ihr keinen Strom habt?“, fragt Nate hörbar schmunzelnd, wahrscheinlich wohl wissend, dass mir der Rauch gerade aus den Ohren steigt.

„Könnte man so sagen, ja. Wird sowieso überbewertet“, gebe ich zurück und fasse mir an die glühenden Wangen.

Er überlegt kurz und räuspert sich dann. „Weißt du, welche Farbe Schafe haben?“

Häh?! Ob ich will oder nicht, erscheint ein Lächeln auf meinem Gesicht, während ich eine Grimasse ziehe. Was wird das jetzt? „Weiß?“

„Genau, und jetzt musst du die Schafe so lange über den Zaun hüpfen lassen, bis du das schwarze gefunden hast.“

Mit ausdruckslosem Gesicht lasse ich die Schultern hängen. „Soll das dein kläglicher Versuch sein, mich müde zu machen? Vergiss es, Dr. House! Der Zug ist gemeinsam mit deiner Rede vorhin abgefahren.“

Er schnurrt. „Man sagt, Schafe zählen hilft beim Einschlafen. Probier’s einfach!“

Ich werfe mich rückwärts ins Bett und lasse ein paar Sekunden verstreichen, bevor ich gespielt euphorisch rufe: „Ich hab’s!“

„Das war zu früh. Muss das falsche gewesen sein.“

Jetzt kann ich mir das Lachen doch nicht mehr verkneifen. „Und ich dachte, ich wäre die mit dem Vogel.“

„Ich kann dir ein paar Informationen zu unserer Kanzlei und der Arbeit dort geben, wenn du möchtest. Vielleicht schläfert dich das ein“, bietet er an. Tut es aber nicht. Eigentlich hört es sich nämlich ziemlich interessant an, was sie machen und mit welchen Fällen sie zu tun haben. Spätestens als er mir von seinem ersten Pro-bono-Fall erzählt, den er als Rechtsstudent angenommen hatte, um Erfahrung zu sammeln, fühle ich mich irgendwie beflügelt.

„Ich hab den Fall einer jungen Flüchtlingsfamilie aus dem Iran übernommen, der bereits über mehrere Jahre von Anwalt zu Anwalt weitergeschoben worden war. Sie suchten bei uns Asyl, weil sie als Christen im Iran verfolgt und bedroht wurden. Mir war bis dahin nicht einmal klar, wie mühsam und lange so ein Prozess ist, bis er durch all unsere Gerichtshöfe gelaufen ist, vor allem wenn die Antragsteller nur die Hälfte der Papiere haben, die sie benötigen. Jedenfalls rief mich der sechsjährige Sohn kurz vor Weihnachten im Auftrag seiner Mutter an, um mich zu fragen, ob es okay ist, wenn sie sich einen Weihnachtsbaum kaufen. Zuerst verstand ich die Frage gar nicht.

Schließlich erklärte er mir in gebrochenem Englisch, dass seine Mom schon seit Tagen nervös war und weinte, weil sie Angst hatte, dass sie beim Feiern abgeschoben werden würden. Nachdem alles schon so lange im Gange war und kein positives Ende herausschaute, nahm sie jeden Tag an, dass es ihr letzter in Amerika sein würde.“

Ich muss schlucken, weil ich mir die Hoffnungslosigkeit und Ungewissheit dieser Familie vorstellen kann. Nicht zu wissen, ob und wie lange man noch in Sicherheit leben darf, muss schrecklich sein.

„Jedenfalls haben sie beim Telefonieren fast mein Trommelfell zum Platzen gebracht, als ich ihnen versicherte, dass so schnell gar nichts passieren würde und sie sich den Baum auf jeden Fall aufstellen sollten.“

„Was ist aus ihnen geworden?“, will ich wissen, beinahe in Sorge um diese Familie.

„Monate später waren endlich alle nötigen Papiere da, um das Verfahren zu beenden. Sie durften bleiben. Das war der Hammer. Für sie natürlich, aber auch für mich, weil mir bewusst wurde, welche Auswirkungen meine Arbeit haben kann. So anstrengend dieser Fall auch war, genauso wert war er es auch.“

„Okay, das ist das zweite Mal in einer Woche, dass es dir gelingt, mich sprachlos zu machen. Dieses Talent besitzen nicht viele.“

Nathan pfeift belustigt durch die Zähne. „Das liegt nicht daran, dass du müde bist?“

Ich schnaube verächtlich. „Nö. Wenn das dein Ziel war, muss ich dich echt enttäuschen.“ Natürlich ist mir klar, dass ich in Nates jetziger Kanzlei weder als Anwältin tätig sein, noch Fälle bearbeiten würde, aber trotzdem reizt es mich ungemein, mir seine Arbeit anzusehen.

„Warum hast du eigentlich Probleme beim Einschlafen?“, fragt er, und ich schlucke, weil das die persönlichste Frage ist, die er mir bisher gestellt hat. Ich beiße mir auf die Unterlippe und ziehe meine Decke höher.

„Blindheit geht manchmal mit ziemlicher Einsamkeit einher, weißt du? Du bist abgeschottet von der Welt, bis irgendjemand sich entschließt, für ein paar Minuten Teil deiner Welt zu werden. Das heißt, ich bin immer darauf angewiesen, dass jemand einen Schritt auf mich zugeht. Normalerweise stört mich das nicht, es gibt aber Tage, da passt nichts zusammen, und dann führt zu viel Nachdenken eben zu keinem guten Ergebnis.“ Wie heute, als eine Gruppe meiner Mitstudenten in die Bibliothek kam, sie jedoch keinen Ton zu mir sagten, sondern flüsternd an mir vorbeigingen, um meine Aufmerksamkeit nicht auf sich zu ziehen. „Dann bin ich nicht gerne alleine mit meinen Gedanken. Viel zu schnell rutscht man in die Selbstmitleidsspirale, und darauf habe ich keine Lust.“

„Kannst du das denn steuern?“ Es fühlt sich an, als würde mehr als Interesse an mir hinter dieser Frage stecken.

„Ich versuche es zumindest.“ Nate wird still. War das jetzt die falsche Antwort? Dann fällt mir ein, weshalb ich ihn heute ohnehin anrufen wollte. „Morgan arbeitet übrigens in dem Krankenhaus, in das der Mann gebracht wurde, den du gerettet hast. Ich hoffe, es war okay, dass sie ihre Kolleginnen gefragt hat, wie es ihm geht.“ Nate hatte Morgan ja selbst kurz davon erzählt. Sie brauchte nur ein paar mehr Anhaltspunkte, um zu wissen, nach wem sie fragen sollte. „Jedenfalls hat er es geschafft. Er lebt“, hänge ich schnell an, weil ich ihn nicht auf die Folter spannen will.

Nate antwortet eine Zeitlang nicht. „Wie geht es ihm?“ Seine Stimme hört sich angespannt an, heiserer als zuvor.

„Gut. Es geht ihm den Umständen entsprechend gut. Er ist wach und konnte die Intensivstation bereits verlassen.“ Ich zögere kopfschüttelnd.

„Aber?“, fragt er intuitiv, finster.

Ich rümpfe die Nase. „Teile seines Gesichtes und seines Nackens sind wohl ziemlich stark verbrannt, und seine Frau kann damit offenbar nicht allzu gut umgehen. Wollte ihn anfangs nicht einmal sehen. Jetzt haben natürlich auch die Kinder Angst vor ihm, sagt die eine Krankenschwester.“ Ein tadelnder Laut entfährt mir. So was kann ich einfach nicht nachvollziehen. „Sie sollte ihm zeigen, dass sie dankbar ist, weil er überlebt hat, und dass sie ihn liebt, anstatt es noch schlimmer für ihn zu machen.“

Es klingt so, als würde er sich mit der Hand über das Gesicht reiben. „Leider ist manchmal nicht einmal alle Unterstützung und Bestätigung auf der Welt eine Garantie dafür, dass jemand wieder Boden unter den Füßen bekommt.“

Ich verziehe das Gesicht, weil unglaubliche Frustration und Entmutigung in seinem Ton mitschwingen. „Hört sich so an, als wüsstest du, wovon du sprichst“, sage ich nach längerem Ringen mit mir. Ich will ihn nicht drängen, sich zu öffnen.

Nathan atmet hörbar durch die Nase ein, bevor er antwortet. „Ich kannte mal jemanden, die ebenfalls große Teile ihres Körpers, inklusive ihres Gesichtes, verbrannt hatte. Sie versuchte sich kurz darauf umzubringen.“

Meine Kinnlade kippt runter. „Oh mein Gott, das ist schrecklich. Ist sie jetzt okay?“

„So okay, wie es dir eben gehen kann, wenn du ständig von einer Therapie zur nächsten jagst und unter Beobachtung stehen musst", erklärt er knapp, aber ich verstehe es einfach nicht. Wie kann das Aussehen so eine große Rolle spielen, dass es einem wichtiger wird als das Leben? Wie kann es überhaupt sein, dass jemand die Bedeutung seiner Existenz infrage stellt, aus lauter Angst vor Stigmatisierung und Ausgrenzung? Wie kann eine Welt so fixiert sein auf das, was man sieht, dass sie vergisst zu erkennen, was in Wahrheit hinter dieser gegebenen Schale steckt?

Ich kehre gedanklich erst dann zu unserem Gespräch zurück, als ein kaum noch hörbarer, erstickter Laut durch das Telefon dringt. Das Herz rutscht mir in die Hose, während mein Puls in die Unkenntlichkeit schießt. Ich bin so ein Idiot! Diese Person war nicht nur irgendjemand für Nathan, sie muss ihm nahe gestanden haben.

„Nate?", beginne ich leise, bekomme jedoch keine Antwort.

„Nathan!", wiederhole ich lauter, woraufhin er wohl aus seiner Trance erwacht und kurz nach Luft schnappt.

„Was?", antwortet er irgendwie außer Atem, der Ton jedoch wieder fester.

Ebenso erleichtert wie verwirrt kratze ich mir die Stirn, überlege, was ich sagen kann, einfach um das Thema zu wechseln. Es war gerade wirklich so, als hätte ich ihn geweckt. Die Frage ist nur, wo er war. Trotz meiner Neugier werde ich das Gefühl nicht los, dass ich ihn verliere, wenn ich nicht an diesem Punkt aufhöre. „Was ist deine liebste Sache auf der Welt?", frage ich daher. „Und wehe, du sagst jetzt Sex", setze ich nach, um die Stimmung ein wenig aufzulockern. Und – danke Gott – er lacht verhalten. Trotzdem gelingt es ihm nicht zu antworten, also plappere ich einfach weiter.

„Eines meiner liebsten Dinge ist, von der Sonne geweckt zu werden, wenn sie morgens in mein Gesicht strahlt. Ich *liebe* es. Ich kann mir keine schönere Art vorstellen, aufzuwachen. Deshalb habe ich mir das Zimmer im Osten der Wohnung genommen. Momentan kann ich das Licht nicht so gut sehen, weil unsere Gläser ziemlich trüb sind. Aber eines Tages werde ich ein Haus haben, das *voll* ist von Fenstern. Überall. Und ich werde mich *wegpusten* lassen von jedem kleinsten bisschen an Sonne, das aus jeglichem Winkel hereinscheint", schildere ich überschwänglich und voller Euphorie, erlaube mir dabei aber nicht, daran zu denken, dass ich die Helligkeit vielleicht eines Tages gar nicht mehr wahrnehmen kann.

„Okay, ich merke, du magst die Sonne", schnurrt er, wirkt dabei zumindest wieder bei der Sache. „Heißt das, du siehst …"

„Licht, ja. Auf einem Auge jedenfalls, und das ist ein unglaubliches Geschenk." Das meine ich ehrlich. Was nützt es, dem nachzutrauern, was ich nicht rückgängig machen kann? Lieber bin ich dankbar für das, was mir geblieben ist.

„Blaubeer-Muffins", antwortet Nathan schließlich. In einem festen Atemstoß bläst er angestaute Luft aus. „Weißt du was? Ich schalte jetzt meinen Fernseher ein, dann kannst du bei mir mithören, bis du müde wirst."

Meine Augenbrauen zucken, gerührt von seiner aufmerksamen Art. Er nimmt Morgans Bitte so ernst, dass er selbst jetzt, wo er vielleicht lieber seine Ruhe haben möchte, an mich denkt. „Das könnte dauern", gestehe ich. Müde bin ich nämlich weniger als vorher.

„Kein Problem. Ich bleibe so lange dran, bis du schläfst. Wenn also deine Akkuleistung mitmacht … Ich habe Zeit."

Irgendwie befangen von der Situation eben, beiße ich mir auf die Lippe. „Ich kann auch einfach vom Handy aus Musik hören oder so. Dann muss ich dich nicht belästigen."

„Ja, aber wo liegt da der Spaß?“ Plötzlich kommt es mir vor, als wäre nicht nur ich diejenige, die mit ihren Gedanken nicht alleine sein will. „Breaking Bad oder The Walking Dead?”, stellt er mir zur Auswahl, als würde meine Antwort eine Rolle spielen. Zu schätzen weiß ich es trotzdem und entscheide mich schmunzelnd für Ersteres.

Danach sagt keiner mehr etwas. Es ist aber kein unangenehmes Schweigen, eher eines, bei dem man sich wohl genug fühlt, nichts sagen zu müssen, um den anderen zu unterhalten. Das Handy lege ich neben meinen Kopf und bemühe mich, die gesprochenen Worte im Fernseher zu verstehen. Je mehr ich mich auf die Situation einlasse, umso mehr erlaube ich die Entspannung meiner Glieder, kuschele mich in das Kissen und versuche mir vorzustellen, wie es wäre, würden wir gerade wirklich gemeinsam fernsehen.

Ich schließe die Augen und drehe mich auf die Seite. Nates regelmäßiger Atem am anderen Ende der Leitung ist wesentlich beruhigender als die Geräusche, die von der Serie kommen. Deshalb konzentriere ich mich auf ihn, passe meinen Rhythmus an seinen an und erlaube mir irgendwann, meinem Wunsch nachzugeben und einfach wegzudriften.

15

Nummer 4

„Wieso siehst du eigentlich aus, als hättest du deinen Humor verschluckt?“ Kopfschüttelnd stieß ich Marcus in die Seite, weil er beim Umziehen für den Dienst noch nicht ein Wort gesagt hatte. Genervt feuerte er stattdessen seine Sachen in den Spind, kommentierte nicht einmal Tobys Showeinlage von unserem jährlichen Feuerwehrfest am Wochenende, über die wir uns zum wiederholten Mal lustig machten. Immerhin war er kurz davor gewesen, für die Ladys zu strippen. Sehr ungewöhnlich für Marcus, dass er da die Klappe hielt. Stattdessen kniff er die Augen zusammen und zuckte frustriert mit der Schulter. „Freundin macht Probleme.“ Den Reißverschluss seiner Hose beim Zuziehen beinahe zerreißend, blickte er in die Runde, bemerkte unsere überraschten Gesichter. „Nicht, dass ihr davon ne Ahnung hättet.“

Vergnügt zog ich die Augenbrauen hoch und drehte mich fasziniert wieder zu Toby, der sogar aufgehört hatte, seinen kleinen Tanz vom Samstag zu wiederholen.

„Freundin?“, rief Julian ungläubig. Niemand wusste, dass Marcus diese Bezeichnung überhaupt in seinem Wortschatz besaß. Bis vor Kurzem war er derjenige mit den lautesten Sprüchen gewesen, wenn es um die Vorzüge des Single-Daseins ging.

„Sag jetzt aber nicht, es geht um die Kleine aus dem Supermarkt!“

Mit einem ertappten Lächeln sah er zu Boden, und ich brach in Gelächter aus. Wie hatte er das denn gemacht?

„Halleluja, er ist zur Monogamie fähig!", sang Toby, hielt sich dann aber in angedeuteter Nervosität die Hand vor den Mund. „Oder ... Ist das der Grund ..."

Marcus schlug lautstark die Spindtür zu. „Haltet die Klappe! Seht ihr? Ihr seid Ärsche. Genau deswegen erzähle ich nie von meinem Privatleben."

Ich klopfte ihm auf die Schulter. „Ach, komm schon, Mann! Wir reden doch nur Müll."

„Danke. Die Eilmeldung hat mich schon am ersten Tag mit euch Säcken erreicht. Trotzdem könnt ihr mich mal!" Zur allgemeinen Begutachtung hob er seinen Mittelfinger über den Kopf.

„Ich bin froh, zu sehen, dass der Schlafentzug nicht zu unglaublich idiotischem Benehmen führt. Wie auch immer, ich hoffe, ihr reißt euch am Riemen, denn die Schicht heute wird verdammt hart werden", tadelte uns Carl im Vorbeigehen streng und sorgte bei uns für augenblickliches Verstummen. Eigentlich hatte er recht. Es gab nicht viel zu lachen. Einer der für den Monat Juni üblichen drei Tornados der Kategorie F2 hatte einige unserer Nachbarorte von gestern auf heute ziemlich stark mitgenommen. Etliche Bäume waren entwurzelt worden und hatten Häuser, Gleise, Stromleitungen zerstört. Abgetragene Dächer waren in andere Gebäude geschleudert worden, hatten diese mit der Windgeschwindigkeit von knapp zweihundertfünfzig Stundenkilometern zu enormen Bedrohungen für die Bewohner gemacht.

Die Jungs und ich waren jedoch über den Punkt der Übermüdung schon lange hinaus. Eine halbe Stunde Schlaf zwischen dem Zeitpunkt, an dem ich die Hilfs- und Aufräumarbeiten in den Morgenstunden beendet hatte, und dem Schichtbeginn war nicht gerade ausreichend. Vor allem, wenn man bedachte, dass wir auch Freitag und Samstag extrem spät im Bett gelegen hatten.

Es war immer wieder unglaublich, wie die eine Stadt durch einen Tornado völlig zerstört wurde, und die nächste nicht mehr davon mitbekam als abgeschwächten Wind und ein heftigeres Gewitter. Der Dreck an Tornados war, dass sie sich relativ schwer vorhersagen ließen. Meist vergingen zwischen einer konkreten Warnung und der Ankunft nur zwanzig Minuten. Prinzipiell ausreichend Zeit, um sich selbst in Sicherheit zu bringen. Mit gebundenen Händen dabei zuzusehen, wie Haus, Auto und Umgebung verwüstet wurden, war jedoch verdammt bitter.

„Mann! Der soll sich mal ein bisschen entspannen. Wir reißen uns hier seit Tagen den Arsch auf. Da wird man doch zwischendurch auch mal locker sein dürfen“, murmelte Julian.

Marcus nickte mit dem Kopf in meine Richtung, unberührt davon, was Julian und Carl eben gesagt hatten. „Was ist eigentlich mit dir? Schmachtest du Miss Unantastbar immer noch nach, oder hast du es endlich geschafft, sie zu einem Date mit dir zu tricksen?“

„Alter! Erstens brauche ich keine Frau zu einem Date zu tricksen.“ Provokativ zwinkerte ich ihm zu. „Und zweitens ist sie einfach noch nicht soweit. Belinda steht eben auf die Jagd“, erklärte ich teilnahmslos, was mit Kichern kommentiert wurde. Natürlich war Belinda auch bei unserem Feuerwehrfest aufgetaucht und hatte meine gesamte Aufmerksamkeit mal wieder auf sich gelenkt. Wie sie ständig Heiß und Kalt mit mir spielte, hatte nach wie vor nichts an seinem Reiz verloren. Immer wieder zog sie mich mit ihren Blicken förmlich aus, nur um im nächsten Augenblick einen abweisenden Spruch von sich zu geben. Kein Zweifel, dass auch sie dieses Spiel genoss.

Deswegen war es mir gleich, ihretwegen von den anderen verarscht zu werden, weil ich wusste, dass es nur eine Frage der Zeit war, bis ich bekam, was ich wollte.

„Du meinst, sie wird deinen Arsch wieder grillen, wenn du sie noch mal anmachst?“, interpretierte Toby lachend. Ich gähnte lediglich zur Antwort und klappte meine Spindtür zu.

Wie erwartet dauerte es nicht lange, bis der erste Alarm wieder Ernst in die Sache brachte. Im Nachbarort Trentboro war ein Schulgebäude zum Teil eingestürzt, einige freiwillige Helfer nun darin eingeschlossen. Als hätten die Leute nicht schon genügend Scheiße mitgemacht und zu wenig zu tun. Ohne Zweifel hatte es diesen Ort von allen am heftigsten erwischt. Eine Schneise der Trümmer zog sich quer über die Straßen. Hunderte von Menschen versuchten zu retten, was zu retten war. Der einzige Trost lag darin, dass bisher nicht von Todesopfern die Rede gewesen war.

„Da sind nicht nur Helfer drin, sondern auch Dutzende von Menschen, die in der Schule Unterschlupf gesucht hatten.“ Entgeistert verschränkte ich die Arme vor der Brust. Ein Raunen und Stöhnen ging durch die Reihen. Mein Blick fiel auf Carl, der fieberhaft auf seinem Handy tippte und unsere Gruppe verließ.

„Hey!“, rief ich und joggte ihm hinterher. „Was ist los?“

„Belinda muss hier irgendwo sein. Ihr Auto steht noch da. Ich erreiche sie aber nicht“, erklärte Carl im erneuten Versuch, sie anzurufen. Ich schluckte. Sie war nicht nach Hause gegangen? Trentboro war ihre Station. Bei den Aufräumarbeiten waren wir einander gestern über den Weg gelaufen. Sie sagte, sie habe zwar erst am nächsten Tag wieder Dienst, würde aber tun, was sie konnte, um die Stadt wieder aufzubauen. Natürlich mussten die Leute, deren Häuser zerstört worden

waren, irgendwo übernachten. Niemand hatte damit gerechnet, dass die Schule instabil sein könnte. Sie wurde eigentlich nur leicht beschädigt. Irgendwann würde man herausfinden, was genau den Einsturz verursacht hatte. Momentan interessierte das jedoch keinen. Ohne frischen Sauerstoff hatten so viele Menschen in einem Raum wie der Turnhalle nur wenige Stunden, bevor sie erstickten. Wenn überhaupt.

Ich überlegte nicht lange, setzte mir den Helm auf und griff nach meiner Axt. „Du bist persönlich involviert. Das ist eine sehr schlechte Idee", hörte ich den Chief mahnen, Carl ließ sich jedoch nicht aufhalten.

„Chief! Was würdest du tun, wenn es dein Kind wäre? Suspendier mich danach vom Dienst, solange du willst, aber keine zehn Pferde werden mich davon abhalten, Belinda zu holen." Die beiden Männer starrten sich einen Augenblick lang an, warteten darauf, dass der andere zurücktreten würde. Letztlich fluchte der Chief.

„Wenn du dich da drinnen meinen Anweisungen widersetzt, hole ich dich persönlich raus, verstanden?" Carl nickte kurz, rüstete sich mit seinem Werkzeug aus und lief uns voran in die Schule.

Das reinste Chaos empfing uns. Wir mussten unsere Masken aufsetzen, weil dicke Staubpartikel herumflogen und nicht nur die Sicht, sondern auch das Atmen erschwerten. Überall lagen, kauerten Verletzte, weinten, husteten, warteten darauf, ins Freie gebracht zu werden. Obwohl etliche Feuerwehrleute vor Ort waren und schon einige Menschen in Sicherheit gebracht hatten, fehlten weitere Männer mit professioneller Ausrüstung. Überall gab es Bedarf nach Rettung, Bergung, Behandlung. Das war ja das Problem an Naturkatastrophen. Die Zahl an Feuerwehrleuten und Sanitätern war irgendwann ausgelastet, die Aufteilung auf alle Notfälle schwierig. Nun waren die meisten damit beschäftigt, innen wie außen den verschütteten Weg zur fensterlosen Turnhalle freizuräumen. Eine unglaubliche Menge an Trümmern und Schutt verhinderte ein schnelles Durchkommen zu den Eingesperrten.

„Okay Jungs! Helft, wo ihr könnt! Richtet euch nach den Anweisungen des hauptverantwortlichen Chiefs. Seht zu, dass ihr die Leute rausbringt, bevor hier noch mehr einstürzt!“, wies er uns an, bewegte jedoch sich selbst in den zerstörten Bereich.

„Carl, warte! Ich gehe mit dir“, erklärte ich entschlossen. Bevor er antworten konnte, drückte ich ihm meine Axt in die Hand und schüttelte den Kopf. Er war mein Partner. Keine Chance, dass ich ihn ausgerechnet heute im Stich ließ. „Keine Alleingänge. Immer zusammenbleiben, nicht wahr?“ Zaghaft verzog er das Gesicht, warf einen Blick über seine Schulter, nickte dann aber.

„Besteht Funkkontakt zu einem der Opfer? Ist euch irgendetwas bekannt, wie es da drinnen aussieht?“, ermittelte Carl, ohne Zeit zu verlieren. Einige der Männer hatten sich die schwere Nomex-Jacke ausgezogen. Ich tat es ihnen gleich und warf sie in den Staub. Bei dieser körperlichen Anstrengung war sie nur im Weg und sauheiß.

Der Lieutenant der Trentboro-Einheit warf Carl einen ungeduldigen Blick zu, weil er sich bevormundet fühlte. „Kein Kontakt, keine Lagebeschreibung. Wir arbeiten einfach so schnell es geht, bis wir selbst nachsehen können.“ Carl ignorierte den Ton und stieg über die schon entfernten Trümmer, die Axt ausholend. Der andere Lieutenant zog ihn an der Schulter zurück.

„Carl! Ich bin für die Leitung zuständig. Ich habe das im Griff", erklärte er gekränkt.

„Ich weiß, Greg." Carl zeigte auf das, was von der Wand übrig war. „Aber meine Tochter ist da drin. Ich muss helfen."

Betroffen senkte Greg seine Säge ab. Er hob den Helm vom Kopf und wischte sich mit seinem Ärmel erschöpft den Schweiß von der Stirn. Nickend deutete er auf einen seiner Kollegen. „Gib ihm eine Säge!"

Nach einer halben Stunde höllischer Arbeit sah es endlich so aus, als hätten wir eine überwindbare Passage gefunden. Dumpfe Hilferufe waren von der anderen Seite zu vernehmen, wodurch wir noch mehr angetrieben wurden. Gemeinsam schlugen wir mit allen verfügbaren Geräten die letzten Mauerbrocken weg, die uns im Weg standen, als ich plötzlich einen Hitzewall spürte und einer der Männer neben mir schrie: „Fuck! Da drinnen brennt es!" Weitere Flüche folgten, und ich ballte die Hände zu Fäusten, als ich sah, wie Carl in sich zusammensank. Konnte man es uns noch schwerer machen?

In Windeseile hatte sich jeder von uns wieder feuertauglich gemacht und wartete auf Gregs Freigabe, den Raum betreten zu dürfen. „Chief! Wir brauchen den Wassertrupp. Große Teile der Turnhalle brennen", forderte der Lieutenant. Carl pfiff auf die ausstehende Freigabe und kroch durch die offene Stelle, ungeachtet dessen, dass die Flammen ihm dabei viel zu nah kamen.

„Verstanden, 86. Wir sind von draußen gleich drin."

Sobald Carl durch war, wurden die Rufe nach Hilfe lauter und vervielfachten sich. Jeder versuchte auf sich aufmerksam zu machen. Herrgott! Wie viele Leute waren da drin?

Greg kletterte Carl nach, dicht gefolgt von mir und zwei anderen Männern.

„Verdammte Scheiße! Nate!", rief Carl vom Gitter zum Geräteraum, und ich rannte hinüber. Ein Mann lag tot oder bewusstlos vor dem Raum, sein Bein hatte Feuer gefangen. Mit unseren Handschuhen klopften wir das Feuer aus, bevor ich den Mann aus der Gefahrenzone und rüber zu den anderen zog. Ich nahm an, dass Carl hinter mir war, doch er stand immer noch am Gitter. Erst dann wurde mir klar, dass Carl nicht nur diesen einen Mann gesehen hatte, sondern dass dahinter jemand eingeschlossen sein musste. Mit aller Kraft schlug Carl mit der Axt gegen das Schloss, bis es nachgab und wir den Raum stürmen konnten. Das Herz rutschte mir in die Hose, und wie nach einem Fausthieb entwich mir jegliche Luft, als ich Belinda am Boden liegen sah. Das Feuer hatte sie nicht direkt erfasst, trotzdem waren ihre Haare versengt, ein Großteil des Gesichtes voller Brandblasen, der andere Teil schwarz. Carl stieß einen schmerzerfüllten Schrei aus, als er an ihre Seite stürzte und versuchte, sie so schonend wie möglich zu drehen, um sie rauszuschaffen. „Nein!", zischte er. Unter Belinda lag noch jemand. Eine kleinere Person. Ein Kind. Belinda muss versucht haben, es mit ihrem Körper abzuschirmen, als sie eingeschlossen wurden. Ein Schauer durchzuckte mich, löste mich aus meiner Starre. Ich ließ die Axt fallen und legte Carl Belinda vorsichtig in die Arme. Unter seiner Maske konnte ich Carl deutlich weinen sehen, sich des Ausmaßes ihrer Verletzungen bewusst. Würde sie das hier überleben, dann völlig entstellt. Natürlich hatte ich keine Ahnung, wie der Rest ihres Körpers aussah, doch nur zehn bis zwanzig Prozent verbrannter Hautoberfläche konnten schon zum Tod eines Menschen führen. Verbissen presste ich den Kiefer zusammen, verbot mir, an etwas anderes zu denken als daran, das Kind in Sicherheit zu bringen. Regungslos hing der

etwa Zehnjährige in meinen Händen, gerade als der Außentrupp die Mauer durchbrach und ich diesen Weg ins Freie nehmen konnte. Ich steuerte auf einen Sanitäter zu, der gerade ein paar leicht verletzte Personen behandelte. „Ich glaube, der Junge atmet nicht", rief ich ihm entgegen, um seinen Blick auf uns zu lenken, und trug ihn zum Rettungswagen, wo der Sanitäter in Windeseile die Trage für ihn freimachte. Nachdem ich ihn hingelegt hatte, sah ich mich verzweifelt nach Carl und Belinda um, versuchte sie im Durcheinander zu finden. Ein Gefühl der verhassten Hilflosigkeit übermannte mich.

„Verdammt! Sie müssen mir hier helfen! Ich muss intubieren, aber er braucht eine Herzdruckmassage, und ich bin alleine." Meine volle Aufmerksamkeit zurück auf den kleinen Kerl vor mir richtend, begann ich mit der Wiederbelebung, hörte nur kurz auf, als der Sanitäter den Körper im Ruhezustand brauchte, um den Schlauch einzuführen. Laut zählte ich meine Kompressionen mit, nicht bereit aufzugeben, vollkommen gleich, wie müde ich war. „Komm schon, Kleiner!", keuchte ich entkräftet, außer Atem.

„Ich muss fahren!", meinte der Sanitäter kopfschüttelnd. Ich konnte ihm ansehen, dass er nicht an das Überleben des Jungen glaubte. Er fasste mir an den Arm, doch ich schüttelte ihn ab, setze meine Kompression fort. „Ich muss ihn irgendwie in ein Krankenhaus schaffen."

„Ja. Wie auch immer. Ich mache weiter!", beharrte ich und hob die Trage in den Wagen, um so schnell wie möglich wieder mit der Massage zu beginnen. Nach fünf Minuten ohne Blutzufuhr wird das Gehirn unumkehrbar geschädigt. Zumindest das würde ich zu verhindern versuchen, wenn ich auch sonst nichts tun konnte.

Vor dem Krankenhaus kam uns das medizinische Personal entgegen, legte das Kind auf eines ihrer Betten um. Erst da nahm ich meine Hände von seiner Brust, sank vor Erschöpfung auf die Knie. „Keine Herzfrequenz und keine Atmung seit mindestens fünfzehn Minuten", erklärte der Sanitäter mechanisch, wobei mir die Galle hochkam, weil klar war, was er damit sagen wollte. Der Kleine wurde im Laufschritt hineingeschoben, ich beugte mich vor, versuchte zu Atem zu kommen.

Der Sanitäter klopfte mir auf den Rücken. „Tut mir echt leid, Mann. Der Tod nimmt sich, wen er will."

Sollte mich das jetzt trösten? Entsetzt sah ich zu ihm auf, dachte dabei an Belinda und wollte am liebsten kotzen.

16

Nate

„Hier, ein Kaffee für dich. Schmeckt zwar beschissen, aber besser als nichts. Wie ich sehe, bist du nämlich noch nicht aufgekratzt genug“, necke ich Lexi, als ich mich vor dem Besprechungszimmer, in dem sie wartet, kurz neben sie setze. Sie fuchtelt an ihren Händen herum und wippt unaufhörlich mit einem Bein. Warren hatte darauf bestanden, dass die Bewerber nach Bewerbungsdatum gereiht würden, deswegen sitzt sie schon über einer Stunde hier draußen.

Sie streckt die Zunge heraus, greift aber nach dem Kaffee. „Sehr witzig.“ Nach einem Schluck zieht sie vor Ekel die Mundwinkel runter.

„Ich habe dich gewarnt.“

„Wann hast du aufgelegt?“, fragt sie, kratzt an ihrem Schlüsselbein. Gewollt oder nicht, sie sieht heute trotz des gestrigen Theaters mit der Kleiderwahl verdammt sexy aus in ihrem beigen Bleistiftrock, der weißen Bluse mit dezenten Rüschen an der oberen Knopfleiste und dem zum Rock passenden Blazer. Ihre Haare trägt sie in einem hohen Pferdeschwanz. Sie ist leicht geschminkt, ihre Lippen mit einem dunklen, aber dezenten Rosa hervorgehoben. Nicht, dass sie es bräuchte … Zu Beginn fand ich es ja noch witzig, zu beobachten, wie diverse Kollegen am laufenden Band *zufällig* an ihr vorbeigehen mussten, um offenbar in den Kopierraum zu gehen. Langsam verliere ich aber meinen Sinn für Humor, vor allem weil sie ständig mit leeren Händen zurückkommen.

„Gegen zwei. Hast du dann gut geschlafen?“

Lexi rümpft die Nase. „Nicht wirklich. Du?“

„Nicht wirklich“, wiederhole ich. Nur aus ganz anderen Gründen als sie. Diese dämlichen Flashbacks gehen mir echt auf den Sack. Das war die zweite beschissene Panikattacke innerhalb weniger Tage, und es frustriert mich ungemein, dass die Drecksdinger immer häufiger auftauchen anstatt seltener. Fast hätte Lexi eine davon mitbekommen. Gott sei Dank ist es ihr aber irgendwie gelungen, mich da rauszuholen, bevor der restliche Scheiß begonnen hat.

Dabei war ich ja froh, zu erfahren, was mit dem Mann von vergangenem Montag passiert ist, wie es ihm geht. An Belinda zu denken, war jedoch nicht Teil meines Plans. Ist schon lange her, dass ich über sie gesprochen habe. Noch länger, dass ich sie gesehen habe, denn sie hat jeglichen Kontakt abgebrochen. Nachdem sie sich einem Haufen Operationen unterziehen musste, unter höllischen Schmerzen litt und psychisch nicht nur mit ihrem Aussehen, sondern auch mit Schuldgefühlen kämpfen musste, weil der Junge gestorben war, wollte sie keinen von uns mehr sehen. Sie zog sich immer mehr zurück, lieferte sich selbst regelmäßig in die psychiatrische Klinik ein, weil sie wusste, dass sie auch nach dem ersten gescheiterten Versuch, sich mit Tabletten umzubringen, selbstmordgefährdet war. Carl in dieser Zeit in die Augen zu sehen, war die Hölle. Nie hatte ich so viel Schmerz, Wut, Machtlosigkeit gesehen. Es brach uns allen das Herz.

Gestorben war an jenem Tag nur einer. Verloren hatten wir in Wahrheit jedoch zwei.

„Warst du auch nervös? Wünschst du dir so sehr, dass ich mit dir arbeite?“, scherzt sie, doch ich antworte nicht. Der Becher befindet sich so gefährlich nahe an ihrem unruhigen Bein, dass ich ihr eine Hand aufs Knie lege. Sofort hört das

Zittern auf, und sie spannt sich an. Abrupt ziehe ich meine Hand zurück. Lexi kämmt sich eine Haarsträhne hinters Ohr. „Ich war eigentlich noch nie bei einem Bewerbungsgespräch, weißt du? Zumindest nicht bei einem echten, und schon gar nicht alleine. Morgan war damals bei mir." Sie atmet zittrig ein und nippt an ihrem Kaffee.

„Du bist auch jetzt nicht alleine", antworte ich unüberlegt. Ihre Stirn furcht sich leicht, während sie über meine Worte nachdenkt. Dann breitet sich ein Lächeln auf ihren Lippen aus, und sie hebt ihren Kopf in meine Richtung. Der Moment wird mir zu intensiv, zu persönlich, deswegen räuspere ich mich und lenke ab. „Warum bewirft eine Blondine ihren Fernseher mit Chilis?"

Lexi grinst wartend über beide Ohren und folgt mir mit den Augen, als ich aufstehe.

„Damit das Bild schärfer wird", flüstere ich, weil Warren im Warteraum erscheint und uns mit kritischem Blick beäugt. Shit. Ich wollte eigentlich vermeiden, dass er uns zusammen sieht. Trotzdem koste ich Lexis herzhaftes Lachen aus und klopfe ihr freundschaftlich auf die Schulter, bevor ich gehe.

Warren verschwindet den Gang hinunter, aufs Klo, schätze ich, während ich mich für das bevorstehende letzte Gespräch zurück in den Besprechungsraum setze. Sophie stöckelt herein, stellt ein neues Glas Wasser auf den Tisch und entfernt das alte. „Süß, die Kleine. Hat eine wahnsinnig tolle Ausstrahlung."

„Ja, sie ist ganz nett", erwidere ich beiläufig.

„Nett?!" Sophie schnaubt verächtlich. „Ja, alles klar, Nathan. Sie ist *nett*. Tu mir den Gefallen und sag ihr etwas Originelleres, sollte es mal zur Sprache kommen, sonst könnte es sein, dass sie dir in die Kronjuwelen tritt."

Ich schüttle ungeduldig den Kopf. „Soll ich dir sagen, was ich dir zum Geburtstag schenke? Eine Box voller Angelegenheiten, damit du dich endlich aus meinen raushalten kannst."

„Aww. Du denkst an meinen Geburtstag?" Trotz meines gelangweilten Gesichts wirft sie mir eine Kusshand zu, als Warren zurückkehrt und Lexi ins Büro bittet. Automatisch richte ich mich etwas auf, als sie durch die Tür kommt, mir Warrens wachsamer Blicke sehr wohl bewusst.

„Wie war die Anreise, Miss Davis? Ich hoffe, nicht allzu kompliziert für Sie?" War ja klar, dass er mit dem ersten Seitenhieb nicht lange auf sich warten lassen würde. Ich weigere mich jedoch, ihm Beachtung zu schenken, und bewundere, wie Lexi keine Miene verzieht, sondern weiterhin freundlich lächelt.

„Danke. Sie war keineswegs anstrengend. Mittlerweile kenne ich mich in der Stadt gut genug aus, um Taxifahrerin werden zu können." Warrens müdes Lachen auf ihren Witz nervt mich.

„Was hat Sie denn bewogen, sich in unserer Kanzlei zu bewerben?", frage ich, weil er sie bloß mustert.

Lexi legt die gefalteten Hände auf den Tisch und lehnt sich gesprächsfreudig in unsere Richtung. Das angedeutete Schmunzeln in ihrem Mundwinkel bemerke wahrscheinlich nur ich. Genau über diese Frage haben wir gestern am Telefon gesprochen. „Nun, ich weiß, dass Moore, Baker & Hill sich vor allem durch seine Loyalität den Klienten gegenüber von anderen Kanzleien abhebt. Das ist mir selbst auch sehr wichtig. Besonders spannend finde ich die Nähe zu den Praxisfeldern im IT- und Datenschutzbereich, da ich mich in meinem Studium sehr genau mit diesen Bereichen beschäftige und denke, dass ich mich hier sehr gut einbringen könnte."

Warren lässt sie kaum ausreden, bevor er wieder das Wort ergreift. „Sagen Sie mir, weshalb ich ausgerechnet Sie für diese Stelle nehmen sollte?“ Die Frage stellte er bisher jedem Bewerber, irgendwie werde ich das Gefühl aber nicht los, dass er es diesmal anders meint.

Lexi lässt sich nicht einschüchtern. „Ich bin engagiert, effizient, verlässlich, teamfähig und sehr gut darin, Probleme zu finden und diese zu beheben.“

„Was ich meinte, war: Ich habe neun andere Bewerber, die zum Teil bessere Noten und Empfehlungsschreiben vorweisen können als Sie. Denken Sie, dass Sie trotz ihrer Defizite geeignet für diesen Job sind?“ Langsam drehe ich den Kopf zu ihm, mein Blick wahrscheinlich tödlich, weil ich nicht glauben kann, dass er so skrupellos ist. Lexis Körperhaltung wird steifer, sie zieht sich zurück.

„Ich habe die letzten drei Jahre in derselben Stelle gearbeitet, weil mir Loyalität sehr wichtig ist, wie ich bereits sagte. Empfehlungsschreiben zu sammeln, indem ich möglichst oft den Job wechsle, ist nicht meine Art und liegt auch nicht in meinem Interesse. Und ich denke, meine Noten liegen weit über dem Durchschnitt.“

„Haben Sie ihre Unterlagen angesehen, Warren? Ihre Noten sind einwandfrei“, richte ich mich verärgert an ihn. Lexi lächelt mich schwach an. In mir kocht es. Normalerweise würde ich Warren schon erzählen, dass er den Arsch offen hat, weil er so respektlos mit einer Bewerberin umgeht. Wenn er nicht vorsichtig ist, werde ich beginnen, *ihn* zu zerlegen.

„Sie haben meine Frage noch nicht beantwortet“, zieht Warren ihre Aufmerksamkeit noch mal auf sich, und sie schluckt.

„Warren!“, warne ich in scharfem Ton, doch Lexi antwortet trotzdem.

„Mein Defizit der Blindheit, Mr. Hastings? Ist es das, worauf Sie hinauswollen?“

„Das habe ich nicht gesagt. Wenn Sie es jedoch ansprechen, möchte ich darauf hinweisen, dass ich Sie nicht aus Mitleid anstellen werde.“

Mein Mund klappt auf, meine Hände ballen sich zu Fäusten, die dringend in sein Gesicht wollen. „Ist das gerade Ihr Ernst? Was zur Hölle ist los mit Ihnen?“, frage ich wütend.

„Ich bin an Ihrem Mitleid nicht interessiert“, sagt Lexi, die Brauen zu einer Linie zusammengeschoben.

„Dann muss ich Ihnen leider sagen, dass ich keine Zukunft für Sie in unserer Kanzlei sehe. Wir halten Loyalität sehr hoch, suchen jedoch Angestellte, die sich deutlich vom Durchschnitt abheben, Ms. Davis.“

Mit offener Hand zeige ich auf Lexi. „Sie ist die Beste ihres Jahrgangs. Der Einzige, dessen Durchschnitt insgesamt über ihrem lag, ist ein Kerl, der kein einziges Empfehlungsschreiben vorweisen kann, weil er ein eingebildeter Idiot ist. Das haben Sie selbst gesagt.“ Ich weiß, ich sollte aufhören, mich so hineinzusteigern. Selbst für Warrens Begriffe übersteigt aber diese Situation den Arschlochradar.

„Gut, dass du den jungen Mann ansprichst, Nathan. Hatte er nicht im Vergleich zu der Dame auch schon Erfahrung in unserem Arbeitsfeld? Ich weiß ja nicht, was du ihr versprochen hast, aber ich suche eine Anwaltsgehilfin, keine IT-Fachkraft.“ Drohend schüttle ich den Kopf.

Lexi verschränkt sauer die Arme vor der Brust. „Mr. Hastings, mir war sehr wohl bewusst, dass ich mich hier für diese Stelle als Rechtsassistentin bewerbe. Ich sagte nur, ich könne mich mit meinen Erfahrungsbereichen gut einbringen.“

„Es tut mir sehr leid, wenn Nathan Sie unter Vorspiegelung falscher Tatsachen hergelockt hat, doch ich habe bestimmt nicht die Absicht, jemanden einzustellen, der Computer studiert statt Jura.“

Ich halte mich an der Tischkante fest, um keine Dummheit zu begehen. „Warren!“, erkläre ich durch die Nase atmend. „Hannah war diejenige, die mir freigestellt hatte, aus anderen Feldern einzuladen.“

Er grinst dreckig. „Und ich sagte, dass ich sie mir mal ansehe. Nun, das habe ich doch getan, oder?“

Bevor ich darüber nachdenken kann, was ich tue, packe ich Warren am Shirt und ziehe ihn zu mir, bis er direkt vor meinem Gesicht ist. Wäre Lexi nicht im Raum, die entrüstet Luft ausstößt, würde ich ihn an Ort und Stelle zu Brei schlagen. Viel zu lange spielt er schon mit meiner Geduld. Heute hat er es zu weit getrieben. Das Rascheln von der anderen Seite des Tisches lenkt mich von Warren ab. Mit aufeinandergepressten Lippen fischt Lexi nach ihren Zetteln, legt sie zurück in den Schnellhefter und steht auf.

„Ich habe gerade überlegt, wie ich mich von Ihnen verabschieden sollte, da ich ehrlich gesagt nicht an einem Wiedersehen interessiert bin. Ich bin jedoch sicher, Ihnen wird selbst dafür eine zynische Bemerkung in den Sinn kommen.“

Mit ihrem Blindenstock findet sie schnell den Ausgang, wo sie eine perplex aussehende Sophie entgegennimmt und – mit einem Blick über die Schulter in meine Richtung – zum Ausgang bringt. Warren ist schlau genug, sich sein Lächeln zu verkneifen. Er hält die Hände abwehrend vor seinen Körper, als ich ihn wegstoße und aufspringe.

„Foster, wir sind hier nicht fertig. Hältst du mich für einen Trottel und denkst, ich komme nicht hinter deine abgekarteten Spiele?“ Er wusste es. Fuck! Das war abzusehen.

Im Gehen strecke ich meinen Zeigefinger in seine Richtung. „Glauben Sie mir, Warren! Es ist besser für uns beide, wenn ich dieses Zimmer jetzt verlasse.“ Damit lasse ich ihn sitzen und jogge Lexi nach.

Sophie hält mich auf. „Sie fährt gerade im Fahrstuhl runter. Was zum Teufel war das da drinnen, Nathan?“

„Nicht jetzt“, ist alles, was ich sage, bevor ich die Treppen nehme. Es lag an meiner Präsenz, dass das Gespräch ausgeartet ist. Wäre ich nicht dabei gewesen, um zuzuschauen, hätte Warren Lexi nie derart angegriffen.

„Lexi! Warte!“ Ich greife nach ihrem Arm, hindere sie am Weitergehen. „Das hatte nichts mit dir persönlich zu tun. Der Kerl hasst mich und hat wohl in dir einen Weg gefunden, mir endlich eins auswischen zu können.“

„Danke, aber es ist sehr deutlich rübergekommen, mit wem er ein Problem hat. Oder sollte ich besser sagen, womit?“

„Er ist Anwalt. Natürlich wird er es so formulieren, dass es aussieht, als wäre es dein Fehler.“ Lexi entreißt mir ihren Arm, öffnet kopfschüttelnd den Mund.

„Weißt du was? Eigentlich ist es mir ganz egal, worum es da drinnen zwischen euch beiden ging. Soll er doch sagen, was er will. Aber du! Wieso musstest du unbedingt für mich in die Bresche springen?“

Irritiert furche ich die Stirn. „Was?“

„Hör zu! Ich kann für mich selbst sorgen. Ich muss nicht beschützt oder verteidigt werden. Vor allem will ich mich nicht demütigen lassen. Und das ist genau das, was eben passiert ist. Nicht nur von Hastings.“

Was ist denn jetzt los? Von allen Vorwürfen, die man mir machen könnte, nimmt sie den? „Wie bitte? Wie habe *ich* dich gedemütigt?“ Alles, was ich versucht habe, war, genau das zu verhindern.

Lexi stemmt mit gekräuselten Lippen die Hände in die Hüften. „Du dachtest, du müsstest vor dem großen, bösen Wolf für mein Recht kämpfen. Damit hast du ihm zu verstehen gegeben, ich sei nicht fähig, für mich selbst zu sprechen. Ich habe es so satt, Mittel zum Zweck zu sein, damit Leute herausfinden können, ob sie geeignet sind, mit körperlich benachteiligten Menschen umzugehen.“ Ihre Stimme zittert. „Sucht euch bitte jemand anderen, um euch zu beweisen, dass ihr tolerant seid.“ Die Situation fühlt sich gerade wirklich surreal für mich an. Diese Seite an Lexi habe ich bisher noch nicht miterlebt. Zugegeben, ich kenne sie noch nicht lange, aber ich werde das Gefühl nicht los, dass es hierbei nicht mehr nur um mich geht.

„Hör mal, Prinzessin auf der Erbse! Ich verstehe, dass du sauer bist, und ich bin rausgekommen, um mich dafür zu entschuldigen, wie das eben gelaufen ist. Ich habe dich nicht verteidigt, weil du blind bist oder weil du mir leidtust. Ich habe es getan, weil es nicht meine Art ist, danebenzusitzen und zuzusehen, während jemand beleidigt wird, der mir wichtig ist …“ Ihre Hände fallen wieder an ihre Seiten, und sie schrumpft ein Stück zurück. Ich räuspere mich. „… der mein Freund ist. Das mache ich eben so. Ich kämpfe. Punkt. Mehr steckt nicht dahinter.“

Lexi sieht auf zum Himmel, beißt sich in die Wange und holt Luft. „Nathan. *Ich* will nicht kämpfen. Ich habe keine Lust, mich ständig verteidigen, profilieren zu müssen, damit irgendjemand an mich und meine Fähigkeiten glaubt.“

„Ich glaube an dich“, räume ich schulterzuckend ein. Es erscheint mir an diesem Punkt absolut selbstverständlich, das zu sagen. Lexi schließt die Augen. Ihre Brauen und ihre Nase zucken, der Höhepunkt ihrer derzeitigen Zerbrechlichkeit.

„Du kennst mich doch noch gar nicht“, flüstert sie, und ich bin überfragt, was ich darauf noch sagen soll. Momentan sieht es aus, als redete ich gegen eine Wand. Mit leichtem Kopfschütteln wendet Lexi den Kopf ab, ihr Zwiespalt leicht zu erkennen. „Tut mir leid für all deine Unannehmlichkeiten. Ich kann es vielleicht gerade nicht zeigen, aber ich weiß deinen Versuch wirklich zu schätzen.“ Schließlich dreht sie sich um und marschiert mit geradem Rücken weg von der Kanzlei, weg von mir.

„Sie haben eine Grenze überschritten“, lasse ich Warren in einem bedrohlich-ruhigen Ton wissen, als ich in sein Büro marschiere und die Tür hinter mir zuknalle. Sofort steht er von seinem Schreibtisch auf, das Lächeln auf seinem Gesicht zumindest gelöscht.

„Du *scheißt* auf Grenzen“, gibt er ebenso wütend zurück. Das Ganze war eine Retourkutsche – ich wusste es.

„Und Sie finden keinen anderen Weg, mir Ihre Lektion zu erteilen, als einen Menschen zu erniedrigen, von dem Sie *denken*, dass er mir etwas bedeutet?“

„Ich *weiß*, dass sie dir etwas bedeutet, und du bist eben leider der Typ, dessen Nase man erst in seine Scheiße reiben muss, damit er versteht, wo sein Fehler liegt.“

Ich ziehe die Augenbrauen zusammen und lasse ein paar Sekunden verstreichen. „Ist es Ihnen wirklich so wichtig, mich kleinzukriegen, dass Sie eine Klage wegen Diskriminierung riskieren?“

Warren lacht trocken auf und hebt demonstrativ eine Hand. „Bitte! Es ist mir völlig gleich, ob sie blind ist oder nicht – aber wie typisch für dich, zu glauben, es ginge darum, wer gewinnt. Newsflash: Ich habe bereits gewonnen. Ich bin derjenige mit dem beendeten Studium und den Auszeichnungen an der Wand. Ich bin der mit der neunundachtzigprozentigen Erfolgsquote und dem entsprechenden Bankkonto."

Verächtlich schnaube ich über die Lächerlichkeit seiner Worte. „Sind Sie nicht etwas zu alt für so einen Mittelschulkonter?"

„Hannah mag akzeptieren, dass du dich für den Kaiser der Kanzlei hältst. Aber ich habe dich gewarnt. Du denkst, du wärst ein Teamplayer, dabei bist du in Wahrheit nichts weiter als ein arroganter kleiner Junge, der lieber seinen Willen durchsetzt, als sich hinten anzustellen und das große, ganze Bild zu sehen."

„Gut, dass das nicht du beurteilen musst, sondern die Partner dieser Kanzlei, Warren. Soweit ich mich erinnern kann, bin das immer noch ich, und ich schätze es nicht, infrage gestellt zu werden." Hannah. Mal zur Abwechslung. Bei der Vorstellung, die wir abgeben, wundert es mich zwar nicht, dass sie sich einmischt, trotzdem geht es mir gerade auf die Eier. Ich will diese Sache ein für alle Mal klären.

Doch als ich mich umdrehe, sehe ich, dass sie heute nicht alleine ist. Mr. Baker steht mit verschränkten Armen neben ihr.

„Habe ich euch nicht gesagt, ihr sollt lernen, eure Differenzen *zumindest* vor potenziellen Mitarbeitern zu begraben?" Hannah sieht erbost zwischen uns beiden hin und her. Diesmal hält Warren die Klappe. Wahrscheinlich wegen Baker.

„Mr. Hastings, Mr. Foster, wir haben in Ihnen zwei wertvolle Mitarbeiter. Ich werde jedoch keine Sekunde zögern, Sie beide vor die Tür zu setzen, wenn Sie etwas tun, was der Reputation dieser Kanzlei schadet. Die Presse hat Wind von unserem Versicherungsfall gegen Salisburg bekommen und beginnt gerade, sich darüber das Maul zu zerreißen. Was wir jetzt brauchen, ist Schadensbegrenzung, nicht noch mehr Munition.“ Für einen Moment kommt es mir vor, als würde Baker Warren besonders ansprechen, weil es sein Fall ist. Geschieht ihnen recht, wenn Pete damit an die Öffentlichkeit gegangen ist. Sie hätten diesen Fall nie annehmen dürfen. Bei so einer Geschichte spielt es keine Rolle, wie sie ausgeht, als Gegner des Einzelnen in solch einer mitleiderregenden Situation ist man als Goliath immer der Verlierer.

„Und ich hoffe, ich habe mich verhört, dass es hierbei um eine Frau ging.“ Jetzt fixiert er mich.

Ohne zu blinzeln, erwidere ich seinen Blick, widerwillig, das auf mir sitzen zu lassen. „Bei allem Respekt, Mr. Baker. Es ging nicht um eine Frau, sondern darum, einer hochqualifizierten Bewerberin eine faire Chance zu verwehren und sie noch dazu zu diffamieren, weil sie blind ist.“

Jetzt öffnet Warren doch den Mund, spricht seinen Lieblingspartner wie bei einem Plädoyer an. „Falsch. Ihr Handicap ist nicht das Problem. Natürlich würde sie uns extra Geld und Zeit kosten, die wir nicht haben, jedoch habe ich nie infrage gestellt, dass sie qualifiziert ist. Ihre Unterlagen sprechen für sich. Aber genau das ist der Punkt. Sie ist in ihrem Feld qualifiziert, nicht in unserem.“

„Nennen Sie mir einen Rechtsassistenten, der Jura studiert!“, fordere ich ihn heraus, weil er genau weiß, dass sein Argument Schwachsinn ist. „Das können Sie nicht, weil sie alle aus verschiedenen Feldern kommen. Wer Recht studiert, bewirbt sich als juristischer Mitarbeiter. Sie haben sie bloßgestellt, Warren. Haben Sie währenddessen mal darüber nachgedacht, was *das* mit Ihrer Reputation macht, wenn die Sache Kreise zieht?“, spucke ich ihm mehr oder weniger ins Gesicht, scheiße dabei drauf, ob die beiden anderen mich wegen meines Tons zurechtweisen werden, weil er ein Juniorpartner ist und ich … na ja, eigentlich nichts.

„Warren, wird uns das zu einem Problem werden?“ Verstimmt funkelt Hannah ihn an.

„Es gibt kein Problem. Foster übertreibt“, streitet Warren ab, schüttelt sein Sakko ab und wirft mir einen feindlichen Seitenblick zu.

„Welches Feld wäre das?“, fragt Baker indifferent.

Warren wartet darauf, dass ich antworte, tue ich aber nicht. Soll er seine Taktlosigkeit selbst erklären.

„Computerwesen.“

„Und sie ist vollblind?“ Langsam irritieren mich auch seine Fragen. Misstrauisch sehe ich zu, wie er mit Hannah unleserliche Blicke austauscht. Was ändert das jetzt?

Auch Warren wirkt genervt, zuckt mit der Schulter und zeigt auf mich. „Er wird es wissen, kennt sie ja persönlich.“

Meine Augen verengen sich zu Schlitzen. „Sie sind wirklich erbärmlich.“

Baker sieht desinteressiert auf seine Rolex und wendet sich ab. „Hannah, komm gleich bitte auf ein Wort zu mir.“

„*Du* hast mich attackiert“, wirft Warren noch schnell ein, damit sein Liebling ihn hören kann. Ich lache auf und fasse mir an den Nasenrücken, weil er sich so blamiert. Fehlt noch, dass er mir die Zunge zeigt.

„Genug jetzt!“, fährt Hannah dazwischen. „Ich erwarte euch beide sowie eure Notizen zu den Bewerbern in meinem Büro und erteile hiermit eine letzte Warnung, erwachsenes Verhalten an den Tag zu legen. Ansonsten werdet ihr mich kennenlernen.“

Mit zusammengebissenen Zähnen verlasse ich noch vor Hannah den Raum, weil ich mir gerade selbst nicht traue, dass ich die Kontrolle nicht doch noch verliere.

17

Lexi

„Dieser Warren-Kerl hört sich nach einem richtigen Arschloch an. Ich will gar nicht wissen, was der zu kompensieren versucht“, kommentiert Morgan meine Kurzfassung des Vorstellungsgespräches gestern. Sie steht unter der Dusche, macht sich fertig für den dritten Nachtdienst in Folge, weshalb ich sie in den letzten zweiundsiebzig Stunden kaum gesehen habe. Wenn sie schläft, bin ich aktiv. Mache ich mich bettfertig, ist sie auf dem Weg in die Arbeit. So auch jetzt, während ich in meinem kurzen Pyjama mit angezogenen Beinen auf dem Klodeckel sitze und mir immer noch vor Enttäuschung auf die Unterlippe beiße. Mit einer Taschenlampe in der Hand leuchte ich mir wiederholt vor die Augen, weil ich mehr Licht sehen will. „Aber ich verstehe nicht ganz, warum du sauer auf Nathan bist. Soweit ich das mitbekommen habe, konnte er doch nichts dafür, wie das Gespräch verlaufen ist, oder?“

„Ich bin nicht sauer auf ihn.“ Es ist mir peinlich. Aber ich weiß nicht, ob eine Sehende das verstehen kann. Vielleicht würde sie es klasse finden, wenn Nate sich für sie stark machen und versuchen würde, ihre Ehre zu retten. Für mich ist das jedoch eine Beleidigung, weil es mir das Gefühl gibt, dass er denkt, ich würde es selbst nicht schaffen.

„Was du zu ihm gesagt hast, könnte aber einen etwas anderen Eindruck vermittelt haben“, meint sie sarkastisch, und ich lasse die Stirn hart gegen meine Knie prallen. Ich weiß, dass ich überreagiert habe. Ich hätte es ihm auch in normalem Ton sagen können, anstatt ihn so anzumotzen. Dafür fühle ich mich jetzt auch schlecht. Ich wollte ihn keineswegs vor den Kopf stoßen. Selbst wenn das Vorstellungsgespräch eine einzige Katastrophe war, hatte er mir zumindest eine Chance gegeben.

„Süße, weißt du? Ich kenne dich und deine gelegentlichen Ausbrüche ja, wenn dich etwas fertigmacht. Nathan nicht. Vielleicht solltest du ihm einfach erklären …“ Mitten in ihrem Satz stößt Morgan auf einmal einen spitzen Schrei aus, der mich beinahe vom Klodeckel fallen lässt. Irgendetwas kracht auf den Boden, das Wasser fängt erneut an zu fließen – heftiger als vorhin –, und eine ganze Reihe weiterer Schreie folgt aus Morgans Kehle.

„Was ist los?“, brülle ich über den Lärm, strecke die Arme nach ihr aus, während ich in Richtung Dusche eile.

„Scheiße! Dieses verflixte Dusch-… Dreh-…Dingsi ist gerade einfach mit einem fetten Teil der Mauer abgefallen.“ Ich kann mir überhaupt nicht vorstellen, wie sie das meint, als sie hysterisch wiederholt: „Abgefallen! Verstehst du? Wie kann so was überhaupt passieren?!“, kreischt sie. „Ich brauche ein Handtuch, Lexi. Am besten gleich zwei.“ Hektisch greife ich nach den erstbesten, die ich ertaste, und reiche sie ihr. Ich höre, wie der Wasserstrahl waagrecht an der Wand abprallt, bevor Morgan eines der Handtücher davorhält, und mich dabei etliche abgefälschte Spritzer nass machen.

„Was kann ich tun?“, will ich wissen und steige selbst in die Dusche.

„Verdammt! Ich muss den Vermieter anrufen, sonst steht gleich das ganze Haus unter Wasser. Lexi, halt das Handtuch hier fest.“ Sie führt meine Hände zum Stoff, der längst durchnässt ist. Dabei bekomme ich gleich eine Ladung Wasser mitten ins Gesicht, bevor ich das Handtuch neu platzieren kann. „Das hat mir gerade noch gefehlt. Ich *muss* zur Arbeit“, schimpft Morgan und lässt mich in der Dusche alleine zurück. Bis sie zurückkommt, sind meine Klamotten und ich klitschnass, und das Wasser kommt definitiv nicht von der warmen Seite.

„Hier! Ich habe einen Topf mitgenommen. Halt den davor!“ Morgan drückt mir den größten Küchentopf in die Hand, den wir besitzen.

„Was hat er gesagt?“, frage ich über den Lärm des auf Metall prasselnden Wasserstromes und wische mir mit dem Unterarm über das Gesicht.

„Dass er nicht weiß, wann er es schafft, und dass wir den Hauptwasserhahn finden und abdrehen sollen. Der Kerl kann mir nur leider nicht sagen, wo sich der in dieser *verfluchten* Wohnung befindet“, schreit sie förmlich vor Wut. Sie stampft mit dem Fuß auf die Fliesen.

„Ist schon gut, Morgan. Ich bleibe einfach hier stehen, bis er kommt. Mach dich fertig und geh zur Arbeit!“

„Lexi, du wirst hier wahrscheinlich ertrinken, bevor Sears seinen Arsch herschafft. Das Wasser läuft gleich schon über. Ich muss deine Eltern bitten zu kommen.“

„Nein!“, kreische diesmal ich. „Wenn Mom Wind davon kriegt, war’s das mit unserer WG, Morgan.“

Sie stöhnt verzweifelt. „Andrew rufe ich bestimmt nicht an, alleine lassen kann ich dich aber auch nicht.“ Plötzlich schnippt sie mit dem Finger. „Da fällt mir nur einer ein.“

Ich ahne bereits, wen sie meint, und bekomme augenblicklich Herzklopfen. „Morgan! Wage es nicht!“ Der Versuch, nach ihr zu greifen, um sie am Gehen zu hindern, scheitert kläglich, und ich verfluche sie, weil ich hier nicht wegkann. „Morgan! Das passt jetzt überhaupt nicht“, schreie ich ihr vergeblich hinterher und stoße meinen Kopf frustriert seitlich gegen die Wand. Gerade habe ich ihr noch erzählt, wie unglaublich beschämend dieses Vorstellungsgespräch war und wie ich ihn angefahren habe. Jetzt soll er zu meiner Rettung eilen? Oh *Gott*!!!

„Lexi. Er war bei der Feuerwehr. Wenn er keinen Plan hat, wie man dieses Problem lösen kann, dann weiß ich auch nicht weiter“, erklärt sie, kaum noch in Hörweite. „Nein, Nathan, hier ist Morgan! Ich brauche dringend deine Hilfe. Wir stehen in unserer Wohnung gleich unter Wasser, und ich habe keinen Schimmer, wo der Haupthahn sein soll. Wenn ich nicht in fünf Minuten hier aus der Tür bin, verliere ich höchstwahrscheinlich meinen Job, und Lexi versucht, den Strahl daran zu hindern, ein Loch in die Nachbarwand zu schießen. Das heißt, sie kann sich nicht wegbewegen.“ Eine kurze Pause folgt ihrem Redeschwall. „Ja, dieses Dreh- …“ Sie sucht nach dem richtigen Wort.

„Armatur“, rufe ich ihr genervt zu.

„Richtig! Die Armatur ist abgebrochen. Das Wasser flutet direkt aus dem Rohr.“ Wieder eine Pause, dann atmet sie durch. „Okay, danke Nathan. Du hast was gut bei mir. Tu mir aber bitte noch einen Gefallen und bleib bei Lexi, bis der Vermieter weg ist. Er ist ein echter Arsch.“

Dafür fauche ich sie an wie eine verärgerte Katze. Was ist los mit ihr?

„Du brauchst nicht so zu schauen, Lexi. Ich versuche nicht, dich zu quälen. Aber wir brauchen Hilfe, und es ist keine Schande, sie anzunehmen.“ Offensichtlich hat sie schon aufgelegt. Zumindest hoffe ich das für sie. Leider muss ich zugeben, dass meine Arme in dieser Position langsam ermüden, denn der Druck ist wirklich stark. Schmollend über ihren Verrat höre ich zu, wie Morgan im Hintergrund wild herumfegt, sich wahrscheinlich ihren ganzen Kram wie Kamm, Schminkzeug und so mitnimmt, weil dafür jetzt keine Zeit mehr bleibt.

„Nate sollte in spätestens zehn Minuten hier sein.“ Sie küsst mich auf die Wange. „Vielleicht ist das eine Chance für euch, miteinander zu reden.“ War ja klar, dass es nicht nur um die Hilfe an sich ging. Trotzdem hat sie irgendwie recht. Ich lasse Dinge wirklich nicht gerne unausgesprochen. Gleichzeitig toben in mir ambivalente Gefühle, ob er mich jetzt erst recht bedauert oder mich doof findet, weil ich so schnell aufgegeben habe. Vielleicht bin ich deswegen gerade so zickig. Ich will nicht, dass er so von mir denkt; dass irgendwer so von mir denkt.

„Ich melde mich, wenn Sears hier war“, verspreche ich Morgan jedenfalls. Dann ist sie verschwunden.

Es fühlt sich an wie Stunden, in denen ich hier stehe, zitternd vor Kälte und vielleicht auch etwas ängstlich, weil es nicht angenehm ist, in Situationen wie diesen völlig alleine zu sein, wenn man nicht einmal etwas sehen kann. Die feuchte Luft, die sich in dem Badezimmer aufgestaut hat, bringt mich zum Husten. Ich will überhaupt nicht wissen, wie viele Gallonen Wasser gerade verschwendet werden, und es ärgert mich, weil die ganze Sache so umsonst ist. Dabei haben wir unserem Vermieter, Mr. Sears, bereits zwei Briefe geschrieben, dass unsere gesamten Armaturen im Badezimmer locker sind und lecken. Beim zweiten Brief erhielten wir die Rückmeldung, er würde sich demnächst darum kümmern. Wenn man bedenkt, dass es beim letzten Wasserrohrbruch im Keller über einen Tag lang gedauert hat, bis Mr. Sears das Wasser abpumpen ließ, und somit alles, was dort unten lagerte, weggeschmissen werden musste, ist es wahrscheinlich wenig verwunderlich, dass dieses Schreiben nun seit sieben Wochen bei uns herumhängt.

„Lex!“, ruft mich Nathan plötzlich sanft über das Prasseln und mein Husten hinweg, im Versuch, mich nicht zu erschrecken, der natürlich scheitert, weil ich ihn nicht habe kommen hören. Weil ich trotzdem zusammenzucke, breche ich den Winkel des Topfes und bekomme zum zweiten Mal einen Schwall Wasser ins Gesicht. „Tut mir leid! Morgan hat für mich die Tür offen gelassen.“ Nate ist sofort an meiner Seite und schiebt den Topf etwas weg, damit er einen Blick auf das Loch werfen kann.

„Schon gut. Danke, dass du gekommen bist. Sieht es hier drinnen schon sehr schlimm aus?“, will ich nervös wissen, weil unsere Duschtasse zu niedrig und der Abfluss zu verstopft ist, als dass kein Wasser hinausgeronnen sein könnte. Meine Stimme krächzt ein wenig vom Versuch, den Husten zurückzuhalten.

„Das kriegen wir schon hin. Bekommt ihr eure Wasserabrechnung gesondert, oder müsst ihr einen Pauschalbetrag dafür bezahlen?“

Ich überlege einen Moment. Morgan macht bei uns die Buchhaltung. Dunkel erinnere ich mich aber, dass eine Nachbarin uns erzählt hat, sie habe Angst vor ihrer Nachzahlung, weil ihre fünfzehnjährige Tochter plötzlich das Baden für sich entdeckt habe. „Ich bin mir ziemlich sicher, dass jeder extra zahlt.“

„Gut!“ Ich fühle, wie er mich wieder verlässt, und höre, wie er einige Kästen öffnet. „Dann sollte der Hauptwasserhahn hier oben sein.“

Mir wird schlecht, als ich höre, wie unter seinen Füßen Wasser plätschert. So viele Handtücher besitzen wir gar nicht, um alles trocknen zu können. Nathan schiebt irgendein Teil beiseite und legt sich hin. „Na also!“ Vor Erleichterung fallen mir die Lider zu, während er offenbar an etwas hantiert. „Normalerweise sollte dieses Ding an einem Ort platziert sein, an den man im Notfall schnell kommt. Nicht im hintersten Eck hinter einer Fliese, die erst abgeschraubt werden muss“, sagt er verärgert. Doch bald darauf wird der Druck des Wassers endlich geringer, bis er letztlich ganz nachlässt und ich meine schmerzenden Arme absenken und aufatmen kann. Luft bekomme ich hier drinnen jedoch nicht wirklich, und schon wieder muss ich husten. Meine Atemwege halten wirklich gar nichts aus.

„Alles okay?“ Nathan berührt leicht meine Hand, bietet mir Hilfe an, aus der Dusche herauszuklettern. Hustend nicke ich. „Ich muss zur Sicherheit den Strom abschalten. Habt ihr irgendwo Kerzen?“

„In der Küche, denke ich. Dort ist unter der Spüle auch eine Kehrschaufel, falls das etwas bringt. Aber du findest in jedem Zimmer eine Taschenlampe. Wie gesagt, Stromausfälle kennen wir schon.“

„Alles klar, dann hole ich das, und du besorgst uns alle Handtücher und jegliches andere saugfähige Zeug, das du auftreiben kannst. Vorsicht an der Türschwelle. Morgan hat mitgedacht und ein Handtuch dort platziert, sodass nur ganz wenig Wasser aus dem Bad geflossen ist. Bevor wir anfangen, müssen wir aber noch Fotos für die Versicherung machen.“

Ich bin wirklich dankbar, dass Nathan an all die Sachen denkt, zu denen ich im Moment unfähig wäre. Mein Kopf ist voll mit anderen Dingen, zum Beispiel mit seiner Gegenwart nach dem katastrophalen Vorfall gestern oder mit der Tatsache, dass Mr. Sears Morgan und mir gleich wieder mit dem Rauswurf drohen wird, wenn er erfährt, was passiert ist.

„Wenn du möchtest, kann ich schnell zum Baumarkt gehen und eure Dusche wieder in Ordnung bringen. Zumindest mal die Armatur und die Wand hinter den Fliesen."

„Danke für das Angebot, aber lieber nicht. So etwas Ähnliches hatten wir schon einmal. Der Sicherungskasten war durchgebrannt, und wir hatten drei Tage keinen Strom, bis wir letztlich auf Mr. Sears gekackt und einen Elektriker haben kommen lassen. Er hat sich daraufhin geweigert, die Rechnung zu übernehmen, weil wir nicht einfach über seinen Kopf hinweg entscheiden könnten, *wer* ihn repariert."

„Dann hat er nicht rechtskonform gehandelt. Aber darum kümmern wir uns später. Eines nach dem anderen."

Es beruhigt mich, ihn hier zu haben. Wenn er solche Sachen sagt, fühle ich mich wohler, weil er weiß, wovon er da redet. „Fühle dich aber bitte nicht verpflichtet, zu bleiben, bis Sears kommt. Wer weiß, wann das sein wird."

„Wenn du möchtest, gehe ich. Mir wäre es aber lieber, zu bleiben."

Seufzend ertaste ich die Uhrzeit auf meinem Handgelenk. „Tja, für Diskussionen mit Leuten wie Sears passte bisher lediglich folgender Spruch: ‚Der Klügere gibt so lange nach, bis er der Dümmere ist'."

Er schnaubt. „Perfekt. Herausforderung angenommen."

Die Aufräumarbeit ist haarsträubend. Nate schaufelt das Gröbste in das Waschbecken, ich trockne den Boden mit allen Tüchern ab, die ich irgendwo in der Wohnung finden konnte, wringe jedes davon gefühlte fünfzig Mal aus. Bis jetzt hatte ich noch keine Gelegenheit, darüber nachzudenken, wie komisch es tatsächlich ist, nicht die übliche entspannte Atmosphäre zwischen uns zu haben, wenn wir plaudern. Jetzt ist es so still zwischen uns, dass ich ein ungutes Gefühl im Magen bekomme. Deswegen siegt wieder einmal meine große Klappe, um die Spannung zu lösen. „Was macht eine Blondine, wenn sie zu viel Wasser gekocht hat?“ Amüsiert vom Ablenkungsmanöver bläst Nate Luft durch die Nase und wartet auf die Auflösung. „Sie friert es ein. Heißes Wasser hat man doch nie genug.“

Er lacht leise. „Ist das deine Art, mir zu sagen, dass du nicht mehr wütend auf mich bist?“

„Warum glauben eigentlich alle, ich sei *wütend* auf dich? Ich bin kein kleines Kind mehr. Ich weiß sehr wohl, *wen* ich auf die Liste meiner fortwährenden Feinde setzen muss.“ Diesmal lacht Nathan richtig auf, worüber ich schmunzeln muss.

„Okay, erwachsene Lexi. Es freut mich zwar, dass ich nicht auf dieser Liste stehe, aber ich habe das Gefühl, dass wir uns mal über Aggressionstraining unterhalten sollten.“

Resignierend schnaube ich jegliche Luft aus meinem Körper und lasse mich auf den Hintern fallen, bevor ich die Beine an die Brust ziehe. „Schau! Als du mir den Job angeboten hast, war ich mir nicht sicher, ob du das aus Mitleid getan hast. Danach hatte ich Angst, dass du deine Meinung ändern würdest, sobald du erfährst, dass ich blind bin, oder aus schlechtem Gewissen nicht ändern würdest, *weil* ich blind bin. Und gestern, als dieser Hastings all diese Dinge gesagt und damit irgendwie meine Defizite noch einmal so offensichtlich vor dir auf den Tisch gelegt hat, wollte ich mich nur noch vergraben. Ich hasse es, auf die Blindheit reduziert zu werden. Das ist sozusagen mein Kryptonit. Ich habe viel zu geben,

Nathan. Wirklich. An guten Tagen kann ich auch über meine persönlichen Baumängel scherzen. So vorgeführt zu werden, tut nur eben einfach weh." Nach diesem Wortschwall voller Selbstoffenbarung fühle ich mich ermattet, will hören, was er darauf zu sagen hat.

„Wow." Er fährt sich wohl über das Gesicht, denn das Wort klingt dumpf. „Also, erstens bemitleide ich dich nicht. Zu keiner Zeit. Dafür gibt es keinen Grund. Du bist temperamentvoll, tapfer und geistreich. Teilweise bewundere ich dich viel eher, weil du das Leben so einfach und … tja, schön wirken lässt. Warren ist wie gesagt ein Arsch, der versucht hat, mir mit dieser Aktion zu schaden. Und zu den *Baumängeln*: Die hat jeder von uns. Bei dir mögen sie eben offensichtlicher sein, bei anderen versteckt, deswegen sind sie aber nicht weniger vorhanden. Glaub mir, da weiß ich, wovon ich rede."

Sprachlos sauge ich jedes Wort aus seinem Mund auf. Dass sie mich bewundern, haben noch nicht allzu viele Menschen zu mir gesagt. Eher im Sinne von: „Ach, du Arme. Ich bewundere dich, wie du dein Leben trotz solch einer Behinderung lebst. Ich könnte das nie." Dann frage ich mich immer: Welche Alternative habe ich denn? Und warum dürfen die mir mehr oder minder durch die Blume sagen, dass mein Leben weniger lebenswert ist als ihres? Aber wenn Nathan sagt, er bewundert mich, weil ich das Leben liebe, dann hat das für mich eine andere Bedeutung, denn es ist so unverkennbar für mich, dass er das Leben nicht liebt. Das müssen wir unbedingt ändern.

„Gibst du mir die Nummer von eurem Vermieter? Ich möchte ihm sagen, dass er einen Nass-/Trockensauger für den verbleibenden Wasserfilm mitbringen soll", wechselt Nate das Thema, während ich wahrscheinlich noch wie ein Blödmann mit offenem Mund aussehe. Schließlich nicke ich und stehe auf, weil auch er das tut. Er hebt die abgebrochenen Teile aus der Dusche und gibt einen zischenden Laut von sich. „Irgendwie bekomme ich langsam das Gefühl, du stehst auf den Kick von Gefahren“, witzelt er. Ist auch schon das dritte Mal, dass er erlebt, wie irgendetwas schief geht oder ich mich verletze.

„Ich bin ein einziger Adrenalin-Junkie.“

Amüsiert übergeht er meinen Kommentar und legt die Teile auf das Waschbecken. „Wer bist du überhaupt? Godzilla? Oder hast du dir vorgestellt, das Ding wäre Warren?“

„Ja, ich bin echt stark. Aber sag's keinem! Unmenschliche Kraft ist unter Umständen keine so sexy Eigenschaft für eine Frau“, flüstere ich sarkastisch.

„Ich glaube, darüber brauchst du dir keine Sorgen zu machen.“ Das klingt so trocken, dass ich nicht sicher bin, wie es gemeint ist. Deswegen behalte ich meine Gedanken dazu für mich und werfe die nassen Handtücher über die Duschwand zum Trocknen. „Außerdem war gar nicht ich duschen, als das Teil heruntergekracht kam. Das muss Mr. Sears aber nicht wissen. Soll er glauben, ich war’s.“ Ich warte auf Nathans Antwort, die nie kommt. „Du solltest mich nicht so anstarren“, sage ich irgendwann mehr im Scherz, weil er verdächtig ruhig geworden ist. Wie ein Lausbub, der dabei erwischt wird, wie er vom Keksteig nascht, lacht sich Nathan krumm.

„Du solltest mir nicht die Tür öffnen, wenn du so aussiehst. Nicht, dass mir dein Aufzug nicht gefallen würde …“, erklärt er. Vielleicht sollte es mich nervös machen, dass er so etwas zu mir sagt. In Wirklichkeit freue ich mich hingegen über seine Ehrlichkeit. Er hätte lügen können, und ich hätte es nie erfahren.

„Technisch gesehen habe ich dir überhaupt nicht die Tür geöffnet. Außerdem gehört sich dieses Glotzen nicht für einen platonischen Freund."

„Für einen Heterosexuellen ist es aber auch nicht unbedingt überraschend. Wie auch immer, vielleicht solltest du dich wirklich lieber umziehen."

Abwinkend lege ich die letzten Handtücher über das Waschbecken. „Ich werde schon nicht krank."

„So war das auch nicht gemeint …"

Verwirrt werfe ich die Hände in die Luft. „Ich dachte, der Look gefällt dir."

„Eben", lautet seine kurze, aber sehr bedeutungsvolle Aussage. Soll das heißen, ich gefalle ihm? „Wenn du also nicht willst, dass ich irgendwann dementsprechend reagiere …" Ich beiße mir auf die Unterlippe, um darüber nicht zu grinsen, scheitere jedoch kläglich und tue die Situation dann generell mit einem Lachen ab.

„Mann! Vor fünf Sekunden war ich noch Godzilla. Langsam mache ich mir Sorgen um dein Urteilsvermögen", kichere ich. „Du kannst deine Sachen übrigens in der Küche aufhängen, wenn du willst. Das ist der einzige Raum, in dem die Heizung funktioniert."

„Ist das denn angebracht?", zieht er mich frech auf, und ich kneife die Augen in seine Richtung zusammen.

„Außer, du willst jetzt stundenlang in meinem Wohnzimmer stehen, denn auf die Couch lasse ich dich nass nicht. Ich verspreche auch, dass ich nicht verstohlen zu dir rübersehen werde."

Nathan prustet los. „Du hast manchmal einen sehr seltsamen Humor."

Lachend zucke ich mit der Schulter. „Ich habe dir doch gesagt, dass meine Familie mich mit schwarzen Witzen verdorben hat. Bei drei jüngeren Geschwistern hört man bald auf, zimperlich zu sein.“ Gänsehaut überzieht meinen Körper, als ich das Fenster zum Lüften öffne. Deswegen schlinge ich die Arme um meinen Bauch und atme tief ein. „Danke, dass du mir heute geholfen hast, obwohl ich dich gestern genau deswegen zusammengestaucht habe.“

„Schon gut, Lex. Ich habe verstanden, worum es ging.“

18

Nate

Mit einem neuen Trägertop, einer Dreiviertel-Yogahose und einem hohen Haarknoten tapst Lexi zehn Minuten später barfuß wieder ins Wohnzimmer. „Möchtest du etwas trinken? Ich habe Wasser, Wasser und Wasser."

Leicht unbehaglich sitze ich in nichts als meiner Boxershorts auf der Couch. Früher wäre mir das scheißegal gewesen. Verdammt, unser Aufnahmeritual bei der Feuerwehr hatte aus dem typischen Scherz bestanden, von der Nachbarschaft des Feuerwehrhauses in lediglich einem – wohlgemerkt – sehr kurzen Handtuch in Empfang genommen zu werden. Die Ärsche der Station hatten beinhart unsere Kleidung in einem netten, kleinen Lagerfeuer vor den Duschen verbrannt, sodass uns nichts anderes übrigblieb, als durch das Fenster ins Freie zu klettern. Dort standen an die fünfzig Leute, die uns begrüßen wollten und heftig wegen unserer Freizügigkeit applaudierten. Damals gab es nichts, für das ich mich schämen musste. Ich wusste, dass ich gut aussah. Mein Körper mag zwar auch heute noch sehr gut in Form sein, die riesige Brandnarbe an meiner Seite ist aber etwas, was ich gerne, so gut und so lange es geht, verstecke. Ich selbst finde sie zum Kotzen. Die geschockten oder angeekelten Reaktionen einiger Mädchen gaben mir schließlich den Rest. Umso mehr kann ich Belinda und jeden anderen verstehen, der nicht damit leben kann, so offensichtlich gebrandmarkt zu sein wie sie.

„Schwere Entscheidung. Ich glaube, dann nehme ich Wasser."

„Ich fülle es dir vom Badezimmerboden auch in ein Glas um", kichert sie und schenkt mir ein. Lexi setzt sich neben mich auf die Couch, klopft mit gespitzten Lippen unsicher auf ihren Oberschenkeln herum. „Was passiert jetzt?"

Ich mache es mir bequemer, strecke die Beine hinter ihrem Rücken aus und gähne. „Keine Angst. Jetzt hast du dich ja umgezogen. Ich *kann* mich gerade noch zurückhalten", versichere ich ihr sarkastisch.

Naserümpfend schnalzt sie mit der Zunge und gibt mir mit der Rückhand einen Klaps aufs Schienbein. „So war das nicht gemeint. Was ich wissen wollte, war, wie wir uns jetzt die Zeit vertreiben, bis Sears kommt."

„Ja, genauso habe ich es auch gemeint", feixe ich. Meine Antwort kriegt sie aber anscheinend gar nicht mehr mit. Stattdessen springt sie scharf inhalierend auf, ihre Augen geweitet und leuchtend.

„Ich weiß! Morgan macht das sowieso viel zu selten mit mir." Ich hebe eine Braue und bemerke augenblicklich, wie mein Blut wandert. Fuck, ja, ich bin ein gesunder Mann Mitte zwanzig, und Lexi ist einfach heiß. Vorhin im Bad sah sie schon verdammt verlockend aus in den kurzen, nassen Sachen ohne BH. Muss ich noch mehr dazu sagen? Das Schlimmste ist, dass sie offenbar nicht einmal ahnt, welchen Effekt sie hat. Trotzdem muss ich meine Gedanken irgendwie unter Kontrolle bringen, denn wir haben klargestellt, es bei einer Freundschaft zu belassen, und ich würde nie etwas tun, was sie nicht will.

Lexi kehrt mit einer Schachtel zurück und freut sich offensichtlich, mir den Inhalt zu präsentieren. „Ich hoffe, du bist ein guter Verlierer, Foster, denn jetzt mache ich dich fertig."

Die nächste Stunde verbringen wir tatsächlich mit Karten- und Würfelspielen, und Lexi ist verdammt gut. Ich habe seit meiner Zeit bei der Feuerwehr keine Gesellschaftsspiele mehr gespielt, werde aber von ihrem Tumult an Emotionen mitgerissen. Noch nie habe ich jemanden erlebt, der sich so in ein Spiel hineinsteigern kann. Zum Schluss sitzt sie auf dem Couchtisch, weil sie so überdreht ist, und bringt mich mit ihrer feurigen Art und den frechen Kommentaren nicht nur einmal zum Lachen.

„Streng dich gefälligst an! Sollte ich nämlich draufkommen, dass du mich gewinnen lässt, verprügle ich dich." Die Karten wie auch die Würfel sind in Braille beschriftet. Fasziniert sehe ich zu, wie Lexi nur den Bruchteil einer Sekunde benötigt, um zu wissen, um welche Karte oder Zahl es sich handelt. Letztlich gewinnt wirklich sie. Darüber bin ich froh, denn ich glaube, etwas anderes hätte ich nicht überlebt. Nachdem sie ihren Freudentanz auf dem Couchtisch beendet hat, wirft sie sich zufrieden seufzend wieder neben mich in die Sofapolster.

„Das müssen wir öfter machen", erklärt sie.

Normalerweise verliere ich auch nicht gerne, ihre authentische und extreme Freude mitzuerleben macht es jedoch wett. Ich stehe auf, um mir ein neues Wasser zu holen, und greife nach meinem Shirt, das inzwischen wieder trocken sein müsste. Damit fühle ich mich wohler.

„Erzähl mir irgendetwas Verrücktes über dich, was nicht jeder weiß." Lexi breitet eine Decke über ihre angewinkelten Beine aus, gähnt herzhaft, verdeckt dabei aber nicht ihren Mund. Darüber muss ich schmunzeln. Kein Wunder, dass sie nach ihrer Hyperaktivität müde ist.

„Zum Beispiel?", erkundige ich mich, nicht sicher, was genau sie hören will.

„Zum Beispiel, dass du immer einmal mit Delfinen schwimmen wolltest oder dass du ein Schmetterlingstattoo auf dem Hintern trägst, weil du ne Wette verloren hast.“

Ich lache. „Ich habe ein Tattoo, ja, aber keinen Schmetterling und nicht auf dem Arsch.“

„Wo dann? Ich wollte immer ein Tattoo haben, aber irgendwie erscheint es mir auch sinnlos, mich abstechen zu lassen, wenn nur die anderen etwas davon haben.“ Sie zieht die Oberlippe hoch.

„An welches Motiv hattest du denn gedacht?“ Eigentlich hat sie ja mich gefragt, aber mir ist es lieber, über sie zu sprechen als über mich.

„Hm. Keine Ahnung, das ändert sich immer mal wieder. Einmal war es ein Adler für Freiheit, dann eine Pusteblume, die im Wind weht, oder der Spruch vom kleinen Prinzen: ‚Man sieht nur mit dem Herzen gut‘. Je länger ich dann aber darüber nachdenke, umso weniger gefällt mir die Idee, deswegen lasse ich es lieber. Im Notfall kann ich mir ja sonst einen Schmetterling tätowieren“, kichert sie. Mit offener Hand klopft sie mir aufs Bein, lässt ihre Hand dann daneben liegen, sodass sie meine Haut immer noch berührt und dort ein angenehmes Gefühl hinterlässt, obwohl ihre Finger eiskalt sind. „Sie haben meine Frage aber noch nicht beantwortet, Herr Anwalt.“

Meine Augen ruhen auf ihren schmalen Fingern, als könne ich durch den Kontakt etwas von ihrer Kraft beziehen. „Oberarm.“

„Cool. Was ist es? Oder nein, warte … darf ich selber schauen, ob ich es fühlen kann?“ Absolut unbefangen setzt sie sich bereits während der Frage auf. Ist ja bekannt, dass blinde Menschen durch Ertasten sehen. Keine große Sache. Obwohl meine Herzfrequenz dabei etwas steigt, führe ich also ihre Hände an meinen Bizeps und beobachte sie, wie sie mit konzentriertem Blick die Linien meines Tattoos nachzieht. Dabei benutzt sie die Zeige-, Mittel- und Ringfinger beider Hände, fährt federleicht über meine Haut. Dann breitet sich ein Lächeln auf ihrem Gesicht aus. „Du bekommst Gänsehaut."

„Ja, weil du so kalte Hände hast", behaupte ich. Ich kann ihr ja wohl schlecht erklären, dass die Gänsehaut daher kommt, dass ich mich vehement davon abhalte, sie komplett zu mir zu ziehen. Gehemmt nimmt Lexi ihre Finger weg, legt sich wieder zurück. Es war nicht meine Absicht, sie in Verlegenheit zu bringen, deshalb fische ich nach ihrer Hand, bevor sie sie unter der Decke verstecken kann, und lege sie zurück an die Stelle neben mein Bein. Damit locke ich ihr ein kleines Schmunzeln hervor.

„Eine Sieben?"

„Richtig."

„Wie der Film ‚Sieben'?" Scherzhaft kneift sie die Augen zusammen. „Deswegen wolltest du also, dass ich Kevin Spaceys Lex Luthor bin. Du möchtest, dass ich dir Brad Pitt vorstelle."

„So ungefähr, ja", weiche ich aus, selbst verwundert darüber, wie wenig es mich stört, dieses Thema anzusprechen. Normalerweise will ich das Tattoo nicht einmal sehen.

„Okay, nein ehrlich. Wofür steht sie? Sieben Geheimnisse? Sieben Exfrauen?" Sie bricht in Gelächter aus, findet ihre Ideen enorm witzig, und sogar ich muss darüber lachen. „Sieben Zwerge? Komm schon, gib mir irgendetwas."

Kopfschüttelnd kratze ich mir den Nacken, wohl wissend, dass ich die Antwort nicht ewig umgehen kann. „Sieben Menschen, die während meiner Schicht gestorben sind."

Das Lachen verblasst auf ihrem Gesicht, und sie greift sich ans Schlüsselbein, wie schon so oft, wenn ihr etwas unangenehm ist. Sie kratzt die Stelle so lange, bis sie rot ist und ich ihr sagen will, dass sie aufhören soll. „Tut mir leid, ich bin ein Idiot." Was ich gerade absolut nicht brauchen kann, ist, dass sie Mitleid mit mir hat und diesen Humor verliert, den ich so brauche. Deshalb brumme ich zustimmend.

„Ja vielleicht, aber nicht unbedingt deswegen."

„Hey!" Sie lacht, trotz des bösen Gesichtsausdrucks. „Wusste gar nicht, dass wir schon *solch* enge Freunde sind, dass du so was zu mir sagen darfst."

„Freut mich, dass ich dieses Missverständnis aufklären konnte."

„Ich kann den ‚Rockafella Skank' tanzen", purzelt es aus ihr heraus, und ich sehe lachend zur Decke, weil ich ihre plötzlichen Themenwechsel nicht begreifen kann.

„Den Was bitte?"

„Du weißt schon. Aus dem Film ‚Eine wie Keine'. Den Tanz, den sie am Abschlussball tanzen. Den kann ich."

Ich erinnere mich dunkel, aber der Film ist steinalt. 1999, glaube ich. Damals kannte ihn jeder. An das Lied zumindest kann ich mich noch erinnern. „Du lügst", behaupte ich, wohl wissend, was ich dadurch von diesem kleinen Sturkopf neben mir bekomme.

„Such das Lied heraus! Ich beweise es dir." So durchschaubar. Ich lasse mich nicht zweimal bitten und tippe das Lied in YouTube ein. Kaum beginnt es zu spielen, springt Lexi auf und bewegt sich energisch durch den Raum. Sie tanzen zu sehen, weckt tatsächlich Erinnerungen an den Film, von dem wir uns damals alle zumindest zwei oder drei Moves abschauten. Und sie tanzt gar nicht schlecht. Vor allem ihr Körpergefühl beeindruckt mich, ihre fließenden Bewegungen, die selbst einen lustigen Tanz wie diesen sexy aussehen lassen, und wieder einmal die extreme Freude, die sie dabei empfindet. Nachdem das Lied zu Ende ist und sie sich schwer atmend wieder hinlegt, klatsche ich.

„Wie hast du den gelernt?“, frage ich interessiert, und hoffe, ihr damit nicht zu nahe zu treten.

„Ich war nicht immer blind. Zumindest nicht auf beiden Augen. Meine Schwester und ich haben die Szene wahrscheinlich einhundert Mal angesehen und den Tanz einstudiert. Und ich schätze, das ist so wie mit dem Fahrradfahren bei euch. Man verlernt es nie. Wir wollten es so gerne unseren Freunden beibringen. Unser Plan war, die Szene bei einem unserer Abschlussbälle nachzustellen.“ Sie lässt eine Hand auf ihren bedeckten Oberschenkel klatschen. „Aber dann kam alles anders, und sie hat ihn nur noch mit mir getanzt, wenn ich sie dazu genötigt habe. Sie dachte wohl immer, mich würde der Gedanke verletzen, dass ich den Tanz nie so sehen würde, wie es unser Plan war. Aber ich wollte trotzdem unbedingt, dass sie es durchzieht. Es hätte mir echt viel bedeutet, so sinnlos das auch klingen mag.“ Sie hat recht, es fällt mir schwer, diesen Wunsch zu verstehen. Wahrscheinlich hätte ich nicht anders reagiert als ihre Schwester. Aber wer sind wir schon, zu beurteilen, was gut für Lexi ist und was nicht?

„Was ist passiert?“

Sie stützt ihren Kopf auf den Arm, der auf der Lehne liegt. „Ich kam sieben Wochen zu früh zur Welt, musste wegen des Atemnotsyndroms eine Woche lang beatmet werden. Die Folge war eine teilweise Netzhautablösung am linken Auge. Damit kann man leben, aber nur selten erfolgreich operiert, wie eben in meinem Fall. Zum Glück blieben mir zumindest das Lichtempfinden und ein weitestgehend gesundes zweites Auge. Mit acht Jahren bin ich dann schwer gestürzt. Durch den Aufprall an der Schläfe kam es zu einem Gewebeschwund meines Sehnervs." Lexi zieht kurz die Augenbrauen hoch und fuchtelt an ihrer Decke herum. „Zugrunde gegangene Nerven des Zentralnervensystems sind nicht mehr zu retten. Es war echt nicht leicht, mit der Umstellung umzugehen, weil man plötzlich zwei Kriege durchkämpft. Man vermisst, was man verloren hat, andererseits verflucht man, dass man es überhaupt je gesehen hat. Man fühlt sich zerrissen, von zwei Welten geprägt und trotzdem in keiner richtig verankert. Wobei ich den Vorteil hatte, jung genug zu sein, um Braille, Orientierung und Mobilität relativ rasch zu erlernen, und gleichzeitig alt genug, um die Umgangsformen und Verhaltensweisen einer Sehenden nicht zu *ver*lernen. Viele Leute bemerken oft gar nicht oder erst spät, dass ich überhaupt blind bin." Sie lächelt schelmisch und sieht mir ziemlich direkt in die Augen.

„So wie ich", beende ich ihre Andeutung schmunzelnd. Stolz nickt sie. „Das hat natürlich nicht immer nur Vorteile. Witzig ist es trotzdem. Jedenfalls wurde mein Dad zu meinem wichtigsten Lehrer. Während meine Mom *zu* überbehütend war, forderte er mich heraus, Dinge selbst auszuprobieren, nicht immer um Hilfe zu bitten. Das war manchmal so frustrierend, dass ich tobte, schrie und weinte. Letztlich gab es mir aber auch Selbstbewusstsein, Willensstärke und Ausdauer. Und eine Menge blauer Flecken", erinnert sie sich lachend.

Ja, das habe ich schon mitbekommen. Vorhin im Bad konnte ich auf ihren Beinen auch ein paar davon erkennen. Obwohl sie so leichtfertig davon erzählt, hört sich ihre Geschichte für mich ziemlich hart an. Ich habe mal gelesen, dass Spät-Erblindete oft mit Süchten oder Suizidgedanken kämpfen, weil die plötzliche Krisensituation, in die sie fallen, einem Todesfall gleichen. Lebenskonzepte, Identitäten müssen völlig umgekrempelt, viele Dinge neu erlernt werden. Mag sein, dass das mit acht Jahren leichter fällt als mit achtzehn, trotzdem ist Lexi in meinen Augen eine außergewöhnliche Frau. „Was war deine schlimmste Verletzung?"

„Das kommt darauf an, ob eine Gehirnerschütterung und Platzwunden zu schlimmeren Dingen zählen als gebrochene Arme und Beine." Sie gähnt noch einmal laut, als wäre das Thema absolut unspektakulär für sie, schließt die Augen. „Ich bezweifle, dass Sears noch kommt. Falls du eine Decke brauchst, sag Bescheid." Mit schmatzenden Geräuschen öffnet sie nach neuerlichem Gähnen ihren Knoten und lässt ihre langen Haare an der Rückseite der Lehne herunterhängen.

„Ich würde mich gerade total gerne über deine Haarfarbe lustig machen, leider kenne ich aber nur den einen Witz, den ich dir schon gestern erzählt habe."

Lexis Oberkörper schüttelt sich leicht vor stillem Lachen.

„Ja, Männer haben bekanntlich das Problem, ihr Pulver zu schnell zu verschießen."

Wie immer bringt sie mich mit ihrer unverblümten Art zum Lachen. Ich hebe beide Augenbrauen. „Willst du dieses Thema jetzt wirklich genauer ausführen, Lexi?", frage ich selbstgefällig, meine Stimme unweigerlich etwas rauer. „Ich kann dir nämlich gerne zeigen …"

Breit grinsend kreischt sie heiser auf und hält sich das freie Ohr zu, bevor sie ihre Zunge, mit Geräuschen untermauert, zwischen den Mundwinkeln hin- und herbewegt wie eine Vierjährige.

„Also du darfst schmutzige Witze machen, aber ich nicht. Verstehe ich das richtig?“

„Korrekt“, antwortet sie zufrieden, entkrampft sich wieder.

„Du hast das Potenzial, einem Mann ziemliche Kopfschmerzen zu bereiten.“ Oder andere …

Lexi kichert diabolisch. „Ja, aber ich bin auch winzig, deswegen ist das süß.“ Dagegen kann ich nicht argumentieren. Das ist sie wirklich. „Was du vorhin gesagt hast“, beginnt sie nach kurzer Pause leiser, „ich wäre tapfer und so …“ Sie spricht nicht weiter, deshalb tue ich es für sie.

„Ja, das war ernst gemeint. Du sagtest doch, ich müsste immer ehrlich sein, sonst würdest du mir in den Arsch treten.“

Ein Schmunzeln. „Nein, mein Lieber. Die Arschtritte gehören eher zu deinen besonderen Fähigkeiten, nicht meinen.“

Grinsend lehne ich mich in das Kissen zurück. Die beruhigende und stärkende Wirkung, die dieses Mädchen auf mich ausübt, ist mir neu und fremd. Nicht nur das, sondern auch die Tatsache, wie viel wir heute voneinander preisgegeben haben, ohne dass ich danach den Drang verspürt habe, die Flucht zu ergreifen oder in Panik zu verfallen, fasziniert mich. Der idiotische Teil von mir würde gerne herausfinden, wie weit ich mit dieser neuen Ehrlichkeit gehen kann.

Wenige Minuten später wird Lexis Atem tiefer, langsamer. Sie ist eingeschlafen. Ob sie wieder spüren könnte, dass ich sie anstarre? Mir egal, ob sich das gehört oder nicht, ich möchte dieses Mädchen ständig nur ansehen, ob sie nun sehend, blind, wach ist oder schläft. Ihre Lippen sind halboffen, ihre Wangen rosig, ihr Gesicht vollkommen tiefenentspannt. Klar ist sie verdammt schön. Es ist aber nicht nur ihr Aussehen selbst, sondern ihre Persönlichkeit, die mich fesselt. Bis auf Toby habe ich noch nie eine Person kennengelernt, bei der es so leicht ist, einfach zu *sein.* Ich kenne Lexi gerade mal eine Woche, und trotzdem fühlt sich alles mit ihr so natürlich an.

Ich muss auch kurzzeitig weggenickt sein, denn geweckt werde ich von einem extrem lauten Getrampel draußen am Gang. Lexi hat sich inzwischen zu einem kleinen Ball zusammengerollt, einzig und allein ihr Finger berührt immer noch mein Bein. Ein Blick in ihr Gesicht verrät mir, dass sie einen festeren Schlaf genießt als ich, deshalb springe ich auf und öffne die Tür, bevor der Vermieter klopfen kann. Bei meinem Anblick setzt der Typ gleich einen Schritt zurück und zieht die Augenbrauen runter. „Wer sind Sie?", fragt er aggressiv. Tja, Arschloch, heute darfst du dich mit mir unterhalten.

„Ich bin ein Freund von Ms. Davis und Ms. Carpendale." Von oben bis unten mustert er mich, reimt sich bei meinem Auftritt in Boxershorts und Shirt wahrscheinlich schon irgendetwas zusammen. Das ist mir aber scheißegal.

„Ja, das kann ich sehen", sagt er geringschätzig und stampft in die Wohnung. Als er Lexi auf der Couch findet, bleibt er abrupt stehen, schnaubt und glotzt sie für meinen Geschmack zu lange an. Offensiv stelle ich mich vor sie und verschränke die Arme vor der Brust, um sie vor seinen Blicken zu schützen. „Es freut mich, dass wenigstens *sie* schlafen kann", verteidigt er sich und marschiert zum Bad, „nachdem sie meine Wohnung wieder mal ruiniert hat."

„Sie hat mit dem Schaden nichts zu tun. Das Rohr ist völlig porös, wie man leicht erkennen kann. Vom Wasser selbst haben wir das Gröbste bereits entfernt. Wie ich Ihnen aber schon am Telefon sagte, braucht es einen Nass-Trocken-Sauger, um den Rest …"

„Sie wird für den Schaden aufkommen müssen“, unterbricht er mich lautstark, einen Blick in die Dusche werfend, und greift sich theatralisch ans Herz.

„Erstens: Senken Sie bitte die Stimme. Ich höre Sie laut und deutlich.“ Ein Talent aus der Praxis – eine unmissverständliche Aufforderung als freundlich klingende Bitte formulieren, obwohl es in Wahrheit keine ist. Bei Sears kommt die Botschaft an. Er klappt kurz den Mund zu, sieht mich mit großen Augen an. „Zweitens hören Sie offenbar nicht zu. Es war kein Eigenverschulden, von daher haftet der Vermieter. Also Sie.“

Er schüttelt den Kopf, deutet auf das Loch in der Wand. „Sie muss es heruntergerissen haben, sonst passiert so etwas nicht. Ist nicht das Erste, was die Kleine durch ihre Tollpatschigkeit hier drinnen ruiniert hat“

„Meinen Sie das ernst?“, frage ich trocken. „Haben Sie das Mädchen gesehen? Da müsste sie schon mit einem Vorschlaghammer draufgehauen haben, damit das Teil abfällt. Das würde man jedoch an der Mauer erkennen, wie Ihnen jeder Fachmann anhand unserer Fotos erklären wird.“

Perplex und erbost zugleich stiert der Typ mich an. „Was geht Sie das überhaupt an? Sind Sie auf einmal ihr Anwalt oder so ein Scheiß?“

Gar nicht allzu weit daneben. Seine Frage übergehend, zeige ich ihm, was er anscheinend schon bemerkt hat, nämlich, dass er sich seinen Bullshit bei mir sparen und mich nicht einschüchtern kann. „Artikel fünf, Paragraph zweiundvierzig, Absatz a, Ziffern zwei und vier der Bauordnung und das Allgemeine Mietrechtgesetz des Staates North Carolina, unter welches auch dieser Vertrag fällt, besagen, dass der Vermieter für die Reparatur von Schäden an der Wohnung aufkommen muss, die die Gesundheit und Sicherheit des Mieters gefährden.

Wir haben neben den Fotos die Kopien der beiden schriftlichen Benachrichtigungen, die Miss Davis und Miss Carpendale an Sie verfasst haben, weil die Armatur locker ist. Weiters kann jeder einzelne Mieter in diesem Komplex bestätigen, dass dies nicht der erste Wasserrohrbruch war. Ich denke, Sie verstehen, worauf ich hinauswill?“

Sears klemmt defensiv die Arme unter seinen Achseln ein. „Glauben Sie, Sie können mich verklagen?“

„Können sowieso. Und ich wage die Behauptung, dass es für Sie nicht besonders gut aussehen würde, wenn dieser Fall vor einen Richter kommt. Vor allem, wenn man bedenkt, dass Vermieter schon seit Jahren darin unterstützt werden, Wohnungen möglichst barrierefrei zu gestalten, wenn Bedarf besteht. Soweit ich sehe, wurde hier jedoch noch nichts dergleichen getan. Wenn ich mich recht erinnere, ist der Aufzug seit … wie lange – vier Monaten? – defekt. Ob wir es nun tun oder nicht, liegt bei Ihnen. In unserem Interesse liegt eine Einigung, die eine sofortige Reparatur ohne Mieterhöhung beinhaltet. Außerdem darf das Mietverhältnis durch diese Sache nicht verändert werden. Dann sehen wir uns weder gezwungen, die Miete zurückzuhalten, noch rechtliche Schritte einzuleiten, um Mietminderung und Schadenersatz zu beantragen.“ Und das sage ich nur deshalb, weil Lexis Möbel tatsächlich nicht vom Wasser beschädigt worden sind. Sonst sähe die Sache wieder anders aus. Es ist jedoch immer gefährlich, den Vermieter zu sehr unter Druck zu setzen, da er Mittel und Wege finden kann, die beiden rauszujagen, wenn das hier vorbei ist. Das wollen Lexi und Morgan aber nicht. Warum auch immer … die Wohnung ist eine einzige Katastrophe.

Sears starrt mich mit leicht offenem Mund an. Er weiß, wir sitzen am längeren Ast. Ob Lexi nun will oder nicht: Menschen, die in irgendeiner Art und Weise benachteiligt sind, werden in Fällen wie diesen begünstigt, wenn es hart auf hart kommt. „Senden Sie mir die Fotos und den Kostenvoranschlag für die Reparatur. Ich werde das mit meiner Versicherung besprechen." Unglaublich, dieser Kerl. Versucht es echt mit allen Tricks …

„Wir werden Ihnen eine *Kopie* der Fotos zukommen lassen sowie die Rechnung des bereits behobenen Schadens nach Einholung dreier Angebote, sofern Sie binnen der nächsten achtundvierzig Stunden nicht selbst jemanden beauftragt haben, der sich darum kümmert. Wenn Sie wollen, lege ich auch gerne noch mal den Beleg des reparierten Sicherungskastens bei, den Sie wohl verlegt haben. Denn wir wissen ja beide, dass Sie auch diesen bezahlen müssen."

Sears Augen funkeln voller Frust. Er tritt rückwärts aus dem Badezimmer Richtung Eingangstür, sich plötzlich beeilend, hier rauszukommen. Lexi ist inzwischen wach, sitzt mit der Decke über ihren Schultern auf der Couch, die Füße auf dem Boden, das Gesicht in den Händen versteckt. Der Anblick kratzt für einen Moment an meiner Gelassenheit. Was ist mit ihr? „Ich schicke morgen Früh jemanden mit dem Nass-Trocken-Sauger vorbei. Sie können hoffen, dass das Wasser bis dahin in der unteren Wohnung keinen Schaden angerichtet hat."

„Mr. Sears, Sie wurden rechtzeitig über das Problem informiert", interveniere ich ein letztes Mal, bevor er kopfschüttelnd die Wohnung verlässt.

„Alles okay, Lexi?", frage ich, sobald die Türe zu ist. Sie streicht sich mit den Händen durch die Haare, holt tief Luft und marschiert in die Küche. Dort nimmt sie meine restliche Kleidung vom Heizkörper und kommt auf mich zu.

„Danke, Robin Hood, dass du dich wieder einmal für die Armen und Schwachen des Landes eingesetzt hast.“ Ihre Worte klingen bissig, ihr Gesicht verrät aber ihre Belustigung über die Art, wie Sears hier mit eingezogenem Schwanz verschwunden ist.

„Was? Fährst du jetzt wieder deine Katzenkrallen aus, weil ich mich eingemischt habe?“

Lexi streckt mir meine Hose und ihre Zunge entgegen. „Eigentlich hatte ich vor, dich zu umarmen. Jetzt ist alles, was ich dir geben will, das hier …“ Sie zeigt mir ihren Mittelfinger, lacht dabei aber. Kurzzeitig verfluche ich mich dafür, sie daran gehindert zu haben, ihr Vorhaben durchzuziehen, und auch dafür, wie sehr ich mir wünsche, von ihr berührt zu werden. Lexi streckt die Hand aus, bis sie mein T-Shirt berührt, schließt dann den fehlenden Raum zwischen uns, stellt sich auf die Zehenspitzen und legt die Arme um meinen Nacken. Mir ist klar, dass sie sich nicht in bewusster Sinnlichkeit so langsam bewegt, sondern aus Achtsamkeit. Der blumige Geruch, den ich von ihren Haaren kenne, und das Gefühl ihres weichen, dünnen Körpers treffen mich trotzdem unerwartet tief. „Danke!“, flüstert sie, als hätte sie Angst, dabei erwischt zu werden, wie sie es sagt. Schmunzelnd über ihre Sturheit streichle ich ihr einmal über den Rücken, spüre dabei jeden Nerv meines Körpers vibrieren, was mich zu Tode verängstigt. Körperlich wie seelisch ziehe ich mich von Lexi zurück, wahre sofort wieder Distanz. Von mir aus können wir befreundet sein, ich werde aber nicht zulassen, dass mich noch einmal jemand so aus der Bahn wirft wie Belinda oder meine Mom.

19

Nate

„Da ist ja meine treulose Tomate“, zieht Toby mich morgens auf, nachdem ich todmüde seinen Anruf abgewürgt habe und mich jetzt lustlos in die Küche schleppe. Jenna hält mir grinsend einen Becher Kaffee entgegen, signalisiert mir, mich hinzusetzen. Dann sieht sie mich streng an.

„Dein Gesicht gibt verwirrende Botschaften ab, Jen. Worte müssen folgen“, erkläre ich ihr.

„Wir wollen wissen, wieso wir noch nichts wissen.“ Ihr Gesicht ist voller Missfallen. Natürlich hat ihr Freund, das Großmaul, ihr gleich erzählt, dass ich gestern Nacht nach Morgans Anruf aus der Tür gestürmt und erst vor dreieinhalb Stunden nach Hause gekommen bin. Jetzt dichtet sie sich wieder irgendetwas zusammen. Trotzdem kann ich nur gähnen. Langsam ist dieser Schlafmangel echt nicht mehr lustig. Irgendwann gehe ich deswegen noch drauf.

Weil ich nicht gleich antworte, wedelt Toby mit einem Blaubeer-Muffin vor meinem Gesicht herum. Der Duft steigt mir in die Nase, und mein Magen knurrt. Als ich hingreife, zieht er seine Hand zurück. Ich lege den Kopf schief, werfe ihm meinen vernichtendsten Blick zu. „Leute, ich bin keine zehn mehr, dass ihr mich ködern müsst. Gib mir den verdammten Muffin, oder ich hole ihn mir.“

Toby verdreht die Augen, reicht ihn mir aber schließlich doch.

„Verrätst du uns, wer das Mädchen ist?“, fragt Jen und legt mir eine Hand auf den Arm. Oh Mann! Sie tut, als hätte ich ihr Herz gebrochen, nur weil ich eine kleine Veränderung in meinem Freundeskreis nicht sofort bekannt gegeben habe. Widerwillig erzähle ich ihnen also von Lexi. Nicht weil es mir unangenehm ist, sondern weil ich keine Lust habe, dass die beiden etwas hineininterpretieren, was nicht da ist. Oder was ich zumindest nicht vorhabe, zuzulassen. Zum Schluss grinsen die beiden dämlich, und ich lasse den Kopf auf den Tisch knallen, weil ich genau dieses Theater vermeiden wollte.

„Wie alt seid ihr noch mal?"

„Wir freuen uns einfach, dass du jemanden gefunden hast, bei dem du dich wohl fühlst. Niemand wird dich dafür steinigen, dass du glücklich bist." Gut gemeint, Jen, aber davon bin ich meilenweit entfernt.

„Bring sie mal vorbei oder so. Würde mich interessieren, herauszufinden, welche Frau es geschafft hat, dich öfter als einmal zu sehen, obwohl ihr *keinen* Sex miteinander habt." Ich hebe gelangweilt eine Augenbraue. Plötzlich schnippt Toby mit den Fingern und reißt die Augen auf. „Vielleicht ist genau das der Grund." Er tippt sich wie nach einer Erkenntnis an die Stirn. „Und dabei dachte ich all die Jahre, dass *du* den Weitpisswettbewerb gewinnen würdest. Stellt sich heraus, dass ich dich um etliche Zentimeter schlage."

Jenna gibt Toby einen Klaps auf den Hinterkopf. „Red nicht so hässlich", schimpft sie, doch ich lehne mich entspannt zurück und schmunzle, während ich selbstgefällig kaue.

„Wenn du meinst, dass du mit deinen drei Zentimetern überhaupt gegen mich antreten kannst, sollten wir vielleicht den ‚Duden' informieren, dass *etliche* ein neues Synonym bekommen hat."

„Wenn ihr auch vor Lexi sprecht wie triebgesteuerte Teenager, werdet ihr beide bald durch ein Röhrchen pissen können", schneidet Jenna Tobys Konter ab und löst bei uns schallendes Gelächter aus. Mit einem High five für sie und einem Du-kannst-mich-mal-Blick für Toby werfe ich mich für einen neuerlich langen Tag unter die Dusche.

Der Vormittag in der Vorlesung zieht sich hin, denn der Professor hat die Gabe, mit seiner monotonen Stimme und seiner unglaublich langsamen Art einen ganzen Saal zu hypnotisieren. Mein vibrierendes Handy rettet mir das Leben und meine Ehre, bevor ich hier noch zu schnarchen anfange.

Lexi: *Hey! Alles fit?*

Lexi: *Beim Tippen wirkt der Satz irgendwie noch besser ...* Zunge herausstreckendes Smiley.

Ich: *Von fit kann nicht die Rede sein ... Die Schlange Kaa aus dem Dschungelbuch hat sich in menschlicher Form in meine Vorlesung geschlichen und versucht gerade, uns einzuschläfern, damit sie uns nachher fressen kann.*

Lexi: *hahaha ... okay, dann schätze ich, ich wäre jetzt NICHT gern wie duhuhu.*

Dieses Mädchen kann man wirklich mit nichts schlagen. Sie hat auf alles die passende Antwort. Jetzt kommt sie mit dem Affenkönig Louie. Grinsend fahre ich mir über die Lippen.

Lexi: *Bevor du jetzt mit Baloo antanzt ...* fies zwinkerndes Smiley ... *Ich wollte eigentlich fragen, ob du nach deiner Vorlesung kurz Zeit für mich hast. Habe interessante Neuigkeiten.*

Ich: *Okay, jetzt hast du mich am Haken. Mittagessen vor der Bibliothek um eins?*

Lexi: **kicher* Habe ich das nicht schon lange?* Dasselbe Smiley von vorhin ... *Alles klar, bis dann. Morgan wird auch dabei sein.*

Da ist heute jemand besonders gut drauf. Sie ist die einzige Frau, die ich kenne, die es schafft, so einen Spruch abzuziehen, ohne versnobt oder von sich eingenommen zu wirken. Liegt aber wahrscheinlich auch daran, dass ich genau weiß, dass dies das Letzte ist, was sie ist.

Eineinhalb Stunden später schaffe ich es tatsächlich, lebend aus dem Saal zu kommen. Lethargisch hoch zwei, aber doch. Ich nehme an, dass wir uns bei einem der Bagel-Stände etwas zu essen kaufen werden, deshalb warte ich einfach vor der Bibliothek auf sie. Ich hoffe, sie will mir erzählen, dass ihr bescheuerter Vermieter seinen Arsch bewegt hat und Schritte zur Reparatur eingeleitet hat. Der Abend bei ihr tat mir wirklich gut, auch weil ich jetzt weiß, dass Lexi nicht mehr sauer auf mich ist oder mir etwas nachträgt. Vielleicht werde ich nachher zumindest wieder fähig sein, einen Raum mit Warren zu teilen, ohne sein Gesicht neu arrangieren zu wollen. Dauert aber bestimmt nicht lange, bis er einen neuen Weg findet, mir ans Bein zu pinkeln.

Nach fünfzehn Minuten ist Lexi noch immer nicht da. Auf meinen Anruf reagiert sie auch nicht, deswegen sehe ich in der Bücherei nach, ob sie vielleicht lernt und unser Treffen vergessen hat. Tatsächlich entdecke ich Morgan, die seitlich zu mir an einem der Tische sitzt. Als ich genauer hinsehe, bemerke ich einen blonden Haarschopf neben ihrem Ellbogen. Ist das Lexi? Ihr Oberkörper ist über den Tisch gebeugt, ihr Kopf auf und gleichzeitig unter ihrem Arm vergraben, die andere Hand krallt sich in ihrer Hose fest. Jede Faser meines Körpers verkrampft sich, während ich zu ihr stürme.

„Lex?!"

Morgan hält mir ihre offene Handfläche hin, formt mit ihren Lippen ein Shh. „Komm runter, Nate! Es ist in Ordnung."

„Was ist passiert?“

Lexi versucht ihren Kopf leicht zu heben, um mir zu antworten, lässt ihn dann aber mit einem zitternden Ausatmen wieder fallen. Ein Schluchzen zerreißt ihren Körper und nimmt meinen dabei mit. Morgan streicht ihr beschwichtigend über die Haare. „Ganz ruhig, Kleine. Ist gleich vorbei.“

„Ist sie verletzt? Wer war das?“ Meine Fingernägel bohren sich in meine zu Fäusten geballten Handflächen.

„Nein. Bin ich nicht.“ Ihre Stimme klingt rau, sie flüstert. Vorsichtig sieht sie auf, die Augen halb geschlossen, aber blutunterlaufen, die Wangen nass, das Gesicht rot. Ihr Anblick bricht mir das Herz und macht mich gleichzeitig unglaublich wütend.

„Rede mit mir, verdammt noch mal!“, richte ich mich an Morgan, weil Lexi ganz offensichtlich nicht zu einer Erklärung fähig ist.

„Halt einfach für einen Moment die Klappe und setz dich hin, okay?“ Morgan blitzt mich streng an, deutet auf den Stuhl neben Lexi. Ich zwinge mich, tief Luft zu holen und mich steif wie ein Brett neben ihr niederzulassen. „Sie hat gerade einen Glaukomanfall. Passiert leider immer mal wieder. Trotzdem braucht nicht das ganze Gebäude davon zu erfahren, okay? Also schalt ein paar Gänge runter und warte, bis die Medikamente wirken.“

Lexi hustet ein paar Mal.

„Was bedeutet das?“, frage ich, immer noch auf Lexi fokussiert.

„Im Grunde ist es ein viel zu hoher Augendruck, der binnen sehr kurzer Zeit um ein Vielfaches ansteigt und sich dann in Kopf- und Augenschmerzen, Übelkeit, Erbrechen äußert. Die

Medikamente helfen, aber eben nicht sofort. Das braucht ein wenig Zeit."

Verzweifelt lege ich meine Hand auf ihre unter dem Tisch. Sie reagiert, lässt ihre Hose los und klammert sich stattdessen an meine Finger.

„Wie oft kommt das vor?" Mein Puls ist immer noch auf hundertachtzig. Das kann doch nicht wahr sein, dass man nur dabei zusehen kann, wie sie unerträgliche Schmerzen hat. Zu einer Antwort kommt es jedoch nicht mehr, weil ein anderer Kerl an unserem Tisch stehen bleibt. Sein besorgter Blick verwandelt sich in Verachtung, als er unsere ineinander verschränkten Finger fixiert. Wenn er damit ein Problem hat, soll er es ruhig aussprechen.

„Alexandra, hast du schon wieder einen deiner Anfälle?" Seinen vorwurfsvollen Ton kann er sich sonst wohin stecken. Lexis Hand zuckt unter meiner, dann greift sie noch fester zu, als würde sie meine Gedanken lesen.

„Herrgott! Was ist das hier? Grand Central Station?", flucht Morgan, doch der Typ ignoriert sie.

„Avery hat mir erzählt, dass du im Club auch einen hattest. Das kann doch nicht mehr normal sein. Ich wette, deine Eltern wissen nicht, dass es dir so schlecht geht."

Im Club? Ach! Daher kommt mir dieser Typ so bekannt vor! Und gerade bestätigt er mir, was ich schon seit jenem Samstag weiß – nämlich dass er ein Idiot ist. War sie deswegen so durch den Wind, als sie in mich hineingelaufen ist?

„Das ist Lexis *Ex*freund Andrew", erklärt mir Morgan, den Blick fest auf Andrew gerichtet. „Sie haben sich *getrennt.*"

„*Sie* hat sich getrennt. Das war nicht meine Entscheidung. Und wieso mischst du dich überhaupt ständig ein?" Zornig erwidert er Morgans Provokation, ignoriert mich völlig und beugt sich zu Lexi hinunter. „Ich wollte das gar nicht.“

Lexi seufzt, murmelt irgendetwas in ihren Arm und setzt sich langsam auf. „Und ich wollte nicht ständig behandelt werden wie ein unmündiges Kind. In etwa so wie jetzt. Ich habe das unter Kontrolle, Andrew.“

„Ja, das sehe ich.“

Ihr Versuch, stark zu wirken, scheitert wirklich kläglich. Sie macht einen schlimmen Eindruck. Der Kerl vor mir geht mir trotzdem auf den Sack.

„Hör mal, es ist mir scheißegal, wer du bist oder glaubst zu sein. Gib Lexi Luft, oder ich bringe dich dazu.“

Er richtet sich auf, sieht feindselig auf mich herab. Lexis Husten und die Art, wie sie meine Hand nicht freigibt, sind die einzigen Dinge, die mich dazu veranlassen, sitzen zu bleiben.

„Ach ja? Du meinst, so wie du ihr gerade Luft gibst?“

Morgan schlägt mit der Hand auf den Tisch. „Hört auf, euch wie Neandertaler aufzuführen, oder haut ab! Welche Variante ihr auch nehmt, seid leise!“

Kopfschüttelnd steigt Andrew zurück, Verachtung und Verletzung im Blick. „Weißt du was, Alexandra? Was auch immer du seit Kurzem von mir halten magst, du weißt, dass ich immer für dich da war. Ich mache mir Sorgen um dich und hoffe, du lässt dir irgendwann wieder mal etwas von jemandem sagen, der dich länger kennt als fünf Minuten.“

Ohne Lexis Hand loszulassen, verschränke ich die Arme vor der Brust, fordere ihn schweigend heraus, weiterzusprechen. Zumindest scheint er ausreichend Selbsterhaltungstrieb zu besitzen, um dann doch das Weite zu suchen. Arschloch.

„Er erzählt es meinen Eltern“, wimmert Lexi.

Morgan schüttelt den Kopf. „Das glaube ich nicht, und wenn, dann reiße ich ihm den *Derrière* auf.“ Obwohl ich mich hier gerade ein bisschen außen vor fühle, weil ich keine Ahnung habe, worum es geht, bin ich Morgan dankbar, dass sie Lexi zum Lächeln bringt. Ihre Hand, die bis eben noch so heiß war wie meine, hat sich inzwischen wieder auf Normaltemperatur gesenkt. Sie streckt die Finger und löst ihre Hand aus meinem Halt. Ungern lasse ich sie los.

„Besser, Maus?“ Morgan dreht Lexi zu sich und streicht ihr die verschwitzten Haare aus dem Gesicht. „Du siehst auch schon besser aus“, lügt sie, wofür sie von mir einen kritischen Blick kassiert. Sie zieht eine Grimasse und zuckt mit der Schulter. „Jetzt hole ich dir erst mal ein Glas Wasser.“ Mit einem warnenden Blick an mich, Lexi nicht zu bestürmen, verlässt Morgan den Tisch und marschiert zum Automaten.

Lexi kratzt sich am Schlüsselbein und sieht mit gefurchter Stirn zu mir. „Irgendwann folgt eine Erklärung, okay? Versprochen. Nur nicht jetzt gleich.“ Das hatte ich befürchtet, aber so, wie sie gerade dreinschaut, kann ich ihr diese Bitte keinesfalls abschlagen. Also tue ich ihr vorerst den Gefallen und ignoriere alles, was ich gesehen habe, so schwer es mir fällt.

„Was waren denn eigentlich deine interessanten Neuigkeiten?“

Ein schwaches Lächeln bringt ein wenig Farbe in ihr Gesicht zurück, während sie sich mit dem Handrücken über die Wangen streicht. „Ich habe heute einen Anruf von Moore, Baker und Hill bekommen“, beginnt sie, und mein Herz setzt einen Schlag aus. „Mr. Hastings hat sich offiziell bei mir entschuldigt und mir gesagt, dass die Partner sich explizit für mich entschieden hätten und mir die Stelle somit offensteht.“

Wie bitte? Bin ich jetzt im falschen Film? Klar hat Sophie mir erzählt, dass Baker sich ihre Unterlagen ansehen will, aber auch die von allen anderen. „Warren hat sich entschuldigt? Oh Mann. Die Welt steht nicht mehr lange."

Sie berührt meinen Arm flüchtig. Dabei fällt mir auf, dass sie immer noch zittert, und ich verspüre den Drang, ihre Hand noch mal in meine zu nehmen, bis das Zittern aufhört.

„Spaß beiseite, Nate. Was hältst du davon? Denkst du, ich sollte die Stelle nehmen?"

Gute Frage. Wenn Warren sich entschuldigt, muss er den Befehl von ganz weit oben bekommen haben. Das bedeutet auch, dass er von nun an nicht nur Hannah und mich nicht leiden kann, sondern auch Lexi. Wenn sie bei uns zu arbeiten beginnt, bietet ihm das neue Wege, sie unter Beschuss zu nehmen. Vielleicht hat ihm Baker aber auch genügend ins Gewissen geredet, damit er in Zukunft seinen Scheiß für sich behält. Ich hoffe es für ihn. Trotzdem würde mich interessieren, weshalb Baker und Hannah sich gegen die Entscheidung eines Junior Partners und für Lexi entschieden haben. Das plötzliche Interesse für sie hat mich schon am Mittwoch stutzig gemacht.

Ob ich will oder nicht, stellt sich für mich in diesem Moment außerdem die Frage, ob Lexi dem Druck standhalten wird, denn sie wird verdammt hart arbeiten müssen. Bisher war sie in meinen Augen immer glücklich, schlagfertig, stark. Das zerbrochene Bild, das sie nun abgibt, nagt an mir. Ich will nicht, dass sie verletzt wird.

„Nathan?!"

20

Lexi

Warum antwortet er nicht? Ist er wieder weggetreten? Einsamkeit macht sich um mich herum breit. Der einzige Grund, weshalb ich seine Präsenz noch wahrnehme, ist, dass er nahe genug bei mir sitzt, um seinen Atem zu spüren.

„Nate?“, wiederhole ich angespannt ein letztes Mal. „Soll ich die Stelle annehmen?“

„Wenn du das möchtest“, lautet seine vage Erwiderung, sein Ton irgendwie kühler als zuvor. Mein offensichtliches Schlucken entgeht ihm bestimmt nicht, ebenso wenig mein Rückzug. Er klingt nicht besonders überzeugt. Aber warum sollte er mir von dem Job erzählen und mir gegen Hastings helfen, wenn er gar nicht will, dass ich dort arbeite? Das würde absolut keinen Sinn machen. Trotzdem hätte ich seine Bestätigung gerne gehört. Jetzt weiß ich erst recht nicht mehr, was ich tun soll.

„Okay, also … ich denke schon, dass ich möchte.“

„Dann hast du deine Antwort.“

Enttäuschung über seine Reaktion lässt neue Tränen in meinen Augen hochsteigen. Schnell blinzle ich sie weg und schiebe das ungute Gefühl in der Brust auf meine durch den Anfall zerstörte Fassung. „Nein, habe ich nicht“, beginne ich leise und sammle alle Kraft, um aufzustehen. Die Hände stütze ich am Tisch ab, damit ich nicht so laut reden muss. „Meine Frage war, ob *du* denkst, dass ich zusagen soll. Nachdem du ausweichst, habe ich die Antwort wohl doch irgendwie bekommen. Keine Sorge, ich werde deinen Ruf dort nicht schädigen, indem ich dich blamiere."

„Lexi, hör auf, so einen Müll zu reden. An so etwas habe ich nie gedacht. Ich arbeite nur schon einige Zeit mit Warren zusammen, und noch nie hat er sich für irgendetwas entschuldigt. Das bedeutet, meine Chefs müssen irgendeinen großen Knochen vor sein Gesicht gehängt haben, damit er zubeißt, und mich würde einfach interessieren, warum ihnen das so wichtig ist."

Mit neu gefundener Energie verschränke ich die Arme vor dem Oberkörper und lehne mich zurück. „Hier ist ein abstrakter Gedanke: Es könnte vielleicht damit zusammenhängen, dass sie sich meine Bewerbungsunterlagen angesehen haben und finden, dass ich für den Posten geeignet bin."

„Das habe ich nie infrage gestellt. Ich habe nur das Gefühl, die Sache könnte eine neue Dimension angenommen haben. Du wirst unter Beobachtung stehen. Du wirst kämpfen und dir einiges hart erarbeiten müssen. Beim letzten Mal sagtest du aber, du willst nicht kämpfen."

Müde schüttle ich den Kopf. Diese Diskussion habe ich nicht kommen sehen. Ich dachte, er würde sich freuen. Wahrscheinlich tut genau das jetzt so weh. „Was ich sagte, war, dass ich nicht ständig darum streiten will, dass Leute wie du an meine Fähigkeiten glauben."

„Leute wie ich? Lexi, du wolltest meine Ehrlichkeit. Hier ist sie." Er muss seine Stimme nicht heben, um zu zeigen, dass auch er langsam wütend wird, aber das geschieht ihm recht.

„Was du bist, ist herablassend. Damit gehörst du zu den Leuten, die mit einem Blick entscheiden, dass ich irgendeine Sonderrolle einnehmen müsste, weil ich ihrer Ansicht nach benachteiligt bin."

Nathan bläst frustriert Luft aus der Nase und senkt wohl den Kopf. „Okay, ich sehe, dass es dir gerade nicht gut geht, aber ich habe keine Scheu, dir zu sagen, dass du dich benimmst wie ein verwöhntes Kind und offensichtlich den Kopf aus dem Arsch ziehen musst. Ich schreibe dir keine Sonderrolle zu. Du gibst dir selbst gerade eine. Und jetzt hör auf, ständig sauer auf mich zu sein. Ich mag dich, und es ist mir ein Anliegen, dass es dir gut geht."

Ich kneife die Augen zusammen, weil sich die Kopfschmerzen wieder ausbreiten. Nur kommen sie diesmal nicht vom Glaukom. „Was ich dir gleich gebe, ist ein blaues Auge, wenn du noch einmal in diesem Ton mit mir sprichst. Und wer oder was sagt überhaupt, dass ich *dich* mag?" So viel zum verwöhnten Kind. *Vor allem vielleicht die Art, wie du die vergangenen zehn Minuten seine Hand festgehalten hast, als wäre sie ein Rettungsboot*, antworte ich mir selbst. Es ärgert mich, dass er recht hat, aber es fühlt sich dumm an, jetzt nachzugeben. Über meinem viel zu lauten Pulsschlag in den Ohren hinweg höre ich sein schnurrendes Lachen.

„Ist das hier ein Scherz für dich?", frage ich, im Versuch, weiterhin böse zu klingen, irgendwie ist aber die Luft raus.

„Nein, Lex, ist es nicht. Was ich allerdings gut finde, ist, dass du wieder Zähne zeigst. Die Sache ist nur, du tust es an der falschen Stelle. Denn ich habe dir bereits gesagt, dass ich an dich glaube, und das meine ich auch so. Dein Problem ist, *du* glaubst nicht an dich. Vielleicht solltest du also dort ansetzen, anstatt mal wieder sauer auf mich zu sein."

Mit offenem Mund stehe ich wie ein Blödmann vor ihm. Ich soll an mich selbst glauben? Was denkt er, tue ich mein ganzes Leben schon? Anders hätte ich mich wohl kaum bis hierhin behaupten können. Natürlich glaube ich an mich! Meistens.

„Toll, dann werde ich gleich am Montag damit beginnen“, bocke ich mit gespieltem Lächeln.

„Ich freue mich darauf.“ In seinem Ton finde ich keine Überheblichkeit und keinen Sarkasmus. Das nervt mich, weil es bedeutet, dass ich wieder einmal übertrieben habe.

„Perfekt.“

„Und jetzt setz dich wieder auf deinen Hintern, damit ich dich hier nicht rausschleppen muss, sobald der kleine Giftzwerg in dir die seriöse Lexi freigibt und dein Adrenalinspiegel wieder dort ist, wo er hingehört.“

Ich will mich dafür ohrfeigen, dass mir ein schwaches Lächeln über die Lippen kriecht. Eigentlich wollte ich böse auf ihn sein. Nur kann ich mich gerade nicht mehr erinnern, weshalb.

Nathan steht auf, und ich verfolge seinen wie immer guten Geruch, der näher kommt, bevor er mir mit seinem Handrücken über die Wange streicht, als wären wir nicht gerade zusammengekracht. Vielleicht sollte ich seine Hand wegschlagen, aber ich finde den Willen dafür nicht.

„Stell meine Achtung zu dir nie wieder infrage. Ich mag jede deiner Persönlichkeiten, Lex, so sehr du mir auch manchmal mit ihnen auf die Eier gehen magst. So schnell wirst du mich nicht los.“ Er streift meine Schulter im Gehen, und der dumme Teil in mir will nach ihm greifen und ihm sagen, er soll noch bleiben. Der kluge gewinnt aber, als Morgan mit dem Wasser zurückkommt und es mir in die Hand drückt.

„Worum ging es da bei euch wieder? Ich habe schon überlegt, den Gong zu schlagen, damit erst mal jeder von euch wieder in seine Ecke geht.“

Erschöpft vom emotionalen Wirbelsturm in mir, setze ich mich und halte mir die Hände vor das Gesicht. „Nate wusste gar nichts von ihrer Entscheidung für mich."

Morgan versucht bestimmt, meine Aussage mit meinem Gesichtsausdruck zu verknüpfen, weil sie im Schneckentempo antwortet. „Umso besser. Dann war nicht er derjenige, der dir die Stelle ergattert hat, sondern du selbst."

Schnaubend lasse ich die Arme fallen. „Ich glaube, er will nicht mehr, dass ich dort arbeite."

„Hat er das gesagt?"

„Nein, aber er hat auch nicht das Gegenteil gesagt." Warum bedeutet mir seine Meinung so viel? Wahrscheinlich, weil er es war, der mir den Job angeboten hat, oder?! Ich meine, wenn es ihm unangenehm wäre, mit mir zusammenzuarbeiten, würde ich mich keinesfalls aufdrängen wollen.

„Süße, er hätte er das ganze Thema schon viel früher beenden können."

Gut, irgendwie hat sie ja recht, genauso wie Nathan – leider. Ich benehme mich wirklich kindisch. „Weißt du, außer dir bestehen alle meine engeren Kontakte aus Leuten, die mich schon kannten, bevor ich blind wurde. Die mich ständig in diesem Vorher-nachher-Bild sehen und mir manchmal das Gefühl geben, dass ich seit dem Unfall nur noch eine halbe Person bin. Es kommt mir vor wie ein Fulltime-Job, alle davon zu überzeugen, dass ich auch etwas anderes bin als blind. Nathan hat mir das Gefühl gegeben, dass ich zu mehr fähig bin, nicht nur auf meine Sinne beschränkt. Wenn dann der Anfall und Andrew und so ein Streit zusammenkommen, fühlt sich die ganze Arbeit so unglaublich wertlos an."

Morgan greift nach meiner Hand. „Hey! Du bist alles andere als wertlos."

Ich wende den Kopf ab. „Ich habe nicht gesagt, dass ich wertlos bin. Ich sagte …“

„Ich habe dich schon verstanden“, unterbricht sie mich, „inzwischen kenne ich dich aber gut genug, um zu wissen, was du eigentlich meinst, wenn du gewisse Dinge sagst. Deswegen versichere ich dir, du bist nicht wertlos! Und das weiß auch Nathan, sonst hätte er deinen niedlichen Hintern schon nach dem ersten Tobsuchtsanfall sitzengelassen.“

21

Nate

Keine Minute, nachdem ich aus dem Aufzug in die Kanzlei trete, umrundet Sophie ihren Schreibtisch und stöckelt mir mit weit aufgerissenen Augen und zwei verschiedenen Krawatten in der Hand übertrieben schnell entgegen. Mit einem gestressten Lächeln beginnt sie an meinen Haaren und an meinem Shirt herumzufuchteln.

„Darf ich fragen, was das wird?"

„Hannah wartet vor dem Konferenzraum auf dich. Jack Hunter und sein Anwalt sitzen drinnen." Mit verzogenen Mundwinkeln hält sie mir erst die eine, dann die andere Krawatte ans Shirt.

Ich senke die Brauen. „Na und? Wo ist Warren?"

Endlich scheint sie sich für eine entschieden zu haben, hebt meinen Kragen an und beginnt die Krawatte zu binden. Wie ein Model beobachte ich passiv, mit welcher Sorgfalt sie an mir herumwerkelt.

„Das ist das Thema. Er hat gerade ein anderes Meeting mit …" Sie rümpft die Nase und wackelt mit dem Kopf. Als könnte ich es mir jetzt nicht denken. „… einem anderen Mandanten und sagt, er darf nicht gestört werden. Hannah will Hunter aber nicht wieder wegschicken, also …" Den Knoten um meinen Hals fertig, klopft sie mir auf die Schulter. „Gratuliere! Du wurdest soeben befördert."

Ich war schon oft bei Meetings wie diesen dabei. Viel wird auch heute nicht passieren. Hunters Anwalt will nur sehen, mit wem er es zu tun hat, und einschätzen, wie viel wir tatsächlich schon wissen. Es ist aber das erste Mal, dass ich bei solch einer Konferenz reden soll. Auch wenn Hannah dabei ist, sie weiß so gut wie nichts über diesen Fall. Wahrscheinlich sollte ich also gerade ganz andere Sorgen haben als die Frage, die ich mir schon den ganzen Morgen – ach, was soll's, das ganze Wochenende – stelle, nämlich ob ich Lexi heute sehen werde. Seit dem Zwischenfall am Freitag in der Bibliothek hatten wir keinen Kontakt mehr. Das Irritierende daran ist, dass ich keine einzige Antwort auf all die Fragen, die ich in diesem Moment hatte, bekommen habe. Ebenso irritierend ist, dass die Funkstille mich dermaßen stört.

„Ist Lexi schon hier?“

Sophies wissendes Grinsen beantworte ich mit einem Augenrollen. „Sitzt bereits zwei Stunden länger als du auf ihrem Platz dort hinten bei den anderen Neuen. Tracy führt sie ein. Die Kleine reißt sich schon jetzt den Arsch auf, sag ich dir. War am Wochenende offenbar mit ihrer Freundin hier, um die Räume zu erkunden, damit sie das nicht alles erst heute machen muss.“

Wow. Daran hatte ich gar nicht gedacht. Natürlich musste sie den Ort erst einmal in Ruhe kennenlernen und ihn sich einprägen kann. An einem ersten Arbeitstag ist in diesem Irrenhaus ohnehin keine Zeit für so etwas. Nicht blöd, die Kleine. „Zane hat sich ihr auch gleich angenommen und sagt, er zeigt ihr alles, was er weiß.“

„Na ja, das kann dann ja nicht allzu lange dauern“, scherze ich mit einem frechen Grinsen, entgegen ihrer offensichtlichen Erwartung, ich würde eifersüchtig werden. Ich zwinkere ihr zu und mache mich direkt auf den Weg zum Konferenzraum, wo Hannah mich erwartet.

„Nathan. Gut. Ich möchte, dass dieses Treffen genau so lange dauert, wie es nötig ist, ihnen zu zeigen, wie unnötig der Besuch ist.“ Siegessicher blickt sie mir in die Augen und wendet sich ab.

„Whoa! Gehst du nicht mit rein?“

„Machst du Witze? Ich bin Partnerin dieser Firma. Wenn ich dich begleite, werden sie vermuten, dass mit dir etwas nicht stimmt. Ob du nun aber deine Zulassung schon hast oder nicht, interessiert mich nicht. Du weißt alles über diesen Fall, was man wissen muss. Jetzt geh da rein und vermittle ihnen das Gefühl, dass sie ihre und unsere Zeit verschwenden.“

Okay, jetzt flattert mein Herz doch ein bisschen. Mein Vorteil ist nur, dass man mir noch nie meine Nervosität ansehen konnte.

„Danke, dass Sie uns so kurzfristig treffen konnten“, grüßt Hunters Anwalt freundlich und sieht sich dann nach Warren um. „Wo ist Mr. Hastings? Ich dachte, er leitet den Fall.“

Ich schüttle beiden Männern die Hand und setze mich ihnen gegenüber. „Er hat mich geschickt“, lüge ich. Gott, ich freue mich schon auf sein Gesicht, wenn er das hört. „Also Mr. Kerry, Mr. Hunter, was können wir für Sie tun?“

„Tja, immerhin waren Sie ja so nett, uns diese vollkommen lächerliche Klage zukommen zu lassen. Nun würden wir gerne wissen, welche Beweise Sie gegen meinen Mandanten vorzuweisen haben. Die Anschuldigungen sind nicht einmal das Papier wert.“

„Das Nächste, was wir Ihrem Mandanten zukommen lassen wollten, wäre ohnehin eine schriftliche Einladung zu einer eidesstattlichen Aussage gewesen. Nachdem Sie nun aber schon hier sind: Wir haben Beweise, dass zumindest eine der sogenannten Vorratsgesellschaften schon lange nicht mehr existiert, obwohl Williams Enterprises nach wie vor die Kosten dafür deckt. Sie hätten sich besser jemand anderen suchen sollen, der die Drecksarbeit für Sie erledigt und die Schließung beantragt."

Hunter lehnt sich mit rotem Hals über den Tisch. „Soll das ein Witz sein? Die Vorratsgesellschaften sind alle legal und existent. Ich habe die innerbetriebliche Untersuchung veranlasst, um Licht in die Sache zu bringen."

„Ja, Ihr Märchen haben wir gelesen. Vielleicht nehmen Sie sich nächstes Mal bei der Berechnung der fingierten Zahlen mehr Zeit, denn sie werden bei dieser Untersuchung vor Gericht keine Sekunde standhalten."

Sein Anwalt legt ihm eine Hand auf den Arm, zieht ihn an die Lehne zurück. „Von den Vorratsgesellschaften können Sie überhaupt nichts wissen. Da haben Sie keine rechtliche Handhabe."

„Und doch wissen wir es. Die gerichtliche Auskunftsanforderung der restlichen Dokumente liegt dem Richter gerade vor, und ich bin überzeugt davon, dass sich auch da neue Türen öffnen werden."

„Das ist doch lächerlich. Soll ich Ihnen sagen, was ich glaube? Sie machen Ihre Arbeit bei Gordon nicht richtig und suchen jetzt nach einem leichteren Opfer, das von Silver selbst ablenken soll. Sie haben nichts in der Hand."

Ich nicke mit vorgeschobener Unterlippe. „Das ist eine Theorie. Oder Ihr Mandant weiß, dass es jetzt nur eine Frage der Zeit ist, bis auch der Rest auffliegt, inklusive der fünfundachtzig Millionen, die er irgendwo hortet. Bei der Vorstellung von zehn Jahren im Gefängnis würde ich auch langsam Panik bekommen und einen Vergleich anstreben."

„Wir sind an keinem Vergleich interessiert. Wir werden …"

Hunter schlägt mit der Faust auf den Tisch. „Sie und Ihre Firma arbeiten für mich. Das ist Ihnen schon bewusst? Ich bin derjenige, der Ihr Studium finanziert, Junge."

Nur langsam nehme ich meinen Blick von Kerry und schenke Hunters Ausbruch unbeeindruckt Beachtung. „Falsch! *Ich* bin derjenige, der mein Studium finanziert, und ein Blick in unsere korrekt geführte Buchhaltung verrät mir, dass wir nicht für Sie, sondern für Williams Enterprises und demnach für James Silver arbeiten. Wenn Sie sich nun bitte wieder selbst hinausbegleiten, immerhin haben Sie ja auch hereingefunden." Ich stehe auf, um meine Aussage zu untermauern, und strecke den Männern meine Hand zum Abschied hin. Der Einzige, der sie schüttelt, ist Kerry. Vielleicht sollte er seinem Mandanten mal erklären, was ein Pokerface ist.

Natürlich fängt Hannah mich mit zufriedenem Gesichtsausdruck ab, sobald sie mich den Konferenzraum verlassen sieht. „Hunters Abgang zufolge hast du deinen Job richtig gemacht."

Ich werfe ihr einen affektierten Seitenblick zu, während sie mich in Richtung ihres Büros dirigiert, damit ich ihr eine Zusammenfassung gebe. „Vielleicht habe ich ihn ja auch einfach so auf die Palme gebracht."

„Würde mich bei dir auch nicht wundern", lautet ihre Retourkutsche, als sie die Tür schließt. „Apropos, wenn dieser Fall vorbei ist, erinnere mich daran, noch mal irritiert über dein Verhalten gegenüber Warren zu sein. Du kostest mich viel zu viele Diskussionen."

Ich bleibe stehen und stecke die Hände in die Hosentaschen. „Ja, zu dem Thema … Was hat es mit Warrens plötzlichem Sinneswandel und Lexis Anstellung eigentlich auf sich? Ich wollte dich schon Freitag fragen, aber du warst nicht da."

Ahnungslos studiert mich Hannah. „Sie scheint ein äußerst fähiges Mädchen zu sein. Du hast sie doch vorgeschlagen."

„*Ich* weiß das. Mich würde nur interessieren, warum ihr auf einmal bereit wart, das herauszufinden."

Apathisch zuckt sie mit den Schultern. „Wie ich schon sagte, ich vertraue deiner Menschenkenntnis. Du hast dich für sie eingesetzt. Ihre Noten sind exzellent. Ihre Motivation groß, wie man sieht, und sie hat Erfahrung im Kundendienst. Jemand mit ihrer Art kann gerade bei forschen Klienten sehr zweckdienlich sein."

Warum kaufe ich ihr nicht ab, dass das alles ist? Das macht mich wahnsinnig, und ich bin sicher, man sieht es mir an.

„Wieso bist du auf einmal so misstrauisch? Hast du deine Meinung über sie geändert, oder suchst du nur wieder ein Problem, wo keines besteht?"

„Ich bin Anwalt. Es ist mein Job, herauszufinden, wo etwas stinkt."

Sie schmunzelt. „Dann benutze deine Spürnase bitte zu Silvers Gunsten, anstatt hier vor mir den Ordnungshüter zu spielen. Ich dachte eigentlich, es würde dich glücklich machen, wenn das Mädchen bei uns arbeitet." Skeptisch zeigt sie mit einem Finger auf mich. „Sag nicht, ihr wart zusammen und seid …"

Genervt frage ich mich, wie oft ich diese Frage beantworten werde müssen. „Wir sind, waren und werden kein Paar sein. Darum ging es hierbei auch nicht."

„Gut. Dann mach keine große Sache daraus, Nathan! Sie ist noch in der Probezeit. Wenn ich den Eindruck bekomme, dass sie die Dinge nicht ordnungsgemäß erledigt oder nicht bei der Sache ist, lasse ich sie wieder gehen. Und jetzt will ich endlich hören, was Hunter gesagt hat."

Hannah kann versuchen, mir weiszumachen, was sie will, aber ich werde das Gefühl nicht los, dass hier irgendetwas läuft. Normalerweise müssten mich die Partner feuern, wenn ich einen mir Höhergestellten angreife, stattdessen stellen sie jemanden ein, der mir nahesteht? Kann sein, dass ich tatsächlich paranoid bin. Lexis Anwesenheit in dieser Kanzlei fühlt sich jedoch wie ein Druckmittel an. Nur wofür? Dass ich mich endlich benehme? Das haben sie doch nicht nötig. Zweifel liegen in meiner Natur. Selbst wenn Hannah also nicht damit herausrückt, wird Warren es irgendwann tun. Immerhin muss auch er davon wissen.

Ich beschließe, Lexi einen Besuch abzustatten, weil ich den Drang verspüre, mir von ihr die Unruhe nehmen zu lassen, die in den letzten paar Tagen wieder viel zu groß wurde. In ihrer Box sitzt sie nicht, dafür finde ich sie in unserer winzigen Kantine. Mit einem Glas Wasser in der Hand steht sie am Fenster. Ich klopfe leicht an die Wand neben mir, um auf mich aufmerksam zu machen.

„Ich komme in friedlicher Absicht. Mit einer weißen Fahne in der Hand."

Sie dreht sich zu mir, damit ich sehen kann, wie sie die Augen rollt. So sehr sie aber auch versucht, die Harte zu spielen, so schlecht ist sie darin, ihr Lächeln zu verstecken.

„Wie läuft es?"

„Kommt noch immer Rauch aus meinen Ohren?", erwidert sie frech, und ich schmunzle.

„So schlimm?"

Kopfschüttelnd fühlt sie ihren Weg bis zu dem kleinen Tisch vor, wo sie sich hinsetzt. Den Blindenstock legt sie sich auf den Schoß. Ich folge ihr. „Eigentlich nicht. Ich musste nur kurz flüchten."

„Vor wem?“ Sie hebt ihren Kopf und achtet konzentriert auf die Geräusche rund um uns. Ich lache. „Es ist niemand da, der dich hören könnte. Keine Sorge.“

„Zane.“ Neugierig und irgendwie süffisant lehne ich mich vor, damit ich ihr Flüstern besser verstehen kann.

„Was hat er dir denn getan?“, flüstere ich grinsend zurück. Etwas Schlimmes kann es nicht sein, sonst würde sie es mir bestimmt nicht so leichtfertig erzählen. So gut kenne ich diesen Sturkopf schon.

„Ich mag seine Stimme nicht.“

Okay, das ist jetzt nicht das, was ich erwartet habe. „Seine Stimme?“

„Ja, für mich ist das das erste Sympathieelement, wenn ich jemanden treffe. Nicht unbedingt Höhe oder Tiefe, auch wenn Letzteres natürlich meist angenehmer sein kann. Viel mehr aber ist der Ton darin entscheidend, die Stabilität, Überzeugung.“ Sie geht wieder zum Flüsterton über. „Seine schwankt. Er ist unsicher im Umgang mit mir.“ Kann ich mir vorstellen … „Und da fühle ich mich einfach nicht wohl.“

Ich kratze mich am Kinn. „Jetzt bin ich gerade gar nicht sicher, ob ich fragen soll …“

Lexi lacht in Vorahnung, wie die Frage weitergeht. „Deine Stimme ist bisher das Beste an dir.“

Geräuschlos strecke ich meine Fäuste in Siegerpose von mir. Das ist kein Wettbewerb. Trotzdem habe ich gewonnen. „Gott, bist du oberflächlich. Ihr Weiber seid alle gleich“, ziehe ich sie auf.

„Nein, ohne Spaß. Wenn du sprichst, vermittelst du eine Riesenautorität. Aber nicht auf eine negative, sondern auf eine kompetente Art. Es fällt einem leicht, dir zu vertrauen und sich sicher zu fühlen, weil man weiß, du hast die Situation im

Griff." Sie überlegt einen Moment und rümpft die Nase. „Manchmal nervt es, wenn man sich eingestehen muss, dass du es eben besser kannst." Die Spitze ihrer Zunge zeigt sich spöttisch zwischen ihren Lippen und sorgt dafür, dass ich an ihrem Mund hängenbleibe. Verdammt! „Meistens bewundere ich dich aber dafür."

„Okay, Dr. Jekyll, vielen Dank für dieses Kompliment. Ich hoffe, dir ist bewusst, dass ich jetzt nie mehr sprechen kann, ohne daran zu denken, wie heiß du mich findest."

„Oh mein *Gott*", stöhnt sie und wirft die Hände kapitulierend in die Luft, wohingegen ich mich schieflache. „Vergiss alles, was ich gerade gesagt habe. Deine Stimme ist ein einziger Horrorfilm."

„Alexandra? Bist du wieder soweit?", unterbricht uns Zane, der im Türstock erscheint. Lexi, die mit dem Rücken zu ihm sitzt, schließt die Augen und zieht eine Grimasse, ehe sie aufsteht.

„Ja, ich bin sofort da. Danke, Zane."

Wie ein Welpe mit wedelndem Schwanz – den er aber für sich behalten sollte, wenn er ihn noch länger braucht – grinst er von einem Ohr zum anderen und wartet darauf, dass sie seinen Arm ergreift, um sich mitführen zu lassen.

22

Lexi

„Warum glotzt du mich eigentlich seit einer halben Stunde an? Schon mal was von Privatsphäre gehört?“, frage ich Nathan trocken, der vielleicht nicht seit einer halben Stunde, aber definitiv seit zu vielen Minuten neben mir sitzt und entweder mich als Ganzes oder beim Recherchieren beobachtet. Ich bin mittlerweile bereits über eine Woche hier und komme langsam echt rein. Nie hätte ich erwartet, dass es so viel Anstrengung kosten würde, den ganzen rechtlichen Kram zu kapieren, aber ich denke, ich schlage mich ganz gut. Glücklicherweise habe ich nicht mehr als eine Handvoll Vorlesungen vor dem Sommer, sonst könnte ich das alles auf keinen Fall unter einen Hut bringen.

„Ich sehe dir einfach gerne beim Arbeiten zu. Eigentlich generell“, antwortet er wie die Natürlichkeit in Person, ohne jegliche Scheu oder Peinlichkeit. Das kann er nur deswegen machen, weil wir die einzigen zwei sind, die noch hier herumsitzen. Es ist schon nach acht Uhr, und außer ein paar Anwälten und dem Reinigungspersonal ist es ruhig geworden. Dabei erledige ich nicht unbedingt mehr als die anderen Anwaltsgehilfen, aber ich brauche zumindest jetzt noch ein bisschen länger als sie. Und nachdem Tracy mir heute einen Zeitungsartikel vorgelesen hat, in dem meine Person namenlos erwähnt wurde und worin stand, wie toll es sei, dass große Kanzleien wie Moore, Baker und Hill darauf achten, ihren Arbeitsplatz mit bunten Talenten zu mischen, fühle ich noch mehr Zwang, aufzuholen. Ich kann mir vorstellen, mit wie vielen Blicken mich Dave, der andere neue Kollege, inzwischen schon umgenietet haben muss, weil er im Artikel nicht erwähnt wurde.

„Mir ist etwas aufgefallen. Willst du es hören?“, redet er weiter, während ich wild tippe.

„Unbedingt.“

„Sogar wenn du mit dem Computer arbeitest, hast du die ausdrucksstärkste Mimik, die ich je bei jemandem gesehen habe. Dabei scheinst du nie einen Gedanken daran zu verschwenden, ob das, was du machst, gut oder schön aussieht. Du machst es einfach, weil du gerade Lust darauf hast.“

„Und du willst mir jetzt sagen, es sieht kacke aus?!“, frage ich, während ich versuche, gleichgültig zu wirken.

„Nö.“ Toll, geht’s noch kürzer? „Außerdem bewegst du dich irgendwie …“ Mit den Fingern schnippend ringt er um den passenden Ausdruck.

„… wie in einem erlernten Mechanismus, um nichts und niemanden, samt mir selbst, umzustoßen?“, helfe ich ihm, doch er übergeht das einfach.

„Elegant. Also dein Gang und deine Haltung. Du vermittelst eine Geschmeidigkeit, die zu deinem Katzencharakter passt.“ Hat er getrunken?

„Ist dir wirklich so langweilig, Nate?“

„Ja“, gibt er stöhnend zu, und ich muss lachen.

„Wie wäre es, wenn du selbst wieder arbeiten gehen würdest?“

Er seufzt lustlos und nuschelt in seine Arme, auf denen er sich rücklinks auf dem Stuhl sitzend abstützt. „Ich bin schon seit über einer Stunde fertig für heute. Keine Ahnung, warum. Entweder ich bin einfach so gut, oder …“ Er gibt vor, nachzudenken. „Eigentlich gibt es kein Oder.“

Schmunzelnd verdrehe ich die Augen. „Auf was bist du denn heute? Normalerweise bin doch ich die nervtötende kleine Glücksfee."

Zufriedenes Brummen dringt aus seiner Kehle. „Seit du hier bist, habe ich mit Warren noch kein einziges Mal sprechen müssen. Er wartet nicht mehr in meinem Abteil, ich muss nicht in sein Büro. Das Leben ist schön."

„Pff. Freut mich, dass ich behilflich sein konnte."

„Der einzige Grund, weshalb ich jetzt noch hier bin, ist, dass ich mit dir herumhängen kann."

„Herumhängen? Siehst du den virtuellen Mount Everest hier vor mir? Ich arbeite nämlich sehr wohl. Hab noch einen Haufen Recherchen bis morgen zu erledigen."

„Du kannst nicht allzu gut mit Komplimenten umgehen, habe ich recht?", ignoriert er schon wieder meinen Protest. Ich lecke mir ungeduldig über die Lippen und drehe mich dann doch zu ihm.

„Okay, ich beiße an. Wie kommst du darauf?"

„Gestern hat Zane, dieser Schleimer, dir ein Kompliment zu deiner Bluse gemacht. Deine Antwort war: ‚Die hat jemand anders ausgesucht.' Als Tracy dir heute in der Mittagspause gesagt hat, dass sie deine glänzenden Haare liebt und du – Zitat: ‚eine Schönheit bist' –, hast du gelacht und gemeint, das Fett würde dein Haar glänzen lassen, weil du es so wenig wäschst."

Das hat er gehört? Ich spüre, wie meine Wangen warm werden, und sehe wieder weg. Deswegen geht er mir gerade mit dem Kram über meine Eleganz und so auf den Keks. Er will seine Theorie testen.

„Da liegst du falsch, lieber Herr Anwalt. Beobachte genauer! Ich mag Komplimente sehr gerne."

„Nur keine, die dein Aussehen betreffen.“ Das ist keine Frage.

„Klar, es ist komisch, wenn mir jemand sagt, dass ich hübsch bin oder so. Ich werde das ja nie wissen. Sie könnten aus Mitleid lügen, oder weil sie wollen, dass ich mich wohl fühle. Ich könnte etwas zwischen den Zähnen haben oder einen Popel in der Nase, und keiner würde es wagen, mir davon zu erzählen. Deswegen kann ich solche Aussagen eben nicht ernst nehmen.“

„Okay. Erstens: widerlich!“, antwortet er mit verstellter Stimme und bringt mich zum Kichern. „Und glaub mir, ich *würde* dir davon erzählen. Zweitens: Keiner, der dir sagt, dass du wunderschön bist, lügt.“

Wenn meine Wangen zuvor warm wurden, gleichen sie jetzt wahrscheinlich einem Ampelrot. Dieses Thema ist mir wirklich unangenehm. „Tja, wie auch immer. Ich muss das einfach nicht hören, weil ich sowieso nie selbst sehen werde, wovon sie sprechen. Also, was bringt es mir?“

Endlich hält er den Mund, und ich hoffe, er wechselt endlich das Thema oder lässt mich arbeiten. Tut er natürlich nicht. „Du wolltest doch Ehrlichkeit, oder?“

Mit Heulgeräuschen lehne ich mich nach vorne und bleibe über der Tastatur liegen. „Wie oft wirst du mir das noch vorhalten? Ich glaube, ich habe es mir anders überlegt.“

Nathan lacht leise, wartet, bis ich aufgehört habe zu meckern und wieder weiterarbeite. Als ob ich mich echt noch konzentrieren könnte. „Anfangs dachte ich, wir würden uns öfter sehen, wenn du hier arbeitest. Irgendwie gehen mir die Gespräche mit dir ab.“

„Awww“, necke ich ihn langgezogen und streichle ihm den Kopf wie bei einem Hund. „Ich gehe dir ab?“

„Die *Gespräche* mit dir. Nicht du.“ Giftig klapse ich ihm auf die Stelle, die ich eben noch gestreichelt habe, was ihm ein feixendes Geräusch entlockt.

„Wie kannst du das lesen und auch noch Sehenden helfen, sich zurechtzufinden?“, fragt er interessiert, und ich vernehme den Windhauch, den er auslöst, als er noch näher an mich rückt.

„Kannst du dich noch erinnern, wie ich dir gesagt habe, dass ich dir nur mit einem Ohr zuhöre?“ Ich warte auf seinen zustimmenden Laut. „Mit dem anderen lasse ich mir mit einem Screen Reader vorlesen, was du auf deinem Bildschirm siehst. Dann kann ich dir sagen, was du tun musst, oder es eben selber machen. Wenn ich nicht mit Kopfhörern höre, lese ich es auf der Braillezeile, die am Computer angeschlossen ist. Es gibt zum Glück etliche Möglichkeiten, möglichst barrierefrei zu arbeiten.“ Ich nehme seine Hände und führe sie zur Braillezeile, die aus lauter erhabenen Punkten besteht und mir Zeile für Zeile hinschreibt, welche Buchstaben und Wörter am Bildschirm stehen.

„Aber du fährst nur eine Millisekunde oder so darüber und weißt schon, was du machen musst.“

„Übung“, erkläre ich schulterzuckend. „Ich hatte ja genügend Zeit, mich damit auseinanderzusetzen. Der Computer ist mein zweites Gehirn, seit ich acht bin.“ Ich grinse breit. „Weißt du, worauf ich am stolzesten bin?“

Man hört Nathan sein Schmunzeln an. „Am stolzesten?“

Ich ignoriere seinen Hohn und schalte den Screen Reader ein. In einem sagenhaften Tempo liest der Kerl Sätze und Wörter vor, bis Nathan losprustet. „Was ist das? Dein Computer hat einen Virus.“

„Hat er nicht", sage ich und lache. „Er redet einfach schnell. Ich will ja nicht hundert Jahre brauchen, um zu erfahren, wo ich hinklicken möchte."

Staunend spielt er mit dem für ihn neuartigen Programm, versucht zu verstehen, was der Vorleser sagt, wirft dann amüsiert das Handtuch. Auch ich gebe auf und schalte den Computer aus.

„Also gut, nachdem du mich jetzt erfolgreich rausgebracht hast, kannst du mich genauso gut nach Hause bringen. Dann muss ich einfach morgen früher kommen."

„Ich bringe dich nach Hause?" Sein Ton ist zweideutig, belustigt. Ich verdrehe die Augen.

„Natürlich. Du wolltest doch reden. So können wir zwei Fliegen mit einer Klappe schlagen."

„Weil die zweite Fliege was ist?", fragt er.

„Der dämliche Entfeuchter, der unser Bad jetzt seit einer Woche belagert. Man müsste ihn endlich aus der Wohnung schaffen, bevor meine Ohren vom Gebläse explodieren. Das Ding wiegt eine Tonne."

„Also Lex. Deine Vorstellung von meiner Kraft ist *beinahe* zutreffend, aber wir haben doch schon festgestellt, dass du stärker bist als ich." Ich zeige ihm die Zunge, während wir durch das Gebäude laufen. „Ich habe übrigens kein Auto, wusstest du das?"

„Ich auch nicht", feixe ich. „Öffentliche Verkehrsmittel sind total in Ordnung."

„Ich hatte da eher an ein anderes Fortbewegungsmittel gedacht."

Der jungenhafte Ton in seiner Stimme macht mich neugierig. Irgendetwas klingelt. „Ein Fahrrad?"

„Wäre das in Ordnung für dich?"

„Keine Ahnung“, gebe ich zu. „Bisher habe ich nur auf einem Tandem gesessen. Aber warum nicht?!“

„Also, ich könnte dich jetzt auf den Sattel setzen und schieben, aber du erscheinst mir nicht wie die Art Mädchen, die gerne geschoben werden.“

Mein Grinsen wird immer breiter.

„Na dann klettere auf den Lenker, Äffchen, und versuch dich so wenig wie möglich zu bewegen, sonst landen wir im Graben.“

Mit dem Bleistiftrock, der bis zu meinen Knien reicht, stellt sich diese Aufgabe als schwieriger heraus, als ich angenommen hatte. Nate gibt mir den Halt, den ich brauche, bis ich die richtige Position gefunden habe. Bequem ist etwas anderes, aber okay. Sobald Nate jedoch in die Pedale tritt, fühle ich mich, als könnte ich fliegen. So gerne möchte ich die Arme heben, ausstrecken, das ginge aber mit Sicherheit schief.

„Hast du Spaß?“, fragt er, weil ich nicht aufhören kann zu strahlen. Sein Kopf ist direkt neben meinem, damit er an mir vorbeisehen kann. Ich drehe mein Gesicht, um ihm zu zeigen, wie viel Spaß ich habe, und berühre dabei versehentlich seine Wange mit meiner Nase. Um mich auf den Arm zu nehmen, reißt er im selben Moment den Lenker herum. Ich kreische auf, verstärke den Griff um seine Hände.

„Vielleicht sollte lieber ich es mal versuchen?“ Ich will ihn nur aufziehen, aber Nate bremst tatsächlich ab.

„Von mir aus“, sagt er locker, und ich weite die Augen.

„Warte mal! Echt jetzt?“

„Ich schätze, bei dir kann man froh sein, wenn du es nicht einfach alleine machst.“ Mit einem provokant pupsenden Geräusch hüpfe ich vom Lenker und setze mich auf den von Nate jetzt etwas niedriger gestellten Sattel. Den Rock muss ich dafür ein Stück hochziehen. Tief ausatmend warte ich darauf, dass Nate seine Hände diesmal auf meine legt, damit er im Notfall eingreifen kann.

„Bereit?“ Nervös schüttle ich den Kopf, Nate weiß aber, dass ich es sehr wohl bin. „Ich hab dich, Lex.“ Und ich vertraue ihm. Wenn ich etwas über Nate weiß, dann, dass er auf mich aufpassen wird. „Nimm die Füße vom Boden!“ Weil ich so winzig bin, ist das nicht unbedingt schwer. Ich habe ihn ohnehin kaum noch berühren können. „Okay, du hast freie Fahrt vor dir. Bleib locker, damit ich deinen Kurs korrigieren kann, und fahr bitte nicht so schnell“, sagt er. „Ich trage immerhin Bürokleidung.“

Ich beginne zu treten und brauche nicht lange, bis ich die Faszination an dieser Art zu fahren gefunden habe. Für andere mag der Unterschied zum Tandem nur gering sein, aber das Gefühl ist ein ganz anderes. Frei, selbstbestimmend, leichter. Ich liebe es.

„Nathan!“, rufe ich aus, weil ich meine kleine, große Freude mit ihm teilen will. Langsam außer Atem kommend, läuft er neben mir her, die Hände immer sicher auf meinen, manchmal nur ganz leicht, ab und zu fester, um wieder in die richtige Bahn zu lenken.

„Mädchen, Work-out ist mir ja nicht fremd, Feuerwehrtraining ist im Vergleich zu dir …“

Während ich noch über Nathan kichere, hupt jemand neben uns auf einmal so laut, dass es mich völlig aus der Balance reißt. Ist das wegen uns? Im Reflex zerre ich meine Hände unter Nathans hervor, um meinen Kopf zu schützen. Dabei verdrehe ich den Lenker leider blöd genug, um das Fahrrad ins Wanken zu bringen. Alles, was ich tun kann, ist japsen und mir meine nächsten Verletzungen ausmalen, als sich ein Arm um meine

Taille legt und mich aus dem Sattel hebt, bevor ich auf die Straße stürzen kann. Mein Fuß verfängt sich im Rahmen und bringt uns letztlich beide zu Fall, wobei Nate den Sturz abfängt und ich lediglich auf seinem Körper lande.

„Oh mein Gott! Nathan? Alles okay?“, nuschle ich außer Atem in sein Shirt, in das er meinen Kopf drückt. Mit beiden Armen hält er mich umschlungen, mein Oberkörper bewegt sich über seinen schnellen Atemzügen. Das ist mit Sicherheit nicht der richtige Zeitpunkt, seinen inzwischen vertrauten Duft zu genießen, leider kann ich in dieser Position aber nicht anders. Muss er so gut riechen? Aus heiterem Himmel beginnt er, sich vor Lachen zu schütteln. Für einen Moment befürchte ich, er hätte mein Schnüffeln mitbekommen.

„Und? Was hast du sonst noch alles nie gemacht?“, will er stattdessen wissen, gibt mich langsam frei. Ich stütze meine Hände neben seinem Gesicht ab, um mein Gewicht von ihm zu nehmen, und ziehe die Oberlippe schmunzelnd zur Nase.

„Hm. Riesenrad fahren, aus dem Fenster eines Autos hängen und meine Haare vom Fahrtwind verknoten lassen, bei Regen draußen stehen und es genießen können, kochen, im Meer schwimmen.“ Ich drehe mich von ihm weg, weil ich husten muss. „Soll ich weiterreden?“ Ich lächle mit verzerrtem Gesicht. Tief einatmen ist bei Belastung keine gute Idee.

„Okay, den letzten Punkt lasse ich dich mit jemand anderem bestreiten, aber der Rest lässt sich definitiv arrangieren. So, jetzt komm!“ Vorsichtig schiebt mich Nathan von sich, steht stöhnend auf und zieht mich mit sich hoch. Gott sei Dank bleibt der Schwindel dieses Mal aus.

„Der Rest lässt sich arrangieren? Sogar jetzt, nachdem ich wahrscheinlich deine Bürokleidung ruiniert habe?“ Ich kann sein Grinsen vor meinem inneren Auge beinahe sehen.

„Ich sagte ja, ich mag Herausforderungen."

Den restlichen Weg zu meiner Wohnung schaffen wir glücklicherweise ohne weitere Verletzungen und Zwischenfälle, was daran liegen könnte, dass Nathan wieder fährt. Er hat recht, auch ich habe die Gespräche mit ihm vermisst. In der vergangenen Woche war so viel zu tun, mein Leben bestand lediglich aus Arbeit und Schlaf. Manchmal dachte ich sogar ans Essen. Die Abende habe ich dann mit oder ohne Morgan – je nach ihrer Schicht – damit verbracht, mich etwas mehr in die rechtlichen Themen einzulesen, mit denen ich nun in der Kanzlei konfrontiert werde. Auch ich hatte in der Zeit bei Moore, Baker & Hill bisher kaum Berührungspunkte mit Hastings, was mir nur recht ist. Natürlich könnte es sein, dass er mich einfach nicht anspricht und ich seine Gegenwart so nicht mitbekomme. Das ist mir aber egal, solange er mich in Ruhe lässt. Die paar Male, als er mit mir geredet hat, waren nämlich schon wieder vollkommen ausreichend an Demütigung. Aber da muss ich darüberstehen.

„Es war *so* komisch, Sears während der Reparatur die ganze Zeit in der Wohnung zu haben. Zum Glück war Morgan zuhause, sonst hätte ich wohl das Weite gesucht. Keine Ahnung, warum ihm die Wohnung auf einmal so am Herzen liegt", gebe ich Nathan ein Update, während wir durch das Treppenhaus gehen.

„Ich denke, er will sich absichern. Immerhin habe ich ihm mit einer Klage gedroht."

Ich nehme meinen Schlüssel aus der Tasche, um aufzusperren, als Nathan seine Hand plötzlich auf meine legt. „Lex, warte! Sagtest du nicht, du bist alleine?"

Verwirrt hebe ich den Kopf. „Ja, Morgan hat bis neun Uhr Schicht. Sie kann unmöglich bereits zuhause sein. Wieso?"

„Die Tür ist angelehnt“, erklärt er, und ich ziehe scharf die Luft ein. Nein, nein, nein. Bitte nicht auch bei uns. „Okay, bevor ich da jetzt reingehe und mich strafbar mache, indem ich jemanden windelweich prügle – wer hat einen Reserveschlüssel für die Wohnung?“ Nates Stimme ist leiser, bedrohlicher. Er meint es ernst.

„Morgans Eltern und meine ...“ Mir dämmert etwas, und ich ziehe die Augen zu schmalen Schlitzen zusammen. „Oh Mann! Mutter?“ Genervt stoße ich die Tür auf, falle beinahe in die Wohnung ein.

„Alexandra. Endlich.“ Ihr Ton besteht zu gleichen Teilen aus Missfallen und Ungeduld.

„Was machst du hier? Und warum lässt du die Tür offen?“

„Schätzchen, ich habe vorhin fast ein Jahr benötigt, um die Wohnung überhaupt betreten zu können. Mit eurem Schloss stimmt etwas nicht.“ Was du nicht sagst, Königin der Übertreibung … „Bevor ich mich hier zum Schluss noch einsperre, habe ich sie angelehnt. Und was ich jetzt mache, ist, die Wohnung auf Vordermann zu bringen. Kein Wunder, dass du nie irgendetwas finden kannst, so wie es hier aussieht. Und was zur Hölle ist bitte in eurem Bad passiert?“

Ihr maßregelnder Unterton ärgert mich. „Ich finde alles, was ich brauche, Mom. Ich dachte, wir hatten uns geeinigt, den Ersatzschlüssel nur dann zu benutzen, wenn ich dich darum bitte.“

„Kann sich eine Mutter denn nicht um ihre Tochter kümmern?“

„Schon, aber nicht ohne das Einverständnis der Tochter“, gebe ich durch meinen zusammengepressten Kiefer zurück.

„Und wer ist dieser junge Mann?“, übergeht sie mich und marschiert an mir vorbei zu ihm.

„Nathan. Ich bin ein …“

„Kollege“, antworte ich für ihn, weil ich ihn vor ihrer Inquisition bewahren will. Vor allem jetzt gerade. Erklären kann ich ihm das immer noch. „Warum bist du wirklich hier, Mom? Bestimmt nicht, um abends aufräumen zu können.“

„Ich war heute beim Arzt. *Meinetwegen*, also reg dich erst gar nicht auf. Ich kann auch nichts dafür, wenn er mir dann von dir erzählt“, sagt sie, ohne mich zu Wort kommen zu lassen. Was für ein Zufall, dass sie in letzter Zeit ständig irgendwelche Wehwehchen hat.

Nate streicht mir kurz über die Wirbelsäule, nimmt dabei ein wenig meiner Anspannung weg. „Lexi, ist es in Ordnung, wenn ich euch jetzt alleine lasse?“

Irgendetwas an der Art, wie er fragt, gefällt mir, aber ich bin momentan zu aufgewühlt, um darüber nachzudenken. Stattdessen nicke ich einfach. Obwohl ich überhaupt nicht will, dass er mich jetzt und mit ihr alleine lässt, ist es wahrscheinlich das Beste. Mom ist es scheißegal, wer mitkriegt, was sie zu sagen hat.

„Ruf an, wenn du etwas brauchst! Auf Wiedersehen, Mrs. Davis.“

Sie wartet nicht einmal ab, bis er zur Tür raus ist, bevor sie weiterredet. „Du hast den letzten Kontrolltermin nicht wahrgenommen, dir aber trotzdem wieder ein Rezept für diese schlechten Tabletten und Tropfen geholt. Ich habe versucht, dich zu erreichen, aber du antwortest ja nie auf meine Anrufe, also bin ich gekommen.“

„Mom, wir haben uns vor *zwei* Tagen das letzte Mal gesehen. Ich musste arbeiten“, rechtfertige ich mich, eigentlich grundlos.

„Darum geht es jetzt auch nicht.“ Sie schnauft müde, und ihre Hände klatschen auf ihre Oberschenkel. Dabei bin ich es, die es nicht mehr hören kann. Stöhnend greife ich mir an die Stirn, die wild pocht.

„Dieses Thema haben wir schon tausendmal durchgekaut. Ich begreife nicht, wie wir immer und immer wieder darüber streiten können, obwohl selbst der Arzt eine Operation für nicht ungefährlich hält. Solange es also nicht schlimmer wird …“

„Aber es *wird* schlimmer. Du brauchst viel mehr Medikamente als noch vor ein paar Monaten. Ich verstehe deine Sturheit nicht, wenn es um deine Gesundheit geht.“ Was ist mit diesem Arzt? Hat er ihr meine gesamte Krankenakte vorgelegt? Ich bin zweiundzwanzig, verdammt noch mal. Eigentlich darf er meiner Mutter gar nichts erzählen.

„Dass du es Sturheit nennst, zeigt mir, dass du nach wie vor nicht verstehst, worum es mir geht. *Das* …“, beginne ich, zeige furios auf mein empfindliches Auge, „ist alles, was ich noch habe. Alles, was mir Normalität vermittelt, ist meine Fähigkeit, zwischen Tag und Nacht zu unterscheiden: Menschen und Objekte vor mir als solche zu erkennen, weil sie Schatten werfen, und die Sonne zu sehen, das sind die einzigen Dinge, die mir die Illusion geben, nicht völlig abgeschieden von der Umwelt zu sein.“ Zittrig hole ich Luft. Meine Lunge krampft, aber ich höre nicht auf. „Tut der Druck weh? Ja, unbeschreiblich. Weigere ich mich, die OP zu machen, weil ich Angst habe?“ In einer verzweifelten Geste strecke ich die Hände von mir, ermattet, mich immer und immer wieder erklären zu müssen. „Todesangst“, flüstere ich schließlich kopfschüttelnd. „Aber ich *kann* in dieser Sache kein Risiko eingehen, Mom. Ich kann mein zweites Auge nicht auch noch verlieren. Und bis man mir garantieren kann, dass diese Augendruck-OP nicht alles andere gefährdet, lebe ich hundertmal lieber mit dem Schmerz.“

23

Nate

Heute habe ich entschieden, dass ich Mittwoche nicht mag. Das dürfte der einzige Tag sein, an dem Lexi und ich uns komplett überschneiden. Sie geht vormittags arbeiten, weil sie am Nachmittag eine Vorlesung hat, bei mir ist es genau umgekehrt. Hätte ich das letzte Woche schon mitbekommen, hätte ich die Vorlesung gespritzt. Andererseits ist die ziemlich wichtig für meinen Abschluss, also *komm einfach mal klar, Nate.* Der einzige Vorteil, sie nicht zu sehen, ist, dass ich endlich wieder ohne schlechtes Gewissen rauchen kann. Nachdem Lexi nämlich meinte, sie könne das Nikotin an mir riechen und würde sich daran gewöhnen, hat das irgendetwas mit meinem Ego gemacht. Sie mag gesagt haben, meine Stimme wäre das Beste an mir, ich will aber nicht, dass sie sich an irgendetwas bei mir gewöhnen muss. Immerhin ist Geruch für sie sehr wichtig. Deshalb verzichte ich auf meine morgendliche Zigarette, wenn ich weiß, dass ich sie nachher sehe. Die ersten paar Tage war das verdammt hart. Härter, als ich dachte, weil ich ja eigentlich kein Kettenraucher bin. Gelohnt hat es sich aber auf alle Fälle, als Lexi zum ersten Mal nicht dieses kleine, unbewusste Ding mit ihrer Nase abgezogen hat, wo sich winzige Falten darauf bilden, sobald sie den Rauch an mir erschnüffelt. Vom Aufhören bin ich trotzdem noch weit entfernt, wenn man bedenkt, wie gut die Zigarette in der Mittagspause heute getan hatte.

Die Szene gestern mit ihrer Mutter war unangenehm, unabhängig davon, plötzlich anscheinend ausschließlich Lexis

Kollege zu sein. Könnte insgesamt aber auch daran gelegen haben, dass ich mich nicht erinnern kann, wann sich meine Eltern jemals so in mein Leben eingemischt hätten. Beziehungsweise wann mein Vater das letzte Mal generell länger als ein paar Minuten mit mir geredet hätte. Wenn ihre ganze Familie so ist, kann ich den Vergleich zur Addams Family ein bisschen besser verstehen. Ich habe gar nicht schnell genug flüchten können, um den beiden Privatsphäre zu geben, ehe Mrs. Davis ihre Tochter wegen irgendwelcher Tabletten angegriffen hat. Ihre Sorge war herauszuhören, ebenso wie Lexis Verzweiflung. Zu gerne wäre ich geblieben und hätte erfahren, um welche Operation es denn bei ihnen ging. Etwas in Lexis Stimme klang aber so traurig, dass ich entschieden habe, sie, sobald ich kann, persönlich zu fragen. Ich muss wissen, was mit ihr los ist, nachdem ich schon vorletzte Woche in der Bibliothek keine Antworten bekommen habe.

Unsere Kommunikation nach gestern Abend beschränkte sich auch nur auf wenige kurze Nachrichten.

Ich: *Bei meiner Hose ist nichts beschädigt. Alles im grünen Bereich. Ich hoffe, auch bei dir?!*

Lexi: *Jap. Alles okay. Mom ist weg. Morgan ist zuhause. Entlüftungsmaschine treibt mich leider immer noch in den Wahnsinn. Beschert mir haufenweise blaue Flecken ... und es fängt an zu regnen.*

Ich: *Richtig, da war ja was. Ich kümmere mich morgen darum, okay? Melde dich!*

Hat sie aber nie, und ich will ihr nicht hinterherrennen oder den Eindruck vermitteln, sie müsste vor mir Rechenschaft ablegen, wann sie was macht.

Toby bewirft mich mit einem Chip. „Du bist so ruhig heute.“ Weil ich nichts Besseres zu tun habe und Jenna Nachtdienst hat, sitzen Toby und ich auf der Couch und sehen uns einen Film an. Keine Ahnung, worum es eigentlich geht. Viel habe ich noch nicht mitbekommen. War beschäftigt. Jetzt, wo er mich angesprochen hat, bemerke ich, wie heftig Wind und Regen geworden sind. Ab und zu flackert das Fernsehbild. Eine Tornadowarnung ist bisher immerhin ausgeblieben.

„Im Vergleich zu all den anderen Tagen, an denen ich rede wie ein Wasserfall?“, kontere ich sarkastisch.

„Auch wieder wahr.“ Er stopft sich mehr Chips in seinen Mund, die ihn aber nicht am Weiterreden hindern. „Aber ich finde, wir haben schon lange nicht mehr geredet oder irgendetwas Cooles unternommen. Ich habe das Gefühl, ich sitze hier immer nur blöd rum und warte entweder auf dich oder auf Jen.“

Ich werfe meinem besten Freund einen spöttischen Blick zu. „Kommt jetzt auch der Teil, wo du mir sagst, dass du nach dem Sex mehr kuscheln willst?“

„Sehr witzig, du Sack. War ja klar, dass du kein ernsthaftes Gespräch zulässt.“ Okay, jetzt kommt er mir komisch vor. Normalerweise hätte Toby sofort angebissen und irgendeinen verarschenden Spruch zurückgeschossen. Wie er mit aufeinandergepressten Lippen wieder zum Fernseher sieht, sagt mir, dass etwas nicht stimmt.

„Sorry, Toby. Was ist los?“

„Keine Ahnung. Manchmal kotzt mich einfach alles an. Mein Arzt meint, dass die Scheißpillen gut wirken, weil ich nur schwache Nebenwirkungen verspüre und die Dosierung ausreichend ist, aber irgendetwas fühlt sich falsch an, verstehst du?“ Ich schüttle den Kopf, damit er mir mehr erzählt. „Die

Nacht im Club war nur der Anfang. Seither fühle ich mich ständig wieder so wie in der Disco, als wäre ich kurz davor, wegzutreten. Manchmal verschwommen zu sehen und den Schwindel kenne ich ja schon und werde ich wahrscheinlich nie wieder loswerden.“ Fahrig reibt er sich die Augen, während ich auf meiner Wange kaue, weil ich nicht weiß, wie ich ihm helfen kann, und weil mich das fertigmacht. „Dauernd Angst zu haben, dass ich vor meinem Boss oder vor Jen umfalle und eine Show abgebe, ist aber kein Zustand, mit dem ich auf längere Zeit gut umgehen kann.“

„Willst du dich noch einmal umstellen lassen?“

Er lacht humorlos. „Es gibt bald keine Medikamente mehr auf dem Markt, die ich noch nicht durchhabe.“ Das ist vielleicht übertrieben, wenngleich er wirklich schon viele probiert hat.

„Was kann ich machen?“, frage ich, wünsche mir inständig eine andere Antwort als das niedergeschlagene Schulterzucken, das ich bekomme, auch wenn mir klar ist, dass er es nicht wissen kann.

Irgendwann schläft Toby neben mir auf der Couch ein. Der Ausdruck in seinem Gesicht gefällt mir nicht. Mein bester Freund ist die gute Laune in Person, und diese beschissene Sorge vor den Anfällen und ihren Konsequenzen machen aus ihm einen veränderten Menschen. Sosehr ich auch etwas tun will, um diese Veränderung zu verhindern, sosehr sind mir die Hände gebunden – wie immer. Für mich ist an Schlaf nicht zu denken, also sehe ich mir einfach weiter irgendeinen Schrott im Fernsehen an, als mein Handy vibriert. Mit erhobener Braue reagiere ich auf die Uhrzeit und Lexis Namen auf dem Display. Es ist ein Uhr morgens. Kann sie auch wieder einmal nicht einschlafen? Leise entferne ich mich vom Sofa, weil Tobys Müdigkeit ein Segen ist, der eben leider nicht selbstverständlich und bei Störung nur schwer wiederherstellbar ist, und verziehe mich in die Küche.

„Hey Lexi."

„Schläfst du eigentlich irgendwann mal?"

Ich schmunzle. „Fragt die Frau, die mitten in der Nacht anruft. Was gibt's?" Schon eben war mir aufgefallen, wie angespannt und belegt ihre Stimme klang. Jetzt antwortet sie gar nicht und röchelt nur ins Telefon. Bei mir läuten die Alarmglocken. „Lexi! Was ist los?"

Wie in Resignation schnaubt sie, hustet wie verrückt, und mein Herz setzt aus, weil ich den Eindruck bekomme, sie erstickt.

„Lexi!", versuche ich es erneut. Unter einem fast tonlosen Schrei voller Frust schnieft sie unkontrolliert. Okay, das stürme ich schon aus unserer Wohnung, bevor sie den nächsten Satz beginnen kann.

„Tut mir …" Es hört sich an, als müsse sie sich darauf konzentrieren, durch geschlossene Lippen zu atmen.

„Bist du zuhause?" Bis ich in dieser Gegend und bei diesem Wetter ein Taxi erwischt habe, bin ich mit dem Fahrrad längst bei ihr. Der einzige Scheiß ist, ich kann nicht fahren und gleichzeitig telefonieren. Oh Mann! Jetzt würde ich alles für ein eigenes Auto geben.

Unter Anstrengung bringt sie endlich ein „Ja" auf. „Brauchst du einen Arzt?"

„Asthma. Mom hat … ich finde mein Kortison nicht." Fuck! Weil ihre Mom ihre persönliche Ordnung durcheinandergebracht hat. Sollte sie es nicht besser wissen?

„Okay, Lexi? Ich bin in acht Minuten bei dir, alles klar? Bleib am Telefon und konzentriere dich auf mich. Lass mich nur nicht im Regen stehen, in Ordnung?", versuche ich sie abzulenken, stecke mein Handy in die Tasche meiner Jogginghose und fahre so schnell ich kann. Herrgott! Was hat dieses Mädchen denn eigentlich noch alles?! Das gibt es doch normal gar nicht. Verdient hat es niemand, wenn es ihm schlecht geht. Lexi steht für mich aber auf der Liste der Unschuldigen ganz weit oben. Der Wind heult mir um die Ohren, und durch den Regen ist es verdammt schwer, mehr als fünf Meter vor mir etwas zu sehen. Letztlich schaffe ich es aber doch zu ihrem Wohnhaus und sperre mein Fahrrad im Flugmodus vor dem Eingangsbereich ab. Ich kann nur hoffen, es nachher wieder vorzufinden.

„Lex, ich bin jetzt da. Mach mir bitte auf!“, rufe ich ins leise gewordene Telefon, während ich nass bis auf die Knochen die Treppen ihres Stiegenhauses hinaufrenne. Hastig wird die Tür aufgerissen, Lexi steht vorgebeugt daneben, die Millisekunde, in der sie aufsieht, reicht, um mich völlig wahnsinnig zu machen. Ihre Augen sind rot und verquollen, die Lippen blutrot und geschwollen. Ihr Gesicht und Dekolleté sind übersät mit roten Stressflecken. Unter ihren hochgezogenen Schultern schnappt sie pfeifend nach Luft. Sie sieht noch schlimmer aus als in der Bibliothek damals und jagt mir damit einen Riesenschrecken ein. In einer flüssigen Bewegung ziehe ich Lexi an mich und hebe sie in meine Arme, um sie zum Sofa zu tragen. Im Kutschersitz darauf platziert, knie ich mich vor sie hin und hebe ihr Gesicht an, um zu sehen, ob ich nicht doch einen Notarzt rufen muss.

„Lexi! Wonach suche ich?“ Man sieht, wie schwer es ihr fällt, ihren eigenen Kopf zu halten. Ihren Körper reißt es hin und her.

„Tabletten. Pediapred.“ Keine Sekunde zögernd, mache ich mich auf die Suche. Wo würde ich Medikamente aufbewahren?

Im Bad liegen sie nicht, in Lexis Zimmer auch nicht. Genervt fahre ich mir durch die Haare. Wo sind die Scheißtabletten?

Ich stürze in die Küche und bete tatsächlich zum ersten Mal seit Ewigkeiten, sie dort zu finden. Er scheint mich doch wahrzunehmen, denn dort, direkt vor unserer Nase am Tresen, liegt die Dose. Jetzt ist keine Zeit, mich darüber aufzuregen, dass Lexis Mutter ihr nicht gesagt hat, wo sie Notfallmedikamente wie dieses findet. Muss man ihr wirklich erklären, dass der Ort für eine Blinde nicht offensichtlich ist?

Mit einem Glas Wasser und der Tablette in der Hand hocke ich mich neben Lexi. Mit verzerrtem Gesicht schluckt sie sie hinunter. Ihre zitternden Finger greifen nach einem Spray auf dem Couchtisch, den sie mit einem kurzen Zug inhaliert. Das wiederholt sie viermal. Danach kann ich zusehen, wie sie immer tiefer atmet, ihre Schultern sich senken und die Stressflecken langsam verschwinden. Erschöpft zieht Lexi ihre Füße unter ihren Hintern und reibt sich mit geschlossenen Augen Brustkorb und Bauch. Ich kann mir vorstellen, wie verkrampft und beleidigt diese Partien sein müssen, nachdem sie offenbar schon früher heute einen Asthmaanfall gehabt hat.

„Das waren jetzt aber nicht die Tabletten oder?“ So schnell kann das gar nicht gehen.

„Nein, das war mein Notfallspray. Ich habe ihn vorhin schon eingenommen, aber die Wirkung lässt bei schweren Attacken wie dieser ohne das zusätzliche Kortison zu rasch nach, und mehr als acht Sprühstöße pro Tag darf ich nicht verwenden. Normalerweise nimmt man die Tablette schon früher, weil die Wirkung erst nach einer Stunde einsetzt. Kortison ist der Entzündungshemmer, der das Hauptproblem löst, während diese Sprays eben nur kurzzeitige Erleichterung schaffen.“

„Wie lange ging das schon so?“ Mit ihrer Haut, die endlich eine bessere Farbe annimmt, entspannt sich langsam auch mein Puls, und ich ziehe meine nassen Sachen aus, damit ich mich hinsetzen kann.

„Generell? Asthma hab ich, seit ich ganz klein war.“ Ich hänge meinen Kram wieder über den Heizkörper.

„Ich meinte heute.“

„Ach so. Richtig schlimm wurde es mit dem Sturm da draußen. Also kurz bevor Morgan gegangen ist. Verändertes Wetter tut mir nie so gut. Ich brauche aber eigentlich keine Auslöser. Meine Bronchien sind einfach im Arsch, und die Augentropfen tun den Rest.“

Lexis Mom sprach gestern auch von den Tropfen. „Helfen die Tropfen gegen den erhöhten Augendruck?“ Sie nickt. „Aber sie fördern Asthma?“ Irgendwie verstehe ich gar nichts mehr.

„Es ist kompliziert. Gehen wir mal davon aus, dass mit mir beinahe alles nicht stimmt, was man sich nur vorstellen kann.“ Sie verdreht die Augen. „Durch die Frühgeburt sind meine Atemwege äußerst anfällig. Daher das Asthma. Besser wäre es für mich, ich könnte das Kortison regelmäßig inhalieren, was aber nicht geht, weil es zu erhöhtem Augendruck führt. Den habe ich sowieso, weil meine Augäpfel kürzer sind. Liegt in der Familie. Könnte ich sehen, wäre ich hochgradig weitsichtig. Jedenfalls ist in meinem Auge der Kammerwinkel so eng, dass die Flüssigkeit eine Art Rückstau bildet und nicht abfließen kann. Deshalb tropft man Betablocker oder nimmt sie ein, um das Kammerwasser und damit den Druck in Schach zu halten. Das mache ich aber nur am linken Auge.“

„Weil die bei Asthma nicht genommen werden sollten“, folgere ich und seufze.

„Ja, aber die andere Alternative, die – ohne weitere Schmerzen zu erzeugen – geeignet für mich wäre, sind Tropfen, die die Netzhautstruktur schädigen, und das kann ich erst recht nicht gebrauchen. Diese Kombination aus Tropfen und Tabletten hat eben, wie gesagt, eine Reihe von Nebenwirkungen. Zum Beispiel, dass mein Herz in der Regel langsamer schlägt. Deswegen habe ich auch immer so kalte Finger", erklärt Lexi, ballt ihre Hände zu lockeren Fäusten.

„Kann man denn sonst nichts für dich tun?" Die Medizin ist so weit fortgeschritten, warum gibt es dann hierfür keine Heilung?

„Das Problem ist, die Art der Netzhautablösung, von der ich dir erzählt habe, ist durch einen Zug an meiner Netzhaut entstanden. Sie haben mittels Laser versucht, das Voranschreiten aufzuhalten, versprechen können sie es aber nicht, dass sie sich nicht irgendwann komplett ablöst. Deswegen weigere ich mich auch, noch einmal eine OP zur Augendrucksenkung zu machen. Egal ob Laser oder Skalpell, das eine ist sowieso wieder nur vorübergehend, das andere mit hohem Risiko einer Blutung oder einer endgültigen Netzhautablösung verbunden. Beides führt zu Blindheit, ebenso wie die Glaukomanfälle. Solange die aber nur das kaputte Auge betreffen, wie es die letzten paar Male der Fall war, weil ich ja links tropfe, sehe ich den Sinn dahinter nicht, das andere in Gefahr zu bringen." Lexi schnaubt und kämmt sich die Haare zur Seite. „Es ist einfach ein Teufelskreis, in dem alles, was ich mache, aus irgendeinem Grund falsch ist."

„Aber deine Mom will die OP unbedingt?"

„Mom. Andrew." Der schon wieder … „Mein Lungenfacharzt. Sie glauben, mein Lichtempfinden könnte nicht in Relation zu meiner Bronchienbelastung stehen."

„Das sollst du dir also von Andrew sagen lassen, der dich ‚länger als fünf Minuten kennt'." Ich gebe mir gar keine Mühe, meine Antipathie gegen diesen Typen zu verstecken, während ich seinen Vorwurf wiederhole. Lexi senkt den Kopf, schüttelt ihn leicht.

„Nur, weil mich jemand lange kennt, bedeutet das eben leider nicht, dass er auch zugehört hat. Andrew und ich gingen schon gemeinsam in den Kindergarten. Ich war ein nervtötendes, aufgewecktes Kind, er war es absolut nicht. Ständig habe ich versucht, ihn fröhlich zu stimmen, aber es war nie von Dauer. Mit jedem Morgen wurde es schlimmer. Sein Vater ist ein echtes Arschloch. Jedenfalls habe ich meiner Mom von seinem traurigen Blick erzählt, und sie faselte irgendetwas von einer tiefen Kälte in seinem Herzen. Alles, was bei mir hängen blieb, war: Ihm muss kalt sein." Sie schmunzelt über die Erinnerung, und ich beobachte, wie ihre Augen wieder zu leuchten beginnen, jetzt, wo das Rot darin verschwunden ist. „Also quälte ich meine Mutter monatelang, mir das Stricken beizubringen, obwohl sie es selbst nicht beherrschte. Trotzdem saßen wir tagelang da und grübelten über die Technik des Strickens. Das bedeutete mir alles. Meine Absicht war, ihm einen Pulli zu stricken, doch das stellte sich als Ding der Unmöglichkeit heraus, also blieb ich bei einem simplen Schal. Ich drückte ihm das unförmige Ding im Juni in die Hand und erklärte ihm, sein Herz würde bestimmt bald wieder wärmer werden, wenn er sich den Schal umbindet. Völlig perplex ließ ich ihn stehen. Ab diesem Zeitpunkt folgte er mir auf Schritt und Tritt. Wir wurden beste Freunde, er verbrachte seine Zeit lieber bei mir als in seinem Zuhause."

Ich höre ihr zu, ohne ein Geräusch von mir zu geben, obwohl ich ihr wahrscheinlich vermitteln sollte, dass ich ihr folgen kann. Ich lasse jedes Wort in mich hineinsinken, obwohl ich diese irgendwie intime, zum Kotzen romantische Entstehung der Geschichte zwischen ihrem Ex und ihr nicht hören will. Aber gleichzeitig ist mir bewusst, wie sehr es in dieser Geschichte gerade nicht vorrangig um Andrew geht, sondern um ihre Erinnerungen, und die vertraut sie mir an.

„Andrews achter Geburtstag war ein sehr trüber Tag. Es regnete in Strömen. Ungefähr so wie heute. Das war uns natürlich egal. Ich wollte ihn zum Lachen bringen und steppte mit meinem Regenschirm auf der Straße wie bei dem Film ‚Singing in the rain'. Zu spät begriff ich, dass ein Auto direkt hinter mir war, statt in der Querstraße, wie ich dachte. Andrew wollte mich beschützen, stieß mich auf den Gehsteig. Er nahm dabei den Seitenspiegel mit und schnitt sich das Gesicht auf. Was mit mir passierte, weißt du ja schon."

Er konnte nicht ahnen, was der Sturz bei ihr bewirken würde. Verdammt, mit acht Jahren ist es schon eine Heldentat, sie überhaupt gerettet zu haben. Wunderbar! Jetzt hasse ich den Typen nicht mehr *so*.

„Sein Gesicht war das letzte, das ich sah. Irgendwie gab mir das Sicherheit, obwohl die Fragmente meiner Erinnerungen an sein Äußeres immer weniger wurden. Ironisch, dass er *mich* dann wohl zu seinem Projekt machte. Wir bildeten uns ein, uns ineinander verliebt zu haben, und letztlich war er eben ein zu großer Gentleman, um mich loszulassen. Er hat nie etwas gesagt, doch ich hatte in seiner Gegenwart immer das Gefühl, ihn an irgendetwas zu hindern. Eine *Be*hinderung für ihn zu sein, weil er dachte, die Dinge, die er gern getan hätte, nicht mit mir tun zu können und ohne mich nicht tun zu dürfen." Sie hält inne und furcht gedankenversunken die Stirn. Dann schüttelt sie den Kopf. „Wie auch immer. Ich habe lange genug dazu gebraucht, das Geschenk darin zu erkennen, zumindest dieses Restlichtempfinden zu haben. So dumm es auch sein mag, dafür etwas anderes zu gefährden, glaube ich nicht, dass ich noch einmal etwas verlieren kann."

„*Das* kann ich besser nachvollziehen, als du vielleicht glaubst", gebe ich in einem schwachen Moment zu. Wie sie sich auf die Unterlippe beißt, prophezeit mir die nächste Frage, die ich jedoch gerne umgehen möchte, daher komme ich ihr grinsend zuvor. „Hey Lexi, findest du es nicht auch spannend, dass ich immer ausgezogen auf deiner Couch lande, wenn ich zu dir komme?"

Unbeeindruckt legt sie den Kopf schief und zieht die Mundwinkel zur Seite. „Und das wäre lustig, wenn du tatsächlich nackt wärst."

„Dieser Einwand lässt sich leicht beheben." Sie rollt mit den Augen und schießt mich – verblüffend treffsicher – mit einem Kissen ab.

Ich entscheide mich, noch bei ihr zu bleiben, um sicherzugehen, dass kein weiterer Anfall folgt, denn dann bringe ich sie mit hundertprozentiger Sicherheit sofort ins Krankenhaus. Ob sie will oder nicht. Ich habe verstanden, warum sie Ärzte vermeiden will. Ein unbehandelter Asthmaanfall kann sie aber umbringen, und ihr Leben setze ich für nichts auf der Welt aufs Spiel. Gemeinsam sehen wir in dergleichen Position wie letztes Mal auf der Couch fern, während draußen der Regen etwas nachlässt, bis ich vor meiner Übermüdung nicht mehr wegrennen kann und irgendwann wegdöse.

Das Nächste, was ich fühle, ist eine kalte Hand auf meinem Bauch, mindestens ein Finger auf meiner Narbe. Atemlos schnelle ich hoch, packe Lexis Handgelenk und halte ihre Hand von meiner Haut fern. Erschrocken stößt sie einen heiseren

Schrei aus und fährt zurück, jedoch lasse ich ihre Hand nicht los. Ein Reflex, der mir leidtut, sobald ich ihr verängstigtes Gesicht sehe.

„Entschuldige. Ich wollte nicht …", stammelt sie. Ein Blick auf die Uhr verrät mir, dass ich fast eine halbe Stunde weg war. Scheiße! Wie viel hat sie schon mitbekommen?

„Also wenn du mein Sixpack ertasten wolltest, hättest du einfach fragen können", versuche ich die Situation zu entschärfen und lasse ihre Hand endlich los. Sie rutscht ans andere Ende der Couch, reibt sich das Handgelenk und zieht bei meinem kläglich misslungenen Scherz die Augenbrauen trotzig zusammen.

„Ich habe das nur gemacht, weil du atmest wie ein Freak. Von Zeit zu Zeit hörst du einfach auf. Für eine gefühlte *Ewigkeit*. Da habe ich mir Sorgen gemacht." Schnell erweichen sich ihre Züge wieder. „Außerdem hat dein Körper gezuckt und manchmal …" Ich will es gar nicht hören. Ich weiß, was jetzt kommt. Ich habe geredet, gewimmert, irgendetwas Jämmerliches. Es ist das erste Mal seit Langem, dass ich nicht alleine bin, wenn ich schlafe. Dass Lexi irgendeinen Albtraum nun tatsächlich mitbekommen haben könnte, stört mich tierisch, und das Bedürfnis, sofort aufzustehen und zu verschwinden, wird unermesslich groß, bevor noch eine Panikattacke daraus wird.

„Ich gehe jetzt", erkläre ich, mich zusammenreißend. Weil Lexi aber eben Lexi ist, durchkreuzt sie meine Pläne mal wieder völlig, indem sie sich mit mir aufsetzt und ihre Arme um meinen Oberkörper schlingt.

„Bitte nicht, Nathan. Mach nicht wieder zu, sondern bleib! Es ist okay." Gar nichts ist okay, trotzdem stehe ich wie angewurzelt da, kann mich nicht einmal rühren, obwohl eine ihrer

Hände nun genau auf meiner Brandnarbe liegt. Sie nimmt ihre Hand jedoch nicht weg, ekelt sich anscheinend nicht vor dem, was darunterliegt, sondern klammert sich an mich wie an eine Boje. „Weißt du, manchmal kommt es mir vor, als wären wir alle Eisberge. Jeder zeigt nur seine Spitze, aus Angst, der Rest könnte für nicht gut genug befunden werden. Und manchen mag die Spitze reichen, weil Lippen lächeln und Schleier und Verhaltensmuster den Rest verdecken. Wenn du aber auf die Stimme achtest, entdeckst du Kleinigkeiten, die diese Fassade enthüllen können." Während sie tief Luft holt, presse ich meine Kiefer zusammen, bemerke, wie der Drang, ihre Hand wegzunehmen, schwächer wird, weil es sowieso schon egal ist. Ich verstehe, worauf sie hinauswill. Sie hat schon vorher gewusst, dass es mir nicht gut geht. Das war auch mir klar, und trotzdem wollte ich sie weiterhin in meiner Nähe haben. „Ich kann mir vorstellen, dass du Schreckliches erlebt hast. Aber du musst verstehen, dass nichts, was du mir erzählst oder mir zeigst, etwas daran ändert, wer du heute für mich bist. Darum … lass mich auch den Rest von dir sehen, Nate!" Sie nimmt ihre Hände von mir, fällt zurück auf ihre Fersen, um mir trotz ihrer Bitte den Freiraum zu geben, zu gehen, wenn ich will. Aber wie ich schon sagte, bei Lexi ist es viel zu leicht, meinen Panzer eine Weile abzulegen und wieder einmal ich selbst zu sein. Der, der ich momentan wirklich bin, nicht der, der ich vorgebe zu sein.

„Genau genommen hast du mich bereits gesehen, wie ich von niemandem mehr gesehen werden wollte."

Sie lächelt ermutigend. „Und ich bin immer noch hier."

Energielos sinke ich zurück auf die Couch, reibe mir fahrig über das Gesicht. Mein Herz klopft wie wild alleine bei dem Gedanken, eine dieser stillen Erinnerungen auszusprechen.

„Ich weiß ehrlich nicht, ob ich das kann, Lexi. Ich wüsste nicht einmal, wo ich anfangen soll.“

Sie lehnt sich zurück, wickelt sich in die Decke ein und berührt wie nach dem Wasserrohrbruch mein Bein mit ihrem kleinen Finger. „Wir haben Zeit, okay? Kein Druck. Wenn du möchtest, erzählst du mir einfach von der Narbe. Wenn du nicht mehr kannst, hörst du eben auf. Der Rest wird auch irgendwann kommen, wenn du soweit bist.“

24

Nummer 5

Als wir den Wohnungskomplex in der Kenzie Street erreichten, standen die oberen beiden Geschoße bereits in Vollbrand. Das hier wird ein Großeinsatz, wir sind nur die Ersten vor Ort. Etliche Menschen konnten sich schon selbst aus ihren Wohnungen befreien, doch uns fehlte die Zeit zu fragen, wie viele Parteien noch nicht evakuiert worden waren.

Für die Feuerwehr ist Weihnachten eine Katastrophe. Die Leute sind unvorsichtig, zünden überall Kerzen an, die unbeaufsichtigt brennen und den ausgetrockneten Baum förmlich dazu einladen, Feuer zu fangen. Binnen fünf Sekunden kann ein Funke die ganze Tanne brennen lassen, in weniger als einer Minute steht das gesamte Zimmer unter Flammen. So war dies schon der dritte Einsatz in zwölf Stunden. Insgesamt hatten wir vielleicht eine Stunde unserer Schicht auf der Wache verbracht.

„Zwanzig Wohnungen“, zählt Phil, der verantwortliche Lieutenant in dieser Schicht. Unser Team ist durchmischter als sonst, weil die Familienväter zu Weihnachten zuhause sein wollen, während Toby, Marcus und ich kein Problem damit haben, an diesem Abend zu arbeiten. „Nate, Marcus, ihr geht mit mir in den obersten Stock. Toby, Julian, ihr beginnt ein Stockwerk unter uns. Dann arbeiten wir uns Stück für Stück weiter hinunter. Der Rest sieht zu, dass wir Luft in das Gebäude bekommen, denn bei der Rauchentwicklung wird es nicht leicht sein, Menschen zu finden. Zwei von euch geben uns

Deckung mit Schläuchen vorm Eingang, bis die anderen Einsatzwagen kommen! Los!"

Im Laufen setzten wir unsere Atemschutzmasken auf und ließen uns von den ungebändigten Rauchschwaden verschlucken, die uns – gepaart mit der unerträglichen Hitze – erdrückten, je höher wir kamen. Immer wieder liefen uns Menschen entgegen, sobald sie unseren Ruf hörten, sich zu melden. Wir dirigierten sie zur Treppe, die momentan noch passierbar war, setzten unseren Weg nach oben dabei konsequent fort.

„Wie sieht es da drinnen aus, Kreuck?", wollte der Chief wissen, der die Lage von außen beobachtete, prüfte, wie viel Zeit wir zur Menschenrettung hatten, bevor wir das Gebäude verlassen müssten.

„Das Feuer rollt an der Decke, Chief. Viel Zeit bleibt uns nicht", antwortet Phil ins Funkgerät.

„Ihr habt drei Minuten, dann ziehe ich euch raus", lautete Chief Burrows Entscheidung.

Manche Leute sagen ja, sie könnten unter Druck besser arbeiten. Dadurch bekämen sie die nötige Motivation, ihr Bestes, also einhundert Prozent, zu geben. In Situationen wie diesen, bei denen es um Leben und Tod ging – darum, jemanden zu retten –, war Druck oft hinderlich und mit spontanen, manchmal dummen Entscheidungen verbunden. Er führte zu Fehlern, zu Überschätzung, zur Austestung der eigenen Grenzen. Man spielte wortwörtlich mit dem Feuer. Nur war der Gegner in diesem Spiel in der kampfeslustigeren Position, und beide Parteien waren schlechte Verlierer.

Im Dachgeschoß angekommen, verteilten wir uns auf die fünf Wohnungen, riefen nach Überlebenden, konzentrierten uns, auch nur den leisesten menschlichen Laut unter all dem

Knarren, Knistern, den bleckenden Geräuschen des Vollbrandes zu hören. Kauernd durchsuchte ich die erste Wohnung, fand dort niemanden, meldete es und bewegte mich weiter in die nächste Wohnung. Die Tür musste mit der Axt aufgebrochen werden. Eine Frau lag hinter dem Eingang, die Hand noch nach der Tür ausgestreckt, und in einem der Zimmer konnte ich ein Baby schreien hören.

„In Wohnung vierzehn habe ich eine verletzte Frau und ein Kleinkind. Brauche jemanden, der die Frau hinunterträgt. Ich suche das Baby", meldete ich in mein Funkgerät, während ich nach ihrem Puls fühlte und die Frau von den herannahenden Flammen wegzog.

„Letzte Minute, Jungs!", warnte der Chief, als Marcus neben mir auftauchte und die Frau in seine Arme hob.

„Ich hab sie. Beeil dich, Nate!"

Zeit ließ ich mir bestimmt nicht, als ich dem Geschrei des Kindes folgte und mit Mühe ins einzige Schlafzimmer vordrang, in dem ich das Baby im Gitterbett fand. „Scheiße!", fluchte ich. Der Arm seines winzigen Schlafanzugs hatte Feuer gefangen, das ich gleich mit meinen Handschuhen erstickte. Das würde dringend behandelt werden müssen, doch erst mal musste ich es hinunter schaffen. Ich musste keinen Blick zurückwerfen, um zu wissen, dass es ein verdammt steiniger Weg hier raus sein würde. „Halte durch, Kleiner!" Ohne zweimal zu überlegen, öffnete ich den Reißverschluss meiner Jacke, hob das Baby an meine Brust und verdeckte es so gut wie möglich mit meiner Schutzkleidung. Ein Teil der Decke stürzte neben mir ein, ließ mich das Kind fester halten und meinen Rücken mehr nach vorne beugen, um es vor weiteren herabfallenden Fragmenten zu schützen.

„So, raus mit euch! Ich meine es ernst!", befahl der Chief. Ich war bereits aus der Tür, als ich mir einbildete, ein Wimmern zu hören. Wie angewurzelt blieb ich stehen und hielt die Luft an, versuchte angestrengt, über das Gebrüll des Babys genauer hinzuhören.

„Mommy?" Bei der kleinen Stimme hinter mir fiel mir das Herz in die Hose. Ich wirbelte herum, entsetzt, beinahe ein zweites Kind übersehen zu haben, das verängstigt aus einem Küchenschrank krabbelte. Fuck! Wo war das zweite Bett? Nichts hatte auf ein weiteres Kind hingedeutet.

Ungehalten griff ich an mein Funkgerät. „Ist noch jemand im vierten Stock? Hier ist ..." In dem Moment, in dem ich einen Schritt nach vorne machte, um es zu holen, ging der komplette Raum vor mir in die Luft und schleuderte mich durch den Druck einige Meter zurück gegen die Vorzimmerwand. Das Letzte, was ich hörte, waren der Alarm meines Notsignalgebers, weil ich mich nicht mehr rührte, und das wiederholte Fragen des Chiefs via Funk nach meiner Zustandsmeldung. Dann blendeten sich die Geräusche aus, und mein Körper hörte auf, gegen die Bewusstlosigkeit anzukämpfen.

Als ich aufwachte, war mir sofort klar, wo ich war. Eine Nadel steckte in meinem Arm, ein Infusionsbeutel hing schräg über meinem Gesicht. Eine Nasensonde verabreichte mir den Sauerstoff, der mir wohl im Feuer ausgegangen war. Ich bewegte Arme und Beine, um sicherzugehen, dass ich es konnte, nachdem mein Rücken schmerzte wie Sau, und suchte den Raum ab, wo Carl am Fenster lehnte und zu mir herübersah. „In der Nebenwohnung waren alte Propangasflaschen gelagert", beantwortete er meine noch ungestellte Frage, denn ich hatte keinen Schimmer, weshalb es zu einer Explosion gekommen war. Mit dem hatte wohl keiner gerechnet, aber die

Wohnung hatte in meinem Suchbereich gelegen. Warum war mir nichts aufgefallen?

Weil du nach Menschen gesucht hast und nicht nach Explosionsgefahrenquellen.

Carls Blick sprach jedoch Bände. Er war alles andere als glücklich mit mir. Wo waren eigentlich meine Eltern? Wenn Carl extra hergekommen war, mussten sie doch auch schon davon erfahren haben. Bei diesem Stichwort fiel mir wieder ein, weshalb ich eigentlich wieder reingegangen war, und sofort renkte es mir den Magen aus.

„Das Baby?“, würgte ich hervor, während ein brennender Schmerz erst durch meine Kehle, dann durch meinen ganzen Körper jagte. Daran, gebrannt zu haben, konnte ich mich nicht erinnern. Nach dem Aufprall an der Wand war ich wohl bewusstlos. Was danach geschehen war, fehlte.

„Es ist über den Berg. Brauchte Hauttransplantationen für den Arm. Vom Aufprall oder der Hitzewelle der Explosion hat es aber nichts abbekommen. Das hast du mit deinem Körper alles abgeschirmt.“

Bilder von Belinda schossen mir durch den Kopf, erinnerten mich daran, wie der Versuch, dasselbe zu tun, vor einigen Monaten bei ihr ausgegangen war. Sie hatte im Gegensatz zu mir keine Schutzkleidung getragen.

„Gut. Das ist gut“, sinnierte ich, hörte, wie mich die Schmerzinfusionen zum Lallen brachten, und fühlte, wie sehr ich eigentlich neben mir stand. Plötzlich erinnerte ich mich an das Geräusch, das ich kurz vor der Explosion gehört hatte, und mein Herz blieb stehen. „Da war ein zweites Kind“, krächzte ich. Der Schock muss mir ins Gesicht geschrieben gewesen sein, denn Carl senkte lediglich den Kopf und gab mir damit die Antwort, die ich absolut nicht hören wollte.

Natürlich hatte es nicht überlebt. Die Explosion hatte die ganze Küche weggerissen. Und selbst wenn es noch gelebt hätte, wären unsere Leute nie rechtzeitig hingekommen, um es zu bergen. Innerlich fluchte ich und kämpfte mit mir, dem schlechten Gewissen keinen Raum zu lassen. Trotzdem musste ich die Augen fest zukneifen, bis die Flüssigkeit, die sich viel zu schnell darin bildete, verschwunden war.

„Du hast dem Baby das Leben gerettet", stellte Carl klar, und ich funkelte ihn schnaubend an.

„Und dabei ein Leben verloren." Meine Stimme brach zweimal während des Satzes. Carl kam auf mich zu, die Hände unter die Achseln geklemmt. Mein ganzer Körper schmerzte, innen wie außen. Verdammte Scheiße, ich hatte ein Kind übersehen.

„Du hättest unmöglich beide unverletzt rausbringen können", betonte er. Mit zusammengepresstem Kiefer und finsterem Blick fixierte er einen Punkt an der Wand. Er war sauer. Und ich wusste, wieso. Durch eine ähnliche Aktion hatte er seine Tochter vor Kurzem um ein Haar verloren. Fuck, sie mochte es zwar überlebt haben, dieselbe würde sie aber nie mehr sein. Deswegen wusste ich, was ich mir als Nächstes anhören durfte.

„Spuck's einfach aus, Carl! Was willst du sagen?"

Er musterte mich und ballte die Hände zu Fäusten, offensichtlich mit sich hadernd. „Was war eines der ersten Dinge, die du beim Training gelernt hast?"

Ich schloss die Augen, mir der Leichtsinnigkeit sehr wohl bewusst, die ich an den Tag gelegt habe. „Rette, aber bring dich dabei nicht selbst in Gefahr?"

Er antwortete nicht, daher öffnete ich müde ein Auge. Sein Blick durchbohrte mich beinahe. Ich seufzte. „Carl, da lag ein

Baby. Halb verbrannt, schreiend, ängstlich. Ich wusste, die Flammen im Treppenhaus waren schon zu hoch, zu intensiv, als dass ich es ohne den Schutz meiner Jacke lebend und ohne weitere Verbrennungen rausbringen konnte. Was hättest du denn getan?"

„Es ist ein Anfängerfehler, seine Schutzkleidung bei einem solchen Brand zu öffnen. Du kannst verdammt froh sein, dass Pete und Shane sofort den Raum gestürmt und dich gelöscht haben, bevor man dich rausgezogen hat, sonst hättest du jetzt weitaus größere Probleme als die verbrannte Haut an deiner Seite."

„War das dann alles, Carl?", zwang ich mich mit heiserer Stimme zu fragen, bevor ich mit meinem nadellosen Arm die Augen verdeckte. In mir bebte es, und alles, was er mir sagte, war, dass ich ein Idiot war?

Er schwieg ein paar Sekunden, bevor seine Schritte sich meinem Bett näherten und er mir eine Hand auf die überhitzte Stirn legte. „Auch wenn es eine beschissene Idee war, bin ich trotzdem stolz auf dich, Junge. Du kannst es jetzt vielleicht nicht sehen, aber du bist ein Held."

Ich ließ die angehaltene Luft aus meiner beleidigten Lunge, hustete den Rest davon aus und erlaubte den paar angestauten Tränen doch freie Fahrt. Dann platzte die Tür auf, und meine Eltern rannten ins Zimmer. Carl verschwand von meiner Seite, um ihnen Platz zu machen, und ich schluckte meinen Frust und setzte die gelassenste Miene auf, die ich unter diesen Umständen aufbringen konnte.

25

Lexi

Ich kann seinen Schmerz praktisch fühlen. Es gibt wahrscheinlich kaum etwas Schlimmeres, als zusehen zu müssen, wie ein Kind stirbt. Nate musste das bereits zweimal erleben. Ich kenne bisher nur einen Bruchteil seiner sieben Verlorenen. Wenn ich schon jetzt das Gefühl habe, erdrückt zu werden, wundert es mich nicht, dass er ständig einen Kampf mit sich und seinen Emotionen ausficht

Ich beiße mir auf die Lippe, um die Tränen zu unterdrücken, die mir bei seiner Verzweiflung kommen, ihm aber ganz sicher nicht helfen würden. Er gibt sich die Schuld, obwohl er in keinem Fall etwas für den Ausgang dieser Geschichten kann. Ich bin bestimmt nicht die Erste, die versuchen würde, ihm das beizubringen, doch offensichtlich kann er es nicht annehmen. Mein Herz rast, während ich mit Mühe versuche, meine Hand davon abzuhalten, nach seiner zu greifen. Mein Mitgefühl braucht er jetzt nicht.

„Ich denke, das Letzte, was du von mir hören willst, ist, dass es mir leidtut. Und ich weiß, dass nichts auf der Welt auch nur einen dieser Verluste gut- oder wettmachen könnte. Trotzdem würde mich interessieren, wie viele Menschen du gerettet hast.“

Meine indirekte Frage steht eine Zeitlang im Raum, fast befürchte ich schon, sie nicht mehr beantwortet zu bekommen. „Das lässt sich nicht zählen.“

„Wieso nicht?“

„Weil man das nicht einem einzelnen Feuerwehrmann zuschreiben kann, wie viele Leute es geschafft haben, rauszukommen. Außerdem zählt das keiner."

Dann sollte mal dringend einer damit anfangen.

„Okay, dann erzähl mir von deiner erstaunlichsten Rettung!"

Er holt langsam Luft, kratzt sich am Kopf. „Lex, nein. Das fühlt sich irgendwie an wie ..."

Ich lasse ihn gar nicht ausreden. Er denkt, das wäre Angeberei. „Ist es aber nicht. Warum solltest du dich nicht an die Wunder erinnern dürfen?"

„Wunder?", fragt er wenig überzeugt.

„Waren es denn keine? Glaubst du nicht an Gott?" Für mich bestand nie ein Zweifel daran, dass Gott existiert und das Beste für mich will, auch wenn ich Hindernissen begegnen mag. Wäre ich jetzt sauer auf ihn oder würde ihm die Schuld dafür geben, dass ich mit meiner Blindheit ungerecht behandelt, vielleicht sogar gestraft wurde, wäre ich nicht besser als diejenigen, die meinen, mein Leben wäre dadurch weniger schön als zuvor.

„Ich glaube schon, dass es ihn gibt, aber ich denke, er kann mich nicht leiden." Er versucht, es wie einen Scherz klingen zu lassen, aber dafür muss er bei mir früher aufstehen.

„*Ich* denke, du hast einfach vergessen, wie oft er dich schon als Werkzeug gebraucht hat. Wie viele Menschen hätten inzwischen eine Mutter, einen Bruder, ein Kind verloren, wenn du nicht dagewesen wärst?"

Er macht einen ungläubigen Laut. „Dann wäre jemand anderer dort gewesen."

„Vielleicht. Vielleicht hätte dieser Jemand jetzt aber auch eine weit größere Zahl auf seinem Oberarm." Ich schließe die Augen. Nate ist wirklich schwer zu knacken. Wie viele es wohl schon vor mir probiert haben? „Weißt du, was unser Problem ist? Wir wollen Erfolg, solange er billig ist, und Wunder, solange sie nichts kosten. Wenn dann mal etwas anders läuft, als wir es uns wünschen, erhoffen, erwarten, zweifeln wir an uns, an Gott, an allem. Wir fangen an, Dinge infrage zu stellen, die vorher völlig selbstverständlich wirkten, und vergessen dafür die guten Sachen, die wir schon erleben durften." Nate schweigt, und ich muss zugeben, dass es mich ein wenig nervös macht, seinen Gesichtsausdruck nicht sehen zu können. „Deshalb frage ich dich noch einmal: Welcher Einsatz fällt dir als Erstes ein, wenn ich dich nach deiner erstaunlichsten Rettung frage?"

Nach einer grauenhaft langen Pause, die mich beinahe um den Verstand bringt, räuspert er sich endlich. „Ein vierzehnjähriges Mädchen hatte sich mit ihrer Mutter gestritten, wollte ihr eine Lektion erteilen und kletterte im fünften Stock aus dem Fenster. Als wir anrückten, balancierte sie an der Außenwölbung des Gebäudes zur Lüftungsanlage, die nicht dazu geeignet war, darauf zu stehen. Damit brachte sie uns in Zugzwang, denn über die Leiter konnten wir sie ja kaum holen, wenn sie damit drohte, zu springen. Über das Fenster war es ein weiter Weg, der nur mit Sicherung möglich war. So viel Zeit hatten wir aber nicht. Also rannte ich in die Wohnung einen Stock unter der Lüftungsanlage und lehnte mich dort aus dem Fenster, um mit ihr zu reden. Nur kam es dazu nie, weil das dämliche Teil, auf dem sie stand, locker wurde und das Mädchen ausrutschte." Ich halte den Atem an, obwohl ich weiß, dass die Geschichte gut ausgehen muss. „Weil sie versucht hatte, sich noch festzuhalten, waren ihre Arme gestreckt, und ich konnte einen davon packen, bevor sie abstürzte. Wir zogen das schwer geschockte Mädchen in die Wohnung, wo sie als

Erstes ihrer Mutter um den Hals fiel und sich hundertmal entschuldigte. Was mir blieb, war ein gebrochener Finger und ein verdammter Muskelkater." Ich kann sein Schmunzeln hören und versuche erst gar nicht, mein stolzes Lächeln zu verbergen.

„Ich habe nachgedacht", beginne ich nach kurzer Überlegung.

„Das ging ja schnell."

Wie üblich, strecke ich ihm meine Zunge entgegen, was ihm ein leises Lachen entlockt. „Wir sollten deinem Tattoo eine weitere Bedeutung geben. Niemand wird dir den Ursprungsgrund wegnehmen, aus dem du es hast stechen lassen. Aber ich denke, es wird Zeit, gute Erinnerungen mit den schwierigen zu verknüpfen."

„Zum Beispiel? Sieben Frauen zu heiraten?", wiederholt er meine im Scherz vorgeschlagene Mutmaßung zur Zahl. „Also, wenn du das Geld für die Unterhaltszahlungen hast, bin ich voll dafür."

Ich verdrehe die Augen, rücke aber näher an ihn und stütze Arme und Kinn auf seinen Knien ab. „Nein. Abenteuer." Bei der Vorstellung, Sachen zu erleben, die bisher keiner mit mir machen wollte, flackert neue Energie in mir auf.

„Du meinst Sachen wie Kochen und Riesenrad fahren?", neckt er mich und nimmt mir damit die Luft aus dem Ballon, weil er mich nicht ernst nimmt.

„Ach, vergiss es!", zische ich, will mich wegsetzen, doch diesmal springt Nate auf und zieht mich rücklinks an seinen steinharten Oberkörper, als hätte er völlig vergessen, dass er eben nicht einmal von einem meiner *Finger* berührt werden wollte. Klar konnte ich seine Narbe spüren. Wieso sollte er sich aber für etwas schämen müssen, das ein Resultat einer heldenhaften Aktion ist? Selbst bevor ich die Geschichte dazu kannte, konnte ich an seiner unebenen und vernarbten Haut nichts Entsetzliches finden. Jetzt hält er mich gegen seine Wärme gedrückt, und ich muss zugeben, dass ich mich hier nicht gerade unwohl fühle.

„Tut mir leid, Kätzchen. Zieh deine Krallen wieder ein! Woran hattest du gedacht?“

„An größere Dinge.”

„Zum Beispiel?“

Nachdenklich spitze ich die Lippen. Was wollte ich immer mal tun? „Bogenschießen.“

Er kichert lautlos gegen mein Ohr. Blöde Gänsehaut! Verschwinde!

„Arrow hat es dir ziemlich angetan, nicht wahr?“

Ich schnalze mit der Zunge. Bei ihm muss ich wohl die harten Geschütze auffahren. „Skydiving, Flyboarding, Bullenreiten, Heliskiing oder Extrem-Slacklinen auf Felsen.“

Er hält mir eine Hand an die Stirn, als hätte ich Fieber. „Mmh. Sonst ist noch alles in Ordnung bei dir?“

„Ich kann wirklich gut die Balance halten“, verteidige ich mich und schubse ihn weg, woraufhin er mich auslacht. „Ich will nicht wie ein rohes Ei behandelt werden, verstehst du?“

„Lex. Die Hälfte der Dinge, die du aufgezählt hast, würde nicht einmal ich machen.“

„Wenn du ein Angsthäschen bist, kannst du mir ja auch einfach nur helfen hinzukommen – und dann zuschauen“, schlage ich frech vor, mit der Absicht, ihn zu provozieren.

„Vergiss es! Wir sind nicht in irgendeinem Film, und ich mache diesen verrückten Scheiß ganz bestimmt nicht mit dir.“

Gespielt schockiert drehe ich mich mit offenem Mund um und richte meinen Zeigefinger auf ihn. „Nein! Du darfst dein Versprechen nicht zurücknehmen. Das ist gegen die Regeln.“

„Welche Regeln?“

„Meine Regeln."

„Ich habe nie versprochen, dass ich irgendetwas mit dir mache." *Schade …*

„Doch, hast du. Ich war dabei."

Sein Lachen wird lauter. „Wann soll das bitte gewesen sein?"

„Beim Fahrradfahren."

Er streichelt meinen Kopf. „Du meinst, als wir am Boden lagen? Soweit ich weiß, ging es da nur um Dinge wie Kochen und Haare verknoten lassen."

Ich zucke locker mit der Schulter und grinse unschuldig. „Ist doch dasselbe."

„Weißt du was? Du bist verrückt."

„Witzig. Das behaupten die Stimmen in meinem Kopf auch ständig. Aber ich glaube ihnen nicht. Die reden immer nur Müll." Das löst endgültig seine Verspannung, und er prustet los.

„Ich sehe, es geht dir schon besser. Dann haue ich jetzt ab." Amüsiert streicht Nathan mit dem Daumen über mein Kinn. Da bemerke ich erst den Schmollmund, den ich ziehe. „Aber ich sag dir etwas: Ich überlege mir, welche der Dinge sich unter Umständen machen lassen."

Freudig klatschend begleite ich ihn zur Tür, nachdem er seine Sachen wieder angezogen hat. Dort stehen wir dann ein bisschen ungeschickt, weil keiner recht weiß, wie wir uns voneinander verabschieden sollen.

„Gute Nacht, du kleiner Adrenalin-Junkie."

Mit einem breiten Grinsen schließe ich die Tür und lehne mich dagegen.

26

Nate

„Hier ist deine Post, Nathan. Das hier wurde außerdem persönlich vorbeigebracht.“ Sophie drückt mir einen weiteren Umschlag in die Hand. „Dreimal darfst du raten, von wem“, ergänzt sie trocken.

„Hunters Anwalt.“ Wer sonst würde sich die Mühe machen, extra hierherzukommen, um etwas zu deponieren. Ich kann mir auch schon vorstellen, was drin ist.

Warren kommt mit einem Mordstempo in meinen Arbeitsbereich.

„Wenn man von der Sonne spricht“, warnt Sophie mich vor, ich identifiziere ihn jedoch alleine schon am Gang.

„Ich will ein kurzes Update vom Silver-Fall. Und wenn ich kurz sage, meine ich kurz.“

Ugh. Bei der Stimme schüttle ich mich absichtlich offensichtlich und bringe Sophie dazu, sich hüstelnd die Hand vor den Mund zu halten, um ihr Lachen zu maskieren.

„Findest du nicht, dass es plötzlich kalt geworden ist?“, flüstere ich unschuldig, woraufhin Warren die Hände in die Hüften stemmt und Sophie wütend fixiert.

„Von Ihnen bekomme ich auch noch etwas, wenn ich mich recht erinnere.“

Sophie streckt den Rücken. „Ich habe den Bericht vom Vermögensverwalter noch nicht erhalten, Mr. Hastings. Tut mir leid.“

„Vielleicht sollten Sie Ihren Hintern dann wieder hinaus auf Ihren eigenen Stuhl bewegen, anstatt auf seinem zu sitzen“, der

Sack zeigt auf mich, „und dem geschätzten Herrn klarmachen, dass ich keine Zeit habe, auf ihn zu warten."

Sophie öffnet zornig den Mund, schluckt dann aber ihren Frust hinunter und wirft mir einen warnenden Blick zu, mich zurückzuhalten. Mache ich natürlich nicht, obwohl ich zumindest warte, bis sie weg ist.

„Werden Sie jetzt jeden in dieser Kanzlei wie ein Stück Dreck behandeln, der mit mir redet?"

Ein falsches Lächeln verzerrt sein Gesicht. „Im Vergleich zu dir bin ich ein erwachsener Mann, der weiß, was sich in der Arbeit gehört und was nicht."

„Sind Sie da sicher? Momentan hören Sie sich nämlich eher an wie eine erwachsene *Frau*. Und wenn Sie so weitermachen, bin ich neugierig, welcher der Mitarbeiter hier Ihr Verhalten als Erster melden wird." Ich warte gar nicht auf seine Retourkutsche, sehe ihn auch nicht an, sondern öffne das Kuvert, das ich gerade erhalten habe. Inzwischen ist es mir wirklich egal, was er zu mir sagt. Das weiß auch er, deshalb geht er ja jetzt auf die los, die ich mag. „Das Schreiben, das ich eben gerade erhalten habe, wird uns beide den neuesten Stand zeigen."

Ich lasse die Augen rasch über die Zeilen wandern. Ist nicht wirklich nötig, weil ich Schreiben wie dieses schon hundertmal gesehen und selbst verfasst habe. Wie erwartet. „Sie versuchen, unseren Gerichtsbeschluss anzufechten. Das ist die Kopie ihres Antrags, die Klage abzuweisen. Wegen Mangels an Beweisen." Ich klopfe auf das Papier. „Dass ich nicht lache. Ist Ihnen das so kurz genug?"

„Das zeigt nur, dass wir an der richtigen Stelle kratzen."

Ich neige den Kopf seitlich in Warrens Richtung und kneife die Augen ungläubig zusammen. Hat er gerade „wir" gesagt? „Jetzt müssen wir nur noch das Gericht davon überzeugen, dass es die Klage nicht abweist." Warren schlägt auf den Tisch, als hätte er ernsthaft irgendetwas Sinnvolles zu dieser Situation beigetragen, und haut dann genauso schnell wieder ab, wie er gekommen ist. Sophies Blick trifft mich quer über den Raum wie ein einziges Fragezeichen, das ich nur mit einem Schulterzucken beantworte.

Am Ende des Tages bin ich nicht sonderlich überrascht, meine neueste Kollegin wie immer an ihrem Arbeitsplatz vor dem Computer vorzufinden, völlig ins Geschehen vertieft. Das heißt … bis ich aufkreuze.

„Wird das jetzt zur Gewohnheit?", fragt sie humorlos. Ihr Gesicht ist nicht spielerisch sauer wie sonst. Sie sieht echt müde aus, dazu spiegeln sich in ihrer Miene noch mehr Gefühle, die ich nicht ganz entziffern kann. Trotzdem ist es wie zu einer neuen, kleinen Sucht für mich geworden, das kleine Lächeln auf ihren Lippen zu finden, sobald sie spürt, dass ich in ihrer Nähe bin. Aus Gewohnheit ziehe ich einen Stuhl neben sie und pflanze mich darauf.

„Was machst du da?"

„Recherche. Wie immer."

Ich stütze den Ellbogen an ihrem Schreibtisch ab und lehne mich auf meine Hand. „Okay, und wie läuft das so?" Irgendwas ist los mit ihr.

„Gut. Alles ist gut."

Unbeeindruckt starre ich sie weiter an. Meine Stirn furcht sich, als sie ihre geröteten Augen von der Tastatur hebt und kurz Richtung Decke sieht. Zu viel Flüssigkeit. Die Faust unter meinem Gesicht spannt sich fester an.

„Alles klar. Willst du es noch einmal versuchen, nur diesmal mit der Wahrheit?"

Stöhnend nimmt sie ihre Finger von den Tasten und streckt zuerst sie, dann ihren ganzen Körper. Dabei ermogle ich mir einen kurzen Blick auf ihren Bauchnabel, als die Bluse mitgezogen wird. Nachdem ich seit gestern auch weiß, wie sich ihr Körper anfühlt, vor allem, wenn er gegen meinen gedrückt ist, wird das Bild gleich lebhafter in meinen Gedanken. *Lass ihn in deiner Hose, Nate.* Das Letzte, was ich gerade brauchen kann, ist, irgendeinem Mädchen nachzujagen.

Nur ist sie schon seit Tag eins nicht *irgendein* Mädchen. Und genau das ist der Grund, warum ich *vor allem* für sie keine Kulleraugen zu kriegen brauche. An der gestrigen Situation war eigentlich nichts Sexuelles. Zuerst war da purer Beschützerinstinkt, danach habe ich ihr, verdammt noch mal, von einer der schlimmsten Zeiten meines Lebens erzählt und mich damit verflucht verletzlich vor ihr dargestellt. Trotzdem ist es irgendwie interessant, dass ich zwar gestern lange gebraucht habe, um einzuschlafen, dafür aber heute zum ersten Mal seit … sehr langer Zeit nicht schweißgebadet aufgewacht bin.

Ich schüttle mich aus dem mentalen Ausflug ins Ponyland, halte mir Zeige- und Mittelfinger an den Kopf und drücke ab. Die Grundessenz: Lexi hätte Potenzial, mehr für mich zu werden, deshalb klebt auf ihrer Stirn ein *Betreten verboten*-Schild. Dasselbe, das ich auch bei Belinda so offensichtlich sah und so gekonnt ignoriert habe, bis ich es bereute.

Mit einem tiefen Seufzen rutscht Lexi von ihrem Schreibtischstuhl, bis sie eine halb liegende Position erreicht. „Wenn ich es dir sage, will ich dein Wort, dass du nicht wieder die Rambo-Nummer abziehst, sondern mich die Sache alleine lösen lässt, okay?“

Ich greife nach ihrer Hand und zeichne damit ein großes X über meine Brust, als Zeichen meines Versprechens. Sie lächelt leicht.

„Also schön. Heute ist einfach kein guter Tag. Es hört nicht auf zu regnen. Das Kortison hält mich künstlich wach und gibt mir das Gefühl, dass meine Beine doppelt so fett sind wie normal. Ich bin den ganzen Tag noch nicht zum Essen gekommen. Morgan kommt erst irgendwann nach Hause. Und Warren geht mir auf die Eier." Ihre Schultern sacken ab, sobald sie ihren Wortschwall los ist. Ich sehe aus dem Fenster. Der Regen scheint wirklich ein Problem für sie zu sein. Mir ist er heute noch nicht einmal aufgefallen, außer, dass ich den Bus nehmen musste und mein Wunsch nach einem eigenen Auto wieder etwas wachsen durfte.

„Hm. Also der Regen wird wahrscheinlich noch bis Ende der Woche anhalten, also gibt uns das zumindest Zeit, eine Sache von deiner Liste abzuhaken, wenn du willst."

Sie greift sich an ihre übliche Stelle und kratzt sich am Hals, während sie den Kopf schüttelt. „Ich glaube, dazu bin ich noch nicht bereit", gibt sie schüchtern zu, kämmt sich die Haare hinters Ohr. Schüchtern?! Lexi ist schüchtern? Dieses Mädchen soll mal einer verstehen. Will von einem Helikopter springen, um einen Hang hinunterzufahren, traut sich aber nicht in den Regen.

„Gut, dann weiter …" Ich sehe mir ihre Beine an, denke an diese verdammten Hotpants, die sie zum Schlafen trägt, und zwinge mich, stattdessen an Justin Bieber zu denken, damit ich das nicht wieder weiterspinne. „Glaub mir einfach, wenn ich dir sage, deine Beine sind alles andere als fett, und das Problem mit dem Essen lässt sich durch den Überfluss an Fast-Food-Ketten in diesem gesegneten Land leicht beheben."

Sie lacht. „Was Warren betrifft, bin ich einer Meinung mit Morgan, was seinen Drang, etwas kompensieren zu wollen, anbelangt."

Lexi legt den Kopf schief.

„Sie hat mir am Telefon damals gleich ihre Vermutung kundgetan. Ich konnte nicht widersprechen", erkläre ich ausdruckslos.

„Tracy hat gesagt, er würde auch dich wie ein Stück Dreck behandeln. Du kannst mir nicht erzählen, dass das nichts mit mir zu tun hat."

Von schüchtern zu schuldbeladen. Ihr geht es heute wohl echt nicht gut. „Hat es aber nicht. Tracy hat dir nicht zufällig auch erzählt, wie lange er mich schon so behandelt, weil er weiß, dass ich das Potenzial habe, besser zu sein als er? Außerdem behandle ich ihn nicht unbedingt so respektvoll, wie ich in meiner Position sollte." Weil er es einem verdammt schwer macht, ihn zu respektieren.

„Sind wir vielleicht etwas eingebildet unterwegs?"

„Es ist nicht Einbildung, wenn es die Wahrheit ist. Ich sage nicht, ich wäre schon heute besser. Ich sagte, ich hätte das Potenzial dazu. Er ist zu sehr mit sich selbst beschäftigt, um das größere Bild zu sehen. Die Menschen hinter seinen Fällen sind ihm im Grunde egal. Mir nicht."

Lexi verdreht die Augen und hält mir die Hand wie ein Stoppschild entgegen. „Ja, okay, danke. Ich habe genug Testosteron abbekommen." Sie pustet sich eine verlaufene Strähne aus dem Gesicht und wirft sich genervt zurück auf die Lehne. „Was mich am meisten nervt, ist, dass ich diesen Auftrag morgen fertig haben muss, aber keine Ahnung habe, wie. Ich weiß nicht einmal, wonach genau ich eigentlich suche, und brauche dreimal so lang wie andere hier. Das geht mir auch auf die Eier."

„Ja. Newsflash, Lexi: du hast keine. Das wollte ich dir schon vorhin sagen." Sie öffnet bereits kampfeslustig den Mund, um zu protestieren, als ich meine Hand darauflege und das Gesicht verziehe. „Nicht. Bitte. Ich möchte nicht das Gefühl bekommen, dass meine beim folgenden Thema abgeschnitten werden."

Sie kichert.

„Okay, rutsch mal!"

Das Lächeln fällt ihr aus dem Gesicht. „Was machst du da?"

„Dir helfen, Doofkopf."

„Ich brauche keine Hilfe", stellt sie störrisch klar.

„Hat auch keiner behauptet. Aber ich habe Hunger, und je eher du fertig bist, umso schneller kommen wir ins Lebensmittelgeschäft und dann an meinen Herd."

Ihr Kopf schnellt zu mir, und ich kann mir ein selbstgefälliges Grinsen nicht verkneifen. „Du willst mit mir kochen?"

„Ähm … Ja?!" Eigentlich war es eher so gemeint, dass sie vor dem Herd stehen würde, nicht ich.

„Ich habe schon ein paar Mal zu kochen versucht, dann aber schnell wieder aufgegeben. Es ist mir einfach zu stressig und dauert zu lange", erklärt sie peinlich berührt. Deswegen steht es ja auf ihrer Liste …

„Ich kann kochen." Das ist ziemlich übertrieben, denn was ich kann, beschränkt sich eher auf das Aufwärmen von Tiefkühlkram und Fertigzeug in der Mikrowelle, aber hier geht es gerade ums Prinzip. Und zurücknehmen würde ich mein Angebot sowieso nicht. Vor allem nicht mehr, nachdem ihr

Gesicht aufleuchtet, als hätte ich ihr gesagt, sie hätte den Lotto-Jackpot geknackt.

Eine Stunde später überschlagen wir uns beinahe im Versuch, der Erste zu sein, der mit den Einkaufstüten in der Hand die Tür zu meiner Wohnung aufsperren kann. Keine Ahnung, für welche Armee wir zu kochen planen, oder ob es mein Hintergedanke war, sie öfter zu mir zum Kochen einzuladen. Jedenfalls blende ich aus, wie sehr sich das gerade anfühlt, als wären wir ein Paar. Und noch mehr, dass mich das Gefühl gar nicht so stört, wie es wahrscheinlich sollte.

Toby kommt uns mit neugierigem Gesichtsausdruck und verschränkten Armen entgegen. „Schlafe ich schon, oder sehe ich meinen besten Freund wirklich mit Lebensmitteln und einer Frau?"

Ich nehme Lexi die Einkaufstüte ab. „Erinnerst du dich, dass ich dir von meinem nervtötenden Mitbewohner erzählt habe? Hier ist er."

Lexi lächelt und streckt die Hand aus. „Hi, ich bin Lexi."

Toby überbrückt die Distanz und schüttelt ihre. „Was er *eigentlich* sagen wollte, ist, dass ich die *Liebe seines Lebens* bin. Ich weiß auch nicht, warum er denkt, sich dafür schämen zu müssen." Tobys Augen wandern kurz über Lexis Körper, bevor er mit einem wissenden Blick zu mir sieht. Ich kneife die Augen zusammen, fordere ihn heraus, irgendetwas Blödes zu sagen.

„Freut mich, dich kennenzulernen, Liebe seines Lebens", triezt sie ihn. „Aber da gibt's doch so ein Lied von Beyoncé, wo sie singt, dass du einen Ring hättest anstecken sollen, wenn er dir so gefällt."

Er reißt die Augen auf und starrt sie an. Kopfschüttelnd lecke ich mir über die Lippen. Da haben sich zwei gefunden.

„Zu deinem Glück sind Nate und ich nur Freunde“, ergänzt Lexi und verpasst mir damit wieder mal einen Tritt in die Eier. Ich meine, ich weiß, das war – ist – eigentlich auch in meinem Interesse, aber wie sie das immer wieder betont, stört mich irgendwie trotzdem.

„Dich mag ich“, sagt Toby und lacht. „Außerdem bringst du Essen.“

„Ja, wir kochen.“ Lexi klingt stolz, während Toby herumwirbelt, die Hand aufs Herz schlägt und mich geschockt ansieht.

„Nathan kocht? Scheiße, wo ist das Telefon? Ich bestelle lieber gleich ne Pizza für uns.“

„Sehr komisch, Arschloch.“ Obwohl ich ihm zugutehalten muss, dass er, ohne überhaupt darüber nachzudenken, die kichernde Lexi bei sich einhängt und zu mir bringt.

„Ach so. Sagtest du, du hilfst ihm, Lexi? Na dann ist wenigstens nicht alles verloren.“

„Ich dachte, er kocht gerne“, wendet sie verwirrt ein.

Tobys Mund klappt auf. „Nate?!“ Natürlich bricht er in schallendes Gelächter aus. „Ja, wenn eine Packung Muffins öffnen als Kochen zählt, dann klar.“

Mit Genugtuung zeige ich ihm beide Mittelfinger, bevor ich Lexi zu mir ziehe. „Kannst du dir vielleicht ne andere Beschäftigung suchen als uns?“

„Soll das ein Witz sein? Dir beim Kochen zuzusehen ist tausendmal spannender als jeder Actionfilm.“

Ich nehme Lexis Hände in meine und führe sie durch die Küche, damit sie ihre Grenzen abstecken kann. „Lexi, was ich meinte, war mehr, dass ich es prinzipiell *könnte*. Konjunktiv.“ Grinsend streckt sie einen Arm aus, ertastet den Raum und alles in ihrer Reichweite.

„Was gibt es denn Leckeres?", will Toby wissen, lacht sich heimlich immer noch krumm über mein Vorhaben. Ich schwöre, sobald Lexi aufs Klo geht oder so, trete ich ihm in den Arsch.

„Mexikanischen Auflauf", strahlt Lexi von einem Ohr zum anderen, und ich nehme mir eine Sekunde Zeit, sie zu bewundern, wie sie sich über die kleinsten Dinge freuen kann. Damit macht sie es einem leicht, so gut wie alles für sie und dieses Lächeln tun zu wollen.

„Klingt aufregend", kommentiert Toby, der mich verarscht, indem er verträumt zur Decke sieht. So habe ich sie überhaupt nicht angesehen. Idiot.

Die Zubereitung des Abendessens klappt besser, als ich erwartet hätte. Wir funktionieren irgendwie gut miteinander. Manchmal reiche ich ihr lediglich Kram, den sie in die Pfanne schmeißt. Ab und zu stelle ich mich hinter sie und führe ihre Hände, wenn etwas schneller gehen muss. Der Vorteil ist, sobald die wenigen Zutaten in der Pfanne bearbeitet wurden, wird alles im Grunde nur mehr in die Auflaufform geschmissen und mit Käse und Tortilla-Chips bestreut. Anfangs war Lexi sichtlich nervös, wahrscheinlich aus Angst, die Küche abzufackeln oder so. Ihre kleinen Hände haben sogar unter meinen gezittert. Zum Schluss reißt sie schon wieder Witze, fühlt sich absolut wohl bei mir und mit Toby.

„Du willst also so eine Art Bucket List machen – Dinge, die du getan haben willst, bevor du abkratzt", fragt Toby, nachdem sie ihm den Grund für das Kochen erklärt hat.

„So würde ich es nicht nennen, ich habe ja keine unheilbare Krankheit oder so. Ich will einfach nur coole Sachen unternehmen, anstatt in meinem goldenen Käfig zu sitzen."

Toby schießt mir einen pointierten Blick zu. „Da können wir uns zusammentun, Lexi. Mir geht es nämlich genau wie dir.“ Ich konzentriere mich darauf, nicht Teil dieses Gesprächs zu werden, und hole den Auflauf aus dem Ofen. Beiden sollte man erklären, dass es andere Wege gibt, das Leben zu genießen, als sich in gefährliche Situationen zu begeben.

„Ach ja? Was ist denn dein Käfig?“, fragt Lexi unschuldig. Jetzt sehe ich schadenfroh zu Toby. Mal sehen, wie er sich da rausredet. Selber schuld.

Er schließt die Augen und kratzt sich den Kopf. „Sagen wir einfach mal, mein Körper macht manchmal mit mir, was er will.“

Ich beschließe, ihn zu retten. Wenn er nämlich glaubt, dass Lexi hier aufhört, hat er sich geschnitten. „Okay, soll ich euch einen Kaffee zu eurem Tratsch machen, oder wollen wir essen?“

Lexi springt vom Sessel und gesellt sich wieder zu mir. Das Servieren wird zu einer größeren Herausforderung als das Kochen, weil ich Angst habe, dass sie sich irgendwo verbrennt.

„Ich habe es im Griff, Nate. Du kannst loslassen“, schimpft sie mit dem Teller in der einen, dem Handschuh in der anderen Hand. Ich will protestieren, da senkt sie ihren Arm, und der landet beinahe auf der Auflaufform. Zu energisch ziehe ich ihren Arm weg, sodass der Teller kippt, die erste Portion Auflauf auf den Boden rutscht und nur Matsch übrigbleibt. Toby grunzt, dann prustet auch Lexi los. „Oh mein Gott. Ich konnte ernsthaft *hören*, wie eklig das jetzt aussehen muss.“

Das wegzuputzen wird nett, ansonsten ist es mir egal. Wir haben genug Essen für die nächsten drei Tage. „Macht nichts. Die Portion kriegt Toby“, flüstere ich Lexi ins Ohr, und sie kichert.

„Eure Couch ist bequem“, kommentiert Lexi später anerkennend und wackelt ihren Hintern tiefer in den Sitzpolster hinein. Toby hat sich nach dem Essen in sein Zimmer verzogen. Halb liegend, halb sitzend, lümmeln Lexi und ich auf der Couch, halten uns absolut vollgefressen die Bäuche.

„Ja, das kommt daher, weil ein paar fettere Ärsche darauf gesessen haben als deiner.“ Ein klares Lachen kommt über ihre Lippen. „Warte erst, bis du die Decke fühlst.“ Ich werfe sie ihr zu, aber sie zieht die Mundwinkel nach unten und wirft sie angeekelt gleich wieder zurück.

„Ja, nein, danke. Ich stehe nicht so auf Pelziges, das nicht meines ist. Wer weiß, was du unter dieser Decke schon getan und wie viele Mädchen du damit zugedeckt hast.“

Gar keine, nachdem ich nie ein Mädchen hierhergebracht habe. Vor allem nicht über Nacht. Diese Regel hat zwar Toby für Jenna aufgestellt, aber ich halte mich genauso daran. Was die beiden allerdings tagsüber hier treiben, weiß ich nicht, also widerspreche ich nicht und werfe die Decke auf den Boden. Jetzt will ich sie auch nicht mehr. Das Sättigungsgefühl, gepaart mit der üblichen Übermüdung, drückt mir die Augen zu und macht mich ruhiger, als ich sein will.

„Bist du müde?“, fragt Lexi treffsicher nach ein paar Minuten der Stille.

„Ich bin grundsätzlich müde“, antworte ich ehrlich.

„Du schläfst nicht gut.“ Das ist keine Frage. Sie weiß ja, dass ich Albträume habe, nur hat sie keine Ahnung, wie oft.

„Ich habe seit drei Jahren nicht eine Nacht durchgeschlafen.“

„Immer solche schlechten Träume?“

Ich seufze und reibe mir das Auge. „Es gibt einfach Dinge, die ich anscheinend nicht abschalten kann. Vor allem nicht, wenn ich die Augen schließe.“

„Denkst du jetzt auch gerade daran?“ Wie sanft und sicher ihre Stimme ist. Ihre Ruhe geht wie immer auf mich über.

Ich lächle. „Nein, jetzt denke ich gerade an dich.“ Unwillkürlich sperre ich gleich darauf den Mund auf und ziehe Luft ein.

Lexi lacht so sehr, dass das Kissen neben mir vibriert. „Sagte er und gähnt. Wie schmeichelhaft zu wissen, dass ich dich zu Tode langweile.“

„Eher entspannst. Ich mag es, deine Stimme zu hören. Wenn ich mit dir rede, fühle ich mich irgendwie freier.“

Ich blinzle zu ihr rüber, um ihre Reaktion zu sehen.

Sie lehnt sich tiefer in die Rückenlehne. „Dann mach die Augen zu und lass uns weiterreden. So haben deine Gedanken keine Chance zurückzukehren, und du kannst dich ausruhen.“

„Was, wenn ich mitten im Satz einpenne?“

Unbeirrt zuckt sie mit der Schulter. „Dann male ich dir in der Zwischenzeit einen Schnurrbart ins Gesicht, um mich zu beschäftigen.“

Grinsend schließe ich die Augen und lege mich quer über die Couch.

„Solange es beim Schnurrbart bleibt und du nicht irgendwelche anderen Körperteile ausprobierst.“

„Das werden wir dann ja sehen“, gluckst sie und macht es sich bequem, indem sie ihre Beine über meine legt und die Arme ausbreitet, als würde sie sich hier völlig wie zuhause fühlen. Ehrlich, dieses Mädchen hat absolut keine Berührungsängste. Aus dem Nichts heraus fängt sie an, irgendeinen Takt auf unsere Beine zu klopfen und passend mit dem Kopf zu wippen. Ihre Augen sind geschlossen, ihr Gesicht ist absolut konzentriert, und ich muss mich zusammenreißen, nicht irgendetwas mit diesen Lippen zu machen, die sie zu der Party in ihrem Kopf spitzt. Dann singt sie ein Lied, das ich noch nie gehört habe. Momentan könnte sie aber auch „Die Königin der Nacht“ singen, und es wäre mir egal. Mit einem schiefen Lächeln und diesem niedlichen Zeigefinger-Move, den ich jetzt schon öfter bei ihren Solo-Auftritten sehen durfte, kommt sie pointiert zum Refrain, bei dem mir klar wird, dass das Lied „Love or Money“ heißen muss. Ich denke erst gar nicht daran, sie zu fragen, warum sie ausgerechnet dieses Lied singt. Inzwischen weiß ich schon, dass sie einfach aus dem Herzen heraus handelt, ohne vorher lang und breit über irgendetwas nachzudenken.

„Geld“, antworte ich ihr jedenfalls trotzdem auf die im Lied gestellte Frage. Das lässt sie die Stirn furchen.

„War ja klar, dass so etwas von einem Mann kommen muss.“

Ich halte die Hände in gespielter Kapitulation in die Höhe. „Entschuldige, aber wenn du den Text richtig gesungen hast, war das ganz klar die Entscheidung seiner Freundin. Und auch sonst ist es, soweit ich weiß, eher Frauensache, das Geld zu wählen.“

Lexi verpasst mir einen Tritt, stellt ihren Fuß dann auf mein Schienbein, als wäre es eine Lehne. „Halt die Klappe!“

„Also weißt du, wenn du weiter auf mir Schlagzeug spielst und mir eine nach der anderen verpasst, werde ich womöglich nicht so bald schlafen können“, lache ich und locke ein breites Lächeln bei ihr hervor.

„Okay! Rutsch rüber!“, befiehlt sie und setzt sich auf, tastet den Abstand zwischen mir und der Rückenlehne ab.

Die Stirn furchend, stütze ich mich auf meine Ellbogen. „Was wird das?“

„Mir ist langweilig. Wenn du schläfst, will ich das auch, und hier ist es zu kalt.“

„Deswegen hatte ich dir ja die Decke angeboten.“

Lexis Augen werden zu schmalen Schlitzen. „Ja, deine Chlamydien kannst du behalten. Vielen Dank.“ Damit wirft sie sich praktisch neben mich, zwängt sich in die gefühlten zwei Zentimeter zwischen mir und den Rückenkissen. Wahrscheinlich kann ich froh sein, dass sie mir gerade nicht die Nase gebrochen hat.

„Du kannst da nicht liegen bleiben. Hier ist kaum Platz für mich allein.“ Damit hätte ich ja prinzipiell nicht das geringste Problem, wenn das hier irgendein anderes Mädchen wäre. Verdammt, dann würde ich sie jetzt *auf* mich legen. Wenn diese Freunde-Sache jedoch funktionieren soll, muss ich meine Hände bei mir behalten, und das ist bei dem Körper, der sich gerade ungeniert gegen meinen drückt, nicht weniger als eine Heldentat.

Mit zusammengepressten Lippen und einem Blick, der besagt: „Tja, Pech!“ klapst sie mir auf den Bauch und blinzelt. „Deswegen, mein lieber Gentleman, liegst du ja auch dort und ich hier. Du hast genügend Fett, um deinen Sturz zu dämpfen.“

Ich lache ungezwungen. „Du meinst Muskeln“, korrigiere ich.

Ihre Augenbraue formt sich zu einem Halbkreis. In einem Akt der Selbstverständlichkeit nimmt Lexi meinen Arm und legt ihn sich so zurecht, dass er ihr als Kissen dient. „Ja. Richtig. Genau das meinte ich.“

27

Lexi

„Warum will mir kein Mensch verraten, wohin wir fahren?“, frage ich frustriert, als meine beste Freundin mich bei der Hand nimmt und zur Tür schleppt, wo Nathan und Toby auf uns warten. Mir ist schon klar, dass es etwas mit einer der Aktivitäten zu tun hat, die ich unternehmen will. Ich verstehe aber nicht, weshalb man mich so auf die Folter spannen muss. Tobys Freundin lerne ich heute leider nicht kennen, weil sie Tagschicht im Krankenhaus hat. Ich freue mich aber, dass er uns trotzdem begleitet.

„Glaub mir: Ich hätte nie zugestimmt, wenn ich nicht wüsste, wie sehr es dir gefallen wird.“ Toll. Das hilft kein bisschen.

„Hey, wildes Hühnchen. Du siehst nervös aus“, zieht Toby mich auf. Dann spüre ich Nathans Hand auf meiner Taille und vergesse die freche Meldung, die ich eben schieben wollte. Alles, was ich jetzt noch fühle, ist seine Wärme, die mir die Sicherheit vermittelt, die ich inzwischen bereits von ihm kenne. Während er vor ein paar Tagen auf seiner Couch fünf Minuten lang herumgeheult hat wie ein Mädchen, dass es so unbequem sei und er so niemals pennen könne, war er kurz darauf doch eingeschlafen. Ich hatte ihm irgendeinen Müll erzählt, der mir gerade eingefallen war, um ihn abzulenken. Mit Mühe konnte ich mich davon abhalten, ihm tatsächlich einen Schnurrbart zu zeichnen oder besagte andere Körperteile zu bemalen. Irgendwann schlief ich dann selbst ein, was kein Wunder war, nachdem Nate so verdammt warm und kuschelig ist. Deswegen war es auch die Hölle, als er mich etwa zwei Stunden später geweckt und mir erklärt hat, er würde jetzt ein Taxi rufen und mich nach Hause bringen. Zumindest hat er angeboten, mich zu tragen, während er von irgendwelchen Regeln gefaselt hat, die mir zu diesem Zeitpunkt jedoch ehrlich gesagt am Arsch vorbeigingen. Ich meine, ich habe auch bei Andrew nie übernachtet, weil er mich nicht in der Nähe seines Vaters haben wollte, aber das mit Nate ist doch etwas ganz anderes.

„Keine Angst, Kätzchen. Dir wird nichts passieren. Wir machen alle mit."

Kampfeslustig kneife ich die Augen zusammen. „Wer sagt, ich hätte Angst? Nächstes Mal setze ich euch nur auch allen eine Augenbinde auf und entführe euch irgendwohin."

„Wer fährt uns dann? Ich beanspruche den Beifahrersitz, wenn du hinter dem Lenkrad sitzt", scherzt Toby.

„Wer sitzt denn heute hinter dem Lenkrad? Der Taxifahrer?" Eigentlich hatte ich mir noch gar keine Gedanken gemacht, wie wir wohin auch immer kommen.

„Nate natürlich, Spätzchen. Es ist immerhin sein Auto", erklärt mir Morgan, das breite Grinsen in ihrem Satz regelrecht zu hören. Sie zieht mich an einen Punkt vor unserem Haus zurück, damit ich stehen bleibe, und legt meine Hand auf eine Windschutzscheibe. Langsam sickern die Worte ein, und mir fällt der Kiefer beinahe zu Boden, während mein Kopf zu Nate schnellt.

„Du hast dir ein Auto gekauft?", kreische ich ungläubig, während ich den Lack betaste, Größe und Dimension erfühle. „Scherz jetzt, oder?"

Ich höre alle drei vor sich hin kichern, während ich den Mund gar nicht mehr zukriege.

„Kein Scherz. Ich habe schon länger mit dem Gedanken gespielt. Jetzt hatte ich auch den Anlass. Wir werden schließlich öfter unterwegs sein.“ Sein Ton ist voller Selbstverständlichkeit, und in meinen Augen bilden sich Tränen. Ohne nachzudenken, taste ich nach seinem Körper und falle ihm um den Hals, wo ich mich festklammere. „Dabei glaube ich dir doch schon, dass du der beste Freund der Welt bist“, flüstere ich ihm ins Ohr.

Er schnurrt leise vor sich hin, die Hände nur zaghaft an meinem Körper. „Tja, *Love or Money*, richtig? Jetzt habe ich beides.“

Angriffslustig stemme ich die Hände in die Hüften. „Ach ja? Wessen Liebe hast du dir denn damit erkauft?“ Ich schwöre, wenn er jetzt sagt, meine, schlage ich ihn k.o.

„Meine natürlich“, meldet sich Toby hinter mir, als wäre diese Antwort das Logischste auf der Welt.

„Oh bitte. Du warst schon vorher leichte Beute“, lache ich.

Toby gibt ein nachdenkliches Geräusch von sich. „Auch wieder wahr. Liebe dich, Mann.“

„Und dein Geld hat sich gerade in eine einseitige Sparbüchse verwandelt“, richte ich mich wieder an Nate.

„Was soll’s? Irgendwo muss ich die Unsummen ja loswerden, die ich verdiene.“

„Wo wir wieder beim Batman-Komplex wären.“

Er legt mir den Arm um die Schulter und zieht mich ein Stück mit sich. Dabei hält er seine Lippen ganz nah an mein Ohr. „Es ist kein Komplex, wenn man es *ist*.“

Das Auto fühlt sich perfekt an. Nate sagt, es sei nicht neu, aber die Sitze sind aus Leder und total angenehm. Ich freue mich schon darauf, wenn der Geruch sich mit seinem Vanille- und Holzgeruch vermischt. Während der Fahrt hören wir in

Dauerschleife irgendein absolut blödes, aber witziges Lied von Tobys iPhone. Nach dem zweiten Mal wird es aber zum Ohrwurm und verbreitet gute Laune, bis alle außer Nathan zum „Party Animal“ mitsingen und grölen.

„Ich schwöre dir, wenn ich dieses Lied noch einmal hören muss, schmeiße ich es aus dem Fenster, und dich gleich mit“, murrt Nate seinen besten Freund an, was uns zum Lachen und Toby zum Pfeifen bringt.

„Sieht aus, als hätte ich gerade den neuesten Kandidaten für deinen Klingelton gefunden“, freut sich dieser. Im nächsten Moment höre ich ein lautes „Au!“ von seiner Seite.

Wir parken und passieren die elektrischen Türen eines Gebäudes. Das Erste, was mir auffällt, als wir Treppen hochmarschieren, ist, wie laut es hier ist. Es hört sich an, als würde ein gigantischer Staubsauger vor uns brummen, und ich spüre, wie mein Puls steigt.

Morgan drückt meine Hand. „Okay, Süße, es geht los.“

„Willkommen zu iFly’s Indoor Skydiving Erlebnis“, begrüßt uns ein Mann, und ich kann ein hohes Quietschen nicht zurückhalten. Wie cool ist das denn! Nathan hält wirklich sein Versprechen und nimmt meine Wünsche ernst. Ich verstehe, dass er mich nicht in Gefahr bringen will, aber das hier ist ein Anfang. Es bedeutet mir wirklich viel.

Ich höre die anderen über meine Reaktion lachen und greife nach Nathans Hand.

Der Instrukteur räuspert sich belustigt. „Ich glaube, ich weiß, wer heute die Erste sein darf.“

„Und die Letzte“, ergänzt Morgan kichernd.

„Und sie wird auch morgen noch hier sein, wenn sie nicht bis Ende des Tages zumindest einen Flip selber hinkriegt.“

Ich fauche Nate an wie eine Katze, obwohl er ja recht hat. Ich will das hier auskosten.

Wir bekommen die nötigen Anweisungen zum Windtunnel, zu Bewegungsabläufen und zur Körperhaltung. Dann ist die Kleidung dran, eine festsitzende Brille, ein Helm und ein Ganzkörperanzug wie beim echten Skydive. Nachdem das Reden im Tunnel praktisch unmöglich ist und normalerweise alles mit Handzeichen gemacht wird, zeigt er mir jetzt schon, welche seiner Berührungen was bedeuten werden.

„Okay, wenn du bereit bist, geht es los." Der Instrukteur Jace führt mich zum Eingang des gläsernen Windtunnels, und ich bin total froh, dass ich nicht wirklich gleich aus einem Flugzeug gestoßen werde. Mein Herz schlägt auch so schon fünfhundertmal in der Minute. Ich überkreuze meine Arme mit den Händen auf den Schultern, wie er es uns beigebracht hat. Dann hebt Jace mich hinein und legt mich praktisch über den Kanal. Ich strecke die Arme aus und hebe den Kopf. Keine Ahnung, ob ich lachen, schreien oder weinen will. Nichts davon klappt. Ich kann nicht einmal atmen, weil der Wind so heftig ist. Dabei ist er noch nicht einmal weit aufgedreht, später werden wir Geschwindigkeiten bis zu zweihundertsiebzig Stundenkilometer erreichen. Leichte Panik überfällt mich: was, wenn ich einen Asthmaanfall bekomme? Gleichzeitig ist zu fliegen das genialste Gefühl der Welt. Jace fuchtelt an meiner Körperhaltung herum, hält meine Arme, manchmal meinen Bauch und sorgt irgendwie dafür, dass ich keinen Herzinfarkt bekomme, während der Wind erst stärker, dann schwächer wird, sodass ich immer wieder höher und tiefer fliege. Es ist unglaublich.

Nach der ersten Runde bringt Jace mich zum Eingang zurück, wo ich praktisch in Morgans Arme falle. So muss es sich anfühlen, betrunken zu sein. Ich lache, lalle, meine Beine sind Wackelpudding, und ich bin völlig neben mir. „Oh mein Gott. Seid ihr sicher, dass noch alles dran ist?“, gackere ich, meinen Kopf betastend. „Ich glaube, mein Gesicht klebt da jetzt irgendwo an der Decke.“

„Ich bin die Nächste, ich werde mich auf die Suche machen, okay?“, erwidert Morgan kichernd und überreicht mich wortwörtlich an Nathan, der mich festhält, weil meine Knie immer noch wackeln.

„Nate, hast du das gesehen? Ich bin geflogen“, erkläre ich aufgeregt, als wäre er nicht dabei gewesen. Mir egal, wenn ich mich aufführe wie ein Kind. Das war das Lustigste und Gruseligste, was ich je in meinem Leben gemacht habe.

„Ja, Lex, dein deformiertes Jim-Carrey-Gesicht werde ich bestimmt nie vergessen. Das ist es, was man unter Augenweide versteht.“

Prustend boxe ich ihm in den Bauch. „Halt die Klappe! Warte ab, wie du aussiehst.“

„Das macht nichts, Lex Luthor. Ich sehe gut aus, egal was ich mache. Es ist fast schon kitschig.“

Ich gebe würgende Laute von mir. „Kannst du dich noch erinnern, als ich dich mal vorwarnte, ich würde gleich kotzen? Könnte sein, dass es doch mit dir zusammenhängt“, gebe ich zurück, woraufhin er mir durch den Anzug den Bauch kitzelt und mich an sich drückt. Nur, dass ihm vielleicht nicht klar ist, wie wenig es mich stört, von ihm gehalten zu werden.

28

Nate

Seit ich Lexi kenne, vergehen die Wochen wie im Flug. Einerseits, weil wir sehr viel miteinander und den anderen unternehmen und weil das alles geplant und organisiert werden muss. Letztes Wochenende waren wir Slacklinen an einem See. Sie wollte ja unbedingt zwischen Felsen balancieren. So war unter ihr eben nicht der Abgrund, sondern nach einem Fall von zwei Metern das Wasser. Das bedeutet aber nicht, dass sie deswegen weniger darauf versessen gewesen wäre, über die gesamte Fläche zu kommen, ohne zu fallen. Wahrscheinlich auch, weil das Wasser im Juni einfach noch saukalt ist. Nach dem gefühlten hundertsten Fall war sie auch gar nicht so schlecht. Zum Schluss durfte sie sogar mit so einer Art Zipline-Katapult fliegen und ins Wasser geschmissen werden. Ehrlich, sie so glücklich zu sehen, wenn sie auch nur so einfachen Schrott machen darf, ist echt jede Minute wert. Mit ihr zusammen zu sein, setzt mich Stück für Stück wieder zusammen, einfach weil sie mich an ihrer Freude teilhaben lässt und mir zeigt, dass das Leben nicht nur aus Sorgen und Frust besteht. Toby, Jen und ich haben sie vor drei Wochen auch zu einem Countryfest mitgenommen, wo sie Bullenreiten ausprobieren konnte. Okay, es war ein elektrischer Bulle, und sie hat einen Lachkrampf bekommen, als sie ihn das erste Mal berührt hat. Im Ring hat sie sich aber ganz gut geschlagen. Toby und ich waren besser. Jen war grottenschlecht. Keine zehn Sekunden auf dem Teil hat sie überlebt.

Andererseits vergeht die Zeit in der Arbeit schnell, weil wir Hunter immer dichter auf den Fersen sind. Das Gericht hat uns inzwischen genehmigt, Auskunftsanforderungen bei Banken zu stellen, bei denen wir das verschwundene Geld vermuten. Das ist leichter gesagt als getan, weil der Kerl und die Firma überall ihre Hände drin hatten und weiß Gott wie viele Zweigstellen besitzen, die alle überprüft werden müssen. Langweilig wird mir also nicht. Trotzdem zweifle ich immer öfter, ob das hier tatsächlich das ist, was ich mir vorstellen kann, für den Rest meines Lebens zu machen. Ich weiß, ich bin gut in meinem Job, und – klar – ich helfe damit in gewisser Hinsicht auch Menschen, die Hilfe brauchen. Seit ich Lexi aber von diesem Fall mit der Flüchtlingsfamilie erzählt habe, wird mir mehr und mehr bewusst, dass meine Zeit bei Moore, Baker und Hill definitiv begrenzt ist. Die Arbeit mag mich herausfordern, am Ende des Tages erfüllt sie mich aber nicht.

Heute bin ich mit Lexi bei ihrer Familie. Seit ihre Mom mich in Lexis Wohnung getroffen hat, lässt sie mir ausrichten, ich solle unbedingt mal zum Essen vorbeikommen, und ich kann nicht ständig absagen. Wenn sie nämlich nur halb so stur ist wie ihre Tochter, hat sie sowieso den längeren Atem. Und wie ich ihre Mom in den paar Minuten kennengelernt habe, nehme ich an, dass ich richtig liege.

Irgendwie ist es eigenartig, hier am Tisch mit fünf Familienmitgliedern einer Frau zu sitzen, die nicht meine Freundin ist. Aber vielleicht kann ich es gerade deshalb entspannter sehen. Ich muss mich nicht beweisen.

Also prinzipiell nicht … Trotzdem fühlt es sich irgendwie spannend an, ständig zehn Augen auf mich gerichtet zu haben. Lexis Mutter schenkt mir Saft nach und lächelt mich dabei breit an. „Nathan. Es ist wunderbar, dass du Lexi geholfen hast, bei euch anzufangen. Der andere Job war ohnehin nichts für sie." Mit einem Nicken bedanke ich mich bei ihr für den Saft.

„Sagt wer, Mom? Der Job war völlig in Ordnung."

„Und du bist Anwalt?", übergeht Christina ihre Tochter.

„Noch nicht ganz, Ma'am. Aber am Weg dorthin."

Patrick schluckt sein Essen runter und zeigt flüchtig mit seiner Gabel auf mich. „Was hast du davor gemacht?"

„Ich war bei der Feuerwehr, Sir." Kurze Antworten sind gut. Verraten das Nötigste und vermitteln gleichzeitig, dass nicht unbedingt weiter darüber geredet werden muss.

Außer man ist neun Jahre alt und pfeift darauf, was so kurze Antworten bedeuten könnten. Colin saugt neben mir scharf Luft ein und schlägt Lex auf die Schulter. „Coooool. Hast du das gehört, Lexi?"

Sie lächelt. Draußen donnert es, und Lexi zuckt sichtlich zusammen. Der Sturm war für dieses Wochenende angekündigt, deshalb musste ich meine Pläne zum Flyboarden auch verschieben. Lexis Mom entgeht die angespannte Haltung ihrer Tochter ebenso wenig wie mir, und sie greift nach ihrer Hand.

„Ja, ignorier sie. Sie hasst Gewitter. Ich werde auch mal Feuerwehrmann", erklärt Micah in einem Atemzug. Die Zwillinge sehen ihrer Schwester verdammt ähnlich. Sie haben beinahe die gleiche heftige Augenfarbe, die mich bei Lexi jedes Mal aufs Neue umhaut.

Colin tippt meinen Arm an, damit ich wieder zu ihm sehe. „Ich habe bei Minecraft eine Feuerwehr gebaut."

Dina stöhnt genervt und wirft ihre Haare über die Schulter. Mit ihren braunen Locken gleicht sie mehr ihrer Mutter als den anderen. „Als würde das irgendjemanden tangieren. Gott!"

„Dina, wenn du schon etwas zu sagen hast, dann so, dass deine Brüder es verstehen“, weist ihre Mutter sie zurecht, was Dina mit einem Augenrollen quittiert.

„Warst du schon einmal im Krankenhaus?“ Micah schon wieder. Ich kann ihm aber keineswegs böse sein, dass er nachfragt. Er ist neun. Und Lexi hat nicht zu viel versprochen.

„Ja, mehrmals.“

„Bist du schon mal fast gestorben?“

Peinlich berührt über die Frage ihres Bruders, lässt Lex das Besteck fallen und schlägt sich die Hand vor das Gesicht. Ihre Reaktion bringt mich aber eher zum Lachen.

„Wegen einer Verbrennung?“, fragt Colin dazwischen.

„Das auch, ja“, antworte ich knapp.

Micah stürzt fast vom Stuhl, hält sich an der Tischkante zurück. „Das ist so cool. Kann ich sie sehen?“

„Micah!“, schimpft Christina.

„Was?!“

Ich zwinkere dem Jungen zu. „Später vielleicht, okay?“

„Ja!“, schreit er und schießt eine Faust in die Luft.

Wieder Colin, der meinen Arm antippt. „Kennst du Minecraft?“

„Machst du Witze? Das ist der einzige Grund für meine ganzen Überstunden in der Arbeit. Aber verrate mich nicht, okay?” Die Wahrheit ist, ich habe das Spiel vielleicht zweimal gespielt, und zwar als es vor fünf Jahren herausgekommen ist.

„Ich muss gerade einen Zombie-Bewohner heilen.“ Er redet wie von einer Army-Mission.

„Es ist viel geiler, sie in die Luft gehen zu lassen“, wendet Micah ein und erntet dafür von seinem Bruder einen bösen Blick.

„Es interessiert keinen!“, meckert noch einmal Dina, klopft auf den Tisch und wendet sich theatralisch an ihren Vater. „Dad?!“

„Siehst du? Ich habe dich gewarnt. Addams Family“, flüstert mir Lexi ins Ohr. Ihr fröhlicher Unterton ist mir bei Weitem lieber als die Angst, die ihr eben noch im Gesicht stand.

„Hast du Geschwister, Nathan?“, kommt eine erneute Frage von Christina.

„Leider nicht, nein.“

„Du kannst meine haben“, bietet Dina an und blinzelt mich flehend an. Ich lache.

„Wenigstens einer, der über deine Witze lacht, Schwesterherz, hm?“ Colin zeigt ihr die Zunge.

„Ich stelle mir vor, dass die Arbeit bei der Feuerwehr eine große Belastung für einen so jungen Mann ist, nicht wahr? Ich meine, mit großem Heldentun kommt leider auch immer das Scheitern.“ Die Art, wie Patrick fragt, ist nicht herablassend. Er sieht mich an, als könne er in mich hineinsehen, so etwas wie Sorge steht in seinen Augen.

Ich senke den Blick. „Das ist richtig, Sir. Deswegen habe ich mich für ein anderes Standbein entschieden.“

„Aber du vermisst es trotzdem.“ Das ist keine Frage. Ein schwaches Lächeln formt sich, weil ich wohl ziemlich durchschaubar bin.

„Jeden Tag, Sir. Was ich vermisse, ist jedoch Menschen zu retten, nicht andere aufgeben zu müssen.“

„Tja, wahrscheinlich lässt sich das eine eben nicht immer ohne das andere machen. Aber du warst da. Das ist wichtig.“

„Und zumindest wissen alle, dass man ein Held ist. Nicht so wie bei Superman, wo du deine Identität verstecken musst. Ich meine, wie langweilig ist das denn?“, wirft Micah ein.

Lexi klopft mir lachend auf die Schulter. „Ja, Nate ist eher Batman, Micah. Also …“ Ich schüttle fassungslos den Kopf, weil sie so dreist ist, das hier vor ihrer ganzen Familie zu sagen. Die kann sich auf etwas gefasst machen.

Micah schnalzt mit der Zunge. „Schnuppe. Gleiches Prinzip.“

Nachdem ich das anfängliche Kreuzverhör am Tisch überlebt habe, geht es recht entspannt weiter. Wir spielen Brettspiele, und ich erfahre, woher Lexi ihren unermesslichen Siegeswillen hat. Die ganze Familie kann nicht verlieren. Trotzdem habe ich selten so viel gelacht. Später entführen mich die Zwillinge in ihr Zimmer, wo ich Minecraft spielen und so tun muss, als wüsste ich tatsächlich, *was* ich eigentlich mache. Christina will meinen Protest nicht hören, als ich vor dem Abendessen fahren will, also bleibe ich noch etwas länger.

„Gratuliere übrigens“, beginnt Lexi grinsend, als wir schlussendlich durch ihre Wohnungstür kommen. Heute ist wieder einer der Tage, an denen ich mich selbst nur beglückwünschen kann, mir endlich ein Auto zugelegt zu haben. Draußen ist es absolut ungemütlich. „Ich weiß zwar nicht, ob du mit dem Rauchen aufgehört hast oder nicht, aber was auch immer du machst, um es sonst zu verdecken, es funktioniert.“

Selbstzufrieden führe ich einen kleinen Siegestanz auf. Wie auch immer *sie* es macht, sie bekommt selbst das mit.

„Ja, krieg dich wieder ein. Jetzt stinkst du nur mehr nach Blaubeer-Muffins“, sagt sie frech.

Geschockt reiße ich den Mund auf. „Und du stinkst nach *Oreo*s. Ehrlich, wie verkehrt ist das bitte, ausgerechnet die Cremefüllung *nicht* essen zu wollen? Das ist das Beste an den verfluchten Dingern.“ Stattdessen hat sie nur die Schokoladenteile gefuttert und die Füllung auf einem Teller angehäuft. So etwas habe ich noch nie erlebt.

Lexi kneift die Augen zusammen. „Erstens: *Oreo*s stinken nicht. Zweitens mag ich Vanille …“ Sie sucht offensichtlich nach einem Ende für diesen Satz, furcht die Stirn und wirkt auf einmal verlegen. „… nur auf manchen Dingen.“ Sie faltet ihren Blindenstock zusammen und drückt ihn mir in die Hand. „Könntest du mir den bitte an den Jackenständer hängen?“, fragt sie und marschiert dann durch die Wohnung, um alle Fenster zu checken. Warum will sie auf einmal so dringend das Thema wechseln? Hab ich etwas verpasst?

„Hast du je mit dem Gedanken gespielt, dir einen Blindenführhund anzuschaffen?“

Lexi rümpft die Nase. „Nicht wirklich.“

„Warum nicht?“

„Erstens machen mir Tiere Angst, zweitens brauche ich den Geruch nicht ständig in der Nase.“

„Du magst Tiere nicht?“ Ich gebe mir nicht einmal Mühe, nicht enttäuscht zu klingen.

„Wenn du mir rechtzeitig sagst, was es ist, dann ist es meistens okay. Ich muss mich nur vorbereiten auf das, was mich gleich berühren wird, sonst krieg ich die Krise. Und Hunde haben nasse Zungen, feuchte Nasen und filziges Fell.“

„Ich habe einen Hund. Und der ist wirklich cool.“

Lexi verzieht das Gesicht, anscheinend betroffen, mich verletzt haben zu können. „Ich bin sicher, deinen würde ich mögen.“

„Lügnerin“, lache ich, mein Ego trotzdem angekratzt.

„Ist das sehr schlimm für dich?“

„Tja. Ich mag meinen Hund.“ *Und hatte gehofft, ihn dir irgendwann zeigen zu können.* Mann! Wer bist du, Nate? Fängst du auch gleich an, in deinem knöchellangen weißen

Schlafkleid „Hopelessly devoted to you“ zu singen, wie im Musical *Grease*?

Lexi beißt sich auf die Lippe und nimmt mich an der Hand. „Ich würde dir gerne etwas zeigen.“

Eine Augenbraue hebend lasse ich mich in ihr Zimmer führen. „Wow. Subtil, Lexi. Wirklich“, verarsche ich sie. „Wenn es das ist, woran ich gerade denke, kannst du es mir jederzeit zeigen.“

Augenblicklich erröten ihre Wangen, und ich grinse von einem Ohr zum anderen, weil ich ihre Reaktionen so genieße.

Letztlich brummt sie bedrohlich und drückt mich auf ihr Bett. „Sei leise! Das Lachen wird dir gleich vergehen. Vertraust du mir?“

„Nach dem Versprechen eben gerade? Na klar!“, schnaube ich, und ihre Mundwinkel zucken.

„Dann schließ bitte die Augen und halte sie geschlossen. Nicht schummeln, sonst muss ich dir eine Augenbinde aufsetzen.“ Sie würde es zwar nicht mitkriegen, aber das ist eine Sache der Ehre, also folge ich ihrer Bitte und höre zu, wie sie durch den Raum geht. „Ich lege dir jetzt etwas in deine Hand, okay? Und du tastest es ab und sagst mir dann, was du denkst, das es sein könnte.“

Ich zucke kurz zusammen, als mich unerwartet ihre kalten Hände und dann etwas Haariges berühren. Letzteres fühlt sich extrem eigenartig und ungewohnt an, ihre Haut hingegen wirkt mit verbundenen Augen noch weicher und zarter als sonst. Deswegen beschäftige ich mich lieber mit ihr.

„Nate, das sind immer noch meine Hände, die du da streichelst, ist dir das bewusst?“ Ich bilde mir ein, ein Lächeln auf ihren Lippen zu hören.

„Oh Pardon. Mein Fehler“, lüge ich.

Sie kichert leise, nimmt schließlich ihre Hände weg und lässt mich mit dem Etwas in meinen Fingern zurück. „Okay, das ist verstörend widerlich, muss ich gestehen. Es fühlt sich an wie ein feuchtes, totes Tier."

„Also, ganz daneben liegst du nicht. Aber es handelt sich um ein Stofftier."

„Ein nasses, totes Stofftier?", wiederhole ich mit verzogenem Gesicht. „Das ist echt abartig. Nimm es weg!"

Ihr Lachen wird lauter, als sie ihre Hände wieder über meine legt und mich zwingt, es weiter festzuhalten. „Ich weiß. Vielleicht verstehst du jetzt besser, weshalb ich generell nicht auf plüsch- oder fellbedeckte Dinge stehe. Dieses hier ausgenommen. Das hatte ich schon, als ich ganz klein war."

„Mmh, lecker. Das heißt, ich sollte mir nachher dringend die Bakterien abwaschen gehen? Wer gibt jetzt wem Chlamydien?"

Lexi tritt mein Bein mit ihrem Fuß. „Blödmann. Kannst du definieren, was es ist?"

Zaghaft lasse ich die Finger über das ekelerregende Ding in meinen Händen fahren, konzentriere mich auf die Form des Tieres und versuche, einen Zusammenhang herzustellen. „Ein Hase?", rate ich, hauptsächlich wegen der herabhängenden Ohren. Aber warum hat das Teil dann einen Schweif? Ich bin echt versucht, die Augen zu öffnen und es herauszufinden. Andererseits kann Lex das auch nicht machen.

Sie kniet sich vor mich hin, stützt sich mit den Ellbogen auf meinen Oberschenkeln ab und führt meine Hände zum Gesicht des hässlichen Dinges. Instinktiv beuge ich mich weiter zu ihr hinunter, bis ich ihrem Kopf nahe genug bin, um ihren Atem auf meiner Nase zu spüren. Ehrlich, wenn das Gefühl in meinen Händen nicht so zum Kotzen wäre, wäre das jetzt eine ziemlich interessante Haltung, um sie ...

„Nicht ganz. Konzentriere dich auf die Details. Gesicht. Haare."

Während sie das sagt, berührt sie mit mir eben diese Stelle, und ich muss mich echt bemühen, mich nicht mehr damit zu beschäftigen, wie sich ihre Finger auf meiner Haut anfühlen.

„Finde etwas, das du mit einem Bild verknüpfen kannst. Die Details machen es aus", wiederholt sie und nimmt dann leider ihre Hände von mir. Ich ertaste noch einmal den Schwanz des Tieres, bemerke am Ende eine Unregelmäßigkeit, die weder zu den Haaren des Schweifs noch stoffbezogen zum Rest passt. Die Form erinnert mich an eine … Masche. Das ist es!

„Der Esel von Winnie Puh", rufe ich stolz aus und reiße doch die Augen auf, während Lexi schmunzelnd klatscht.

„I-aah, richtig. Ich wusste, du würdest draufkommen. Glückwunsch."

„Kannst du es jetzt endlich wegnehmen, bevor ich es aus dem Fenster werfe?"

Sie reißt den Mund zu einem großen O auf. „Das würdest du nicht."

Hat man diesem Mädchen schon mal erklärt, dass es keine gute Idee ist, einen Mann herauszufordern? Ich stehe auf, vorsichtig genug, sie nicht dabei umzuhauen, und öffne das Fenster ihres Zimmers. Entgegen meiner Erwartung lacht sie jedoch nicht, läuft mir nicht hinterher, sondern bleibt stocksteif stehen. Bei einem Donnerknall fällt sie sogar einen Schritt zurück, Angst im Gesicht. Sofort schließe ich das Fenster wieder und überbrücke die Distanz zwischen uns. Ich habe ja mitbekommen, dass sie Regen nicht ausstehen kann, aber diese Reaktion hat mich trotzdem überrascht.

„Hey! Alles klar?"

Ein langsames Blinzeln und die Art, wie sie mit ihren Fingern spielt, beantwortet mir die Frage, noch bevor Worte es tun können. Auf der Fahrt hierher war sie auch schon so ruhig gewesen, ich dachte aber, sie musste sich einfach kurz von ihrer Familie erholen.

„Ja. Ich mag einfach keine Gewitter", erklärt sie, genauso kurz angebunden wie ihr Bruder vorhin. Aber da steckt mehr dahinter. Ich nehme Lexi bei der Hand und ziehe sie zum Bett, wo sie sofort zum anderen Ende robbt und sich die Decke über die Beine legt.

„Bist du sicher, dass das alles ist?"

Sie seufzt, fährt sich durch die Haare. „Bei Regen und Gewitter fühle ich mich einfach nicht ganz richtig", murmelt sie mit einem verlegenen Lächeln. „Irgendwie bedroht, schutzlos. Auch wenn es doof ist, weil mir hier drinnen nichts passieren kann. Das Problem mit Regen ist, dass durch ihn alles plötzlich ganz anders klingt, als es eigentlich sollte, weißt du? Geräuschquellen lassen sich schwerer abschätzen, manches klingt viel näher, als es ist, anderes viel weiter entfernt, obwohl es direkt neben dir ist." Darüber habe ich noch nie nachgedacht. Ich kann mir allerdings vorstellen, was sie meint, weil der Schall im Regen anders übertragen wird. „Deswegen habe ich auch das Auto damals nicht wirklich wahrgenommen. Ich hätte viel besser aufpassen müssen, aber da war mir noch nicht bewusst, was ich heute weiß." Sie senkt die Lider, sodass sich ihre langen Wimpern traurig über ihre Wangen legen. Ihre Schultern hängen herab. Ihr verlorener Gesamteindruck, der in einem heftigen Kontrast zu ihrer üblichen Stärke steht, lässt sie so schutzbedürftig aussehen, dass ich mich wie aus einem inneren Zwang heraus zu ihr setze und sie in den Arm nehme. Keine Ahnung, was mit mir los ist, aber bis jetzt war sie immer für mich da, wenn ich einen schwachen Augenblick hatte. Das will ich ihr zurückgeben. Nur macht sie es mir verteufelt schwer, mich zurückzuziehen, sobald sie ihre Arme um meinen Nacken legt, ihre Nase und Lippen in meiner Halsbeuge vergräbt und mich dort mit ihrem Atem kitzelt. Ist verflucht lange her, dass ich das letzte Mal auf diese Weise mit einem Mädchen verbunden war. Wenn ich es überhaupt jemals war.

„Ich denke, ich sollte jetzt gehen. Dreh den Fernseher auf, Lex!“, sage ich, nachdem ich endlich die Kraft finde, sie loszulassen. Ihr Ausdruck ist voller Unverständnis, vielleicht auch ein bisschen wegen der Zurückweisung.

„Warte!“, bittet sie, überlegt dann, was sie als Nächstes sagen soll.

Unschlüssig kratze ich mir den Kopf, weil ich schon jetzt weiß, dass ich wirklich lieber das Weite suchen sollte.

„Wenn du willst, darfst du mir heute einen Schnurrbart zeichnen, sobald ich eingeschlafen bin.“

Ihre Art, mir zu sagen, ich solle bleiben, bringt mich unerwartet zum Lachen. Wie immer mit Lex.

Sie klopft auf die freie Seite ihres Bettes. Mann, dieses Mädchen bringt mich echt um. „Ich meine, diesmal könnte ich Ablenkung echt gut gebrauchen.“

Ich will irgendeine dämliche Rede darüber halten, wie ich mir Ablenkung mit ihr vorstelle. Die Art und Weise, wie ihre Augen schimmern und ihr Atem ein wenig stockt, lässt mich aber die Klappe halten. Wie oft war sie schon meine

Ablenkung, als ich dringend eine brauchte? Was bin ich für ein Freund, wenn ich nicht fähig bin, ihr das zurückzugeben?

„Gib's zu! Du willst nur, dass ich mich mal wieder ausziehe, so wie immer, wenn ich hier bin."

Sie verdreht die Augen, freut sich jedoch sichtlich, weil ich mich neben sie werfe. „Genau. Du hast mich durchschaut." Lexi schmeißt mir die Fernbedienung auf den Bauch und steht auf. „Ich mache mich jetzt fürs Bett fertig. Wehe, du findest irgendwo ‚The Walking Dead'. Dann rufe ich Mr. Sears an und sage ihm, er kann sich den Strom heute Nacht sparen."

Lang dauert es nicht, bis die Kleine schläft, das muss man ihr lassen. Und wenigstens liegt sie dieses Mal mit genügend Abstand von mir in diesen verflixten Hot Pants und dem Trägertop, und zumindest eingewickelt in ihrer Decke. Jedenfalls rede ich mir ein, es wäre besser, dass kaum Körperkontakt besteht. Wie immer hält sie sich irgendwo an mir fest, als wolle sie sichergehen, dass ich noch da bin. Diesmal ist es der Saum des Ärmels meines T-Shirts. Unter ihren Fingern auf meiner Haut muss sich inzwischen eine Eisschicht gebildet haben. Keine Ahnung, wie man ständig so kalte Hände haben, gleichzeitig aber in praktisch nichts daliegen kann.

Ich lasse den Fernseher laufen, drehe mich dann langsam zur Seite, um mir das mit dem Schnurrbart noch einmal zu überlegen. Lexi liegt auf dem Rücken, die Beine angezogen, eine Hand zu mir gestreckt, die andere über ihrem Kopf. Ihre dunkelblonden Haare haben sich aufgefächert über ihr Kissen verteilt. Eine winzige Falte liegt zwischen ihren Brauen, ihre Nase zuckt alle paar Sekunden wie kurz vorm Niesen. Ihre Lippen sind ein wenig geöffnet und verdammt einladend. Dieses Mädchen ist eine Klasse für sich. Sie ist wunderschön und hat tatsächlich keine Ahnung davon, geschweige denn davon, was es mich gerade kostet, nicht das zu tun, was jeder Kerl in dieser Situation tun wollen würde.

Kopfschüttelnd schließe ich die Augen und reibe mir über das Gesicht. Ich muss hier raus. Sie schläft sowieso, und ich kann hier nicht bleiben. Leise rolle ich mich aus dem Bett, stelle beim Fernseher den Zeitschaltmodus ein, damit er sich erst in einer Stunde abschaltet, als Lexi ein leises Brummen von sich gibt und den Kopf hebt. Ihre Hand fährt über das Laken auf meiner Seite. „Nate?“

Mein Kiefer spannt sich an, weil ich mich plötzlich zerrissen fühle. Ich knie mich ein letztes Mal neben das Bett und berühre ihre Hand. „Alles gut, Lexi. Du bist okay“, rede ich der schlafenden Prinzessin gut zu und warte auf ihren regelmäßigen Atem. Stattdessen schiebt sie sich auf meine Seite des Bettes und rollt sich genau auf der Stelle ein, auf der ich eben noch gelegen habe.

„Eins der Dinge, die ich an dir liebe“, murmelt sie wie in einer Erklärung, ein winziges Lächeln auf den Lippen, und mein Herz stolpert über die Wortwahl. Sofort schüttle ich jeglichen Gedanken über die Bedeutung ab. Sie befindet sich mehr oder minder im Delirium. Hauptsache, sie hat sich bei dieser Aktion halb abgedeckt. Seufzend greife ich über sie zur Decke und lege sie neu auf Lexi. Dabei berührt meine Hand ihren Oberarm, der genauso friert wie ihre Hände. Irgendwann kaufe ich ihr einen Ganzkörper-Schlafoverall.

Und dann klickt es auf einmal.

Sie meinte damit *meine* Wärme. Sie liegt auf dem Fleck, den ich vorgeheizt habe, und lächelt darüber. Hart schluckend stehe ich auf und entferne mich vom Bett, denn das Bedürfnis, sie in die Arme zu nehmen und einfach nur zu halten, steigt ins Unermessliche. Ich meine, kann man einem Mann noch deutlicher zeigen, dass er gebraucht wird? Sie mag es zwar nicht wissen, aber sie gibt mir mit dieser Geste unglaublich viel und macht mir damit gleichzeitig unbeschreiblich Angst. Denn in diesem Moment wird mir klar, dass sie mein Schutzschild erfolgreich durchbrochen und sich freie Fahrt zu meinem Herzen erkämpft hat. Scheiße, dieses Mädchen hat es sich da drinnen schon bequem gemacht – und hat ganz klar keinen Schimmer davon, was sie mir bedeutet.

29

Nate

„Nate, bist du sicher, dass du nicht doch mit reingehen willst?“, fragt Lexi, die nasse Hand auf meiner Schulter. Sie sitzt mit Morgan, Jenna und Toby nach der letzten Einweisung in ihrer Ausrüstung am Steg. Die Mädchen tragen über ihren Schwimmsachen ein T-Shirt und eine längere Badehose. Die Rettungsweste und der Helm sind ohnehin Pflicht. Das Wetter ist nicht optimal, aber für das, was wir machen, reicht es. Toby freut sich schon das ganze Wochenende darauf. Er berichtet schon wieder seit einigen Tagen von diesem unangenehmen Unruhe- und Engegefühl in seinem Körper. Am liebsten will er sich dauernd bewegen. Ich hoffe, er kann sich heute genügend auspowern.

Ich helfe Lexi noch einmal, ihre Bindung zu überprüfen, weil es verdammt wichtig ist, dass während des Flugs mit dem Flyboard nicht irgendetwas aufgeht oder abhandenkommt.

„Der sieht lieber von draußen zu. So kann er uns retten, wenn es Probleme gibt“, antwortet Jenna für mich und hat dabei keinen Plan, wie treffsicher ihr Scherz eigentlich war. Toby wirft mir einen Blick zu, den ich mich zu erwidern weigere. Ich will und werde jetzt nicht daran denken, warum ich Wasser nicht ausstehen kann, sonst verliere ich den Verstand, mit Lexi da drinnen. Vor allem, weil sie selbst einen nervösen Eindruck macht. Seit ich dieses Mädchen das erste Mal gesehen habe, verspüre ich das Bedürfnis, sie zu beschützen. Mit gestern Nacht ist dieses Bedürfnis weiter in die Unkenntlichkeit geschossen, und ich habe ehrlich gesagt keine Ahnung, wie ich damit umgehen soll. Um mich selbst abzulenken, klopfe ich ihr fest auf den Helm.

„Irgendwer muss ja Fotos von deinen Versuchen machen, Meerjungfrau zu spielen.“

Lachend haut sie mich und fährt mir mit nassen Händen durch die Haare.

Der Kerl auf den Jetskis steht auf. „Okay, Leute! Wenn der Schlauch völlig gerade ist, ist es wichtig, dass ihr eure Beine streckt und die Zehen hebt. So kommt ihr aus dem Wasser.“ Er gibt ihnen weitere Anweisungen, wie sie sich bewegen, drehen und verhalten sollen, wenn sie dem Jetski zu nahe kommen, um einen Crash zu verhindern.

Ja, das hilft mir wirklich sehr. Mag schon sein, dass das für Sehende nicht so problematisch ist, weil sie Entfernungen und Gefahren mit den Augen abschätzen können. Lexi allerdings muss sich alleine auf das Hören konzentrieren, und das, obwohl ihre Ohren zum Großteil bedeckt oder mit Wasser gefüllt sein werden.

Besonders intelligent ist es daher nicht, dass sie jedem hier die Ohren abkreischt, während sie die ersten Minuten auf dem Flyboard steht und gleich darauf reinfällt. Ich verstehe, dass es furchteinflößend für sie sein muss, aber wie gesagt – selber schuld. Trotzdem bin ich wahrscheinlich ein Arsch, weil ich nicht aufhören kann darüber zu lachen, wie sie gleichzeitig schreit und wiehert.

Toby fühlt sich absolut wohl auf dem Board. Er hat den Dreh nach kurzer Zeit raus und macht schon ziemlich coole Tricks. Morgan ist auch ganz gut, lacht in einer Tour. Jenna ist eher vorsichtig, kichert wie ein kleines Mädchen und brüllt, sie sei ein Delfin. Und dann fällt mir auf, dass ich Lexi nicht mehr schreien höre. Ich scanne das Wasser nach ihr ab, sehe ihren Jetski-Fahrer, der immer nur wenig Gas gibt, weil Lexi ständig wieder ins Wasser kippt und er ihr helfen will, sich mit dem Druck wieder aufzurichten. Ihr Gesichtsausdruck sieht jedoch nicht mehr amüsiert, sondern erschrocken aus, sie hat die Augen zusammengekniffen und fährt sich mit der Hand ans Bein. Sie gibt sich Mühe, sich zu strecken, aber irgendetwas stimmt da nicht.

Scheiße, hat sie einen ihrer Anfälle?

„Hey!“, rufe ich über die Distanz, in der Hoffnung, er würde mich hören. Als ich mit den Armen wedle, wird Jennas Fahrer auf mich aufmerksam. Im selben Moment, in dem ich auf Lexi zeige, taucht sie nicht mehr auf. Nur durch ihre Schwimmweste und den Helm treibt sie auf dem Wasser. Jetzt hat es ihr Jetski-Typ auch endlich kapiert, aber das ist mir gleich. Ich werfe meine Turnschuhe ab und springe ins Wasser, kraule zu ihr. Mein Herz schlägt viel schneller, als es sollte. Ich bin völlig aus der Übung, weil ich ewig nicht mehr geschwommen bin und weil Fetzen der Erinnerung über mich hereinbrechen.

Meine Unfähigkeit, Mom nicht erreichen zu können. Das Wissen, dass sie es nicht schaffen würde. Der besonnene Ausdruck in ihren Augen, obwohl sie schwerverletzt in meinen Armen lag. Das Gefühl in meinen eigenen Lungen, die tödlich brennen, weil sie dringend Luft brauchen.

Fuck! Wenn ich nicht aufhöre, daran zu denken, kotze ich gleich. Dann bin ich auch Lex keine Hilfe mehr.

Als ich sie erreiche, ist der Typ schon selbst längst reingesprungen und hat Lexi zum Jetski gezogen, wo er sie beim Husten festhält. „Das wird gleich wieder“, redet er ihr zu.

„Lex!“, keuche ich. Erschrocken dreht sie sich um, streckt leicht ihre Hand nach mir aus und versucht beschwichtigend zu lächeln. Ich greife nach ihrem Arm und ziehe sie an mich. Nicht weil ich den großen Macker oder ihren Bodyguard spielen will, sondern weil ich einfach nicht anders kann.

„Mir geht es gut. Versprochen. Ich habe einen Krampf bekommen und ein bisschen zu viel Wasser geschluckt."

„Passiert schneller, als man denkt. Selbst den Besten von uns geht es manchmal so", erklärt der andere Kerl, und ich verkneife mir den grimmigen Blick, den ich ihm gerne zuwerfen würde. Vielleicht hätte er einfach besser aufpassen sollen.

Lexis Augenbrauen senken sich, als ihre Finger mein Shirt berühren. „Du trägst deine Kleidung." Anscheinend wird ihr erst jetzt wieder klar, dass ich eigentlich nicht ins Wasser wollte. „Nate, es tut mir leid!"

Plötzlich komme ich mir unglaublich dumm vor, weil ich überreagiert habe und mich hier vor allen zum Affen mache. Selbst Jen und Toby sehen inzwischen zu uns rüber. Toby kennt sich aus, Jen glaubt sich auszukennen und grinst blöd. Mir wird das alles zu viel. Ich lasse Lexi los und schwimme zurück an den Steg. Für mich war's das heute.

„Nate!" Toby setzt sich zu mir an die Bar der kleinen Strohhütte an der Bucht, während die Mädels gerade beim Umziehen sind. „Alter, hab ich Kopfschmerzen." Er hält sich am Tresen fest, kniet nieder, um die Arme zu strecken. „Wahrscheinlich, weil ich da draußen einfach so geil aussah." Sein Versuch, mich zu erheitern, scheitert kläglich. „Alles klar?"

Ich meide seinen Blick, hebe nur eine Augenbraue und lecke mir mit geschlossenem Mund über die Zähne. „Sicher! Was soll sein?"

„Hey!" Er rempelt meine Schulter leicht an, damit ich ihn ansehe. „Ich weiß, die Sache vorhin war in vielerlei Hinsicht scheiße für dich. Aber Lexi weiß weder, was mit deiner Mom passiert ist, noch war eines von beiden ihre Schuld."

„Ja, danke für den Hinweis." Ich will mich abwenden, doch Toby packt mich am Oberarm und hindert mich am Verschwinden. Genervt fixiere ich erst seine Hand, dann ihn, aber er lässt sich natürlich nicht einschüchtern.

„Vielleicht solltest du es ihr einfach erklären."

Ich habe keine Lust, mit ihm darüber zu reden, und seine stoische Ruhe zu diesem Thema geht mir auf den Sack, deshalb schleudere ich den einen Vorwurf zurück, von dem ich weiß, dass er mich danach in Ruhe lassen wird. „Ja, du meinst, so wie du deiner Freundin, mit der du seit einem Jahr zusammen bist, alles erklärt hast?"

Er schweigt einen Moment, sieht nur zwischen meinen Pupillen hin und her. Schließlich tritt er näher, einen Ausdruck in seinem Gesicht, der mir zeigt, wie sehr ich ihn eben angepisst habe. „Das", er wedelt mit der Hand zwischen unseren Oberkörpern hin und her, „sind zwei *komplett* verschiedene Dinge. Ich kapiere, warum du gerade beschissen drauf bist, aber wenn du diese Sache noch einmal gegen mich verwendest, hau ich dir eine rein." Er lässt mich stehen und marschiert kopfschüttelnd Richtung Auto.

„Verdammt!", fluche ich und schlage mit der Faust auf die Theke, was die Kellnerin dazu bringt, aufzujapsen und mich verständnislos anzusehen. Ich sehe sie entschuldigend an, werfe fünf Dollarscheine neben mein Glas und verschwinde.

Die Fahrt nach Hause ist ziemlich ruhig. Morgan und Jen haben mitbekommen, dass die Stimmung im Arsch ist und sprechen nur wenig miteinander. Lexis Kopf ist gesenkt, während sie mit ihren Fingern spielt, und Toby lehnt an der Tür, sieht zum Fenster raus.

„Nate?", beginnt Lexi, als ich sie und Morgan vor ihrer Wohnung absetze. „Steigst du kurz mit mir aus?" Widerwillig folge ich ihrer Bitte. Morgan winkt mir unsicher zu, lässt uns dann alleine vor dem Auto stehen. Ich lehne mich an der Motorhaube an und verschränke die Arme vor der Brust. Seufzend tippt Lexi mir an den Bauch. „Tut mir leid." Sie umschließt den Stoff meines Shirts mit ihrer Faust. „Was auch immer ich genau getan habe, um dich so wütend zu machen. Es tut mir leid, dass du dir Sorgen machen musstest."

Ich sollte ihr jetzt erklären, dass sie nichts dafür kann. Dass ich es hätte besser wissen oder auf meine inneren Alarmglocken hätte hören sollen. Dass ich in Wahrheit nicht auf *sie* sauer bin, sondern auf mich selbst, weil meine Sorge um sie nicht mehr nur freundschaftlich bedingt ist. Dass es mir eine Heidenangst einjagt, die Regeln gebrochen und intensivere Gefühle für sie entwickelt zu haben. „Ja, okay", ist alles, was ich stattdessen hervorbringe. „Mach dir keinen Kopf!" Für den Bruchteil einer Sekunde streiche ich ihr über die Haare, ziehe meine Hand aber gleich wieder zurück. Lexi presst die Lippen aufeinander und nickt schwach.

„Okay. Wenn du noch Lust hast zu reden oder so …" Mit kleinem Finger und Daumen signalisiert sie, sie anzurufen, klappt dann ihren Blindenstock auf und geht ins Haus.

Wie nach nicht mehr als zehn Minuten Schlaf fühlt es sich an, als ich die Augen am nächsten Morgen öffne, nachdem ich von einem heiseren Aufschrei geweckt werde. Erschöpft reibe ich mir über Nase und Mund. Realität und Vergangenheit scheinen in letzter Zeit immer schwerer zu unterscheiden zu sein, vor allem bei meinem Dauerzustand von Schlafmangel, deshalb bin ich nicht sicher, ob das Geräusch echt oder bloß in meinem Kopf war. Doch dann höre ich einen dumpfen Schlag. Etwas fällt auf den Boden, und das ist alles, was ich brauche, um mich in der Realität zu wissen. Scheiße!

Ich springe aus dem Bett und jage durch das Bad in Tobys Zimmer. Innerlich wappne ich mich vor dem, was mir gleich begegnen wird, so wie früher vor jedem Einsatz, ehe ich die Tür öffne. Damit mache ich meinen Kopf frei und konzentriere mich bloß auf Abläufe, die nötig sind.

Mein bester Freund liegt lautlos zuckend auf dem Boden neben seinem Bett, jeder einzelne seiner Muskeln bringt ihn zum unkontrollierten Zittern, Schaum tritt aus seinem Mund, sein Gesicht ist noch blau vom Sauerstoffmangel der krampfenden Phase des Anfalls. Nach all den Anfällen, die ich bereits miterleben musste, jagt mir der Anblick trotzdem jedes Mal einen Schauer über den Rücken.

Ich hasse die aufgezwungene Untätigkeit bei dieser Sache. Alles, was ich machen kann, ist, das Nachtkästchen zur Seite zu schieben, sodass er sich daran nicht verletzt. Ich lasse mich neben ihm zu Boden fallen, presse ein Kissen unter seinen Kopf, ohne ihn dabei festzuhalten, und sehe auf die Uhr. Wie immer zähle ich die Sekunden, die sich anfühlen wie Stunden, während man wartet, dass der Anfall von selbst endet. Mein eigener Puls muss dabei in etwa bei hundertachtzig Schlägen sein, so wie es sich gerade anfühlt.

„Du hast es gleich überstanden, Toby. In ein paar Sekunden ist es vorbei." Es ist mir gleich, ob er hört oder begreift, was ich zu ihm sage. Ich rede trotzdem mit ihm. In Wahrheit wahrscheinlich, um mich selbst zu beruhigen. Ich wünschte, ich könnte irgendetwas tun, um ihm das abzunehmen, mit ihm tauschen. Ich hasse es, dass er derjenige ist, der für den Rest seines Lebens damit rechnen muss, dass ihn diese Anfälle überwältigen. Nur nächstes Mal vielleicht nicht in seinem Zimmer, sondern am Wasser, auf der Straße, an der U-Bahn-Station. Oder vor Jenna.

Was Toby am meisten hasst, sind die Gaffer, die daneben stehen und ihn beobachten, nur um ihn nachher anzusehen, als wäre er behindert oder irre. Deshalb hat er Jenna bisher nichts gesagt. Das Letzte, was er sehen will, ist dieser Blick von seinem Mädchen. Und das habe ich ihm jetzt auch noch vorgehalten.

Was, wenn er gestern einen epileptischen Anfall bekommen hätte? Beim Flyboarden. Er hat von Kopfschmerzen, Unruhe und Appetitlosigkeit gesprochen. Was, wenn er die Kontrolle über seinen Körper verloren, sich irgendwo den Kopf gestoßen hätte oder ertrunken wäre? Klar waren wir alle da, nur weiß außer mir niemand von seinem Problem, und meine Augen waren immer nur auf Lexi fixiert.

Nach etwa fünfundvierzig Sekunden wird das Krampfen langsamer, die abgehackten Laute aus seinem Mund seltener, bis alles vollständig abflaut und sich seine Augen in Erschöpfung schließen. Seine Arme fallen von seiner Brust energielos neben den Körper, als hätte er bloß einen schlechten Traum gehabt und wäre nun wieder eingeschlafen.

Vorsichtig bringe ich ihn in die stabile Seitenlage, decke ihn zu, weil seine Haut sich eiskalt anfühlt, und überprüfe seine Atmung. Seine Lippe blutet ziemlich heftig. Er dürfte sich gebissen haben. Ich drücke ihm ein Taschentuch auf die Stelle, um die Blutung zu stoppen.

„Tut mir leid, mein Freund. Tut mir leid, dass es nicht geklappt hat", murmle ich, während ich ihm wieder etwas Raum zum Atmen gebe und den Kopf gegen die Wand knallen lasse.

Drei Monate ist der letzte Anfall her. Das mag nach nicht viel klingen, aber für ihn war es ein Meilenstein. Anfangs kamen sie wöchentlich. Nicht jeder so heftig wie dieser. Manchmal kam es bloß zu einer Störung des Bewusstseins, zu Absencen, in denen Toby einfach aussah, als wäre er kurzzeitig weggetreten. Gleich darauf war alles wieder ganz normal, und die meisten Leute, die dabei waren, hatten nicht einmal etwas mitbekommen.

Mein Wecker läutet nebenan. Signalisiert mir, dass Toby normalerweise schon auf den Beinen wäre und meinen Weckruf getätigt hätte. Jetzt liegt er bloß da. Müde, matt, weiß im schweißnassen Gesicht, ächzend erwachend aus seiner Bewusstlosigkeit. Sein verwirrter Blick trifft meinen, ich verharre in meiner Position, versuche ihm Ruhe zu signalisieren, obwohl in mir alles aufgewühlt ist.

„Hey! Du bist okay! Es ist vorbei", versichere ich ihm, selbst wenn ich weiß, dass er das gerade anders empfindet.

„Wie lange?", würgt er hervor, greift sich an die Lippe und sieht dann abgestoßen auf seine blutigen Finger.

„Fünfundvierzig Sekunden. Hundertzweiunddreißig Sekunden bewusstlos." Fassungslos starrt er mich einige Augenblicke ohne zu blinzeln an, schließt dann die Lider und rollt sich auf den Rücken. Stöhnend wirft er einen Arm über sein Gesicht und atmet zitternd aus.

„Verdammte Scheiße!", keucht er leise. Stille Tränen der Frustration laufen ihm die Schläfen herab. Meinen besten Freund so verzweifelt zu sehen, tut verdammt weh. Schweigend presse ich die Kiefer zusammen, weil es im Moment nichts zu sagen gibt, was nicht endlos abgedroschen oder einfältig wäre.

Er wusste, dass es passieren würde. Dass es nur eine Frage der Zeit war. Das ist es wahrscheinlich, was ihn jetzt am meisten ankotzt: dass die Ärzte die geringe Dosis der Tabletten trotzdem weiter versuchen wollten, wenn nicht eine Serie neuer Anfälle starten würde. Nun wird ihm wieder einmal beinhart vor Augen geführt, zu welchem Sklaven der Krankheit er geworden ist.

„Juhu, wir sind wieder hier angelangt“, murmle ich später am Vormittag, als Warren zur Abwechslung auf meiner Schreibtischkante sitzt und mir mit Genugtuung dabei zusieht, wie ich meine Tasche förmlich neben ihn schleudere und mich auf meinen Stuhl werfe. Ich atme tief durch. „Sag's einfach, Warren! Ich weiß, es bringt dich um, nicht irgendeine Meldung zu meinem Zuspätkommen zu schieben.“

„Du siehst scheiße aus. Glaub es oder nicht, das muss heute reichen. Die Akten der ersten Banken aus der Schweiz und Liechtenstein sind heute Morgen bereits vor dir eingetroffen. Was zugegebenermaßen keine Kunst ist.“

Meine Lider sinken gelangweilt auf Halbmast. War ja klar, dass er es nicht lassen kann.

Hannah weiß von Tobys Epilepsie. Nachdem sie mich die ersten drei Mal rauswerfen wollte, als ich nach einem seiner Anfälle zu spät kam, ich ihn jedoch nicht verraten wollte, indem ich ihr erkläre, weshalb ich zu spät dran war, redete sie mit Carl. Sie weiß, dass ich das niemals als faule Ausrede benutzen würde, deshalb reicht inzwischen eine einfache SMS.

Es ist verdammt hart, Toby nach so einem Anfall alleine zu lassen. Nicht, weil ein zweiter folgen könnte. Vielmehr ist es die psychische, seelische Ebene der betroffenen Person, die danach am stärksten zu kämpfen hat, weil sie Kraft finden muss, sich wieder aufzurappeln und auf eine neue Anzahl von

Tagen zu hoffen, bevor einem der nächste Anfall wieder die Luft aus den Segeln nimmt.

„Jedenfalls hoffe ich, du bist auf eine lange Woche vorbereitet. Ich erwarte dich in zehn Minuten im Konferenzraum“, ergänzt Warren, nachdem ich darauf nicht reagiert hatte, und lässt mich alleine.

Nach dem dritten Kaffee und der sechzehnten Mappe kann ich schon keine Zahlen mehr sehen. „Alleine in der Schweiz gibt es zweihundertsechsundsiebzig Banken mit dreitausendvierhundertvierundsechzig Geschäftsstellen. Liechtenstein ist noch nicht einmal verpflichtet, alle Kontoauszüge rauszurücken. Und genau bei denen, die es nicht tun müssen, liegt meiner Meinung nach das Geld. Der Rest wird von den legalen Einnahmen stammen“, rege ich mich auf und werfe eine weitere Mappe auf den Stapel der nicht infrage kommenden Banken.

Warren schüttelt den Kopf. „Es ist nicht eine Bank alleine, auf der er das Geld deponiert hat. Zumindest nicht nur ein einziges Konto. Niemand, der so eine Summe Geld unterschlägt, würde alles auf eine Karte setzen. Und vorerst bleibt uns nichts anderes übrig als das Ausschlussverfahren, bis die restlichen Banken ebenfalls kapitulieren und Informationen rausrücken. Nachdem die neuerliche Ermittlung ergeben hat, wie viel nun tatsächlich fehlt, wissen wir zumindest, nach welchem Gesamtbetrag wir suchen müssen.“

„Wir können die Suche ja nicht einmal auf einen einzelnen Tag festlegen, weil der Kerl seine Machenschaften über einen längeren Zeitraum getrieben hat. Der ist nicht so dämlich, alles zu horten und dann auf einmal irgendwo abzulegen“, meint Zane, der uns bei der Suche unterstützt. Nie im Leben können wir zu zweit oder auch zu dritt all diese Mappen durchforsten.

„Was wir aber können, ist, die Summe der Einzahlungen auf die Tage zu beschränken, von denen wir wissen, dass Hunter in der Schweiz war. Wenn wir in Erfahrung bringen können, welche der Banken er betreten hat, um Firmengelder einzuzahlen, wissen wir auch, auf welchen Banken unter Umständen das unterschlagene Geld liegt. Damit können wir die Suche eingrenzen“, erklärt Warren.

„Und wie stellen wir das an?“, will ich wissen. Es klopft an der Glastür, und unsere Köpfe wirbeln zu Sophie.

„Entschuldigen Sie bitte die Störung, aber da ist ein wichtiger Anruf für Nathan. Der Richter vom Jenssen LLC-Fall ist dran.“ Im selben Moment weiß ich, dass es Bullshit ist, was sie da erzählt, weil ich den Fall bereits abgegeben habe. Ich spiele mit und sehe fragend zu Warren. Mit einer wegwerfenden Handbewegung gibt er mir sein Okay zu gehen.

„Was ist los?“, halte ich Sophie auf, sobald wir außer Sichtweite sind.

„Lexi hat sich im Klo eingeschlossen. Ich glaube, es geht ihr nicht gut. Tracy hat keine Ahnung, was auf einmal passiert ist. Eben saß sie noch da, und plötzlich ist sie weggestürmt. Sie wollte nicht mit uns reden, hat uns nur versichert, dass sie gleich wieder kommt. Das war vor zwanzig Minuten.“

Kann das denn wahr sein? Wie beschissen kann dieser Tag noch werden? Ich fühle mich kurz davor, irgendjemandem eine zu verpassen, der mir jetzt zu nahe kommt. Ich bedanke mich flüchtig bei Sophie, versuche so wenige Blicke wie nötig auf mich zu ziehen, während ich das WC aufsuche. Ich klopfe genau einmal zur Vorwarnung für etwaige andere Damen da drinnen, bevor ich die Tür aufreiße. „Lexi!“ Nachdem sie die

Einzige im Klo ist und Tracy noch immer davorsteht, ist es nicht schwer zu erraten, wo ich hinmuss. Tracy will etwas sagen, erklären, doch ich brauche das jetzt alles nicht. Ich weiß genau, was los ist, und signalisiere Tracy mit einem Blick, uns alleine zu lassen.

„Gleich, Nathan.“ Ihre Stimme klingt schrecklich belegt, brüchig.

„Mach die Tür auf, Lex!“

Sie stöhnt verzweifelt. „Ich brauche noch eine Minute. Bitte mach kein Drama daraus. Das ist so peinlich.“

„Lexi. Ich schwöre dir: Wenn du die Tür nicht selbst aufmachst, breche ich sie auf. Das wird dann ganz sicher jeder mitkriegen“, drohe ich, kurz vorm Zerplatzen.

Nach ein paar Sekunden dreht sich das Schloss des WCs, und ich kann den Griff runterdrücken. Lexi kauert schniefend am Boden, den Kopf zwischen den Knien vergraben, die zitternden Hände krallen sich in ihren Bauch. Ich muss selbst kurz die Augen schließen und durch die Nase einatmen, um nicht die Nerven wegzuschmeißen. Ich kenne Lexi seit etwas mehr als einem Monat und habe inzwischen bereits drei dieser Anfälle mehr oder weniger miterlebt. Ich bin ja kein Arzt, aber das kann nicht gesund oder normal sein.

Ich setze mich neben sie und beschließe, das Ende dieses Anfalles mit ihr abzuwarten, bevor ich frage, wie viele dieser Situationen noch folgen müssen, ehe sie Konsequenzen daraus zieht. Meine Schulter berührt ihre. Lexi holt zittrig Luft und lehnt sich stärker an mich. „Was war gestern los bei dir, Nate?“ Die Tränen, die mittlerweile einen Pool unter ihrem Gesicht am Boden gebildet haben, machen mich wahnsinnig, weil ich mich frage, ob der Schmerz, den sie gerade empfindet, auch mit mir zusammenhängt. „Warum hast du so ein

Problem mit Wasser? Du kannst schwimmen, willst es aber nicht. Weder beim Slacklinen noch gestern wolltest du mitmachen“, erklärt sie aufmerksam ihre Theorie.

Ich bezweifle, dass dies der richtige Moment ist, um das näher auszuführen. Natürlich könnte ich jetzt also lügen und behaupten, ich hätte einfach keine Lust, nass zu werden oder ausgerechnet diese zwei Aktivitäten zu erleben. Unehrlichkeit kommt mir bei all dem, was sie schon von mir weiß, jedoch sinnlos vor. „Ich schätze, aus dem gleichen Grund, weshalb du Schwierigkeiten mit Regen hast. Ich verbinde eben sehr schlechte Dinge damit und halte mich deswegen lieber fern.“ Ich wappne mich innerlich für ihre nächste Frage, stattdessen schluchzt sie herzzerreißend auf und fällt beinahe auf die andere Seite, würde ich sie nicht festhalten.

Fuck! Ich hebe Lexi auf meine Arme und trage sie hinüber zum Waschbecken. Dort lehne ich sie seitlich gegen die Wand und nehme ihr Gesicht in meine Hände. Beide Augen sind blutunterlaufen, die Lider geschwollen. „Hast du deine Medikamente nicht genommen?“

„Doch. Ich weiß auch nicht, wieso es nicht besser wird.“ Kurz bin ich mir nicht sicher, ob sie sich gleich übergeben muss, doch sie fasst sich an den Kopf, bohrt ihre Nägel förmlich in die Haut. „Es ist das falsche Auge, Nathan. Es darf nicht dieses Auge sein.“ Sie weint bitterlich.

„Okay, ich rufe jetzt einen Krankenwagen, Lexi.“ Dabei tippe ich die Nummer schon ins Handy. Lexi vergräbt ihr Gesicht in den Händen und schluchzt auf, als hätte ich sie eben zutiefst betrogen. Genau wie heute Morgen wird der Hass in mir so groß, zusehen zu müssen, wie die Welten der wichtigsten Menschen in meinem Leben zerbröckeln und ich nichts tun kann, um ihnen auch nur das Geringste abzunehmen.

30

Nummer 6

Ein Korso von Feuerwehrfahrzeugen erreicht aus allen Richtungen den brennenden Getreidesilo in Falterville, unserem Nachbarort. Einsätze wie diese sind ein Albtraum großen Ausmaßes. Ein Funke auf den Getreidestaub, der natürlich nicht nur in den Silos liegt, sondern auch im Hauptgebäude der Fabrik, und es kommt zu einer Staubexplosion, die für die Arbeiter und für uns fatal wäre.

„Bis jetzt war es nur einer der äußeren Speicher. Das Hauptgebäude wurde schwer in Mitleidenschaft gezogen. Wir wissen, dass sich zwölf Arbeiter darin befanden. Neun davon konnten flüchten. Der Chief hat Meldung bekommen, dass im vierzehnten Stock oder darüber Menschen eingeschlossen sind. Wenn das Feuer sich weiter ausbreitet, wird das nicht der letzte Speicher gewesen sein, der hochgeht. Ich glaube, ich muss euch nicht erklären, dass ich euch da raushaben will, bevor das passiert. Im besten Fall mit den Verschütteten. Bleibt zusammen und haltet Funkkontakt!“

Mit fünfunddreißig Kilo Ausrüstung am Körper quälen wir uns durch die Hitze, den Rauch und den Staub die Gittertreppe hoch bis in den besagten Stock. Das Feuer selbst befindet sich über uns, was momentan noch günstig erscheinen mag. Je weiter es sich jedoch nach oben frisst, desto instabiler wird die Fabrik.

„Einsatzleitung Einheit 43. Beginnen nun mit der Suche im vierzehnten und fünfzehnten Stockwerk“, meldet Carl ins Funkgerät und zeigt auf unseren neuesten Feuerwehrfrischling

Sabel. „Du gehst mit mir." Uns andere acht teilt er ebenfalls ein, Toby und mich wie immer jeweils mit einem älteren Semester, weil wir selbst erst seit knapp zwei Jahren dabei sind. Wir schwärmen aus, vier von uns suchen eine Etage höher.

Mit der Taschenlampe in der Hand bewege ich mich parallel zu Klaus, um die Suche etwas schneller zu gestalten. Ehrlich gesagt will ich hier wirklich so schnell es geht wieder raus, denn die letzte Explosion, die mich zwei Monate Heilungszeit gekostet hat, hat mir für längere Zeit gereicht. „Feuerwehr. Ist hier irgendjemand?", frage ich wiederholt. Teile der Verbindungsbrücke aus Stahl verbiegen sich schon unter meinen Füßen, als ich sie überquere. Bald kommen wir über diese Hauptwege nicht mehr runter.

„Hey! Nathan! Ich habe einen gefunden. Er lebt noch", ruft Klaus auf der anderen Seite. Ich renne zurück und finde ihn hockend über dem aus dem Bauchraum blutenden Mann. „Nimm seine Arme!"

„Chief. Die Treppe wird zu unsicher. Gibt's ne Chance, eine Leiter im Vierzehnten zu platzieren?", erkundigt sich Carl im Funkgerät.

„Wir sind schon dran. Ihr seid aber wahrscheinlich zu hoch. Schafft ihr es, in den Zwölften runterzukommen?", antwortet der Chief. Carls Rückmeldung verschwindet unter dem Donnergrollen ein paar Stockwerke über uns, wo sich ein Mauerstück löst.

„Vorsicht!", brüllt Klaus, als zuerst viele kleine Teile und letztlich ein Riesenstück der Decke alles mitnehmen, was ihnen in den Weg kommt. Instinktiv werfe ich mich auf den Verletzten, versuche ihn mit meinem Körper zu schützen, weil es zu spät ist, um noch auszuweichen. Glücklicherweise

werden wir nicht getroffen, nur erschüttert vom lauten Knall, als der Ziegelklotz im Erdgeschoß landet und zerschmettert.

„Mayday! Mayday!“, schreit jemand ins Funkgerät. Trotz der Maske und des Rauschens erkenne ich sofort Tobys Stimme. Scheiße!

Alarmiert springe ich auf und suche die Stelle über uns ab, an der ich ihn gerade noch gesehen hatte. „Fünfzehnte Etage. Feuerwehrmann am Boden. Julian wurde getroffen.“ Carl reagiert mit seiner üblichen Ruhe und garantiert Toby, dass sie gleich zu Hilfe kommen. Klaus hingegen deutet auf die beiden.

„Ich muss den Kerl hier rausschaffen. Das kann ich alleine. Geh!“

Das lasse ich mir nicht zweimal sagen und sprinte die in Mitleidenschaft gezogene Treppe weiter hinauf. Der gitterartige Übergang, über den ich selbst vorhin gegangen war, bevor mich Klaus zurückgerufen hatte, wurde durch den Einschlag in zwei Hälften geteilt. Toby schleift den bewusstlosen Julian gerade mühevoll vom Abgrund weg, vorbei an den Trümmern auf seinem Weg. So schnell ich rennen kann, bin ich an seiner Seite, greife nach Julians Jacke und ziehe mit. „Weg da!“, höre ich Carl aus einiger Entfernung warnend brüllen, gefolgt von einem grauenvollen Knirschen des Metalls hinter uns.

Die Brücke kippt.

Ich sehe nur mehr Tobys erschrockenes Gesicht, bevor wir rutschen. Mit aller Kraft, die ich habe, kralle ich mich mit den Fingern einer Hand in dem Gitter fest und versuche mit der anderen verbissen, Julian festzuhalten. Mit unvorstellbarer Härte werden wir gegen die Mauer geschleudert, und ich schreie auf, als Julians Jacke mir beim Aufprall aus den Fingern gleitet. Toby, der weiter gerutscht ist als ich, hält sich an einer verbogenen Eisenstange fest, die einst das Geländer war. Er streckt den Arm aus, um Julian aufzuhalten, verliert dabei jedoch selbst den Halt und lässt die Stange los. Ich kann nur nutzlos und wie gelähmt zusehen, wie zwei meiner besten Freunde abstürzen und drei Stockwerke tiefer auf der dort noch intakten Brücke aufprallen. Für einen kurzen Moment spiele ich mit dem Gedanken, selbst loszulassen, um schneller bei ihnen zu sein, als Carl und Marcus schon nach meinen Armen greifen und mich auf sicheren Boden ziehen. „Mayday! Zwei Feuerwehrmänner sind abgestürzt. Sie liegen jetzt in der zwölften Etage“, meldet Carl und zerrt mich auf die Beine. Dann packt er mich im Nacken und zieht mich zu seinem Gesicht.

„Ich will, dass du hier verschwindest. Verstanden? Marcus wird mit dir gehen. Versuche bloß nicht, dich auf dem Weg noch einmal in Gefahr zu begeben, sonst reiße ich dir den Arsch auf.“

Ich habe keinen Schimmer, ob er gerade sauer auf mich ist, sich einfach Sorgen macht oder den Verstand verloren hat, aber ich bin so geschockt, dass ich nicht einmal reagieren kann. Meine müden Hände zittern, als Marcus mir auf den Rücken klopft und einen leichten Stoß versetzt, damit ich mich bewege. Er hat recht, ich muss hier raus, denn meine Gedanken wirbeln unaufhaltsam in meinem Schädel, sodass ich nicht einmal fähig wäre, jetzt zu helfen.

Leben die beiden noch? Werden sie mir je verzeihen können, dass ich losgelassen habe? Und werde ich es tun?

Müde, abgekämpft und verwüstet saßen wir im Wartezimmer des Krankenhauses. Zehn Minuten, nachdem ich die Fabrik über die Leiter verlassen hatte, kamen auch Carl und die anderen mit Julian und Toby heraus. Das Herz sank mir in die Hose. Beide mussten getragen werden. Das war ein beschissenes Zeichen. Unfähig zu helfen, sah ich aus der Ferne zu, wie sie von den Rettungssanitätern auf die Tragen gelegt und in den Krankenwagen manövriert wurden, und ich hätte alles dafür getan, an ihrer Stelle dort zu liegen.

Kein Einziger aus unserer Einheit hatte sich die Zeit genommen, sich von all dem Ruß, Dreck und Staub zu befreien, die an jeder Stelle unserer Körper haftete. Doch welche Rolle spielte das, wenn das Leben von zwei unserer Männer, Brüder, am seidenen Faden hing.

Lana, Julians Frau, saß schluchzend neben Carl, der versuchte, die unaufhaltsam schaukelnde Frau zu beruhigen, indem er ihren Rücken ständig streichelte. Tobys Eltern saßen neben mir, einen leeren Ausdruck in den Augen, während sie sich so fest an den Händen hielten, dass die Knöchel bereits weiß waren. Ich hatte keine Ahnung, was ich zu ihnen sagen sollte oder könnte, denn es gab nichts zu sagen. Die Angst fraß uns alle auf. Ich war schon kurz davor, aus der Haut zu fahren, als die Tür der Intensivstation automatisch geöffnet wurde und zwei Ärzte heraustraten. Jeder von uns sprang auf und ging ihnen entgegen. Sie machten einen müden Eindruck und nahmen ihre Kappen ab. Ich hätte kotzen können.

Er ließ den Blick über jeden von uns streifen, bis er an Tobys Eltern hängenblieb. „Mr. Keaton befindet sich in kritischem Zustand. Neben einigen Knochenbrüchen erlitt er beim Sturz ein schweres Schädel-Hirn-Trauma und ist komatös. Die nächsten Stunden oder auch Tage werden für ihn entscheidend sein. Vorher lässt sich leider nicht sagen, ob er es schaffen wird und welche Konsequenzen das Trauma für ihn hat." Ich schluckte hart. Mein engster Freund würde vielleicht nie wieder aufwachen oder nicht mehr ansprechbar sein ... Ich musste mich setzen. Tobys Mutter ging es genauso. Sie hielt sich das Herz und begann zum ersten Mal heute zu weinen.

„Leider habe ich noch schlechtere Nachrichten", begann der andere Arzt.

„Nein!", flüsterte Lana.

Ich schloss die Augen und verdeckte sie zusätzlich mit den Händen, als könnte dies das Bevorstehende irgendwie verhindern.

„Mr. Julian Zearus hat es nicht geschafft. Die Hirnblutung war zu weit vorangeschritten, und seine Lunge ist kollabiert." Hör auf zu reden, fauchte ich innerlich. Lana sackte in sich zusammen und fiel auf die Knie. Ich rammte mir die Finger in die Kopfhaut, bereit, mir die Haare auszureißen.

Lass mich nicht auch noch alleine, Toby! Ich könnte nicht mit mir leben ...

31

Lexi

Ich fühle mich furchtbar. Ich weiß, ich sollte aufhören zu weinen, weil das nach der Laserbehandlung nicht unbedingt hilfreich ist und ich die Augentropfen und die Creme ständig wieder ausspüle. Aber leider kann ich die Tränen nicht aufhalten. Dabei kommen sie nicht einmal vom Schmerz, denn ich sehe und fühle im Auge nach wie vor nichts. Bis die Wirkung der Pupillenerweiterung und der Betäubung ganz nachlässt, dauert es noch ein paar Stunden. Inzwischen habe ich mich bereits vor dem Krankenhaus auf eine Bank gesetzt, um auf meine Eltern zu warten, weil ich die Krankenschwestern verrückt gemacht habe. Sie hatten die ganze Zeit Mitleid mit mir, wollten mir irgendetwas anbieten, damit ich mich besser fühle, aber ich will nichts. Im Moment ist es mir sogar egal, dass es schon wieder zu regnen beginnt. Ich will einfach nach Hause.

Mir ist klar, wie notwendig der Eingriff war. Ich hatte keine andere Wahl, nachdem der Glaukomanfall meinen Sehnerv schon wieder angegriffen hatte. So überfallen zu werden, ohne mich darauf vorbereiten zu können, ist für mich persönlich allerdings der Horror. Das Schlimmste daran ist, dass ich nicht weiß, wie viel Lichtempfinden ich dieses Mal wieder verloren habe. Ich fürchte den Moment, in dem ich ohne Betäubung, ohne Tropfen oder sonstigen Kram ins Licht schaue und einen weiteren Schatten oder eine Trübung wahrnehme. Bei dem Gedanken wird mir schon wieder schlecht, und ich beuge mich vorsichtig vor, nur für den Fall.

Nathan hat angeboten, mich ins Krankenhaus zu begleiten, doch ich habe ablehnt. Nicht weil ich sauer bin, dass er gehandelt hat. Hätte er es nicht getan, wäre ich inzwischen vielleicht vollständig erblindet. Ich ertrage es nur nicht, von ihm oder irgendjemandem in diesem Zustand gesehen zu werden. Ich weiß ja nicht einmal, wie ich gerade mit mir selbst umgehen soll, da möchte ich nicht das Gefühl haben, andere zu belasten. Was sollte er denn auch sagen? Diese spezielle Situation kann niemand mit mir teilen. Es ist, wie sein Sehvermögen wieder aufs Neue zu verlieren. Und das kann sich keiner vorstellen. Ehrlich gesagt fürchte ich auch schon die Reaktion meiner Mutter, die mit Sicherheit erfreut ist, dass ich endlich „vernünftig" genug war, die OP durchzuführen. Und ja, toll … dieses Mal gab es keine Komplikationen. Die Farce an der Behandlung ist jedoch, dass niemand gewährleisten kann, wie lange das gelaserte Loch offen bleibt, das den Abfluss des gestauten Kammerwassers erleichtern soll. Es ist nie etwas anderes als eine vorübergehende Lösung, und dafür birgt sie definitiv zu viele Risiken. Das ist so frustrierend.

„Hey, alles in Ordnung bei dir?", fragt eine Männerstimme neben mir. Wahrscheinlich weil ich aussehe wie ein erbärmliches Häufchen Elend. Am liebsten würde ich im Erdboden versinken.

„Ja, schon gut", lüge ich schniefend. Ich habe Mom kurz vor dem Eingriff angerufen und sie gebeten, mich abzuholen. Klar, ich war nur zwanzig Minuten da drinnen, ein Glaukomanfall ist ein medizinischer Notfall, bei dem man sofort behandelt werden muss. Normalerweise wäre Mom aber die Erste, die alles stehen und liegen lässt, sobald es um meine Augen geht.

„Bist du sicher? Du siehst …"

„Wieso verschwindest du nicht einfach, wenn du schon merkst, dass sie keine Lust hat, mit dir zu reden?“, unterbricht ihn jemand, und ich brauche einen Moment, um zu verarbeiten, dass es Andrew ist. Was will der denn hier?

„Entspann dich! Ich wollte ihr nur helfen. Wir haben uns unterhalten.“

„Alleine ihre Körperhaltung verrät mir, dass du der Einzige bist, der sich unterhält.“ Sein aggressiver Ton regt mich auf. Wieso fährt er den armen Kerl so an? Der andere flucht daraufhin lediglich, und ich höre, wie sich seine Schritte entfernen.

„Andrew. Ich *kann* diese Dinge alleine regeln, weißt du? Ich mag blind sein, aber nicht stumm. Was machst du hier?“ Andrew tritt näher, nimmt meine Hand, um mir aufzuhelfen und mich zum Wagen zu führen.

„Deine Mom hat mich angerufen und mich gebeten, dich nach Hause zu fahren. In der Schule gab es irgendeinen Vorfall mit den Zwillingen, und dein Dad hebt nicht ab.“ Perfekt, und da fällt ihr niemand anderer ein als mein Exfreund, den sie anrufen könnte? Darüber muss ich mich nachher dringend mit ihr unterhalten.

„Was sagen die Ärzte?“, erkundigt er sich, nachdem er den Motor gestartet hat. Früher habe ich mich in diesem Auto total wohl und zuhause gefühlt, jetzt verharre ich steif in meinem Sitz.

„Dass die OP gut verlaufen ist und ich übermorgen zur Kontrolle aufkreuzen soll.“

„Das ist doch gut, oder?“

Ich kann mir ein Schnauben nicht verkneifen, drehe den Kopf zur Fensterscheibe, auch wenn ich die Augen geschlossen halten soll. „Ja, schätze schon.“

„Du siehst nicht gut aus.“

Ein bitteres Lachen entfährt mir. „Vielen Dank. Aber ich hatte gerade eine Operation an den Augen. Könnte also unter Umständen daran liegen.“

„Ich mache keine Scherze, Alexandra. Der ganze Scheiß, den du da fabrizierst, angeleitet von dem Typen, muss aufhören.“

Mein Kopf fährt zu ihm herum, der perplexe Ausdruck in meinem Gesicht wahrscheinlich nicht gerade schwer zu erkennen. „Wovon redest du bitte?“

Er zögert ein paar Augenblicke, ehe er antwortet. „Avery spricht im Gegensatz zu dir noch mit mir“, erklärt er irgendwie beschämt. Herrgott! Können die beiden denn kein anderes Gesprächsthema als mich finden? Avery weiß ganz genau, wie schwierig die Dinge zwischen Andrew und mir sind. „Dass er überhaupt bereit ist, dich diesen Gefahren auszusetzen, beweist, dass er ein Idiot ist.“

Okay, jetzt werde ich wütend. Aus mehreren Gründen. „Erstens ist Nathan kein Idiot. Zweitens: Hörst du dich eigentlich reden? Du sprichst von mir, als wäre ich ein Pflegefall, Andrew. Wirklich. Für wen hältst du dich? Wieso denkst du, du wüsstest es besser als ich?“

„Man nennt es gesunden Menschenverstand, und du siehst ja, wohin es dich geführt hat, irgendwem beweisen zu wollen, dass du normal bist.“

Völlig außer mir werfe ich die Hände in die Luft. „Siehst du? Genau das ist der Punkt. Bei ihm muss ich nicht so *tun*, als wäre ich normal. Er muss mir nicht *zeigen*, dass ich normal bin. Für ihn bin ich es.“ Das ist einer der Gründe, weshalb ich mich bei ihm so wohl fühle wie bei kaum jemandem zuvor. Nicht ein einziges Mal hat Nathan mir bis jetzt das Gefühl gegeben, anders zu sein, weniger fähig, etwas zu tun. Von Anfang an hat er mich als Ebenbürtige gesehen, sogar als ich es selbst noch gar nicht kapiert hatte. Nicht einmal gestern, nach der Szene im Wasser, hatte ich den Eindruck, er hätte mich gönnerhaft behandelt. Klar, er hat sich Sorgen gemacht, ist meinetwegen ins Wasser gesprungen und nachher sauer gewesen. Aber ich weiß, dass das nicht speziell an meiner Blindheit lag, sondern einen tieferen Hintergrund haben musste. Verletzt hat mich nur, dass er sich wieder völlig verschlossen hat, anscheinend den Eindruck hat, nicht mit mir reden zu können. Ich weiß, auch Nathan hat das Recht, gewisse Dinge nicht preisgeben zu müssen. Aber die Vorstellung, von ihm ausgeschlossen zu werden, nachdem er mir schon sein vielleicht noch ungeschliffenes, aber wunderbares Herz gezeigt hat, ist eben schwer zu akzeptieren.

„Ach wie romantisch. Wo ist dein Freund dann jetzt, wo du ihn brauchst?"

Mein Puls ist so hoch, weil ich nicht glauben kann, dass er mich jetzt damit konfrontiert und noch dazu auf solch herablassende Weise. Ich beiße die Zähne zusammen. „Weißt du? An dem Tag, an dem du dieses andere Mädchen geküsst hast, hast du dein Recht auf eine Antwort auf solche Fragen verloren. Bevor du mir damit jetzt weiter auf den Keks gehst – Nathan und ich sind nicht zusammen. Er muss nicht hier sein."

„Dann solltest du vielleicht aufhören, ihm etwas vorzumachen."

Die Kinnlade klappt mir runter. „Was? Ich mache niemandem etwas vor. Wir sind einfach Freunde."

„Ach ja? Die Sache in der Bibliothek hat etwas ganz anderes erzählt."

Ich balle die Hände zu Fäusten. Warum wundert es mich denn noch? So war es während der vergangenen zwei Jahre ständig zwischen uns. „Vergiss es! Ich will jetzt nicht darüber reden. Und bring mich bitte in meine Wohnung, nicht zu meinen Eltern.“ Einerseits, weil die Distanz kürzer ist und ich nicht länger in diesem Auto sitzen will. Andererseits, weil ich keine Lust mehr habe, auf Mom zu treffen, nachdem sie mir das hier eingebrockt hat. Morgan sollte ohnehin zuhause sein. Zumindest vorerst noch.

„Wieso willst du nicht mit mir reden?“

„Wir streiten.“

„Hörst du mich schreien?“

„Das ist nicht die Art, wie du streitest.“

Er atmet tief durch, sicher weiß er, dass ich recht habe. Er wurde bei einem Streit nie laut, nur beißend verletzend. „Lexi. *Ich* bin hier. Ich wäre immer für dich da. So wie früher.“

Fassungslos drehe ich meinen ganzen Körper zu ihm, deute auf mein Gesicht. „Andrew! *Siehst* du mich gerade? Ich schaffe es jetzt nicht, über unsere Beziehung zu diskutieren. Nicht in der Verfassung, in der ich gerade stecke.“

„Ich will dich nicht quälen, Lexi. Ich möchte dir nur zeigen, dass da noch etwas zwischen uns ist, sonst wärst du nicht noch immer verletzt wegen dieses beschissenen Fehlers.“

„Ja, ich bin immer noch verletzt. Weil es verdammt weh tut, jemanden gehen lassen zu müssen, den man sein ganzes Leben, auf welche Weise auch immer, geliebt hat.“ Darunter kann er jetzt verstehen, was immer er will. Ich kann nicht mehr. Meine Hände zittern, und mir wird schwindelig.

„Du hättest mich nicht gehen lassen müssen. Das versuche ich dir ja die ganze Zeit zu sagen. Wir hätten es schaffen können. Scheiße, das können wir immer noch.“

„Ich weiß. Wir *hätten* es schaffen können. Aber ich hatte keine Lust mehr, mir ständig von dir das Gefühl geben zu lassen, dein kleines Abenteuer sei meine Schuld gewesen. Als hätte ich dich dazu gedrängt.“ Was heißt eigentlich, er hätte mir das Gefühl gegeben? Er hat es mir genauso ge*sagt*. Und der Anderen auch. Dass es ihm zu viel geworden sei, immer den verständnisvollen Freund zu spielen und überall zurückzustecken. „Und soll ich dir noch etwas sagen, Andrew? Die Tatsache, dass du meinen Wunsch nicht einmal jetzt respektierst, mich mit diesem Thema in Ruhe zu lassen, wenn ich verdammt noch mal Angst um meine Augen habe und es mir dreckig geht, zeigt, dass du vielleicht die Erinnerung an mich liebst, aber sonst keine Ahnung hast, was Liebe ist.“ Gott! Ich kann nur beten, dass wir langsamer werden, weil wir meine Straße erreichen, ansonsten springe ich gleich aus dem Auto. Die Tränen fließen schon wieder, die Wut hat sich in pure Verzweiflung gewandelt.

„Du hast nicht gesagt, dass es dir dreckig geht.“

Ich lache humorlos auf. „Hast du das nicht selbst vorhin angemerkt? Und muss ich das wirklich sagen, Andrew? Wer von uns beiden ist blind?“

Das Auto hält endlich an, Andrew macht aber den Motor nicht aus. Ich bin mir nicht sicher, ob wir nur an einer Ampel stehen. Die Blöße, ihn zu fragen, kann ich mir im Moment jedoch nicht geben.

„Du hast gesagt, die OP wäre gut verlaufen.“ Ich kann hören, dass er sich beim Sprechen den Nasenrücken festhält, wie er es als Kind schon immer getan hat.

„Ja, aber das ist nun mal nicht alles. Es könnte im Nachhinein Komplikationen geben, und selbst wenn nicht, weiß niemand, wie lange mein Sehnerv *oder* meine Netzhaut noch mitmachen. Die ganze Sache ist momentan ein einziges Fragezeichen, und auch wenn ich gerade wieder das Gefühl habe, nicht richtig atmen zu können, traue ich mich nicht, meine Asthmamedikamente zu nehmen, weil die nur alles schlimmer machen." Keine Ahnung, weshalb ich ihm das alles plötzlich auf dem Silbertablett präsentiere, obwohl ich eigentlich nur das Weite suchen will, aber das Bedürfnis, es loszuwerden, ist groß.

„Alexandra, du darfst nicht auf deine Asthmamittel verzichten. Sie sind lebensnotwenig für dich, das Lichtempfinden nicht."

Ob ich meinen Kiefer nach diesem Gespräch je wieder werde schließen können? Ich bin nicht sicher, ob ich lediglich weinen oder ihn erwürgen will. „Wieder die Frage: Wer bist du, das festzulegen? Das ist, als wenn ich dich zwingen würde, zwischen deinen Augen und deinen beiden Händen zu entscheiden."

„Das ist weder dasselbe, noch macht der Vergleich Sinn."

„Weißt du was? Das ist mir egal!" Jetzt schreie ich. Er schafft es, dass ich mich sogar noch lächerlicher fühle. „Gott! Du warst da. Du hast meine Hand gehalten und mir beim Weinen zugehört, nachdem sie mir gesagt hatten, ich würde nie mehr sehen können. Du warst es, der mir den Trick mit der Taschenlampe gezeigt hat, wenn es mir mies ging und ich das Bedürfnis nach Licht hatte. Und jetzt sitzt du da und erklärst mir, dass das nicht von Bedeutung ist?" Inzwischen stehen wir bereits zu lange, da ist keine Ampel, und das ist verdammt gut so. Denn zuhause oder nicht, spätestens jetzt wäre ich ausgestiegen. Diesmal ist Andrew schlau genug, mir nicht nachzugehen.

Zu aufgewühlt und durch den Wind, um Morgan zu begegnen, marschiere ich einfach weiter. Der Regen ist wieder stärker geworden, die Betäubung hat insofern nachgelassen, als dass meine Augen mitunter durch die salzige Tränenflüssigkeit unangenehm brennen. So viel zum Thema, ich solle mich hinlegen und meine Augen schonen. Aber ich will jetzt nicht zuhause sein, will nicht umsorgt oder bemitleidet werden. Ich will es endlich schaffen, eine verdammte Straße entlanggehen und auch im Regen überqueren zu können, ohne dabei vor Nervosität fast einzugehen. Ich will wissen, dass ich es alleine schaffe, mein Leben zu bestreiten. Dass ich Mom nicht brauche, Andrew, nicht einmal Morgan oder Nate, um die einfachsten Dinge selbst in Angriff zu nehmen.

Ich habe keine Lust mehr, mich in Watte packen zu lassen und darauf zu warten, von A nach B getragen zu werden. Ich hasse Andrew dafür, dass er das eben mit mir gemacht hat; dass er versucht hat, mir wegzunehmen, was mir in den letzten Wochen so viel Kraft und Selbstbewusstsein gegeben hat – Eigenverantwortlichkeit und Freiheit. Jetzt komme ich mir wieder vor wie ein weinerliches, unbeholfenes Kind. Es tut so weh, ständig infrage gestellt zu werden. Sich immer wieder rechtfertigen zu müssen. Es stimmt, ich bin ein fröhlicher, lebensbejahender Mensch, aber soweit ich mich erinnern kann, war auch nie Raum für etwas anderes. Als Blinde wird man als interessant und imposant empfunden, solange man durch die Welt flötet und überall das Positive sieht. Dann ist die heile Welt der Sehenden in Ordnung, aber wehe, man zeigt einmal Schwäche. Dass einen etwas verletzt, man mit etwas kämpft und manchmal vielleicht mutlos ist. Im Grunde bestätigt man damit, was sie doch schon die ganze Zeit denken und womit sie Blindheit verknüpfen – nämlich mit Einsamkeit und Melancholie. Automatisch verliert man auf einmal seinen *Zauber*. Man wird zu einer verschwiegenen Bürde für das Umfeld, welches ab diesem Zeitpunkt glaubt, den armen

Blinden nur mehr mit Samthandschuhen anfassen zu dürfen, weil er sonst vielleicht aufgeben könnte.

Aber ich gebe nicht auf. Nicht heute.

Die Straße, in die unsere mündet, ist eher eine Seitengasse, weshalb hier kaum ein Auto fährt. Wenn nicht jetzt, dann nie. Ich klappe meinen Blindenstock zusammen, straffe die Schultern und verlasse den Gehsteig. Hier stehe ich nun, in der Mitte der Straße, warte darauf, dass ein Auto kommt und ich es höre. Ich muss es hören. Meine Sinne sind verdammt noch mal besser geschult als mit acht. Ich erkläre doch immer allen, ich könne alleine auf mich aufpassen. Das ist meine Chance, es mir selbst einmal zu zeigen.

„Was machst du?“, fragt eine vertraute Stimme, die ich unter normalen Umständen total gerne hören würde. Jetzt schnalze ich stattdessen mit der Zunge, weil ich bereits weiß, dass Nathan mich gleich zwingen wird, die Straße zu verlassen.

Mich meinen Ängsten stellen. „Im Regen stehen und ihn genießen.“ Ich erwarte, dass er mich auslacht oder so etwas antwortet wie: *Ja, genauso siehst du aus.*

„Und das muss ausgerechnet heute sein, Lex? Alleine?“

„Das war zumindest der Plan“, antworte ich mürrisch, schiebe mir die nassen Haare hinter die Ohren, um besser hören zu können.

„Lexi. Morgan und ich suchen seit einer halben Stunde nach dir. Mit Mühe, Not und einer Reihe von Lügen konnte Morgan deine Mom davon abhalten, zu euch in die Wohnung zu fahren, weil du nicht bei ihr aufgetaucht bist.“

„Tja, vielleicht hätte sie sich das überlegen sollen, bevor sie meinen Ex gebeten hat, alles schlimmer zu machen.“ Das wollte ich ihm nicht sagen. Eigentlich will ich gar nichts sagen. Ich höre irgendetwas, zucke wahrscheinlich erkennbar zusammen, weil ich die Entfernung und Richtung trotzdem nicht herausfiltern kann.

„Komm von der Straße runter, Lexi!“ Zumindest gibt er mir nach wie vor den Abstand, den ich gerade brauche.

„Nein. Erst wenn ich weiß, wo es ist.“

„Bitte.“ Diesmal ignoriere ich ihn. Mir ist klar, dass etwas auf mich zukommt, warum kann ich nicht erkennen, von wo? Scheinwerfer wären vermutlich von Vorteil, wenn ich sie denn leuchten sehen könnte. Nur sind meine Augen noch zu sehr angeschlagen. Aber wer weiß, vielleicht werde ich mich genau daran gewöhnen müssen. Der Gedanke schießt mir neuerliche Tränen in die Augen, und ich schlage vor Verzweiflung die Hände vors Gesicht. Im selben Moment legt sich ein eiserner Arm um meine Taille und hebt mich von der Straße weg.

Schluchzend trete ich mit den Beinen, will nicht auch von ihm so behandelt werden. „Lass mich los, Nathan!“

Und das tut er. Am Gehsteig. Vielmehr lässt er mich fallen, sodass ich gerade noch Balance finde, ohne zu Boden zu gehen. Das Auto fährt an uns vorbei. Es kam von links. Verärgert fahre ich mir durchs Haar. Wie schwer kann es sein, das festzustellen?

„Weißt du was, Lexi? Wenn du versuchst, dich umzubringen, dann mach das in Zukunft mit jemand anderem. Dabei sehe ich dir nämlich nicht zu.“

Seine Stimme klingt frostig und ungerührt, aber das verkrafte ich nicht, deshalb versetze ich ihm einen Stoß.

„Toll. Du lässt mich also auch im Stich? Würde ja passen, nachdem du gestern schon kein Geheimnis daraus gemacht hast, dass ich dir auf einmal auf die Nerven gehe.“

Nathan packt meine Handgelenke und zieht mich dicht an sich. Sein Griff ist locker genug, dass ich mich befreien könnte, doch ironischerweise heiße ich seine Wärme wie immer willkommen. „Soll ich dir mal was sagen? Du gehst mir wirklich auf die Nerven, aber nur weil du mal wieder deinen Kopf aus dem Arsch ziehen musst. Keine Ahnung, wie oft ich es dir noch verklickern muss, aber ich haue nicht einfach ab, weil du mal einen schlechten Tag oder einen schwachen Moment hast. Du bist mir wichtig, Lexi, und ich achte dich. Was ich aber nicht mache, ist, ständig deinen Sündenbock zu spielen, wenn du dich mal wieder ungerecht behandelt fühlst. Nicht jeder ist darauf aus, dir zu schaden. Du glaubst ständig, alle würden dich bemitleiden, aber weißt du was? Diejenige, die das immer wieder am besten kann, bist du selbst."

Ich sauge scharf Luft ein, weil er da eben einen wunden Punkt getroffen hat. „Warum bist du so gehässig?", schieße ich zurück.

„Ich bin nicht gehässig. Ich bin wütend."

„Nein", kontere ich und löse mich doch aus seinem Griff. „Du hast Angst. Angst davor, wieder jemanden zu verlieren. Und ich verstehe dich, glaub mir. Aber ich wollte mich nicht umbringen, Nathan. Und ich bin weder deine Frau noch deine Tochter oder Schwester. Du hast kein Recht, so mit mir zu reden."

„Nein, das bist du nicht. Ist mir aber scheißegal, denn was auch immer du bist, du gehörst zu mir, und ich werde kein Blatt vor den Mund nehmen, nur weil ich damit deine Gefühle verletzen könnte. Nicht nur dein Leben kann manchmal beschissen sein, Lex." Er zögert, bewegt sich hörbar im Regen, und ich beiße mir zum ersten Mal auf die Zunge, um die nächste Retourkutsche zu starten. „Ich habe es dir schon gesagt, aber offensichtlich musst du es immer wieder hören, bevor es in deinen Dickschädel geht. Es gibt keinen Grund, dich zu bemitleiden, weil du eine starke, selbstbewusste Frau bist, die ab und zu mal ihre schwachen Momente hat, wie jeder von uns. Und die darfst du auch haben, solange du deswegen nicht deine unglaubliche Persönlichkeit infrage stellst." Ich höre ihn leise lachen. „Oder *eine* der vielen."

Ich könnte mich dafür ohrfeigen, dass ich selbst darüber lachen muss. Meine Wut ist dank seiner Rede verpufft. Was übrig ist, ist Scham, weil ich mich schon wieder so aufgeführt habe.

„Ich will sehen können, Nate", gebe ich schließlich atemlos zu. Er versucht daraufhin nicht, mich zu beschwichtigen oder abzulenken. Er hört einfach zu. „Ich vermisse Farben. Ich weiß fast gar nicht mehr, wie sie aussehen. Ich vermisse es, die Natur zu sehen. Ich vermisse die Sonne so sehr. Und ich bin traurig, dass ich gewisse Dinge niemals sehen werde. Wie meine Kinder, mein Hochzeitskleid, einen Sonnenuntergang am Strand. Morgan. Dich. Ich wüsste so gerne, wie du aussiehst." Wie eine Fünfjährige stampfe ich auf den Boden auf. Es ist so frustrierend, mir alles immer nur von Fremden erklären zu lassen, ohne danach trotzdem eine bessere Vorstellung davon zu haben.

Nathan schnurrt leise über meinen Ausraster und tritt näher. „0815."

Missbilligend senke ich mein Kinn, weil ich bereits weiß, dass das gelogen ist. „Beschreibe es mir! Aber nicht nur das Übliche. Geh ins Detail!"

„Okay. Ich bin relativ groß, habe blonde Haare. Normalerweise sind sie eher lockig, aber der Regen hat sie inzwischen geplättet. Frisur … na ja, ist eher keine vorhanden."

Ich lächle über seine leidenschaftslose Erläuterung und strecke dann die Hände aus, um in seine Haare zu greifen. Man spürt noch einzelne Locken. Das ist richtig süß.

„Meine Augen sind eigentlich braun, aber die Pupille ist grün umrahmt." Ich lasse die Hände tiefer gleiten, streiche mit dem Daumen über seine Stirn, seine Augenbrauen, die Morgan ja so liebt, und letztlich über seine geschlossenen Augen. „Ich habe häufig keine Zeit zum Rasieren, deswegen renne ich oft mit Bartstoppeln durch die Gegend."

Grinsend nicke ich, während besagte Stoppel meine Hände kratzen. „Keine Ahnung, wie ich mein Gesicht sonst beschreiben sollte", meint er irgendwie ratlos.

„Siehst du wirklich so gut aus?"

Ein verlegenes Lachen seinerseits. Also ja. „Wer sagt das?"

„So manche eben." Wie Morgan und meine Schwester. Sogar meine Mutter.

„Normalerweise würde ich keine Sekunde zögern, dir mit einem selbstverständlichen *Ja* zu antworten. Wenn du aber die schrottfreie Antwort möchtest, muss ich sagen: Ich weiß es nicht. Kann ich nicht beurteilen. Männer sind da nicht so wie ihr Frauen, dass wir gleich zehn Sachen an uns zu bemängeln hätten. Prinzipiell gab es noch nicht besonders viele Beschwerden", scherzt er. „Aber wenn ich etwas nicht mag an mir, dann sind es meine Ohren. In der Grundschule haben alle *Dumbo* zu mir gesagt, weil meine Löffel so abstehen." Ich streiche über seine Ohren, kann das Gesagte nicht wirklich unterschreiben. Für mich fühlen sie sich ganz normal an. „Deswegen weigere ich mich immer noch, meine Haare kürzer zu schneiden, als bis über die Dinger da. Nenn es Trauma. Kinder können grausam sein", beendet er seine Rede, bringt mich aber zum Schmunzeln. „So, genug von mir gesehen?“, fragt er hoffnungsvoll.

Grinsend schüttle ich den Kopf. „Nicht einmal annähernd, aber vorerst lasse ich dich zufrieden.“

Er nimmt meine Hände von seinem Gesicht und hält sie in seinen. Mit zur Seite geschobenen Mundwinkeln schließe ich die Distanz zwischen uns und lehne mich an seinen Körper. Er erwidert seufzend meine Umarmung und presst mich an sich.

„Ist es jetzt blöd, dir zu sagen, ich würde die Welt oft gerne durch deine Augen sehen?“

Skeptisch hebe ich den Kopf, damit er meinen ungläubigen Blick sehen kann. „Also gar nicht?“

Er lacht und gibt mir einen kleinen Klaps auf den Hinterkopf. „Nein. Schöner. Staunender. Bunter. Du magst vielleicht nicht die Farben sehen, die sich hier draußen abspielen, aber du hast eine ganze Palette deiner eigenen in dir. Du erkennst in so vielen kleinen Dingen Wunder, die mir nicht einmal auffallen. Du siehst so viel, was ein anderer – was ich – überhaupt nicht sehen kann.“

Wow. Das hat mir wirklich viel bedeutet. Ich wickle die Arme um seine Taille und verknote an seinem Rücken meine Hände. Er drückt mir einen Kuss auf den Haaransatz und schubst mich. „Kann ich dich jetzt bitte nach Hause bringen? Langsam fällt schon auf, dass ich ständig in irgendeiner Form nass werde, sobald du in meiner Nähe bist.“

32

Nate

Ich werfe mir meine Reisetasche über die Schulter, spiele mit den Schlüsseln in meiner Hand. „Du bist sicher, dass du nicht mitwillst? Carl hat letztes Mal wieder nach dir gefragt. Ich glaube, die Jungs würden dich echt gerne sehen“, sage ich zu Toby, der in der Küche sitzt und auf seine Angebetete wartet. „Ich bin sicher, jeder würde Jen gerne kennenlernen.“

Prustend hebt er eine Augenbraue. „Ja, davon bin ich überzeugt. Aber im Gegensatz zu dir bin ich nicht bereit, meine Freundin mit irgendeinem Typen von der Wache zu teilen.“

Ich zeige ihm den Mittelfinger. „Tja, wenn man weiß, dass seine eigene Männlichkeit vollkommen ausreicht, ist das kein Problem.“ Inzwischen habe ich es bereits aufgegeben, ihm zu erklären, was Lexi und ich *nicht* sind. Er setzt dann dieses dämliche Grinsen auf und nickt langsam. Das nervt, deswegen kontere ich eben nur mehr mit blöden Meldungen.

„Du kannst ihnen sagen, nächstes Mal bin ich dabei. Versprochen.“

Ich zögere, weil ich ein ungutes Gefühl habe, ihn hier alleine zu lassen. Vor allem nach letzter Woche. Nach dem Anfall war er wieder beim Arzt, hat die Dosis erhöhen lassen. Seither macht er einen besseren Eindruck. Weniger gereizt, beunruhigt. Trotzdem fällt es mir nicht leicht, ihn zurückzulassen.

Toby presst die Kiefer zusammen und studiert mich, als könne er meine Zweifel sehen. „Ich habe beschlossen, es Jenna zu erzählen.“

Ein Schauer der Erleichterung jagt durch meinen Körper. „Okay. Das ist stark von dir, Mann.“ Ich weiß, wie viel ihn das kostet.

„Eigentlich ist es schwach, weil ich es nicht schon längst getan habe. Ich meine, das ist die Frau, von der ich mir vorstellen könnte, sie zu heiraten, und ganz offensichtlich wird die beschissene Epilepsie ein Teil meines Lebens bleiben. Wenn ich also will, dass auch Jenna Teil meines Lebens bleibt, muss ich sie vorwarnen.“ Es ist ein Wunder, dass sie es nicht schon miterlebt hat. Die Unsicherheit in seinem Gesichtsausdruck und seiner Stimme lässt sich leicht erkennen, auch wenn er versucht, sie zu überspielen. Ich gehe zu ihm und klopfe ihm auf den Rücken.

„Du hast den Jackpot geknackt, mein Freund. Ich weiß, dass du das weißt, aber du bist auch nicht unbedingt ein schlechter Fang“, erkläre ich ihm grinsend und ziehe meine Backen ein wie ein Fisch. Kopfschüttelnd lacht er mich aus. „Was ihr beide habt, ist etwas verdammt Besonderes, und Jen wird nicht abhauen, weil du eine Krankheit hast.“ Ich ziehe den Mundwinkel hoch und lasse den Kopf kreisen. „Vielleicht verprügelt sie dich, weil du so lange dichtgehalten hast“, feixe ich, „aber sie wird dich deswegen nicht sitzen lassen. Ich meine, seit einem Jahr vertraut sie dir blind und akzeptiert deine beschissenen Regeln ohne herumzuzicken. Wenn das keine Liebe ist …“, beende ich meine Ansprache und schlage ihm dann mit der Faust locker an die Brust.

Tobys Mundwinkeln zucken nach oben. „Danke, oh weiser Mitbewohner.“

Ich zwinkere ihm zu. „Stets zu Diensten.“ Nach einer flüchtigen Umarmung salutiere ich ihm und verschwinde aus der Wohnung.

Prinzipiell freue ich mich, Lexi in meinen Heimatort mitzunehmen. Es ist das erste Mal seit langer Zeit, dass ich keine Magenkrämpfe bekomme, sobald ich daran denke, zurückzukommen. Auf ein Zusammentreffen mit meinem Dad bin ich nicht gerade scharf. Ehrlich gesagt überlege ich immer noch, sie irgendwie anders zu beschäftigen, während ich ihm meinen obligatorischen Besuch abstatte, weil ich keine Ahnung habe, wie er sich ihr gegenüber verhalten wird. Seinen Frust und Hass muss sie nicht unbedingt miterleben. Oder vielleicht will ich einfach nicht, dass sie mich in seinem Licht sieht.

Wie auch immer, als ich vor ein paar Tagen das alljährliche Feuerwehrfest bei uns erwähnte, hat Lexi euphorisch geklatscht wie ein kleines Kind und mit einem Schmollmund darauf bestanden, dass wir hinfahren. Offenbar zählt das auch zu „mich sehen". Traumhaft.

„Wie geht es dir?", erkundige ich mich bei Lex, als wir ihre Sachen verstaut haben und auf die Interstate auffahren. Sie trägt ein verflucht hübsches Sommerkleid. Blau mit weißen Punkten, breiten Trägern und einem herzförmigen Ausschnitt. Man würde meinen, ich hätte mittlerweile schon genug von ihren Beinen gesehen und mich an den Anblick gewöhnt. Habe ich aber nicht, und ich muss mich auch jetzt wieder zwingen, öfter auf die Straße zu sehen als dorthin, wo das Kleid endet.

„Gut eigentlich. Ich gewöhne mich langsam an die neuen Lichtverhältnisse. An Tagen wie diesen ist es ja kein Problem", meint sie und blinzelt aus dem Fenster der Sonne entgegen. „Und ansonsten muss ich einfach das Licht stärker aufdrehen." Lexi hat tatsächlich wieder einen Teil ihres Sehvermögens eingebüßt, wie sich herausgestellt hat. Der Arzt meinte zwar, der Schaden wäre nur minimal gewesen, aber in Lexis Fall würde man eben jeden noch so kleinen Unterschied bemerken. Ich kann nur mit ihr hoffen und beten, dass diese OP ihr jetzt für längere Zeit eine Pause von diesen beschissenen Anfällen beschert und vielleicht demnächst doch eine Möglichkeit gefunden werden kann, ihr dauerhaft zu helfen.

„Hey!“, wechselt sie rasch das Thema. Mir ist schon aufgefallen, wie ungern sie momentan über alles spricht, was mit ihren Augen zu tun hat, und das versuche ich zu respektieren. „One Direction wurde in meiner Wiedergabenhitliste abgelöst.“

Gespielt schockiert ziehe ich übertrieben laut Luft ein. „Was? Ich hoffe nicht von Justin Bieber, sonst wirst du als Fan disqualifiziert.“

„Nein. Tyler Ward. Warte, ich spiele es dir vor.“ Ein paar Sekunden später beginnt die Musik aus ihrem Handy zu dröhnen. Die Melodie ist wirklich ganz nett, aber nichts im Vergleich zu Lexis Anblick. Strahlend sitzt sie da, ihre Augen sind geschlossen, ihr Kopf nickt leicht mit dem Takt, und ihre Lippen haben sich zu einem besonderen Schmollmund geformt. Ich bin geneigt, mal kurz stehenzubleiben, nur um ihr länger zusehen zu können. Schließlich wischt sie sich am Auge herum, und mein Herz setzt einen Moment lang aus.

„Sag jetzt nicht, du weinst wegen dem Lied?“, frage ich perplex.

Lexi schnalzt mit der Zunge. „Nein?!“, antwortet sie und lacht über sich selbst.

„Mann! Du bist echt so ein Mädchen.“

„Es ist eben schön! Mit der Violine dazu von Lindsey Sterling … und ach, seine Stimme ist einfach so genial.“

„Schickse!“, verarsche ich sie, weil sie mir erzählt hat, wie wichtig ihr Stimmen bei Männern sind. Dafür kassiere ich auch einen Schlag auf den Oberarm.

„Aber der Text“, grinst sie weiter und lässt das Lied von neuem starten. „Ich meine, das ist es doch, was sich jeder wünscht. Oder?“

„Jemandem hinterherzurennen?“, wiederhole ich den ersten Teil des Textes. Lexi fletscht die Zähne wie ein Rottweiler.

„Nein, du Blödmann! Dass jemand solche Sachen über dich sagen kann. *You're some kind of beautiful*. Wie er das erklärt, geht doch so über das Äußerliche hinaus.“ Ich gebe mir Mühe, auf den Text zu achten, werde währenddessen natürlich immer wieder von ihrem verliebten Gesichtsausdruck abgelenkt. Schön ist das Lied wirklich. Sogar noch nach dem neunten Mal.

„Okay, also ich bin sicher, wir könnten uns das Lied jetzt bis nach Aurora anhören, aber vielleicht hast du doch noch etwas anderes für mich“, erkundige ich mich irgendwann schmunzelnd. Lexi kichert verlegen und greift zu ihrem iPhone.

„Aber sag, dass es dir gefällt!“

„Es gefällt mir.“ Tut es wirklich. Das Problem ist, es erinnert mich daran, wie ich in letzter Zeit zu oft über Lexi denke … Beim Klavier-Intro des nächsten Liedes muss ich losprusten, denn es ist „See you again“ von Wiz Khalifa. Nur dieses Mal singt Lexi mit, anfangs noch leise. Wenn ich dachte, dass ihr Auftritt nicht köstlicher werden könnte, habe ich mich geschnitten. Ihre Lippen sehen aus wie ein Entenschnabel, ihre Hände versuchen zum Rap die passenden Bewegungen zu machen. Den Text kann sie, aber die Stimme ist eindeutig zu tief für sie, weshalb sie die Augenbrauen konzentriert runterzieht. Charlie Puth ist ihr dagegen zu hoch, aber das ist ihr schnurzegal. Das „Aah“ und „Whoo“ singt sie in absoluter Überzeugung, bis ich brummend den Kopf schüttle.

„Was?“ Sie klingt genervt, obwohl sie breit lächelt.

„Na ja. Du triffst eben nicht wirklich alle Töne, weißt du?“, versuche ich ihr amüsiert zu erklären, ohne sie dabei zu verletzen. Aber Lexi hält das aus.

„Entschuldige bitte. Sing du mir den Song doch mal vor, wenn du es besser kannst!“

„Kann ich eben nicht. *Niemand* außer Charlie Puth kann diesen Song singen, deswegen sollte es auch niemand versuchen.“

Sie prustet los, pfeift aber auf meinen Einwand und grölt absichtlich schlecht weiter. Göre!

Ich schlängle meinen Arm hinter ihrem Nacken vorbei. Natürlich spürt sie es, denkt aber wahrscheinlich, ich will sie kitzeln oder so, und zieht lediglich die Schultern hoch. Entgegen ihrer Erwartung bugsiere ich sie jedoch näher an mich und klatsche meine Hand über ihren Mund, um ihn zuzuhalten. Sie lacht warme Luft in meine Handfläche und singt voller Inbrunst ihre jetzt eben gedämpften Töne weiter, während sie es sich an meiner Schulter bequem macht.

„Fährst du gerade von der Interstate ab?“, fragt Lexi nach einiger Zeit verwirrt. „Du hast doch gesagt, man würde knapp zwei Stunden lediglich Autobahn fahren.“

„Stimmt auch, Spürnase, aber ich habe noch etwas anderes vor, und dazu brauche ich eine weniger befahrene Straße.“ Hämisch lache ich in mich hinein.

„Also, das hört sich verdächtig an, aber irgendwie wäre es doch krank, mich jetzt nach all der Zeit umzubringen, oder?“ Misstrauisch verzieht sie das Gesicht.

„Wer weiß, vielleicht überlege ich es mir noch. Aber in der Zwischenzeit kriegst du mal deine erste Fahrstunde." Wie erhofft, fährt Lexis Hand an ihr Herz, und sie reißt den Mund übertrieben weit auf.

„Ist das dein Ernst? Ich darf fahren? Mit deinem neuen Auto?" Falten bilden sich auf ihrer Nase.

„Ich passe schon auf meine beiden Mädchen auf, Lex. Schmeiß mir jetzt nur die Nerven nicht weg, okay? Du wirst das schon machen." Was auch immer ich gesagt habe, bringt sie dazu, von einem Ohr zum anderen zu grinsen.

„Okay, wir sind zwar nicht in Texas, aber diese Straße ist auch ziemlich abgelegen. Wenn wir hier auf einen Streifenwagen treffen, dann nur, weil der Sheriff sich verfahren hat oder eine Leiche vergraben will."

„Wo wir wieder bei deinem Plan B mit mir wären, nicht wahr?", neckt sie.

Ich halte an dem Parkplatz einer alten Fast-Food-Filiale, die bald abgerissen werden soll, weil sie zu wenig Umsatz erzielt. In einem Niemandsland wie diesem kommt eben niemand auf die Idee, zum Essen anzuhalten. Die, die wissen, dass die Filiale existiert, wissen auch, dass zwanzig Kilometer weiter eine erheblich bessere Auswahl inklusive Tankstelle wartet. Die, die es nicht wissen, rauschen vorbei, auf der Suche nach Zivilisation. Lexi und ich tauschen die Plätze, und ich helfe ihr, den Sitz so einzustellen, wie sie ihn bei ihrer Größe braucht.

„Sollte ich meine Spiegel kontrollieren oder so?", sagt sie lachend, kann die Nervosität nicht unterdrücken.

„Das Wichtigste ist die Bremse. Die befindet sich in der Mitte. Das Bremspedal teilt sich deinen Fuß mit dem Gas rechts. Links brauchst du nur beim Stehen und Gangwechsel."

„Ja, warum hast du eigentlich keine Automatik? Hast du keine Angst um dein Getriebe?“, fragt sie besorgt.

„Weil ich das Auto *fahren* und nicht nur steuern will. Und nein, du kriegst das schon hin. Also ich löse jetzt die Handbremse, und du gibst ein bisschen Gas, während du gleichzeitig vorsichtig die Kupplung freigibst.“

Lexi reibt sich das Herz und pustet die Luft aus ihren aufgeblasenen Wangen. Wie jeder Fahranfänger würgt sie den Motor die ersten paarmal ab, bis sie ein Gefühl dafür entwickelt und uns mit etwa fünfzehn Kilometern die Stunde voranbewegt. Nach ein paar Sekunden, in denen nichts schiefgeht, quietscht sie auf und wedelt mit den Händen.

„Nathan. Ich *fahre*!“ Lachend führe ich ihre Hände zurück ans Lenkrad.

„*Die* sollten auf jeden Fall hierbleiben, wenn wir gleich ein paar Kurven probieren.“ Mit meinen Anweisungen, wann und wie sie das Lenkrad einschlagen soll, ziehen wir ein paar Achter und Kreise, kommen sogar bis in den zweiten Gang. „Gut. Das waren die Vorübungen. Fahren wir los!“, sage ich und steige aus. Durch die Windschutzscheibe beobachte ich eine völlig konsternierte Lexi mit weit aufgerissenen Augen und rigider Körperhaltung.

„Was redest du da?“, kommt es wie aus der Pistole geschossen, als ich die Fahrertür öffne.

„Schalt in den Leerlauf und zieh die Handbremse an! Ich setze mich zu dir.“ Mit einem Blick, der mich für gestört erklärt, befolgt sie meine Anweisungen. Ein schrilles Kreischen entfährt ihr, als ich ihren Sitz zurückfahre und Lexi nach vorne schiebe.

„Nathan? Ich weiß nicht, was das da wird, aber ich bin mir sicher, so ist es falsch.“ Lachend setze ich mich hinter sie, drücke ihren Körper ganz nahe an meinen Bauch, bis ich ihre Rückenlehne bin. Sie ist proportional klein genug, sodass diese Position funktioniert.

„Also. Du fährst. Ich schalte. Wichtig wäre mir nur, dass du auf mich hörst und nicht bockig bist, okay?“

„Ich soll auf der Straße fahren? Ähm, Nate, vielleicht ist es dir noch nicht aufgefallen, aber ich sehe nichts“, wendet sie ein, klopft mir beschwichtigend auf den Oberschenkel. Man frage mich nicht, wieso ich mir schon wieder diese Folter antue, sie so nah an mich heranzulassen. Ich muss mich bemühen, mich auf die Sache zu konzentrieren, statt auf diesen Blumenduft, der mir in die Nase steigt.

„Wir haben exakt sechzehn Kilometer Zeit, bis ich dich wieder rüberwerfe, und die werden wir nutzen. Sieh mich als deine Augen.“ Hörbar schluckend streckt Lexi ihre Finger aus und umschließt dann das Lenkrad. Ich lege meine Hände über ihre und streichle ihre Haut. „Mut“, spreche ich ihr leise zu und fühle, wie sich ihr Körper an meinem entspannt und anschmiegt.

„Na dann. Gut, dass du Anwalt wirst. Vielleicht kannst du uns eines der besseren Gefängnisse heraushandeln“, kichert sie endlich und macht sich bereit, wegzufahren. Erstaunlicherweise habe ich nicht einen Funken Angst, das hier mit ihr zu machen. Sie reagiert schnell auf meine Anweisungen, folgt meinen Bewegungen, lächelt bereits nach den ersten beiden Minuten und jubelt immer noch, als wir letztlich wieder stehenbleiben.

„Siehst du? Nächstes Mal kannst du uns schon nach Aurora fahren“, schmunzle ich. In einer unsanften Drehung fällt Lexi mir um den Hals und presst mich fest an sich.

„Danke, Nate. Für dein Vertrauen und dafür, dass du mir hilfst, Lexi 2.0 zu sein.“

Als hätte ich nie etwas anderes gemacht, küsse ich sie leichtfertig auf die Haare und warte dann, bis sie auf den Beifahrersitz geklettert ist, bevor ich meine Sinne freimache und weiterfahre.

„Wo werdet ihr schlafen?“, erkundigt sich Carl später beim Feuerwehrfest. Nie hätte ich gedacht, dass es so einfach sein würde, mich bei den Jungs wieder zuhause zu fühlen. Sie haben mich begrüßt wie den verlorenen Sohn, alles andere schien plötzlich nebensächlich zu sein. Sogar die Männer in den Essenshütten haben wegen mir ihre Hot Dogs und Burger fast verbrennen lassen. Seither war ich keine Sekunde alleine, ständig kommen Leute vorbei, um kurz zu plaudern; Leute, die ich mehr als ein Jahr lang nicht mehr gesehen habe; Leute, an deren Rettungsaktion ich noch beteiligt war und die mir von dem Leben erzählen, das sie führen können, weil wir sie gerettet haben. Es ist unglaublich und tut verdammt gut, mitzukriegen, doch nicht der Verstoßene zu sein, wie mein Dad es mich spüren lässt, sondern stattdessen willkommen zu sein. Und es fehlt mir wirklich. Nicht nur Held sein zu können. Der Zusammenhalt, das Team, die Bruderschaft. Dass sich die Kerle gut mit Lexi verstehen würden, war mir sowieso klar. Die Kleine ist die Natürlichkeit in Person und findet in jedem einen Gesprächspartner.

„Bin mir noch nicht sicher. Im Haus?“, antworte ich.

„Wenn du das Haus meinst, an das ich gerade denke, trete ich dir in den Arsch. Dort kannst du keine Lady schlafen lassen. Momentan kannst du nicht mehr als ein Insektenmuseum daraus machen.“

„Ach, solange ich sie nicht *höre*, macht mir das nichts“, sagt Lexi, im Versuch, mich zu verteidigen, aber er hat recht.

„Schlimmstenfalls im Auto.“ Meinen Dad frage ich bestimmt nicht. Eher fahre ich noch zurück nach Chapel Hill. Es reicht bereits, mich morgen seiner grenzenlosen Abneigung auszusetzen.

„Gut. Mach das! Lexi schläft bei uns. Meine Frau freut sich immer über Besuch.“

„Sie kann auch bei mir schlafen“, grinst Marcus. Arschloch. Ich lasse zur Antwort meinen Mittelfinger vor seinem Gesicht kreisen. „Okay, okay!“, grunzt er. „Darf ich dann zumindest einen Tanz stehlen?“, will er wissen und zwinkert mir zu. Augenrollend lasse ich meinen Kopf zurückkippen, weil ich genau weiß, was er vorhat. Er bringt sie für mich auf die Tanzfläche, damit ich ihn nachher ablösen muss. Carl, der Verräter, gibt ihm ein High five für die „List“.

„Sicher? Könnte sein, dass ich dir ein paarmal auf die Füße trete“, warnt sie ihn lächelnd.

„Stahlkappenstiefel, Hübsche. Ist also kein Problem.“ Marcus zeigt mit erhobener Braue auf die Uhr und hält mir drei Finger vor die Nase. Dann nimmt er Lexis Hand und verschwindet mit ihr in der Menge.

„Du hast also doch ein Mädchen gefunden? Muss am Auto liegen, wie ich dir gesagt habe“, zieht Carl mich auf, nachdem ich meinen Blick von Lexi losgerissen habe.

Kopfschüttelnd verziehe ich das Gesicht. „Lexi ist nicht mein Mädchen. Zumindest nicht so, wie du es meinst.“

Seine Mundwinkel ziehen sich schwach nach oben, während er mich mustert. „Liebe zuzulassen muss nicht immer schiefgehen, weißt du? Manchmal überrascht sie dich und hilft dabei, deine Ängste verblassen zu lassen.“

Schnarchend lehne ich mich zurück, verschränke meine Arme vor der Brust und sehe ihn gelangweilt an. „Mann, du solltest echt Geld für Gespräche wie diese verlangen."

„Tja, verstehe es als Wink mit dem Zaunpfahl, dass ich Lust auf einen von dir spendierten Hot Dog hätte", schmunzelt er. „Aber Scherz beiseite. Ich kenne dich inzwischen fast dein halbes Leben. Die meiste Zeit davon warst du ein Junge. Noch dazu ein ziemlich großspuriger und rotzfrecher Junge. Aber mir war immer klar, dass du einfach auf der Suche nach irgendetwas warst."

„Wenn du mir jetzt sagst, dass ich es in Lexi gefunden habe, dann stelle ich mich auf die Bühne und verrate der gesamten Belegschaft, dass dein Lieblingsfilm ‚Wie ein einziger Tag' ist", unterbreche ich ihn, weil ich echt keinen Bock auf die Rede habe.

Seine Augen verengen sich zu Schlitzen. „Nathan! Sie sterben *Hand in Hand*. Wie kann man so kalt sein?"

Ich pruste los, als er fassungslos den Kopf schüttelt.

„Und davon abgesehen, das wollte ich nicht sagen. Alles, was ich dir mitzuteilen versuche, ist, dass du dich verändert hast. Du bist nicht mehr der Junge von damals. Du bist erwachsen geworden. Ob es nun an Lexi, dir selber oder an beidem liegt, kann ich nicht beurteilen. Was ich aber sehe, ist, dass du dieses Funkeln in deinen Augen wieder hast, mit dem ich dich kennengelernt habe." Er steht auf und sieht zu Marcus, weil die drei Minuten um sind. „Und solltest du doch draufkommen, dass Lexi etwas damit zu tun hat – dann *ist* sie dein Mädchen." Etwas konsterniert und unbehaglich lässt er mich zurück, nachdem er mir auf den Rücken geklopft hat. Nachdenklich stehe ich auf und gehe zur Tanzfläche. Lexi hat den Kopf zurückgeworfen und lacht ausgelassen, während

Marcus – der leider kein begabter, deswegen aber nicht weniger leidenschaftlicher Tänzer ist – ihr wahrscheinlich öfter auf die Zehen tritt als umgekehrt.

„Ich frage mich, wen ich hier jetzt ablösen soll“, scherze ich und lege Marcus einen Arm über die Schulter.

„Du musst sie auf alle Fälle *er*lösen. Sonst braucht sie bald Krücken“, erwidert er.

Lexi kichert und legt ihre Hände auf meine Arme. „Du übertreibst. Wobei ich mich nächstes Mal zuerst nach einem Paar Stahlkappenschuhen in meiner Größe erkundigen werde.“

Marcus streicht Lexi kurz über den Oberarm und packt mich dann am Nacken, um mich näher zu sich zu ziehen. „Es ist echt gut, dass du wieder bei uns bist, Mann. Du fehlst.“ Marcus umarmt mich kurz, zwinkert mir dann zu und widmet sich anderen Mädchen.

„Ich wette mit dir um einen Hot Dog, dass als Nächstes ‚Scream & Shout‘ von will.i.am und Britney Spears gespielt wird.“

Sie stemmt amüsiert die Hände in die Hüften, reißt jedoch den Mund auf, als tatsächlich besagtes Lied kommt.

„Gib’s zu! Du hast das bestellt.“

„Niemals, obwohl ich indirekt jemand anderem diesen Hot Dog bereits schulde“, grinse ich. „Dieselbe Playlist wird allerdings jedes Jahr verwendet und neuere Lieder irgendwo dazwischen eingefügt. Nach diesem hier werden unsere Ohren bei Enrique Inglesias ‚Escape‘ zu bluten beginnen.“

„Nein“, haucht Lexi mit aufgerissenen Augen. „Wir sollten den DJ unbedingt retten, bevor er gesteinigt wird.“

Lachend nehme ich ihre Hand in meine und drehe Lexi vorsichtig um ihre eigene Achse, bevor ich sie an mich drücke und mich mit ihr zur Musik bewege. Mit ihr zu tanzen ist noch um einiges intensiver als mit jedem anderen Mädchen, weil sie meine Nähe spüren muss, um zu wissen, wo sie bei all den Leuten um uns frei tanzen kann. Klar, sie ist nicht die beste Tänzerin, die mir je begegnet ist, und auch ich halte mich damit zurück, alles zu geben, was ich kann, um zu beeindrucken. Zum ersten Mal in meinem Leben geht es absolut nicht darum, zu imponieren, und es ist mir völlig gleich, was die Leute von mir oder uns halten. Alles, was zählt, ist ihr Lächeln, vielmehr ihr Strahlen. Es ist dieser Gesichtsausdruck, der mir zeigt, wie wohl sie sich in diesem Moment mit mir fühlt. Es ist das Gefühl, zum ersten Mal seit Langem wieder atmen zu können, obwohl ich in Aurora und im verfluchten Feuerwehrhaus bin. Oder ist es genau deswegen so?

Obwohl sich an der Situation meiner Mutter und auch der meines Vaters nichts geändert hat – und obwohl die Zahl an meinem Bizeps, auf dem Lexis Hand gerade liegt, niemals verschwinden wird. Trotzdem merke ich, dass es mir tatsächlich gut geht.

Nachdem ich es am nächsten Morgen endlich geschafft hab, Lexi aus Anns fürsorglichen Fängen zu befreien, fahre ich mit ihr zum Haus meines Vaters. Ich habe sie mit der Erklärung, mein Dad sei nicht unbedingt scharf darauf, mich zu sehen, gebeten, zunächst im Auto zu bleiben. Hilfreich ist jedoch nicht, nun wie immer vor seinem Haus zu stehen und mit mir zu ringen, endlich aus dem Auto auszusteigen. Der gestrige Abend war schön, und es war hilfreich für mich, zu sehen, dass ich doch Fortschritte machen kann. Nur bedeutet das nicht, dass mein Vater nicht trotzdem die Macht dazu hat, mein Kryptonit zu sein.

Lexi räuspert sich nach etlichen Momenten der Stille. „Wenn du wirklich willst, dass ich im Auto bleibe, dann respektiere ich das. Ich will deinen Dad auch keinesfalls mit meinem Vermieter vergleichen, aber damals hast du mir gesagt, es wäre dir lieber, ihm mit mir zu begegnen.“

„Und das wäre dir jetzt auch lieber“, setze ich ihren Satz trocken fort, obwohl ich wirklich lieber alleine sein würde. Am liebsten würde ich einfach wieder wegfahren, aber seit meinem letzten Besuch sind Wochen vergangen.

„Nein. Aber du solltest wissen, dass du dich auch von mir stützen lassen kannst und keine Angst zu haben brauchst, dass ich dir den Rücken kehre. Was auch immer mich da drinnen erwartet, ich bin bei dir.“

Ich presse die Lippen hart aufeinander und atme tief durch die Nase ein. „Selbst wenn mein Hund dich abschleckt?“

Lexi lacht leise. „Soll kommen! Ich freue mich darauf.“

Sobald Hawkeye jedoch an der Tür kratzt, während ich den Schlüssel im Schloss drehe, schwindet ihr Mut. Sie hält sich an meinem Shirtsaum fest und bringt mich wieder einmal zum Schmunzeln, obwohl mir gar nicht danach ist. „Bist du sicher, dass es nur ein Hund ist?“

„Lexi. Das ist Hawkeye, das Riesenbaby. Er wird dich nicht verletzen, höchstens erdrücken, wenn du ihn nicht freiwillig streichelst.“ Mein Hund springt zuerst mich an, interessiert sich dann aber sofort mehr für die Neue in seinem Revier. Anfangs sehr zaghaft, dann immer unverkrampfter, freundet Lexi sich mit ihm an.

„Wer ist da?“, schreit Dad wie immer aus dem Wohnzimmer. Ich nehme Lexi an der Hand, bin mir diesmal aber nicht sicher, ob ich das nur tue, um sie zu führen, oder weil ich den Halt brauche.

„Ich bin's, Dad. Das ist Lexi, eine Freundin von mir."

„Hi, Mr. Foster. Es freut mich, Sie kennenzulernen." Und ich bin sicher, sie meint es so. Mein Dad hingegen studiert erst mich, dann Lexi, fixiert mich dann wieder mit einem Blick, der fragt, warum zur Hölle ich ihm meine Freundin vorstelle. Ich schlucke hart und fühle mich schon jetzt beschissen für Lexi, weil sie ihm immer noch die Hand hinhält. Irgendwas bringt ihn letztlich dazu, sich doch von seinem Platz zu erheben und Lexi entgegenzukommen. Innerlich atme ich auf.

„Was macht ihr hier?"

„Nathan zeigte mir einen Teil seines Zuhauses, und der größte Teil sind Sie, Sir. Deswegen hoffe ich, es ist okay für Sie, dass er mich mitgebracht hat."

Offensichtlich hat es mir die Sprache verschlagen, denn ich kann nur staunen, wie sie das eben formuliert hat. Dad erkennt die Authentizität in ihrem Ton ebenso an wie ich, lässt die Augen über ihr Gesicht wandern und erweicht dann endlich seine strengen Züge.

„Setz dich doch, Lexi. Möchtest du etwas trinken?" Wackelig macht er sich bereits auf den Weg in die Küche, während ich Lexi zum Tisch führe und einen Stuhl für sie heranziehe.

„Ein Wasser wäre perfekt, danke."

Nein, danke Dad, ich möchte nichts.

„Wenigstens hast du heute nicht wieder irgendein Sühneopfer in Form von Essen oder sonst was mitgebracht. Ich brauche deine Mitleidsakte nicht", richtet er sich an mich.

Ich schließe die Augen, beiße die Zähne zusammen. „So war es auch nicht gemeint, Dad."

„Wenn ich der größte Teil seines Zuhauses bin, Lexi – hat er dir auch den zweiten großen Teil gezeigt?", fragt Dad mit einem provokanten Blick in meine Richtung. Offenbar muss ich neuerdings nicht einmal mehr etwas sagen, um seinen Hass zu schüren.

Lexi versteift sich leicht in ihrer Haltung, wohingegen mein Magen mal zur Abwechslung einen imaginären Fausthieb einsteckt. „Ich bin davon überzeugt, dass er mir rechtzeitig zeigen wird, wozu er bereit ist. Das ist seine Entscheidung", erwidert sie ruhig und legt ihre Hand auf mein Knie.

Aber ich stehe auf. „Dad, wenn du nicht willst, dass ich dich noch einmal besuchen komme, dann sag es einfach geradeheraus. Ich bin fertig damit, dein lebender Sandsack zu sein."

„Wusstest du, dass er Feuerwehrmann war?", will er weiters wissen, als hätte ich nichts gesagt.

„Ja, das hat er mir erzählt."

„Hat er dir auch erzählt, dass er nicht einmal fähig war, seine eigene Mutter zu retten?" Stille. Ein triumphierendes und gleichzeitig unglückliches Lächeln erscheint auf seinen Lippen. „Ich schätze nicht. Und genau das ist es, was ich *will*, Nathan", zischt er. „Ich will, dass du aufhörst davonzulaufen, nur weil du dir dann eingestehen müsstest, dass du ein Versager bist. Ich *will*, dass du aufhörst, die Existenz deiner Mutter zu ignorieren. Du hast diese scheiß Zahl auf deinem Arm, als wäre sie eines deiner Opfer, weil du zu schwach bist, um anzuerkennen, was du verdammt noch mal verbockt hast."

„Ich ignoriere Mom nicht, Dad", schreie ich zurück. „Ich denke jeden Tag an sie. Ich kann gar nicht anders, denn ich vermisse sie. Jede beschissene Minute meines Lebens." Das auszusprechen, schmerzt fürchterlich, aber ähnlich wie gestern merke ich, wie es mein Herz nicht mehr zerreißt, an sie zu denken.

„Warum hast du sie dann aufgegeben? Warum hast du dann alles aufgegeben?“ Weil ich damals keinen anderen Weg wusste und an meinen Schuldgefühlen gestorben wäre. Kraftlos hebe ich beide Arme und lasse sie wieder an meine Seite fallen. Ich gebe ihm das, was er braucht, um seinen Schlussstrich zu ziehen, wenn es ihm dann besser geht. Ich gehe.

„Nathan ist kein Versager, Mr. Foster“, wendet Lexi ein, als ich schon an der Tür stehe. Ihr Ton ist so fest, so überzeugt, trotz all dem, was sie eben gehört hat, dass ich stehenbleiben muss.

„Ach ja? Wie lange kennst du ihn? Eine Woche? Einen Monat? Ich bin sein Vater, deswegen erlaube ich mir zu sagen, dass er ein Versager ist. Sobald ihm Dinge zu mühsam werden, wirft er alles hin und verschwindet. Genau wie eben. So war er schon immer. Genau deshalb hat er die Feuerwehr und alle Zelte hier abgebrochen und ist geflüchtet, obwohl das das Letzte gewesen wäre, was seine Mutter gewollt hätte.“

Ich lasse meine Stirn gegen die Haustür fallen. Stimmt das, was er sagt? War sie auch der Meinung, die Feuerwehr wäre meine Zukunft? Ich weiß, Mom hat mich auf meinem Weg immer unterstützt, während Tobys Mom ihm regelmäßig die Hölle heiß gemacht hat, einen ungefährlicheren Job zu wählen. Und trotzdem … Ich schüttle den Kopf, meine Hand streicht über Hawkeye, der hechelnd neben mir sitzt. Er berührt mich mit seiner Schnauze, lässt mich wissen, dass er da ist.

„Bei allem Respekt, Mr. Foster. Ich kenne Nathan vielleicht nicht so lange wie Sie, aber ich habe Menschen getroffen, die ihn besser kennen als wir beide zusammen. Die sehr viel von ihm und seinen Fähigkeiten halten, obwohl sie von all dem wissen, was ich noch nicht weiß. Ihr Sohn ist ein unglaublicher Mensch, und ich wünschte, Sie könnten ihn sehen, wie er tatsächlich ist.“ Meine Hand fährt an meine enge Brust, und ich nehme einen schmerzhaften Atemzug.

„Tja, muss schön sein, wenn Liebe blind macht, nicht wahr?“, sagt Dad und hält einen Moment inne. „Nein. So habe ich das jetzt nicht sagen wollen. Es tut mir leid.“ Ernsthaft? Dad entschuldigt sich? Lexi muss ihn mit ihrer Rede ziemlich beeindruckt haben. Ich höre einen Stuhl am Boden kratzen.

„Ich liebe Ihren Sohn nicht.“

Autsch. Das tut mehr weh, als es sollte.

„Aber ich respektiere ihn, ich mag ihn, und ich bewundere ihn dafür, wer und wie er ist. Und ich finde es schade, dass Sie so eine geringe Meinung von ihm haben. Er ist viel mehr wert, als Sie denken. Ich wünsche Ihnen Heilung, Mr. Foster. Von ganzem Herzen. Aber ich wünsche sie auch Ihrem Sohn, und selbst wenn sein Weg dorthin nicht Ihrer ist, sollten auch Sie ihm das wünschen.“ Ganz von selbst findet Lexi den Weg zurück in den Gang, wo ich kauere. Ihre Hände tasten sich an der Wand vorwärts, bis ich nach ihnen greife. Sie schreckt zusammen – hatte wohl nicht erwartet, dass ich noch im Haus bin –, dann hält sie sich aber an meinem Arm fest und folgt mir wortlos zum Auto.

„Ich möchte dir gerne etwas zeigen“, murmle ich, mit den Fingern nervös am Lenkrad trommelnd.

„Okay“, flüstert sie fast, gar nicht mehr so furchtlos wie eben mit Dad. Wahrscheinlich fragt sie sich, ob ich den Verstand verloren habe, weil ich weder auf das reagiere, was ich eben gehört habe, noch sonst etwas über den Streit mit Dad äußere. Oder sie denkt, ich bringe sie zu Mom, um meinem Dad zu beweisen, dass ich es doch kann. Ich kann es aber wirklich nicht.

Die Fahrt dauert nicht lange. Ich steige aus und hole Lexi auf ihrer Seite ab.

„Wo sind wir? Es hört sich nach einem Fluss an."

„Stimmt. Unter uns ist ein Fluss. Vor uns ist mein zukünftiges Haus", erkläre ich, selbst überrascht darüber, wie leicht mir dieser Satz über die Lippen kommt, ohne mich innerlich zu zerfetzen. „Das heißt, eigentlich ist es das Haus meiner Mom, aber sie würde wollen, dass ich es nicht verkommen lasse. Deswegen werde ich es renovieren. Und irgendwann werde ich darin wohnen."

„Das klingt nach einer wunderbaren Idee."

Ich gehe in die Knie und hocke mich angelehnt an mein Auto. „Es ist eigenartig, wie viel einfacher es ist, an Negativem festzuhalten als an den genialen Zeiten, die man erleben durfte." Lexi sinkt neben mir nieder und setzt sich auf den Boden. „Carl hat gestern etwas davon gefaselt, ich hätte mich verändert. Ich sei erwachsen geworden." Ich lache bitter auf. „Hat ja zum Glück nur sechsundzwanzig Jahre gedauert. Als du zu Dad gesagt hast, du wünschtest, er könnte mich so sehen, wie ich bin, wurde mir eins bewusst: Dad hat nicht in allem unrecht. Ich bin weggelaufen. Vor Mom, Dad, meinem Leben hier und meinem Leben generell. Es schien der einfachste Weg zu sein. Der einzige."

„Aber nicht der erträglichste."

Ich blicke zum Himmel auf. Gott, ich vermisse meine Mom. Mir fehlt ihre warme, glückliche Art. Ihre Ruhe und wie sie auf jedes Problem eine Antwort hatte, egal ob es nun die passende war oder nicht. Seufzend schließe ich die Augen, um mir ihr Gesicht bewusst vorzustellen, und zucke mit den Schultern. „Vielleicht ist die Kunst nicht die, zu vergessen, oder sich einzureden, man wäre nicht für den Rest seines Lebens gebrochen. Vielleicht geht es darum, die Tatsache einfach anzuerkennen, zu akzeptieren, dass man eben nie mehr derselbe sein wird."

„Dass man den Schmerz immer bei sich tragen wird und das auch okay ist", ergänzt Lexi nach ein paar Sekunden und nimmt meine Hand in ihre. „Nate? Wann hast du das letzte Mal über deine Mom gesprochen?" Ich schnaube humorlos, weil es viel zu lange her ist. Auch in diesem Punkt liegt Dad richtig. Ich mag sie nicht vergessen haben, aber es ist auch nicht richtig, sie vor anderen zu verschweigen, als wäre sie nicht da.

„Sie zu verlieren war das Schlimmste, was ich mir zu diesem Zeitpunkt hätte vorstellen können. Im Krankenhaus haben sie alles versucht, aber sie ist nicht aufgewacht. Wochen und Monate vergingen. Wir wussten alle, dass die Maschinen das Einzige waren, was sie am Leben erhielt. Was sie nach wie vor am Leben hält."

„Sie liegt im Koma." Lexi nennt das beim Namen, was ich seit dem Unfall nicht verkrafte.

„Weißt du, wie du vor Kurzem gesagt hast, dass du Farben vergisst? Ich beginne, Mom zu vergessen. Nicht wie sie aussieht. Nicht einmal ihre Persönlichkeit. Vielmehr so subtile Dinge wie ihre Stimme und ihren Geruch. Das ist auch der Grund, wieso ich nicht ins Krankenhaus gehen kann. Denn alles, was ich dort finden werde, ist ein Schatten von ihr. Ich will, dass sie aufwacht. Will die Frau zurück, die sie ist. Mir ist klar, dass sie das nie mehr sein kann, aber ich kann sie nicht loslassen, bis sie diesen *einen* guten Tag hat, an dem sie mich ansieht und mir sagt, dass sie mir vergibt."

33

Nummer 7

„Alter, das war echt knapp“, rief Marcus aus, nachdem wir den Brand des dreistöckigen Reihenhauses endlich gelöscht hatten. Das Scheißfeuer wollte einfach nicht aufhören, von irgendwoher Luft zu beziehen und neu aufzulodern. Das letzte Mal dann in einem verdammt großen Feuerball, der erneut zwei unserer Männer beinahe das Leben gekostet hätte.

„Du musst dich gerade ziemlich gut fühlen, oder?“, fragte Carl und klopfte mir stolz auf die Schulter. Er hatte recht. Ich war zwar hundemüde, extrem ausgepowert, überall voller Ruß und Asche vom letzten Überprüfungsgang durch die Stockwerke, doch diesen Hammereinsatz konnte mir niemand nehmen. Alle Bewohner waren bereits aus den Häusern geflüchtet, als wir ankamen, somit ging es nur mehr um Löscharbeiten. Der Regen half kein bisschen beim Löschen, und der Wind wehte so stark, dass unser Wasserstrahl nicht dorthin kam, wo er sollte. Carl und einer der Neuen, Sabel, gingen deshalb rein, wurden oben aber von dem Feuerball überrascht. Carl war nah genug am Stiegenhaus, um sich in Sicherheit zu bringen. Sabel hingegen rannte zum Fenster statt zur Tür, nur um zu merken, dass die Leiter wegen des Windes zurückgezogen wurde. Sein Rücken brannte bereits, als er panisch um Hilfe schrie und mit den Armen wedelte, kurz davor, einfach zu springen, nachdem sich kein anderer Ausweg bot. Marcus rannte zum Wagen, brachte die Leiter in Position und fuhr sie aus, doch es war offensichtlich, dass Sabel nicht mehr lange durchhalten würde. Instinktiv sprang ich

auf den Wagen, dann auf die Leiter und raste auf dem mehr oder minder waagerechten Teil zu ihm. Gerade noch konnte ich Sabel auffangen, als er in meine Arme statt an der Leiter vorbei fiel. „Wasser!“, schrie ich Marcus zu, begann gleichzeitig, Sabels Rücken abzuklopfen, bevor sich das Feuer endgültig durchfressen konnte. Marcus sprühte uns von unten ab, Rauch stieg von meinem Kollegen auf. Das Wasser brachte ihn wieder zu sich, und wir konnten gemeinsam von der Leiter klettern. Seine Schutzkleidung hatte den Großteil seiner Haut vor Schlimmerem bewahrt. Wegen kleinerer Verbrennungen wurde er trotzdem ins Krankenhaus gebracht, aber er würde leben.

Zur Antwort zuckte ich daher mit einem selbstgefälligen Gesichtsausdruck mit den Schultern, genoss das Gefühl, den Helm endlich abnehmen und mir durch die schweißnassen Haare fahren zu können. „Wärst du unten gewesen, hättest du es nicht anders gemacht“, sagte ich zu Carl, während wir unser Zeug zusammenpackten und einluden.

Der Drecksregen floss seit Tagen schon ohne Pause in Strömen, hatte für eine endlose Menge an Überflutungen gesorgt, Bäche und Flüsse waren viel zu hoch, und es war nur noch eine Frage der Zeit, bis sie übers Ufer treten würden. Genug Arbeit hatten wir somit auf jeden Fall.

„Fuck! Was ist da los?“, fluchte Eddie, der Ersatzfahrer für Julian. Neugierig sahen wir aus dem Fenster, um den Grund seiner Vollbremsung zu sehen. Vier Autos standen und lagen auf der Brücke, die wir passieren mussten, offensichtlich in einen Unfall verwickelt. Keiner von uns zögerte dabei, auszuschwärmen und zu sehen, wer Hilfe brauchte, während Eddie Verstärkung rief. Der Unfall musste gerade erst passiert sein, die meisten der Opfer waren noch in den Wagen.

„Sir! Sind Sie okay? Können Sie mich hören?“, fragte ich den Mann im seitlich liegenden Auto. Er hatte verdammt viel Glück, nicht über die Brücke gestürzt zu sein. Das Geländer hatte sich durch sein Auto nämlich schon verabschiedet.

„Ich kann nicht atmen“, krächzte er. „Mein Bein klemmt.“ Ich sah mich nach Hilfe um. Alleine konnte ich den Typen da nicht rausholen.

„Carl!“, rief ich und pfiff. Er hatte gerade zwei Personen aus einem Wrack geborgen und an die Bordsteinkante gesetzt.

„Im Fluss“, würgte der Mann unter deutlichen Schmerzen hervor. „Ein Paar …“, versuchte er es erneut, und endlich begriff ich. Nicht sein Auto hatte das Geländer zerstört.

„Was brauchen wir?“ Carl tauchte auf, doch ich rannte an die andere Seite des Wagens und entdeckte sofort das Auto, von dem nur mehr der Kofferraum zu sehen war.

„Scheiße! Carl! Da ist …“ Der Rest blieb mir im Hals stecken, als ich den Aufkleber neben dem Toyota-Emblem entdeckte. „Fass mich nicht an! Ich bin nicht diese Art von Auto“ hatte ich – gegen Moms Willen – am Auto aufgeklebt, weil sie sich ständig über irgendwelche imaginären fremden Fingerabdrücke beschwert hatte.

Ohne Umschweife riss ich mir die Jacke herunter, zog mir die Stiefel aus, die mich unter Wasser behindern würden. „Was machst du da?“, hielt Carl mich zurück, doch ich schüttelte ihn ab.

„Ich gehe rein. Das sind meine Eltern.“ Es wunderte mich, dass ich überhaupt sprechen konnte, so leer wie mein Körper momentan schien.

„Verdammte Scheiße!“, hauchte er, zog mich aber erneut zurück. „Nate. Wir haben nicht die richtige Ausrüstung, um …“

„Carl! Das ist mir scheißegal! Ich hole sie da jetzt raus." Mein Ton war aus Eis. Ich wartete nicht einmal mehr auf seine Antwort, sondern sprang von der Brücke. Ich schwamm zur Fahrerseite, um nachzusehen, ob es einem von ihnen noch gelungen war, die Fenster zu öffnen, doch ich fand beide bewusstlos. Rund um Moms Kopf schwamm eine verdammt große Menge Blut, nur der Airbag hielt sie aufrecht. Das Auto sank kerzengerade in die Tiefe, und ich kämpfte gegen die Strömung des Flusses, die das Auto nur langsam bewegte, mich allerdings mitzuziehen versuchte. Hektisch zerrte ich an der Tür, gab jedoch schnell auf, weil der Wagen offensichtlich noch nicht zur Gänze mit Wasser gefüllt war. Bevor mir die Luft ausging, schwamm ich um das Auto herum, suchte irgendeinen Weg, zu meinen Eltern zu gelangen.

Als ich auftauchte, um zu atmen, schleuderte Carl mir ein Seil zu, an dem ich mich befestigen sollte, doch ich schüttelte den Kopf. Wenn ich sie da nicht bald rausbekäme, würden sie ertrinken. „Nothammer!", brüllte ich, tauchte noch einmal unter, um die Türe ein letztes Mal zu probieren. Ohne Erfolg. Ich kam erneut an die Oberfläche, und Marcus warf mir den Hammer zu. Meine dämlichen Hände zitterten, trotzdem schaffte ich es, das Fenster hinter Mom einzuschlagen, um ihr Gesicht mit meinem Shirt, das ich von mir zerrte, vor Splittern zu schützen, bevor ich auch das einschlug. Mit dem Fuß trat ich das restliche Glas weg und zwängte mich in das Wrack. Bevor ich den Airbag und ihren Gurt zerschnitt, hielt ich ihr die Nase zu und blies ihr meine Luft in den Mund. Zu lange war sie schon hier drinnen. Endlich erschien Carl auf Dads Seite, schlug dort das Fenster ein und befreite meinen Vater. Meine eigene Lunge krampfte, während ich Mom mit mir durch das enge Fenster zog und keuchend die Wasseroberfläche durchbrach. Marcus schwamm mir bereits entgegen, wollte mir helfen, doch ich konnte sie nicht loslassen. Zu zweit hievten wir erst sie, dann uns mühevoll ans Ufer.

„Ich finde keinen Puls!" Bestürzt ertastete er ihren Hals. Ich fiel neben ihr auf die Knie und begann sofort mit der Herzdruckmassage. Das war ja nichts Neues für mich, ich wusste, was ich tat. Gleichzeitig wurde ich mit jedem Stoß unruhiger. Denn das Blut ihres Körpers wieder zum Zirkulieren zu bringen, bedeutete auch, jedes Mal einen neuen Schwall Blut aus ihrer Stirn kommen zu sehen. Mir wurde schlecht. Die scharfen Zischlaute, die aus ihrem Mund kamen, und das Gurgeln des Wassers in ihrer Lunge, wenn ich richtig drückte, spornten mich wieder an. Marcus übernahm die Beatmung. Nur beiläufig registrierte ich Carl und Dad hinter mir, stieß ein kurzes Dankgebet aus, weil ich Dad husten und spucken hörte, und konzentrierte mich dann wieder auf das Zählen.

„Sie verliert verdammt viel Blut", warnte Marcus beunruhigt. Da bemerkte ich erst die zweite Wunde hinter ihrem Ohr, neben der sich inzwischen eine blutige Lache ausgebreitet hatte. Reflexartig riss ich meine Hände von ihr. Ich rettete sie nicht. Ich brachte sie um.

„Was machst du, Nathan? Du darfst nicht aufhören." Carl übernahm die Stöße, doch ich drückte ihn von ihr weg.

„Carl! Sie verblutet."

„Und wenn sie nicht bald atmet, stirbt sie", schrie er zurück, wies Marcus an, die Beatmung zu übernehmen, weil ich auf einmal unter Schock stand. Noch nie war mir so etwas passiert. Ich war immer der, der die Nerven in Situationen wie diesen behielt, doch meine Mutter vor mir liegen zu sehen, das Gesicht weiß und fahl, den Blutschwall auf und neben ihr, brachte mich um.

„Verschwinde, wenn du sie nicht retten willst!“, brüllte Dad auf einmal hinter mir, stieß mich gewaltsam zur Seite und schob Carls Hände weg, um selbst weiterzumachen.

Was zur Hölle sollte das heißen? Das war verdammt noch mal die Frau, die mich großgezogen hatte. Die mir alles gegeben, alles beigebracht hatte. Die mir jedes Jahr zu Halloween ein neues Superheldenkostüm genäht hatte, weil ich unbedingt einer sein musste. Doch in diesem Moment wusste ich, dass ich sie verlieren würde. Ebenso wie ich wusste, dass ich versagt hatte. Ich hätte früher da sein müssen, dieses eine Mal, als sie ihren Sohn gebraucht hätte statt umgekehrt.

Mit den Händen vor dem Gesicht kauerte ich vorgebeugt auf dem Stuhl im Warteraum, Erinnerungen an das letzte Mal hier vor der Intensivstation stürzten auf mich ein, während Carls Hand reglos auf meinem Rücken lag. Würde Mom Julian nachfolgen oder durchhalten wie Toby? Es war alles zu viel für mich. Ich war kurz davor, mich zu übergeben, aber nicht einmal das schaffte ich.

„Mr. Foster! Sie müssen sich untersuchen lassen“, rief eine aufgeregte Krankenschwester durch den Gang.

„Ich scheiße auf Ihre Untersuchung. Ich will meine Frau sehen.“

Hilfesuchend blickte ich zu Carl, der aufstand und Dad abfing. Mein eigener Körper fand nicht das kleinste bisschen Kraft.

„Steven. Es tut mir aufrichtig leid, aber du kannst da nicht rein. Sie ist noch im OP“, erklärte Carl ihm in seinem professionellsten Ton. „Nutz die Zeit, um dich durchchecken zu lassen.“

„Ach ja? Hast du dir Zeit genommen, dich durchchecken zu lassen, als Belinda hier war?“, konterte Dad, und Carls Schultern fielen. Das Zittern in Dads Stimme verpasste mir den Tritt, den ich brauchte, um aufzustehen. Ich wollte ihn in den Arm nehmen und dazu bringen, sich wenigstens hinzusetzen, irgendetwas. Doch sein Gesicht war nicht verheult oder verzweifelt. Er war wütend und stampfte auf mich zu.

„Dad“, begann ich, wurde jedoch von seiner flachen Hand unterbrochen, die mir eine Ohrfeige gab, bevor er mich gegen die Wand schob. Perplex blinzelte ich, sah weiter auf den Boden, um zu begreifen, was eben geschehen war.

„Ist das besser, Nathan? Vielleicht hätte das schon vorhin jemand machen sollen, als du verdammt noch mal zu weggetreten warst, um deiner eigenen Mutter zu helfen. Ist es nicht dein verfluchter Job, Menschen zu retten? Mut, Tapferkeit und Hingabe, richtig? Oder hört dein Gelübde in der Familie auf?“

„Das reicht, Steven“, ging Carl dazwischen, doch mir brummte bereits der Schädel. War das sein Ernst? Dachte er tatsächlich, ich wollte sie nicht retten? „Nathan hat getan, was er konnte.“

„Und wieso bin dann ich noch hier? Hm?“ Er beantwortete Carls Frage, richtete seine Worte aber immer noch gegen mich. Erneut drückte er mich gegen die Wand, und ich war zu entgeistert, um mich zu wehren. „Wieso liegt deine Mutter da drinnen, während ich hier stehen und dich ansehen muss? Soll ich es dir sagen? Weil Carl mich gerettet hat und nicht aufgehört hat, als es darauf ankam“, spuckte er mir ins Gesicht. „Und was hast du getan? Du hast aufgegeben. So viel zu deiner edlen Hingabe.“

„Schluss jetzt!" Carl zog meinen Vater von mir weg, doch es war zu spät. Er hatte mich gebrochen. Er machte mich verantwortlich für das, was uns bevorstand. Anstatt mir die Bürde zu nehmen, die ich mir schon selbst auferlegt hatte, bestätigte er, was mein Herz schon in tausend Stücke zerrissen hatte, und ließ mich damit betäubt und benommen zurück.

Carl brachte Abstand zwischen uns, während Dad noch immer mit einem Finger auf mich zeigte, sein Hass für mich unverkennbar. „Wenn sie es nicht schafft, geht das auf deine Rechnung."

34

Lexi

Das Wochenende in Aurora war eine emotionale Achterbahnfahrt. Carl, seine Frau und Nates Feuerwehrkollegen waren unglaublich nett, herzlich und zuvorkommend. Auf eine gute Weise. Es war schön, diesen Teil von Nathan kennenzulernen, weil mir klar geworden ist, wie viel ihm die Zeit bei der Feuerwehr – seine Freunde – bedeutet haben und jetzt noch bedeuten. Wie schwer muss es für ihn gewesen sein, alles zu verlassen, nur um sich von seinem Vater zu befreien.

Mr. Foster tut mir leid. Er machte einen so unendlich verletzten, verbitterten und unglücklichen Eindruck, dass ich in meiner Wortwahl sehr vorsichtig sein wollte. Trotzdem konnte ich nicht einfach zuhören, wie abwertend er über Nathan sprach. Das hat er nicht verdient. Und es brach mir das Herz, die Resignation in Nates Stimme zu hören, nachdem ihm sein eigener Vater diese schrecklichen Dinge an den Kopf geworfen hatte. Dabei hatte Nate ihm nicht einmal Anlass dazu gegeben. Wenn Mr. Foster also schon *in meiner Anwesenheit* alles daransetzt, seinen Sohn zu verletzen, will ich nicht wissen, wie er mit ihm umgeht, wenn sie alleine sind.

Es kam als Schock für mich, zu erfahren, dass Nates Mutter seit derart langer Zeit im Koma liegt und laut Prognose der Ärzte wohl auch nicht mehr aufwachen wird. In diesem Moment lief es mir kalt den Rücken hinunter. Wie konnte ich zwei Monate mit ihm befreundet sein, ohne davon gewusst oder danach gefragt zu haben? Sicher, mir war klar, dass er Schwierigkeiten mit seiner Familie hatte. Dass jedoch so eine

Geschichte dahinter steckt, hätte ich nie erwartet. Und als wir dann am Haus seiner Mutter saßen und er mir von ihrem Unfall und allem, was danach kam, erzählte, konnte ich mir die Tränen nicht verkneifen. Gleichzeitig war ich unbeschreiblich stolz auf meinen besten Freund. Nathan mag ein verletztes Herz haben, aber er ist bei Weitem nicht mehr so hoffnungslos, so düster, wie er oft schien, als ich ihn kennenlernte.

Ich fürchte nur, er wird noch sehr lange brauchen, bis er versteht, dass er nicht auf die Vergebung seiner Mutter warten muss. Dass er nichts falsch gemacht hat. Er hat sie aus dem Auto gezogen, um Himmels willen. Und er hat versucht, sie zu retten, wiederzubeleben. Doch wie grausam ist es, von jemandem zu erwarten, in so einer Situation einen kühlen Kopf zu bewahren? Jede Ausbildung der Welt, jede Abgeklärtheit und Professionalität wird schwach, wenn es um jemanden geht, den man liebt.

Am Wochenende habe ich auch mitbekommen, wie wichtig es für ihn war, von den anderen Feuerwehrleuten wieder an seine Heldentaten und Rettungsaktionen erinnert zu werden. Ich konnte richtiggehend fühlen, wie seine Anspannung Stück für Stück nachließ und er eine innere Zufriedenheit ausstrahlte, die ich noch selten bei ihm erlebt habe. Und er hat sie wirklich verdient. Auf Dauer. Und dabei möchte ich ihm heute helfen.

„Würde mir mal einer sagen, wohin wir fahren?“, fragt er belustigt, weil er diese Sache bisher immer mit mir abgezogen hat – und nicht umgekehrt. Dieses Mal hole ich ihn von seiner Wohnung ab, und er hat keinen Schimmer, worum es geht.

Ich lache schelmisch. „Blöd, wenn der Spieß mal umgedreht wird, nicht wahr? Würde ich es dir verraten, wäre es ja keine Überraschung mehr.“

„Und wer genau fährt das Auto?“

Erfreut reibe ich mir die Hände. „Ich natürlich, oder dachtest du, ich würde deine wertvolle Fahrstunde nicht nutzen?“

„Und für den Notfall bin ich auch noch da“, wirft Toby ein. Ihn habe ich schon Anfang der Woche in meine Pläne eingeweiht, denn alleine wäre ich nie an die Informationen gekommen, die ich für heute brauche.

Jetzt strecke ich ihm jedenfalls drohend den Zeigefinger entgegen. „Ja, aber ich mach dich kalt, wenn du auch nur die kleinste Andeutung machst.“ Ich würde alles dafür geben, Nates Gesicht zu sehen, wenn er erfährt, was ich mit ihm vorhabe. Trotzdem kommen mir erste Zweifel. Was, wenn er es überhaupt nicht will und sauer auf mich wird?

„Hey!“ Nathan lacht auf, als ihm wohl klar wird, wo wir sind. „Lassen wir dir heute endlich den Schmetterling auf den Arsch tätowieren?“

„Ihr nicht, Mann“, erwidert Toby, und Nate prustet noch lauter los.

„Also, ich mag viel Scheiß mitmachen, aber ich habe keine Lust, meinen Kindern irgendwann zu erklären, warum ihr Daddy eines der beliebtesten Frauentattoos auf dem Allerwertesten hat.“

Toby schnalzt missbilligend mit der Zunge, während er einparkt. „Wir sprachen hier gerade vom deinem Arsch, du Perverser, nicht von …“

Oh mein Gott! Dieses Bild in meinem Kopf ist momentan definitiv weder passend noch hilfreich. „*Okay*! Danke, das reicht!“, schreie ich kichernd dazwischen und greife zurück, bis ich Nates Knie ertaste. „Das Tattoo ist für dich, das stimmt, aber keine Angst – kein Schmetterling.“

„Was dann? Ich wüsste gerade wirklich von keinem Motiv, das ich stechen wollen würde."

„Dieses hier wird dir guttun, du wirst schon sehen", erwidert Toby und steigt aus dem Wagen, um mir Zeit zu geben. Ich atme tief ein und drehe meinen ganzen Körper zu Nate.

„Ehrlich gesagt habe ich gerade keinen Plan, worauf ihr beide hinauswollt.", Er wirkt verwirrt.

„Ich hab doch gesagt, ich würde deine vergangenen Erinnerungen gerne mit neuen verknüpfen. Dann ist mir jedoch bewusst geworden, dass alles, was wir miteinander unternommen haben, *meine* Wunder waren. *Du* hingegen trägst dein Wunder in Wahrheit schon in dir. Du musst nur daran erinnert werden." Ich räuspere mich, um Mut zu fassen. „Ich denke ständig daran, wie du mir erzählt hast, dass du die Sieben auf deinem Oberarm hast, um diejenigen nicht zu vergessen, die du verloren hast." Ich pausiere, warte, ob eine Reaktion kommt, doch er bleibt still. „Aber ich glaube, es ist an der Zeit, auch jene nicht zu vergessen, die du gerettet hast."

Nathan seufzt und spannt sein Knie unter meiner Hand an. „Lex …", versucht er einzuwenden, doch ich schließe die Augen.

„Bitte warte! Jede Zahl wird immer ihre eigene Bedeutung haben. Niemand versucht, dir irgendetwas wegzunehmen. Aber du bist *nicht* gebrochen, Nathan Foster." Ich drücke sein Knie. „Du bist ein Kämpfer. Klar wünscht man sich, man könnte die Berge vor sich einfach wegbewegen, statt sie bezwingen zu müssen. Um die verfluchten Steilwände zu erklimmen, darf man aber ruhig nach dem Seil greifen, das einen dabei unterstützen kann."

Grübelnd knackst Nate die Knöchel seiner Finger. „Das Problem ist, Lex, die eine Zahl wiegt die andere nicht auf."

„Das soll sie gar nicht. Aber die eine sollte auch nicht dazu führen, die andere völlig außer Acht zu lassen und nicht zu würdigen.“ Ich höre ihn zittrig einatmen und spüre, wie mein Herz erneut über seinen Schmerz bricht. Weil ich nicht anders kann, klettere ich über die Mittelkonsole zu ihm auf den Rücksitz und setze mich auf seinen Schoß. Ich schlinge die Arme um seinen Körper und vergrabe meinen Kopf in seiner Brust, atme seinen unglaublichen Geruch ein. Er legt seine Arme um mich und hält mich, als wäre ich diejenige, die gerade Halt braucht. Die Stärke, die er ausstrahlt, ist nicht nur körperlich, wenngleich dieser Faktor im Moment für viel zu viele unangebrachte Schmetterlinge in meinem Bauch sorgt. Ich schließe die Augen und koste die Sicherheit, die Nähe aus, möchte nirgendwo lieber sein als dort, wo ich gerade bin. Zum ersten Mal seit Langem habe ich das Gefühl, angekommen zu sein.

„Ich weiß, es tut weh, sich damit auseinanderzusetzen, Nate, und es tut mir leid, sollte ich dich eher verletzen als dir helfen. Ich möchte aber, dass du weißt, wie stolz ich auf dich bin: auf den, der du jetzt bist, und auf den, der du warst. Du bist in mehr als einer Hinsicht ein Held. Nicht nur für mich.“

Nates Griff um mich verstärkt sich, bevor er seine Nase in meine Haare drückt und einatmet. Das unwillkürliche Zittern, welches von meinem Körper ausgeht, ist mir im Augenblick nicht einmal peinlich.

„Verrätst du mir, welche Zahl ich gleich auf meinem Arm finden werde und wie du zu dieser gekommen bist?“ Seine tiefe Stimme vibriert gegen meine Seite.

Stöhnend entspanne ich mich auf seinem Schoß, erinnere mich an die vergangenen, sehr schlaflosen Nächte. „Carl hat mir alle Einsatzberichte elektronisch zukommen lassen, dazu eine Liste deiner Dienstzeiten, damit ich die beiden aufeinander abstimmen konnte. Du hattest recht, es war nicht möglich, rückwirkend zu zählen, wie viele Leute du alleine gerettet hast. Dann kam mir der Gedanke, dass du die sieben ja auch nicht alleine verloren hast. Du warst *nie* alleine, ihr wart immer ein Team. Toby hat mich durch die meisten eurer Einsätze geführt. Auch er kriegt seine Zahl, denn er braucht sie ebenso sehr. Nachdem Recherche ja inzwischen ein Kinderspiel für mich ist", ich hebe zwinkernd den Kopf, „habe ich die Zeitungsberichte, die im Internet darüber zu finden waren, mit meinen Hochrechnungen all jener Menschen verglichen, die ihr aus Feuer, Fahrzeugen, Wasser und anderen unglaublichen Situationen befreit habt, Nate!" Ich verlagere mein Gewicht, nehme sein Gesicht in meine Hände und halte es fest, um sicherzugehen, dass er tatsächlich zuhört. „Einhundertdreiundvierzig Menschen wurde durch euren Mut, eure Tapferkeit und euren Einsatz eine zweite Chance geschenkt. Das ist der Hammer." Abgelenkt durch seinen Atem auf meiner Haut, enden meine Worte unbewusst in einem langgezogenen Flüstern. Wieso bin ich mir auf einmal der Nähe zu seinen Lippen so bewusst? Wann ist das passiert?

Er ist nur ein Freund! Komm wieder runter, Lexi! Es ist ganz normal, einen Hauch Nervenkitzel zu spüren, wenn man jemandem so nahe ist, obwohl man ihn nicht sieht. Immerhin meinen sogar viele Sehende, dass der Moment vor einem Kuss der intensivste ist. *Warte ... was?!*

Mit seinem Seufzen und der Weise, wie seine Wange meine Stirn berührt, lenkt er mich ab. „Langsam bekomme ich eine ziemlich gute Vorstellung davon, warum Leuten nichts anderes übrigbleibt, als zu tun, was du willst."

„Tja, jemand hat mir vor einiger Zeit beigebracht, dass wir alle mal einen gesunden Tritt in den Hintern gebrauchen können.“

Grübelnd drehe ich meinen Bürostuhl, tippe mit meinem Finger auf meine Lippen. Hastings betraute mich gestern mit einem Fall, für den ich nach passenden Präzedenzfällen suchen solle – also vergleichbaren Musterfällen, deren Entscheidung für ähnliche Fälle richtungweisend ist. Ich habe ausreichend davon gefunden. Was mir zusetzt, ist jedoch der Fall selbst. Bisher habe ich lediglich für Rechtsangelegenheiten recherchiert, bei der eine Firma gegen eine andere klagt. Dieser Fall hier ist privat. Er ist persönlich und entscheidet über die Existenz eines Mannes: ein kleiner Fisch im Ozean der riesigen Versicherungsgesellschaft, und trotzdem wird mit allen Mitteln gekämpft. Alleine das Lesen der Akte fühlt sich falsch an.

Es wäre gelogen, zu sagen, der Job würde mir Spaß machen. Ich bin dankbar, ihn zu haben, aber auf Dauer möchte ich ihn nicht machen. Dass die Arbeit hart ist, ist mir egal. Ich weiß, ich bin inzwischen gut darin und vertraut mit meinen Aufgabenbereichen. Was ich hier jedoch vor mir liegen habe, zeigt, wie in diesem Beruf ohne Rücksicht auf Verluste um jeden Penny gestritten, und dafür – im wahrsten Sinne des Wortes – über Leichen gegangen wird. Der Mann war jahrelang für die Kanzlei tätig, und nun wird versucht, ihm wegzunehmen, was ihm zusteht. Das lässt einen grübeln, und das Resultat fühlt sich nicht gut an. Am liebsten würde ich mit Nate darüber sprechen, aber heute ist Mittwoch. Er kommt erst, wenn ich schon an der Uni bin, das heißt, wir sehen uns erst am Abend.

„Was ist los, Lexi? Stimmt etwas nicht?“, fragt Zane, der offenbar an meiner Trennwand lehnt und mich beobachtet.

Ich verschränke die Arme vor der Brust und deute auf den PC. „Wenn ich das hier richtig verstehe, ist eine Beweislast die Pflicht, eine aufgestellte Behauptung zu beweisen. Kann ein Kläger das nicht tun, wird seine Klage abgewiesen, ebenso wie der Beklagte verurteilt wird, wenn er im Gegenzug seine Unschuld nicht beweisen kann, richtig? Macht ja Sinn.“

„Das ist korrekt. Wieso?“

„Salisburg ist alt. Er hat einen handgeschriebenen Brief an die Versicherung geschickt und hat nichts weiter als den Beleg der Post, der beweist, dass er am Tag nach der Diagnosestellung seiner Frau einen Brief versandt hat.“

Zane schnaubt humorlos. „Das ist kein Beweis, Lexi. Der Umschlag könnte leer gewesen sein, oder einfach irgendetwas anderes. Er kann uns nicht einmal eine Kopie des Briefes zeigen.“

Ich kaue einen Moment auf meiner Unterlippe herum, kneife die Augen zusammen. „Aber der Vorwurf des arglistigen Verhaltens kam von unserer Seite. Die Beweislast liegt demnach bei uns, nicht bei Salisburg.“ Mein Lächeln über diese Erkenntnis kann ich schwer verstecken, obwohl Zane an meiner Seite ruhig wird. „Deswegen hat Hastings es so eilig. Wenn wir keinen Beweis finden, um unsere Behauptung zu untermauern, verlieren wir.“

„Das sollte dich nicht unbedingt freuen, Lexi“, sagt er in gedämpftem Ton, vielleicht ein wenig besorgt. „Deswegen hat Warren dir ja den Auftrag gegeben, einen Präzedenzfall zu suchen. Wir brauchen ein aussagekräftiges Urteil zu unseren Gunsten.“

Kopfschüttelnd hebe ich die Augenbrauen. „Das ist eben der Punkt. Die gibt es nicht, und Hastings weiß das. Warum hat er also ausgerechnet mir diesen Fall zugeteilt? Tracy war doch schon vor mir dran, und er lässt mich immer wieder spüren, dass ich für die *wichtigen* Fälle nicht infrage komme." Ich erinnere mich, gelesen zu haben, dass Salisburgs Klage nur wenige Tage vor meinem Bewerbungsgespräch eingereicht wurde. Will er mir mit dieser Sache irgendetwas sagen? Mich testen?

Ich stehe auf, greife nach der unberührten Akte, die ich in dieser Form sowieso nicht lesen kann. Zane hält mich am Handgelenk zurück. „Mach keine Verschwörung daraus! Warrens Wege sind oft unergründlich, aber vielleicht will er dir mit der Sache einfach Vertrauen entgegenbringen. Vielleicht will er dir eine Chance geben, dich zu beweisen." Der Inhalt meines Magens dreht sich einmal im Kreis. Das ist ganz sicher das Letzte, was er will, nachdem ich mir gerade am Montag anhören musste, ich würde meine Arbeit nicht gründlich genug machen und wäre genau wie alle Neuen noch nicht fähig für mehr als Sekretariatsarbeit. Entschlossen ziehe ich meine Hand unter Zanes weg und suche Hastings Büro auf. Mit erhöhter Herzfrequenz klopfe ich an sein Büro und warte auf sein explosives „Ja?!"

„Mr. Hastings, darf ich kurz stören?"

„Das tun Sie ja schon. Daher hoffe ich für Sie, es ist wichtig. Ich habe keine Zeit für die Hilferufe meines neuen Schoßhündchens."

Ich schlucke die Wut über seine Respektlosigkeit hinunter, wie so oft, seit ich hier arbeite. „Die Salisburgs haben die Versicherung eine Woche *vor* der Krebsdiagnose abgeschlossen, Habe ich das richtig gelesen?"

„Und?“ Sein Ton trieft vor Langeweile und Ungeduld.

„Mr. Salisburg hat angegeben, dass sie damals nur von einer rheumatischen Erkrankung ausgegangen waren, nicht aber von Krebs. Daher muss also davon ausgegangen werden, dass sie die Fragen nach bestem Wissen und Gewissen beantwortet haben. Die Versicherung wirft ihnen arglistige Täuschung vor, obwohl Salisburg sagte, sie hätten King Insurance gleich darauf darüber informiert, was die Diagnose ergeben hätte.“

Er seufzt strapaziert und kommt mir entgegen, sodass ich reflexartig zurücktrete. „Ms. Davis, Sie sind seit zwei Minuten in meinem Büro, und ich weiß immer noch nicht mehr als *vor* diesen zwei Minuten. Das ist unser Fall, ja, danke für die nicht notwendige Zusammenfassung. Salisburg lügt. Sowohl bei der Tatsache, dass sie vorher nicht bereits eine Vermutung hatten, als auch in der Erfüllung der Anzeigepflicht, da nichts dergleichen vorliegt.“

„Ja, aber ich habe mir die Präzedenzfälle durchgesehen. In fünfundneunzig Prozent der Fälle dieser Art wurde dem Versicherungsnehmer recht gegeben.“

„Ich hoffe, Sie haben nicht weiterhin vor, meine Zeit mit etwas anderem als den restlichen fünf Prozent zu verschwenden.“

Ich konzentriere mich darauf, zu genießen, was ich ihm zu sagen habe. „Das Gericht entschied, dass die Beweiserbringungspflicht nicht beim Versicherungsnehmer liegt, sondern der Vorwurf der Täuschung bewiesen werden muss. Und offensichtlich konnte King Insurance das noch nicht tun, sonst müsste ich hier nicht nach Schlupflöchern suchen, die nicht existieren.“

Er tritt noch näher an mich heran, wahrscheinlich, um mich einzuschüchtern, aber das kann er sich abschminken. Mit aller

Kraft zwinge ich mich dazu, nicht zu blinzeln, während ich sicher bin, den Blick ziemlich genau auf seine Augen gerichtet zu haben. Das scheint ihn zu irritieren. Er schnauft wie ein aggressiver Drache. „Dafür werden Sie bezahlt. Und zwar mit mehr, als Ihnen für *Ihre* Arbeit zustünde. Also langweilen Sie mich nicht weiter mit Ihren kleinen Problemen und tun Sie, was ich Ihnen aufgetragen habe."

Sein kalter Ton lässt mein Herz in die Hose sinken, als ich mir seine Worte noch einmal durch den Kopf gehen lasse. „Was soll das heißen? Mehr als mir für *meine* Arbeit zustünde?"

„Wissen Sie, ich frage mich gerade ernsthaft, weshalb ich mir überhaupt die Mühe mache, Ihnen das zu erklären. Aber die Wahrheit ist, sie bekommen für weniger Arbeit als Ihre Kollegen mehr Geld bezahlt."

Verletzt ziehe ich die Brauen zusammen. „Ich arbeite länger und mindestens genauso hart wie meine Kollegen, Mr. Hastings, und ich war es nicht, die mein Gehalt festgelegt hat."

„Ich weiß. Das war jemand, der glaubt, der Öffentlichkeit und unserem Goldjungen, der wichtiger gemacht wird, als er ist, in den Arsch kriechen zu müssen."

Mein Mund klappt auf. „Wie bitte?"

„Was ich von dieser Entscheidung halte, wussten Sie ja bereits. Also machen Sie jetzt bitte nicht so ein Gesicht, das auf eine bevorstehende Szene hindeutet. Darauf kann ich gut verzichten."

Vor den Kopf gestoßen stehe ich da, ringe mit Worten, doch er kommt mir zuvor.

„Ms. Davis, ich sage es jetzt zum letzten Mal. Sollten Sie nichts Brauchbares in der Hand haben, das ich für meinen Fall verwenden kann, möchte ich Sie nicht mehr in meinem Büro sehen. Ist Ihnen *das* wenigstens klar, wenn alles andere, was ich sage, offensichtlich nicht anzukommen scheint?“

Den dicken Kloß in meinem Hals schlucke ich hinunter, balle die Hände zu Fäusten. „Warum habe ich diesen Fall bekommen?“

„Sie stellen die falschen Fragen, Ms. Davis. Vielleicht sollten Sie mal nachdenken und viel früher ansetzen, indem Sie sich die Frage stellen, warum es gerade jetzt so wichtig für die Kanzlei war, besonders sozial und karitativ auszusehen.“ Erkenntnis macht sich in mir breit, und ich blinzle die Tränen zurück, die ich ihm unter keinen Umständen zeigen möchte. Oh mein Gott! Deswegen der Zeitungsartikel über „soziale Arbeitgeber“, in dem ich namenlos erwähnt wurde, nachdem ich hier angefangen hatte. Ich sollte das Image der Kanzlei aufbessern, nachdem sie wegen des Salisburg-Falles gerade erst miese Schlagzeilen gemacht hatte. Wie könnte die Welt eine Kanzlei als diskriminierend und kaltherzig bezeichnen, wenn sie einem armen, behinderten Mäuschen wie mir eine Chance gegeben hatte? Ich greife mir an die Brust, blende das beklemmende Gefühl in meinen Bronchien aus.

Hastings stöhnt auf. „Vergessen Sie es einfach und machen Sie Ihren Job! Ich habe wirklich keinen Nerv, mich mit Ihrem Welpenblick zu befassen.“

Sprachlos flüchte ich aus seinem Büro.

„Sophie!“, flüstere ich unfreiwillig, weil meine Stimme unauffindbar zu sein scheint, als ich an ihren Schreibtisch trete. Sofort steht sie auf und greift nach meiner Hand.

„Lexi, was ist los? Sind es wieder deine Augen?“

Ich schüttle den Kopf, wische sofort die heiße Flüssigkeit von meiner Wange, sobald sie fällt. „Wusste Nate davon?“, platzt es aus mir heraus, obwohl ich dabei das Gefühl habe, erwürgt zu werden.

„Wovon sprichst du, Lexi? Was soll er gewusst haben?"

„Warren hat gesagt, dass ich mich fragen sollte, wieso ich den Job bekommen habe. Er hat angedeutet, dass man damit versucht hat, Nate und die Öffentlichkeit in Schach zu halten."

Sophie zischt herablassend. „Ach Kleine, Warren ist einfach ein Arschloch. Du darfst nicht auf ihn hören. Er ist berechnend, kalt und gehässig. Du glaubst ja nicht, wie er mit mir bereits umgegangen ist."

„Diesmal nicht, Sophie. Das ist ihm nur herausgerutscht. Sein Ton war authentisch. Er wollte mir das gar nicht sagen", plappere ich atemlos vor mich hin. „Ich muss nur wissen, ob Nate eingeweiht war oder sogar etwas damit zu tun hatte."

„Spätzchen, ich kann mir wirklich nicht vorstellen, dass das alles stimmt. Aber es gibt wohl nur einen Weg, das herauszufinden. Und was Nate angeht, denke ich, kennst du die Antwort bereits. Er würde dir so etwas nie antun."

Etwas erleichtert ziehe ich die Nase hoch, stoße die angehaltene Luft aus, bevor ich hier auch noch einen Hustenanfall bekomme. Ich glaube ihr. Nate kann nicht davon gewusst haben. Er geht ja schon jedes Mal durch die Wand, wenn er unfaire Behandlung mir gegenüber auch nur vermutet. Er weiß, wie sehr mich das verletzen würde.

„Du hast recht." Ich nicke wiederholt. „Es gibt nur einen Weg, die Wahrheit zu erfahren. Aber vorher muss ich noch etwas erledigen." Zittrig atme ich ein. „Tut mir leid für den Überfall, Sophie."

„Schon gut, aber überstürze jetzt nichts, okay?", rät sie, obwohl ich nur mehr mit einem Ohr zuhöre. Mag sein, dass jemand anderer weniger Probleme damit hätte, der Vorzeige-

Sozialfall seiner Firma zu sein. *Es war ja nicht einmal aus Mitleid*, würde meine Mom meine Reaktion bekritteln und mich dann als zu anspruchsvoll und empfindlich bezeichnen. Und ja, vielleicht ist mein Stolz nicht angebracht. Schließlich habe ich dringend einen Job gebraucht, und dieser hier ist sehr lukrativ und gut für meinen Lebenslauf. Andererseits würde ich mir selbst und allem, wofür ich gekämpft und geschuftet habe, in den Rücken fallen, wenn ich die Sache jetzt einfach hinnehme. Ich meine, ich habe mit Nate genau darüber gestritten. Er hat gespürt, dass etwas faul war, und ich habe ihn dafür zur Schnecke gemacht. Dabei hatte er von Anfang an recht. Gott! Ich komme mir so dumm vor.

Mit einem Ausdruck des Dokuments, das ich in kürzester Zeit auf meinem PC aufgesetzt habe, trete ich meinen letzten Weg für heute an.

„Ms. Davis, wie kann ich Ihnen helfen? Sie sehen etwas mitgenommen aus", sagt meine Chefin in freundlichem Ton, nachdem sie mich in ihr Büro bittet.

Alle Nervosität ist verschwunden. Alles, was übrig ist, ist eine dumpfe Apathie, ein Gefühl der Abgestumpftheit, weil der Schaden bereits angerichtet ist. „Tut mir sehr leid für die Störung, Ms. Hill, aber ich muss Sie dringend etwas fragen und bitte Sie *inständig* um eine ehrliche Antwort."

Ich höre, wie sie ihren Stift auf den Tisch legt und sich in ihrem Stuhl zurücklehnt. „Um was geht es?"

„Ist es wahr, dass Sie mich nur eingestellt haben, weil es in der Öffentlichkeit gut ankommt, eine Blinde zu beschäftigen?"

Ich halte den Atem ebenso lange an, wie Ms. Hill sich mit der Antwort Zeit lässt, aus Angst, etwas an ihrer Reaktion verpassen zu können.

„Wer sagt denn so etwas?"

Oh Mann. Ich hoffe, vor Gericht ist sie überzeugender.

„Das spielt keine Rolle. Sie können mir glauben, dass ich hier nicht stehen würde, wäre die Quelle nicht glaubwürdig."

„Ms. Davis, Sie sind eine sehr wertvolle Mitarbeiterin für uns geworden, und nur weil böse Zungen eine Behauptung in den Raum stellen, sollten Sie nicht zweifeln."

Der furiose Löwe in mir, der mich schon durch andere Situationen wie diese getragen hat, brüllt auf. „Ich weiß, wer ich bin, Ms. Hill, und ich weiß, wozu ich imstande bin. Doch die Art und Weise, wie Sie die Antwort eben umgangen haben, sagt mir alles, was ich wissen muss. Bitte." Ich drücke ihr den Zettel in die Hand.

„Was ist das?"

„Meine fristlose Kündigung. Ich weiß, ich befinde mich damit innerhalb meiner Rechte. Daher müssen Sie sie annehmen."

Seufzend erhebt sie sich von ihrem Platz und umrundet stöckelnd den Schreibtisch. „Ms. Davis, Sie reagieren da gerade etwas über. Ich weiß nicht, wer Ihnen diesen Floh ins Ohr gesetzt hat, aber …"

Ich hebe eine Hand, weil ich keine Lust auf weitere Lügen und Ausreden habe. „Ms. Hill, mir ist bewusst, dass der Salisburg-Fall Aufsehen erregt hat und die Medien negativ über King Insurance und diese Kanzlei berichtet haben", falle ich ihr ins Wort. Diesen ausweichenden Anwaltskram halte ich nicht aus. „Ich denke nicht, dass es besonders hilfreich wäre, würde ich meine Situation ebenfalls publik machen."

„Drohen Sie mir gerade, Ms. Davis?", fragt sie nach einer kurzen Pause argwöhnisch.

„Nein, soweit ich mich erinnere, hatte ich Sie lediglich um Ehrlichkeit gebeten."

Ms. Hill lässt erneut auf ihre Antwort warten, stößt ein humorloses Schnauben aus, ehe sie mir entgegenstöckelt.

„Sie wissen, dass Nathan sehr überzeugt von Ihnen ist. Er hat für und um sie gekämpft, uns Partner auf Ihre Kompetenzen hingewiesen. Er wäre sehr unglücklich über Ihre Kündigung."

Oh nein! Sie hat kein Recht, mir auf die Schuldtour zu kommen und ihn als Druckmittel zu benutzen. Dieser Frau geht es doch gar nicht um Nate als Person, sondern um seine Fähigkeiten. Stur stemme ich die Hände in die Hüften und spanne meine Gesichtsmuskeln sichtlich an, sodass sie merkt, wie wenig ich vorhabe, auf ihren Schachzug einzusteigen.

„Also gut. Ganz ehrlich, Ms. Davis, sie kamen zur Schadensbegrenzung sehr gelegen. Doch das soll nicht ausschließen, dass wir Sie sonst nicht auch eingestellt hätten. Deswegen bitte ich Sie, überdenken Sie Ihre Entscheidung noch einmal."

Bei dieser Bestätigung fallen mir die Lider zu, meine Mundwinkel zucken vor Scham und gleichzeitig vor Enttäuschung über den neuerlichen Beweis, dass es mir nicht möglich ist, nur aufgrund meiner Fähigkeiten, meines Könnens, meiner Person oder meiner Intelligenz zu überzeugen. Werde ich denn nie mehr sein als die blinde Lexi, die auf Solidarität und Almosen der überlegenen, sehenden Menschen angewiesen ist?

Ich reiße mich zusammen und strecke meiner Chefin die Hand entgegen, um mich zu verabschieden. „Vielen Dank für die ehrliche Antwort, Ms. Hill. Doch diese Entscheidung hätte ich schon treffen sollen, als ich hier das erste Mal denunziert und durch den Schmutz gezogen wurde. Auf Wiedersehen."

35

Nate

Mein Handy vibriert genau in der Sekunde, in der ich den Motor in der Tiefgarage des Kanzleigebäudes abstelle. Mit einem schiefen Grinsen verdrehe ich die Augen über den neuen Spitznamen auf meinem Display, den er für sich selbst eingespeichert hat. *Sex Machine* mit Noten vor und hinter dem Namen.

„Es gibt Dinge, die will ich mir wirklich nicht vorstellen müssen, und ich bin ein sehr visueller Typ“, schmunzle ich in den Hörer. Toby bricht in schallendes Gelächter aus.

„Findest du es nicht auch spannend, dass du sofort wusstest, wer dran ist?“

„Du bist der einzige Honk, der es nötig hätte, sich als solchen einzuspeichern.“

„Tja, wer kann, der kann“, kontert er erfreut. „Ist es jetzt schräg, dir zu sagen, dass du mir abgehst?“

„Ja. Ehrlich gesagt, schon. Aber ich glaube, in meiner WG wird gerade ein Zimmer frei, falls du Lust hast, bei mir zu wohnen. Mein bester Freund ist in den siebten Himmel gezogen“, sage ich und steige lachend in den Lift. Ich habe Toby nicht mehr gesehen, seit Lexi und ich nach Aurora gefahren sind. Bis auf die wie üblich kurzen morgendlichen Telefonate, weil ich da zu nichts zu gebrauchen bin, haben wir uns auch nicht gesprochen. Nicht, dass ich ihm einen Vorwurf dafür mache. Ich bin froh, dass es zwischen ihm und Jen so gut läuft. Es ist nur anders, die Wohnung ständig für mich alleine zu haben.

„Ich weiß, Mann. Tut mir leid. Es fühlt sich nur an, als wäre mir ein Felsbrocken von den Schultern gefallen, seit Jen von meiner Epilepsie weiß. Das ist wie eine neue Art der Lebensqualität. Im Nachhinein komme ich mir wie ein Idiot vor, dass ich es überhaupt so lange verschwiegen habe."

„Du bist ja auch einer. Der blaue Fleck an deinem Arm steht dir übrigens blendend. Zolle Jen bitte meinen Respekt dafür." Über WhatsApp hat er mir ein Foto geschickt mit dem Untertitel: *Was passiert, wenn du erst nach einem Jahr die Karten auf den Tisch legst*. Der Streit dürfte ziemlich heftig gewesen sein, und ein paar Teller und Gläser wurden in die ewigen Jagdgründe geschickt. Der Witz ist ja, dass Jen schon lange eine Ahnung hatte. Ich meine, die Frau ist Krankenschwester, und das nicht erst seit gestern. Sie kennt die Anzeichen. Verletzt hat sie einfach, dass Toby das Gefühl hatte, es ihr nicht sagen zu können. Damit habe er ihre Liebe infrage gestellt.

„Ja, den hatte ich verdient. Außerdem schleppt sie mich heute zu Macy's, damit ich ihr neues Geschirr kaufen *kann*. Immerhin sei ich schuld, dass mich ihres beinahe ein Auge gekostet hätte."

„Also wenn das alles ist, was es dich kostet, damit sie dir verzeiht, würde ich zu Macy's *rennen*."

„Bruder, glaub mir, das ist nicht das Einzige, was sie von mir bekommt", posaunt er stolz heraus und pfeift langgezogen ins Telefon. Mit erhobener Augenbraue frage ich mich, wie viele der im Erdgeschoß Zugestiegenen wohl mithören.

„Ach? Kaufst du ihr endlich den Mini Cooper, den sie sich so wünscht?", verarsche ich ihn aus Prinzip.

„Keine Angst, mein Freund. Wenn die Zeit bei dir je kommen sollte, kann dir *Sex Machine* gerne Tipps geben."

„Danke. Da bin ich aber erleichtert“, lache ich. „Sonst fühlst du dich okay?“ Sein leises Seufzen bewirkt bei mir ein flaues Gefühl.

„Bis jetzt schon. Die Vorstellung, dass sie früher oder später einen Anfall miterleben wird, jagt mir immer noch Ameisen unter die Haut, aber Jen wird damit fertigwerden. Keine Ahnung, warum, aber die Frau liebt mich wirklich.“

„Ich weiß, Mann.“ Zum Glück, denn er hat es echt verdient. Eigenartig finde ich nur, dass ich plötzlich irgendwie denke, ich hätte es auch verdient. Und dieser Gedanke ist immer mit einem Bild von Lexi verknüpft.

„Okay, also Freitag komme ich nach Hause. Jen hat Nachtschicht. Da kann ich genauso gut wieder mit dir kuscheln.“

Ich verkneife es mir, im Aufzug laut loszulachen. „Darauf wüsste ich zwar eine ganze Menge zu sagen, aber der Zeitpunkt ist gerade etwas unpassend. Also bis dann, Toby“, verabschiede ich mich und zwinkere der Dame neben mir zu, die mich verwirrt ansieht. Im selben Moment kommen zwei Nachrichten durch. Eine sagt mir, ich hätte einen Anruf in Abwesenheit. Die andere ist von Lexi selbst.

Lexi: *Wir müssen reden. Am besten, bevor du in der Kanzlei bist.*

Ich ziehe eine Augenbraue hoch, weil so eine Ankündigung nie etwas Gutes verheißt. Mein Versuch, sie gleich anzurufen, scheitert jedoch, denn ich lande direkt auf ihrer Mailbox. Das Bimmeln des Lifts signalisiert mein Stockwerk. Sophies Kopf hebt sich flüchtig, ehe sie mich erkennt, aufsteht und mir entgegenkommt, einen zerrissenen Ausdruck im Gesicht. Was ist passiert? Gab es hier ne Bombendrohung oder so?

„Habe ich etwas verpasst? Geht es dir gut?“ Sie sieht nämlich nicht so aus. Bei meiner Frage verändert sich ihre Mimik von unglücklich zu besorgt.

„Mir? Du hast also noch nicht mit Lexi gesprochen?“

Fuck! Okay, jetzt bin ich alarmiert. „Hatte sie einen Anfall? Wo ist sie?“

Sophie wedelt mit offenen Handflächen vor ihrem Oberkörper hin und her und bedeutet mir, leise zu sein. „Sie hatte keinen Anfall, sie ist gesund und höchstwahrscheinlich zuhause. Sie hat vorhin gekündigt, Nate.“

Verständnislos furche ich die Stirn, blinzle einige Male, bevor ich den Kopf schüttle. „Wieso sollte sie das machen? Sie hat keinen Ton gesagt.“

Sophies Lippen kräuseln sich. Kapitulierend hebt sie die Arme. „Es ist vollkommen gleich, wie ich es dir jetzt beibringe, du wirst sowieso ausrasten.“ Mein Körper spannt sich bei dieser Ankündigung an. Sie hebt eine Schulter. „Jemand hat Lexi erzählt, dass sie hauptsächlich aus Imagegründen angestellt wurde, weil der Salisburg-Fall für so viel Aufsehen gesorgt hat. Bei der Presse und bei dir.“

Ich bin schon auf hundertachtzig, bevor Sophie den Satz zu Ende formuliert hat. „Warren“, vermute ich ihrem Gesichtsausdruck nach völlig zu Recht. Bevor ich etwas unternehmen kann, packt Sophie mich am Arm.

„Hannah hat das bestätigt, Nate. Warren hat sich das nicht ausgedacht. Die Sache geht auf die Kappe der Partner.“

Wut flammt in mir auf. In meinen Ohren rauscht das Blut. Ich kann kaum in Worte fassen, wie hinters Licht geführt und schlichtweg verarscht ich mich gerade fühle. Mit jeglicher Zurückhaltung, die ich gerade aufbringen kann, entferne ich

Sophies Hand von meinem Arm. Ich muss jetzt zu Hannah. Sofort.

Mit voller Wucht stoße ich ihre Bürotür auf und genieße es zu sehen, wie sie und – natürlich – Warren beim Knall der Klinke gegen die Wand hochschrecken. „Sieh an! Wenn das nicht das Dreamteam ist. Fehlen noch die anderen zwei, um die vier Musketiere komplett zu machen."

Warren verzieht das Gesicht zu einer ungeduldigen Grimasse. „Ach, halt doch die Klappe, Foster. Du hast keine Ahnung, wovon du redest."

„Hab ich nicht? Sie haben also keinen Weg gefunden, mal wieder zu beweisen, was für ein Mistkerl Sie sind?"

„Nathan! Beruhige dich", mahnt Hannah und zieht an mir vorbei, um die Tür vor neugierigen Blicken zu verschließen.

Ich lache verbissen auf. „Ich soll mich beruhigen? Hannah, du hast mein Vertrauen missbraucht. Du hast Lexi unter Vorspiegelung falscher Tatsachen eingestellt und mir ins Gesicht gelogen, als ich dich nach deinen Motiven gefragt habe. Hast du überhaupt eine Ahnung, was es ihr bedeutet hat, aufgenommen zu werden?", herrsche ich sie an.

„Oh, buh – verdammt noch mal – hu. Das Mädchen hätte nie hier anfangen dürfen, und das habe ich euch beiden von Anfang an gesagt. Nur weil deine Hormone verrücktspielen und du deine kleine Freundin mit einem Job beeindrucken wolltest, muss nicht die ganze Firma nach deiner Pfeife tanzen. Nur damit dein dämliches Ego noch größer wird, als es ohnehin schon ist."

Es juckt mich in den Fingern. Meine Hände sind zu so festen Fäusten geballt, dass sie wie verrückt pulsieren. „Warren! Ich *bitte* Sie! Reden Sie weiter und geben Sie mir diesen letzten Grund, Ihnen die Nase zu brechen."

„Schluss jetzt!“, befiehlt Hannah. „Nathan, ich habe getan, was das Beste für die Kanzlei ist. Das ist mein Job. *Weil* ich ihn so erfolgreich mache, kann ich Leute wie Lexi bei uns arbeiten lassen, denn ich habe genügend Ressourcen und Arbeitsplätze, um ihr eine Aufgabe zu geben.“

Ich reiße den Mund auf und starre sie fassungslos an. „Leute wie Lexi? Was zur Hölle ist los mit euch beiden? Glaubt ihr, ihr seid was Besseres als sie, weil eure Augen funktionieren? Scheiße, sie hat sich den Arsch abgerackert, um dieser Kanzlei und den Ansprüchen gerecht zu werden.“

„Und das wurde sie eben nicht“, faucht Warren mich an. „*Das* hat sie verstanden, Foster. Deshalb ist sie gegangen. Freiwillig. Weshalb machst du also so ein verfluchtes Theater?“ Ich mache einen Schritt auf ihn zu, inzwischen ist es mir scheißegal, was danach mit mir passiert. Der Mistkerl springt förmlich zurück, die Angst ist ihm ins Gesicht geschrieben, ihm scheint endlich klar geworden zu sein, dass ich es ernst meine.

„Sie sind eine rachsüchtige, intrigante Ratte, Warren“, spucke ich ihm entgegen und packe ihn am Kragen. Zu seinem Glück geht Hannah dazwischen und stellt sich vor ihn.

„Hör auf, Nathan! Sonst heimst du dir noch eine Klage ein.“

„Denkst du, das interessiert mich gerade?“, erwidere ich. Ich nehme den Blick nicht von Warren, der mir damit Genugtuung schenkt, dass er sich offensichtlich in die Hosen macht. Ich kann sehen, wie er unter meinem Griff zittert.

„Ich habe nichts Falsches gemacht“, verteidigt er sich unterwürfig. Ich kneife die Augen zusammen. Doch auf einmal ist es Hannah, die die Geduld verliert.

„Du hättest den Fall von ihr fernhalten sollen, Warren. Das war abgemacht."

Sein Schlucken und die Art, wie sich seine Augen weiten, erinnern sie daran, dass sie gerade etwas verraten hat, von dem ich bis eben noch nichts wusste.

„Sie haben ihr den Salisburg-Fall übergeben?", frage ich, selbst schockiert über meinen plötzlich ruhigen Ton. Dabei tobt in mir ein verdammter Orkan. Ich hole aus und trete mit der Fußsohle meines Schuhs so fest gegen den Schreibtisch, an dem Warren lehnt, dass er aufjapst. Sämtliche Gegenstände fallen zu Boden und werden von der Wucht erschüttert. „Brauchen Sie dieses perverse Spiel, um sich in Ihrer beschissenen Haut besser zu fühlen?" Ich presse ihn gegen die Tischkante, bevor ich ihn endgültig loslasse. „Wissen Sie was?", schnaube ich, während er sein Hemd richtet und Hannah mich missbilligend studiert. „Sie wollten doch unbedingt gewinnen. Tja, herzlichen Glückwunsch, jetzt können Sie sich ein neues Lebensziel suchen. Ich habe die Schnauze voll."

Hannah saugt scharf Luft ein. „Nathan. Das ist nicht dein Ernst. Du schmeißt deine Zukunft wegen eines Mädchens weg? Ich habe dich verteidigt und meine Hand für dich ins Feuer gelegt, als mehr als einmal davon gesprochen wurde, dich zu feuern. Du hast dich oft genug zu weit aus dem Fenster gelehnt."

Ich strecke die Arme von mir, gehe langsam rückwärts zur Tür. „Lieber wäre ich gefeuert worden, als das hier erleben zu müssen."

Beschwörend faltet Hannah die Hände vor ihrem Mund zusammen und legt sichtlich bedrückt den Kopf schief. „Jeder von uns muss Opfer bringen, Nathan. Das solltest du besser wissen als jeder andere."

„Soll ich dir etwas sagen? Ich habe in meinem Leben schon viel zu viele *echte* Opfer bringen müssen, um mir das jetzt ausgerechnet von dir erklären lassen zu müssen. Und zu den Opfern, von denen du hier sprichst, bin ich tatsächlich nicht bereit. Ein Job darf es nicht wert sein, jemanden zu verletzen oder gar zu verlieren, der einem wichtig ist.“ Erst recht nicht, wenn es Lexi ist, denn sie bedeutet mir mehr, als Worte ausdrücken könnten. Das habe ich endlich verstanden.

36

Lexi

Lethargisch sitze ich mit angezogenen Beinen auf dem Bett, drücke im Sekundentakt den Ein- und Ausschaltknopf meiner Taschenlampe, die ich mir vor das Gesicht halte. Einerseits tut es mir gut, das Licht so intensiv im Auge zu haben, nachdem seit meinem letzten Glaukomanfall noch weniger Sonne durch meine blöden Fenster zu dringen scheint. Andererseits erinnert mich diese Geste an Andrew und an alles, was wir uns beim letzten Gespräch gegenseitig an den Kopf geworfen haben. Es erinnert mich daran, wie unerwünscht ich mir die letzten Monate in seiner Gegenwart vorkam, wie er mich mehr als deutlich spüren und wissen ließ, zu welchem Ballast ich für ihn geworden bin. Und es jagt mir Tränen in die Augen, dass ich in diesem Moment Nathan im Wohnzimmer mit Morgan sprechen höre, weil er bei der Arbeit sein sollte und nicht hier bei mir. Als ich ihn angerufen habe, war die Leitung besetzt, und danach habe ich seinen Rückruf verpasst. Jetzt hat er die ganze Geschichte von jemand anderem erfahren, und ich habe Angst herauszufinden, wie er darauf reagiert hat. Vor allem, weil er jetzt in meiner Wohnung steht.

„Ich glaube, ich muss dir nicht erklären, dass es Lexi den Umständen entsprechend geht, Nate, also sei geduldig, okay? Sie hat das Gefühl, ihr Gesicht vor dir verloren zu haben“, höre ich meine beste Freundin sagen, die mir damit unbewusst in den Rücken fällt. Auch wenn sie leider recht hat. Es geht mir schlechter, als ich zulassen wollte.

„Lex, kann ich reinkommen?“, fragt Nathan gleich darauf vor meiner Tür, sanft und dennoch so bestimmt, dass mir klar ist, ich habe ohnehin keine Wahl. Deswegen mache ich mir gar nicht die Mühe zu antworten. Wenige Sekunden später öffnet sich meine Zimmertür.

„Ich wusste davon nichts.“ Sein Ton ist aufrichtig. Keine Ahnung, was ich von dieser Begegnung erwartet habe, doch dass der Drang, aufzuspringen und in seine Arme zu flüchten, beinahe übermächtig ist, habe ich jedenfalls nicht erwartet. Langsam senke ich die Taschenlampe, klammere mich an ihr fest wie an eine im Boden verankerte Stange.

„Ich weiß“, murmle ich, lasse mir die Haare absichtlich ins Gesicht fallen, sodass er meine verheulten Augen nicht sieht.

„Es tut mir leid“, sagt er schlicht.

Ich wische die frischen Tränen weg und werfe die Taschenlampe ans andere Ende des Bettes. „Nicht, Nate! Lass mich. Geh bitte weg!“

Seufzend tritt er näher an mich heran. „Lexi. Du bist mir wichtig. Du bist verletzt. Das tut mir leid. Genauso wie es dir leidtut, wenn es mir dreckig geht. Das ist nichts Verwerfliches, okay? Also sei bitte nicht bockig und lass dich umarmen.“

Es gibt nichts, was ich mir mehr wünsche, aber ich kann nicht, denn dann zerberste ich in tausend Teile, und das will ich ihm nicht schon wieder zeigen. Ich bin die Starke, die, die andere glücklich macht, aufheitert, und er soll nicht ständig diese andere, schwache, zerbrechliche Lexi trösten. Deswegen rutsche ich ein Stück von ihm weg und spiele mit meinen Fingern. „Du hast etwas geahnt.“

Nate atmet langsam durch die Nase. „Ich dachte, sie hätten dich genommen, damit ich nicht kündige. Allerdings hat mir mal jemand gesagt, ich sei eingebildet, weil ich solche

Behauptungen aufstelle." Er versucht zu scherzen, den Moment aufzulockern, aber ich finde nichts Witziges daran.

„Hast du damit gedroht, zu kündigen, wenn ich nicht eingestellt werde?", will ich wissen, selbst wenn ich mich vor der Antwort fürchte.

„Nein", antwortet er ohne zu zögern, und ich atme in spontaner Erleichterung auf. „Ich meine, Hannah hat mit Sicherheit spekuliert, mich damit zu besänftigen. Ich war nach dem Bewerbungsgespräch verdammt sauer. Das habe ich nicht gerade versteckt."

Womit es also aufs Gleiche hinausläuft. Das Herz sinkt mir beim nächsten Gedanken in die Hose.

„Wieso bist du hier?"

„Weil ich für dich da sein will."

Frustriert stoße ich Luft aus. „Nein, ich meine: Wie kannst du gerade jetzt hier sein?"

Er scheint zu verstehen, was ich tatsächlich frage, und schweigt. Doch dieses Schweigen sagt mehr, als ich ertragen kann. Fassungslos schüttle ich den Kopf, steige aus dem Bett und tigere auf und ab. Dabei krache ich sogar gegen meine eigene Kommode, obwohl ich mein Zimmer normalerweise in- und auswendig kenne. Dem Schmerz, der von meinem Fuß ausstrahlt, schenke ich jetzt aber keine Aufmerksamkeit.

„Lex …", beginnt er.

„Nein, Nate! Wie macht *das* irgendetwas besser? Ich habe dir gesagt, dass ich dein Mitleid nicht will und nicht brauche. Nicht damals und nicht heute. Und was weh tut, ist, dass ich wirklich geglaubt habe, du hättest das verstanden." Ich kann mir das Schniefen nicht verkneifen, ebenso wenig den kleinen Wasserfall an Tränen, die ich ständig mit meinem Ärmel beseitigen muss. „Ich dachte, du würdest mich anders ansehen als die anderen Leute. Und ich *wollte* so sehr, dass du mich anders ansiehst“, gestehe ich.

„Hör zu, Lex. Ich habe ihnen erklärt, dass sie den Arsch offen haben, wenn sie dich nicht nehmen. Aber bestimmt nicht, weil ich dich bemitleide. Das könnte nicht weiter von der Wahrheit entfernt liegen, denn, wie ich dir inzwischen schon mehrmals erklärt habe, du bist für mich eine der unglaublichsten Frauen, die ich je kennengelernt habe.“

„Du hast meinetwegen *gekündigt.*“ Ich lehne mich nach vorne und zeige mit beiden Händen auf mich selbst. „Wieder aus Mitleid“, schreie ich so hysterisch, dass mir der Atem stockt und ich Angst habe, gleich einen Asthmaanfall zu bekommen.

Nate steht auf und kommt auf mich zu. „Falsch. Das habe ich für mich getan, weil ich nicht für eine Firma arbeiten will, die mich manipuliert. Herrgott, Lex! Wie oft werden wir diese Diskussion denn noch führen? Langsam wird sie alt.“

„Ja?“ Ich stemme die Hände in die Hüften. „Tut mir leid, wenn ich dich langweile.“

Nathan erreicht mich und nimmt meine Hände in seine. „Lexi, du bist meine beste Freundin und noch viel mehr als das. Wenn sich jemand dir gegenüber beschissen verhält, legt sich derjenige auch mit mir an. Wäre es Toby gewesen, mit dem sie diese Scheiße abgezogen hätten, wäre die Sache haargenau gleich ausgegangen.“

„Es war aber nicht Toby. Sondern ich“, gebe ich zurück, ermattet, leer. „Verstehst du denn nicht? Ich will … ich kann keine Bürde für dich sein, Nate.“

Nate lässt meine Hände los und hebt mein Kinn mit dem Daumen an. „Okay, ich weiß nicht, was dieser Vollidiot

Andrew mit dir gemacht hat, dass du so denkst, aber ich verspreche dir: Du bist keine Bürde. Du bist klug und witzig und atemberaubend. Dein Sturkopf und deine Schlagfertigkeit reichen für alle deine Persönlichkeiten.“ Grinst er gerade? „Dein Lächeln ist erstaunlich, ansteckend, deine Ausstrahlung wunderschön. Du hattest mich schon, bevor ich wusste, dass du blind bist, spätestens, als du auf dieser Mauer balanciert bist. Barfuß, die Schuhe in der Hand, die Haare im Gesicht, das Schmunzeln auf den Lippen, und dann diese alberne Geste mit deinen Zeigefingern.“ Jetzt lacht er und nimmt mir mit diesem Geräusch den Kampfgeist und einen Teil des Schmerzes. Mein Herz scheint zu schmelzen, während es immer schneller klopft. „Ich war beeindruckt von deiner Art, ja auch von deinem Aussehen, denn ob du es hören willst oder nicht, du bist bildschön. Vor allem aber von deinem Charakter. Du hast mir geholfen, wieder zu leben; hast mir nur durch deine Gegenwart so viel gegeben. *Du* hast *mich* gerettet, Lexi. Und wenn alles, was ich im Gegenzug für dich tun kann, ist, dir meine Loyalität zu beweisen, dann ist der Job nicht eine einzige dieser Tränen wert.“

Sprach- und atemlos stehe ich da, während er mir all diese bewegenden Dinge sagt und mir über die feuchten Wangen streicht. Was bedeutet das alles? Und warum flattern schon wieder diese dämlichen Schmetterlinge überall herum, obwohl ich doch gerade noch sauer auf ihn war? Wie von außen sehe ich mir selbst dabei zu, wie ich mich an seinem Hemd festklammere und ihn zu mir herunterziehe, während ich mich gleichzeitig auf die Zehenspitzen stelle, bis wir nur wenige Zentimeter voneinander die Luft des anderen atmen. Mein Herz schlägt Purzelbäume, und meine Augen entwickeln ihr Eigenleben, als sie sich schließen. Oh Mann …

„Darf ich dich bitte küssen?“, fragt er endlich. Aber eigentlich war ich es doch, die den Kuss initiieren wollte, oder? *Ja*, schreit jedenfalls mein Inneres.

„Nein?“, hauche ich so leise, dass ich mich selbst kaum hören kann. Sein holziger Vanillegeruch bringt mich wieder einmal um den Verstand, und ich komme mir vor wie Pudding in seinen Armen. Dieses verführerische Schnurren, das alles nur noch schlimmer macht, purzelt aus ihm heraus. Meine Fäuste verkrampfen sich stärker um sein Hemd. Ich liebe es, seinen rasenden Herzschlag unter meinen Händen zu spüren.

„Kannst du das etwas überzeugender sagen?“

„Nein …“, gebe ich zu und seufze, als seine Lippen nach kurzem Zögern meine so leicht berühren, dass es sich anfühlt, als hätte sich nun einer dieser verflixten Schmetterlinge daraufgesetzt. Das ist noch kein Kuss, das ist ein Austesten der Grenzen. Eine andere Art, mich um Erlaubnis zu bitten. Aber diesen Kampf habe ich beim Gefühl dieser warmen, weichen Lippen auf der Haut schon verloren. Was auch immer das hier ist, es ist mir zu wenig. Ich lehne mich so ruckartig in seinen Körper hinein, dass er vor Überraschung rückwärts gegen meine Kommode kracht. Dabei packt er mich an der Taille und zieht mich mit sich, sodass unser Kuss nicht unterbrochen wird. Seine Brust, sein Bauch, egal wohin ich greife, fühlen sich unglaublich eisern und unzerstörbar unter meinen Händen an. Meine Sinne laufen auf Hochtouren. Ich bilde mir sogar ein, Sternchen vor den Augen zu sehen, wahrscheinlich, weil ich kurz vor einem Herzstilltand stehe. Die Zeit scheint ebenfalls stehenzubleiben, während der Kuss tiefer, intensiver wird, und das ist auch gut so. Ich will, dass er nie aufhört. Die Hitze seines Mundes, seines Atems ist auf die bestmögliche Weise unerträglich. Meine Finger wandern und vergraben sich in seinen Haaren, um ihn fester an mich zu pressen. Seine Lippen sind unglaublich gefühlvoll und zärtlich auf meinen, egal wie drängend und fordernd dieser Kuss sein mag. Seine Zunge, die sich rhythmisch mit meiner bewegt, schmeckt mit seiner Mischung aus Blaubeere und Kaugummiminze besser als jedes Eis der Welt. Süß und erfrischend, wie ich es liebe. Nate zu küssen ist überwältigend. Ich fühle mich, als würde ich schweben, fliegen, und gleichzeitig empfand ich noch nie solch starke Verankerung, Verbundenheit wie in diesem Augenblick mit Nate.

Auf Zehenspitzen tänzle ich beinahe, ziehe mich an seinem Nacken hoch, um mehr von ihm zu bekommen. Nate lässt sich nicht zweimal bitten. Seine Hände wandern von meiner Taille zu meinem Hintern. In einer fließenden Bewegung hebt er mich hoch, als wäre ich keine zehn Kilo schwer, und presst mich so nah an sich, bis unsere Körper kein Millimeter mehr trennt. Sehr gut. Genau das habe ich gebraucht. Meine Beine um seine Hüfte schlingend, genieße ich die Erfahrung, ihm mit allem, was ich bin, allem, was ich habe, zu gehören. Ich fühle mich begehrt, geschätzt und geborgen zugleich. Jedes einzelne feine Härchen an meinen Armen, in meinem Nacken stellt sich auf, und ich will mich in ihm verlieren, während er seine Worte mit diesem Kuss untermauert. In seinen Armen fühle ich mich so wohl und so sicher wie nie zuvor in meinem Leben. Hier habe ich das Gefühl, nichts kann mir passieren, nichts schaden.

Und dann fällt mein Herz wie Blei zu Boden, weil mir blitzartig in den Sinn kommt, weshalb ich von Anfang an versucht habe, es zu schützen. Weil ich genau das hier vermeiden wollte – mich von einer weiteren Person, von Nathan, abhängig und damit verwundbar zu machen. Ich zerre meinen Mund praktisch von ihm weg und reiße die Hände herunter. Zischend sauge ich Luft ein, als hätte ich mich an ihm verbrannt, nachdem ich dabei seine Arme berühre. „Das geht nicht“, hauche ich durch meine von diesem unvorstellbaren Kuss geschwollenen Lippen. Mit zitternden Händen drücke ich seine Brust weg, lockere meine Beine, bis ich wie eine Puppe an ihm herunterhänge.

„Wieso nicht?“ Nate ist atemlos, verwirrt. Wahrscheinlich auch verletzt. Trotzdem setzt er mich langsam ab. Sobald ich Boden unter den Füßen habe, rücke ich von ihm ab, bringe Sicherheitsabstand zwischen uns und verabscheue dabei die Kälteschauer, die mit einem Mal über mich hereinregnen, weil ich schon jetzt seine Wärme vermisse.

„Wir haben gesagt, wir seien nur Freunde.“

„Ich glaube, darüber bin ich schon länger hinaus.“ Seine Stimme klingt nicht mehr so sicher wie vorhin, der Unterton zynisch. Er glaubt? Und hat dieser Kuss mir nicht eben gezeigt, dass sich auch meine Gefühle nicht nur auf Freundschaft beschränken? Genau das macht mir ja so Panik. Mein flatterndes Herz sorgt für Schwindel, während ich immer mehr Raum zwischen uns bringe.

„Es ist zu früh. Zu frisch. Du kannst dir noch gar nicht sicher sein, was du empfindest.“

„Da irrst du dich gewaltig, Lexi, denn noch nie in meinem Leben war ich mir so sicher wie mit dir.“ Warum beunruhigen mich seine Worte mehr, als sie mir helfen?

„Und wenn du deine Meinung änderst? Wenn wir dauernd streiten und ich dir gemeine Sachen an den Kopf werfe?“

„Ich bin ein großer Junge, Lexi. Ich kann damit umgehen.“ Er nimmt mich nicht ernst.

„Das kannst du nicht wissen“, widerspreche ich.

„Würdest du bitte mal aufhören, mir zu erklären, was ich kann und was nicht?“ Er lacht trocken auf, nervös. „Du bist der erste Gedanke, den ich habe, wenn ich aufwache, und der letzte, bevor ich einschlafe. Ich kenne deine unangenehmen Seiten, und trotzdem kann ich sagen, du bist es wert.“

Energielos stehe ich da, schlinge die Arme um meinen Körper. Ich glaube ihm, dass er es so meint, aber ich will nie den Tag erleben, an dem er erkennt, dass er die ganze Zeit zurückgesteckt hat, dass er seinen verdammten Job und sein Trittbrett für die Zukunft als Anwalt gekündigt hat, weil ich nicht richtig behandelt wurde. Wenn er erkennt, dass ich ihn zwar aus seinem Tief gezogen habe, er mich dann aber nicht mehr braucht und jede vollständig funktionierende Frau haben kann, die nicht die Hälfte ihres Lebens verpasst, weil sie ihn und alles um sich herum nicht sehen kann.

Kopfschüttelnd reibe ich mir das kaputte Auge, um mich daran zu erinnern, dass ich darin nicht einmal mehr Blitze oder Punkte erkenne und es nur eine Frage der Zeit ist, bis ich auch das zweite verliere. „Ich bin es so leid, dieses Klischee zu erfüllen. Eine sehende Frau, die einen blinden Mann nimmt, gilt als dämlich, da sie automatisch die Rolle der Pflegerin übernimmt. Ein sehender Mann, der sich einer blinden Frau erbarmt, ist unvorstellbar heldenhaft. ‚Schau, ist er nicht wunderbar? Er nimmt sich *sogar* eine Blinde.‘ Aber Nate, du *bist* schon ein Held. Du brauchst mich nicht, um diesen Status aufrechtzuerhalten, nur weil du nicht mehr tagtäglich Menschen rettest.“

Er sagt gar nichts, ich höre ihn nicht einmal atmen. Ich beiße mir auf die Lippe, weil mir klar wird, wie sehr ich ihn mit meinen Worten eben verletzt haben muss. *Ehrlich, Lexi?* Was für ein Arsch bin ich, ihm ausgerechnet mit dieser

Heldenunterstellung zu kommen. Ich schlage mir die Hand vor den Mund. „Siehst du? Das ist genau das, was ich meinte“, flüstere ich resigniert. Es ist genau wie mit Andrew damals, als ich schreckliche Dinge zu ihm gesagt habe, die ihn letztlich in die Arme einer anderen Frau getrieben haben. Anfangs wollte er es mir nicht einmal erzählen, *denn ich bin doch blind. Vielleicht komme ich ja nicht drauf.* Aber ich wusste es. Ich konnte es riechen und fühlen, und es tat unendlich weh. *Nie* wieder möchte ich von jemandem hören müssen, ich sei ein Klotz am Bein. Vor allem nicht von Nathan. Eben weil er mir inzwischen *alles* bedeutet.

Ich vernehme, wie er zur Tür geht. Vor Angst, gleich wieder alleine zu sein, beginnt meine Unterlippe unaufhörlich zu zittern. Ich möchte nicht, dass er geht, auch wenn er sollte.

„Du hast gesagt, du willst, dass ausgerechnet ich dich anders sehe. Sehe, wer du wirklich bist. Wieso?“

„Was?“, frage ich perplex, weil er doch nicht einfach das Weite sucht.

„Wieso stört es dich gerade bei mir so?“, stellt er die Frage genauer, wieder mit mehr Überzeugung.

„Weil ich dachte, dass du mein bester Freund bist.“

Er schnaubt und schnalzt kaum hörbar mit der Zunge. „Das ist gelogen, und du weißt es. Denn es ist offensichtlich, dass auch du schon lange über dieses Freundschaft-Dings hinaus bist. Aber du willst dich nicht stellen. Du willst nichts riskieren.“

Ich taste nach der Wand hinter mir, lehne mich dagegen, bevor meine Beine nachgeben können. „Warum sagst du das?“

„Weil ich mich in dich verliebt habe.“

Ich ringe nach Luft, die nicht kommen will.

„Egal, wie sehr ich es versucht habe, zu verhindern. Und Lexi, ich glaube behaupten zu können, dass du ähnlich empfindest."

Fassungslos wedle ich mit meinem Zeigefinger vor meinem Körper herum. „Oh nein! Du hast kein Recht, diese Karte auszuspielen, Nate. Wir hatten einen Deal. Wir sind Freunde."

„Das ist alles, was du willst?"

Meine Nägel kratzen an der Wand, ich wünschte, ich könnte mich darin verankern. „Das ist alles, was ich dir geben kann", flüstere ich. Es spielt keine Rolle, dass ich mehr will. Dass er recht hat, was meine Gefühle für ihn betreffen. Ich bin kaputt. In so vielerlei Hinsicht. Er braucht die Lexi, von der er eben gesprochen hat. Die kluge, witzige, lebensfrohe Lexi, die keine Bürde ist, weil sie auf eigenen Beinen stehen kann. Aber das bin eben nicht ich. Zumindest nicht nur. Da ist immer noch diese Dunkelheit, die mich ständig zurück in ihre Fänge zieht, sobald sich das Licht zeigen will. Und auch wenn meine Worte mein Innerstes völlig zerstören werden, er muss mich loslassen. „Es tut mir leid, aber ich liebe dich nicht auf diese Art."

Nate atmet tief ein und räuspert sich. „Okay, dann tut es mir leid." Er gibt auf. Er wird gehen. Das *höre* ich in seinem Ton. Das wollte ich doch, oder? Nein, ich will ihn nicht ganz verlieren.

„Das ist nicht fair, Nathan", hauche ich. „Wir haben uns von Anfang an versprochen, nur Freunde zu sein."

„Fair? Soll ich dir sagen, was nicht fair ist?" Seine Stimme wird schärfer. Der Geduldsfaden scheint endlich gerissen. „Ich hatte eine Scheißangst, dich zu treffen, weil ich dachte, wenn du mich sehen könntest – also wirklich siehst, mit allem, was ich eben bin –, würdest du dich abwenden, verschwinden, mich verurteilen. Mit dir war es vom ersten Telefonat an besonders. Bis dahin habe immer *ich* entschieden, wie viel ich von mir gebe, wie viel ich zeige und preisgebe, aber gegen dich hatte ich keine Chance. Du hast nachgebohrt, meine Panzerung Stück für Stück auseinandergerissen und mir gezeigt, dass ich mehr bin, als ich bis dahin dachte. Du hast tatsächlich daran geglaubt, dass *ich* genüge. Und dann hast du mich davon überzeugt."

Und jetzt nehme ich es zurück, will er damit sagen, und er hat recht. Wieso genügt er mir nicht? Seine Worte, seine Liebe, seine Gegenwart, sein Versprechen. Wie viel mehr will ich denn? Ich möchte ihm nachlaufen, ihn festhalten, als er die Türklinke runterdrückt. Wie festgefroren stehe ich stattdessen da.

„Weißt du, was echt ironisch ist? Ich dachte eigentlich, *ich* wäre es, der aus Angst, noch einmal jemanden verlieren zu können, davonlaufen würde Und jetzt bist du diejenige, die noch nicht einmal bereit ist, es zu versuchen." Damit verlässt er mich und mein Zimmer, schließt die Tür hinter sich, während ich an der Wand hinabgleite und in meine Hände weine.

37

Nate

„Danke, dass du das hier trotzdem machst, Nate“, sagte Morgan, die auf Lexis Bett liegt und mir dabei zusieht, wie ich Silikon in den äußeren Fensterrahmen spritze, nachdem der erste Anpassungstest des neuen Fensters in Ordnung war. Zur Antwort zucke ich mit den Schultern, als wäre das alles kein Problem für mich. Ein Fenster auszuwechseln ist an sich nicht besonders kompliziert. Seit Mittwoch kommt es mir nur so vor, als würde mir auf einmal einiges an Kraft fehlen. Nicht unbedingt körperlich. Vielmehr fällt mir das Atmen wieder schwerer, ebenso das Aufstehen. Nachdem ich weder einen Job habe noch zur Uni muss, habe ich zu viel Zeit zum Nachdenken, die mir ehrlich gesagt nicht gerade hilft.

Ich hatte schon länger vor, Lexi damit zu überraschen, neue Fenster in die Wohnung einzubauen, da das Glas wirklich eine Katastrophe ist – wie so vieles in diesem Gebäude. Sie vorgestern aber mit dieser Taschenlampe zu sehen, hat mich fertiggemacht. Dass wir also gestritten haben, sie mich zurückgewiesen hat oder nicht, hindert mich nicht daran, diese eine letzte Sache für sie durchzuziehen, damit es ihr ein klein wenig besser geht.

Ich signalisiere Morgan, mir noch einmal zu helfen, das neue Fenster in den Rahmen zu stellen. Ich bin froh, dass Lexi nicht zuhause ist. Sie soll nicht denken, ich würde das nur machen, um ihr irgendetwas zu beweisen oder zu versuchen, sie von mir zu überzeugen. Sie will mich nicht. Das muss ich akzeptieren. Es ist nur leider verdammt hart. Und ich bin ein blöder Idiot. Ich dachte wirklich, ich sei bereit, für sie alle möglichen Verletzungen in Kauf zu nehmen. Nur was sind meine Worte wert, nachdem ich ihr im Grunde ein Ultimatum gestellt habe? Nur weil sie sich gegen meine Liebe entschieden hat, hab ich ihr auch meine Freundschaft weggenommen. So viel zu Selbstlosigkeit. Ich gebe zu, ich hatte mit einer anderen Reaktion gerechnet. Anmaßend, wie ich bin, dachte ich spätestens nach dem Kuss, sie würde dasselbe für mich empfinden wie ich für sie. Ich meine, ich habe schon sehr viele Frauen geküsst, doch nie lagen so tiefe Emotionen darin wie mit ihr. Das hätte mich vor einigen Wochen noch zu Tode erschreckt, und ich hätte mit Sicherheit das Weite gesucht. Lexi hingegen schaffte es, dass ich mein Herz zum ersten Mal seit … immer eigentlich richtig aufmachen *wollte*, um ihr alles zu geben. Dass es gleich wieder gebrochen würde, hatte ich nicht eingeplant.

Morgan seufzt, als würde sie meine Gedanken lesen. „Sie liebt dich, Nathan. Ich kann dir nicht sagen, auf welche Weise, weil sie nicht darüber spricht. Aber ich sehe, wie wichtig du ihr bist. Und ich weiß, dass ihr euch gegenseitig guttut."

Ich bin froh, Morgans Worte unterbrechen zu können, während ich die Schrauben mit der Bohrmaschine im Rahmen fixiere, denn sie versetzen mir neuerliche Stiche. Wir haben uns zwei Tage nicht gesehen, und schon geht sie mir ab, als hätte man einen Teil von mir weggerissen.

Morgans Gesichtsausdruck bleibt ernst. „Sie braucht dich. Genauso wie du sie. Sie hat nur noch nicht verstanden, dass das nicht die schlechte Art von *brauchen* ist. Genau das ist nämlich ihr Problem."

„Lexi braucht mich nicht, Morgan", widerspreche ich.

„Verstehst du nicht? Lexi hat Angst davor, dich *zu sehr* zu brauchen. Ich will keine Ausreden für sie finden. Lexi mag es zwar die meiste Zeit gut überspielen, empfindet sich aber oft als minderwertig und unzulänglich. Rückschläge sind für sie noch schwieriger zu verkraften als für dich und für mich, weil sie nie sicher ist, worauf sich diese beziehen. Die Sache bei Moore, Baker und Hill war eine umso größere Katastrophe für sie, weil sie sich verantwortlich dafür fühlt, dass du gegangen bist. Beinahe ihr ganzes Leben lang hat Lexi von Menschen, die sie liebt, auf die eine oder andere Art den Eindruck vermittelt bekommen, sie wäre eine Komplikation für sie."

Das Problem ist aber, ich kenne keinen anderen Weg, ihr das Gegenteil zu beweisen. Vor allem jetzt nicht mehr, nachdem ich ihr erst meine Liebe gestanden und ihr im Anschluss den Rücken zugedreht habe.

„Und du Idiot dachtest, sie würde dir zu Füßen liegen, wenn du auch kündigst", wirft Toby ein, der bis auf ein paar Seufzer und Brummer nicht ein Wort gesagt hatte, seit wir hier sind.

„Hey du!" Ich schnipse laut in seine Richtung. „Als du sagtest, du würdest mitkommen, dachte ich eigentlich, du wolltest helfen." Stattdessen sitzt er am Boden, an die Tür gelehnt, und sieht Morgan und mir lediglich bei der Arbeit zu.

„Soll das ein Scherz sein? Ich bin nur hier, um dir ein schlechtes Gewissen zu machen. Ich hoffe, wenn ich lange genug eine Schnute ziehe, überlegst du es dir anders und bleibst."

Morgans Kopf schnellt zurück zu mir. „Du gehst? Wohin?"

Ich werfe Toby einen genervten Blick zu, weil ich das vor Morgan nicht unbedingt herausposaunen wollte. „Meine Kurse auf der Uni sind für dieses Semester vorbei. Ich werde den Sommer in Aurora verbringen, spiele auch mit der Idee, wieder zur Feuerwehr zu gehen. Aber das werde ich dann alles sehen." Es überrascht mich selbst, dass ich den Gedanken vor den beiden ausspreche, mit dem ich schon seit dem Feuerwehrfest spiele.

„Gehst du wegen Lexi?" Genau das wollte ich vermeiden. Sie wird das Gleiche denken.

„Nein. Meinetwegen. Ich muss mich ein für alle Mal meinen Dämonen stellen." Zum ersten Mal, seit ich gegangen bin, fühle ich mich bereit dazu. Wenn ich es jetzt nicht tue, tue ich es nie.

Ich lehne mich aus dem Fenster, um es auch außen mit etwas Silikon abzudichten. Danach sprühe ich innen den Montageschaum zwischen den alten Fensterstock und das neue Fenster.

„Was, wenn ein bisschen Zeit alles ist, was sie braucht?"

Momentan glaube ich, dass ich die selbst ganz gut gebrauchen könnte. In den letzten Monaten habe ich mich auf Lexi gestützt und in ihr meinen Frieden gesucht. Was ich jedoch eigentlich versuchen sollte, ist, meinen Frieden in mir selbst zu finden. „Dann soll sie sich die nehmen. Sie wird wissen, wo ich bin."

Toby schnaubt hinter mir. Auch wenn er jetzt schmollt, wird er ohne mich bestens klarkommen. Er wohnt ohnehin schon förmlich bei Jen und ist endlich bereit, auch andere Leute in Bezug auf seine Epilepsie einzuweihen. Er meint, erst dann könne er mit gutem Gewissen öfter rausgehen und sorgloser Dinge unternehmen. Lexi war bestimmt gar nicht bewusst, wie gut ihm das Tätowieren der Zahl seiner Geretteten getan hat, und er hält seither nicht mehr die Klappe darüber. Ständig erwische ich ihn dabei, wie er die Zahl anglotzt und dabei grinst. Ich habe die Feuerwehr damals freiwillig verlassen. Er hatte durch seine Krankheit keine Wahl.

Ich greife nach dem Bier, das Morgan mir angeboten hat, und setze mich stöhnend neben Toby, nehme einen großen Schluck und starre an die Decke. „Ich kann nicht ewig weglaufen, Toby“, erkläre ich ihm leise. „Ich muss sie sehen. Ich muss mich ihm und all dem stellen, was ich zurückgelassen habe. Ich muss herausfinden, ob meine Entscheidungen richtig waren, oder ob dort doch noch etwas auf mich wartet. Und ich muss mein Versprechen wahrmachen und ihr Haus renovieren. Das bin ich ihr schuldig.“

Toby lässt den Kopf fallen. „Vielleicht komme ich ja ein- oder zweimal vorbei und sehe dir dort bei der Arbeit zu.“ Sein Friedensangebot. Schmunzelnd klopfe ich ihm auf die Schulter.

„Ich zähle darauf, Mann. Bist ne Riesenhilfe.“

Ich parke mein Auto in der Einfahrt vor meinem alten Haus, zum ersten Mal froh darüber, aussteigen zu können und nicht mehr an Lexi erinnert zu werden. Ich habe Leute nie ausgehalten, die nach einer Trennung ständig herumheulten, sie würden in allem und jedem den Geliebten sehen. Ich hielt das immer für übertrieben und überzogen. Tja, jetzt wurde ich eines Besseren belehrt. Es ist, als hätte sie in diesem Auto gelebt. Ich rieche ihren verdammten Geruch, höre ihr Lachen, *sehe* sie vor mir auf dem Fahrersitz, fühle ihre zittrigen Hände unter meinen am Lenkrad. Ganz zu schweigen davon, dass ich den Geschmack ihrer Lippen einfach nicht loswerde. Na also – da hätten wir alle fünf Sinne. Ich bin so was von im Arsch.

Wie immer begrüßt mich Hawkeye an der Tür, und wie immer schreit Dad quer durchs Haus: „Wer ist da?“, sodass ich mich langsam wirklich frage, wie viele Leute ihn außer mir eigentlich besuchen kommen, oder ob ich einfach der Einzige bin, den er so schnell wie möglich wieder rauswerfen will.

„Hätte ehrlich gesagt nicht erwartet, dich so bald wieder hier zu sehen“, kommentiert Dad, als ich ins Wohnzimmer trete. Anfangs fehlen mir die Worte, weil der Fernseher zwar läuft, Dad aber nicht davorsitzt, sondern in der Küche steht und irgendetwas kleinzuhacken scheint. Zufällig richtiges Timing, oder habe ich die letzten Male einfach etwas verpasst?

„Hast du deine Zunge verschluckt, oder bist du nur gekommen, um mich blöd anzuglotzen?“, fragt er in seiner üblichen Freundlichkeit, die mich zurück auf den Boden der Tatsachen holt. Er ist immer noch ein Arsch. Das hat sich nicht geändert.

„Ich bleibe für den Sommer hier. Ich werde mich um Moms Haus kümmern und sehen, ob ich noch einmal therapeutische Hilfe der Feuerwehr in Anspruch nehmen kann, um aufzuarbeiten, was ich die letzten Jahre weggeschoben habe.“

„Setz dich!“, befiehlt er, ohne darauf Bezug zu nehmen, was ich ihm eben mitgeteilt habe. Ich kneife die Augen zusammen und mustere ihn ebenso argwöhnisch wie er mich.

„Ich bin nur gekommen, um dir zu sagen, dass ich wieder hier bin. Nicht, um mich noch mal beschimpfen zu lassen.“ Ich wollte dieses Gespräch als Erstes hinter mich bringen, um dann nach vorne zu sehen.

„Setz dich!“, wiederholte er schärfer, woraufhin sich mein Gesichtsausdruck und meine Haltung verhärten. Seufzend kommt Dad aus der Küche und setzt sich mit gesenktem Blick. „Bitte.“ Mit dem Fuß schiebt er den ihm gegenüberliegenden Stuhl zurück, um seine Bitte zu verdeutlichen. Mein Puls steigt, weil ich mich einerseits frage, was er will, und andererseits, ob wir es schaffen werden, eine zivilisierte Konversation zu führen. Jedenfalls folge ich seiner Geste und lasse mich auf den Stuhl fallen. Dads Blick wandert über mein Gesicht, bleibt missbilligend an meinen Haaren hängen, bevor er schließlich meine Augen fixiert.

„Nachdem du deiner Mutter und mir erklärt hattest, du würdest Feuerwehrmann werden, war sie diejenige, die dich bei jedem Schritt dorthin unterstützt hat. Nachts hat sie bitterlich an meiner Schulter geweint, weil sie schreckliche Angst um dich hatte. Aber das hätte sie dir nie gezeigt. Sie war so stolz auf ihren Sohn, den Helden, der verstanden hat, was es bedeutet, andere vor sich selbst zu stellen. Sie war der Meinung, wir hätten in deiner Erziehung alles richtig gemacht, wenn dieses Bedürfnis zu helfen in dir so stark ausgeprägt ist."

Ich schlucke hart. Wohin führt diese Einleitung?

„Jedes Mal, wenn ein Einsatz nicht gut lief, wolltest du aufhören. Deine Mom hat dich immer und immer wieder von dieser Entscheidung abgebracht, hat versucht, dir Mut zu machen, und dir erklärt, dass du lernen müsstest, das große Bild zu sehen. Spätestens beim dritten Mal hätte ich dich einfach aufhören lassen, denn ich dachte, du wärst einfach nicht geschaffen für diesen Beruf. Wäre ja auch keine Schande gewesen. Aber deine Mom …" Er lacht trocken auf, und selbst wenn nur ein Hauch wahrer Humor darin versteckt liegt, ist es das erste Lachen, das ich seit einer sehr langen Zeit von ihm zu hören bekomme. „Oh nein! Dieser Trotzkopf war davon überzeugt, dass du einfach Zeit bräuchtest, deine eigene Großartigkeit zu erkennen. Dabei wollte sie dich unterstützen, bis du auf eigenen Beinen stehen würdest. Sie hat fest an dich geglaubt und nie an dir gezweifelt."

Und genau das ist der Grund, weshalb ich an dem Tag, an dem ich Mom nicht retten konnte, vor allem mich selbst verloren habe. Die Nummer sieben auf meinem Arm war in

Wirklichkeit ich. Mein Herz hörte mit ihrem zu schlagen auf, meine Lunge stellte gleichzeitig mit ihrer die Arbeit ein. Diejenige, die immer an mich glaubte, hatte ich enttäuscht. „Warum erzählst du mir das jetzt?“ Meine Stimme gleicht einem Krächzen, weil meine Kehle plötzlich ausgetrocknet ist.

Dads Augenbrauen und Mundwinkel zucken, ehe er den Blick abwendet und sich über das Gesicht fährt. Was ist los mit ihm? Wieso macht er den Eindruck, als würde er jeden Moment zerbrechen, obwohl er gerade eben noch so gesammelt wirkte? Er reibt sich mit zusammengepressten Lippen das Kinn und stützt die Stirn an seiner Hand ab. „Ich habe vor, die Maschinen abdrehen zu lassen.“

Mein Mund klappt auf, während meine Schultern fallen. Flüssigkeit droht mir in die Augen zu steigen. Ruckartig stehe ich auf, werfe dabei um ein Haar fast den Stuhl um und verziehe das Gesicht. Er folgt mir mit den Augen, sagt jedoch nichts. „Ist das jetzt dein Ernst?“ Meine beschleunigte Atmung klingt, als wäre ich gerade einen Marathon gelaufen. „Du machst mir einen Vorwurf nach dem anderen, Mom würde mir nichts bedeuten, sie wäre mir nicht wichtig genug, ich würde ihre Existenz nicht anerkennen, während du planst, sie endgültig auszulöschen?“

Dad reibt sich verdächtig das Auge, klemmt den Nasenrücken zwischen Daumen und Zeigefinger ein. „Was ich versucht habe, dir vorhin beizubringen, war: Ja, ich war nach dem Unfall unglaublich wütend auf dich, weil du sie aufgegeben hast. Die Ärzte sagten, bei so etwas würde jede Sekunde zählen, und du hast gezögert. Du hast sie auf dem Flussbett im Stich gelassen. Aber nicht nur sie, Nathan. Du hast auch mich im Stich gelassen. Die Feuerwehr und deine Familie dort. Du hast deinen Job und deine Berufung weggeschmissen

– und damit jedes Wort, jeden Funken Mühe und Zeit, die deine Mutter in dich investiert hat. Du bist einfach abgehauen."

„*Du* hast mich fallen gelassen, Dad. In dem Moment, in dem ich dich gebraucht habe, hast du mir buchstäblich ins Gesicht geschlagen und mir gesagt, all das sei meine Schuld. Du hast mich wochenlang praktisch ignoriert. Was hast du denn von mir erwartet?" Mit mir leben zu müssen, in meiner Haut zu stecken und all die Entscheidungen plötzlich alleine treffen zu müssen, war hart genug. Die Art, wie Dad das Gesicht verzog, sobald ich in den Raum kam, wie kalt und herablassend er mit mir redete, egal was ich sagte oder tat, gab mir den Rest.

„Es *war* deine Schuld", schreit er, und ich stoße erschüttert Luft aus, weil er das immer noch denkt.

„Weißt du, was dein Problem ist, Dad? Du bist nicht nur sauer, dass Mom es nicht geschafft hat. Du bist sauer, dass *du* am Leben geblieben bist und das zeigst du mir seit dem Moment, in dem wir euch da rausgezogen haben. Deine Augen sind tot, und wenn du denkst, dass du das ändern kannst, indem du die Maschinen abdrehst, dann bitte." Ich kann nicht mehr versuchen, ihm nicht wehzutun, während er nichts anderes tut, als auf mir herumzutrampeln. „Aber die Wahrheit ist, der Weg zum Leben ist verdammt hart und steinig. Und er wird nicht leichter, indem du mich für den Rest meines Lebens behandelst wie eine Stück Dreck." Ich wende mich bereits zum Gehen ab, als er mit der Faust auf den Tisch schlägt.

„Genau das ist es ja. Es ist auch meine Schuld. *Ich* hätte fahren sollen. Ich habe immer am Steuer gesessen, wenn wir gemeinsam unterwegs waren, und ich hätte es auch an jenem Tag tun müssen. Dann wäre sie jetzt am Leben. Aber ich war müde von der Schichtarbeit, und sie hat darauf bestanden zu fahren, weil Sekundenschlaf auch ohne den heftigen Regen gefährlich genug sei."

Mit gefurchter Stirn höre ich zu, wie er endlich zugibt, dass er mit sich selbst nicht fertig wird und auch nach fast zwei Jahren immer noch lieber mit Mom tauschen würde, als endlich wieder zu leben. Aber er will die verfluchten Maschinen abdrehen, zum Teufel. „Und jetzt? Jetzt lässt du sie fallen."

„Du warst nicht da. Du hast sie nach den ersten paar Wochen im Krankenhaus nicht ein einziges Mal besucht, du bist nicht der, der stundenlang an ihrem Bett sitzt und den Beatmungsmaschinen zuhört, die deine Mutter im Diesseits halten. Und wofür? Sie wird nie mehr aufwachen. Du magst monatlich Geld überweisen, weil ich mir mit meiner Rente die Krankenhauskosten nicht mehr leisten kann, aber du bist nicht der, dessen Herz und Seele mit ihr in diesem Bett liegen. Deine Mutter hätte dieses Leben nicht gewollt, und ich kann so nicht weitermachen. Ich befreie sie. Ich befreie mich."

„Und wer befreit mich? Wer entscheidet, was das Beste für mich ist?"

„Du, Nate! Du musst das entscheiden. Das kann dir keiner abnehmen, aber *diese* Entscheidung liegt nicht bei dir, sondern bei mir. Worüber du dir nur klar werden musst, ist, wie lange du noch warten möchtest, bevor du dich verabschiedest. Könnte nämlich sein, dass es zu spät ist, wenn du dich endlich dazu aufraffen kannst." Erneut höre ich Verachtung in seinem Ton mitschwingen.

„Wann?", frage ich durch zusammengebissene Zähne, sauer, dass er mich bei diesem Entschluss völlig ausgeschlossen hat.

„Bald", lautet seine vage Antwort, und es kostet mich viel, ihm dafür keine reinzuhauen. Wie erschlagen schüttle ich den

Kopf und verschwinde ohne ein weiteres Wort aus seinem Haus.

Ich hatte vor, Mom endlich zu besuchen. Vielleicht nicht unbedingt heute, aber ich wäre gekommen. Was ich nicht vorhatte, war, mich bei diesem Besuch von ihr zu verabschieden. Ich weiß, ich hätte früher kommen müssen, doch jetzt fühlt es sich an wie eine Bestrafung, einige Meter vor ihrem Zimmer zu stehen. Monatelang hätte ich Zeit gehabt, sie zu sehen, habe mich jedoch dagegen entschieden. Und jetzt könnte es tatsächlich das letzte Mal sein, dass ich sie sehen *darf,* und ich weiß nicht einmal, was ich sagen soll.

Meine Hände schwitzen, und mein Puls jagt unaufhörlich Blut durch meinen Körper, als ich die Distanz zu ihrem Zimmer überbrücke und einen Blick durch die Scheibe werfe – um zu sehen, ob das wirklich noch ihr Zimmer ist, rede ich mir zumindest ein. Und im ersten Moment erkenne ich die Person darin wirklich nicht wieder. Sie sieht bereits aus wie eine Leiche. Eine Wasserleiche, die nicht ertrunken ist. Alles an ihr ist aufgedunsen. Ihre Haut ist fahl, schlaff. Jegliche Schönheit ist verblasst, alles, was ich in dieser Frau noch von meiner Mom erkennen kann, sind ihre blonden Haare, obwohl sogar die in dünnen Strähnen über ihrem Kissen ausgebreitet sind. Mir dreht sich der Magen um, und ich wende mich keuchend ab, halte mir eine Faust vor den Mund und versuche, die Nerven nicht zu verlieren.

Ich habe schon vieles gesehen. Ich bin Feuerwehrmann gewesen, verdammt noch mal. Ich war an ganz anderen Kriegsschauplätzen, habe *echte* Wasserleichen geborgen, verbrannte Körper verladen, Kinder begraben. Ich habe mich durch Situationen gekämpft, die sich viele Männer nicht einmal vorstellen könnten. Und trotzdem stehe ich jetzt hier wie ein Loser und bringe es nicht fertig, in dieses Zimmer zu gehen.

„Sir, kann ich Ihnen helfen?“, fragt eine Krankenschwester sanft hinter mir. Ich fahre hoch und vergrabe die Hände in meinen Jeanstaschen. „Ist sie … ich meine, hat sie irgendwann …“ Gott, ich höre mich an wie ein vor sich hin stammelndes Weichei. Die Krankenschwester sieht mich mitleidig an und schüttelt den Kopf.

Sie legt mir eine Hand auf den Arm, und ich hole tief Luft. „Tun Sie mir einen Gefallen und reden Sie mit ihr. So wie Sie es früher getan haben. Die Medizin kann nicht bestätigen, dass sie Sie hört, aber solange nicht das Gegenteil bewiesen wurde, sollten wir an Wunder glauben.“

Wunder. Da ist wieder dieser Begriff. Ich bin nicht naiv genug, zu glauben, sie würde damit Moms mögliches Aufwachen meinen. Sie redet davon, was meine Mutter in den letzten Tagen als Hirntote unter Umständen doch noch mitbekommt. Die Krankenschwester lächelt mich schwach an und deutet mit dem Kopf zur Tür. Ich habe Mom einmal im Stich gelassen, ich kann mir das nicht ein zweites Mal erlauben. Nicht unter diesen Umständen.

Ich presse die Augen zusammen, während ich den Raum betrete, nehme zuerst das Brummen der Maschinen, das Zischen der künstlichen Beatmungsmaschine, das regelmäßige Piepen des Herzschlagmonitors in mich auf. Alles muss konstant beobachtet werden, weil Dad bisher festgelegt hatte, dass alle lebenserhaltenden Maßnahmen beibehalten werden sollen. Als ich mir nur mehr blöd vorkomme, hier mit geschlossenen Augen zu stehen, öffne ich sie mit angehaltenem Atem, während ich ihren zugedeckten Körper betrachte, sehe, wie sich ihre Brust zwar auf und ab bewegt, doch das Leben fehlt. Ihre geschlossenen Lider sind geschwollen, die Arme über und über mit Blutergüssen rund um die verschiedenen Einstichlöcher übersät. Genau das ist der Grund, weshalb ich so lange nicht herkommen konnte. Es tut unbeschreiblich weh, die Frau, die mich am besten kannte und am meisten liebte, die mich immer unterstützte und durch jeden Lebensweg begleitete, derart entstellt und gebrochen vor mir zu sehen. Das letzte Mal, als ich hier war, sah es lediglich aus, als würde sie schlafen, aber sie war immer noch meine Mom.

Jetzt …

Ich setze mich auf den Stuhl neben sie, lege meine Finger vorsichtig über ihre eiskalte Hand und umklammere diese dann. Mit der anderen verdecke ich meine Augen, als könnte ich damit verhindern, dass Mom merkt, wie die Tränen mich übermannen. Ich brauche einige Minuten, bevor ich meine Stimme finde. „Hey Mom!“, flüstere ich mehr oder minder durch eine raue Kehle. „Es tut mir leid, dass ich nicht eher gekommen bin.“ Ich stoße die angehaltene Luft in mir aus, streichle ihre Wange. „Es gibt so vieles, für das ich mich entschuldigen möchte, aber ich weiß, dann würdest du mir nur einen Schlag auf den Hinterkopf geben und mir erklären, dass Entschuldigungen nicht gut genug sind, solange man nicht dafür sorgt, es in Zukunft besser zu machen. Und scheiße, es hat lange gedauert, bis ich es verstanden habe, aber ich glaube, ich bin endlich auf dem Weg dorthin, wo du mich haben wolltest. Ich habe begriffen, dass der Schmerz und die Angst in irgendeiner Form immer bei mir sein werden, aber ich will mich nicht mehr davon geißeln lassen. Ich werde ihnen Momente einräumen, in denen sie ihren Platz haben, aber ich werde vor allem das Leben würdigen, das du mir gegeben und für mich gewollt hast.“ Der Hauch eines Lächelns formt sich auf meinen Lippen, als ich an mein neues Tattoo denke.

„Sieh mal! Ich wurde zwar genötigt, mir diese zweite Zahl einbrennen zu lassen, aber ich hätte nie gedacht, wie viel sie mir bedeuten würde.“ *In doppelter Hinsicht …*

Ich lasse Moms Hand los, um mein T-Shirt vom Bizeps wegzuschieben, und fahre mit den Fingern über die schwarze Farbe. „Du hast mich nach jeder Schicht gefragt, wie viele Leute unsere Einsätze an diesem Tag lebend verlassen hatten. Die Frage ging mir irgendwann tierisch auf die Nerven“, lache ich, „weil man in dem Chaos absolut den Überblick verliert. Das Problem war aber vor allem, dass ich diejenigen, die es geschafft haben, nicht richtig wertgeschätzt habe. Ob einer oder zehn schien mir unbedeutend, weil ich immer nur mein Versagen im Blickfeld hatte.“ Ziemlich egozentrisch und dumm so zu denken, das ist mir nun klar.

„Ich habe eine Frau kennengelernt. Sie ist diejenige, die mir das Tattoo aufgeschwatzt hat.“ Ich spüre, wie das brennende Verlangen nach ihrem Lachen, ihrer Stimme, ihrem ganzen Wesen unbeschreiblich stark wird. „Du würdest sie mögen. Oder … vielleicht nicht, weil sie noch um ein Vielfaches sturer ist als du, Mom.“ Ich grinse, obwohl mir überhaupt nicht danach zumute ist. Lexi ist nicht da. Ich muss diese Situation und alles, was mit Dads Entscheidung auf mich zukommt, alleine durchstehen.

„Du hast mal zu mir gesagt: ‚Ihr versucht in diesem Job, so viele Menschen wie möglich zu retten. Manchmal bedeutet das eben nicht alle.‘ Ich …“, ich wische eine Träne weg und sehe zur Decke, „ich muss dich endlich loslassen. Ich kann dich nicht aus egoistischen Gründen festhalten.“ Deswegen lässt Dad die Maschinen abschalten, begreife ich plötzlich.

Seine Frau liebte das Leben. Jetzt ist sie zwischen Leben und Tod gefangen.

Ich sitze noch eine ganze Weile im Zimmer meiner Mutter, halte ihre Hand, mit meiner Stirn auf ihrer Bettkante gegen ihren Arm, bevor mich die Krankenschwester letztlich bittet, morgen wiederzukommen, weil die Besuchszeit vorbei ist. Ohne lange nachdenken zu müssen, fahre ich zu dem einzigen Ort, an dem ich mir gerade vorstellen kann zu sein – zum Feuerwehrhaus –, und danke Gott, der mich vielleicht doch nicht abgrundtief hasst, dafür, dass meine Jungs gerade Schicht haben. Ich brauche sie. Nicht unbedingt zum Reden. Das habe ich heute schon genug gemacht. Was ich jetzt brauche, ist Normalität, ein Zuhause, Freunde.

„Zigarette?“, bietet Marcus mir sofort an, nachdem er mich durch die Garage kommen sieht, und hält mir die offene Packung hin. Ich starre sie kurz an, überlege einen Moment, ob ich zugreifen soll, winke dann aber ab. Mit einer eigenen Zigarette im Mund checkt er gerade die Gerätschaften an einem der Wagen durch. „Du siehst aus, als könntest du eine gebrauchen. Oder zehn“, witzelt er, wahrscheinlich, weil er wie immer meine Anspannung spüren kann.

„Ich habe aufgehört“, antworte ich, erstaunt über meine eigene Antwort, denn wieso sollte ich jetzt noch verzichten, ich sehe Lexi ohnehin in nächster Zeit nicht mehr. Aber ich hab einfach kein Bedürfnis nach einer Zigarette.

Neben mir vernehme ich ein Klatschen. „Halleluja! Wer oder was auch immer der Grund dafür ist – Gott möge sie segnen.“ Carl, der rauchende Heuchler, zwinkert. „Oder ihn. Oder es. Je nachdem.“

Ich verdrehe die Augen und umarme ihn fest.

„Ich habe das Gefühl, der Weihnachtsmann und der Osterhase versuchen gutzumachen, was sie die letzten Jahre bei meinen Geschenken verbockt haben, denn ich sehe dich langsam öfter, als mir lieb ist."

„Ach ja? Dann muss heute auch noch dein Geburtstag sein, denn du wirst mich die nächsten paar Wochen so gut wie jeden Tag sehen müssen."

Marcus hebt fragend die Augenbrauen, während Carl wissend grinst. „Das ist mein Junge!", sagt er lobend und boxt mir in den Arm.

„Soll das heißen, du fängst wieder bei uns an?", fragt Marcus hoffnungsvoll.

„Mal sehen. Erst mal muss ich verhört werden, wieso ich mir das wieder vorstellen kann, und dann werden wir weitersehen. Möglicherweise kann ich erst mal probeweise mitfahren."

„Aber ich hoffe für dich, du hast vor, dein Studium fertig zu machen", kommt natürlich von meiner Vaterfigur Carl. Langsam lösen sich meine verkrampften Muskeln, und ich kann aufatmen. Sogar lächeln.

„Na klar. Ich habe mir den Arsch die letzten sechs Jahre am College und an der Uni ganz sicher nicht umsonst aufgerissen."

„Das ist *mein* Junge!", verarscht Marcus Carls Aussage von eben und kassiert dafür einen Schlag in die Magengrube.

Wer weiß? Vielleicht ist der Ort, der mich gebrochen hat, auch der, der mich wieder zusammensetzen kann.

38

Lexi

Ich erwache durch ein beengendes Gefühl in meiner Brust und wegen einer Träne, die seitlich herabrollt und mein Ohr benetzt. Im Versuch, meinen Bronchien Linderung zu verschaffen, drehe ich mich auf die Seite und rolle mich zusammen. Auf diese Weise geweckt zu werden ist inzwischen nichts Neues mehr für mich, denn es passiert regelmäßig. Es fällt mir sehr schwer, einzuschlafen, und meine Nächte sind extrem unruhig. Das Semester ist vorbei, der Sommer endgültig angekommen, selbst wenn man das bei dem Tiefdruckwetter der letzten Tage kaum erkennen kann. Normalerweise wäre dies meine Lieblingsjahreszeit. Die letzten acht Sommer hatte ich jedoch einen Freund und genug zu tun. Dieses Jahr besteht mein Alltag hauptsächlich aus Alleinsein und Nichtstun. Langsam macht mich das wahnsinnig. Morgan arbeitet ihre üblichen Schichten, und Avery ist die ganze Zeit mit Jackson zusammen, der für ein paar Wochen nach Hause kommen durfte.

Das Schlimmste ist aber, dass ich meinen besten Freund verloren habe. Er ist seit vier Wochen weg, und jeder Tag fühlt sich an wie ein ganzes Jahr.

Wenn die Bibliothek geöffnet ist, verbringe ich dort viel Zeit, helfe Mrs. Mars bei der Inventur am Computer und mit ein paar anderen Kleinigkeiten. So versuche ich mich möglichst lange abzulenken, doch all das hilft nicht gegen meine Gedanken, die ständig abschweifen. Denn als Nate durch meine Tür gegangen ist, hat er einen Teil von mir mitgenommen.

Den Teil, den wir über die letzten Monate miteinander aufgebaut haben. Dieses gegenseitige unerschütterliche Vertrauen, die tiefe Freundschaft, das Gefühl, vollkommen angenommen *und* angekommen zu sein.

Mir war gar nicht bewusst, wie viel er mir gegeben hat, bis er nicht mehr da war. Er hatte nämlich in einer Sache unrecht: Nicht nur mir ist es gelungen, *ihm* beizubringen, dass *er* wertvoll ist. Er hat mir genauso gezeigt, was in mir steckt. Was *ich* zu geben habe, sogar wenn ich nicht gerade verbissen versuche, es mir und jedem zu beweisen.

Es tut weh, an ihn zu denken. Es tut weh, zu atmen. Ständig. Genau wie jetzt gerade.

Okay, das hat nicht nur mit seiner Abwesenheit zu tun, sondern mit der Häufung der Asthmaattacken, die mich heimsuchen, seit ich die Kortisontabletten abgesetzt habe. Hilfreich ist dabei aber natürlich nicht, dass ich nicht mehr vollständig durchatmen konnte, seit Nate weg ist.

Wo habe ich mein Spray liegen gelassen?

„Lexi!", ruft Morgan, noch bevor sie mein Zimmer betritt. Sie klingt aufgewühlt, daher bemühe ich mich, mir nicht gleich ansehen zu lassen, wie akut meine Lage gerade wieder ist.

„Alles in Ordnung?", fragt sie, eine Hand auf meinem Oberschenkel, weil sie mich sowieso besser kennt. Nickend stütze ich mich an meiner Hand ab, dränge sie dazu, weiterzusprechen. Ist ja nicht so, dass sie mich zum ersten Mal in den vergangenen vier Wochen aufgelöst sieht.

„Ich bin Jenna heute vor dem Krankenhaus begegnet." Ihr Ton sagt mir so gut wie alles, was ich wissen muss, nämlich, dass etwas mit Nathan nicht stimmt. Panik breitet sich in meiner Brust aus.

„Lexi?“ Morgan klingt gerade ziemlich weit weg. Mir ist schwindelig.

Ihm ist etwas passiert. Jen hat Morgan beim letzten Zusammentreffen erzählt, dass Nate wieder zur Feuerwehr gegangen ist, und ich war wirklich glücklich für ihn, dass er diesen Riesenschritt bewältigt hat. Es beweist, dass er gewachsen und geheilt ist. Doch jetzt bringt es mich um, dass ich in all der Zeit nie an die Gefahr gedacht habe, die der Job mit sich bringt. Dabei hat er mir doch genug davon erzählt.

Und jetzt?

Nein! Nein! Nein! Das darf nicht wahr sein!

Ich kralle mich mit einer Hand an mein Shirt. Eben noch war es Absicht, nicht zu atmen, jetzt kann ich nicht mehr atmen. Morgan packt mich an den Schultern und schüttelt mich aus meiner Trance. „Lexi! *Ihm* geht es gut. Hör mir erst mal zu!“ Mein Kopf schnellt hoch, mein Herz setzt wieder ein. Ich öffne den Mund, doch meine Lunge blockiert immer noch.

„Sein Vater hat die Maschinen seiner Mom abstellen lassen. Sie haben sie vergangene Woche beerdigt.“

Okay, das sind zu viele Emotionen auf einmal. Ich halte mir die Hand vor den Mund, fühle meine Augenbrauen zucken. Mein Herz bricht für ihn. Seit Jahren schleppt er die Schuld für ihr Koma mit sich herum, gerade schien es ihm gelungen zu sein, damit abzuschließen. Jetzt kracht wieder alles auf ihn herein?

Trockener Husten löst den Krampf, bricht zwanghaft die Atemlosigkeit, auch wenn sich dadurch nichts besser oder leichter anfühlt. Das pfeifende Nebengeräusch beim Ausatmen zwingt mich dazu, aus dem Bett zu rollen und mich vornübergebeugt hinzusetzen. Mein Kopf fühlt sich zu schwer für mich an.

„Scheiße! Wo ist dein Inhalator?“, fragt Morgan, als sie begreift, dass ich ein größeres Problem habe als den Schock, den sie mir gerade ungewollt bereitet hat. Auch ohne meine Antwort findet sie ihn rasch und drückt ihn mir in die Hand. Ich pumpe mir gleich zwei Stöße hintereinander in den Mund, ärgere mich darüber, dass die Wirkung nur mehr oberflächlich Erleichterung bringt.

„Lexi, du musst deine Medikamente nehmen, sonst bringst du dich noch um!“, mahnt Morgan, während sie mir über den Rücken streicht, bis ich wieder sprechen kann.

„Übertreib bitte nicht, Morgan! Ich nehme ja das Spray.“

„Ja toll, und man sieht ja, wie sehr dir das hilft.“

Anfangs hatte mein Körper anscheinend noch ausreichend Kortison gespeichert, um mich vor schweren Asthmaanfällen zu bewahren. Seit zwei Wochen ist das nicht mehr so. Sie werden heftiger, und das Theophyllin, das ich stattdessen sporadisch nehme, hat bei Weitem nicht die nötige Wirkung. Das Medikament ist alles andere als optimal, denn es verstärkt die bereits vorhandene Unruhe, die Schlafstörungen und verursacht zum Teil fühlbare Herzrhythmusstörungen mit Schwindel und allem Drum und Dran. Daher ist es wohl verständlich, dass ich auch dieses Präparat meide, so gut es geht.

Ich winkle die Beine in den Schneidersitz ab, halte den Oberkörper fest und atme durch die Lippenbremse. Mir ist klar, welch schlimmen Eindruck ich gerade abgeben muss, denn die Schmerzen sind höllisch.

„Okay, das war’s! Ich rufe deine Mutter an.“

Sie steht auf, und ich springe förmlich vom Bett. „Oh nein! Das tust du nicht! Bitte, Morgan! Erzähl mir, was Jen sonst noch gesagt hat!“

„Lexi! Hör auf, dich zu bestrafen, indem du den Ernst der Lage ignorierst. Asthma ist kein Spiel. Es kann dich im blödesten Fall umbringen."

„Können wir bitte ...", presse ich durch zusammengebissene Zähne hervor, „einen Moment lang nicht über mich reden, sondern über den Grund, weshalb du in mein Zimmer gekommen bist? Hat sie dir gesagt, wie er damit umgeht?"

Morgan schnauft. „Vielleicht solltest du ihn anrufen und es selbst herausfinden. Seit Wochen hoffe ich, dass du endlich aufwachst und begreifst, dass *er* auf *dich* wartet. Dieses Mal muss der erste Schritt von dir kommen. Stattdessen hockst du hier herum und bemitleidest dich, obwohl du dir das selbst eingebrockt hast."

So hart hat meine beste Freundin noch nie mit mir gesprochen. Verletzt senke ich den Kopf. Abstreiten kann ich die Wahrheit in dem, was sie gesagt hat, jedoch nicht.

„Ich fühle beinahe den Schmerz, der von dir ausstrahlt, Lexi", erklärt Morgan und betont dabei jedes Wort. „Und ich kann nicht mehr zusehen, wie du dich kaputt machst, anstatt über deinen dämlichen Schatten zu springen und dich deinen Ängsten zu stellen. Vielleicht geht das mit euch schief. Vielleicht aber auch *nicht*. Du konntest nicht sehen, wie er dich angehimmelt hat, wie er dich mit seiner Körperhaltung, seinen Augen *beschützt* hat, anstatt dich nur mit ihnen auszuziehen wie die meisten Kerle. Du hast nicht gesehen, wie er gestrahlt hat, jedes Mal, sobald du nur den Mund aufgemacht hast. Der Mann respektiert und schätzt dich nicht nur, er ist über beide Ohren in dich verliebt, und du bist es ganz offensichtlich auch. Ich verstehe nicht, wie du das wegwerfen kannst."

Ich senke den Kopf, schließe die Augen. „Manchmal reicht das aber eben nicht aus, Morgan."

„Sagt wer?", schnappt sie frustriert. „Nur weil dieser *eine* Idiot einen Fehler gemacht hat, der absolut nichts mit Nathan zu tun hat, willst du dich für den Rest deines Lebens verstecken?" Sie atmet tief aus, wie um runterzukommen. „Hör mal! Wenn du dir nicht zu einhundert Prozent sicher bist, dass du Nathan nicht nur als platonischen Freund vermisst, dann lass ihn los. Wenn es aber mehr ist als das, dann leugne nicht länger, wie unglaublich es war, was ihr hattet. Ich kann mir nämlich nicht vorstellen, dass ihr beide in einer Beziehung etwas anderes wärt als fantastisch."

Ich denke darüber nach, was sie mir klarmachen will. Niemand hat Nate gezwungen, Zeit mit mir zu verbringen. Er kennt mich nicht so, wie ich vor meiner Erblindung war. Er kennt mein jetziges Ich und vergleicht mich nicht ständig mit dem, was ich hätte sein können. Er mag … er liebt, was und wer ich jetzt bin.

„Was, wenn ich es verbockt habe? Wenn er mich nicht mehr will?" Weil ich ihn im Stich gelassen habe, als er sich endlich wieder getraut hat, jemanden reinzulassen.

„Tja, die Möglichkeit besteht", gesteht sie knapp. Getroffen trete ich einen Schritt zurück.

„Tut mir leid, ich bin nur ehrlich, Süße. Aber das Risiko wirst du wohl oder übel eingehen müssen, wenn du ihn nicht verlieren möchtest." Sie umarmt mich fest, um ihre Zuckerbrot-und-Peitsche-Methode abzurunden.

„Weißt du noch, als du mich gefragt hast, ob ich ein neues Putzmittel für die Fenster verwendet hätte, weil plötzlich alles viel heller wirkt?", fragt sie.

Verwirrt über den Themenwechsel setze ich mich zurück aufs Bett und wende den Kopf zum besagten Fenster. „Ja, du hast mir die Frage nie beantwortet."

„Das war Nate. Er hat alle Scheiben ausgetauscht, und zwar *nachdem* du ihm gesagt hast, dass du nichts für ihn empfindest."

Fassungslos über diese wunderschöne Geste greife ich mir an den Hals.

„Ich sollte es dir nicht erzählen, um dich nicht unter Druck zu setzen. Ich meine, was soll man dazu noch sagen …", stellt sie in den Raum und lässt mich ergriffen zurück.

„Aufgrund der Wetterverhältnisse kommt es bei vielen Zügen und Bussen zu längeren Verspätungen und Ausfällen. Wir bitten um Verständnis und fordern dazu auf, die Außenbereiche zu verlassen", dröhnt die Durchsage am Bahnsteig. *Was Sie nicht sagen …*

Mit über einer halben Stunde Verspätung sind wir endlich in Aurora angekommen. Das Wetter hat sich mit jedem Kilometer verschlechtert, das war deutlich an den Fensterscheiben zu hören und auch zu spüren, nachdem der Schaffner uns mitgeteilt hatte, der Zug müsse wegen des starken Windes langsamer fahren. Wahrscheinlich kann ich mich glücklich schätzen, dass er überhaupt bis hierher gekommen ist. Die Frage ist nur, wohin gehe ich jetzt von hier? Ich bin so ein Idiot. Drei Stunden hatte ich Zeit, mir im Zug Gedanken darüber zu machen, dass ich gar nicht weiß, wo er genau steckt. Alles, was ich sagen kann, ist, wie viele Autominuten die Entfernung von der Feuerwehr bis zu Mr. Fosters Haus und von dort wiederum zu Nates Haus in etwa beträgt, aber wie soll das helfen?

Zum wiederholten Mal nehme ich mein Handy aus der Tasche und ringe mit mir, ob ich Nate nicht doch einfach anrufen soll. Wie bei den letzten zehn Versuchen stecke ich es wieder weg und kämpfe mich durch den Wind und den Regen in die Halle.

Ach Gott, ich bin *so* ein Mädchen!

Ich wollte absichtlich unangemeldet auftauchen, um ihm keine Chance zu geben, mich daran zu hindern. Ich schaffe es nicht, anders mit ihm zu sprechen als persönlich. Die Vorstellung, ihn bald in meiner Nähe zu haben, ist jeden einzelnen der weiteren Sprühstöße wert, die es mich gekostet hat, mit der Furcht, der körperlichen Anstrengung und den Wetterbedingungen umzugehen. Mag sein, dass Aktionen wie diese auch für sehende Leute eine Herausforderung oder eine Hürde darstellen. Mit meinem Handicap grenzt das Ganze aber schon an Wahnsinn.

Wäre ich bereit gewesen, mir mehr Zeit zum Planen zu lassen, hätte Morgan möglicherweise durch Jen Nathans Adresse erfragen können. Nachdem ich aber sofort in den Bus zum Bahnhof und dann in den Zug hierher gestiegen bin, war dafür keine Zeit mehr. Das Problem ist nur, ich wollte keine Minute mehr warten, ihn zu „sehen", ihn in den Arm zu nehmen, ihm vielleicht den Schmerz zu nehmen, mir meinen nehmen zu lassen, ihm und mir endlich laut einzugestehen, dass ich falsch lag. Der Moment, in dem ich dachte, ihm wäre etwas zugestoßen, war der schrecklichste, den ich je erleben musste. Schlimmer als meine eigene Erblindung. Ich will keinen weiteren Tag verschwenden, ohne ihn wissen zu lassen, dass er geliebt wird, ob er mich nun immer noch haben will oder nicht.

„Entschuldigen Sie bitte!", spreche ich einen der Fahrgäste an, den ich versehentlich anremple. „Können Sie mir sagen, wo ich den Informationsschalter für die Busse finde?"

Die Frau erklärt mir flüchtig, wohin ich gehen muss, dirigiert mich wieder nach draußen und läuft dann zu ihrem eigenen

Bus. Da stehe ich nun, genauso ahnungslos wie drinnen, nur mit dem Unterschied, dass ich durch den prasselnden Regen noch orientierungsloser bin.

„Hey! Mädchen! Pass mal auf, wo du hingehst“, ruft jemand, offensichtlich aus einem Auto in meiner Nähe, und ich schrecke zurück. „Oh, tut mir leid. Du bist …“ *Blind, ja.* Sein Ton ist nicht mehr vorwurfsvoll, sondern zaghaft. „Du solltest dir möglichst schnell einen Unterschlupf suchen. Oder hast du das Wetter noch nicht bemerkt?“ Gut gemeint, aber bescheuerte Frage.

„Doch, aber ich …“ Ich was? Muss zu Nathan? Habe keinen Ort, wo ich sonst hinkönnte? Keine Ahnung, wo man in einer fremden Stadt in solchen Situationen Schutz suchen soll?

„Wohin willst du?“ Tja, wenn ich das wüsste.

Grübelnd stehe ich da, suche nach einer Antwort. „Zur Feuerwache?“ Oh Gott, hoffentlich gibt es nur eine.

„Du willst zur Feuerwache? Ich bezweifle, dass du dort noch jemanden antreffen wirst. Aber bitte … Spring rein! Das ist nicht weit von hier. Du kannst bei mir mitfahren.“

Ich wurde zur Vorsicht erzogen. Gerade durch meinen *Zustand* müsse ich besonders aufpassen, wem ich vertraue. Meine Mom würde mich zur Schnecke machen, könnte sie sehen, wie ich alles über Bord werfe und in das Auto einen fremden Typen einsteige. Aber ganz ehrlich? Wie viel sicherer ist die Straße gerade? Vor allem, wenn ich nie an mein Ziel komme.

„Was suchst du denn bei der Feuerwehr? Du weißt schon, dass das kein öffentlicher Tornado-Schutzraum ist, oder?“

Ich reiße den Kopf zu ihm herum, in der Hoffnung, ihn falsch verstanden zu haben. „Tornado?“

„Ja, warum, glaubst du, haben es alle so eilig? Vorhin ging eine Tornado-Warnmeldung für drei Countys, inklusive unserem, durch. Deshalb solltest du lieber …"

Er bricht den Satz ab, als eine Sirene aufheult. Erst klingt sie wie die eines Feuerwehrautos, nur viel lauter, doch als der Dauerton bestehen bleibt, ist auch mir klar, was das bedeutet.

„Scheiße! Es wird ernst", faucht der Mann neben mir mit schwankender Stimme. Er hat Angst. Und *er* wohnt hier, das bedeutet also, er weiß, wovor er Angst haben muss. In Chapel Hill ist das Risiko eines schweren Tornados sehr gering. Dort kämpfen wir eher mit heftigen Regengüssen im Frühling und im Sommer. Deswegen habe ich bis auf die jährlichen Übungen während der Schulzeit so gut wie keine Ahnung, wie man sich tatsächlich bei einem Tornado verhält. Aurora hingegen liegt umschlossen von drei risikoreichen Countys. So viel wusste ich schon, aber ausgerechnet heute? Ein Knoten formt sich in meinem Hals, und ich bete um Verschonung vor einem weiteren Asthmakrampf.

„Heißt das, der Tornado ist *hier*?"

„Das heißt, jeder Arsch sorgt ab jetzt für sich selbst. Tut mir leid, Mädchen. Ich werde dich hier rauslassen. Ich muss zu meinen Kindern. Geh einfach geradeaus weiter! Nach der siebten Querstraße findest du zu deiner Rechten die Feuerwache, okay?"

Ich will protestieren, weil die Vorstellung, jetzt alleine durch die Straßen zu geistern und einen Ort zu suchen, an dem ich noch nie war, mir eine Heidenangst einflößt. Ich kann jedoch nicht von ihm erwarten, seine Kinder meinetwegen sitzenzulassen. Deswegen nicke ich und bedanke mich freundlich, obwohl mein Herz diverse Schläge versäumt. Er bleibt am Straßenrand stehen und wünscht mir Glück. Sehr beruhigend …

Der Regen peitscht mir sofort ins Gesicht, als ich aussteige. Ich bekomme zusätzlich zur Atemnot keine Luft, weil der Wind mir so heftig um die Ohren bläst. In der Schule meinten sie immer, jedes Drinnen wäre besser als draußen, weil umherfliegende Teile bei solchen Windgeschwindigkeiten dich umbringen könnten. Vor allem mich. Aber daran weigere ich mich jetzt zu denken.

Die Sirene ist fürchterlich laut und erlaubt es mir nicht, mich auf etwas anderes zu konzentrieren als auf ihr Geräusch. Der einzige Vorteil ist, dass sie wohl in der Nähe, wenn nicht direkt bei der Feuerwehrstation stehen muss, denn der Ton kommt definitiv aus der Richtung, in die ich mich bewegen soll. Ich hebe die Arme über den Kopf, als die Hagelkörner größer werden und langsam beginnen, wehzutun. Dauerhaft funktioniert das aber nicht, weil ich meinen Blindenstock führen muss. Meine Sinne sind sowieso buchstäblich durch den Wind. Wenn ich nicht aufpasse, marschiere ich unfreiwillig ins nächste Auto.

Eine weitere Sirene erklingt, aber diese stammt wirklich von einem vorbeirasenden Feuerwehrauto. *Bitte, lass das nicht Nathan sein!*

Oh Mann, ich bin echt so dumm! Ich weiß ja nicht einmal, ob er gerade Schicht hat. Was sage ich den anderen dort, wenn er keine hat? Die haben wichtigere Dinge zu tun, als mich durch die Gegend zu kutschieren. Verzweifelt bleibe ich stehen und überlege ernsthaft, jetzt umzudrehen, weil ich mir auf einmal unglaublich blöd vorkomme. Nur stehen die Chancen nicht allzu gut, dass irgendein Zug fahren wird, geschweige denn, dass ich überhaupt bis zum Bahnhof komme, ohne vorher ein Remake von „Der Zauberer von Oz“ zu drehen, und von dem Wirbelsturm in ein magisches Land geflogen werde. Nach nur zwei Minuten draußen in diesem Wetter bin ich nass bis auf die Knochen, friere, versuche auszublenden, wie müde ich nur von den paar Metern hier draußen bin und wie ich von oben zu ertrinken drohe.

Ich versuche, mich auf meine getrübten Instinkte zu verlassen, während ich entlang der Hausmauern gehe, konzentriere mich auf Nathan – den Grund, weshalb ich hier bin – und darauf, dass ich im besten Fall gleich an seiner Seite bin. Er wird wissen, was zu tun ist. Wusste er immer.

Ein Blitz, so hell, dass sogar ich ihn sehe, als wäre er direkt vor mir, reißt über den Himmel.

„Eins, zwei, drei“ zähle ich, im Versuch, die Entfernung zu berechnen, bevor das auf den Blitz folgende Donnergrollen meinen ganzen Körper erschüttert. Kreischend zucke ich zusammen und drücke mich an die Hausmauer seitlich von mir. Keuchend halte ich mir mit beiden Händen die Ohren zu, weil ich die vielen unterschiedlichen Geräusche um mich nicht mehr ertrage. Ich will schreien, um jeglichen Lärm zu übertönen, der mich verrückt macht. Erst nachdem die Sirene endlich zu heulen aufhört, zwinge ich mich zum Weitergehen, obwohl sich die Hagelkörner inzwischen anfühlen wie Golfbälle und die Abstände zwischen Donner und Blitz immer kürzer werden.

Ich höre, wie nur wenige Meter vor mir Garagentore aufgerissen werden und ein Alarm in der Feuerwache zu mir auf den Gehweg dringt. Von der Meldung, die den Einsatz ankündigt, verstehe ich nichts, trotzdem renne ich, so gut ich eben kann, bis ich endlich vor der Wache stehen müsste.

„Lexi?“, ruft eine Stimme über die anspringenden Motoren der Feuerwehrautos hinweg. Ich kenne sie, kann sie aber gerade nicht zuordnen. „Nate!“, schreit derjenige da aber schon, und ich atme dankbar und unendlich erleichtert auf.

Die Tür eines Feuerwehrautos wird aufgerissen und wieder zugeschlagen. „Lex?!“ Das ist er. Nathan. Ich kämpfe dagegen an, vor Erleichterung in die Knie zu gehen. Seine Schritte werden lauter, während er mir entgegenläuft. Mein Gott, wie ich ihn vermisst habe! Salzwasser vermischt sich mit meinem ohnehin nassen Gesicht, als er meinen Arm berührt. Jegliche Zurückhaltung über Bord werfend, falle ich ihm um den Hals. Ich kralle mich an ihm fest, als gäbe es kein Morgen, und lasse mich von ihm halten. „Es tut mir so leid“, murmle ich in seine Brust, nicht sicher, ob er mich überhaupt hören kann. Ich spüre, wie ich hochgehoben und in die trockene Garage getragen werde. Dort drückt Nate mich gegen meinen Willen von sich, umschließt meine Wangen mit seinen Händen und rüttelt ganz leicht.

„Was zum Teufel machst du hier? Wir haben Tornadowarnungen rund um uns. Das ist gefährlich“, belehrt er mich aufgebracht, auch wenn ganz klar ein Gemisch aus Sorge, Unglauben und Freude in seinem Ton liegt. Ich lasse meinen Rucksack fallen, schiebe mir die klebenden Haarsträhnen aus dem Gesicht und schüttle mich, als mir die Wärme von Nates Händen eine angenehme Form der Gänsehaut über die Arme jagt.

„Ich habe von deiner Mom gehört und …“ Mir fehlen die Worte. Ich kann nicht mehr klar denken, und das liegt nicht allein an Nates Präsenz, die meine Gedanken benebelt. Mit gefurchter Stirn fasse ich mir an die stechende Brust.

„Geht es dir gut?“, fragt er wachsam, während seine Hände über mein Gesicht streichen. Ich nicke, denn jetzt geht es mir wirklich gut. Ich habe es geschafft. Ich bin bei ihm.

„Ich liebe dich auch, Nathan“, sage ich atemlos und kann meine eigenen Worte nicht fassen, die plötzlich so natürlich und unangemeldet über meine Lippen kommen. Ursprünglich hatte ich vor, ihm mehr zu sagen als das, doch jetzt ist es alles, was zählt. Alles, was nicht aufgeschoben werden kann, und ich bereue es nicht.

Ich höre, wie er Luft einsaugt, und spüre, wie sich sein Griff um mich verstärkt. So gern würde ich ihn jetzt sehen. Sehen, wie er mich ansieht, wie er empfindet, ob es noch dieselben Gefühle sind wie vor vier Wochen. „Ich weiß nicht, ob du mich noch willst oder ob du mich noch brauchst, weil du jetzt alleine deinen Weg gefunden hast. Und auch ich muss meinen eigenen Weg noch finden. Aber ich will, dass du weißt, dass ich dich zurückliebe.“

„Nate, wir müssen los! Tut mir leid, Lexi, aber wir brauchen gerade jeden“, sagt dieselbe Stimme wie vorhin. Ich glaube, es ist Marcus. Nate bläst verzweifelt Luft aus, und ich fühle mich schlagartig schlecht, ihn in eine so schwierige Lage gebracht zu haben.

„Kein … Problem“, krächze ich hervor, greife mir an den Hals, erschrocken über meine Stimme. *Bleib stark, Lexi! Gleich kommst du zu deinem Spray.*

„Bleib hier, okay?“, beginnt er und schleppt mich mit sich zu einem hinteren Teil der Garage. „Die Halle ist so gut wie leer und damit der wahrscheinlich sicherste Ort überhaupt. Hier steht ein Tisch. Ich möchte, dass du dich darunterlegst und deinen Kopf schützt. Halt dich fern von Fenstern und Türen, und geh nicht raus! Warte einfach auf mich!“

Während ich heftig nicke, wird mir der Ernst der Lage immer mehr bewusst. Nate hat Angst um mich, muss aber zu einem Einsatz, und das Letzte, was er dabei brauchen kann, ist, abgelenkt und nicht mit voller Aufmerksamkeit bei der Sache zu sein.

„Leg die Decken hier über deinen Körper, vor allem über den Kopf!“, ergänzt ein weiterer Mann und drückt mir Felddecken in die Hand. Carl vielleicht? „Nate!“, beschwört auch er ihn, woraufhin ich Nathan von mir wegschiebe. Menschen sind in Gefahr, und sie verschwenden hier wegen mir wertvolle Zeit.

„Es ist in Ordnung, Nathan. Mir passiert nichts. Komm einfach zurück, okay?“, flehe ich förmlich, obwohl es mich innerlich zerreißt. Es ist ein schreckliches Gefühl, ihn jetzt und bei diesem Wetter gehen zu lassen. Aber das ist sein Job. Der Job, den er die vergangenen Jahre vermisst hat. Ich darf ihn nicht daran hindern, dieser Liebe nachzugehen.

Er zögert noch einen Augenblick, presst mich dann an sich und seine Lippen an meine Stirn, bevor er zu den bereits aus der Garage fahrenden Wagen sprintet.

39

Nate

„Mann! Ich werde Leute nie verstehen, die die Tafel am Lift nicht begreifen: Fluchtweg über das Treppenhaus. Ich meine, wer ist so dämlich und steigt bei einer Tornadowarnung in den Aufzug?“, beschwert sich Sabel, sobald wir uns in Bewegung setzen. Ehrlich gesagt ist mir das alles ziemlich egal. Ich will das hier nur so schnell es geht hinter mich bringen, um zurück zu Lexi zu kommen.

Sie liebt mich. Mag sein, dass ich das schon früher gespürt oder geahnt hatte. Diesen Satz von ihr zu hören, hat mich jedoch überwältigt. Es gibt keine Beschreibung für das, was ich gerade empfinde. Ich kann immer noch nicht fassen, dass sie hier ist. An jedem anderen Tag hätte ich mich darüber gefreut, hätte sie überhaupt nicht mehr losgelassen, nachdem sie ihre Arme um mich gelegt hätte. Lexi aber schafft es, den absolut unpassendsten Moment für ihr Erscheinen zu wählen. Sie unter diesen Umständen durchnässt, schutzlos und alleine in der Station stehenzulassen, hat mich beinahe umgebracht. Für die Dauer des Einsatzes muss ich aber meinen Kopf freikriegen, sonst bin ich den Jungs keine Hilfe, sondern eine Gefährdung. Wenn wir gerufen werden, darf nichts und niemand wichtiger sein als der Job. Mangelnder Fokus kann Menschenleben kosten.

Die Fahrt ist ein Debakel. Auf der Straße herrschen durch den Sturzregen mit mangelnder Abflussmöglichkeit bereits sintflutartige Verhältnisse, durch die Scheiben sieht man so gut wie nichts, und der Wind ist stark genug, selbst unseren tonnenschweren Wagen durchzuschütteln. Tornados mögen über die letzten siebzig Jahre relativ selten aufgetreten sein, aber Naturkatastrophen geben einen Dreck auf Statistiken. Zwei Jahre blieb unser County verschont, dafür ist es dieses Jahr bereits der dritte Tornado.

Als wir die Lobby des Hotels betreten, ist der Chief schon vor Ort, klärt den Sachverhalt mit dem Manager ab. „Und die Aufzüge lassen sich auch mechanisch schalten?"

„Ja, aber dort, wo sich die Personen befinden, ist die Steuerung defekt. Die anderen Aufzüge haben wir bereits geräumt."

Der Chief wendet sich uns zu. „Okay, hört zu! Neun Personen sind im Lift drei zwischen der sechsten und siebten Etage eingeschlossen. Eine davon ist Diabetikerin im hypoglykämischen Schock."

„Bergung über den Schacht?", fragt Gregory.

Carl schüttelt den Kopf. „Dauert zu lange. Zeit ist etwas, das wir nicht haben."

„Also der Seiteneingang", folgert Marcus und erhält dafür ein Nicken vom Chief und von Carl.

„Marcus, du begleitest den Chief und den Techniker in den Maschinenraum. Schick uns Lift zwei in die siebte Etage und bleib in Kontakt mit den Opfern, bis ich dir weitere Anweisungen gebe! Sabel, du holst mir das Sicherheitsgeschirr, und Gregory, besorg eine Plane. Nate! Wir nehmen die Treppe." Das Notstromaggregat bietet das nötige Licht, um unseren Weg zu finden. Wir steigen in den Lift ein und entfernen die Seitenplatte, bis die anderen beiden mit den nötigen Utensilien nachkommen und Carl sich angurtet.

„Okay! Lass uns langsam runter, Marcus!", weist er ihn durchs Funkgerät an, bis wir uns mit dem blockierten Aufzug auf gleicher Ebene befinden. Vorsichtig schieben Carl und ich die Plane an den Metallvorsprung des anderen Waggons. Höhenangst darf bei dem, was wir machen, keine Rolle spielen, ob wir uns nun zehn oder hundert Meter über dem Abgrund befinden. Anders sieht die Sache jedoch aus, wenn auch Zivilisten in der Luft hängen. Während wir ihm mit Taschenlampen leuchten und ihn sichern, steigt Carl konzentriert über die Brücke, bohrt die zweite Seitenplatte auf und betritt dann behutsam das Innere des Lifts.

„Oh mein Gott! Endlich!“

„Holen Sie uns bitte hier raus!“, weinen und betteln die Fahrgäste, doch Carl kümmert sich zuerst um die Diabetikerin, kann ihr dank seiner Sanitäter-Ausbildung eine Insulinspritze setzen.

„Kann das nicht warten, bis wir draußen sind?“, kreischt eine aufgebrachte Frau, als wäre es Carls Schuld, dass sie in den beschissenen Lift gestiegen ist. „Ein Tornado kommt auf uns zu!“

„Wir bringen Sie alle in Sicherheit, Miss. Lassen Sie mich nur bitte meine Arbeit machen!“, erwidert Carl knapp und hebt die eben gespritzte Frau in seine Arme. Auf meiner Seite des Schachtes strecke ich die Hände aus, warte, bis er kommt und sie mir übergibt, um die Nächsten zu holen.

„Nein! Lassen Sie uns nicht zurück!“, brüllt die Frau im Lift. Im Versuch, Carl zu folgen und ihn festzuhalten, rempelt sie ihn an und bringt ihn zum Stolpern.

„Carl!“, schreien Greg und ich gleichzeitig und werfen uns gegen die Plane, schieben sie vorwärts, bevor sie von dem kurzen Vorsprung rutschen kann. Gott sei Dank gelingt es zwei Männern im Lift, Carl rechtzeitig zurückzuziehen, bevor er mit der Frau in den Armen fällt. Alle vier stürzen dabei rückwärts in den Aufzug.

„Verdammt! Carl?“ Mein Puls läuft auf Hochtouren.

„Was ist da bei euch los?“, meldet sich der Chief durchs Funkgerät.

„Ich glaube, mein Bein ist gebrochen. Ich kann es nicht belasten“, antwortet Carl endlich über hysterisches Weinen und Stöhnen der anderen hinweg.

„Das Med-Team steht oben für euch bereit. Wie viele Personen konntet ihr schon befördern?“ Er will uns mit der ersten Ladung wieder hochschicken und wahrscheinlich zusätzliche Hilfe reinholen, doch die Antwort auf seine Frage lautet: „Keine.“

Ohne lange nachzudenken, entledige ich mich meiner Jacke und spreche ins Funkgerät. „Ich gehe rüber, Chief. Wirf das Seil zurück, Carl!“ Er diskutiert nicht einmal mit mir, lässt mich einfach machen, was beweist, dass er üble Schmerzen haben muss. Ich hake den Karabiner bei mir ein und hole tief Luft, bevor ich in schnellen Schritten auf die Brücke trete und neben Carl zu stehen komme. Mit einer Hand hält er sich den Oberschenkel, mit der anderen immer noch die Frau. „Sei vorsichtig!“, betont er, was ich mit einem Nicken quittiere, während ich ihm die Frau abnehme. Mit einem Seitenblick sehe ich, dass die unbeherrschte Dame festgehalten wird. Das Zittern der Frau in meinen Armen macht das Überqueren der Passage nicht unbedingt leichter, immerhin haben wir etwa hundertfünfzig Kilo Gesamtgewicht über ein dreißig Zentimeter breites Brett zu balancieren. Sabel packt mich fest am Oberarm, sobald er mich erreicht, und hilft mir, die Frau abzusetzen, bevor ich zurückgehe.

Zwei Meter liegen zwischen den beiden Aufzügen. Während ich auf der einen Seite stehe und Gewicht auf die Plane ausübe, tut Sabel dasselbe auf seiner Seite. Sobald die Passagiere also meine Hand loslassen, kann Sabel sie bereits sichern und zu sich ziehen. Nachdem sich alle Zivilisten endlich im funktionsfähigen Schacht befinden, knie ich mich neben Carl. Seine mehrmaligen Versuche, aufzustehen, sind gescheitert. „Vergiss es! Mich schleppst du nicht“, meint er dennoch stur.

Trotz der Umstände kann ich mir ein Lächeln abringen. „Du meinst, der eine oder andere Schwimmreifen, der über die Jahre dazugekommen ist, könnte mir zu schwer werden? Komm schon, Carl!“

„Ich schaffe das alleine. So bringen wir uns beide um.“ Mit meiner Hilfe steht er zwar auf, doch unmöglich kommt er so rüber.

Ungeduldig greife ich nach seinen Armen und drehe ihm den Rücken zu. „Halt dich einfach an mir fest, und dann sehen wir zu, dass wir hier rauskommen. Ich habe es ein bisschen eilig. Jemand wartet auf mich.“ Zum letzten Mal trete ich auf das Brett, diesmal jedoch ohne die Gewichtsicherung auf meiner Seite. Vorsichtig arbeite ich mich schrittweise nach vorne.

„Okay! Du hast es gleich!“ Sabel gestikuliert mit ausgestreckten Armen, Gregory drückt so fest er kann gegen die Plane. Dann höre ich über mir ein Knarren. Das typische Aufzugknarren, als würde einer der beiden sich gleich in Bewegung setzen. Entsetzt blicke ich nach oben.

„Marcus! Strom aus!“, schreit Carl ins Funkgerät, als sich die Plane tatsächlich ein Stück verschiebt. Darauf lasse ich es jedoch nicht ankommen. Ich hechte nach vorne, umklammere Sabels Arm, bis ich sicheren Boden unter den Füßen habe. Die Brücke rutscht endgültig weg und kann nur deshalb von Gregory am Absturz gehindert werden, weil unser Gewicht sich nicht mehr darauf befindet. Schwer atmend setze ich Carl ab und stütze mich mit den Händen auf den Knien ab, während ich in die entgeisterten Gesichter meiner Kollegen sehe.

„Alter! Du hast echt mächtig dicke Eier!“, lacht schließlich Gregory trocken und klopft mir auf die Schulter.

Auf dem Rückweg zur Wache sind alle ruhig. Nicht nur, weil Carl mit einem Oberschenkelbruch ins Krankenhaus gebracht wurde oder weil der Techniker tatsächlich vergessen hatte, den Stromschalter des einen Lifts zu blockieren, der Stromausfall aber nur vorrübergehend war. Vielmehr ist es die Tatsache, dass zwar *wir* den Tornado da drinnen verpasst haben, er hier draußen jedoch ganz schön was angerichtet hat. Autos wurden verschoben, Laternen umgeworfen und Trümmer von Straßenschildern und Dächern durch die Gegend geschleudert. Die Häuser sind Gott sei Dank intakt, nur manche Fenster sind zerbrochen, Türen fehlen, aber laut Radiobericht wird bisher zumindest niemand vermisst.

„Ver*dammt*!“, flucht Marcus laut, als wir uns dem Feuerwehrhaus nähern. Ich drehe mich um und lehne mich nach vorne, um zu sehen, was los ist. Mein Körper scheint plötzlich wie gelähmt. Eins unserer Garagentore ist vom Vordach eines anderen Gebäudes getroffen und eingedellt worden. Das war für Lexi sicher nicht bedrohlich, aber das konnte sie nicht wissen. Bestimmt hatte sie Todesangst.

Noch im Fahren reiße ich die Tür auf und springe aus dem Wagen, um die letzten Meter zu rennen. Über Fernsteuerung öffnet Marcus das nächste, intakte Tor. „Lex?“, rufe ich, bücke mich im Laufen, damit ich unter den Tisch sehen kann, wo ich sie zurückgelassen habe. Dort liegen jedoch nur die Decken, die Carl ihr gegeben hatte. „Lex!“, versuche ich es erneut, wieder ohne Reaktion. Verkrampft suche ich mit den Augen den Raum nach ihr ab. Als ich sie schließlich entdecke, verspüre ich einen Schmerz, als hätte man mir einen K.o.-Schlag verpasst. In der Nähe der letzten Garage, dort, wo sie ihren Rucksack fallengelassen hatte, liegt sie zusammengerollt auf der Seite, eine Hand in meine Richtung abgewinkelt.

„Fuck!“, brülle ich, hetze zu ihr, so schnell mich meine Beine tragen. Ich werfe mich neben ihr nieder und drehe sie auf den Rücken. Sie blutet unterhalb einer Augenbraue, die Haut ist geschwollen und blau. Ihre Lippen haben dieselbe Farbe. Mit den Fingern taste ich nach ihrem Puls, senke mein Ohr auf ihre Brust und danke Gott, weil ihr Herz schlägt, wenn auch kaum vernehmbar. Unter mir senkt sich ihr Brustkorb, als würde sie Atem aushauchen, doch es folgt keine Luftaufnahme. Ich biege ihren Kopf in den Nacken, stabilisiere sie mit einer Hand an ihrer Stirn, hebe ihr Kinn und halte ihre Kieferknochen fest, um ihren Luftweg freizumachen. Mit meiner Wange knapp über ihren Lippen warte ich auf einen kostbaren Atemzug, aber er bleibt aus. Inzwischen haben die anderen mein Geschrei bemerkt und laufen ebenfalls fluchend auf uns zu, Marcus bereits am Telefon.

Ich nehme die Hand von Lexis Stirn und halte ihr stattdessen die Nase zu. Mit den Lippen schließe ich ihren Mund und blase zweimal langsam, aber bestimmt meinen Atem in sie hinein. Ich würde ihr alles geben, könnte ihr das helfen, aber das würde es nicht.

„Gut so! Der Brustkorb hebt sich“, versichert mir Gregory, damit ich nicht selbst nachsehen muss und kontrolliert weiteratmen kann.

„Komm schon, Kätzchen! Kämpfe!“, flüstere ich während der Pause, in der ich selbst tief Luft hole.

„Der Rettungswagen wird gleich da sein. Ich habe gesagt, es ginge um einen von uns, so geht alles schneller“, lässt Marcus mich wissen. Minütlich überprüfe ich Lexis unbezahlbaren Herzschlag, der mir Kraft gibt, weiterzumachen, ohne durchzudrehen.

„Atme, verdammt!“, flehe ich sie an, jede Sekunde, in der ich um ihre eigenen Atemzüge bete, eine Qual.

Sanitäter parken vor unserer Garage, schieben das Bett im Laufschritt neben Lexi. „Schon gut! Wir übernehmen“, sagt die eine, drückt mich kategorisch zur Seite und einen Beatmungsbeutel auf Lexis Lippen. „Wissen Sie, was geschehen ist?“ Mit Gregorys Hilfe heben sie Lexi auf die Trage, damit die Sanitäterin weiter beatmen kann.

„Sie hat Asthma. Vielleicht ein Anfall?“, antworte ich kraftlos. Mein Herz schlägt nur deshalb noch, weil ihres dasselbe tut. „Wie es zu der Verletzung über dem Auge gekommen ist, weiß ich nicht. Wahrscheinlich ein Sturz. Sie ist blind.“

„Fahren Sie mit?“, fragt mich der andere Sanitäter schon auf dem Weg zum Rettungswagen, woraufhin ich nicke. „Sind Ihnen Allergien gegen Opioide bekannt?“, fragt er, tauscht den Beatmungsbeutel mit einer reinen Sauerstoffsonde aus.

„Nein“, antworte ich, halte Lexis Hand in meiner und sehe dem Sanitäter zu, wie er ihr etwas spritzt. Um mich ein wenig nützlicher zu fühlen, erkläre ich ihm alles, was ich über ihr Asthma, die Medikamente, die sie nimmt, die partielle Netzhautablösung und jegliche Operationen weiß, von denen sie mir erzählt hat.

Ein neuerlicher Adrenalinrausch strömt durch mein System, als sich plötzlich Lexis Hand in meiner bewegt. Mein Blick schießt zu ihrem Gesicht, bleibt an ihren zusammengekniffenen Lidern und ihrer zuckenden Stirn hängen. „Hey!“, mache ich den Sanitäter auf ihre Regung aufmerksam, der sie gerade an irgendwelche Geräte anschließt.

Mit einem Lächeln streicht er Lexi einmal väterlich über die Haare und reguliert dann die Sauerstoffzufuhr. „Sehr gut. Die Kleine fängt an, für sich selbst zu atmen. Gut, dass Sie uns das mit dem Asthma gesagt haben“, richtet er sich an mich und macht dort weiter, wo er aufgehört hat. Ich hingegen kann meine Augen nicht von Lexi nehmen, sauge sowohl die Welle der Erleichterung, die endlich kommt, als auch meinen ersten vollen Atemzug ein. Lexis Mund öffnet sich langsam, als wolle sie etwas sagen, und ich lehne mich nach vorne, damit ich sie hören kann. Alles, was kommt, ist jedoch eine Träne, die ihre blutige Schläfe hinabläuft. Mit den Fingern fange ich sie auf und streichle dann selbst ihre Haare. „Du bist okay, Lex! Es ist okay!“ Ihr Kopf dreht sich leicht zu mir, ihre Lider flattern kurz auf, und ihre Lippen hauchen meinen Namen. „Ich bin bei dir. Ich hab dich.“ Lexi drückt meine Hand fester, und ich schwöre, sie nicht loszulassen, bis man mich dazu zwingt.

Der Sanitäter wischt das Blut von Lexis Augenpartie und tastet den Bereich mit den Fingerspitzen ab. „Was ist?“, frage ich, beunruhigt von seinem Kopfschütteln.

„Sturz auf die Schläfe?“, deutet er an und verzieht in Erinnerung an das, was ich ihm vorhin über Lexis Erblindung erzählt habe, besorgt das Gesicht. „Bei ihrer Geschichte wird dies eines der ersten Dinge sein, die man sich ansehen sollte.“

40

Lexi

Ich mache die Augen auf, nur um wie immer festzustellen, dass das nichts ändert. Vielleicht ist es naiv oder schlichtweg dumm, nach all den Jahren immer noch an ein Wunder zu glauben, das nie kommen wird. Aber das hindert mich trotzdem nicht daran, zu hoffen.

„Guten Morgen, Schlafmütze“, brummt die tiefe Stimme meines Vaters neben mir und entlockt mir damit ein Lächeln, weil ich wirklich unfassbar müde bin. Nur verstehe ich nicht ganz, weswegen ich im Sitzen schlafe, geschweige denn, warum mein Dad mir beim Schlafen zusieht. Was mich noch mehr stört, ist der Fremdkörper über meiner Lippe, der mir bei jeder Mundbewegung im Weg ist. Mit einer Hand fasse ich mir ans Gesicht, ertaste einen Schlauch in meiner Nase und eine Kruste rundherum. Das Schrecklichste ist aber, dass mir erst jetzt auffällt, dass irgendetwas mein Auge abdeckt.

Es ist nicht Nacht. Ich kann nur kein Licht erkennen. Meine Atmung beschleunigt sich, und Blut scheint aus meinem Kopf zu weichen, denn mir wird schwindelig. Dad packt meine Hand, bevor ich mir damit ans Auge fahren kann, und streichelt sie. „Schon gut, Engelchen. Jetzt ist alles okay.“ Was heißt jetzt? Was zum Henker ist passiert?

Ich muss laut gesprochen haben, denn Mom beantwortet meine Frage. „Du bist gestürzt, Alexandra. Das wird der Grund für die Erinnerungslücken sein. Jetzt bist du jedenfalls in Sicherheit.“

Langsam kommt es zurück. Die Tornadowarnung. Der ohrenbetäubende Knall gegen Blech und Glas. Die Furcht und das Ohnmachtsgefühl danach, weil ich nicht wusste, was als Nächstes kommen würde. Der unbeschreibliche Schmerz in meiner Brust, in meinem ganzen Körper. Der Sturz auf die Tischkante. Die Suche nach meinem Spray, das jedoch nicht das Erstickungsgefühl wegnahm. Das Gefühl, langsam zu sterben. Die Schuldgefühle und die Verzweiflung, als mir klar wurde, wer mich tot auffinden würde, sobald er zurückkam. „Nathan?", murmle ich bei diesem letzten Gedanken, will mich räuspern, breche jedoch bei dem Schmerz, den es in meinem Hals verursacht, wieder ab.

„Er war die ganze Nacht hier", antwortet mein Dad. Die ganze *Nacht*? So lange war ich weg?

„Also geht es ihm gut? Ihm ist nichts passiert?"

„Nein, Herzchen. Er hat dich gefunden als du …" Meine Mom bricht ab, schluchzt verhalten. „Wie konntest du nur aufhören, dein Kortison zu nehmen? Weißt du denn nicht …" Wieder ein abgehackter Laut aus ihrer Kehle. Ich senke den Kopf. Morgan muss es ihnen erzählt haben.

„Die Bewusstlosigkeit an sich war ein Schutzmechanismus, sagt der Arzt", erklärt mir jetzt Dad. „Damit du Sauerstoff sparen und sich die Krämpfe lösen würden, die in so einer Situation die Panik verursachen. Dein Herz hat jedoch zu langsam geschlagen, um deine Lunge weiterhin mit Blut zu versorgen, deshalb kam es zum Atemstillstand. Aber du warst so tapfer, Engelchen. Als hättest du erst dann losgelassen, als du wusstest, dass Nathan da war. Er hat dich am Leben gehalten, bis die Sanitäter eintrafen."

Er hat mich gerettet.

Doch jetzt ist er nicht da, und ich traue mich nicht zu fragen, wieso. Ich meine, vielleicht hat er ja Schicht, oder er hilft bei Aufräumarbeiten, oder er ist einfach schlafen gegangen. Das wäre alles denkbar. Wenn da nur nicht dieses letzte *Oder* wäre, das die Frage aufwirft, ob er mich nicht mehr sehen will, weil ich ihn gerade an alles erinnert habe, was er nie wieder erleben wollte.

„Wo ist Nathan jetzt?“, formuliere ich meine drängende Frage um, damit ich meine Theorie vielleicht, hoffentlich, wieder über Bord werfen kann. Denn alles in mir brennt darauf, ihn bei mir zu haben.

„Wir mussten ihn zwingen, nach Hause zu gehen“, antwortet Dad. „Er hat darauf bestanden, solange zu bleiben, bis du wach wirst. Aber du bist noch sehr schwach. Deswegen bist du gleich wieder eingeschlafen.“

„Wir hielten es für besser, erst mal alleine mit dir zu reden. Dir Zeit zu geben, zu begreifen.“ Im Augenblick begreife ich nicht das Geringste. Wieso redet Mom so kryptisch?

Tränen der Verwirrung steigen in mir hoch, lösen ein neues Fremdkörpergefühl aus und erinnern mich an die fehlende Aufklärung über den Verband. „Was ist mit meinem Auge?“

Moms Schniefen lässt mich die Bettdecke gewaltsam umklammern. *Ich habe mein Lichtempfinden verloren,* deuten mir ihre unausgesprochenen Worte an. „Wie gesagt, du bist gefallen. Die Erschütterung hat die Netzhautablösung vorangetrieben, weil es durch die Bewegung des Glaskörpers zu weiteren Zugkräften kam.“

Die Erklärung will ich überhaupt nicht hören.

„Was *heißt* das?“

„Du wurdest operiert. Die einzige Möglichkeit, die Netzhaut zu retten, war die Vitrektomie. Was du spürst, sind die Fäden auf deiner Bindehaut."

Mein Mund klappt auf, Galle steigt mir auf. „Ihr habt meinen Glaskörper absaugen lassen?" Deswegen die vorgebeugte Haltung, weil ich jetzt Gas im Auge habe. Diese Operation wurde mir in den letzten Jahren immer wieder vorgeschlagen. Immer wieder habe ich abgelehnt. Nicht wegen des Infektionsrisikos. Aber andere Komplikationen wie Blutungen, Augendruckerhöhung, Netzhautablösung und der Verlust des Auges liegen bei einer zwanzigprozentigen Wahrscheinlichkeit. Das ist jeder Fünfte. Ich meine, wie sinnvoll kann eine Operation sein, die die Probleme verstärken oder verschlimmern könnte? Ich verstecke mein Gesicht in den Händen, vorsichtig, ohne den Verband dabei zu berühren. „Wie sicher ist es, dass sie das Lichtempfinden retten konnten?" Ich weiß, dass ich die sechzig Prozent Sehschärfe, die dieser Eingriff theoretisch erbringen kann, niemals erreichen kann, nachdem meine Ablösung schon seit zweiundzwanzig Jahren besteht. Bei mir geht es nur mehr darum, zu retten, was übrig ist.

Dad räuspert sich, wohingegen Mom tief Luft holt.

„Wie sicher?", wiederhole ich zitternd.

„Das ist bei deinem fortgeschrittenen Stadium schwer zu sagen. Der Arzt sagt, die OP war etwas kompliziert, aber aus seiner Sicht vorerst erfolgreich. Der Rest lässt sich erst herausfinden, wenn der Verband abkommt. Das Endergebnis wird man erst nach vollständiger Abheilung in einigen Wochen sehen." *Vorerst*. Ich stöhne in meine Handflächen, meine angespannten Schultern erschlaffen. Alles in mir ist wütend und niedergeschlagen zugleich.

„Die Wahl, die wir hatten, lag zwischen dieser Operation und der vollständigen Erblindung. Du warst kaum ansprechbar, deshalb mussten wir für dich entscheiden. Hätten wir es nicht getan, wärst du jetzt definitiv vollblind. Ich denke, du hättest nicht anders entschieden."

Wahrscheinlich ist das wahr. Wenn dies meine letzte Option war, werde ich Nachsorge, Komplikationen und mögliche weitere Operationen in Kauf nehmen. Und trotzdem ist alles, was ich jetzt sehe, schwarz. Im wahrsten Sinne des Wortes, und das macht mich krank. Treibend in einem Meer von Unsicherheit, schiebe ich einen Riegel vor, zwinge mich, in Ruhe abzuwarten, bevor ich den Verstand verliere. Als ich meine Hände wieder neben meinen Körper lege, ist nur mehr Teilnahmslosigkeit übrig.

„Wo ist mein Handy?", frage ich matt. Mein Dad reicht es mir. „Danke. Ich würde jetzt wirklich gerne eine Weile allein sein, bitte. Okay?"

Mom seufzt protestierend, doch Dad kommt ihr zuvor.

„Okay, Engelchen, wir sind draußen, falls du uns brauchst." Er drückt mir einen Kuss auf die Stirn, und Mom tut dasselbe, bevor sie mein Zimmer verlassen. Träge tippe ich mich durch die Namen derer, die mir eine Textnachricht hinterlassen haben, bleibe auf jenen fünf von Nate hängen und lasse sie mir der Reihe nach vorlesen.

Nate: *Lexi,*

es ist ein verdammtes Ding der Unmöglichkeit, meine verworrenen Gedanken so zu entwirren, dass ich dir mitteilen kann, was ich dir unbedingt sagen möchte. Ehrlich gesagt bin ich noch ziemlich durch den Wind, obwohl diese Redensart nicht im Entferntesten dem gleichkommt, was ich tatsächlich empfinde.

Ich kann nur erahnen, wie schwer es für dich sein wird, mit dem umzugehen, was passiert ist, und es tut mir leid, dass ich nicht da sein werde, um dich da durchzutragen.

Nate: *Ich möchte, dass die Entscheidung, wie es mit uns weitergeht, bei dir liegt. Du hast gesagt, du musst deinen Weg finden. Ich weiß nicht, ob dabei Platz für mich ist oder ob du das alleine tun musst. Glaub mir, es kostet mich gerade jeden Funken Selbstbeherrschung, nicht neben dir zu sitzen und das herauszufinden. Wenn du also erst ab einem anderen Tag alleine sein willst, werde ich heute für dich da sein, was immer du gerade von mir brauchst.*

... Egal, wie furchteinflößend deine Mom sein kann, wenn sie sich etwas in den Kopf gesetzt hat. Ist wohl erblich. Ein Zunge zeigender Smiley.

Nate: *Ich habe mehr Menschen gehen lassen müssen, als ich ertragen konnte. Jeder von ihnen splitterte ein weiteres Stück meines Herzens ab, bis ich das Gefühl hatte, dass nichts davon übrig wäre; dass ich nichts davon mehr zu geben hätte. Deshalb bin ich die letzten zwei Jahre tatsächlich vor allem weggelaufen, was mir zu nah hätte kommen können, denn die zerschredderten Teile zu verriegeln und von allem Tieferen fernzuhalten, fühlte sich sicherer an, als alles noch einmal aufs Spiel zu setzen.*

Nate: *Und doch hat mich nichts auf das Gefühl vorbereitet, dich auch nur für eine Sekunde nicht mehr in meinem Leben zu haben. Ebenso wenig hätte ich mir je vorstellen können, wie es sich anfühlt, dich zu lieben.*

Hier ist also die Antwort auf deine Frage, die ich dir noch nicht geben konnte, Lexi: Ja, ich will dich immer noch. Ich werde dich immer wollen, immer brauchen. Nicht, um zu heilen, oder aus kurzfristigen Gründen, sondern weil du die Frau bist, mit der ich bereit bin, mir wieder Dinge zu wünschen, die ich mir nie mehr erträumt hätte. Ja, es ist die gruselige Art von Liebe, vor der man panische Angst hat, weil sie das Risiko birgt, zu verlieren, sich zu verbrennen. Aber ich habe dich schon beinahe verloren, und weißt du was? Diese Art von Liebe schwankt oder verblasst nicht bei Schwierigkeiten. Vielmehr wird sie stärker. Wir werden stärker, Lex.

Nate: *Du wirst das hier überstehen, unabhängig von den Umständen, weil es das ist, was du bist – standhaft und willensstark (was übrigens ein Synonym für „stur" ist).* Ein lachender Smiley.

Du bist der Inbegriff von Hoffnung und Zuversicht. Lass dir das nicht nehmen! Ich hoffe, du kannst mir verzeihen, dass ich einmal gegangen bin, und mir gleichzeitig glauben, wenn ich dir verspreche, nirgendwo mehr hinzugehen.

Ich halte mir die Hand vor den Mund, bin dankbar für den konzentrierten Sauerstoff, der durch meine Nase fließt und mir beim Atmen helfen soll, denn bei Nates Worten fällt es mir schwer, dies selbst zu tun. Die Sehnsucht nach ihm ist unerträglich. Ich kann nichts tun, um die heftigen Schluchzer zu unterdrücken, die durch meinen Körper reißen.

Ich: *Ich liebe dich.*

Nate: *Schön, dass wir uns da einig sind.*

Ich: *Aber ich muss es schaffen, auf eigenen Beinen zu stehen, ohne mich auf dich zu stützen – auf egal wen zu stützen. Ich muss sicher sein, dass es mir möglich ist, mich mir selbst und den Tatsachen zu stellen, denn wenn ich es jetzt nicht tue, werde ich das nie. Und dann werde ich nie fähig sein, mich in einer Beziehung mit dir vollwertig zu fühlen. Selbst wenn dieses Mal alles gut geht und ich nicht vollständig erblindet bin, gibt es keine Garantie für mich, dass es nicht eines Tages doch* *geschieht. Und bevor das passiert, muss ich aufhören zu rennen und mich ein für alle Mal damit auseinandersetzen. Ich MUSS dringend an mir arbeiten, bevor ich dich wieder aus einem Gefühl von Unzulänglichkeit und Minderwertigkeitskomplexen von mir wegschiebe.*

Liebe kann Probleme nur überdecken. Sie kann sie nicht für den anderen lösen. Etwas anderes zu denken, ist nicht realistisch. Und wenn ich das mit Nathan beginne – und ich will es so sehr –, dann möchte ich es von Anfang an richtig machen. Denn ich liebe ihn, wie noch nie jemanden in meinem Leben. Das Fundament, das uns gründet, ist Freundschaft. Doch da ist auch so viel mehr. So viel Neues, das ich erkunden will, spüren und zulassen will.

Nate: *Okay. Aber ich werde immer da sein. Vergiss das bitte nicht!*

Ich *werde* alles mit ihm erleben, was wir beide verdienen. Ja, ich werde überstehen, was auch kommen mag. Und ich werde gegen die Dunkelheit kämpfen, weil ich weiß, dass jemand auf mich wartet, für den es sich zu kämpfen lohnt.

41

Nate

Ich lege mein Werkzeug zur Seite, greife nach meinem Energydrink und nehme mir einen Moment, um die Aussicht zu betrachten, die meine Mom an diesem Haus so fasziniert hat. Im Gegensatz zu mir jetzt liebte sie den Fluss, das Rauschen, das ihr Beständigkeit vermittelte. Es faszinierte sie, wie facettenreich die Stimmung des Wassers war, ob es nun ruhig dahinströmte oder wirbelnd und stürzend vorbeiriss und mitnahm, was sich ihm in den Weg stellte. Langsam gewöhne ich mich an das Geräusch. Wenn ich wirklich eines Tages hier leben möchte, muss es mir gelingen, den Fluss nicht mehr mit dem Beginn ihres Endes zu verknüpfen, sondern mit ihrer Liebe zu diesem Haus, zu mir. Mit ihrer Ruhe, wenn wir hier waren, wenn sie am Fenster stand, wie ich es gerade tue, und mit diesem zufriedenen Lächeln hinausstarrte. Aber nicht nur alte, gute Erinnerungen sollen mich an dieses Haus binden. Ich will neue schaffen. Mit Lexi. Ich will, dass ich dieses Haus lieben lerne, weil sie dort ist.

Neun Tage, zwei Stunden und dreizehn Minuten sind vergangen, seit sie ihre unfassbaren Augen geöffnet und meine Welt dazu gebracht hat, sich weiterzudrehen. Seit es *mein* Name war, der als Erstes über diese wunderbaren Lippen kam und Lexi endgültig zu meiner Welt *gemacht* hat. Ich mache mir keine Illusionen, zu denken, eine Beziehung zwischen uns sei einfach. Wir haben beide viel, an dem wir arbeiten müssen, eine Menge Selbstzweifel und eine Vorgeschichte darin, Menschen wegzuschieben, die uns helfen wollen. Mag sein, dass jeder den anderen akzeptiert, wie er ist. Lernen müssen wir beide aber dringend, dasselbe auch bei uns zu tun. Anfangs dachte ich, Lexi wäre die Intakte, Sorglose und die Lebensfreude in Person. Doch inzwischen ist mir klar, wie sehr auch sie jemanden braucht, der sie dabei unterstützt, trotz gebrochener Flügel zu fliegen. Und dieser Jemand will ich sein, denn ich habe nicht vor, sie noch einmal loszulassen. Egal, wie oft sie sich einreden mag, sie *könne* mir nichts geben. Denn sie kann, und ich werde sie davon überzeugen, dass sie – mit all ihren Fehlern, Ängsten, Verletzungen – alles ist, was ich will.

„Wow, Engel Gabriel! Schläfst du eigentlich auch irgendwann?", staunt Carl, der auf meine Baustelle humpelt.

„Nicht wirklich", antworte ich schulterzuckend. Umso besser, dass ich mit dem Umbau genug zu tun habe. „Die Woche hat nur hundertachtundsechzig Stunden. Sechsundfünfzig davon bin ich nicht zuhause, daher müssen die restlichen genutzt werden." Wüsste sowieso nicht, was ich sonst außerhalb der Schichten mit meiner Zeit anfangen sollte. Im Dauertakt beschäftigt zu sein, ist das Einzige, was mich davon abhält, zu Lexi zu fahren und diesen Kuss, den wir vor fast sechs Wochen begonnen haben, endlich fortzusetzen. Denn jedes Mal, wenn ich die Augen schließe, sehe ich sie vor mir liegen – halbtot, verwundet, nicht atmend. Es schnürt mir immer wieder die Kehle zu, daran zu denken, was passiert wäre, hätten wir sie nur etwas später erreicht. Das Einzige, was mir in diesen Momenten hilft, nicht aus der Haut zu fahren, ist, diesen Kuss in meinem Kopf abzuspielen. Wie sich ihre Lippen auf meinen und ihr Körper an meinem angefühlt haben. Wie sie sich an mir festgehalten hat und ich mich in diesem

Moment verloren habe, dringend mehr von ihr spüren wollte und wusste, dass ich nie wieder eine andere Frau küssen wollte.

„Ein Glück, dass du keine Nachbarn hast, denen du mit deinem Eifer auf die Eier gehen kannst.“

Lachend schlendere ich zum Kühlschrank, nehme ihm eine Cola heraus.

„Wie bist du eigentlich hierhergekommen? Ich dachte, du hättest einen Liegegips?“ Ich öffne die Dose und reiche sie ihm.

„Habe ich auch, aber ich muss ab und zu mal aufstehen, sonst fühle ich mich wie neunzig. Ann hat mich gefahren.“

„Ann sitzt im Auto? Was bist du denn für ein Ehemann? Bitte sie herein!“

Genüsslich nimmt er einen Schluck, wischt sich stressfrei den Mund ab. Ich starre ihn an. „Spielst du hier jetzt den Coke-light-Mann, oder was wird das?“

Carl lacht auf. „Ja, ich verstehe, weshalb dich das verwirren würde. Bei meinem Körper und allem. Aber ich bleibe nicht. Wollte dir nur etwas vorbeibringen.“

Skeptisch ziehe ich auch die zweite Braue hoch. „Und das wäre?“

„Vor allem einen guten Rat.“

Gähnend lasse ich den Kopf nach vorne kippen, weil ich die weisen Worte kaum erwarten kann. Ist ja nicht so, als hätte er mich die letzten eineinhalb Monate damit verschont. „Jetzt halt mal die Luft an und hör zu, was dir jemand, der seit achtundzwanzig Jahren verheiratet und durch alle möglichen Höhen und Tiefen gegangen ist, zu sagen hat!“

Damit hat er dann doch meine Aufmerksamkeit, und ich richte mich wieder auf, lehne mich gegen die fertige Mauer. Er hat mit seiner Frau Situationen überstanden, in denen er fast gestorben wäre, den Beinahe-Tod ihrer Tochter, ihren psychischen Niedergang mitsamt Selbstmordversuchen. All das haben er und Ann überstanden und sind heute nach all diesen Erlebnissen und den vielen gemeinsamen Jahren so zum Kotzen verliebt, wie manch andere nach fünf Jahren Ehe nicht.

„Lexi *ist* dein Mädchen“, sagt Carl und starrt mich an. Er spielt auf das Gespräch an, das wir am Feuerwehrfest geführt haben, aber das weiß ich selbst schon lange. Wartend blicke ich zurück, doch es kommt nichts mehr.

„Das ist kein Rat.“

„Stimmt. Das war eine Feststellung. Der Rat ist: Sei kein Idiot und lass sie nicht länger warten.“

Gereizt kneife ich die Augen zusammen und verschränke die Arme vor der Brust. „Ich lasse sie nicht warten, Carl. Ich warte auf *sie*. Ich will, dass sie sich sicher ist, was sie von ihrem Leben will und ob ich darin einen Platz habe. Nicht nur bei mir hat sich in den vergangenen Monaten sehr viel geändert. Ich möchte nicht, dass sie sich in irgendeiner Weise unter Druck gesetzt fühlt, den Prozess, den sie gerade erlebt, abzubrechen oder von sich zu schieben. Sie soll sehen, dass ich ihre Wünsche und Entscheidungen respektiere, und dass sie mir wichtig genug ist, so lange zu warten, wie sie es braucht.“

Carls leichtes Schmunzeln entwickelt sich zu einem breiten Lächeln, ehe er nickt und sich mit seinen Krücken zurück Richtung Eingang hangelt. „Gut. Das wollte ich hören. Der Rat war nämlich nicht das Einzige, was ich dir vorbeigebracht habe.“

Perplex folge ich ihm aus der Küche zur Tür, als die Anfangsmelodie eines mir sehr bekannten Liedes erklingt.

Carl wirft mir noch einen Blick über die Schulter zu, zwinkert und öffnet dann die angelehnte Haustür.

Dort steht Lexi. Schüchtern und gleichzeitig so zündend, leuchtend. Wie immer füllt diese winzige, bezaubernde Frau den ganzen Raum mit ihrer Präsenz, ihrem inneren Strahlen, ihrer Warmherzigkeit. Meine Hand fährt unwillkürlich an mein Herz, und mir stockt der Atem, während ich ihren schmalen Körper in diesem blauweiß-gepunkteten Sommerkleid betrachte, das sie bereits vor Wochen hier in Aurora getragen hatte. Ihre Haare rahmen ihr wunderschönes Gesicht und ihre Schultern ein. Nervös streicht ihr Daumen über das Handydisplay, aus dem die Musik tönt, wohingegen die andere Hand in ihre Hüften gestemmt ist. Ich schmunzle über diese paradoxe Haltung, die Lexis allgemeiner Widersprüchlichkeit nur allzu gerecht wird. Jeden Millimeter von ihr sauge ich in mich auf, weil es definitiv neun Tage und eineinhalb Stunden zu lange her ist, dass ich sie sehen durfte.

„Sitzen zwei Blondinen in der Küche, sagt die eine zur anderen: ‚Wusstest du schon, dass Weihnachten dieses Jahr auf einen Freitag fällt?' – ‚Echt?', erwidert die andere, hoffentlich nicht auf den Dreizehnten.' "

Mein Gesicht muss gerade leuchten wie ein Gammastrahlenblitz, während eine Welle der Entspannung, Befreiung durch mich hindurchrollt, weil Lexi hier vor mir steht und einen unserer dummen Witze reißt. Leise lache ich vor mich hin, auf Lexis Unterlippe fixiert, in die sie ihre Zähne vergräbt.

„*Armour*?", biete ich an, um sie wissen zu lassen, dass sie meine volle Aufmerksamkeit hat. Ihr Lächeln wird intensiver. Schüchtern senkt sie die Augen, hebt eine Schulter.

„Ich wollte einen dramatischen Spannungsbogen schaffen. In den Filmen gibt es ja auch bei solchen Momenten musikalische Untermalung."

Mein Lachen wird lauter, freier, vor allem, weil mit ihrem Erscheinen das lästige Stechen in meiner Brust nachlässt. Ich gehe ihr weiter entgegen.

„Und mit diesem Lied verbinde ich nicht nur unser Kennenlernen, sondern auch das, woran ich die letzten Tage versucht habe zu arbeiten, aber schwer gescheitert bin, weil es idiotisch ist, zu glauben, man könne in neun Tagen etwas loswerden, was man sein ganzes Leben aufgebaut hat." *Das Schutzschild um ihr Herz. Das, worum es in diesem Lied geht.*

Schmunzelnd schüttelt sie den Kopf, und ich verharre mit etwas Sicherheitsabstand in meiner Position. Lexi atmet tief durch und hebt ihren Blick zum späteren Wohnbereich. Jetzt sehe ich erst ihr verletztes Auge, blutrot am äußeren Augenwinkel, rund um die Iris gereizt. Schluckend verkrampfe ich den Kiefer, um mich zu fangen.

„Wie läuft der Umbau?" Lexi setzt zaghafte Schritte vorwärts, da sie ohne ihren Blindenstock unterwegs ist, steuert auf den offenen Bereich zu. Ich pfeife auf den Abstand und greife nach ihrer Hand, lasse den Strom durch meinen Arm bis zu meinem Herzen fließen, den ihre Haut auf meiner auslöst. Es tut gut zu hören, wie auch sie scharf Luft einsaugt, als sie es spürt. Lexis Finger verschränken sich mit meinen, drücken fest zu.

„Er läuft gut. Ende des Sommers sollte ich auf jeden Fall fertig sein", antworte ich, gehe auf ihre ausweichende Überleitung ein, weil mir der schnell hämmernde Pulsschlag unter meiner Hand nicht entgeht.

„Ich soll dir aber laut Carl etwas Feuer unterm Hintern machen, damit du wieder mehr auf dich achtest. Laut ihm siehst du *scheiße* aus“, erklärt sie, nicht amüsiert oder lachend, sondern kopfschüttelnd, als wäre sie mit seiner Meinung nicht einverstanden.

„Ach ja? Dabei fühle ich mich gerade so gut wie seit Langem nicht.“

Das bringt Lexi dann doch dazu, zurückhaltend zu lächeln und sich das Haar hinters Ohr zu kämmen.

Wir erreichen die beinahe total abgerissene Wand. Vorsichtig streckt Lex die Finger aus, tastet ins Leere, eine Furche auf der Stirn. Langsam bewegt sie sich den ganzen Bereich entlang. „Was kommt hierhin? Musst du die Mauer neu machen?“

Keine zwei Minuten in meinem Haus, und schon fällt ihr auf, was mir bei den Änderungen am wichtigsten war. „Nein. Das bleibt offen. Ich möchte auf dieser gesamten Seite eine Glasfront einbauen.“

Ihr Kopf schnellt zu mir, ihre Lippen zittern. „Mehr Licht?“, wispert sie mehr in einer Feststellung.

„Richtig.“

Wasser steigt ihr in die Augen und fällt nach einmaligem Blinzeln an ihren Wangen herab.

„Nicht weinen, Lex“, bitte ich, weil es mir selbst die Knie weich werden lässt, sie so aufgewühlt zu sehen. Mit dem Daumen wische ich ihre Tränen weg, woraufhin Lexi ihre Hand auf meine legt und sie näher an ihr Gesicht presst. Keine weitere Sekunde fähig, es nicht zu tun, ziehe ich Lexi an mich. Sie reagiert sofort, indem sie seufzend ihre Arme um meinen Nacken und ein Bein um meine Hüfte schlingt. Wie in einem natürlichen Reflex hebe ich sie hoch, halte sie fest, während sie sich an mich klammert, als wäre ich ihr Anker.

„Gott, ich habe dich so vermisst“, schluchzt sie in meine Halsbeuge, und ich streiche ihr mit einer Hand sanft über den Rücken. Im Versuch, die Fassung zu wahren, küsse ich sie zur Antwort lediglich auf die Schläfe. „Du bist wirklich erstaunlich, Nathan Foster. Danke für meine neuen Fenster. Danke für das hier. Und danke, dass du mir das Leben gerettet hast.“

„Tja, jetzt sind wir quitt. Du hast mir *jeden Tag* beim Atmen geholfen.“

Schniefend löst sie sich so weit von mir, um den Kopf zu heben, bis ihre Stirn und Nasenspitze meine berühren. „Und wenn ich eines Tages gar kein Licht mehr sehen kann?“, flüstert sie. Ihr süßer Atem benebelt mich, bringt meine Lippen näher zu ihren, meine Hand seitlich an ihren Hals, wo sich meine Finger in ihren Haaren verfangen.

„Dann werde ich mein Bestes geben, das Licht für dich zu sein, das du seit Tag eins für mich bist.“ Ihr unregelmäßiger Atem gegen meinen Mund lässt meinen Puls in die Höhe schießen und kribbelt gleichzeitig angenehm auf meiner Haut, wo er verblasst und Teil von mir wird. Als ihre Lippen schließlich meine treffen – fordernd, flehend –, entfacht sie in mir ein Feuerwerk. Einen verfluchten Waldbrand. Alles um mich herum verblasst, wird unwichtig. Das Einzige, was zählt, ist Lexi. Hier und jetzt. Ihre traumhaft weichen Lippen unter meinen, ihre Zungenspitze, die meine neckt, bevor sie ihren Mund öffnet und sich mit mir und in mir verliert. Ihre Tränen benetzen meine Wangen, und ich löse meine Lippen nur so lange von ihren, bis ich ihre Haut trockengeküsst habe. Liebe, Verlangen, Verzweiflung und Überzeugung stecken in diesem Kuss. Ich habe das Gefühl, zu verbrennen, aber um nichts in der Welt würde ich dieses Feuer löschen wollen.

Die Finger ihrer einen Hand vergräbt sie in meinen Haaren, die anderen legt sie auf mein Herz, erfühlt, wie es ihretwegen und für sie in meiner Brust hämmert. Lexi lehnt sich intensiver in diesen Kuss, verpackt ihr ganzes Wesen darin und schenkt es mir, während sie sich in meinen Armen fallen lässt. Sie gibt alles, was sie hat, und nimmt alles, was ich bin; was ich in ihr und durch sie wiedergefunden habe und geworden bin.

„Ich muss … dir … etwas … sagen“, murmelt sie stockend zwischen Küssen, entlockt mir damit ein Schmunzeln, bis ihre Finger unter mein Shirt wandern und ich ihr Becken noch enger an mich drücke. Mit zarten Berührungen zieht sie meine Bauchmuskeln nach, streift dabei über meine Narbe. Doch ich fühle nicht die geringste Scham, keine Unsicherheit oder Hemmung. Verdammt, ich will, dass sie mich berührt, weil sie die Erste und Einzige ist, die die Geschichten hinter dieser und allen anderen Narben in mir kennt. Ein tiefer, langgezogener Laut entfährt mir, als Lexi leise seufzt, weil es das heißeste Geräusch ist, das ich je gehört habe. Es kostet mich jeden Funken Selbstdisziplin, meine Lippen von ihren zu lösen, und ich stütze meine Stirn an ihrer, während wir beide nach Atem ringen.

„Lex, so gut mir *diese* Unterhaltung auch gefällt, muss ich aufhören, bevor ich es nicht mehr kann.“

Grinsend leckt sie sich über die Lippen, und ich sehe zur Decke, bevor ich jetzt sofort die nächste Runde starte.

„Und du wolltest mir ja offenbar noch etwas anderes sagen.“

Lexi atmet langsam durch ihren gespitzten Mund aus, versucht selbst, sich zu beruhigen. Lächelnd legt sie den Kopf auf meine Schulter, wartet, bis ich sie zu meinem Arbeitstisch getragen und mich mit ihr hingesetzt habe, wobei ich keinen Zentimeter mehr zwischen uns kommen lasse. Scheißegal, wenn ich nachher Kavaliersschmerzen aushalten muss. Ich will sie nirgendwo anders als hier bei mir haben.

„Ich schätze, ich habe jetzt irgendwie vorweggenommen, wie ich für dich empfinde“, lacht sie verlegen. Ihre Wangen erröten. „Aber ich möchte dir trotzdem noch etwas erklären.“ Sie holt tief Luft und blinzelt wiederholt. Ermutigend küsse ich sie auf die Nase, spiele mit ihren Haaren. „Als ich mit acht Jahren auf dem zweiten Auge blind wurde, konnte ich noch nicht vollkommen begreifen, was das für mich bedeuten würde. Erst im Laufe der Jahre, wenn man beginnt, sich mit anderen zu vergleichen, wenn man andere reden hört, wird einem bewusst, wie groß der Teil ist, der einem fehlt. Anstatt es jedoch zu akzeptieren und meinen Weg neu auszurichten, habe ich vehement versucht, meinen Verlust zu verleugnen. Ebenso, wie real die Möglichkeit ist, eines Tages gar nichts mehr sehen zu können. Dabei habe ich jeden, der sich mir dabei in den Weg gestellt und mich daran erinnert hat, dass ich dem nicht entfliehen kann, weggeschoben. Dann bist du aufgetaucht …“ Lexi nimmt ihre Hände von meinem Nacken und verschränkt sie stattdessen mit meinen. „… und hast den Wunsch in mir geweckt, mich von dir durch den Rest meines Lebens tragen zu lassen. Etwas, das ich bis dahin bei niemandem zulassen wollte. Als mir das klar wurde, hat es mich in Panik versetzt, weil ich meine Liebe zu dir niemals darauf gründen wollte. Dafür hatte ich plötzlich viel mehr zu verlieren. Allen voran dich und das, was du in mir gefunden hast, nach all den Jahren, in denen ich dachte, nichts zu haben, das ich geben könnte.“

Sie bricht ab, Feuchtigkeit schimmert in ihren Augen und zugleich ein friedvolles Schmunzeln auf den Lippen. „Aber dann, als du nicht bei mir warst, wurde mir etwas anderes bewusst. Nämlich, dass es keine schönere Liebe gibt als die, die auf Geben und Nehmen beruht. Mir einzubilden, ich könnte mich durch alles alleine durchschlagen, ist überheblich und stolz. Du machst mich glücklich. Aber nicht nur das. Du forderst mich heraus, schleifst und bewegst mich. Du machst mich ganz. Ich will dich nicht für selbstverständlich nehmen, denn du hältst mein Herz in deiner Hand."

Ich lehne mich vor, nehme ihre Oberlippe zwischen meine Lippen und sauge sanft daran. Diese Frau hat das Leben, das ich vor ihr kannte, völlig über Bord geworfen und mir gezeigt, was es bedeutet, *wirklich* zu leben. Es zu genießen. Sie hat an mir gearbeitet, mir eine Anleitung gegeben, mich aufzurichten, ohne mich dabei verändern zu wollen. Mit hundertprozentiger Überzeugung kann ich heute sagen, dass ich durch sie ein besserer Mann geworden bin. Sie hält demnach nicht nur mein Herz. Mit ihr bin ich all-in.

„So gesehen habe ich also in der vergangenen Woche doch eine Sache gelernt. Ich habe festgestellt, dass ich mich darauf vorbereiten kann, soviel ich will. Wenn aber der Tag kommt, an dem es passiert – endgültig passiert –, wird es mich so oder so zerbrechen. Und dann hoffe ich, dass jemand da sein wird, der mir hilft, mich wieder aufzusammeln. Und ich hoffe, das wirst du sein."

Ich lege eine Hand auf ihr Gesicht, kämme eine blonde Strähne hinter ihr Ohr und streichle bis hinunter an ihren Nacken. „Lex, ich bin Arrow. Ich werde immer da sein, wenn du mich brauchst, damit ich deinen Tag retten kann", sage ich, woraufhin sie mein Herz mit ihrem klaren Lachen zum Flattern bringt, obwohl sie mir gegen die Brust boxt. Zärtlich umfasse ich ihre Hand, führe sie an meinem Mund und küsse die samtige Haut über ihrer Pulsader. „Eigentlich bin ich besser.

Ich bin real. Ich habe dir ja bereits gesagt, dass du diejenige bist, die für mich sieht, wenn es um die Wunder in unserem Leben geht, um all die Farben, all das Licht, das ich oft nicht sehen konnte und wahrscheinlich auch in Zukunft manchmal nicht werde sehen können. Wie damals beim Autofahren werde ich im Gegenzug deine Augen sein, wenn du mal vergessen solltest, deine eigenen Farben selbst zu sehen."

Das ist unser Leben. Wir können es nur nehmen, wie es kommt, und das Beste daraus machen. Darin liegt die Stärke. Diese Dinge werden uns nicht auseinanderbringen. Sie können uns enger zusammenbringen, weil wir füreinander da sein werden.

Lexi schluckt, ihr Mund bleibt halb offen stehen, dann rümpft sie neckend die Nase. „Okay, Foster. An deiner Rhetorik kann es ganz offensichtlich nicht liegen, dass ich dich nach so einer Rede ständig abknutschen muss."

Lächelnd streiche ich ihr über die Wange. „Dann ist es wahrscheinlich meine Stimme. Ich kann auch nichts dafür, dass ich so heiß klinge wie Henry Cavill." Anstatt loszuprusten oder mich zu prügeln, wie ich für diesen kleinen Seitenhieb erwartet hätte, schlägt Lexi die Hände vor den Mund und reißt die Augen weit auf. „Was ist?", frage ich perplex.

Sie grunzt einmal amüsiert, spreizt dann die Finger über ihren Lippen, damit ich sie verstehe. „Ich habe Eis gekauft. Sechs Kugeln. Du weißt schon – Gegenangriff auf Schmerzen, von denen wir, denke ich, in den letzten Wochen genug hatten. Aber ich habe die Box draußen stehen lassen, und es ist sauheiß auf deiner Veranda. Also ist es jetzt wahrscheinlich nur mehr Suppe." Sie lächelt entschuldigend, zeigt dabei all ihre Zähne, bis ich lache.

„Okay, dann gehe ich es mal holen. Vielleicht besorge ich vorher noch Strohhalme." Lexi nickt zustimmend, macht jedoch keine Anstalten, von mir herunterzuklettern. „Darf ich aufstehen?" Sie spitzt nachdenklich die Lippen, schüttelt dann vehement den Kopf. „Soll ich dich mitnehmen?" Grinsend nickt sie und legt ihre Arme zurück um meinen Hals. Lachend küsse ich ihre Halsbeuge und trage sie erst in die Küche, wo wir Löffel besorgen, und dann hinaus auf die Veranda. Auf der alten, knarrenden Hollywoodschaukel löffeln wir die Brühe aus Gott weiß welchen exotischen Sorten.

„Wie geht es jetzt weiter?", fragt Lexi irgendwann, die Wange an meine Schulter gelehnt. Ich stütze mein Kinn auf ihrem Scheitel, sehe in die Ferne.

„Ich habe mit deiner Hilfe dieses unbezahlbare Gefühl zurückgewonnen, Leben zu retten. Das ist etwas, was ich gerne weitermachen möchte, solange ich kann."

Nickend streift Lexi ihren Zeigefinger über meinen Arm.

„Im dritten Studienjahr basiert vieles auf Selbststudium. Das will ich ausnutzen und meine Zeit in die Feuerwehr investieren, wann immer es geht."

Klar weiß ich, dass es damit nicht bei den Sieben auf meinem Arm bleiben wird. Ich werde aber mein Bestes geben, um die Zahl schätzen zu lernen, die eines Tages statt der hundertdreiundvierzig auf meinem Bizeps stehen wird. „Jede Woche, sobald dein letzter Kurs zu Ende ist, würde ich dich gerne abholen und hierher entführen, damit wir neue Dinge auf unsere Liste schreiben und wieder abhaken können."

Lexi neigt den Kopf nach oben, berührt mit ihrem Mund mein Kinn und küsst sich hoch, bis sie meine Lippen erreicht. Ich ziehe sie an mich, bis ihre Brust sich so fest an meine presst, dass ich ihr Herz gegen mein eigenes schlagen fühlen kann. „Das klingt nach einem anfänglich ganz guten Plan", murmelt sie in meinen Mund und kichert. „Außerdem ist das Heliskiing noch ausständig. Wenn du dachtest, ich hätte das vergessen, hast du dich geschnitten. Du hast es immerhin versprochen."

Ich lächle gegen ihre Lippen, verdrehe hinter geschlossenen Lidern die Augen. Habe ich nie … „Vielleicht sollten wir als Erstes einmal diese Stimmen in deinem Kopf unter Kontrolle bringen, bevor sie dich auf noch weitere tolle Ideen wie diese bringen."

Frech spitzt sie die Lippen, klopft mit einem Finger dagegen. „Keine Chance, Arrow. Das schaffst nicht einmal …" Ich schneide ihr das Wort ab, indem ich ihren Mund unter meinem verschließe, ihren Geschmack auskoste, das leise Stöhnen aus ihrer Kehle in mich aufnehme und für jede Sekunde dankbar bin, die ich mit ihr geschenkt bekommen habe und für den Rest meines Lebens geschenkt bekommen werde.

Siebenmal hatte ich das Gefühl, dass mir alles genommen worden war. Durch Lexi habe ich begriffen, wie viel ich dazugewonnen habe. Denn auf eine bestimmte Weise haben all diese Ereignisse zu ihr geführt. Den schrecklichsten Schmerz der Welt mit jemandem zu teilen, den man liebt, wird immer besser sein, als nie irgendetwas gefühlt zu haben.

All diese Emotionen wieder zuzulassen, war ein Prozess, ein verdammt harter Kampf, der verflucht wehgetan hat. Sie jetzt aber so halten zu können, beweist, dass ich gesiegt habe. Dieser Sieg ist jeden verdammten Kampf wert. Und eines Tages wird Lexi dasselbe sagen können. Denn keiner von uns schafft alles alleine, und jeder braucht ab und zu ein kleines Wunder.

Meines ist Alexandra Davis.

DANKSAGUNG

Ein großes Dankeschön möchte ich Ihnen, meinen Leserinnen und Lesern aussprechen. Ich freue mich, dass Sie geduldig mit mir waren und nach Julia und Jeremy bereit waren, etwas Neues mit mir gemeinsam auszuprobieren. Es fiel mir anfangs sehr schwer, mich von den beiden emotional zu entfernen, um mich vollkommen auf Lexi und Nate konzentrieren zu können. Das war ein harter Prozess, und zwei Monate lang zweifelte ich sogar daran, ob ich überhaupt vor dem Sommer fertig werden würde. Und dann kam dieser Moment, der als Autorin so genial ist: als ich eins wurde mit Nate und Lexi und teilweise laut mitgelacht habe, wenn sie sich unterhalten haben. Das Schreiben wurde ein Fluss und heilte mich vielleicht sogar ein Stück weit von meinem gebrochenen Herzen aus Jules' und Jer's Geschichte.

Also danke für Ihre Treue und Liebe, die ich in den letzten Monaten vielfach durch tolle E-Mails, Rezensionen und Kommentare von Ihnen empfangen durfte. Das bedeutet mir sehr viel.

Danke!!! an meinen himmlischen Vater, der mir geistige Kraft, und an meinen Mann, der mir körperliche Kraft gegeben hat, als ich für nichts anderes einen Kopf hatte. Danke, dass auf euch immer Verlass ist und ich nie auf mich alleine gestellt bin.

Ich möchte mich außerdem herzlich bei Dr. Christian Ginzel bedanken, der mir eine große Hilfe bei Lexis Augenproblemen war. Das Internet bietet zwar viel, für die detaillierten

Fragen ist jedoch ein geduldiger und bemühter Arzt Gold wert.

Danke in diesem Zusammenhang auch bei Sanelija für die Beantwortung meiner Fragen, aber auch bei allen anderen, mit denen ich bestimmte Szenarien durchbesprochen habe.

VORSCHAU

„Dort, wo du bist“ (Julia und Jeremy 3)

– Max’ Geschichte erscheint im Winter 2016/17

14488849R00301

Printed in Poland
by Amazon Fulfillment
Poland Sp. z o.o., Wrocław